中华优秀传统文化整理与研究丛书

渔洋纪行山水诗文化精神阐释

洪桥 著

南京师范大学出版社

图书在版编目(CIP)数据

渔洋纪行山水诗文化精神阐释 / 洪桥著. — 南京 ：南京师范大学出版社，2023.5

（中华优秀传统文化整理与研究丛书）

ISBN 978－7－5651－5734－9

Ⅰ. ①渔… Ⅱ. ①洪… Ⅲ. ①王渔洋(1634—1711)—山水诗—诗歌研究 Ⅳ. ①I207.22

中国国家版本馆 CIP 数据核字(2023)第 070867 号

丛 书 名 中华优秀传统文化整理与研究丛书
书　　名 渔洋纪行山水诗文化精神阐释
著　　者 洪　桥
特约编辑 王欲祥
责任编辑 崔　兰
出版发行 南京师范大学出版社
地　　址 江苏省南京市玄武区后宰门西村 9 号(邮编:210016)
电　　话 (025)83598919(总编办)　83598412(营销部)
　　　　 83373872(邮购部)
网　　址 http://press.njnu.edu.cn
电子信箱 nspzbb@njnu.edu.cn
照　　排 南京开卷文化传媒有限公司
印　　刷 南京玉河印刷厂
开　　本 787 毫米×960 毫米　1/16
印　　张 37.25
字　　数 651 千
版　　次 2023 年 5 月第 1 版　2023 年 5 月第 1 次印刷
书　　号 ISBN 978－7－5651－5734－9
定　　价 168.00 元

出 版 人 张　鹏

序 言

徐 复

余与老友洪桥教授，相交半个世纪，赏奇析疑，欣合无间，有水乳交融之乐焉。近日君自江宁来访，携其所著《渔洋纪行山水诗文化精神阐释》一稿示余，此书卷帙浩繁，特以地名分卷系之，都60万言，余读之称善。君释诗能另辟途径，不落恒蹊，其观点与体例，均给人以耳目一新之感，余读其部分篇章，今择其要者为推荐如次。

渔洋山人是清初大诗人王士禛的别号，山人山东新城人，顺治进士，出身世家，官至刑部尚书。其诗上沿四始六义之遗，下薄汉魏六朝唐宋元明之制作，寻源溯流，广采众长，功力深厚。不仅创作丰硕，有《带经堂集》92卷之富，而且在诗歌理论上力主唐司空图“自然冲淡”、宋严羽“妙悟兴趣”之说，创为神韵一派，厥功甚伟。虞山钱谦益称其诗“感时之作，恻怆于杜陵，缘情之什，缠绵于义山”，且有“与君代兴”之誉。这是对王氏最早的评价，也是公正客观的评价，此与后之论者仅称他为“山水诗人”，且“惟王孟是宗”一说，大相径庭，此有待后人进一步论定者也。

王氏生于易代之际，为一代大家。如何评定其人其诗，是一个难题。这里既有复杂的民族问题，也有微妙的诗学传统问题。迄今为止，不仅对其诗歌全集尚无人作全面深入之研究，即对其震动当时诗坛的《蜀道》《雍益》《南海》三部重要诗集，亦竟无人问津。王氏两次奉使西行和一次南行，其上述三集因得江山之助，诗风大变，这是他一生中的大事，即在清代诗歌史上亦属罕见。洪君有鉴于此，乃借退休之暇，倾十年之力，穷搜广鉴，深思熟虑，凡三易其稿，始成此书。这是王诗研究中一项基础工程。观此书，即可窥见王氏思想之一斑及其诗艺之梗概，大可清除“清室奴才”“康熙内廷盆景”“才力薄”“缺乏社会生活内容”等等谬说；同时，这也开辟了王诗研究的一个新途径与新方法，于读者甚有裨益，此其一。抑有进者，洪君从文化学角度研究渔洋，而独标“文化精神”一说，探究其诗之奥秘，既完全符合此一博学诗人之实际，也打破了历来诗评家们拘于字义典章的释诗旧套。著者围绕这一新说进行阐释，这不是一般的诗歌鉴赏，也不是泛泛的架空之论。此乃将诗歌之审美性、艺术性、可赏性置于诗歌主体性、社会性、历史性、时代性诸要素之互渗互动中，从而折射出诗人审美倾向、艺术趣味与所处时代、社会之血肉联系，以及其心灵世界在与清代文化之碰撞中所闪现的波光浪影，此其二。尤足喜者，著者又深慨而谓余曰："《四库全书总目提要》评定渔洋为'山水诗人'，其实只说对了一半，清人在文字狱的刀光剑影下，不可能全面评价渔洋，原不足怪。"著者又曰："现在我将渔洋的另一半而且是主要的一半补充出来了，这就是：渔洋主要还是一位咏史诗人，借山水文化以咏史，复借咏史以感时，吐其内心之郁结，发其时代哀怨之情，这才是他最精彩的一面。他是一个民族主义者，是一个很典型的'思明怨清'诗人。他有维护封建正统和遵循华夷之辨的思想，但同时他对暴君的专制独裁，也常耿耿于怀。非君、非王、非官，很有一点不驯的脾性。他没有杜甫那种'每饭不忘君'的思想，他始终是君权体制的维护者。他身为朝官数十年，却一直在仕与隐之间徘徊，一生很矛盾、很痛苦。他在西行路上一路骂死皇帝，刘邦、汉武帝、唐玄宗、秦始皇、秦穆公，他都骂到了；在南行路上，他以隐语骂当朝皇帝康熙，而且不止一次，这是清诗史上所罕见的。此时此世，悲凉之雾，遍被士林，他处境两难，洒泪为诗，此实别一种历史、别一种境界也，渔洋之真面目、真价值盖在此。"听了洪君这一席话，余深感其用力之勤，据此亦可略见其研究之深细，故特向读者郑重推荐之，此其三。至于此书中言及渔洋研习禅宗哲学之深，天人合一美学观之妙，以及状蜀道山川之奇丽，评论人物之警策，读者自可明之，皆略而不述。

洪桥君原名洪增寿，庐江人，复旦大学新闻系毕业，与余相识于新中国成立之初，后以胡风冤案受株连，历尽坎坷，至八十年代初复与余共事南京师范大学。其人笃于学，勤于思，尚于友，不随俗浮沉，甚可亲近。其对诗歌之研究，颇获佳誉。九十年代初，君应聘为十卷本《陶行知全集》编审委员并为理论卷主编，校注精细，驰誉学坛。以余观之，其最大成绩乃在对王渔洋诗之研究，老而苦学，心力交瘁，历十年之磨砺而书成，此为必传之作无疑也。会君来索弁言，余适在养疴，遂倾力书其梗概以告同志之士，期共勉焉。

著者告白

本书是对清初大诗人王渔洋《蜀道》《南海》《雍益》三部纪行诗集的精细研究，此为王氏诗歌研究的一项基础工程，系首创之作。

本书着重从历史、文化和美学角度研究作者之思想和艺术，故定书名曰《渔洋纪行山水诗文化精神阐释》。

渔洋第一次蜀道之行是在康熙十一年，时年 39 岁。南海之行是在康熙二十三年，时年 51 岁。第二次蜀道之行是在康熙三十五年，时年 63 岁。

王渔洋是清代一位杰出的诗人，他同中国历代许多大诗人一样，都是崇尚中华道德与政统的，他有尊重明君圣君的一面，也有怒对暴君昏君的另一面。作为正直人士，尽管一生蹭蹬，但他始终维护国家的统一，他是一个爱国者。

渔洋的山水诗大致可分四类：一是咏史山水，多与史事有关，咏史伤怀，有寄托。二是文化山水，或赞古迹，或咏高人，陶冶性情，见其高致。三是休闲山水，或颂古松，或赞奇石，常得自然之趣，心与物游。四是哲理山水，即小见大，富有妙趣，启人灵智，发人深省。四类诗皆清新俊逸，诚开一代之新风。

本书所述，统而观之，近似渔洋的专题评传，价值自显，只因分题编写，难成系统而已。

本书之特色、意义和价值及原著者之历史地位等等情况，俱详徐复之《序言》，兹不赘。

本书按原诗集之次序分题编写，计分 24 卷，每卷皆有“卷头语”一篇。目录分为“总目”与“细目”两项，“总目”列在全书之前，“细目”列在各卷之首，以便读者查阅。自卷 1 至卷 16 为《蜀道集》与《雍益集》之合编，自卷 17 至卷 24 为《南海集》之全编。

---

* 本书引文极多，为尊重作者起见，不强求形式之统一（但古人引错的则予以改正）。——编辑附识

目　　录

1. 西征卷

【卷头语】作者出都西行，首作别亲友诗三首，言愁吐怨，拉开蜀道诗的序幕。过保定、定州，怀古伤今，追悼亡明；登太行，赞井陉雄关之险，发出“地利不足恃”的警告。一路感燕赵之风云，慷慨悲歌，多有弦外音。《井陉关歌》力追李白《蜀道难》，显有奇气。

七月一日出都感寄西樵先生

驱马自兹去，浮云燕赵间。
因风向巴蜀，西上几时还？
骨肉存亡泪，江山离别颜。
射堂今夜雨，萧飒鬓毛斑。

《蜀道驿程记》：“康熙十一年六月，士禛奉命偕郑工部次公典蜀试，二十二日陛辞。七月朔，与家兄西樵考功及家人别，余方有儿浑之痛，伏枕浃旬，黾勉就道，留家累京师，依兄以居。途次，闻宋荔裳琬观察尚在余后，荔裳新补蜀臬，前五日行。……雨，抵良乡县。”此次典蜀试，从者四十二人，往返得诗三百五十余首，后编入《蜀道集》。郑日奎字次公，号静庵，江西贵溪人。王士禄，字子底，号西樵，士禛伯兄，顺治进士，官吏部考功员外郎，为人清介有守，以母丧哀毁卒。工诗，有《十笏草堂集》等。

这是作者奉使西征典蜀试向伯兄士禄自诉心愁的告别辞。伯兄长渔洋九岁，亦师亦友。此诗述兄弟之离情，缠绵悱恻，真挚感人。当时蜀中尚未稳定，次年即发生三藩之乱，作者行前似颇不安，加以入朝任事十年，于上年才得升任户部郎中，迄未大用，意殊怏怏，题为“有感”，语意含蓄。

作者赋别遣怀，高屋建瓴，大有燕赵侠士之风。首联即景生情，微妙地表达了“富贵于我如浮云”的心态。“浮云燕赵间”句是牢骚语，燕赵自古多慷慨悲歌之士，我今仕宦十年，亦不过如浮云而已。这是破题之语，可谓一语惊人。次联以“因风向巴蜀”一句常语承之，将“典试”一事虚化，随即发出“西上几时还”之叹，意蕴转深，不禁令人想起“壮士一去兮不复还”的古侠名言，苍凉悲壮。“风”与“浮云”是景语，也是情语，具见其愁怀之不可名状。三联“骨肉存亡”，则直诉内心哀痛，写自己迭丧二子之悲，同时也隐然折射出时代的哀痛，此意由下句“江山离别颜”显之，说明这已不是纯为个人之悲，而是时代之悲。这对当时一切汉族失意士人都会引起震动，诗是很有感染力的。尾联借雨浇愁，以“萧飒鬓毛斑”一句收结，尽吐愁怀，意在言外。作者被遣入川，充任主考官，很不乐意。值得注意的是，“射堂”为古时皇家习射场所，此指良乡，清室贵族每年春秋皆习射于此。这是作者出京后的第一站。时届新秋，故托秋风以寄意。谢灵运有《晚出西射堂》诗，李白有“飘飘江风起，萧飒海树秋”之叹，怀古言愁，这是他与伯兄一次微妙的心灵对话。通过家庭这个窗口，他观察时代与社会，借写一身一家之愁，以泄胸中哀怨之气，与时不合，风骨嶙峋。此诗明言愁暗诉怨，愁表怨骨，字字是泪。全诗气象恢宏，大开大合，忧愤深广，由燕赵而巴蜀，由谢灵运而及李白，纵横捭阖，充满历史文化意蕴，是赋别诗的创新之作。

作为蜀道纪行诗的开篇之作，此篇明显有“序诗”的性质。全诗四联，表明四层含意，前已言之，其后两联尤其值得回味：第一，“骨肉存亡泪，江山离别颜”。这一联是全诗之魂，这里隐然含有吊明之思与怨清之情。明的江山已灭亡二十八年，汉人受尽苦难，他的祖父早已辞官回家，号为“明农隐士”；妻父辞官归里，妻兄亦早已身隐，亲友或存或亡，都很不幸。这江山久已归属新朝，临别寄言，哀伤沉痛，使他泪流不止，渔洋显然不是很驯服的。第二，“射堂今夜雨，萧飒鬓毛斑”。此联写尽哀愁，但也不全是消极的哀叹。这年他才三十九岁，正值盛年，他何以如此叹老？显然，这是自嘲，也是反讽。这良乡作为练武场所，多么使他留念。不谐之音，隐约可闻。作为一代诗坛盟主，如果其诗不能拨动时代的心弦，何能长久望重士林？那种把渔洋诗狭隘化的陈旧观点是应当彻底抛弃了。

寄　内

何必言愁始欲愁，离骚端只是离忧。
两年再堕童乌泪，万里虚为谕蜀游。
落日深山闻杜宇，秋风古驿下金牛。
伤心欲写蛮笺寄，十样空传出益州。

《蜀道驿程记》：“初三日，过定兴县……县令梁舟，三原人，旧共事广陵，嘱寄家书于京师。"《渔洋文略》:"予奉使入蜀,时两丧爱子,而予有万里之行,宜人虑伤予心,破涕为笑,反复慰譬。扶病治装,刀尺之声与呜咽相间,唯恐予之闻之也……予途中寄诗云。"所寄即此诗。宜人姓张,年十四来归,邹平人。扬雄《法言·问神》:"育而不苗者,吾家之童乌乎? 九龄与我玄文。"童乌,扬雄之子名。后因以"童乌"作早慧或幼殇的代称。金牛,驿道名,在川陕境内。

作者有四子,幼子三岁卒,次子十七岁卒,两年间迭丧二子,心情至悲,因于定兴途中给妻张氏写作此诗。张氏有文化,且有贤名。她的祖父延登,明万历进士,官至南京都察院右都御史。父万钟是拔贡,南渡后官镇江府推官。兄萧亭隐于大谷,弹琴咏歌自娱,一家都是明的遗民。

此诗言丧子之悲,哀怨深沉。首联总述愁怀,提出遣愁的一种新方法,借以安慰妻子,"何必言愁"是婉曲语,幽默有趣。在当时满族统治下,他只能出此戏语,心亦苦矣。颔联用典,大增诗的文化意蕴:"两年再堕童乌泪,万里虚为谕蜀游。"此谓己之不幸,直与扬雄、司马相如相同,扬、马是文臣,自古以来,文臣皆为帝王任意驱遣,统治者哪里会把他们放在眼里?"万里虚为"一句,感时哀己,幽怨无穷。颈联直诉自己目前的生存状况:家难顾不得,设想自己只能一个人在深山古驿中跋涉,"落日深山闻杜宇,秋风古驿下金牛",以景语言愁,益增哀痛。尾联复以安慰语告妻,谓己到达成都后将买名笺给她写信,但又怕这"蛮笺"将是"十样空传",因又劝妻莫作指望,心里很矛盾很痛苦。宋中散大夫享有十种特殊待遇,人称"十样锦"。元杨亿《谈苑》载韩浦《寄弟》诗云:"十样蛮笺出益州,寄来新自浣花头。""谕蜀""十样空传"两典的运用,极显风神。这对张氏是极大的安慰。诗人对寄内之私情作深广的开掘,感时伤世,打破了历来寄内诗仅言私情的狭隘性,情意感人。

作者将一己之哀愁,与屈原、扬雄、司马相如之愁怨挂钩叙写,说明这已不是一人和一个时代的哀愁,而是专制皇权统治下普遍性的哀怨。渔洋异于同代降清或事清者(包括一些诗文名家),即在此等处。这说明他对自己所处尴尬之境与实际身份,始终有清醒的认识,不像某些人明明被清统治者视为侍臣或弄臣,还感激什么"知遇之恩"与"圣眷之隆"。这正如王国维所说,渔洋不是以政治家限于一时一地之眼,而是以"合古今而观之"之眼来看待自己的人生遭遇,并扩展和延伸到对历代封建知识分子共同命运的认识,这就有力地揭示了中国封建知识分子与历代专制皇权对立的社会现象和历史现象。一个长久被看错了的渔洋,其真面貌原来如此。对这位有史识和新见的诗人,应当给予重新评价。

定兴道中感怀寄绎堂湘北子端周量千仞匪莪季用颂嘉诸子

吴霜点鬓上于鬆，消尽文通赋别才。
爱子魂应怜柏实，愁人泪已化琼瑰。
天连剑外山无数，栈转褒中水自哀。
都是此行惆怅地，使星休羡益州来。

《蜀道驿程记》："七月初三日，过定兴县，道中有诗寄诸友，暮抵安肃县。"江淹(444—505)，字文通，南朝梁文士，著有《别赋》《恨赋》。晚年才思衰退，诗文无佳句，时人有"江郎才尽"之讥。《左传·宣公二年》："于思于思，弃甲复来。"《释文》："于思，多须貌。"

作者出都后，思绪万千，分别给伯兄与妻写诗道别后，现在到了定兴，又给在京八位诗友写了这首充满愁绪的告别辞。这三首诗，都可看作蜀道诗的"序诗"。三诗旨在说明他是在怎样的情况下出使西蜀的。这些诗友，或为"八家"，或称"十子"，还有"南施北宋"等等称号，皆为渔洋所善。他们有的比他年长，有的同他年龄相仿，有的还是门生后辈。他们在康熙六年组成"文社"诗坛，常在一起吟唱，以致形成一个诗派。此时行经定兴道中，殊感寂寞，因吐哀愁寄意。在诗题上列出这些诗友的名字，既见情谊之重，也可约略窥见其领袖诗坛之概貌。

渔洋是一个有抱负的诗人。他早年服膺儒教，志在济世。二十七岁出任扬州推官，秉公执法，平反一大批冤狱，他很同情郑成功进兵江南之举，为江南士人所称。三十五岁调淮安，榷清江浦关，废陋规，革贪吏，又作出一番出色成绩。此后清廷即不再派他出任要职，而只让他去干主考、祀神之类闲职，实际上是把他挂了起来。他以"咏秋柳"成名，以结社吟诗、广交名士为时所重；到三十六岁《渔洋集》二十七卷行世，确立其在诗坛盟主地位，他实际已成身居朝廷的一个隐者。此次奉使西行，终于把郁积于胸的悲愤一齐倾吐出来。"使星休羡益州来"这句诗说得很明白，他要求诗友们不要称颂他的益州之行，这表明他对清廷已有清醒的认识，一片哀音，全托于此。

首联以江淹自比，叹"吴霜点鬓"，才情尽消。颔联写子殁妻悲，伤痛莫名。颈联想象蜀道途中跋涉之苦，万念俱灰。这就是他此时的心态。从表面看，这三首道别诗，好像只言一身一家之愁，实际上乃是当时汉族士人时代哀愁的曲折反映。在清人专制皇权统治下，一个经国之士尚且遭到如此驱遣，其他士人就别说了。难能可贵的是，他的蜀道诗常常或明或暗，或隐或显，或强或弱，或有意或无意，不时地透现出可贵的中国历史文化精神，这是他这部诗集的鲜明主线，同时也是他后来所作《南海集》和《雍益集》的主线，可惜此点迄今尚无人揭破。渔洋是对中国历史、中国舆地及方志之学有精深研究的学人，他对蜀道沿途景物及史事，诸如祠墓、庙宇、名胜、古迹、遗址等等，统皆了然于心，他一路行来一路歌，信手写诗，抒怀言志，使这三部诗集显有弘扬中国文化的显著特色，这是别的诗人所写山水诗难以见到的。惟有顺着这条主线来研读他的诗作，才能窥晓其胸奥，开启其心扉。只说他是一位杰出的山水诗人是很不够的；只承认他在诗歌理论上作出了杰出的贡献，也是很不够的。检阅他的全部诗歌创作，可以说，他以博学之才和独特的感悟，高歌历代贤哲的伟大人格的思想，批判历代昏君暴君之专制独裁，及其阐释对中国儒释道三教融合之领悟，这就是他在弘扬中国古代优秀传统文化上所达到的成就，同时也是他在开发民智上所作出的贡献。可以说，他是清初诗学精神界之伟人，是以美学力量感染读者的杰出诗人。当今已有论者指出：他与袁枚、龚自珍齐名，是有清一代三大诗人之一。随着对他的研究逐渐展开，对他的认识还将逐渐加深，这是可以预期的。

丙子春奉命祭告西岳西镇江渎出都却寄李容斋相国陈说岩司徒彭羡门少宰四首

早历邛崃万里程，那知垂老又西征？
六飞正决平戎策，九折宁辞叱驭行。
华岳终南春浩荡，锦江玉垒气峥嵘。
山灵处处曾相识，只怪秋霜两鬓生。

年年待漏集修门，滴尽铜壶笑语温。
韦曲西来春盎盎，嘉陵南去雨昏昏。
蜀笺细字题清怨，巴曲哀音怆旅魂。
折得花枝相忆否？梁州回首梦慈恩。

十年两度展明禋，江海空馀汗漫身。
春老鹃啼催入蜀，年衰鹤病悔游秦。

琴台再访当垆子，帘肆重过卖卜人。
兴尽萧然问归艇，碧鸡坊外府江津。

年来有味是三乘，著紫伽梨苦未能。
此日只如行脚去，归来应似罢参僧。
百城烟水云随屦，方丈跏趺雪暗灯。
五月岷江新涨阔，朝辞白帝暮江陵。

《渔洋山人自撰年谱》:“康熙三十四年十二月十七日乙巳，诏赦天下。遣廷臣祭告长白山、五岳、四渎及历代帝王陵寝、孔子阙里。三十五年正月二十一日戊寅，命下，同遣者十六人。二十七日甲申，上御保和殿亲阅祝文、香帛。礼部尚书、侍郎等官，执事、奉使诸臣，皆在列。阅毕，由太和门驰道出。诸臣于午门辞朝，行三跪九叩头礼毕，随至礼部，颁祝文、香帛。”

彭孙遹(1631—1700)，字骏孙，号羡门，浙江海盐人。顺治进士，官至吏部右侍郎。工诗，尤工词，渔洋推为清初词人第一。有《松桂堂集》三十七卷。李天馥、陈说岩已见前诗注。

丙子初春，作者再使秦蜀祀神，这年他六十三岁，时天寒地冻，一声令下，即日出都，因向京城三友作诗道别。此四诗，皆以预想蜀道途中之景物为线索，诉怨抒怀，如泣如诉，读之令人扼腕。

[**第一首**]叹垂老西征。时康熙准备亲征蒙古噶尔丹王，“六飞”句谓此。“六飞”即“六騑”，此颂康熙之武功。“九折”句，乃借汉益州刺史王尊行经邛崃九折坂事以申己志，谓己亦愿以死报国，然未得重用，现在当了这个祭神官，殊感失望。“华岳”一联，借景抒怀，展出一幅气象恢宏的画面，聊以自娱。尾联写与山灵重逢，山神叹他年老，如此调侃，味颇苦涩。

[**第二首**]述与三友共事之乐，铜壶滴漏，笑语温馨。修文，馆名，此指翰林院，他们同为编修官。次联写想象，谓长安韦曲之春景十分可爱，而嘉陵江之雨雾却使他心忧，心头因此笼罩一片愁云。三联借题笺听曲以表愁绪，自诉旅魂难安。尾联以跳跃笔墨忆往伤今，奇气飞动。“梁州回首梦慈恩”句，忽然展开一个大跨度的多彩画面，以唐都的慈恩寺比拟清都的慈仁寺，寓意深微。慈仁寺是他与诗友们集会吟诗的场所，实际上也就是他们的“文社”诗坛。折花枝、梦慈恩，是他们在一起游乐的情景。这分明是一首友谊赞歌。

[**第三首**]写十年两奉“明禋”，调转悲凉。十年谓自康熙二十三年(1684)奉使南海祭神及至此次使蜀祀神，恰满十年。他深深地尝到了“空馀汗漫身”

的滋味。入蜀也好，游秦也好，都如"春老鹃啼""年衰鹤病"，他也只得再访琴台，重过卜肆，去凭吊一下司马相如的"垆子"和严君平的"帘肆"罢了。如此为皇家奔命，有什么意思！向三友尽吐衷曲。

[**第四首**]再申求去之意，决心归佛。近年来，他有味于三乘，现在又成一个行脚僧，百城烟水，飘浮不定，朝辞白帝，暮达江陵，还是早点返程吧。此时他已消极之至，奉使祭神，不说一句祭神的好话，却发了这样一通牢骚，若非至交，何敢吐此肺腑之言。

值得注意的是，此四诗与他二十四年前使秦蜀所作别离诗，情调竟完全相似。尽管他于康熙十七年(1678)蒙恩特旨传谕，已以诗文兼优获得翰林院侍讲荣衔，被称为有清一代部曹改词臣的首例，随后官职又不断晋升，但他还是如此哀愁。因其济世之志未遂，正同李白一样，心中颇为不平。此时他对康熙的武功是折服的，而对其文治却少有赞辞，尤其对这祀神弄鬼的把戏颇为反感。行前，几位门生特来向他致贺，他竟怃然长叹曰："余自壬子入蜀，甲子使粤以及此行，每值子岁辄有万里之役，今精力就衰，兴味萧索，思栈道之崎岖，江汉波涛之汹涌，阴雨云物之霖霪诡变，时代岁序之推迁，猿鸟之啼吟叫啸，草之蒙茸，木之荟蔚，实有神伤心悸，不欲复见者，恐不能如年少气盛时，出佳句排戛以与山灵相雄长矣。"语方毕，一座皆低徊感怆不已(蒋廷锡《雍益集序》)。这对清廷所表示的分明是一种不协调音，但他对这三位诗友却是很感激的。他说："合肥李相国容斋诗仅存千首，以《南》《雅》为经，以《史》《汉》《骚》《选》《古乐府》为纬，取材博而不杂，卓然为本朝一大宗无疑。"(《蚕尾续文》)在其所编《感旧集》中分别选录了彭羡门诗四十五首、陈廷敬诗二十六首，并作出高度评价。临别寄言，这一切唱和往事都来复于其心中，他是何等珍惜这样的友谊。要全面地认识康熙诗坛，不可忽略这三大干将。渔洋不是那种自命清高只唱独角戏的诗人，他很爱与诗友们携手共进，所以他常常乐于为他们编写诗集并作序，以广流传。他不是独奏，而是在搞大合唱。单是这一点，在中国诗史上也是罕见的。

过琉璃河

琉璃河上驻征骖，柳踠轻冰未蘸蓝。
三十六陂春水岸，可怜浑不似江南。

《秦蜀驿程后记》："二月初三日己丑，发京师，大风寒，夜抵良乡县……初七日，晴。与常中丞同发，过琉璃河，抵涿州。”常中丞佥都御史，字大忠。王安石《题西太一宫壁》：“三十六陂春水，白头想见江南。”柳踠，即柳根。庾信《杨柳歌》：“别有长条踠地垂。”

琉璃河是出京西行的第一站。作者老年过此，见春水陂塘之景，忽然想起江南，因引王安石之句入诗，以表其思念扬州之情，题旨深微，耐人寻味。

顺治十二年(1655)，渔洋中进士。十七年被派往扬州出任推官，办理江南士人响应郑成功进军长江以图复明一案。担当这项任务，风险很大，这是清廷对他的一个严重考验。这年他二十七岁，其同年汪琬为撰《送王进士之任扬州序》以赠其行。这篇赠序反映出江南士人的心声，汪称此乃“一郡”之重任，用刑宜宽，希望他宽待江南反清士人。同时，他母亲孙夫人也嘱咐他“务尽职守，以嗣前烈”。后来，他果然不负亲友所望，平反了一大批冤狱。初出仕，就干出这样一件大事。他办案合情合理，清廷亦无可如何。此后清廷即把他紧紧抓在手里，再也不派他执掌大吏。此次奉使西行，祭告山川，他抚今思昔，感慨殊深。过琉璃河，见春水初波，因有“可怜浑不似江南”之叹，弦外之音，铮铮震响。作者借柳言怀，用王安石之句入诗，这可以说是秋柳诗的嗣响。“可怜浑不似江南”，似乎还有另外一层意思：顺治十二年，作者偕同邑傅侍御北上，至白河沟(即琉璃河)，闻长沙女子王素音于崇祯末为乱兵所掠，及见其题驿壁诗序，不禁感慨系之，因题诗于壁面去。今日再过琉璃河，能不忆及四十一前的旧事？这年他六十三岁，宜其有白头之叹矣。

[附录]王素音《琉璃河题壁诗序》

“妾生长江南，摧颓冀北，豺狼当道，强从毳帐偷生，鸟鼠同居，何啻将军负腹。悲难自遣，事已如斯，因夜梦之迷离，寄朝吟之哀怨。嗟乎！高楼坠红粉，固自惭石崇院内之姝；北首耀青霜，当誓作兀术帐中之妇。天下好事君子，其有见而怜予者乎？许虞侯可作，沙叱利终须断头陷胸；昆仑客重生，红绡妓不难冲垣破壁。是所愿也，敢薄世上少奇男；窃望图之，应有侠心怜弱质。”渔洋感其事，为题《调寄减字木兰花》一阕云：“离愁满眼，日落长沙秋色远。湘竹湘花，肠断南云是妾家。掩啼空驿，魂化杜鹃无气力。乡思难裁，楚女楼空楚雁来。”此词和者甚众。

保定怀古

蛾贼西来日，还趋上谷城。
国殇谁效死，上相本专征。
夜送中军款，天留别驾名。
更闻真御史，止水至今清。

《蜀道驿程记》："初四日，午次保定，府治清苑县……又谒忠烈祠。甲申之难，流贼破故关，攻保定，同知邵宗玄及郡人光禄少卿张罗彦兄弟、御史金毓峒辈，守死弗去。督师大学士李建泰赚城入之，为贼内应，城遂陷，宗玄等皆死之。近同知常大忠建祠祀焉。抵陉阳驿宿，是日暑甚。"常大忠字翼圣。上谷，古郡名，今河北易县。《庄子・德充符》："人莫鉴于流水，而鉴于止水。"止水澄清，可以照鉴，后用以比喻心境宁静，胸怀纯洁。白居易《同登右常侍制》："朴中沈厚，心无诡诈，介圭不饰，止水无波。"清代绿营兵制，分督、抚、提等标，各标统领官叫中军。"夜送中军款"，指李建泰为李自成内应事。

此诗为吊明末保定守城官吏死难而作，反映出一场忠奸对立的尖锐斗争。作者一方面表扬了别驾邵宗玄和御史金毓峒的忠勇牺牲精神，一方面又遣责了"为贼内应"的督师大学士李建泰的叛卖行径。对于攻城者李自成则直称"蛾贼"，大加挞伐，显然这是一首维护封建正统的咏史诗。值得注意的是，作者在唱罢满怀愁怨的三首骊歌之后，接着又唱了这首哀悼明亡的怀古歌。为前朝忠臣建祠、歌赞忠勇者和指斥变节者，这是清王朝统治者所能允许的，是其维护政权所需要的，但同时，这也是一切怨清者们所欢迎的。常大忠干了建祠这件大事，作者特为讴歌，乃是顺天理、合人情的举措。明亡一叶历史，在明的遗民心里都有很深的伤痛，作者除在《秋柳四章》和《秦淮杂咏二十首》等诗里有所表露外，一直找不到机会作痛快淋漓的宣泄，现在来到保定可找到一个好题目了。看来，他离京后先写别离诗次写哀悼明亡诗，以吐哀怨，都是行前预先有安排的。所以那三首向亲友道别诗足称《蜀道集》的序诗，而这首怀古诗则可以说是他这一路上"思明怨清"的开篇之作。他不是为观赏山水而写山水，许多诗为感时而作。

甲申之变，流贼攻破故关，以致造成明亡一叶痛史，他岂能遗忘？现在有人为之建祠纪念，他又岂能无诗？辨忠奸，悼明亡，他很乐于写作此诗。正是在此等处显露其人风骨。在这首诗里，他的感情是比咏柳诸诗表露得更明白了。“更闻真御史，止水至今清”，这两句诗铮铮震响，有千钧之力。这庄子所仰叹的“止水”，是他对金毓峒辈的礼赞，也是他对常大忠的表彰。“更闻”的“更”字和“真御史”的“真”字，分明都有弦外音。渔洋这一情结，作为一个民族主义者，终生未变。这是埋藏在他心底的痛苦印痕。他始终有愁有怨，“愁怨”二字乃其诗歌之魂。

定州怀古三首

公子曾闻雅善诗，仓庚一对使人悲。
翻怜往日申生死，不解晨风与黍离。

一代诗豪刘梦得，元和标格冠当时。
欲寻陋室知何处，斜日空城遍兔葵。

三守江湖鬓欲星，太行了了送余青。
崎岖海外归来晚，无复丝纶侍禁廷。

《蜀道驿程记》：“初五日，过庆都县，古望都。暮抵定州。州北十里，渡唐水，水与滱水合流。《山海经》云：‘高是之山，滱水出焉。’……定自唐宋以来为雄镇，兵燹之后，百不一存。觅韩忠献公阅古堂、众春园旧址，不可得。惟苏文忠公书杜牧之《得州荒僻中，更值连江雨》一篇，石刻尚存。按此诗乃牧之刺黄州作，坡曾谪黄，后帅定武更书之耳。杜刺池刺黄，后乞湖州，未尝为定州，《志》误也。”定州，唐时为定武军。

《秦蜀驿程后记》：“十三日……过清风店，抵定州，谒韩忠献、苏文忠二公祠。祠为众春园旧址，叔党尝通判中山，今配享苏祠。次至阅古堂，堂在州署后圃，万历间知州宋子质别建续阅古堂于署东偏。”《带经堂诗话》编者宗楠案：“今所观者是也。盖宦游所至，车马倥偬，前后详略自不同尔。”此诗壬子年作。

《檀弓》上：“晋献公将杀其世子申生，公子重耳谓之曰：‘子盍言子之志于公乎？’世子曰：‘不可。君安骊姬，是我伤公之心也。’曰：‘然则盍行乎？’世子曰：‘不可。君谓我欲弑君也，天下岂有无父之国哉！吾何行如之？’使人辞于狐突曰：‘申生有罪，不念伯氏之言也，以至于死。申生不敢爱其死。虽然，吾君老矣，子少，国家多难。伯氏不出而图吾君，伯世苟出而图吾君，申生受赐而死。’再拜稽首乃卒，是以为恭世子也。”

继《保定怀古》之后，作者又写了这三首定州怀古诗，围绕同一个主题，借史言怀，分咏三个历史人物，这是他在咏史诗形式上的一个新创造。

[**第一首**]咏晋公子申生。对于申生之死，他提出一个新看法：认为申生贸然赴死，源于没有读懂《晨风》与《黍离》这两首古诗。朱自清说："《诗》在先秦是处理政务与外交的工具，同时也是观察社会人生的一种智慧，所以孔子说：'不学诗，无以言。'"（《诗言志辨》）申生其实是死于晋国内部一场夺取王位继承权的斗争，渔洋说他没有读懂《晨风》与《黍离》，这一新见解足以提高人们的政治警觉性。清室王子争权斗争终止了吗？他提出了这个引人深思的问题。

[**第二首**]咏唐代诗人刘禹锡。刘加入王叔文集团，着意进行政治革新，结果受到宦官、贵戚等佞幸小人的迫害而被弃置。十年后，诏回京城不几天，又因赋诗再次被打下去。二十三年后返回朝廷，已年老，只给他做一个太子太傅的闲官。刘禹锡吃尽苦头，也是由于不懂得政治斗争的残酷性。这位诗豪曾独步元和诗坛，爱诗如命，但结果又怎样呢？他在定州做官的治绩现在是连一点影子也没有了。

[**第三首**]咏宋代大诗人苏轼。他曾经做过杭、苏、湖三州刺史，其后又任定州太守。在北宋新旧两派斗争中，他被尊为蜀党首领，因乌台诗案几乎丧生，后流放黄州、惠州、琼州、儋州，六十六岁遇赦北归，病死常州。他也不懂得政治斗争的残酷性。他早年曾蒙受神宗赏赐，得到许多丝绸、珠宝，且有宫女数人为他秉烛送行，但这又管什么用呢？一片哀情，全涌于笔端。

这三首诗反映出中国历代士人的共同悲剧，充分揭露出中国历代专制统治者的残酷性，诗写得很深刻。在中国历代诗人中，像渔洋这样把几个人物的共同悲剧串联起来，揭露宫廷内部夺权斗争的残酷性，是罕见的。怀古伤今，寓意朦胧，这正是神韵诗"不着一字尽得风流"的特色。

题新乐县驿壁寄宋荔裳

当年雾夕咏芙蕖，促席传觞乐未疏。
名忝应刘七才子，座倾沈范两尚书。
飞星过汉无留影，萍叶随潮少定居。
犹有前期不相负，秋来同钓锦江鱼。

《蜀道驿程记》："初六日，次新乐县，古鲜虞侯国。《春秋》'晋荀吴伐鲜虞'即此。抵伏城驿,元侍郎苏天爵春风亭在驿南苏村。是夕雨。"新乐县,清属正定府。宋荔裳时受命为四川按察使,原拟与王氏同行入蜀,未果。宋琬(1614—1673),字玉淑,号荔裳,又号二乡亭主人,山东莱阳人。顺治四年进士,因于七之乱,被诬下狱。诗与施润章齐名,有"南施北宋"之称。有《安雅堂集》,渔洋《感旧集》收其诗《入蜀集》一卷。

康熙四年三月,渔洋伯兄西樵随侍匡庐公于武林,留湖上四月,赋《西湖竹枝》三十首,与宋琬、曹尔堪薰炉茗碗,诗酒弥日。何逊《看伏郎新婚》诗:"雾夕莲出水,霞朝日照梁。何如花烛夜,轻扇掩红妆。"李义山诗:"雾夕咏芙蕖,何郎得意初。此时谁最赏,沈范两尚书。"沈范指沈约和范云,作者自注:此处借指"龚芝麓、梁苍岩二宗伯"。《梁书·文学传》:"何逊字仲言,八岁能诗,弱冠举秀才,范云见逊对策,大相称赏,因结忘年交。沈约尝为逊曰:'吾每见卿诗,一日三复,犹不能已。'"应玚《公宴》诗:"促坐褰重帷,传满腾羽觞。"《魏书·王粲传》:"始文帝为五官将,及平原侯植,皆好文学。粲与北海徐干字伟长、广陵陈琳字孔璋、陈留阮瑀字元瑜、汝南应玚字德琏、东平刘桢字公干,并见友善……自颍川邯郸淳、繁钦,陈留路粹,沛国丁仪、丁廙,弘农杨修,河内荀纬等,亦有文采,不在此七人之列。"

龚芝麓,字孝升,号鼎孳,合肥人。崇祯进士,授兵科给事中,入清以原官起用,屡起屡仆,康熙间官至礼部尚书。喜结纳才士,宏奖风流。有《定山堂集》等。梁清标,字苍岩,河北真定人。崇祯进士。入清授编修,累官户部尚书等。有《蕉林诗文集》《棠村词》等。

宋琬长渔洋二十岁,两人为忘年交。这年作者入蜀典四川乡试,宋新补蜀臬,前五日行。渔洋至新乐县,没有见到他,因题诗于壁以寄意。前两联,追叙旧游。七年前(即康熙四年),宋琬与西樵同游西湖,有促席传觞咏荷之乐。席上还有龚芝麓、梁苍岩、曹尔堪等。群贤毕集,诗酒为乐。席间,宋琬和西樵的咏荷诗受到称赞,认为可与应玚和刘桢相比。对于与会的前辈诗人龚、梁两位尚书,皆一致倾倒。龚、梁由明入清,官位显达,作者以六朝时的沈约、范云两位尚书比之,很有趣。后两联,转入对宋琬的歌赞。"飞星过汉无留影,萍叶随潮少定居。"将实事虚化,以象征语写宋之坎壈,对其所受冤屈深表同情。此联雅驯,语婉情深。尾联预想两人同钓锦江鱼之乐,将真挚友谊推到最高点。

此诗是对几位诗友西湖集会的回忆。渔洋时在扬州,因公务缠身未能与会。此次聚会,事先并没有谁作安排。这也多少反映出济南诗礼之家王氏几代在明末清初士人心目中的声望和影响。诗的内涵很丰富。“名忝应刘七才子”是作者的谦辞。因为席上有人称颂他兄弟之诗，很像应玚和刘桢，他才作了这番答辞致谢。“座倾沈范两尚书”，反映出同席诗人对龚、梁两位前辈诗人的爱戴和推重。龚、梁本是明臣，入清后复受重用，为士林所重。诗中既点出三国时的竹林七贤，又牵出六朝时的两位尚书，这就给康熙诗坛留下一帧珍贵的剪影。令人难忘的是，两年后(康熙六年)，渔洋所发起的“文社”即在北京正式成立，这个团体的牵头人就是鼎鼎大名的龚芝麓。这就把清朝统治者在顺治年间所颁“禁止士人结社订盟”的诏令无形地取消了。而渔洋所主盟的诗坛从此就顺顺当当地开展起来。此诗写于康熙十一年，龚芝麓已退位，不久去世。龚氏为明末清初“江左三大家”之一，与钱谦益、吴伟业齐名。

新乐县驿亭有感往事

古驿鲜虞国，寒芜新市城。
莺花殊寂寞，野水自纵横。
衣带日以缓，浮生还自惊。
败垣苍藓合，何处认题名？

《秦蜀驿程后记》：“十四日，晴。次新乐县。予壬子岁过此，题诗驿壁，寄宋荔裳琬蜀臬，云云。时，荔裳与予先后入蜀。其明年，荔裳入觐，卒京师，龚公即以是岁下世。戊辰梁公以司马入相，辛未卒于位。今复过此，旧馆已颓，前题不复可见，俯仰二十五年间，遂如隔世，益知维摩谈空，理不可易也。”

作者再使秦蜀，过新乐县，追忆旧游，怆然有怀，作此诗。首联点出鲜虞古国，古朴苍凉，次联写莺花寂寞，野水纵横，是眼前所见现实景象，很有韵味。前两联写景，古今相续，情境凄凉。后两联着重抒情，“衣带日以缓”一联，借汉魏诗句抒怀，古味盎然，益增诗美。末以重忆题诗往事收结，苍凉悲痛。使作者念念不忘的，主要是与题诗有关的几位诗友，即龚芝麓、梁苍岩和宋荔裳，他们都是渔洋的前辈和忘年交。龚以兵部尚书身份出任渔洋所办“文社”负责人，这对他是很大的支持。在清政府严禁汉族士人结社的禁令尚未解除之时，办诗社很困难。这一点，渔洋很清楚，所以他对龚氏很感激。龚氏与钱谦益、吴梅村齐名，章太炎在《訄书》中曾论及此二人而极称之。

作者壬子年在新乐县驿亭上给宋荔裳题的那首诗，其中特别提到龚芝麓和梁苍岩，因为他们曾有西湖雅集之乐。此次重过新乐，因又忆及。新乐春秋时是一个诸侯小国。《左传·昭公十二年》:“晋荀吴伪会齐师者,假道鲜虞”,即此。今又改名“新市”,野水纵横,莺花寂寞,寒芜满野,还同古时一样,这就是他一生的思想轨迹。此写自然之景,兼抒挹郁之情,蕴借自然,而哲理蕴含其中。

作者早年崇儒,中年尚道,晚年入佛。荔裳殁后二十八年,其子思勃曾来京师,以宋氏遗集手稿相示,作者乃“亟录而存其诗四十六首”,编入《感旧集》。对这位被称为有“神仙才”的诗人深表爱重。

真定寄郑次公水部

神女楼高望杳冥,恒阳缥缈乱峰青。
百年河北蟠三镇,千里行人入五陉。
玉帐严关征戍地,垂杨残照短长亭。
极知水部能怀古,莫遣中山酒易醒。

《蜀道驿程记》:“初七日。晨,雨止,午次真定府,治真定县,唐成德军也。城南渡滹沱,西山爽气,渐来亲人,抵获鹿县。”《渔洋诗话》:“真定神女楼,昔赵武灵王梦神女于此,令群下赋咏之。”郑日奎字次公,江西贵溪人。顺治己亥进士,授庶吉士,官水部。时与渔洋同典蜀试,为副使。

作者过真定,作此诗怀古。恒山主峰在河北曲阳县西北,作者登楼北望,一片杳冥,因以“恒阳缥缈”称之。唐王朝建国百余年后,以安禄山为首的藩镇盘踞河北三镇(魏博、成德、幽州),日益滋大,终于酿成一场为害八年之久的大祸,“百年”句谓此。“玉帐”指主帅所居之军帐,“严关”指井陉关,“中山”古国后为赵武灵王所灭,此指赵国。郑日奎爱作怀古诗,渔洋特写此诗寄之。并以“莫遣中山酒易醒”一句调侃语劝之,益增诗趣。此时海内初安,然南有三藩隐患未除,北有蒙古噶尔丹仍在骚扰,这是清王朝的两大心病,早晚要动大手术。作者咏史言怀,情思邈远,态度超然,无一字及于时事,惟抒兴亡之感,自遣闲愁而已。重温唐时河北三镇这一叶历史,可以使人擦亮眼睛,醒醒脑筋,活得轻松舒畅一些,这也是诗人们常有的心态。作者对这位副手是很尊重的,特吟诗寄之,可惜未见答诗。中山国所产之酒很有名,这位嗜酒诗人,大约是喝醉了。若有唱和,该多好!前此,郑日奎曾有《奉使同王子贻上典蜀试出都作》,这也可以说是王氏的一首答诗吧。

渔洋以“极知水部能怀古”一句诗来称颂郑日奎,这是对他很高的评价,为什么他竟没有和诗呢？这是一个值得探究的问题。这只能有一种解释，他和渔洋的诗观不同，因此也就不想多有接触。像他这样同渔洋保持远距离之交的，还有那个诗和散文都写得很好的李澄中。他们都没有参加渔洋所主持的“文社”诗坛。当时同渔洋经常在一起吟唱的诗人，而以高官身份入社的其实并不是很多。这与清廷始终没有放松顺治十七年（1660）所颁“禁止士人结社订盟”的钳压政策有关。没有这个“文社”的建立，渔洋恐怕很难造成他后来对康熙诗坛广泛而长久的影响。当然，这与康熙逐渐放宽对待汉人的文治政策也有关系。全面认识康熙诗坛，似不应忽视这些与渔洋处于若即若离状态的诗人们的存在，这是渔洋时代一个奇特的文化现象。渔洋是一位有从政才能的诗人，他是先站稳了脚跟才举起神韵论的旗帜，不时地诉其哀怨之音以与清廷作长期消极对抗的。他得到钱谦益、屈大均、蒲松龄、吴嘉纪等人的广泛支持，以致造成日益深远的影响，秘密就在这里。像郑日奎这样一些游离在“文社”之外的诗人，他们与渔洋也是很友好的。

真定神女楼

神女楼空雁塞孤，照眉池涸半寒芜。
邯郸宾客皆能赋，谁似朝云楚大夫？

《史记·赵世家》：“十六年，秦惠王卒。（武灵）王游大陵。他日，王梦见处女鼓琴而歌诗曰：‘美女荧荧兮，颜若苕之荣。命乎命乎，曾无我嬴！’异日，王饮酒乐，数言所梦，想见其状。吴广闻之，因夫人而内其女娃嬴。孟姚也。孟姚甚有宠于王，是为惠后。”《古夫于亭杂录》：“今真定府隆平县，汉之广阿也。《史记》赵武灵王尝游于此，梦见神女，使群臣赋之，以侈其事。然则梦神女者不唯楚襄王也，彼犹寓言，此则真梦，而古今词人赋咏概不之及，何欤？”渔洋因有此作。

真定神女楼，可能是北魏时的建筑，不详建于何年，现在只剩下一个文化遗址。这首诗，从一个侧面歌颂了赵武灵王尚武强国的事功。作者以楚王之假梦与赵王之真梦作对比，提出一个令人深思的问题：赵武灵王梦神女而国强盛，楚襄王梦神女而国衰亡，这究竟是怎么回事？其实，赵王所梦之神女，据《史记》所载，乃是臣下吴广的女儿，名孟姚，她善鼓琴作歌，后来成为赵王的惠后，其子继承王位，即惠文王。此女才德双全，本是一个真实的爱情故事，武灵王却故以神女美之。而楚襄王则一味贪恋美女，他在巫山所遇女娃，似是一个民间女子，他与此女有几回云雨之欢，但并未纳之为妃。两个女子命运不同，自不可同日而语。作者认为，历代文人皆颂巫山神女，而忽视赵王所恋之“神”女，实在难以令人理解，因此他写此诗辩之。“邯郸宾客皆能赋”，这句诗是对赵武灵王臣下的赞词。赋有二解，一指兵器，一指词赋。此句是说与宋玉仅能为文而不能用武，迥然有别。“谁似朝云楚大夫”之问，既嘲巫山神女，又讽楚大夫宋玉，一箭双雕，很有风趣。这对尚武强国的赵武灵王是热烈的歌颂，诗旨在此。作者主张尚武强国，如此极赞赵之神女，给人以耳目一新之感，这在歌赞神女文化史上可谓独标新说，独放异彩。这曲新声，是作者富国强兵思想的生动表现。

真定题临济废寺

欲问西来意，因参临济师。
主宾谁辨取，棒喝任交驰。
野鹘巢危塔，行蜗上断碑。
何因一茎草，宝界现琉璃。

《秦蜀驿程后记》：“十五日……次真定府。”《分甘馀话》：“临济寺，余以康熙丙子过之，荒凉颓落，阒无一僧。”临济寺建于东魏兴和二年(540)，后改名龙兴寺。

临济师，即无义禅师，晚唐人，临济宗的创立者。此宗为佛教南派禅宗之五宗(沩仰、临济、曹洞、云门、法眼)之一，源出六祖曹溪慧能，下传怀让(南岳)、马祖、百丈、黄蘖，至临济元义禅师。元义住镇州滹沱河侧临济院，为该派之祖，故名临济宗。此派禅风痛快峻烈，以棒喝著称。临济下传六世至楚园禅师，其门下有黄龙楚南、杨歧方会，二禅师又创杨歧、黄龙二派，其教特盛。禅宗五家合此二派，因称“五家七宗”。《续传灯录》二五《继成禅师》：“茫茫尽是觅佛汉，举世难尽闲散人。棒喝交驰成药忌，了忘药忌未天真。”佛教禅宗重触机，其接待初学，常当头一棒或大喝一声，提出问题令答，借以考验其悟性。

这是作者礼赞临济宗的一首颂佛诗，既对元义禅师所倡禅理作了生动的描绘，又对这座产生深远影响的废寺表达了很深的感情。“何因一茎草，宝界现琉璃”两句，具见此诗题旨。此诗最后两句所表达的意念就是禅宗的这个哲学思想。作者对于此种空的境界是热烈追求的。这种超现实、超时空的精神追求，本是人类所共有的精神现象，只是平常人毫不觉得，唯天才人物始能有此感悟。每当天才人物处于困境之时，此种追求即益显热烈。一个伟大作品的创作过程，即往往由作家生命所表现的这种“困惑—超越—解脱”历程所完成。这就是这首诗所表达的思想境界和社会意义。禅宗哲学与中国诗歌相结合的过程，是从唐代就开始了的。作者仕清三十年，最后感到一场“空”，从仕途之不顺来看，他除皈依佛门，入禅修道，已没有什么可希冀的了。从文化思想来看，这也可以说是一种超脱凡尘的积极追求。读渔洋禅味之诗，似乎不可忽略这一点。

最后，还得补说一点：“欲问西来意”，劈头这一句很有味。他这次西上奉命拜山水之神，圣旨很明白，为什么还要问呢？这里就有禅意，不用解答，即可领悟，他是在说禅。

蔺相如墓

智勇存危赵，相如第一人。
特书王击缶，间道璧亡秦。
故国山河改，孤坟草木春。
鲁连终蹈海，千古共悲辛。

《秦蜀驿程后记》：“十五日，晴。次真定府治真定县。”蔺相如，战国赵人。秦昭襄王欲以十五城易赵之和氏璧，相如自请怀璧往。既献璧，秦王无偿城意，相如以计取还璧，终得完璧归赵。渑池之会，相如挫败秦王欲辱赵王之计，以功封上卿，位在上将廉颇之上。颇自以为功高，欲于众前辱之，相如以国家为重，退避再三。颇闻之，肉袒负荆请罪，与相如成刎颈之交。墓在真定府。

鲁仲连即鲁连，战国齐人，高蹈不仕，任侠，喜为人排难解纷，曾有救赵援齐之大功，齐王欲爵之，不受，终逃隐海上，蹈海而死。

蔺相如智勇双全，是一个杰出的外交家和政治家，作者过其墓，作此诗吊之。前两联赞其智勇，后两联发抒感慨，伤蔺哀己，复以鲁连作比，发出“千古共悲辛”的哀叹。两人皆终未灭秦，遗恨千古，一篇新意在此。

鲁连是救赵援齐的大英雄，义不帝秦，然终因势力单薄，难以实现其愿望，终蹈海而死。蔺相如像他一样，尽管蔑视秦王，叱咤风云于一时，最终也未能改变秦王称霸天下的局面，其人生终结只是“孤坟草木春”，令人遗憾！

此诗借古射今，其弦外之音，象外之旨，分明是隐喻清兴明亡的史事。具体而言之，即慨叹在千钧一发的几个关键时刻，明王朝不幸出现了洪承畴、吴三桂这类民族败类和叛徒，而像袁崇焕那样的忠勇之士都无辜地被杀害了。可以说，这是他对明亡这幕悲剧又一次的悼念和哀叹，从而隐隐透露出他对专制、独裁、暴政的愤恨。鲁连好像就是相如和他自身的幻化，这是此诗的亮点。“故国山河改”，“千古共悲辛”，一腔愤恨全吐。一个“共”字，合古今而观之，尽传其神。这幕三人同台表演的历史悲剧，可谓别饶风味。作者读史有新的感悟，将司马迁的论述又向前推进了一步。为时而咏，是其一贯的风格。

七夕宿获鹿县话别感成

无数青山绕县门，秋河斜处已黄昏。
来朝又向并州路，双泪凭君寄故园。

《蜀道驿程记》：“初七日……午次真定府……城南渡滹沱……抵获鹿县。获鹿弹丸山郭，群峰环抱。”谢朓诗：“秋河曙耿耿，寒渚夜苍苍。”古并州包括河北保定、正定，山西太原、大同，此指太原。

作者夜宿获鹿客舍，与一同乡邂逅，第二天两人将一东一西地分手而去，作者因于当夜写成此诗话别，以寄乡愁。这位同乡非亲非友，也非熟人，此写作者之愁。背井离乡是旧时旅行者的普遍哀愁，这诗是很有感染力的。他们的相见和分离富有戏剧性。前两句，饱含前人对“青山”与“秋河”眷念之情，自抒愁绪，从天上写到地面，气象不凡，极有魅力。后两句写别离，感情真挚，韵味深浓。融前人之句入诗，不露凿痕，可谓工巧，这里有贾岛之影，也似乎听到张祜、刘希夷的叹息声。

“无端更渡桑干水，却望并州是故乡。”“一声何满子，双泪落君前。”“故园东望路漫漫，双袖龙钟泪不干。”这些名句，都在这首诗里自然而然地融化了，因而显有丰厚的文化韵味，浑厚、优美。诗贵继承、融合，“融合”来源于诗心，完成于诗境，这是诗径的重要表现。清代词论家况周颐说，大词人之“词心、词境、词格、词笔、词径”，往往五者俱备。惟此五者俱备，方能达到王夫之所标举的“化境”。此诗是达到了，而与寻章摘句大相径庭。

融合而各存原有之性，是混合物；融合而各失原有之性，是化合物。混合与化合，两者截然不同。渔洋之诗素以善于融合著称，此为显著之一例。结句“双泪凭君寄故园”，是点睛之笔，这佳句是从心底流出来的。徐志摩何以能把《再别康桥》写得那样情意缠绵，因为他爱康桥，康桥已成他的第二故乡。他同康桥已经血肉相连。惟热爱故乡者，才能写出爱乡的真诗，好诗。鲁迅的《故乡》被认为“东方最美的抒情诗”，也就是因为这个缘故。此诗有浓郁的诗学文化传统，而乡愁也是文化精神的一种表现。这里有看不见的泪痕和哀怨。

早发获鹿县

小邑净如拭，烟岚朝打围。
忽忘行役远，只似故山归。
瀑水浸官路，清流浣客衣。
溪边凫雁喜，拍拍泛晴晖。

《蜀道驿程记》：“初八日，出获鹿西郭，有山自南来，群峰环抱，金元好问北渡后居此。石骨刻露，清流浸趾，曰西屏山。入土门口，岩障蜿蜒相属。”

这是前诗《七夕宿获鹿县》的续篇，这弹丸小邑，明净如拭，清雅绝尘，给他留下很深的印象。前诗写夕景，此诗写晨景。“烟岚朝打围”，是人所习见的，却叫他写得如此有谐趣。这一尘不染的幽雅环境，多么使他留连。全诗无一字写山，而群峰之势全出。只见一条瀑水在流，而官路早已被这瀑水浸湿。空气中饱含细小的水点，那从石骨上迸发出来的清流（其实就是瀑水），已把他一身衣服打湿。忽见一群凫雁在溪中拍水，翅膀上泛出一片晴晖，又多么使他欢喜。这一切，就是他所描绘的一幅小邑清晨优美图画。此时，他真就同那个武陵打鱼人一样，悄悄进入与世隔绝的桃源圣境了。如果说，此诗前两联是专写小邑环境之“净”，那末，这后两联则是集中力量写水。这瀑水，有的已经浸湿“官路”，有的变成水珠打湿行人衣服，有的落在凫雁翅上，谁曾如此细腻地写过瀑呢？烟岚、瀑水、小溪、凫雁，山乡常有，可是能以诗文作如此生动的表现，却不多见。这里全显渔洋其人。据说，金代大诗人元好问晚年北渡后曾隐居于此，这或许就是作者之所以如此喜爱这小邑的原因。这是一个士人自由精神的自然表露，是其高洁志行的诗意表现。屈原说：“将泛泛若水中之凫，与波上下，偷以全吾躯乎？”《淮南子》说：“若吹呕呼吸，吐故纳新，遗形去智，抱素反真。”大概渔洋所追求的也就是这一境界。

从诗旨来看，“忽忘行役远，只似故山归”，这两句最关紧要。只有归隐才能保其独立的人格，一篇文化精神全见于此。诗有情境美、动态美，具显其人之胸襟。

自获鹿至井陉道中杂咏四首

才过鹿泉上，呀然开土门。
崩崖一线路，乔木几家村？
障日山多暝，浮岚昼易昏。
闻鸡已亭午，身在武陵源。

少日纷多慨，龙门太史书。
劫残秦复赵，齿冷耳兼馀。
岂谓无双士，而师李左车？
到头钟室恨，功狗竟何如！

冶水三冬暖，西来燕尾斜。
似闻藏礐石，小住问丹砂。
急濑喧危彴，疏林卧断槎。
鱼床将蟹堁，随处可移家。

断岸雷方殷，奔泷雪又飞。
鱼惊如避笱，鸥下未忘机。
赪石何迁次，瞿塘定是非。
倦游三万里，谁为寄当归？

《秦蜀驿程后记》："十六日……出获鹿西关……入土门，史所称井陉口也。"《史记·淮阴侯列传》："赵王、成安君陈余闻汉且袭之也，聚兵井陉口。广武君李佐车说不听。汉兵夹击，大破，虏赵军，斩成安军泜水上，禽赵王歇。信乃令军中，毋杀广武军，有能生得者购千金。于是有缚广武君而致戏下者，信乃解其缚，东向坐，西向对，师事之。"《史记·萧相国世家》："夫猎，追杀兽兔者，狗也；发踪指示兽处者，人也。今诸君独能得走兽耳，功狗也。至如萧何，发踪指示，功人也。"刘邦认为张良、韩信功大，是功人；其他人都是功狗。

这四首诗，作者写获鹿至井陉途中所见，借咏地险与史事以遣愁。欲求归隐，是一条主线。第一首，着力描绘雄关之奇。身临佳境，如入世外桃源，乃唱赞歌。第二首，追忆韩信用计破关一事，情绪陡转，掀起组诗的高潮。韩信在攻赵战斗中，为刘邦立下大功，他瞧不起张耳和陈余，而对败将李佐车却以师礼事之。后来被吕后设计杀害，落得个毁身灭族的下场。第三首，说这冶水渔村很雅，因欲来此隐居。历史如此残酷，社会又如此阴冷，还争什么功，求什么名。第四首，写自己两次西征，一次南游，总计行程三万里，如此惶惶奔走为哪桩？自怨自叹，终于彻底醒悟。

韩信的才智和功业，他很欣赏；对韩信的悲剧命运，他深表同情。如此雄奇山水，以有英魂萦绕而益显奇彩，他当然要歌赞。他很注重描述哲人勇士之精神以显山水之魂，这是其诗特异之处。他求归隐是为保持自己的独立人格与自由精神，是很可贵的。他是司马迁的追随者，喜欢历史，喜欢谈论历史人物。“少日纷多慨”是在说自己，也是在说韩信，这是很深的感慨。四诗一气呵成，是自然的赞歌，也是生命的赞歌，诗句清新，文化韵味深浓，有流动感。

次井陉县

千嶂通关路，双溪绕县门。
乱流争浦溆，水碓聒朝昏。
夕照鱼虾市，寒烟桑柘村。
当年穆天子，雨雪猎高原。

《蜀道驿程记》：“初八日……午次井陉县，太行八陉之第五陉也。绵水，一名阜浆，自平定来，入滹沱，浊流奔浪，声动崖谷。”陉为连山中断之处，八陉是八个交通孔道。双流，指绵水与甘陶河。屈原《九章·涉江》：“入溆浦余儃佪兮，迷不知吾所如。”《列子·周穆王》：“王大悦，不恤国事，不乐臣妾，肆意远游。命驾八骏之乘……遂宾于西王母，觞于瑶池之上。”井陉是太行山中的小城，井陉县本来并不出名，由此一赞，乃大显露。此以律句绘出一幅小城夕照图，清幽淡雅，读之令人神往。首联以对句写此城山环水绕之姿，勾出一幅优美图画。次写水之声形，用细笔描绘，更显生气。三联叙写鱼虾集市景象，揭出一幅社会生活画面，形象生动。尾联以穆天子雨雪赴高原的游宴神话故事终篇，想落天外，益增诗美。概而言之，由地理引出历史，由现实联想到神话，使全诗形成多姿多彩的复杂画面，生机活跃，极为神奇。这是一个美的创造，文化韵味深浓。王尔德说：“艺术就是说谎。”作者在这里说到穆天子驾八骏马西游，赴瑶池西王母之宴，很美妙。没有这一出色的描绘，那将多么平淡；有此一笔，就显得很神奇。此时作者把长途跋涉之苦及一切愁闷烦恼全都抛开，他很快乐。

律诗讲究对仗，日本汉学家吉川信次郎说：“对偶是汉语的独特艺术。”

《易》以阴阳为对,因有“二仪”“四象”“八卦”之说,这是中国人宇宙观的反映,是中国哲学所表现的一种特殊文化景象。中国古代文学作品中对偶屡见,律诗更以对偶为显著特色。讲究“对称”之美,是人类对美的共同追求,在中国诗学中更有丰富的内涵。渔洋擅写律诗,他的对偶充满生鲜活色,首联以“千峰”与“双流”对举,大气磅礴,紧紧抓住读者。颔联说“乱流”在“争”,“水碓”在“聒”,把景物“人化”,极为传神。颈联以“鱼虾市”对“桑柘村”,又把山村与集市活脱脱地呈现在读者眼前。这说明渔洋学杜是很用力的,他已进入化境。

井陉关歌

回星城边落日黄,西来气欲无太行,柏岩双壁稍狡狯,目成已觉心清凉。天公一夜送寒雨,千叠万叠云锦张。丹崖翠壁窈万状,瑰奇娟妙难具详。绿萝萧萧罥巾角,石濑飒飒渐衣裳。峰回径绝不知数,谽谺倏见开中央。戍楼旌竿满云直,横亘长城环巨防。冠山子城瞰穷漠,喷壑巨瀑闻雷硠。登楼顾盼豁胸臆,四山云气争飞扬。蛟龙郁律起眼底,散为霖雨周八荒。关南石势更奇怪,亦如突奥连堂皇。悬车束马那可度,行人缘栈如秋秧。幽并泽潞此天险,飞鸟欲过愁翱翔。圣代即今罢烽燧,空余画角吹严霜。乃知地利未足恃,此关几阅诸侯王。

《蜀道驿程记》:“初八日。出获鹿西郭,有山自南来,石骨刻露,清流浸趾,曰西屏山。入土门口,岩障蜿蜒相属,坡诗所谓‘谽谺土门口,突兀太行顶’者也。问土人,惟能指目抱犊、海螺数峰,馀多不知名。”“初九日。……及关下,峰回径断,呀然中开,忽见戍楼雉堞冠山而出。登楼小憩,观诸山出云,浓绿蓊郁,飞瀑淙潺,争流竞响。”太行山绵延冀晋豫三省,凡百岭。秦末郦食其说刘邦塞成皋之险,杜太行之道,即指此。王伯厚《地理通释》:“陉山在真定府井陉县东南八十里,四面高平,中下似井,故名之。”《后魏书·地形志》:“常山郡井陉县有回星城。”《明一统志》:“柏岩山在保定府唐县西北四十里。”《水经注》:“莞川水出勇士县之子城南山,东北流,历此城。川,世谓之子城川。子城,谓小城也。”《尔雅》:“西南隅谓之奥,东南隅谓之突。”《后汉书·马成传》:“缮治障塞,太原至井陉,皆筑保壁,起烽燧,十里一堠。”

此诗赞井陉关之险要,气势恢宏。首写入关所见,已见雄奇。次写关上景色,初则“峰回路绝”,“谽谺倏见”,次述“戍楼云满”,“长城横亘”,大显精神。待登楼四望,一豁胸臆,真如进入仙境。末点此乃古幽并泽潞四州之天险，说明山川依旧，代有兴亡，今已不足为恃。作者眼光通脱，因有“几阅诸侯王”之叹。说到底，还是“人和最重要”，一篇要旨在此。

作者有如一位高明的画师，横涂纵抹，给此雄关绘出一幅胜景图。全诗十五韵三十句，一气呵成，具显近中远三景。以气势言，虽不及李白之《蜀道难》，其状景之细与写动态之美，或有过之。以山言，则有峰、岩、壑、石之谽谺，可谓写得面面俱到。以水言，则有石濑、巨瀑之无遗，或写水点之溅衣，或状水声之如雷鸣，皆贴切生动。以物言，则有戍楼、旌竿、束马、悬车之别。凡此，均在云腾雾绕之中，时隐时现，显有仙灵之气。以色彩言，则在一轮落日映衬之下，不断闪现红黄翠绿白诸色，令人炫目。有趣的是，画面上这一切都在动，都在发声。云飞溪鸣瀑吼，栈道上的行人，个个都像在打秋千。倾耳细听，似乎还能听见“绿萝”上吹来的微风声。那丹崖翠壁之“窈窕万状”，简直就在逗你玩，很“狡狯”。而那弯来绕去的赵长城，直如一条天龙在飞。那满天云锦就像无数魔术师一刻也不停地在表演。清代善写华山的大画家唐志契画华山时自己就变成一座活华山，看来，渔洋现在也是这样了。最早评论渔洋山水诗的叶方蔼说：“兄之七言古，他人不能及。”信然！这确是一首声情并茂、景色如画的好诗，它给人的美感是说不尽的。谓其直可与韩愈、苏轼之七古媲美，谁曰不宜？

井陉关在古代极有军事价值，在全国统一的新形势下，作者提出已无严守之必要，因而着重描绘此关之美，为后人开发一项可宝贵的旅游文化资源，这是很可贵的。雄关有此长篇古风美之，为中国诗歌画廊增色不少，值得骄傲。

胡桃园夜雨

日暮炊烟起驿楼，虚堂楚簟怯新秋。
溪声一夜兼寒雨，纵使啼乌也白头。

《蜀道驿程记》：“初八日……暮抵胡桃园，夜雨。”南朝宋临川王刘义庆被废，侍妾夜闻乌啼声，扣斋阁曰：“明日应有赦。”又，三国魏何晏在狱中，有二乌止于舍上，晏女曰：“乌有喜声，父必免。”

作者在太行山中跋涉，征途遥遥，行役为艰。七月初八日，暮抵胡桃园，落脚驿舍，蜷卧虚堂，听秋雨溪声，夜不成眠，因有此作。一二句写客舍内外景象，为新秋时令所感，心里有点怯寒。次写溪声寒雨一夜侵扰，卧枕难安，愁绪转深，因有“白头”之叹。此夜雨随溪声而转，溪随寒雨而流，这是他很深的感受。“溪声”句，状客观之景至切，抒主观的情至浓，诗句清新。结以“纵使啼乌也白头”之叹，更将愁怀推至顶点，诗的文化意蕴全由此显出。陶潜说：“放浪大化中，不喜亦不惧。”作者此时的心境大约也是这样。

王士源论孟浩然诗曰：“每有制作，伫兴而就。”渔洋深服此言，故他往往以禅入诗。其诗审美观照、艺术构思，乃至意象造型，语言运用，直至内容与形式的相互渗透、转化，皆多与别人不同。此诗空灵蕴藉有禅味，难以令人捉摸的尤其是最后一句，作者为什么要用“乌夜啼”这个典呢？其实，他并没有像刘义庆那样“被废”，也不像何晏那样羁身在狱中。但有一点颇有些近似，他如此被驱遣离家远行，实已不能掌握自己的命运，这同“被废”“被囚”不是很相近吗？这是他的深重感慨。联系他出京时所写别兄、别妻、别友诸诗来看，这里弹的也还是那个愁怨调子。这是家国之愁，时代之愁。在满人统治下，他活得很不顺心，所以他要不断地吟唱。题为《胡桃园夜雨》，分明是在自遣愁怀。诗由“炊烟”起兴，抓住一个“怯”字，写其一夜听雨之愁，诗情宛曲流动，愁绪逐渐加深，读之令人惊动。作者旅居“驿楼”有感，如此遣愁，在当时似乎少见。这就是作者个性化的风格，他不言自写性情而常谈神韵，其实他的哪首诗不是都在写其性情呢？那种把诗写性情与诗重神韵完全对立起来的观点，似可商榷。

雨中度故关

危栈飞流万仞山，戍楼遥指暮云间。
西风忽送潇潇雨，满路槐花出故关。

《蜀道驿程记》：“初九日。冒雨骑行，自胡桃园至井陉旧关，十馀里间，石壁最奇，圭角廉利，下无寸土，山中人耕石田，如浮图层级然。……冒雨出关，危栈临溪，延缘错互。”故关，指井陉关，古时为晋冀交通孔道。苏轼诗：“太行西来万马屯。”

作者冒雨度关，为关之险要形势所动，勾出一幅危栈戍楼图，赞之叹之。前两句，写关势之壮丽，气概不凡。此栈此山，突兀而起，彼云彼楼，奔涌而来，这在全诗整体运作上显得气象开阔，给人以雄奇之感。后两句，复将笔墨荡开，写其度关时所感受的风雨槐花之景，更觉有味。如果说，前两句还只是关景的客观写照，那末，这后两句则着重写“度”，这是作者主观情意的表达，更显其个性化的特色。前者熟中见生，后者凡中见奇。此由风雨槐花而及动作、心理，复以“送”“出”两个动词将风雨、槐花拟人化，静中有动，动静相谐，抑扬顿挫，造成感情的激荡与回旋，这就把诗人在秋雨中度关的特殊感受写足写透。此时作者似已忘情于世，在作天际真人之想。他是征人，亦似真人，此真妙不可言。诗中无一字言愁，而愁绪隐含其中，味之似有，观之又无，作者诚为善藏高手。黄山谷说：“吟诗不须务多，但意尽可也。”此诗古淡自然，清新蕴藉，韵味全从后两句中透出。槐花落得满地，“西风忽送”是神来之笔，一篇妙谛，至此尽显。

此诗或可以算作渔洋所倡“神韵”之范本。诗人对“危栈”“戍楼”“故关”的审美感受，经西风之浸润与渲染，已具穿透力。此力既渗透在客观景物中，又突破于客观景物外，带有一点朦胧意味，深邃而辽远。诗人此时感慨万端，难以尽宣，他已进入庄子所言“玄妙”之境了。

故关寄讱庵二首

忆昨将遗白团扇，秋云陇首句争传。
分携几日逢秋社，忽逐西风便弃捐。

冒雨看山拂帽裙，丹崖翠壁故纷纷。
只愁叶四无由见，一首新诗特寄闻。

《蜀道驿程记》：“初九日……抵平定州，入山西境。”

叶方蔼（1629—1682），字子吉，号讱庵，行四，江苏昆山人。顺治己亥（1649）进士，康熙间充经筵讲官，官至礼部尚书。与渔洋交谊深挚。著有《读书斋偶存稿》，王原祁序称：“方蔼诗宗苏陆，文宗眉山，生平服膺王士禛之诗、汪琬之文，实兼有二家之长。”他也是渔洋所主持的“文社”成员。《感旧集》按：“学士才馀于位，德馀于才，为仁皇帝所器重。会告家居，有密呈居乡不法者，上命苏抚田雯察之，雯以乡评之实入奏，上曰：‘朕固知叶方蔼不如是也。’将大用，而学士遽捐馆舍。呜呼，以学士之盛德，为明主所深契，间虽未行，而谗亦不免。吁，可畏哉！”

作者过井陉关，怀老友讱庵，作此诗寄之。两人于顺治己亥在京都订交，时相倡和。这次分手才几天，他又写了这首诗深表怀念之情。此诗只就平常事着笔，娓娓叙其相思之情，极为感人。

两首皆谈诗，第一首谈叶氏之新作，赞其“秋云陇首”句为诗友所争传，惜不得其详。能把友人佳句时时记在心中，此情甚雅。诗中提及遗“白团扇”与“秋社”两事，借写时令之变而怀友，真切感人。古时立秋后五戊为秋社，常于此日祭祀土地神，宋人陈元靓在《岁时广记》中有此记载，清时此风尚存。这次作者奉使祭祀山川之神因又提及，这就大大加深了诗的文化韵味。第二首谈自己的新作，一首新诗大约是《寄宋荔裳》那首诗，但他着重表现的还是怀思之情。冒雨看山，自拂帽裙，因而想及晋时孟嘉“龙山落帽”故事，把叶氏也想在内了，此情何深！辛弃疾云：“龙山何处？记当年高会，重阳佳节。谁与老兵供一笑，落帽参军华发。”诗中并未提及辛词，这意念是含蓄的，妙在无言。此诗还呼叶氏为“叶四”，好像两人正在相对谈天，诗写得真切有味。

纯真的友谊是一种高尚情操和文化素养的纵合表现。这两首唱和诗，留下了康熙诗坛的一个侧影，很珍贵。

故　关

绝塞依天险，雄关锁地维。
石横千仞壁，松偃万年枝。
尽日无飞鸟，经春卧老罴。
槐花秋雨里，重忆旧题诗。

《秦蜀驿程后记》：“十七日，晴。过井陉旧关……次井陉关……抵山西平定州。”刘效祖《四镇三关志》：“故关东至井陉县四十里，西至平定州八十里，南至泉木头口六十里，北至娘子关二十里。”井陉山为太行支脉之一，其要隘为井陉口，古为军事要塞。《北史·王罴传》：“神武遣韩轨、司马子如从河东宵济袭罴，罴不觉。比晓，轨众已垂梯入城。罴尚卧未起，闻阁外汹汹有声，便袒身露髻徒跣，持一白棒，大呼而出，谓曰：‘老罴当道卧，貉子那得过！’敌见，惊退。”神武是五代后晋大理段思平的年号，此乃代称。

作者重过故关，为关势之雄奇所动，再作诗赞之。首联从扼天地之险着笔，大笔横涂，称之曰“绝塞”，美之曰“雄关”，复以“依天险”“锁地维”状之，总赞关势之险，令人赞叹。中两联从细处补笔，咏石，咏松，咏鸟，咏罴，更将此关之奇美写深写透。“石横千仞壁，松偃万年枝”，似一幅静物水墨画。“尽日无飞鸟，经春卧老罴”，静中有动。这两联，写关周围的幽静，于幽静中表现出生机。令人感动的是这永不衰老的活力。“老罴”一句，令人油然想起古时守此关的一位英雄王罴，此人曾经说过："老罴当道卧，貉子那得过！"这句豪言壮语把攻关的敌人吓退，作者对史事记得很熟。借史抒情，更增加了这首诗的历史文化韵味。山中严寒，老罴冬眠数月不醒，作者因有守关老将的联想。末以"槐花秋雨"小景和题诗往事收结，更见情深。作者两过此关，一在秋天，一在春天，时隔二十四年，何其感慨。清人孔文谷云："诗以达性，清远为尚。"所以作者也只说到这步田地，即戛然而止。这样，就把前三联所写雄关客观之景与尾联所抒作者主观之情完美地统一起来，形成一个有机整体，显出人与自然谐和的情致，山水诗能达此境者殊不易。

度故关感怀亡友叶文敏公

拄笏迎朝爽，看山拂帽裙。
风生土囊口，日射太行云。
往事浮烟散，心知落叶分。
何时玉峰下，宿草酹孤坟。

叶方蔼，卒谥文敏，详见前诗注。《世说新语·简傲》："王子猷作桓车骑参军。桓谓王曰：'卿在府久，比当相料理。'初不答，直高视，以手版拄颊云：'西山朝来，致有爽气。'"手版即笏。《世说新语》："（孟嘉）后为征西桓温参军，九月九日温游龙山，参僚毕集。时佐吏并著戎服，风吹嘉帽堕落……初不觉……令孙盛作文嘲之，成，箸嘉坐。嘉还即答，四坐嗟叹。"龙山，在安徽当涂，李白墓在焉。

作者重过井陉故关，怀亡友叶方蔼，作此诗。前两联写关上晨景。这年他以经筵讲官和户部左侍郎身份奉使秦蜀，因有"拄笏"之语，笏是大臣上朝时所持笏版。"拄笏看山"是一种清雅情调，"迎朝爽"和"拄笏"都是晋王徽之"以手版拄颐"语的化用。"拂帽裙"，此用晋孟嘉龙山落帽典故，李白曾极称其人。"土囊口"即井陉关口，"风生""日射"二句，写看山所感，气象雄奇。汉时韩信在此用兵；唐时李白曾来游，这些都在作者脑中翻滚。此时，他一面叨念亡友，一面想起王徽之、孟嘉、韩信、李白，还有桓温、桓冲兄弟等等，诗有丰厚的历史韵味。后两联，写对亡友叶氏的怀念。"浮烟散""落叶分"，情至哀痛。此时叶氏已下世十七年。"玉峰"是对其葬地的褒称，"宿草"是作者的谦称，全诗感情跌宕，由喜而悲，苍凉沉痛。

作者说："昔亡友叶文敏评余《蜀道集》诗：'毋论大篇短章，每首具有二十万分力量，所谓狮子搏象兔皆用全力者也。’余深愧其言。”叶氏又曰：“兄七言长句，他人不能及，只是熟读《史记》、《汉书》耳。”“兄歌行，他人不能到。”（《分甘馀话》）这些都是独到之见，叶氏连渔洋少时诗句也很爱赏，诸如：“萤火出深碧，池荷闻暗香”，他都时常随口吟出。叶氏殁后，作者哭之至哀。他说：“余生平交友不甘自居于薄，在京师遇沈绎堂、施愚山、李容斋、叶讱庵数公之丧，哭必尽哀。”此诗有道教情味，殊可喜。

青玉峡

路绕井陉东，奇峰看不穷。
眼明秋峡里，复此碧玲珑。

青玉峡在太行山中，奇峰秀丽，风景绝佳。作者用苏轼《登玲珑山》之句，以“碧玲珑”之玉比此峡石质之美，添上一个“复”字，益增佳趣。历代文人赞美玉石者不少，汉有司马相如、王褒，宋有苏轼、米芾，清有郑燮，此皆最著名者。相如《赋》云：“其石则赤玉玫瑰……碝石碔砆。”王褒《论》云：“故美玉蕴于碔砆，凡人视之忕焉。”苏轼爱石之坚贞，米芾引石为良友，郑燮又以“石丑至极方美”称之，这些都是人所熟知的赞词。作者亦引玉石为知己，与古人雅有同好。诗仅二十字，其妙在以“比”取胜。玉与石形体相似，生命同构，而“比”与“赋”之内在机制亦同。昔人以“赋”为铺陈，“比”为比拟，实则“赋”是生命的扩张化，“比”是生命的同一化，两者是有区别的。作者察知此中三昧，因有此作。这奇峰何以看不穷？因其别具慧眼而又别有会心，作者是把大自然之美完全人格化了。他对此石的倾倒，令人艳羡。“碧玲珑”三字，是对石的虚化、幻化、美化，充分表达出他对苏轼的景仰之情。这是一首赞苏诗，也是一首自励诗。

2. 晋行卷

【卷头语】出太行，过并州，望中条山而渡河，一路仰高贤，怀隐士，拜祠墓，寻古迹，发思古之幽情。这里展现出汉晋唐的历史文化风光，也鞭笞了历史上的腐败现象，吟咏留连，感叹不尽。《观射》奇警，《风陵渡河抵潼关》亦奇，皆显其人之胸襟与气度。

平定涌云楼故址

涌云楼阁上城边，犹记尚书创建年。
清嶂人烟连玉峡，绿蓑花雨映桃川。
金源文献谁遗老，杨赵风流果大贤。
更忆左司诗律好，移家曾费买山钱。

《蜀道驿程记》："初九日……午过柏井驿……抵平定州，入山西界。州有上下二城，金赵尚书秉文守此州，建涌云楼。元好问诗云：'莫笑吾州如斗大，他州谁有涌云楼？'夜大雨。"桃川，一名芹泉水。《世说新语·排调》："支道林因人就深公买印山，深公答曰：'未闻巢由买山而隐。'"后以买山指归隐。顾况《送李山人还玉溪》："好鸟共鸣临水树，幽人独欠买山钱。"元好问(1190—1257)，字裕之，号遗山，金太原秀容人。七岁能诗，中兴定进士第，官至尚书省左司员外郎。金亡不仕，诗文为一代宗匠，有《遗山集》四十卷。其《金源历代实录》为一代信史。涌云楼在山西平定州，金尚书赵秉文建。作者过废址，因忆金代三贤而作此诗。有金一代，在民族融合和文化建设上都作出了重大贡献。中原和黄河以北地区经长期动乱，至女真族统一北方，复趋稳定。其辖区之广，北至外兴安岭，东北至乌苏里江以东滨海地区；历经十一代，存在119年。在金人统治下，我国北方地区从建筑到文学艺术都有新的发展和创造，这涌云楼的建造就是一个明显的标志。作者是从这个角度来歌颂的，此可见其眼界之宽阔。

诗中所赞三贤：赵秉文、杨云和元好问都是好友。赵为礼部尚书，杨是高士，元是一代诗文宗师。"金源文献谁遗老"，作者这一幽默提法，对三人在文化建设上所作贡献作了充分肯定。元好问金亡不仕，作者对其情有独钟。这首咏楼诗，情调高雅，韵味深浓。“更忆左司诗律好，移家曾费买山钱。”这既表达出作者倾慕之情，也隐隐透露出自己不得已而仕清的苦闷。作者为凭吊涌云楼而作此诗，可见其对历史文化遗产之尊重。如果没有这首诗，今天谁还记得涌云楼？“更忆”云云，可见作者留连之情。

七月初九夜宿平定州梦儿浑忍涕成诗

一从死别泪潺湲，梦里牵衣未解颜。
千里太行溪谷黑，汝魂何路识榆关。

《蜀道驿程记》：“初十日。夜雨，梦儿浑，仿佛如平生。是日为儿五七，枕上抆泪成一诗。”渔洋仲子启浑，聪颖有才，壬子年卒，年十七。据《日记》，此诗写于七月初十夜，题作“初九夜”是指做梦的时间。榆关，即山海关。

历代哭儿诗不少，但像作者这样哭儿尚不多见。此诗妙在不说魂归故里，却点出“榆关”一词，大显奇气。榆关为军事重镇，明洪武初徐达建。吴三桂开门揖盗，引清兵入关，明因以亡，这一页痛史令人难忘。吴梅村《圆圆曲》云：“恸哭六军俱缟素，冲冠一怒为红颜。”此曲当时传唱南北，影响很大。“千里太行溪谷黑”此叹生者死者皆无国，这形象地反映出汉族人民和汉族知识分子的悲哀。“牵衣”“死别”“汝魂何路”等语，是从杜韩诗中化来，颇觉厚重。杜有“死别已吞声”之叹，韩贬潮州，谓黑发人将收白发人之骨于瘴疠之地，有话不能讲。作者写此十七岁亡儿之魂识得榆关路，说明他年龄虽小，已很懂事，这对清统治者是沉重的一击。此时明朝已亡二十八年，作者对榆关之失至今念念不忘，哀怨何深。他显然不是为了一己之私情而哭儿，这个儿子没有成长起来，是他一生的最大悲痛。“汝魂何路识榆关”，此句最为奇警有力，这是他思明怨清诗中的一首力作，不可小视。

平定西道中即事

伏流处处泻惊湍，赭石荒冈眼倦看。
何似小园松竹下，玉蟠乘月吐清寒。

《蜀道驿程记》：“初十日……是日山溜暴涨，自旦至暮，凡三十馀渡，舆马甚苦揭厉，抵芹泉驿。芹泉水一名桃川水，又名桃江。发源寿阳太平谷，流入绵水。此别一绵水，非介休绵水也。”苏轼《书韩干牧马图》：“红妆照日光流渊，楼下玉螭吐清寒。”玉螭，喻龙。

作者于山西平定州道中见伏流惊湍有感，写了这首即景抒情诗。景物平常，联想却很奇妙。前两句写所见之景，展现出一个险恶荒凉的现实世界，伏流惊湍，赭石荒岗，有象征意味。后两句写意念中月夜松竹小园之幻景，以“玉螭乘月”神话作点染，画出一个优美宁静的艺术境界。这诗含蓄地表达了他对苏轼的追怀和景仰，似乎带有一点神秘主义色彩。前两句来源于他的现实个性，后两句来源于他的艺术个性。任何一个美境的创造都由现实个性转化为艺术个性，否则作品的优美境界便无从产生。这两者有区别又有联系，不能混为一谈，也不能在两者之间划上一条鸿沟。艺术是超越现实的，是对现实世界的一种创造，当然是遵循审美规律的一种创造。弗洛伊德说，现实个性是“本我”(包括本我与自我之间的状态)，艺术个性是“超我”。这种人格三维结构论现在已为西方心理学家们所认同。作者自己的创作实践也证明了这一点。艺术个性是对现实个性的超越。一个真正的诗人，不但有自己的现实个性，也一定有自己独特的艺术个性，这比“诗如其人”“风格即人”等等说法更准确，更科学。这首诗即典型地说明了这个问题。他从现实到艺术，从存在到超越，都完成了这种转换。在其诸多诗作中所表现的禅悟、禅趣、禅味、禅境与神韵的统一，都是对存在的超越。严羽说：禅道在悟，诗道亦在悟。法国结构主义代表人物德里达说：中国文化最具诗性感悟的特征。意大利学者维柯在其《新科学》一书中指出：人类正是运用这种诗性智慧打开了世界，创造了文化。这些论述说明一个道理，即对人生要有诗性理解和诗性智慧。一个真正的诗人要使其作品达到最高境界，就要凭借自己的诗性智慧去创造，渔洋正是这样一位诗人。因为他对禅宗哲学和中国历史文化有很深的诗性理解，所以他能很自如地进入诗性世界。“纳须弥于芥子”，这首诗可以说已经达到意境美和神韵美的和谐统一了，同时他对苏轼的人格美也表达了他的由衷仰慕之情。这首写水石相激、韵味深浓的山水诗，可以说是他怨清之情的诗性表现，而这也正是他的艺术观和诗学观的生动表现。

观　射

太行北麓坡陀高，孟秋七月风萧骚。
我行百折沿汾桃，空山十丈飞怒涛。
马首城南得平皋，小试射耦分朋曹。
并州健儿头虎毛，仰天大笑开弓弢。
黄间一发鸟兽号，草间狐兔纷腾逃。
书生手无大食刀，凌烟空羡鄂与褒。
君不见越石清啸不复作，眼中故垒今蓬蒿。

《蜀道驿程记》："十一日……抵什贴镇，宿。"汾桃，山西二水名。晋潘岳《射雉赋》："捧黄间以密彀，属刚罫以潜拟。"黄间，弩名。马首，春秋时古城，即今之寿阳。刘琨(270—318)，字越石，西晋将领，忠于晋朝，长期坚守并州，招抚流亡，与刘聪、石勒相对抗。善诗，所作《扶风歌》《答卢谌》《重赠卢谌》，慷慨激昂，抒壮怀未酬之情，悲愤感人。明人辑有《刘越石集》。

此诗赞美太行人民的尚武精神，甚有力。春秋时习射成风，《礼记》云：大射在郊，宾射在朝，燕射在家，乡射在州序，这些射礼都很隆重。作者所见并州乡民之射，似古代乡射遗风。他沿太行北麓而行，在马首城郊看到"射耦"，引起浓厚的兴趣，因作此诗。首叙行役途中所见，极赞太行绮丽风光与山川腾跃之势，为写观射做好铺垫。次叙"射耦"(即射靶)，只轻轻一笔带过。随即展开想象，详写健儿们的射击、追猎活动，显其英姿与绝技，以表现太行人民的勇武精神，笔墨传神。末抒感慨，尽吐郁愤之情，发挥主题。"鄂褒"二公，指唐初两位开国功臣。褒公即段志玄，鄂公即尉迟恭。杜甫有"褒公鄂公毛发动，英姿飒爽犹酣战。"苏轼有"勋名将相今何在，往写褒公与鄂公。"作者说，他不能像刘越石那样挥舞并刀杀贼，深以为憾。刘琨与祖逖友善，晋室南渡后，坚守太原，以孤军与石勒、刘聪长期抗战，后因孤立无援而失败。刘、祖二人同有恢复中原之大志，作者以"清啸"二字称颂刘琨，这是对他的高度评价。

魏晋之世是一个大动荡、大冲撞、大分裂的时代，也是一个各民族文化融合的时代。从"八王之乱"到"五胡乱华"，黄河中下游地区，汉族与北方几个少数民族在军事、文化上时常发生冲撞与裂变，因此从春秋时代就开始了的"夷夏之辨"，此时又闹开了。从一些逃亡到江南的人士崇尚清谈、演出"哭新亭”闹剧一事来看，就清楚地说明这个问题。以刘琨、祖逖为代表的汉族士人，“闻鸡起舞”“击楫渡江”，力图恢复中原，维护汉族政权，是当时汉族士人的共同志向。而民族纷争之结果，最终是逐渐走向融合，在文化上相互交融，由多元而趋向一体化。当此之世，儒家所倡导的“华夷之辨”曾经起过进步作用，这是无可争辩的历史事实。刘琨因为受到这种思想的影响，奋起抗击北来少数民族的入侵，以维护晋室的统一是值得歌颂的。作者对文化落后的满族入主中原，并不心悦诚服，因而借题发挥，大赞刘越石，从当时历史背景来看，是做得对的。在今天看来，这种史观就显得很陈旧了。但在清初为抗拒满洲贵族所施行的民族压迫政策，还是有其一定的进步意义的。作者以显语叙事，以隐语抒情，明性见志，显有豪气。中华各民族皆注重练武，强族、强身、强国，这种尚武精神是应当弘扬的，此诗有永久的生命力。这是渔洋七言古诗的精品之一，堪与太白、子美、昌黎、东坡之七言古风相颉颃。结句：“君不见越石清啸不复作，眼中故垒今蓬蒿。”力赞刘越石反胡，等于在叹息：明朝覆亡后残破的故垒今已长满蓬蒿。怨恨之声，历历可闻，此可见其肝胆。这是一首怨情诗的力作。

寿阳驿题韩文公诗后

天宝昔丧乱，窜干及阿荦。扇祸始渔阳，流毒被河朔。
辛苦九门战，堂堂李与郭。滋蔓逮三镇，世守恣凶虐。
军中立留后，诸藩擅官爵。山东劲兵处，县官实自弱。
元和圣天子，咨相授方略。淮蔡洎淄青，次第就束缚。
移兵压山东，势如扫秋萚。遗恨功未成，杀机生魏博。
庭凑何幺幺，跳梁敢弗恪。伟哉昌黎公，笑谈狎巨鳄。
我行过寿阳，遗诗缅犹昨。韩愈殊可惜，朝廷乃大错。
真卿与巢父，兹事讵堪数。谁与秉国成，蛾眉竟谣诼。
杜牧有罪言，千秋实良药。

《蜀道驿程记》：“十一日。晨次寿阳县，使院中有韩文公《使成德》绝句。元祐癸酉，左宣义郎知县事孟天常履子重刻。公诗以团字为韵，和作诗版甚众，大抵牵率，惟鄢陵陈棐、文同三诗合作……抵什帖镇宿。”《韩文公年谱》：“长庆二年二月，以王庭凑为成德节度使，宣慰其军，文公次寿阳驿。”韩愈时为侍郎。王庭凑是矮子，故称“幺幺”。成德，治所在今河北正定县。

司马光《资治通鉴》:“(天宝十四载)十一月,甲子,禄山发所部兵及同罗、奚、契丹、室韦凡十五万众,号二十万,反于范阳。……于是引兵而南……烟尘千里,鼓噪震地……远近震骇。河北皆禄山统内……”安禄山小字“阿荦”,史思明小字“窣干”。刘昫《旧唐书·郭子仪传》:“(天宝)十五载正月,贼将蔡希德陷常山郡,执颜杲卿,河北郡县皆为贼守。二月,子仪与河东节度使李光弼率师下井陉,拔常山郡,破贼于九门,南攻赵郡,生擒贼四千,皆舍之,斩伪太守郭献璆,获兵仗数万。”九门,地名,在今石家庄市东北。《旧唐书·韩愈传》:“(元和)十五年,征为国子祭酒,转兵部侍郎。会镇州杀田弘正,立王廷(庭)凑,令愈往镇州宣谕。愈既至,集军民,谕以逆顺,辞情至切,廷(庭)凑畏重之。”

《资治通鉴》:“(长庆二年春正月壬子),深州围益急……二月,甲子,以庭凑为成德节度使……以兵部侍郎韩愈为宣慰使。……(三月)丙午……韩愈既行……至镇……庭凑言曰:‘所以纷纷者,乃此曹所为,非庭凑心。’愈厉声曰:‘天子以尚书有将帅材,故赐之节钺,不知尚书乃不能与健儿语耶?’甲士前曰:‘先太师为国击走朱滔,血衣犹在,此军何负朝廷,乃以为贼乎!’愈曰:‘汝曹尚能记先太师则善矣。夫逆顺之为祸福岂远耶!自禄山、思明以来,至元济、师道,其子孙有今尚存仕宦者乎!田令公以魏博归朝廷,子孙虽在孩提,皆为美官;王承元以此军归朝廷,弱冠为节度使;刘悟、李祐,今皆为节度使;汝曹亦闻之乎!’庭凑恐众心动,麾之使出。谓愈曰:‘侍郎来,欲使庭凑何为?’愈曰:‘神策六军之将如牛元翼者不少,但朝廷顾大体,不可弃之耳!尚书何为围之不置?’庭凑曰:‘即当出之。’因与愈宴,礼而归之。未几,牛元翼将十骑突围出。”

德宗建中四年(783),李希烈自称天下都元帅,陷汝州,真卿受命前往劝谕,持节不屈,被害。孔巢父,德宗御史大夫。兴元元年(784)秋七月,诏遣诣河中宣慰朔方将士,被害。“三镇”指魏博、成德、卢龙,即“河朔三镇”。《新唐书·兵志》:“(方镇)大者连州十馀,小者犹兼三四……往往自择将吏,号为‘留后’,以邀命于朝。”《新唐书·杜牧传》:“牧追咎长庆以来朝廷措置亡术,复失山东,钜封剧镇,所以系天下轻重,不得承袭轻授,皆国家大事,嫌不当位而言,实有罪,故作《罪言》。”见《樊川集》。

这首古风,对唐藩镇之祸进行了尖锐的揭露与鞭挞,同时对力主削藩的韩愈作了热烈的赞扬与歌颂。全诗三十四句,十七韵,一韵到底,皆仄韵。计分四层:(一)开头六句叙写祸乱的发生及李郭联军“九门战”的胜利。(二)“滋蔓逮三镇”以下六句,写安史之乱后藩镇为祸日烈。割据者各拥劲兵，结为婚姻，互为表里，朝廷已失去对该地区的控制力。据《新唐书》记载，叛将“以土地传子孙，一寇死，一贼生，迄唐亡百馀年，卒不为唐土”。（三）“元和圣天子”以下十句，写宪宗下令削藩经过。削藩分两步。第一步，元和十二至十四年数次发兵征讨，杀掉吴元济、李师道等贼首，撤掉淮、蔡、淄、青诸州藩镇，取得初步胜利。第二步，为除“巨鳄”王庭凑，韩愈两次奉旨往魏博宣谕，庭凑百般顽抗，韩愈痛予驳斥，一篇精彩在此。（四）自“伟哉昌黎公”至结尾，是作者的评论。颂韩、赞杜、悼孔、哀颜，主要是责唐“养痈为患”之“大错”。

这是作者以诗歌形式写的一番精彩史论，责唐而鉴清。责是公开的，鉴是含蓄的。从维护大一统的史观来看，作者反对割据，反对诸侯称霸，是一贯的。藩镇之祸是唐代的大患，唐之由盛转衰而亡，关键在此。作者借史言怀，促人警醒。诗末推出杜牧的《罪言》，十分沉深。把复杂的历史事实写得这样通俗易晓，而又传神入妙，非有熟谙历史之功，何能为此？此诗咏史言怀，雄峻有力。据韩祠碑板所载，以古风和者仅此一篇。值得注意的，还有两点：一是“朝廷乃大错”，把矛头直接指向皇帝，见其胆识。二是杜牧之《罪言》，实千秋之良药。作者显然有感而发，不是炒冷饭。“蛾眉竟谣诼”的佞幸小人，哪个时代没有？咏史感时，这一笔很重。

祁县饮酒

种秫常思住醉乡，葡萄未肯博伊凉。
拍浮便可称名士，潦倒真须号渴羌。
投老欲从田父饮，开封聊对马军尝。
滑稽莫作鸱彝笑，无计忘忧只杜康。

《蜀道驿程记》：“十三日。雨，午次祁县。春秋时晋大夫祁傒邑。《周礼》：‘并州，其川呕彝。’《注》云：祁彝，又曰温洟之泽，即《尔雅》《九薮》之‘昭余祁’也。”鸱彝，即鸱夷，酒器。《酒赋》：“鸱夷滑稽，腹大如壶，尽日盛酒，人复借酤。”又，范蠡自号鸱夷子皮。唐王绩著有《醉乡记》，晋王嘉《拾遗记》：“晋有羌人姚馥，恒言渴于醇酒，群辈呼为渴羌。”《世说新语・任诞》：“毕茂世云：一手持蟹螯，一手持酒杯，拍浮酒池中，便足了一生。”刘伶尝拍浮醉酒。拍浮，意为游泳。

祁县产酒，作者过此小饮，作此诗。秫是高粱之黏者，“醉乡”指祁县。唐初王绩嗜酒，不仕还乡，居绛州龙门，尝采自杜康、仪狄以来善酒者为年谱，作

《醉乡记》。绩生于隋末唐初易代之际，与时不合，首句即味在言外。颔联抒愤“拍浮便可称名士”，此刺现实生活中的假名士。“潦倒真须号渴羌”，非刺羌人姚馥，而是慨叹自己。两句诙谐之至。颈联进一层畅抒胸臆：世道如此，自己也只好跟“田父”“马军”们一起饮酒，了此残生算了。尾联：“滑稽莫作鸱彝笑，无计忘忧只杜康。”作者以范蠡自况，谓己亦将泛舟五湖，飘然而去。此刻无法消愁解闷，惟有拼命喝酒，学曹操以杜康解忧。

渔洋非酒徒，他生平所作饮酒诗不多。来祁县饮酒，忽然想到历史上许多失意的酒徒，有晋时羌人姚馥，三国时刘伶，唐初王绩，更早的还有越国范蠡，当今则有许多不知名的马军和田父，一下子想到这么多饮者，其内心之苦闷可知。这就是他此时的心态。诗中用事多，但不涩不滞。“常思”“未肯”“便可”“真须”“欲从”“聊对”“莫作”“无计”，通过这些熟词，将其心态完全写活，使篇显生机，句显灵气，不尽之意，全见于言外。全诗无一酒字，却句句含有酒意，短短五六十字，几乎构成一篇小型酒文化史，韵味无穷。作者此时郁郁不乐，同行者四十二人，但知音寥寥。“开封聊对马军尝”，可见其心境之寂寞。

祁县访戴枫仲见其子永丰令记知以壬申岁逝矣挽之一首

麓台山畔已春深，侯甲河边起暮尘。
耆旧百年谁硕果，江湖万里惯劳薪。
枫丹笠泽思渔父，草绿昭馀酹故人。
一笑猗歌挥手去，嗟来桑户返于真。

《秦蜀驿程后记》：“二十一日……渡侯甲水，次祁县，访老友戴枫仲廷栻，见其子永丰令记，知枫仲以壬申观化，作诗吊之。”笠泽，即太湖。昭馀，古属太原郡，九薮之一。麓台山在昭馀东南，猗歌犹长歌。“桑户”指隐士。戴枫仲字廷栻，祁县人，撰有《晋四家诗》及《半可集》。《世说新语·术解》：“荀勗尝在晋武帝座上食笋进饭，谓在坐人曰：此是劳薪炊也。坐者未之信，密遣人问之，实用故车脚。”《左传·哀公十七年》：“三月越子伐吴，吴子御之笠泽，夹水而陈。”《战国策·秦策》：“且夫苏秦特穷巷掘门桑扈棬枢之士耳。”屈原《九章·涉江》：“接舆髡首兮，桑扈赢行。”扈，亦作户。

作者过祁县，防老友戴枫仲，闻已仙逝，怅然而回，因作此诗悼之。首联把读者带入一个山水清幽的环境，以麓台山与侯甲河起兴，这既点明了来访时间，也表达出自己无限惆怅之情。颔联述怀，“耆宿”“硕果”是对戴氏的评价。似此"耆宿"今存者还有几人？言甚哀而已直如旧车脚，任人摆布，还在万里行程中跋涉，这是为了什么？颈联一面回忆戴氏早年南游太湖往事，"思渔父"可谓逸兴不浅；一面写己前来拜访，只能在心中祭奠亡友，心情至悲。尾联谓己无可奈何，只得一笑长歌而去，这"嗟来之食"是不想再吃了，决心早日隐退回家。全诗八句写得情景逼真，这里展开两幅画面：一幅是祁县山水图，勾出戴氏的生存环境；另一幅是画中之画，可以称之为"太湖渔父"图。写此既哀亡友，亦以述志。戴氏博雅有文，与傅山友善。在明末动乱中，衣朱衣，居土穴养母，坚持气节，名震士林。康熙十八年征举鸿博入京，以老病辞归。其人善画山水、墨竹，工诗文、金石、篆刻。又精医，家有禁方，资以自活。傅氏康熙二十三年(1684)卒，戴氏康熙三十一年卒。世乱频仍，存亡莫卜，夙愿难酬，桑户难安，作者感慨深重。此诗哀遗民，伤隐士，吊亡友，绝妙地反映出一个时代的士人悲剧。当代青年学者王晓明说：在专制皇权统治下，中国知识分子所走的精神道路是越来越窄。渔洋在这里又一次地表达了他的心意："嗟来桑户返于真。"作为一个诗人，他要追求个人自由，保持人格的独立。什么左侍郎正二品，算得什么！这是清代受屈士人的悲哀，也是他学屈原保持节操的心态表露。

介山怀古

驱车绵上聚，怀古绵上田。授璧事已远，遗迹今虚传。
晋国昔多难，公子实大贤。五蛇为之辅，一蛇独耆干。
身隐竟焉文，狐赵羞比肩。逃荣谊固高，报德理亦然。
徘徊望忌坂，落日无寒烟。何人贪天功，嗟哉南内年。

《蜀道驿程记》："十四日。早凉，发平遥……抵介休县……有绵上聚介子推庙。"介山即绵上，在介休县西南，山势巍峨，汾水依峡南流，传春秋时介子推隐居于此，其地曰忌坂。《史记·晋世家》：晋文公"赏从亡，未至隐者介子推。推亦不言禄，禄亦不及。……从者怜之，乃悬书宫门曰：'龙欲上天，五蛇为辅。龙已升云，四蛇各入其宇，一蛇独怨，终不见处所。'文公出，见其书曰：'此介子推也……'使人招之，则亡。遂求所在，闻其入绵上山中，于是文公环绵上山中而封之，以为介子推田，号曰介山。"五蛇谓从亡者五人：狐偃、赵衰、颜颉、魏武子、司空季子。古语："一蛇耆干，独不得甘雨。"

鲁僖公二十四年，晋公子重耳归国就位，出亡十九年，从亡者五人，至黄河边，将入晋国，演出一场争封闹剧。舅父咎犯曰："臣从君周旋天下，过亦多矣，臣犹知之，况于君乎？请从此去矣。"这是讨价，重耳立即表态："若反国，所不与子犯同心者，河伯视之！"乃投璧于河，遂与随从之人结盟。时介子推在侧，笑曰："天实开公子，而子犯以为己功，而要市于公，故足羞也，吾不忍与同位。"他逃到深山里去了。

这首诗着重颂扬了介子推有功而不受禄的节操，从侧面反映出晋文公归国就位时五臣争封闹剧。作者没有停留在史家臧否人物的定式上，却把视线从春秋时代直接拉到明季，在结尾处才点出有功而被杀的于谦悲剧。对历史人物和历史事件这样大跨度的评述，在我国历代咏史诗中殊属罕见。

于谦于景帝八年遭诬陷被害，事见李默《孤树裒谈》："闻上皇复位时，称兵南内者，以于谦辈迎立外藩为辞，故论功行赏，谓之夺门有功。未几，慈烈皇太后备言于谦匡济多难之功，迎立外藩之诬，英宗始觉其冤而悔。"作者告诉我们：历史上许多忠臣，有的像介子推，有功不受禄；有的像于谦，有功而遭诬陷被杀。历代统治者都极其贪婪、残忍，他们谋私利，内心很丑恶，作者将这两件类似的历史悲剧合在一起吟咏，充分表露出仁者的心怀。此诗着重从正面颂赞介子推，对明代被杀的于谦，只在末尾轻点一笔，以主衬宾，转宾为主，使诗笔纵横排奡，十分有力，这是很出色的。咏史怀人，张正气，祛邪气，是渔洋咏史一贯的风格，弘扬中华古文明，推出有益的历史经验教训，以警后人，此诗旨趣在此。

介山并没有什么好风景，绵上聚也只是一个很平常的小山村，但是因为介子推死在这里，它就显得很不平常了。作者歌颂介山和绵上聚，是着眼于这里留存的一项文化遗产，此诗之美在此。历史上类似于谦之被诬陷者屡见之。"何人贪天功，嗟哉南内年。"这岂止是于谦一人的悲剧！这一提示，令人警醒。

郭有道墓下作二首

太息桓灵季，清流见此人。
西园方卖爵，北寺几累臣。
危行全钩党，诸生学垫巾。
千秋徐孺子，高义许相邻。

大槐坂上逐车尘，争效先生折角巾。
至竟清流解亡国，望门投止是何人？

《秦蜀驿程后记》："二十二日。抵介休县，城北五里拜郭有道墓，有蔡中郎碑。"《论语·宪问》："邦有道，危言危行。"郭有道(128—169)，一名郭泰，字林宗，后汉太原介休人。博通坟典，居家教授，弟子至数千人。尝游洛，与河南尹李膺相友善，于是名震京师。后归太原，诸儒送者千乘。泰独与膺同舟而济，众宾望之，以为神仙。尝遇雨，巾一角折，时争效之，称为林宗巾，其见慕如此。尝举有道，不就，善品题海内名士，然不以危言骇论，故党锢祸起而泰独免。及卒，蔡邕为碑曰："吾为碑铭者多矣，皆有惭德，惟郭有道铭无惭色耳。"徐穉(97—168)，字孺子，东汉南昌人。家贫，躬耕而食，朝廷多次征聘，不仕。陈藩为豫章太守，不接宾客，惟穉来，特为之设一榻，去则悬之。

东汉桓灵之际，宦官擅权，虐遍天下，民不堪命。名士郭泰联合陈藩、李膺等，领导太学生三万余人，评论朝政，褒贬人物，被尊为清流派首领。郭泰等与鲠直派官僚站在一起，同宦官集团作殊死抗争。这是中国历史上朝野名儒领导太学生与州郡士人干预朝政规模最大、历时最久的一次重大历史事件，先后遭到两次镇压，李膺、范滂等一百余人被杀，六七百人被禁锢，太学生被捕者一千余人，史称"党锢之祸"。

这两首诗，歌赞了郭泰的崇高风范，表达了作者对此人由衷景仰之情，同时也有力地鞭挞了桓灵二帝的腐败与残暴，口诛笔伐，幽怨无穷。"西园方卖爵"是揭露宦官集团以饱私囊的卖爵把戏，西园是汉宫上林苑的别称。灵帝与宦官集团为排斥士族，在此开政治交易所，标官价，实行官爵买卖。"北寺几累臣"是对党人被逮捕、被禁锢、被屠杀的怨诉。"北寺"是大理寺的别称。"危行全钩党，诸生学垫巾"是对郭泰的表彰和对太学生的赞扬，这两联有震慑古今之力。尾联讲到远在南方的徐穉。徐是豫章太守陈藩的贵宾，而郭是洛阳太守李膺的上客，此以"南徐北郭"并提，可见清流士人影响之大。从深层含义来说，这也是在提醒清代士人应当效仿先贤，讲究节操，他们这种抗邪精神永远值得学习。张俭在两派斗争中扮演了风派角色，他以毁坏宦官侯览家园名噪一时，但当灵帝大肆屠杀党人时，却摇身一变成为狗熊，东躲西藏，以致连累千人破家灭族。党祸平息后，他回家享乐去了，从此不再反宦。作者以"望门投止"一语嘲之，为这个小丑勾勒出一幅讽刺画。

郭泰墓前有古槐一株，极珍贵。作者以“大槐坂上逐车尘”一句美之。名人墓葬是山水文化的一部分。作者足迹所到之处，多有题咏，这是其中名篇之一。弘扬正气，打击邪风，对后世影响很大，大槐成为一种神树了。

冷泉关道中

南径雀鼠谷，崎岖殊未休。
路随千嶂转，峡束一川流。
滩急常疑雨，蝉嘶畏及秋。
云峰将落日，立马迥含愁。

《蜀道驿程记》：“十五日。立秋，早凉，介休西南二十里，两山夹立，汾水贯其中。《水经》：‘汾水又南，过冠爵津。’郦注曰：‘在介休西南，俗谓雀鼠谷。入谷数十里，间道溢水，左右悉结偏梁阁道。’汾流湍悍，登高临深，令人思垂堂之戒。晡抵灵石，县隶平阳府，倚山枕河，雉堞颓落，不及平介间一聚落。”冷泉关为太原平阳要害，嘉靖万历年间重修，今废。

这是作者行经雀鼠谷所拍摄的一幅奇异山水图，谷长而幽，山水奇异。作者写谷中所见，历历如绘。首以“崎岖殊未休”句统摄全诗，一气贯通，极显生机。中两联展开具体描绘，细腻动人。“路随千嶂转”句，直承“殊未休”三字而来。“随”字托出行者的心态，“转”字突显山路之曲。“峡束一川流”写峡与水的关系，极为传神。“束”字将峡人化，如人持铁锁把一川流水锁住，形成“山束水放”的奇观。这动静束放之势，全由行者视觉、听觉和感觉产生，状物极工，体情至切。颈联着力写“滩急”“蝉嘶”，将所见所闻深化，将自然人化。“常疑雨”“畏及秋”，写行者的心理活动，展出一片愁怀，为全诗收结作好铺垫。尾联回应首联，点出日将落时诗人立马观望之态，充分发挥主题。全诗把客观之景与主观之情作了统一的描绘，形成一曲山间、路上、水面、天空相谐的画面，给读者带来审美的愉悦，这是中国哲学自然观和艺术观的生动体现。王夫之所言“寓神理于两间，畅古今于一目”，就是这样的境界吧。此时，诗人是真正达到“超以象外”的境界了，这就是禅宗所说的“圆融之境”。结末“立马迥含愁”句，尤显其人之风概。作者生存在一个集权专制时代，实已形同奴隶，他怎得不愁？

韩侯岭题壁

乌喙那堪共？良弓久自藏。
一军惊大将，千古痛真王。
势已归诸吕，何劳守四方。
世家谁载笔，读史泪沾裳。

《秦蜀驿程后记》："二十四日……过韩侯岭，谒祠……抵霍州。"韩信被缚时，叹曰："狡兔死，走狗烹，飞鸟尽，良弓藏，敌国破，谋臣亡。"见《史记·淮阴侯列传》。《史记·越王勾践世家》："越王为人长颈鸟喙，可与共患难，不可与共乐。"

此诗首引勾践事以射刘邦，直捅要害。"乌喙那堪共"点出韩信没有识破刘邦，是其大错，十分精彩。刘邦和勾践一样，都只能共患难，不可共安乐，一针见血。"良弓久自藏"句评韩被害前才识破刘邦的毒心，令人感慨无穷。刘邦一旦掌权，就要"烹走狗""藏良弓"。作者因有"一军惊大将，千古痛真王"之叹。韩信被害后，引起一些人的哀悼，但这管什么用呢？"千古痛真王"，叹他当初未能听取谋士蒯通的劝告，自立为帝王，此论极具胆识。他没有识破历史上皇室内部争权斗争的残酷性，是白白地把命送掉了。所有题诗都没有说到这点，此可见渔洋史识之高。对司马迁将韩信归入"列传"也提出了质疑，更见其深刻性。

赵城道中怀门人黄自先张汉瞻周策铭殷彦来蒋静山诸子兼寄幔亭弟

白首京华七见秋，田园芜没未归休。
阳关又尽一杯酒，蜀道重寻万里游。
遥忆美人隔湘水，颇哀老子困壶头。
苦思下泽车中语，惭愧平生马少游。

《秦蜀驿程后记》："二十五日……次赵城县……抵洪洞县。"《分甘馀话》："康熙甲戌，余在京师，岁除大雪，偶邀老友姜西溟、吴商志，门人蒋京少、查夏重、宋山信（宋荦之子）、周策铭、殷彦来、蒋静山诸子，寓斋小集，酒酣隶事，各赋五言咏古一章，彦来诗最先成，次日又以《岁寒诗》十五首见投，余口占绝句赠之云：'昨夜草堂风雪里，群贤击钵羡殷生。朝来更爱新篇好，十五诗当十五城。'"甲戌为康熙三十三年(1694)。《渔洋诗话》:"龙石楼燮中允作《琼花梦》传奇成,招余辈观之,余酒阑赋八绝句。有'自掐檀痕亲顾曲,江东谁似阿龙超'之句,独门人蒋静山仁锡和云:'玉昆仑碎为檀超。'余读而叹曰:'蒋五此押擅场矣。'又'门人陈子文奕禧自黔南归,补安南太守,未几病卒,蒋静山仁锡哭之云:"已亡飞鸟精蛇迹,又失嵚崎历落人。'子文书法名当代,人尤豪隽,余方欲作哀挽,见静山诗,遂为搁笔。"

张云章(1648—1726),字汉瞻,号朴村,嘉定人。康熙诸生,议叙知县。诗学杜,文崇南宋,生平服膺紫阳朱子之作,究心濂洛之学,有《朴村集》。《渔洋文略序》为其所撰。周彝字策铭,江苏华亭人,翰林院庶吉士。查夏重即查慎行,浙江海宁人。以举人赐进士,官翰林编修,受业黄宗羲,有《敬业堂集》。蒋仁锡字静山,顺天大兴人。康熙己丑进士,工诗文,史笔宏阔,《雍益集后序》为其所作。王士骊字贻西,号幔亭,渔洋从弟,性淡泊,清介自矢。殷誉庆字彦来,江都人。诸生,诗才清丽,性狂简,落魄死,渔洋怜其屈抑未遇。黄自先,生平不详。

作者行经赵城道中,怀念门人及堂弟等六人,述事言怀,作此诗寄之。前两联述己之境遇,言其于康熙四年(1665)由扬州调任京官,至今七载,岁月蹉跎,未及早归休,深以为憾。怀屈原,思美人,哀老子,怜马援,实际都是在哀痛自己。特别是马少游"下泽车中语"一段话,更使他深省。马援一生功业辉煌,到老才悔恨当初没有听从堂弟的劝告,终于落得一个可悲的下场,他现在悔恨莫及,此殊耐人寻味。

自康熙十七年(1678)以来,渔洋已入优礼儒臣之列,由翰林侍讲而直南书房,且屡获赐墨、赐匾、赐宴,成了康熙身边的近臣。同时官阶也在逐步上升,康熙二十九年三月,他由少詹事迁都察院副都御史,九月又迁兵部右侍郎,三十年任会试主考官、兵部右侍郎,三十一年八月调户部右侍郎转左侍郎;三十三年二月署兵部事,任户部右侍郎。年逾六旬,官至正二品,且一家受封,是够荣幸的了。他为什么还如此郁郁不乐?这只能有一种解释,他是一个民族主义者,又是诗人。在满人统治下,他要保持自己的独立人格和自由精神,这就是他向门人们所表达的心意。同时这些弟子显然各有哀痛,他也深表同情。读此诗,可见渔洋主盟诗坛之一般,他们是以诗为情感纽带紧紧联结在一起的,但也只能发出这点淡淡的哀愁而已,这就是他们当时的生存状况。

霍太山

岳色清秋里，岧峣俯素汾。
几时携蜡屐，绝顶息劳筋。
姑射连冰雪，中条接白云。
竹书何日事，霸业久三分。

《蜀道驿程记》："十六日……午次仁义驿……暮抵霍州。自灵石西南，尽日行崎崟间，南望高峰入云，即霍太山，《禹贡》所谓岳阳也。昔晋献公灭霍，霍哀公奔齐。晋国大旱，卜曰：'霍太山为祟。'乃使赵夙召霍君奉祀，岁复穰。自唐开元以来，国有大事，望秩，视五岳焉。汾水过城西，与彘水合。又曰彘县，周厉王流于彘者也。"《山海经·东山经》："姑射之山，无草木，多水。"竹书指《竹书纪年》。此竹简中有"纪年"十三篇，记夏以来至周幽王为犬戎所灭，以事接之。王国维有《古本竹书纪年辑校》。

霍太山在山西霍县东南，主峰高百丈，蜿蜒两百里。《尔雅·释地》："西方之美者，有霍山之多珠玉焉。"此诗表达了作者渴欲往游的心情，反映出他的超脱心境和对帝王权力的清醒认识。自三代汤放桀、周武王伐纣以来，君权逐渐神化，至汉董仲舒提出"天人感应"说，以帝王之尊与五岳之崇相对应，眩人耳目，君权神化说遂大倡于天下。其后历代帝王皆尊秦制，行封禅之礼，祭奠山川，昭告天地，都肯定此种权力的合法性、神圣性和不可侵犯性。这是统治阶级的自我安慰与自我陶醉，既以自欺，亦以欺人。身处君权强化时代的作者，对此深有感受，因而有"竹书何日事，霸业久三分"的慨叹，这等于宣告：像康熙这样派出众多使臣分赴全国各地祭神，也属徒劳。

对于这座充满历史文化底蕴的山，作者早已熟谙于胸，现在又将它和姑射、中条作对比，预想几时来游，登上绝顶观望，不再干这为人驱遣的祀神把戏，以享清净。他把这几座山写得令人心魂摇荡，甚至连蜡屐、冰雪、白云都给他写得很美，最后来了一个大转折，忽又触及政治，发出疑问：那强大的晋国结局如何？随即自答：三家分晋。这《竹书纪年》上所载历史事实，只轻轻一点，即作结束。他对自然的热烈追求和对历史的冷峻态度形成冷热对照，庄子的大化精神他是学到家了。

洪洞县谒韩忠定公祠

弘恭已自收萧傅，夏恽翻能杀吕强。
枉使空同奋刀笔，子规不劝李东阳。

《秦蜀驿程后记》："二十五日……抵洪洞县……假宿北关宏济寺。"城外有韩文园。韩文，字贯道，洪洞人。琦后，生时父梦紫衣人抱送文彦博至其家，故名为文。明成化初举进士，除工科给事中，遇事敢言，以劾都御史王越被杖，弘治中累官至户部尚书。文凝厚雍粹，居常抑抑，至临大事，刚断无所挠。司国计二年，力持大体，务为国惜财，力遏权幸。武宗立，马永成、刘瑾等八人用事，文率同官李东阳疏论之，瑾等恨之甚，伺隙坐以罪，降级致仕，复构罪罚米，至家业荡然。瑾诛，复官致仕，谥忠定。《明史》有传。

弘恭，宦者，汉宣帝时任中书令，久典枢机，深得宠信。萧望之（前106—前41），字子长，汉东海兰陵人。宣帝时，累官至谏议大夫、御史大夫。以忤宣帝意，左迁太子太傅，授太子（元帝）经，故称萧傅。宣帝疾笃，遗诏辅政；元帝即位，以师傅见重。后为宦官弘恭等排挤，饮鸩自杀。《汉书》有传。

《后汉书·宦者传》：吕强为人清忠奉公，中平元年，黄巾贼起，帝问强所宜施行。强欲先诛左右贪浊者，大赦党人，帝纳之。中常侍赵忠、夏恽等遂构强与党人共议朝廷，帝不悦，持兵召强，遂自杀。李东阳（1447—1516），字宾之，号西涯，茶陵人，明天顺八年（1464）进士，历官英宪孝武四朝，为人圆滑，官至少师、大学士。武宗朝，太监刘瑾专朝政，依诺其间，不敢立异。以台阁大臣地位主持诗坛，为茶陵诗派领袖。其诗以音调法度为主，世称台阁体。谥文正，著有《怀麓堂集》。李梦阳号空同子，著有《空同集》，明前七子之一。东阳非梦阳，渔洋以"空同"代指李东阳，此系《明史·武宗纪》之误，应予辨正。

作者过洪洞县，谒韩忠定公祠，作此诗。表彰刚直忠勇的韩文，讽刺李东阳两面派作风，从一个侧面反映出明弘治朝的一场宫廷斗争。这场反宦斗争是由韩文领导，李东阳为其草拟疏章，后见武宗偏袒握兵权的刘瑾，倒向刘瑾，致韩文遭镇压，《明史·武宗记》记其事甚详。作者深恶明廷之腐败。前两句以汉之内廷斗争作类比，正面颂韩，第三句"枉使空同（实为东阳）奋刀笔"，有千钧之力。末以"子规不劝"刺东阳，借野史逸闻讽之，笔力雄健，短短四句，举重若轻。李东阳阿附刘瑾，欺人如此，其诗可知。此诗所讽，对清初阿谀文人及复古派是有力的一击。把一场复杂的宫廷斗争写得这样简洁明快，此殊不易。借谒祠以咏史，发抒感慨，令人痛快。

洪洞与刘子方

晚到阳侯国，凉风吹稻田。
衣裳滴空翠，城郭入清泉。
鸭唼荷边雨，鸡鸣竹外烟。
故人能好我，早办买山钱。

《蜀道驿程记》："十七日……午次赵城县……晡抵洪洞县。"《居易录》："颍川刘氏，闺阁皆知书。同年公勇吏部往为予述其女侄，名第五，幼工诗，兼能古文。从侄搢妻李氏亦工诗。予壬子使蜀，时搢令洪洞，李氏以诗卷来相质。"刘子方，即刘搢。《世说新语·排调》："支道林因人就深公买印山，深公答曰：'未闻巢由买山而隐。'"后以买山喻归隐。

作者过洪洞，写了这首诗赠刘子方。这里展现的是一幅城乡夕照图，色彩斑斓，情韵深浓。一落笔，即把读者引入一个优美境界："晚到阳侯国，凉风吹稻田。"阳侯，本指唐宣宗名臣阳城，其人有高行，晚居中条山，此以阳侯比拟刘子方。时值新秋，暑气未退，作者把晚风吹稻田的凉爽感觉都写出来了，足见其心情之欢快。颔联"衣裳滴空翠，城郭入清泉。"借景赞人，既明赞其衣着，又暗赞其人品和诗才，写景入妙，含蓄有致。颈联转入动态描写："鸭唼荷边雨，鸡鸣竹外烟。"此写谈话时的环境，无一字写人，却将两人相见叙谈的欢快气氛完全写活，真是神来之笔。尾联写自己的希望和欲求："故人能好我，早办买山钱。"这是托她转告的话，语意婉曲，味在言外，有岁寒三友之雅。李氏工诗，题为《与刘子方》，实是赠李氏，幽默有风趣。可惜作者不是普希金，也不是歌德，东西文化毕竟有差异，他也只能写到这步田地了。中两联对偶，选用"滴""入""唼""鸣"四个动词，可称神妙。"滴"字真实描绘出一个"从衣到人"的活动空间，又写出一个从人到地的状态空间。"入"字将"城郭"与"清泉"连为一体，使城郭自然化，自然更美化。这是一种动态表述，也是一种状态表述。这些动词都用得准确而有黏合力，词语之组合亦妙，如"鸭唼"与"荷边雨"的组合，即有心理和逻辑根据，不是随意的偶然的。诗歌说到底，就是语言的不断破坏和重建。凡属伟大诗人，其诗艺总是在前人基础上不断创新，首先就是语言的重构。这一建构过程，就是索绪尔所说的从"选择轴"走向“组合轴”。渔洋时代虽然还没有这个理论，但他的创作实践是符合这一论说的。

姑射山

驱车平水阳，遥望藐姑射。
何处见飞龙，烟深日将夕。

《蜀道驿程记》：“十八日……午次平阳府治临汾县……姑射山在西南，《山海经》：‘姑射之山无草木，多水。又南，水行三百里，曰北姑射之山。又南三百里，曰南姑射之山。’姑射有三，未详。汾水经城西南，入襄陵县界，自是不复沿汾行。暮抵赵曲镇。”

藐姑射是一座神山，作者行役过此，作此诗遣兴。《庄子·逍遥游》：“藐姑射之山，有神人居焉，肌肤若冰雪，淖约若处子。”这是庄子的赞美，令人向往。传说山上有飞龙，故作者以疑问句表之。此写驱车所见，表现出一种闲适情调。“驱车平水阳”，语出李商隐“驱车向古原”，两诗都写黄昏时的景色，各有特色。作者注重继承，但决不踵继前人之迹。他此时已沉浸在优美情境中。此山之神该叫什么名儿，他觉得还是庄子的命名好，应称“藐姑射”。这位神仙肌肤若冰雪，庄子把她比作“处子”，这是最美的赞誉。尾以景语收结，萧然意远，空灵蕴藉。这是作者自由精神的闪光，宁静，优美，他把一切名利权位都已看破了，末句令人玄想，有王维风味。

过皋陶庙偶感范滂事题壁

汝南范孟博，高义薄云霄。
未遂澄清志，先逢党锢朝。
大名齐李杜，幽愤祭皋陶。
南北甘陵部，千秋恨不消。

《秦蜀驿程后记》：“二十六日……谒皋陶庙，抵平阳府临汾县治，宿北关。”墓在洪洞城南十里。范滂，字孟博，东汉汝南人。举孝廉，时冀州饥荒，民所至起义，滂为请诏使，有意澄清吏治。每至州境，贪污之守令皆闻风离去。以得罪宦官，系黄门北寺狱，事释得归。灵帝建宁二年(169)大杀党人，诏下急捕滂等,自诣狱,滂与母决,母曰:“汝今得与李(膺)杜(密)齐名,死亦何恨!”《后汉书》有传。甘陵,故址在今河北清河县。本秦厝县,东汉安帝以孝德皇后葬于此,陵名甘陵。

作者再使秦蜀,过皋陶墓,作此诗。《后汉书·党锢列传》:“滂坐系黄门北寺狱,狱吏谓曰:‘凡坐系者,皆祭皋陶。’滂曰:‘皋陶贤者,古之直臣,知滂无罪,将理之于帝,如其有罪,祭之何益?’”这是范滂在狱中的一次抗辩,也是汉代狱吏的一个笑话。诗人即事题诗,很风趣。

清代是专制集权主义发展到极盛的时代,满族统治者压迫汉族士人极其残酷。顺治十八年(1661)江南诸生哭庙案,金圣叹被杀,康熙二年(1663)庄廷鑨《明史》案,诛杀汉族士人七十馀人,这都是作者目睹的。从这首诗可见汉以来专制主义摧残士人、迫害廉吏的概貌。作者对范滂的“高义”发出深重的感叹,对他被囚禁被侮辱,深表同情。谁敢将范滂与李膺、杜密的抗争业绩从历史上一笔勾销?这是作者对“南北甘陵部”恶势力所表示的谴责。从这首诗,我们可以约略看到中国吏治和朋党的状况,吏治腐败必然导致官逼民反。朋党是代表某些人群体利益的政治集团,它常和官吏相勾结,有什么样的吏治就会有什么样的朋党。欧阳修竭力呼吁消除朋党,就是为此。作者题写此诗,以警世人。其忧天下之怀,至为感人。

平阳怀古戏作

汉宫贵主颜如花,何异娄猪求艾豭。
汉家将帅亦无种,昔为骑从今同车。
郑季长孺是何物,一朝门户生光华。
生儿愿得如卫霍,悔不给事平阳家。

《蜀道驿程记》:“十八日……午次平阳府治临汾县,古冀都也。昭二十八年,韩宣子与赵、魏共分祁氏羊、舌氏之田,以赵朝为平阳大夫。宣子卒,子贞子徙居此。”此诗丙子年作,一本题有“戏作”二字。卫青本姓郑,父郑季为吏,给事平阳侯,与侯妾卫媪通,生青。建元二年(前139)春,同母姐卫子夫入宫,得幸武帝为后,遂冒姓卫。青初为侯家骑,从平阳主,自元朔二年(前128)至元狩四年,前后七次出击匈奴,屡立战功。霍去病为卫青二姐少儿所生,年十八为侍从,善骑射,前后六次出击匈奴,涉流沙,至狼居胥山,封冠军侯,为骠骑将军。

平阳是汉代名将卫青、霍去病的出生地,作者行经其地,因述历史旧闻,借古讽今,以抒愤懑。春秋时,卫灵公之妃南子与宋公子朝私通,《左传·定公十四年》:“既定尔娄猪,盍去吾艾豭?”娄猪即母猪,艾豭是大公猪,“娄猪”求“艾豭”说的就是这回事。汉武帝时,给事郑季与平阳侯曹寿之妾卫媪私通,生子卫青;后卫青之三姐子夫为武帝所幸,青因得由奴晋升为将。同时霍去病之母少儿(卫青二姐)亦与陈平之孙私通。“汉家将帅亦无种,昔为从骑今同车”谓此。这是汉代的“娄猪”求“艾豭”。长孺是卫青大兄“长子”和大姐“孺”的合称。他们的父亲本来都是小吏,儿女都是私生子,郑季一家的老底如此,所以作者用反语嘲之:“生儿愿得如卫霍,悔不给事平阳家。”这两句颇愤慨。卫、霍是汉武帝的大功臣,司马迁曾为他们立传。此诗指桑骂槐,实别有所指。早在顺治十三年(1656),作者即有《冬日偶然作》与《美女篇》二诗,刺卫青一家之淫乱,现又借古讽今,可见其怨恨之深。宫廷淫乱,史不绝书,清室又何尝不是如此!清始祖皇太极之妻孝文皇后,始则施术劝洪承畴投降,继又私通大将军多尔衮,此尽人皆知。合三诗而读之,对渔洋咏宫廷淫乱一事,即可大悟。若再作深层考察,还可联系到沈德潜的《咏牡丹》诗:“夺朱非正色,异种亦称王。”德潜或属无心,渔洋实乃有意。老年道经平阳,怀古伤今,言人所不敢言,可谓大胆。言昔不言今,妙在含不尽之意于言外。诗有神韵,美乎哉!

寄宋荔裳观察

平生名岳入奇怀,小住青城亦复佳。
落拓羞蒙子公力,低迷真学太常斋。
蜀王楼畔花如绣,卓女垆头酒似淮。
剩欲与君同吊古,宣华旧苑拾遗钗。

《蜀道驿程记》:“十九日……雨,次公示见和《介山怀古》诗。二十日。雨,次公先行,予后发。”此诗当是别后所作。《汉书·陈万年传》:“(陈)咸滞于郡守,时车骑将军王音辅政,信用陈汤(字子公),咸数赂遗汤,予书曰:‘即蒙子公力,得入帝城,死不恨。’后竟征入为少府。”咸为陈万年子。《后汉书·周泽传》:周泽为太常,“常卧病斋宫,其妻哀泽老病,窥问所哭,泽大怒,以妻干犯斋禁,遂收送诏狱谢罪……时人为之语曰:‘生世不谐,为太常妻,一岁三百六十日,三百五十九日斋。’”言周泽不近人情,难为其妻。

《渔洋诗话》:“康熙辛亥,宋荔裳琬、施愚山闰章,皆集京师,与余兄弟倡和最久。明年壬子，荔裳补官蜀臬，余典蜀试，先后出都门。既而，余以十月下峡，荔裳以明年春上峡，遂不相见。是岁荔裳入觐，殁于京师。”宋琬(1614—1673)，字玉叔，号荔裳，莱阳人。顺治丁亥进士，历任户部主事，累官四川按察使。负海内文章重名，遭逢坎壈，情词哀艳。

宋琬与施润章齐名，有“南施北宋”之称。诗人曹尔堪说：“宋公本是神仙才，文笔不从人间来。”此诗作者自遣性情，寄与友人宋琬共赏。首联从论宋氏近作入题，亲切有味。“平生明月入奇怀”，似指其《狱中对月》怀妻诗：“客泪久从愁外尽，月明犹许醉中看。”此诗进入多种选本，流传甚广。颔联称其人，性情豪迈，不徇私情。“学太常斋”，谓其能廉洁自守。颈联祝贺他此次补蜀臬后，希望他能在成都生活得愉快。尾联说自己这次到达成都后，将与他一同访古，诗酒留连。此诗纯为诗友间的随意叙谈，无一言及时事，诗味清纯。两人皆爱花嗜酒，喜欢“吊古”，也爱“拾遗钗”，皆把名缰利锁踢得老远，文化品位很高。

宋氏早年被人诬告，平白无故地蹲了三年大牢。晚年幸得升迁，补为四川按察使，不料又遭三藩之乱，妻儿滞留成都全遭杀害。

国士桥

国士桥边水，千年恨未穷。
如闻柱厉叔，死报莒敖公。

《蜀道驿程记》：“十九日。过蒙城驿，驿北有桥，曰豫让桥。地在太平、曲沃界，与赵城国士桥皆传疑也。暮抵侯马驿。”豫让桥，传为豫让漆身报赵襄子处。旁有祠，晋水绕其旁。《史记·刺客列传》：春秋末，晋卿智伯讨伐赵襄子，兵败被诛。家臣豫让欲为报仇，乃漆身毁容，吞炭而哑。后赵襄子游晋祠，乃伏桥下行刺，赵至马惊，谋刺未成，执之欲杀。豫让曰：明主不掩人之美，愿请君之衣而击之，则虽死无恨矣。赵怜其义，脱锦袍，豫让击袍三剑而自刭。后于此建晋祠以祀之，内有晋哀公、智伯及豫让坐像。《列子·说符篇》：“柱厉叔事莒敖公，自为不知己，去……莒敖公有难……而往死之。”《古夫于亭杂录》：“明世宗读《孟子》，至对齐宣王‘礼，为旧君有服’云云，几罢配享。今观‘寇仇，何服之有’一语，亦诚过矣……此等议论，犹是战国谲诈相倾习气，如豫让不报中行氏而报智伯，皆是此一种见解。只从恩怨起见，非天理民彝之正。余昔《题国士桥》一绝云云……可以敦薄。”胡曾诗：“豫让酬恩岁已深，高名不朽到如今。年年桥上行人过，谁有当时国士心?”

豫让是晋卿智伯的家臣，为报主人之恩而行刺，结果受戮而终，史家既夸之为“忠臣”，复誉之为“国士”。直到明代，方孝孺在其所著《豫让论》中才推翻了这个旧观点。渔洋路过豫让桥，针对唐诗人胡曾一首赞豫让诗，又进一步地翻了这个旧案。

什么才算真正的“国士”呢？方孝孺认为，国士应该是指那些保国安民、建有特殊功勋者，像豫让这样一个只知道报私恩的人，就够不上。渔洋赞同方孝孺的看法，所以他写了这首诗批胡曾。“国士桥边过，千年恨未穷。”这是对胡曾的嘲笑。“如闻柱厉叔，死报莒敖公。”接着举一个历史例证，这就将此类谬论批透。渔洋史观自有其胜人处，不可低估这首咏史诗的价值。

猗氏县卫尔锡中丞见过赋赠

鸭绿江头绝鲤鱼，令狐城畔揽君祛。
声名京兆三王后，涕泪中山满箧书。
都护夜郎余部曲，神人姑射本清虚。
从今晏坐消残劫，一室何妨自扫除。

《蜀道驿程记》:“二十一日……暮抵猗氏县。《注》:涑水又西，径猗氏县故城北。文公七年，晋败秦于令狐。阚骃曰:令狐即猗氏也。”《战国策·秦策二》:“魏文侯令乐羊将攻中山，三年而拔之。乐羊返而语功，文侯示之谤书一箧，乐羊再拜稽首曰:‘此非臣之功，主君之力也。’”姑射山在山西临汾县西。《汉书》有三王传，前后汉之王尊、王章、王骏为京兆尹。“都护”，管军事者。

卫尔锡字既齐，历官京都、辽宁、贵州，最后做到巡抚，有政绩，后罢官回家。这首诗反映出他一生的遭遇及其精神风貌。首联叙写两人久别重逢之欢。“鸭绿江头绝鲤鱼”，写卫氏曾在辽宁做官，以后两人失掉联系。“令狐城畔揽君祛”，写这次重逢。颔联:“声名京兆三王后”两句，说明他曾做过京官，声誉甚隆，夸他可与汉代的三王相比。“涕泪中山满箧书”，说他不幸竟像乐羊一样因“语功”而遭祸，谤书满箧，致遭厄运。此句是虚拟，他有没有在河北做过官，未得详考。颈联:“都护夜郎余部曲，神人姑射本清虚。”这一联写得很巧，说明他任贵州巡抚，并没有大权。罢官后退居猗氏，自守“清虚”养老，晚景凄凉。贵州是个苦地方，俸禄很薄。“涕泪中山满箧书”是说他曾蒙不白之冤，“神人姑射本清虚”是赞词。卫氏的才能、遭遇和品格，都写在这两句诗里了。这是为卫尔锡写的一首诗传。

卫氏官至巡抚,从二品,其实也是空的。因为当时兵权主要掌握在满人手里,汉人多为副手。致仕后,隐居猗氏,潜心修佛。作者安慰他:“从今晏坐消残劫,一室何妨自扫除。”世道如此,还有什么可说的! 只有诵经念佛,静居一室养老而已。这就是当时汉族士人罢官归里后的生存状况。诗由“鸭绿江”“京兆”“中山”而及“夜郎”,地理跨度很大,最后退居“一室”,充满悲凉气氛,这就是一个清代汉族清廉官吏的命运。郁愤之声,隐约可闻。

谒文忠烈公祠

精神如破贝州时,晚节犹能动四夷。
天遣不同韩富没,姓名留冠党人碑。

《蜀道驿程记》:“二十二日……介休县东五里,子推祠侧有文潞公祠。公,县人也。”贝州,故治在今河北清河。《宋史・文彦博传》:“彦博字宽夫,贝州王则反,明镐讨之,不克。彦博为参知政事,请行,旬日贼溃,槛则送京师。”彦博“逮事四朝,任将相五十年,名闻四夷。元祐间,契丹使耶律永昌、刘霄来聘,望见彦博于殿门外,却立改容曰:‘此潞公耶?’问其年,曰:‘何壮也!’苏轼曰:‘使者见其容,未闻其语。其综理庶务,虽精练少年有不如;其贯穿古今,虽专门名家有不逮。’使者曰:‘天下异人也!’”有《潞公集》。

韩琦字稚圭,相州安阳人。仁宗时,西北边事起,任陕西经略招讨使,与范仲淹率兵拒战,名重于时。为相十年,临大事,决大议,封魏国公。富弼字彦国,洛阳人。仁宗时,与韩琦同在中书省主政,两度出使契丹,力拒契丹的割地要求。神宗时因反对新法罢相,封韩国公。

文彦博有奇才。这首诗,一方面表彰他破内贼的勇毅和“动四夷”的声威,一方面又将他与韩琦、富弼两位爱国者并提,最后以“姓名留冠党人碑”一句收结。短短四句,波澜跌宕,语言简省而有韵味。文、韩、富在内外政策上都为北宋王朝建有殊勋。此诗把着眼点放在颂赞“党人碑”上,颇蹊跷。党人碑是北宋新旧两派斗争绵延四朝之久的产物。从王安石于嘉祐末年上仁宗万言书到神宗熙宁新法推行,改革派显有实绩。哲宗上台后,来了个大反复,司马光、文彦博等一批守旧派上台后,于元祐初尽废新法,全面恢复旧制,给改革派以重大打击。绍圣元年(1094),章惇为相,又恢复新法,斥司马光等为奸党,把他们逐出朝廷。徽宗崇宁元年(1102)蔡京为相,又将元祐反新法诸臣，自司马光、文彦博而下一百二十人，等其罪状，立碑于端礼门，公告天下。三年间获罪者增至三百零九人，两派斗争更加剧烈。后此碑毁弃。党人子孙以祖先名列此碑为荣，又重新摹刻。这就是“元祐党人碑”几经立废之概况。

现代历史学家认为，王安石的革新是推动历史向前的，何以最终归于失败？这是一个惨痛的教训。中国的改革历来都很难，守旧势力向来都很顽固。司马光最终获胜，并不表明这一派符合历史潮流。渔洋因受司马光一派宣传影响太深，对王安石存在偏见，不能做出公正的评价。什么叫作“天遣不同韩富没”，这是说，韩琦和富弼都死在熙宁年间，所以党人碑上没有刻出他们的名字，而文彦博因为后死二十多年，他的名字刻在碑上。所以作者看来，这是“天遣”的荣誉。

猗氏往蒲州道中有感

令狐城畔雨霏霏，遥指中条积翠稀。
西接新秦三辅迴，东邻故绛两川围。
空闻魏国山河美，久识唐家节度非。
愁绝无心更怀古，清秋风景亦沾衣。

《蜀道驿程记》：“二十二日。次临晋县。西南望中条山，刹那之间，俯仰万态。”猗氏即令狐，今山西临猗县。秦始皇遣蒙田将三十万众，得黄河以南地，于是建城郭，徙民充实之，名曰“新秦”。故绛，古地名，在今山西翼城县东南。晋穆侯自曲沃迁都于此，原名绛，后改称“故绛”。《说苑·贵德篇》：“魏武侯浮西河而下，中流顾谓吴起曰：‘美哉，河山之固也。此魏国之宝也。’吴起对曰：‘在德不在险。’”猗氏，古郇伯国，晋公子瑕抚其地，故又曰“郇瑕”。《春秋》：“晋谋去故绛，大夫曰：郇瑕，地沃饶而近盐。”《左传·成公六年》：“晋人谋去故绛。”作者由猗氏往蒲州道中，因思及“新秦”“故绛”等历史地名而兴感，写下这首怀古诗。首联由行役途中天气、景色入题，淡写心境。颔联以奇语绘出这个地区的史地风概，引人入胜。“西接新秦”显出秦的武功，“东临故绛”显出三晋的雄劲。可是结果又怎样呢？他举两例，一针见血地指出：“空闻魏国山河美，久识唐家节度非。”既叹“空闻”，复云“久识”，耐人寻味。稍有历史常识的人就都知道，这里主要是讲了魏武侯与吴起对话的一段故事。魏武侯占得这块地之后非常得意，吹嘘自己江山从此坐稳，可是吴起却给他泼去一瓢冷水：“在德不在险。”这是说，治国要施行仁政，单凭借武力行事是不行的。这正如孟子所说:“天时不如地利,地利不如人和。”得民心,顺民情,才是最重要的治国之道。作者认为治好国家,还要不让地方势力膨胀滋大。唐亡于节度使制,以至形成藩镇割据局面,是一个沉痛的教训。作为一个诗人,他为维护国家统一,在讲真话。但清统治者哪能听取呢?所以他终于发出一声叹息:“愁绝无心更怀古,清秋风景亦沾衣。”报国无门,进言无路,这就是他此时的处境。尾联遥接首联,“清”字风流,“愁绝”二字感情凝重。

望中条山

今朝美风日,望见中条山。
青嶂有时隐,白云随意还。
泉飞幽谷里,鸟啭竹林间。
欲访韩终去,菖蒲驻好颜。

《蜀道驿程记》:“二十二日。次临晋县……西南望中条山,刹那之间,俯仰万态。”韩终,一作韩众,古仙人。《秦始皇纪》:“今闻韩众去不报。”屈原《远游》:“奇傅说之托晨星兮,羡韩众之得一。”《列仙传》:“齐人韩终为王采药,王不肯服,终自服之,遂得仙也。”葛洪《抱朴子》:“菖蒲,石上生,一寸九节已上,紫花者,尤善。韩终服之十三年,身生毛,日视书万言,皆诵之,冬恒不寒。”王子年《拾遗记》有韩终《采药》诗曰:“阊河之桂,实大如枣,得而食之,后天而老。”游潜《博物志补》:“石菖蒲,生石碛上,一名昌阳。凝以层冰,曝之以烈日,岁寒犹青葱可爱。”《本草》云:“服之可以轻身。”古诗:“石上生菖蒲,一寸八九节。仙人劝我飡,令我好颜色。”

中条是一座仙山,历代隐者居此,歌之不绝。这天风日晴美,作者骑马南行,远眺山中清幽景色,因念齐人韩终入山采药往事,心情愉快,写下这首诗。

借游仙而作诗,以抒幽怨,是晋人开创的文学新风,后代一直相沿不衰。此咏“青峰”“白云”“泉飞”“鸟啭”,托出一个悠闲自得者的形象。这既复现出那个为齐王采药者的身影,同时也折射出许多失意士人的心态,在满洲贵族统治下,汉族士人削发为僧或游仙入道者不少。作者歌赞韩终,不是想求长生不老,他只是自遣愁闷而已。诗笔轻灵,如山泉淙淙流淌,诗风颇近孟浩然,清新灵动,他已修炼到与世无争的境界了,这是一种情怀,一种修养。此诗绘景如画,显有中国隐逸文化的鲜明特色。

中条山下作

中条初日上，岚彩变朝昏。
芳树重重坞，流泉曲曲村。
河流趋底柱，山势锁关门。
借问王官谷，贻溪迹尚存？

《蜀道驿程记》：“二十三日。并中条山行，人家烟火与云岚相杂，柿林数十里，菁葱弥望。”上一日的日记：“唐末司空表圣避地居王官谷，谷在中条。《春秋》：‘秦伐晋，取王官及郊’者也。暮抵蒲州，古蒲坂。”《水经》：“河水南径雷首山西，又南至华阴潼关，又东径阌乡城南，又东径湖县、陕县，又东过大阳县南，又东过砥柱间也。”王元之《五代史阙文》：“图见唐政多僻，中官用事，知天下必乱，即弃官归中条山。……是时盗贼充斥，独不入王官谷。河中士人依图避难，获全者甚众。”明吕柟《游王官谷记》：“至故市西折而南，谷水北流入市，即贻溪也。溪上结屋，名‘休休亭’，司空图隐处也。”

这首诗与《望中条山》，同为遣情之作，一怀韩终，一慕表圣，两诗堪称姐妹篇。唐末诗论家司空图(837—908)，字表圣，虞乡人，官至知制诰。朱全忠称帝，避乱隐居于此，号知非子、耐辱居士，绝食而死，年七十一，是一个很有骨气的文人。有《司空表圣文集》十卷，而以《诗品》最为著名。作者过中条山作此诗怀之。前三联写景，以“初日”“岚彩”“芳树”“流泉”，构成一幅中条山晨景图。近有芳树流泉缭绕，远有河趋底柱，水声可闻，山势雄奇，关门深锁，烘托出一个隐居者的美环境。末以问句收结，语气舒缓，点出贻溪之迹，转从正面歌赞，令人向往。

一切景诗皆重描摹自然与心境，表圣所倡二十四品说，即建立在“人与自然同构”“人与万物同构”基础之上。中国哲学向来重气，气即充溢在此同构之中。气有“内向气质”和“外向气质”之分，这是为六朝以来中国文论家们所称道的。“雄浑”即由这种内外之气所凝成。表圣认为：人类、万物、历史都是一种动态存在，一切事物包括诗歌在内，无不在此流动过程中，所以他又将“流动”作为二十四品之一。从雄浑到流动，都有内向与外向、言内与言外、意内与意外、境内与境外之别，达此境者，则诗之神韵呼之即出。表圣的诗品说是这样，渔洋的神韵论也是这样。表圣诗论，最重“趣味澄琼”，渔洋深服其言。读此诗，可深味之。

首阳山

峨峨首阳山，迢迢属雷首。
遥揖巨灵掌，近对风陵口。
苍茫河上舟，摇落关门柳。
一咏采薇歌，昔人复何有？

《蜀道驿程记》："二十三日……（首阳）山在中条西南，居雷首之阳，故名首阳。夷齐庙在其麓……下见黄河。"《水经注》：关之直北，隔河有层阜，巍然独秀，孤峙河阳，世谓之风陵。戴祚《西征记》："伏羲女娲，风姓也，当是女娲之墓。"张衡《西京赋》："本一山，当河，河水过之而曲行。河神巨灵以手擘开其上，以足蹈离其下，中分为两，以通河流。"巨灵，河神，劈开华山者。

伯夷叔齐反对武王伐纣，武王克殷后，二人耻食周粟，逃入首阳山中，采薇而食，终于饿死。歌曰："登彼西山兮，采其薇矣。以暴易暴兮，不知其非矣。神农虞夏，忽焉没兮，我安适归矣。于嗟徂兮，命之衰矣。"司马迁在《史记》里把它留存下来，作者过其庙，写此诗。首联借赞山以赞其人。"峨峨"状山高，"迢迢"言山广。将山拟人化，"遥揖"言瞻仰之情；"近对"谓恭谨之貌。"河上舟""关门柳"，写目中所见，如一幅山水画。"苍茫""摇落"写出一种幽雅境界，这一联以山衬人，意象全新。尾联点出夷齐饿死事迹，不胜感慨。

夷齐耻食周粟一事，影响深远。作者托山以歌其人，可谓别开生面。尾联问句与昔人之论，大异其趣，深思细嚼，诗味出焉。"昔人复何有？"唱的是不协调音。这《采薇歌》还要再继续唱下去吗？作者提出了这个问题。夷齐是中国历史上第一个反对"以暴易暴"的大隐士，他们的精神是应当肯定的，这对清政权统治下的无数归隐或欲归隐的士人都有冲击力。夷齐反对"以暴易暴"的思想是杰出的，永远令人难忘。诗写得冷静而客观。这是中国隐逸文化在清代的新发展，反皇权的力量是大大地加重了。

蒲州忆儿浑

无限秋风庾亮愁，生存华屋死荒丘。
自怜异国题诗处，满目山川上白楼。

《蜀道驿程记》："二十二日。次临晋县……暮抵蒲州。"白楼，即白玉楼，典出李商隐《李贺小传》，后世祭文中多称文人之死为“白玉楼成”。庾亮(289—340)，字元规，东晋颍川鄢陵人。好老庄，善谈论，历仕元、明、成帝三朝。成帝初，以帝舅为中书令，掌握朝政。镇将苏峻、祖约反，亮出奔，推荆州刺史陶侃为盟主，击灭峻、约。陶侃死，代镇武昌，拟北伐，为郗鉴等所阻，未果，谥文康，《晋书》有传。

蒲州，传为舜都，蒲州是汉文化的发祥地。庾亮是一个有北伐中原之志的爱国者，同时也是一位大诗人。作者路过此间，因忆庾亮题诗哭儿旧事，再动丧子之悲，写下这首感怀诗。

庾亮出生于太康十年(279)，晋南渡后，始掌大权。元帝建武元年(304)，他二十八岁。登蒲州“白楼”哭儿，当是在西晋末年，即在二十五岁左右。其功业与诗才皆为渔洋所称赞。其丧子之痛与忧国之怀，也是渔洋所同情的。“自怜异国题诗处”，语至哀痛，这是悲庾，也是自悲。“满目山川上白楼”一句，亦写两人。“白楼”是“白玉楼成”之意，这是对夭死者的哀挽。此诗文化底蕴深含，耐人寻味。

河中感怀寄诸兄

何处依依动客愁，蒲津云物迥高秋。
河声近挟中条雨，关势遥分太华旒。
人代茫茫双去鸟，夕阳渺渺独归舟。
京华故国俱千里，心折西风鹳雀楼。

《蜀道驿程记》：“二十二日。……抵蒲州，古蒲坂，唐为河中府，又为中都。”时西樵官京师，礼吉、东亭居里中。《新唐书·地理志》：“河中府……河西……(有蒲津关，一名蒲坂。开元十二年铸八牛，牛有一人策之。牛下有山，皆铁也，夹岸以维浮梁。)”沈括《梦溪笔谈》：“河中府鹳雀楼三层，前瞻中条，下瞰大河，唐人咏诗最多，李益最佳。”《名山记》：“太华山即西岳，神君之旒数多于十二。”

作者至蒲坂，将渡河，闻水声，观雨势，忽有所感，作了这首感怀诗。此写夕阳西下时蒲坂之景，又一次表达了内心的愁绪。作者兄弟四人皆好诗，少时读书故里东堂，日夕共处十年。尝雪夜煮酒，酒半，出王、裴《辋川集》相唱和，每一诗成，则弹射为乐。有一次，东亭先得句云：“日落空山中，但闻伐樵响。”众皆搁笔，这一幕情景至今难忘。伯兄西樵诗，取法少陵，悠闲淡雅，得尽性情。仲兄礼吉之诗，语多警策。叔兄东亭，亦诗才敏捷。此诗即景抒情，发出了兄弟不相见的哀叹。鹳雀楼作者未及登临，感慨系之。中两联写景，“河声挟雨”“关势分旒”，气象雄奇。中条、太华，皆是名山，“双去鸟”“独归舟”，是夕阳西下时之景。“人代茫茫”不堪回首。尾联与首联遥相呼应，把兄弟间相念之情写足写透。渔洋十四岁那年，清兵入关定鼎，明朝灭亡了。这里弹奏的分明是一首哀曲，此时明亡已二十八年，“京华故国”四字，殊堪玩味。

望见华山二首

蒲坂南来问钓船，风陵埏上隔风烟。
黄河一曲流千里，太华居然落眼前。

仙掌浮空迥不群，明星玉女望纷纷。
乘槎更极西南目，咫尺三峰生白云。

《蜀道驿程记》：“二十三日。……过首阳山……坡陀益高，下见黄河。河南连山，绵绵不绝，三峰峭拔，迥出天外，知是华岳也。时见白云逢逢，自山半出，惝恍无定姿，心目为之清旷。至风陵渡，渡河，戴延之所谓风埏也。”《山海经·山经》：“泰华之山，削成而四方，其高五千仞，其广十里。”华山，一名太华，称西岳。有三峰，曰：仙掌、明星、玉女。

作者至蒲坂，望见华山，喜甚，因赋二诗遣兴。第一首，以山衬水，从大处落笔，赞太华气势之雄，兼寓怀人之意。友人王宏撰隐居山下，“问钓船”句即指此人。第二首，赞山峰之奇，换了一个写法，从细处着笔，借助于想象，对此山深表仰慕之情，有飘飘欲仙之概。“仙掌”“明星”“玉女”，皆峰名，都仙化了。

两诗皆从“望”字着眼，直把自己的愿望、追求、想象、理念一起纳入视线之内，这很合乎西方接受美学所云“期待视域”，把时间维与空间维紧密连为一体，使两首诗都在一个统一体内展开。中国人的思维法则注重思维的同构性，如称天地人为三才，梅兰竹菊为四君子，即是人与自然的同构。作者据此同构，使事物进入自己的视域内，加以描绘。自艺术法则而言，意与象、情与事，是我国诗艺传统，本来密不可分。作者注重继承而有创新，上首“黄河一曲流千里，太华居然落眼前”，将远景变为近景，如神话中的长房缩地术，可谓神奇。下首“乘槎更极西南目，咫尺三峰生白云”，把远在西南的“槎”和近在咫尺的“三峰”，亦纳入自己的“期待视域”内，因而产生奇幻。不同的是，前者是里程的转换，后者是方位的转换，使人仿佛见到三峰之上的白云正在冉冉升起，奇幻而美妙。两首诗写法不同，一为写实，一为想象，各有所宜。合而言之，则是实与虚的结合。这是作者所塑造的一座艺术的华山，美的华山，道士和仙人所居的华山。

风陵渡河抵潼关

行尽并汾路，前旌欲度关。
乱帆河曲水，隔岸虢州山。
地险烟岚合，时清虎豹闲。
永怀黄绮侣，白首卧商颜。

《秦蜀驿程后记》："三月初一日……与常百子中丞同行……自风陵堆渡黄河，抵潼关。"《水经注》：潼关直北，隔岸有层阜，巍然独秀，孤峙河阳，世谓之风陵。曹操西征韩遂，自潼关北渡，即此。河曲在蒲坂南，虢州在灵宝县南。"黄绮侣"，指秦末隐于商山的夏黄公、绮里季、东园公、甪里先生，四人须眉皆白，世称商山四皓。汉初，高祖召，不应。"商颜"指商山。"并汾"指并州和汾州。

风陵堆下临黄河，为一险要渡口，此写作者渡河所见。诗意逐层推开，从容有致，显出他内心所涌起的不为外物所役的自由精神。起句从行程路线落笔，具显动态与气势；次写河中所见奇景，大显精神。这水的姿态很奇，这山的远景很美，但这两者其实都是人的生命精神的外化。言乱帆则河水翻腾之势可见，而人的精神自显；点虢州之名，则南岸历史文化之风光全显，而人的喜悦之情亦自油然而生。至于言"潼关"之险，只以"烟岚合"三字了之，则可见其清雅，直如闻听诗人之赞叹不止声；其颂时局之太平，特以"虎豹闲"三字讽之，则不禁令人发笑。最后点出"四皓"，大发思古之幽情，自展胸襟，自抒性情，与时代远远拉开距离，更见其气度之不凡。四皓后应诏入朝，为吕后所用，已非隐士。这里，渔洋是颂其在秦末汉初的表现。

作者仕清三十年，迄今仍以一文臣录用，宏才难展，有力使不出。来此河山险要之地，忽然念及四皓，感慨万千，歌之赞之，这是很自然的。他们都是抗秦贤士，对于刘邦的拉拢、收买，完全不买账。这是与专制皇权对抗的四条铁汉子，他们岂是一般的隐者？这就是渔洋对他们之所以崇拜的原因。当时康熙帝正值盛年，经过三十五年的整治，是把各种抗清力量都荡平了，全国已呈现出历史上罕见的一片太平盛世景象。在对待其"武功"的问题上，渔洋同许多汉族事清者一样，都“折服”了。惟对其“文治”，特别是在对待不平等的民族政策问题上，他们并没有“悦服”。在当时的历史条件下，满汉矛盾是个死结，这个死结一时无法解开。许多不甘受奴役的汉族士人还在当隐士或拒绝入“鸿博”，这是活生生的明摆着的现实。因此，对黄绮侣的歌颂，实质上就是对清代那些入山归隐的汉族士人的歌颂，一片怨情，全见于此。那个在华山下归隐多年的王宏撰和晚年流寓华阴而终卒于曲沃的顾炎武，他们就是当今的“黄绮侣”。顾炎武是反清的著名人物，一生漂泊，居无定所。他与渔洋的友谊，士林传遍，此时顾已仙逝，这首诗也可以说是对顾炎武的追念。“永怀”二字，力重千钧。永怀什么？怀高士贤人，济世利民，作者抒情及此，何其快哉！

3. 潼关卷

【卷头语】作者入潼关，悲雄关之不守，哀明亡，一唱三叹。然后一路吊古伤怀，歌良臣，反贪吝，游名园，怀隐士，吟咏留连，大抒兴亡之感。对暴君秦始皇和昏君唐玄宗尤深愤慨。《骊山怀古》与白居易的《长恨歌》有异曲同工之妙。此卷咏史之作，具显其史识与诗才，不同凡响。

潼　关

潼津直上势嵯峨，天险初从百二过。
两戒中分蟠太华，孤城北折走黄河。
复隍几见熊罴守，弃甲空传犀兕多。
汉阙唐陵尽禾黍，雁门司马恨如何！

《蜀道驿程记》："二十三日……潼关，古桃林塞。秦立函谷关，汉武始废函谷，守潼关。今关西一里有潼水，《西征赋》所谓溯黄巷以济潼也。昔哥舒一败而明皇幸蜀，近孙司马传庭一败而贼骑长驱，入关僭号，明因以亡。孙樵《潼关甲铭》云：'潼关之甲完，吾谁与安？潼关之甲敝，吾谁与济！'有慨其言。"《易・泰卦》："上六，城复于隍。"疏：隍，城下池也。潼关，东汉建安中建，以潼水而名，故有潼津之称。《汉书・地理志》："秦形胜之国也，带河阻山，县隔千里，持戟百万，秦得百二焉。"《新唐书・天文志》：一行以天下山川之象，存于两戒。两戒，指北戒与南戒。北戒自三危、积石东达朝阳，以限戎狄，约当于今青海、陕北、山西、河北、辽宁一线。南戒自岷山、嶓冢山，东达闽中，以限蛮夷，约当于今四川、陕南、河南、湖北、湖南、江西、福建一线。潼关居两戒之间。《诗・王风・黍离序》谓，西周亡后，周大夫过宗庙，宫室尽为禾黍，彷徨不忍去，乃作《黍离》之篇。后用为感慨亡国、触景生情之词。

雁门司马，指孙传庭。他是代州振武卫人，字白谷。原为代州守将，崇祯九年(1636)三月，受代莅秦，遭陕西巡抚排斥。十五年(1642)三月，李自成再围开封，十月城陷，传庭上书，力主固守潼关，扼京师上游，为地方势力所阻。

十六年(1643)八月,传庭被迫自潼出师,旌旗甲兵,连络数十里,初颇得手。时适大雨,七日夜不止,复因后援断绝,士马多饥,大困。九月七日,汝州后军哗变,李军蜂拥而至,传庭还师迎粮,几经血战,大败。是役,明军死四万馀人,损失兵器辎重数十万。潼关破,传庭战死。顺治二年(1645)正月,清兵入陕西。

此吊潼关之战而哀明亡之诗也。前两联写关之形势,触笔生辉。后两联写守卫之难,而叹终不能守。抒哀悼之情,令人感慨无穷。

潼关之战是决定明朝覆亡的一次大战役。在清初,就这个题目为诗是少见的。渔洋在诗和日记中将自己的思想感情都表露得很明白。既称"传庭一败而贼骑长驱,入关僭号,明因以亡",又曰"贼"而不直称"李贼",曰"关"而不直说"潼关",模棱两可,此岂笔墨之疏忽耶?"汉阙唐陵尽禾黍,雁门司马恨如何!"这很明白,他是在借酒浇愁,一腔怒火,直如火山喷发。如此哀明之亡,可谓大胆,这是诗旨的一面。另一面,则是刺明之失。明之覆亡,原因甚多,其对军事将领用之不信,任而不专,致长城自毁,殆其尤著。例如才智俱备的袁崇焕,本有一套完整的防御战略计划(包括守关在内),而终遭谗言离间,弃置不用,最后竟含恨而死。可是,崇祯对洪承畴、吴三桂这班奸佞偏又信而不疑,把事关成败兴亡的守关大权统统交给他们,何能不败?诗饱含文化意蕴,甚为精彩。既见潼关形势之险,复叹历代守卫之难,一唱三叹,勾画出一幅忧愤深广的历史图画。在清初迭兴文字狱的时代,请问还有比这反抗力度更强的诗吗?那或许只有反清志士顾炎武的《潼关》诗堪与颉颃。顾氏《潼关》诗,矛头是直指清王朝的。情深郁勃,文采斐然,顾王两诗,堪称双璧。可惜渔洋长期不能为人理解,当清末名族主义大帜高张之时,梁启超曾骂他是"清室奴才";前此袁枚亦曾称其诗为"康熙内廷盆景",实在是太冤枉他了。其实,他是一位思明怨清的诗人。三百年来,竟无一人为其思想作公正评价,良可浩叹。

自文化学角度言之,此诗既是地理文化的一次展示,同时也是历史文化的一次辉耀。"两戒""百二"之典的引用,加浓了诗的文化色彩,此非浅学者所能为。结句"雁门司马恨如何",力重千钧,这既是对复明志士的深切缅怀,也是对入关者的猛烈反击。诗情涌荡,气壮山河,一气直贯到底,这是以七律形式写明末潼关之役的一首奇诗,足可垂范千秋。

拜杨伯起墓道

悠悠关内路，驱马桃林塞。
归鸟岳祠边，长河远天外。
大鸟下潼亭，落羽今犹在。
夕日荐苹蘩，愁心逐征旆。

《蜀道驿程记》："二十三日……谒关西夫子墓，石阙尚存，地曰潼亭。"祁光宗《关中陵墓志》："墓在潼关西七里。"桃林塞，潼关古称。岳祠，即西岳庙。《三辅故事》："震改葬华阴潼亭。先葬十馀日，有鸟高丈馀，集丧前悲鸣，葬毕始飞去。时人刻石象鸟，立于墓前。"《后汉书·杨震传》："震门生虞放、陈翼诣阙追讼震事，下诏赠钱百万，以礼改葬于华阴潼亭。先葬十馀日，有大鸟高丈馀，集震丧前，俯仰悲鸣，泪下沾地，葬毕乃飞去。"杨震字伯起，汉弘农郡华阴人。通晓诸经，被尊为关西夫子。任荆州刺史，有人夜赠金十斤，谓夜无知者，震拒之曰：天知、地知、我知、子知，何谓无知？安帝时，官至太尉，以直言忤权贵大将军耿宝及中常侍樊丰等，遣归本郡，愤而自杀。《后汉书》有传。

杨震是汉代著名清官，作者过潼关，拜其墓，作此诗。诗由纪行起笔，追叙当时下葬情景，给人以新奇之感。鸟在丧前悲鸣是可能的，但说此鸟身高丈馀，则显系神话。至谓其羽毛至今犹散落于地，则显为夸饰之词。但经此夸饰，正好表达出人民的追念之情，这叫艺术的真实。末以"愁心逐征旆"一语收结，空灵蕴藉，更显生机。杨震反贪，致遭罢官遣归本郡，愤而自杀，千载同悲。

祠墓文化是佳山胜水的一项重要内容，此诗着重表现杨震下葬时大鸟悲鸣神话故事，极为生色。对于人所熟知的"四知"故事则一字不提，使贪者读之自生恐怖，这是妙笔。全诗既写出以鸟为中心的生动画面，又描绘出一个拜墓者的虔敬心情；既写出一颗"愁心"，又表现出一个"逐征旆"的动态形象。构思精巧，将历史画面与现实画面合而为一，全以生动的形象感人，没有丝毫说教气味。引神话入诗，将屈原所开创的美学传统又向前推进一步，这是作者的创新。历代赞"杨震四知"之诗何止车载斗量，可是有谁写过"大鸟下潼亭"而不死的诗呢？这首反贪诗在题材处理上可谓别开生面。

望华山

关中八水汇，清渭独朝宗。黄河西北来，交会船司空。
河流挟底柱，岳势分弘农。山河两戒首，气压殽函东。
金天正肃杀，屹然白帝宫。削成五千仞，真宰散鸿蒙。
及关见岌嶪，元精罗心胸。倏忽云气生，西接终南峰。
诸峰忽已失，俯首趋河潼。峨峨司寇冠，独立青云中。
苍茫望三辅，秋气去安穷。荒唐秦皇腊，寂寞希夷踪。
何当驾白鹿，还共骖茅龙。

《蜀道驿程记》："二十三日……晚，抵华阴岳镇，宿西岳庙。碑版甚多，唐刻仅存'颜鲁公纪游'数字。适同乡宋方伯艾石可发自蜀臬迁粤辖，相遇于此，同宿万寿阁下……二十四日。昧爽，登万寿阁。阁南与太华相对，东指河潼，北眺泾渭，西望终南，杂树荠浮，川原绣错。"关中八水，指灞浐泾渭沣镐牢洛诸水（各书所载不一）。船司空，"本船主之官，遂以为县"。《庄子・天下篇》："宋钘、尹文作华山之冠以自表。"蒋虎臣《蒋说》："华山杰立云表，如鲁司寇冠。至临晋三百里内，皆望之巍然。"《史记・秦始皇本纪》：始皇欲仙，因改腊月为嘉平，从殷之旧。《茅盈内纪》："始皇时，盈曾祖父蒙，乃于华山之中乘云驾龙，白日升天。先是，其邑谣歌曰：'神仙得者茅初成，驾龙上升入太清。时下玄洲下赤城，继世而往在我盈，帝若学之腊嘉平。'始皇闻谣歌而问其故，父老具对：'此仙人之谣歌，劝帝求长生之术。'于是始皇欣然，乃有寻仙之志，因改腊曰嘉平"。《宋史・隐逸传》："陈抟居华山，太宗赐号希夷先生。"茅龙，神兽名。华山为五岳之一，在陕西华阴县南，又名太华。上有莲花、落雁、东阳、玉女、五云诸峰。一说山顶有池，池生千叶莲花。

此诗赞华山，全写望中所感。首赞襟山带河、八水来汇之势，见其雄奇，大显黄河文化精神，极具气势。随之展开正面描绘，写出一个"真宰散鸿蒙"、充满"元精气"的神仙世界，令人向往。山之仙灵，皆人所共仰，却并非人人都能深刻了解，所以作者把它重新塑造出来，将云气和山峰一一写活，使人感到仙气拂拂，宁静幽美，极具魅力。结尾四句，以历史学家的眼光进行审视，力刺秦皇求仙改腊之荒唐，复叹仙人希夷踪迹之寂寞，形成鲜明对比，讥嘲始皇这个大暴君，虽仅一句却很有力。最后，点明自己的希望和追求，发出一声召唤："何当驾白鹿，还共骖茅龙。"这似乎在问同乡宋艾石，可有这样的兴致？

语颇幽默。看来,他们对现实都有不满之情。这个结尾,更使诗趣平添。驾白鹿、骖茅龙、追仙踪,这就是他们与时不合的人生态度。客观上反映出汉族士人这一精神追求和文化心态,这是他在创作上所获得的成功。

华山是一座文化山,以诗画来为它写真很不容易。这诗是达到把山写活的地步了。明代画家王履在其《华山图序》中说:"画虽状形而主乎意,意不足谓之非形可也。"诗也是这样,也要主乎意,只求形似是不够的。王履的《华山图》之所以取得成功,在于观察细,感悟深。作者精通史志之学,一部《华山志》早已烂熟于胸中,故他一见华山,即能尽传其神。这说明他所写的华山已不是单纯自然形态的山,而主要是一部充满道教文化精神的山。"真宰""元精""希夷""白鹿""茅龙"等词汇,都是道家所惯用的。他借此写其欲归求隐之情,排遣愁闷,这既把华山写活,也把自己的精神完全展现出来。这是诗人渔洋心中的华山,是一座文化之山,精神之山。此篇雄浑壮丽,达到很高的成就,足可与前贤媲美,这是大家所公认的。倘就"荒唐秦皇腊"一句中所包含的文化批判精神来说,则似乎更有新的发展。诗人生活在开始反皇权的时代,对一切暴君都痛恨,这才是此诗之魂。

雨宿岳庙万寿阁

松蜕龙鳞不记年,惊人老鹤起松颠。
扶筇未到希夷峡,先对三峰一夜眠。

《秦蜀驿程后记》:"初三日……昧爽,诣白帝宫即奠……礼毕,登万寿阁。"明都穆《华山记》:"希夷峡,乃希夷蜕骨处。"

希夷是宋太宗赐给陈抟的号。岳庙有唐玄宗所制华山碑,久废。华山有三峰:西曰莲花,中曰玉女,南曰落雁。希夷峡传为希夷居地。此诗写晨登万寿阁所感,表明自己只愿与松鹤为伍,而不汲汲于名利,这是他绝意仕途的又一次表白。直到此时,他还只是康熙身边的一个高级文臣。三年后,才升为刑部尚书。官是做大了,而他已是六十三岁老翁,有什么意思!"先对三峰一夜眠",语甚幽默,这是在表明他不慕仙,也不信神。清室派他祭神以巩固皇权,他却作此调侃语,可谓风骨嶙峋。仕清数十年,他已失望到极点。作为一个祭神官,竟无一字赞颂山神,岂不滑稽!"松""鹤""龙"是人们所喜爱的仙物。仙人,也是人们所仰慕的。诗中这些意象,大增美感。这是诗人的精神追求,也是诗人文化品位的表现。这同他二十四年前所写《望华山》,气韵精神是一致的。

青柯坪回喜吴天章至自朝邑

昨过风陵渡，思君役梦魂。
暮云低华岳，春水下龙门。
转徙犹三辅，艰难共一樽。
何时逢玉女，同到洗头盆。

《秦蜀驿程后记》："初三日……行盘路十里，至青柯坪。坪直面峰下，涧道深广，飞梁跨其上。《注》谓：'山雨滂湃，洪津泛洒，挂溜腾虚，直泻山下。'当不减庐山开先、栖贤之奇，惜久旱，石窦皆伏流涓滴耳。自坪望南峰、东峰，皆不见。晡，下山抵岳庙，寓馆。"朝邑，清属陕西同州府。《古微书·诗含神露》：明皇玉女者，居华山，服玉浆，白日上升。"三辅"指长安附近地区。

吴天章(1644—1704)，名雯，以字行。允升之子，祖籍辽阳，移居山西蒲州。康熙十八年以诸生召试鸿博。其诗古淡宏肆，渔洋目为仙才。有《莲洋集》。

这是作者写给吴天章的一首述怀诗。三月初三作者游华山，至青柯坪而止，心殊寂寞，晚归来，见到由朝邑赶来的天章甚喜，写了这首诗赠他。吴氏为渔洋再使秦蜀随行人员之一，两人为亲密诗友，是随员十六人中唯一可与谈诗者。诗分三层意思：前两联写旅途所感，吐露怀念之情。第三联来了一个转折，写两人相见聚饮之欢，"艰难"二字，感慨深重。尾联表达他们的共同希望，幽默有趣。这年吴雯五十二岁，作者六十三岁，两人为忘年交，情同手足。吴之诗才，作者屡称之。他晚年在《分甘馀话》中说："余与海内论诗五十馀年，高才固不乏，然得髓者终属天章也。"《渔洋诗话》又记曰："一日待漏朝房，诵其句于叶文敏讱庵方蔼云：'泉绕汉祠外，雪明秦树根。''浓云湿西岭，春泥沾条桑。'又：'门前九泉昆仑水，千点桃花半尺鱼。'叶大惊异，下直即命驾往访之。吴诗名大噪都下。"赵秋谷亦赞其诗曰："千顷之陂，不可清浊，天姿国色，粗服乱头。"此皆公允之论。直到晚年，作者在《蚕尾续文·吴先生天章墓志》中还说："汉魏以来二千馀年间，以诗名其家者众矣，顾所号为仙才者，惟曹子建、李太白、苏子瞻三人而已。本朝大一统阅六十载，作者亦多矣，余独以仙才许蒲坂吴君。"这番话更给清诗史留下一条重要资料。

在满族统治下，两人皆怀才不遇。看来，他们的共同乐趣，也只有同到"洗头盆"去寻求了，这人间已没有他们的分。这是王氏西行途中一个有趣的记录。天章之父是明朝遗老，两人皆出身名门望族，皆在满族统治下讨生活。汉族士人的这种生存状态，在清初是普遍的。“仕宦于我如浮云”，这就是两人此时的心态。

华山杂诗七首

玉泉院

目玩玉泉流，静悟先天易。多事坠驴时，强与人间事。

山荪亭

结茅孤石棱，玉泉下奔注。亭空泉尚流，上有无忧树。

希夷峡

洞门峡半开，铁锁垂千丈。俗驾自然回，何地容种放？

娑罗坪

小憩娑罗坪，手抚娑罗树。仰见上方云，时向人间去。

毛女洞

毛女负琴去，倏然松杉飞。青冥风露冷，仿佛见天衣。

白鹿龛

云中跨白鹿，心知鲁女生。乞我一丸药，相将游玉清。

青柯坪

窈窕青柯馆，正在西峰罅。二十八潭悬，飞瀑从天下。

《秦蜀驿程后记》：“初三日……五里，憩云台观，一里，至谷口，即入山道。玉泉院在溪西，有希夷洞……十里，至娑罗坪，有娑罗树一。坪之下为希夷峡，峡之上为白鹿龛、毛女洞、凌虚台。行盘路十里至青柯坪。”

［**第一首：玉泉院**］宋初，道士陈抟隐居于此。泉在长超谷，与玉井潜通，院在溪西，当玉泉注处。传希夷先生于此得先天之学，是为“先天易”。此学传至周濂溪，乃创太极图。陈抟字图南，亳州真源人。《宋史·陈抟传》：及长，读经史百家之言，一见成诵，悉无遗忘，颇以诗名。后唐长兴中，举进士不第，遂不求禄仕，以山水为乐。自言尝遇孙君仿、麞皮处士。二人者，高尚之人也。语抟曰：“武当山九室岩可以隐居。”抟往栖焉，因服气辟谷二十馀年。太平兴国中来朝，太宗待之甚厚。九年复来朝，上益加礼重。谓宰相宋琪曰：

抟独善其身，不干势利。下诏赐号希夷先生。“坠驴事”，见宋王偁《东都事略》：抟尝乘白驴，从恶少数百欲入汴，中途闻艺祖登极，大笑坠驴，曰：天下于是定矣。遂入华山为道士。

[第二首：山荪亭]《华山记》：“玉泉院山荪亭，大石旁有无忧树。”《香祖笔记》：“阅内典，频头婆罗王立瞻婆国婆罗门女为第一夫人，生子名无忧……即阿育王也。”《酉阳杂俎》：无忧树，女人触之花方开。花赤色。

[第三首：希夷峡]山荪亭有希夷睡像。《陇蜀馀闻》：“玉泉院，希夷洞侧有大石，玉泉环流其下，上镌‘山荪亭’三大字，有树四株，名无忧树。”种放字明逸，宋河南洛阳人。沉默好学，七岁能属文。诸兄皆干进，父令举进士，不从。父卒，与母隐居终南山，以讲习为业，终身不娶，自称退士，又号“云溪醉侯”，隐居三十年。真宗时，诏为左司谏，不久辞归，隐居华山。后屡至阙下，俄复还山。“俗驾自然回，何地容种放?”此言种放无一席之地，颇有调侃意味。

[第四首：娑罗坪]坪在入山五里处，此为华山第一险。传释迦牟尼在婆罗树下涅槃。此诗亦道亦佛，佛道合流。“仰见上方云，时向人间去。”上方岭名，语意双关。

[第五首：毛女洞]洞在婆罗坪上。《列仙传》：“毛女字玉姜，在华阴山中……形体生毛。自称秦始皇宫人，秦亡入山，食松叶，遂不饥寒。身轻如飞，洞中尝闻鼓琴声。”

[第六首：白鹿龛]龛在娑罗坪上，古人以白鹿为祥瑞。葛洪《神仙传》：“汉元封八月壬辰，孝武皇帝闲居殿上，忽有一人乘云车，驾白鹿，从天而下。”又载鲁女生，“骑白鹿，从玉女三十人”。玉清为道书所云三境之一。

[第七首：青柯坪]从娑罗坪至青柯坪，山路曲折崎岖。再上，沿陡壁攀登，尤险。坪有青柯公者署名，不详何许人。此赞二十八潭与飞瀑。

康熙丙子三月初三日，作者奉旨祭告西岳。随即入山游览，觅仙踪，探幽胜，以悠闲隽语，作此杂诗七首遣兴，对道教文化作了一番美妙的歌赞。一景一诗，词清意雅。这里突出地赞颂了道教大师陈抟，又称颂了种放、毛女、鲁女生等一批人。在第一赞中，他以“多事坠驴时，强与人间事”一语，嘲笑道教祖师爷给人留下深刻印象。他认为陈抟这一举动是太可笑了。这是作者人生观、世界观的一种表现。这里，他巧妙地揭露了中国道教所谓“得道求仙”，纯属荒诞无稽之谈。当普天之下都在崇奉陈抟老祖时，这一揭露是有震撼力的。其实，道教之得以流传，乃是因为它迎合了中国人贪恋荣华富贵、妄求长生这一心理要求，而历代帝王则表现得尤为突出。此诗较早揭开这一历史之秘，说明渔洋对中国道教的骗术是深恶痛绝的，尽管他对道教的认识远没有达到鲁迅先生那样的高度，因而不能指出“中国的道教都是做戏的虚无党”，但作为一首新游仙诗来看，它多少也给流传千年之久的咏仙诗吹来一股新风。可以说，这是他对中国隐逸文化的一次反思和探究。中国历代隐士，或则独善其身，远离现实，或则借隐逸以求仕，其实都是“身在终南，心存魏阙”，他们常常很矛盾。陈抟得到赵匡胤坐江山的讯息，“从恶少数百人”欲入京求之，他喜得从驴背上跌下来，不叫一声痛，还笑着说：“天下从此定矣！”这群恶少的老师是什么心态，不是很明白吗？给新皇帝送去这么好的一份见面礼，得到那位开国君主的加倍宠信是很自然的。作者写此游仙诗，乃借寻仙以自娱，他是不愿再为歌颂皇权添砖加瓦了。此诗吐露出一个不甘屈服者的内心苦闷。

河上寄山史

前年君往兰溪道，金华洞中拾瑶草。
传来八咏似休文，爱玩新诗愁绝倒。
华阴古道接弘农，一望秦山深万重。
遥看青壁孤云起，知在西南第几峰？

河上，地名。服虔《汉书·高帝纪》注：“河上，即左冯翊也。”王宏撰（1625—1704），字无异，一字文修，号太华山史，华阴人。监生，明亡不仕。康熙中荐鸿博，以病辞。居华山下，筑“读易庐”居之。工古文、书法，精金石之学，善鉴别书法名画。有《华山志》《易象图述》《砥斋集》等，汪琬称其文议论驰骋今古。顾炎武称其人曰：好学不倦，笃于友朋，吾不如王山史。《明遗民录》：（山史）关中人士之领袖也。初与李因笃同学甚密，及因笃就征，遂与之绝。《方舆胜览》：“（金华）洞在县北三十里第三十六金华洞玄之天。其洞有三：巍然在山，去天尺五者，曰朝真洞。自朝真而下百馀步至冰壶洞，洞在山之腰，视之若井，其深百尺，泉声如击鼓；攀崖而下，石皆离列，水奔注其中，倾沫成帘，长三十尺，双石崭然壁立，曰石笋。自冰壶而下，行五十步，有石若白龙之升降者，曰双龙洞，可容胡床百数居之。”梁沈约字休文。升庵《词品》：“沈休文《八咏诗》，语丽而思深，后人遂以名楼，照映千古。”《金华志》：“齐隆昌元年，沈约出为东阳太守，作八诗，题于玄畅楼，后人更为八咏楼。”

作者至河上，怀诗友王宏撰，作此诗寄之。这年是壬子年。前两联赞其游兴之雅。金华有赤松子遗迹，为道教圣地之一，作者以“拾瑶草”喻其人之高洁。后两联写宏撰隐居华阴，经常云游华山。“秦山深万重”“青壁孤云起”，刻画出一个孤独、寂寞而又自得其乐的隐者形象。这把贾岛“云深不知处”一句诗是更加美化了。历代隐者，不入于道，即入于禅，这是中国隐逸文化的一个生动表现。王宏撰明亡不仕，影响很大。此诗美其独游，一言出游之远，一言登山之高，绝美地表现出一个淡于名利的士人及其与时不合的精神，这对清政权的怀柔政策是一个有力的讽刺。“爱玩新诗愁绝倒”一句，是承继“江山留与后人愁”句而来，有味外味。

这首律诗，用两韵似散而合，作者善立格，也敢破格，还能把立破统一起来。中间两联写得如行云流水，明快自然。这是诗歌艺术审美化、生命化的生动表现，也是多样化的具体表现。诗人在审美中表现生命，在多样化中表现独特，在神韵中表现超凡脱俗，堪称神妙。

访山史读易庐时久客淮南未归

多年华下遂君初，廿载重过访旧庐。
满径苔痕侵竹石，当窗岳色净琴书。
山中宰相人谁识，江左夷吾我不如。
为报倦游归及早，淮南无此好家居。

《秦蜀驿程后记》：“初三日……趋岳下，过访宗人山史宏撰，山居洁朴无纤尘，联额皆孙钟元奇逢、郑谷口簠、李天生因笃诸名士书……戊申岁，山史在京师嘱赋《独鹤亭》诗，今不可至矣。”淮南是扬州的旧称，《南史·陶弘景传》：“国家每有吉凶、征讨大事，(梁武帝)无不咨询，时人谓为山中宰相。”《世说新语》：“温峤初为刘琨使，来过江，于时江左营建始尔，纲纪未举。温新至，深有诸虑。既诣王丞相导……欢然言曰：‘江左自有管夷吾，此复何忧？’”

王宏撰明亡不仕，隐居华山，号太华山史。其“读易庐”在华山之麓，旁有独鹤亭。作者初使秦蜀时曾来访，后赋有《独鹤亭》诗，极称其人。此次重来，适值宏撰远游淮南，因作此诗怀之。首联述山史已遂归隐之志。颔联写“读易庐”之清净，以颂其人。颈联极称其才，以“山中宰相陶弘景”和“江左夷吾王导”美之，这是对他的极高评价。尾联劝他早日归来，欢度晚年。“人谁识”“我不如”，感慨良深。借怀人以泄内心之郁愤，心亦苦矣。这年，宏撰七十二岁，久客淮南未归，作者故深念之。

宏撰同作者和顾炎武都有很深的友谊。顾炎武说：吾不如王山史。渔洋说："江左夷吾我不如。"说的都是真话，此可见山史品位之高及其在士林影响之大。渔洋晚年在《古夫于亭杂录》里说："康熙丙子，余奉朝命祭告华山，憩王山史待庵，阅架上书，有《赵松雪集》，乃先太师大司马公较刊本，遂告于主人携归。先太师所刻书甚多，乱后惟《文选删注》《沈文瑞公集》尚存，馀悉不可问矣，得此如拱璧也。"这是他们友谊的一个纪录。此诗明歌友谊，暗寓与时不合之意，怨而不怒，哀而不伤，很合乎孔子的诗教。

沚园吊郭胤伯二首

白崖湖水碧浮天，乱石嵯峨凌紫烟。
十里芙蕖众香国，此中曾泊孝廉船。

大华小华皆削成，东溪西溪夹镜明。
仙人鹤背忽飞去，天风下来闻玉笙。

《秦蜀驿程后记》："初四日……溪上有沚园，荷塘稻塍，茂林修竹，渺然如江湖之上，郭孝廉胤伯宗昌别墅也。今归刘氏。"《池北偶谈》："华州郭胤伯宗昌，博雅好古，善鉴别书画金石，篆刻分法，为当时第一。所撰《金石史》与盩厔赵孝廉紫峏《石墨镌华》并行于世。常熟钱宗伯诗所谓'关中汲古有二士，郭髯赵峏俱嵯峨'是也。郭性孤僻，所居沚园，在白厓湖上。"《维摩诘经·香积佛品》：有国名众香，佛号香积。《晋书·张凭传》：少举孝廉，负其才气，诣刘真长，同举者笑之，刘竟留宿。至晓，凭还船，刘遣人觅张孝廉船，同侣惋愕，刘即荐为太常博士。仙人，指周灵王太子乔。

这两首诗，为追念关中名士郭胤伯而作。郭氏，华州人，曾辟沚园于白崖湖上，湖介大华、小华之间，自造一舟居之，名曰斋舫。自谓一水盈盈，与世都绝，落拓崎嵚，任心独往。作者重访沚园，咏景怀人，词甚清雅。第一首，咏郭氏生前在此游乐。"碧浮天"，赞水；"凌紫烟"，赞石。借水石以美其人，气概不凡。"众香国"是佛国的代称，此喻园林佳境。郭氏尝乘船在十里芙蕖中游览，何其清雅。第二首写郭骑鹤飞去，天风传来玉笙之声，赞其精神长存。此人生于易代之际，不苟于时，保持高节，令人崇敬。作者久欲归隐，游此园后，益增怅惘。郭氏也是一个明亡不仕的隐者，作者久已心仪。郭所著《金石史》与赵紫峏《石墨镌华》，为士林所称。

这两首田园诗，典型地反映出清代隐士的文化心态，爱悦自然，与时不合，精神极可宝贵。诗所表现的佛教文化和道教文化色彩很浓，显示出隐逸文化的特色。王氏晚年，归于佛老，诗也归于平淡、清远。他写这类山水诗是得心应手的。在专制皇权统治下，哪里才是他得以保持人格独立的净土和寻求个人自由的精神家园呢？不归于佛，即入于道。晋朝的张凭是这样，清朝的郭鼒伯也是这样。更远的，还有周王子乔，传说那人也是一个得道者，成了仙。历代寻求自由的士人，都在做着这样的梦。渔洋终其一生也没有跳出这个藩篱，这是专制独裁政体下产生的悲剧。

华州道中

地古弘农郡，云峰去不穷。
泉飞名岳雨，稻熟野塘风。
漕挽通河渭，雄关界华嵩。
唐家传七世，何事失山东？

《蜀道驿程记》："二十四日……暮抵华州。州，故郑地。"惠栋按："自天宝分置十节度，致渔阳之变。安、史平而藩镇之祸方始……当宪宗元和末，节度使田弘正以魏博归朝廷，朝廷复以弘正为成德节度使，张弘靖为卢龙节度使，又诏诸道支郡兵马并令刺史领之。是时河朔三镇似可指顾而定矣。长庆初，朱克融据卢龙，王庭凑据成德，史宪诚乱魏博，由是山东得而复失也。"《唐书·地理志》："长安自太行以东皆山东也。"《新唐书·杜牧传》：《罪言》曰："兵祖于山东，羡于天下。山东之地冀州，离为幽州、并州。其人沉鸷，多材力，敦五种，本兵矢，产健马，下者日驰二百里，所以兵常当天下。山东，王者不得不为王，霸者不得不为霸。天宝末，燕盗起，出入成皋、函、潼间，若涉无人地，郭、李辈以兵五十万不能过邺。自尔百馀城，天下力尽，不得尺寸。"唐家七世，自玄宗至穆宗共计九十二年。

作者自潼关向华州进发，途中见处处良田，皆有水利与交通之便，因有感于唐家七世之逐渐走向衰微，作此诗。安史乱后，藩镇割据加剧，至穆宗时，唐王朝对山东诸州已不能行使权力，作者因有"何事失山东"之叹。这是在总结唐代藩镇割据的历史教训，警告清代统治者。

此诗提出"唐家传七世，何事失山东"的问题，令人警醒。在他看来，唐家七代帝王，显然有一个共同性的大失误，这就是没有分清华夷之辨，有时甚至

“依夷以治华”，以致造成长期动乱。在对待是否容忍割据和不分华夷之辨这类问题上，只要政策一失误或稍一放松，大好河山即沦入异族或异姓之手，而手无寸铁的儒生们也就一同受难，这是一个沉重的历史教训。此诗前三联，称颂华州的天时与地利，尾联指出：一旦失去人和，则一切皆空。这一结语真有撼山之力。在今天看来，这些观点，虽已陈旧。但他着眼于文化写诗，把中国山水诗推进到一个新阶段，这是他在诗学上的一个新贡献，也是他对中国文化的一个新贡献。

华州西溪

往来官柳路，才访郑南玭。
水木清华色，云峰淡宕姿。
江心伏毒寺，花外拾遗祠。
不见松谭阁，松风日暮吹。

《蜀道驿程记》：“华之西溪，多水竹、菱芡，相传子美为华州司功曾游之，称小曲江。”西溪有子美祠、伏毒寺。作者自注：“郭胤伯宗昌松谭阁在溪上，今废。”此诗丙子年作。杜甫《忆郑南玭》：“郑南伏毒寺，潇洒到天心。”唐昭宗曾避兵居此。华州，故郑地，武公为周司徒，随平王东迁，更居新郑。“郑南玭”，喻西溪之美。《诗・鄘风》：“玭兮玭兮。”此诗为怀念杜甫与郭胤伯而作。杜与郭都是作者所钦佩的人。一个曾在此地做官，写出许多名篇。一个曾在此隐居，高蹈不仕。

唐乾元元年，杜甫为救助房琯，被贬为华州司功，冬归偃师陆浑山庄。次年二月，自陆浑山庄至东京，不久又自东京回华州，身经离乱，作《三吏》《三别》。是年夏，因饥馑弃官往秦州，后迁蜀。华州在其一生中是一个重要居地，故有祠祀之。此诗前两联，借写西溪之清雅，表达他对两位贤士的景仰。“水木清华色，云峰淡宕姿”，这两句诗情蕴景中，具显精神。后两联，点出寺祠阁三者，睹物思人，益见情深。末以“松风日暮吹”句收结，如闻风声回荡耳际，令人回味无穷。此诗句句写景，浑然天成，有老庄之静雅与释家之清空，浸透佛道两种文化色彩，文化品位极高。“郑南玭”“伏毒寺”“拾遗祠”“松谭阁”，诗意全由这些名词表出。访古怀人，不胜惆怅，给人以美感。

华州齐云楼

齐云楼上望京师，渭水东流无尽时。
父老尚传行幸日，教坊曾谱断肠词。
城空只见双飞燕，劫败犹争一局棋。
莫问寒烟十六宅，土花凝碧至今悲。

《蜀道驿程记》："二十四日……冒雨行五里，次华阴县……暮抵华州。"《陕西通志》：齐云楼在华州城内隆阜上，唐昭宗幸华州之行宫也。此楼古名月华楼，唐曹恭王所建。《资治通鉴》："唐昭宗乾宁三年七月，李茂贞举兵犯阙，帝如华州。初，李克用屯渭北，李茂贞、韩建惮之，事朝廷礼甚恭。克用去，二镇渐疏。至是，茂贞进逼京师，从韩建议至华州。茂贞入长安，燔烧具尽。"《旧唐书·昭宗纪》："七月甲戌，帝与学士、亲王登齐云楼，西望长安，令乐工唱御制《菩萨蛮》词"。词有三章。其末章云："野烟生碧树，陌上行人去。安得有英雄，迎归大内宫。"酒酣，与从人悲歌泣下。《唐诗纪事》："乾宁三年，李茂贞犯阙，帝次华州，韩建迎归郡中。帝郁郁不乐，每登城西齐云楼远望。明年秋，制《菩萨蛮》二首云：登楼遥忆秦宫殿，楼高只见双飞燕。渭水一条流，千山与万丘。远烟笼碧树，陌上行人去。何处是英雄，迎奴归故宫。又曰：飘飘且在三峰下，秋风往往堪沾洒。肠断忆仙宫，朦胧烟雾中。思梦时时睡，不语长如醉。早晚是归期，苍穹知不知?"

《新唐书·通王滋传》："初，帝使嗣延王戒丕、嗣丹王允往见李克用，二王还，建恶之。又嗣覃王尝督军伐茂贞，于是劾奏：'比岁兵缠近辅，诸王阶其祸……请诛之。'……后三日，与刘季述矫诏以兵攻十六宅。诸王被发乘垣走，或升屋极号曰：'帝救我！'建乃将十一王并其属至石堤谷杀之……"按《陕西通志》："十六宅在安国寺东，附苑城为大宅，分处庆、忠、棣、鄂、荣、仪、召、颍、永、济十王。后盛、寿、陈、丰、常、凉六王又就封，入内宅，是为十六宅。"

作者过华州，望齐云楼有感，作此诗。乾宁三年(896)七月，唐昭宗避乱来此，登楼西望，赋《菩萨蛮》三章，苍凉悲痛。此诗所咏即本此。前两联写昭宗登楼所感，是顺写；后两联追叙十一王被杀悲剧，是倒叙。前者重现一幕登楼史剧，突出了昭宗这个末代之君的形象；后者追忆宫中屠杀悲剧，作者为之深悲。这一结构处理是按照作者之观览作安排的，这就将昭宗与作者同悲共怨的一条感情线拉得很紧，使全诗悲剧氛围直贯到底，也使昭宗内心之隐痛及其憔悴形容，宛然在目。这既表达了作者对皇家受难者们的温婉同情，同时也对这个庸君作了一点调侃。诗美具显于历史烟云与现实画面的交织中，华州与京师相望，教坊与父老相应，今与昔相对，描绘逼真，字字入妙，把复杂的事件写得缠绵悱恻，而又简明易晓。全诗八句，如一条锁链，环环扣紧，一句顶一句，一层深一层，直到最后才将“宅毁人亡”悲剧和盘托出，实在精彩之至。此诗深层含义盖伤明亡。颔联若揭明亡之一页痛史，令人肠断。颈联以“飞燕”喻国破城空，只见双飞燕，而将杜诗“国破山河在，城春草木深”之感喟隐括其中。“一局棋”则喻千百年历史风云之变化无常，兼喻人世间龙争虎斗之成败难卜。明末诸王之被杀及煤山自缢之鬼影，似皆隐约可见。

唐王朝到昭宗乾宁三年(896)，气数几尽，再过十一年，就灭亡了。接下来的是“五代十国”，中国出现了一个长期分裂混乱的局面。对统治者来说，十六王的下场是可悲的，但更苦的还是人民。这正如于右任《读史》所说：“风虎云龙亦偶然，欺人青史话连篇。中原代有英雄出，各苦生民数十年。”渔洋咏史，看来也有这样的眼光、识力和气魄。“行幸日”“断肠词”“一局棋”“双飞燕”“十六宅”，这些意象何等鲜明！“水东流”“寒烟散”“土花碧”，这些短语又何其悲怆。这是同情，也是哀挽。作者借历史之烟云以抹伤时之眼泪，深有慨焉。此篇借古鉴今，美学张力很强，有永久的生命力。

早发临潼

辇道虚无里，孤城翠霭间。
西南回望处，满眼是骊山。

《秦蜀驿程后记》：“二十三日……发西安府……渡灞浐……抵临潼县，晚浴温泉。”《新唐书》：骊山宫，贞观十八年置，咸亨二年始名温泉宫，治汤并为池，环山列宫室。辇道为皇帝车所行之道。唐时，骊山上曾筑有登山辇道，以供玄宗游乐之用。

作者早发临潼，回望骊山有感，作此诗。这既表达了他驱车东行的愉快心境，同时也抒发出内心的一种怀古忧伤情调。这年他六十三岁，已是一个老臣。“辇道”一词下得极有分量，是诗眼。全诗由此生发，因景生情，由情入境，吊古伤今。“辇道”是虚幻的，而高大的骊山却赫然耸立在眼前。这一对比，令人惊骇。“满眼是骊山”是一句奇语。此山有许多悲剧故事，皆人所熟知者。加以作者昔年曾作《骊山怀古八首》咏史诗。因此他这次就只写此带有回顾性和总结性的四句小诗，以作呼应。以前的组诗是写玄宗幸温泉、嬖溺贵妃的艳事，致招禄山之乱，已言之甚详，所以他这次就只写成五绝一首。然此作虽短，却也美妙无比。开篇以“辇道”始，结尾以“骊山”终，回环交织，造成感情的激荡与回旋。其尤足玩赏者，从周幽王在此举烽火以戏诸侯，到唐玄宗每年冬春来此沐浴行乐，皆无不与轻社稷而迷恋女色有关。由此可以进一步透视许多丰富的历史内涵：历代专制帝王，谁不是在谋一姓一家一身之私利而置天下苍生于不顾？谁不是只图一时一瞬一己之苟欢而恣意妄为，以逞其私欲？所以，许多人世悲剧也至今还在不断地上演，这就是“满眼是骊山”这句诗所提出的严峻问题。一语胜千言，令人警醒。

寄题华州西溪

月出少华顶，寥寥天宇清。
孤云收欲尽，众壑湛虚明。
杜老昔游处，西溪苹叶生。
青松架壑秀，白鸟逐舟行。
谁持竹竿钓，解此濯尘缨？

《秦蜀驿程后记》：“二十四日……抵渭南县，岳生少司空承祖自渭北来，别京师四年矣。”少华在华州城南，本与太华为一山，统称华山。杜甫四十八岁那年贬为华州司功，在此居住两年，写了《三吏》《三别》等诗，西溪因此著名。

作者重访西溪，怀杜甫，作此诗。此与《华州西溪》堪称姐妹篇。此诗写夕景，从天空写到地面，人皆高雅，物皆美妙绝伦。“濯尘缨”，《孟子》有《孺子歌》曰：“沧浪之水清兮，可以濯我缨，沧浪之水浊兮，可以濯我足。”“孤云收欲尽”句，从李白“孤云独去闲”化来，言耿介之士，当如孤云，游行自如。以隐语言志，这是一种拟人化的自白。“众壑湛虚明”由王维“阴阳众壑殊”化来，此言随着天气阴晴不定的变化，“众壑”往往形成蔚蓝虚明的空间。由焦点视之，即时常形成深邃而空明的画境，正如庄子所说“虚室生白”，似可听到宇宙脉搏的跳动声，这是道家和禅宗审美最高境界。情融哲理，神韵悠然。“杜老昔游处，西溪苹叶生。”是赞杜。苹，夏秋间开小白花。宋玉赋：“夫风生于地，起于青蘋之末。”这是赞扬杜甫的人格及其诗所产生的影响。“青松架壑秀，白鸟逐舟行”一联，写出山水交辉。上句说，松生夹谷间，根在此，枝在彼，形成飞动之势，如桥然，故以一“架”字美之。下句，写白鸟逐舟嬉游，十分有趣，境界闲适。杜甫写景，善以色彩刻画景物，营造意境，罕有能与匹敌者，作者以青白两色作对比，显然是从杜甫学来。渔洋诗歌艺术是多维的，而总以一维为主。他很重视杜甫的诗艺，此可见其一斑。这首排律写得很自然，笔如行云流水。尾联“谁持竹竿钓”，问得有趣。赵执信云：“渔洋之诗，如龙之时露一鳞半爪。”信然！

华阴道中

平田漠漠稻花香，百道清泉间绿杨。
二十八潭天上落，无人知是帝台浆。

《蜀道驿程记》：“二十四日……别艾石，冒雨行五里，次华阴县。自潼关而西，垂杨夹衢，稻香盈路，颇忘行役之劳。县，古阴晋地。三峰俯其前，兵燹之后，巷无居人，惟岳色不改，城郭人家，在云气中。过汾阳王里，暮抵华州。”《汉书·地理志》：“华阴属京兆尹，太华山在南。”《山海经·中山经》：“苦山之首，曰休与之山，其上有石焉，名曰帝台之棋。五色而文，其状如鹑卵。”帝台，神人名。又，《东山经》：“高前之山，其上有水焉，甚寒而清，帝台之浆也。饮之者，心不痛。”《昭文馆记》：“莲花峰上有三峰，上接三光。中有石池二十八所，上应二十八宿，为大帝之别宫，神仙之窟宅也。”

华阴在终南、二华之阴，泉流交错，田宜粳稻，最称沃壤。这首诗是对这个地区农村和农业生产的热烈赞歌。此间地力肥沃，风景优美。作者过此，为其吸引，顿忘行役之苦，徘徊留连，不忍遽去。华阴古属京兆尹，为关西要地，作者因据《昭文馆记》等有关资料，孕而成诗，盛赞此“与天上二十八宿相应”的二十八潭，而以“无人知是帝台浆”句收结，于颂赞中寓有微言，慨叹兵燹之后，此间巷无人居，这么一块好土地，何以任其荒废？其关心富强之道和民生疾苦之情，很能促使有志者振奋。此非风景诗，却写得很迷人，它既有天文与地理相映之奇，又有现实与神话交织之丽，诗情幽雅，意境开阔，别饶风味，这是渔洋诗歌题材的新开拓，富有独创性，很新鲜。此与昔之田园诗大异其趣。因为这里既有出色的地域文化，又有深厚的历史文化，谓为山水诗的上乘之作，谁曰不宜？“无人知是帝台浆”，此句最关紧要，作者不直抒胸臆，却给它涂上一点神话色彩，让读者自去寻味，自求答案，这比那种硬性说教显得更有感染力。

谒寇忠愍公祠

柘枝舞罢蜡成堆，千束吴绫夜宴开。
不是魏三诗句好，谁知无地起楼台。

陈奕禧《皋兰载笔》："华州西门外道北，有寇莱公祠。壁间悬石刻像，面长七寸，阔五寸，俨然一代伟人。"《侍儿小名录》："寇莱公有妾曰倩桃，公赠歌妓束绫，倩桃作诗曰：'一曲清歌一束绫，美人犹自意嫌轻。不知织女寒窗下，几度挑梭织得成！'"田汝成《西湖游览志馀》："倩桃者，寇莱公妾也，淑灵能诗。莱公尝歌会集诸妓，赏绫绮千数，倩桃献歌云云，莱公为之默然。"沈括《梦溪笔谈》："寇莱公好柘枝舞，会客必舞柘枝，每舞必尽日，时谓之柘枝癫。"陈师道《后山谈丛》："莱公性豪侈，自布衣时，夜常设烛厕间，蜡泪成堆。及贵，而后房无嬖幸。"古有《柘枝曲》，商调有《屈柘枝》，此舞因曲而名。舞时，以二女童藏于莲花形道具内，花瓣开放，出而对舞。女童帽加金铃，舞时转动作声，宋时发展为多人队舞。

寇准(961—1023)，字仲平，宋华州下邽人。太平兴国四年(979)进士，官至参知政事，为太宗良相。契丹入侵，力促真宗亲征，进驻澶州督战，与契丹订澶渊之盟。天禧三年(1019)封莱国公，乾兴二年(1023)卒，谥忠愍。其功业早有定评，无有争议。唯对其生活作风，稍有微词。丙子三月初四，作者过华州，谒其祠，作此诗。他指出：沈括和陈师道都说得欠妥。寇准喜欢柘枝舞，怎能根据侍妾倩桃的话就论定他的为人？此诗前两句是叙述事实，后两句推出宋代名诗人魏野的诗，竭力为寇准辩诬。"不是魏三诗句好，谁知无地起楼台"，反驳有力。一个"无地起楼台"的宰相，怎么会是"舞癫"？孔平仲《续世说》也说："寇莱公出入宰相，不营私第，魏野赠诗曰：'有官居鼎鼐，无地起楼台。'后北使至，语译者问：'孰是无地起楼台相公？'"北使也知道他很廉洁。这些资料都很有力。作者是诗人，也是学者。这一番辩论很精彩，谁说议论不能为诗？此诗全用赋体，先叙后议，文化批判色彩甚浓，可谓一枝俊秀，独放异彩。清人《九曜斋笔记》评曰："王尚书阮亭所云莱公英雄本色，所以不可及也。此盖知莱公之深者也。"

谒段忠烈祠

昭应离宫尽废丘，司农祠庙俨千秋。
流芳遗臭知何限，火迫当年笑鄚侯。

《秦蜀驿程后记》:“初四日……食敷水镇……过台头,访杨同年树滋端本故居……谒纪公祠。”《三辅会要》:“烈士段秀实庙在临潼县西十里斜口镇西。”昭应,会昌县之旧名。《唐书》:源休导朱泚僭号,姚令言劝围奉天,二人争自比萧何,休顾令言曰:成秦之业,无我辈者,我视萧何,子当曹参,足矣。即收图籍贮府库,人皆笑为火迫酇侯。酇侯即萧何。段秀实(719—783),字成公,唐汧阳人,官至司农卿。朱泚反,秀实佯与泚合,伺机以象笏击之,中其额,秀实遂遇害,谥忠烈。

作者祀毕华山,过昭应,吊段秀实忠烈公祠,其地“离宫尽废”,惟司农祠庙尚存,因作此诗。一废一存,对比鲜明,这是对忠臣烈士的热烈歌赞,也是对专制帝王的无情嘲讽。这里提出流芳与遗臭问题,即为臣者是否重操守、讲气节,是个大问题,此不可不辩。历史的经验告诉人们:对于一个人的历史评价,有时也并不公允。从制度文化来说,流芳与遗臭,迄今还是一个难解之谜。作者从维护封建正统历史观出发,分析史实,评价人物,他也只能做到这步田地。引《唐书》所载朱泚叛唐事,笑源休与姚令言争比萧何是伪忠,段秀实不争什么,只是“阳与朱泚合”,而用象笏击朱,自己甘愿牺牲,这才是真尽忠。重温这一页历史,辨别忠奸,显然很有教育意义。这在竭力维护封建正统的作者看来,不仅必要,而且非常重要,他鄙弃源休和姚令言而表彰段秀实,是做得对的。同时,这里也涉及皇权和君主体制问题,离宫为什么会尽废,就因为皇权可恶,体制腐朽,怎么装潢也没用。从深层意义来看,这不只是对段秀实一个人的歌颂,实际也含有对封建皇权的嘲笑和批判意味。在西行路上,他没有一刻停止思考历史、文化的问题,他所思考的,有的是属于国计民生问题,有的是属于传统文化问题。段秀实与权贵、豪强斗争,勇敢顽强,气壮山河,这在柳宗元所写《段太尉逸事状》里完全保存了下来。

骊山怀古八首

一

鹳鹊何年问上皇,野棠风折缭垣长。
销魂此日朝元阁,亲试华清第二汤。

二

路满香尘拾坠钿,诸姨五队夹城边。
花开绣岭看调马,雪下离宫有赐钱。

三

舞罢惊鸿岁月徂，长门深闭长青芜。
君王自爱霓裳序，不记楼东一斛珠。

四

内殿传呼菊部头，梨园弟子按梁州。
善才零落龟年老，渭水犹明羯鼓楼。

五

蜀王音信渺天涯，青鸟西飞日又斜。
断粉残香谁得见，承恩只有玉莲花。

六

凤凰原下鹿槽旁，虢国夫人有赐庄。
无数青山学眉黛，当年谁入合欢堂。

七

不复黄衫舞马床，更无片段荔支筐。
只馀今古青山色，留与诗人吊夕阳。

八

空城几曲水潺潺，松柏凄凉满旧山。
辇道无人秋草合，年年呜咽到人间。

《蜀道驿程记》："二十五日……《传》称：宫中自供奉二汤外，更有汤十六所，甃以文瑶密石，中央有玉莲花捧汤。又以沉香木为山，锦绣为凫雁，明皇时泛钑镂小舟嬉游焉。时松声满山，流水东逝。唐人云：'绣岭宫前鹤发翁，犹唱开元太平曲。'俯仰盛衰之际，为之惘然。"《传》指《杨贵妃传》。

[第一首]朝元阁为骊山胜景之一，居岭上。天宝七年(748)，传玄元皇帝(老子)见于此阁，因改名朝圣阁。下有华清池，居山之北麓，初名温泉宫，天宝六年改名华清宫。环山列宫室，建有八殿、二阁、二汤，有缭垣绕之。玄宗每年十月至次年二月驻此，贵妃随在侧。《开元天宝遗事》："玄宗宫中尝养鹦鹉，一日问之，曰：'思乡。'遂遣送还山中。后数年，有使过陇西，鹦鹉问曰：'上皇安否?'使臣曰：'崩矣。'鹦鹉悲鸣不已。"诗从鹦鹉起兴，刺玄宗之沐浴玩乐。"何年问"为追叙笔墨，苍凉哀惋。"销魂""亲试"，风流怊怅，韵味无穷。

[第二首]此刺玄宗宠爱杨家五姐妹。《旧唐书・玄宗纪上》：(开元二十

年六月）筑夹城至芙蓉园。夹城谓两边筑有高墙的通道，亦曰夹城复道。贵妃五姐妹，皆得玄宗宠信，五家第舍联亘，富拟宫禁，率一堂费缗千万。五队夹城，其盛况可知。《新唐书·后妃传》："每十月，帝幸华清宫，五宅车骑皆从，家别为队，队一色，俄五家队合，烂若万花，川谷成锦绣，遗钿堕舄，瑟瑟玑琲，狼藉于道，香闻数十里。"前二句写此，后二句则谓，骊山有东西二岭，如云绣错，因以绣岭名之。"调马"谓牛车不胜宫中饰物之重载，乃改用马拉。禄山刁顽，拜贵妃为母，与杨氏一门结好，每至温泉，玄宗必赐浴、赐食、赐钱，其昏聩有如此者。此首绘影绘声地写出杨家贵妇的阔绰和骊山调马的热闹景象。

［第三首］记梅妃受宠事。汉武帝妃陈皇后失宠后，别居长门宫，使人奉黄金百斤，求司马相如为《长门赋》，以悟主上，此喻梅妃。《梅妃传》："上与诸王斗茶，顾诸王，戏曰：'此梅精也。'赐白玉笛，作惊鸿舞，一座光辉。"当日梅妃受宠如此。"后竟为杨氏迁于上阳东宫。妃以千金寿高力士，求词人拟司马相如为《长门赋》，欲邀上意。力士方奉太真，且畏其势，曰：'无人解赋。'乃自作《楼东赋》。"（曹邺《梅妃传》）后玄宗以殊方所赠宝珠，分一斛送与梅妃，命乐工谱曲。霓裳序，曲名。梅妃，原名江采苹，本玄宗宫女，性喜梅，所居植梅花，明皇戏名之为梅妃。此首以"专宠"与"失宠"作对比，"不记"二字为诗眼。"不记"者，犹言不把梅妃放在心上也。此以反衬法写贵妃得宠，其对贵妃之专宠有如此者。

［第四首］此写玄宗沉迷乐舞。梁州，曲名。羯鼓楼，在朝元阁东。《新唐书·礼乐志》：明皇既知音律，又酷爱法曲，选坐部伎子弟三百，教于梨园，号皇帝梨园弟子。菊部头是宫中歌舞人员之领班者。玄宗爱赏外国音乐，然其歌舞班成员（善才）或散或老，时李龟年已年迈，只有羯鼓楼还在明亮的渭水边耸立着。其他如吹笛楼、长生殿等胜迹，什么都不见了。此以侧笔写宫中淫乐景象，对善才深表同情，对大音乐家李龟年深表惋惜，玄宗就是这样一个昏聩的大皇帝。

［第五首］此刺玄宗居蜀孤栖情景。《汉武帝内传》："七月七日，上斋居承华殿，忽青鸟从西来，集殿前。上问东方朔，朔曰：'此西王母欲来也。'"《明皇杂录》："玄宗幸华清宫，新广汤，制作宏丽。安禄山于范阳以白玉石为鱼龙凫雁，仍以石梁及莲花同献，雕镌巧妙，殆非人工。上大悦，命陈于汤中，仍以石梁横亘汤上，而莲花才出于水际。上至其所，将入，而鱼龙凫雁皆若奋鳞举翼，状欲飞动。上恐，遽命撤去，而莲花至今犹存。"此写青鸟传情，玉莲承恩，以讽玄宗。马嵬坡之变后，粉断香消，盖玄宗居蜀，唯剩禄山所献之玉莲花而

已，岂不悲哉！此首言玄宗孤居巴蜀，老境苍凉。

[第六首]此刺玄宗思念旧事。凤凰原，骊山之别号。鹿槽，泉名，居朝元阁西南。杨贵妃之姐虢国夫人，恩倾一时。天宝七年受封，岁赐钱千贯，为胭脂之资。第宅栋宇之盛，世无与比。其八姨所建之合欢堂，费钱两千万。夫人常自炫色丽，不施粉黛，以见玄宗，但却未能进入合欢堂。

[第七首]此刺玄宗入蜀后孤栖情景。《明皇杂录》："上令教舞马四百匹，各分左右部，目为某家龙，某家骄。时塞外以善马贡者，上俾之教习……又施三层板床，乘马而上，抃转如飞。"贵妃好食荔枝，玄宗幸蜀后，只剩孤身一人，什么也没有了，唯独青山任凭吊而已。

[第八首]此诗系诗人之吊词。空城一座，曲水几湾，松柏满山，此王氏今日所见骊山之景也。吊古伤今，不胜感慨。即景抒情，讽喻全见言外，三叹而终，感慨无穷。馀音袅袅，不绝如缕。收结奇崛。

《骊山怀古八首》以绝句组诗形式反映唐明皇和杨贵妃人生历程中一段爱恨情仇相交织的悲剧故事，有绘画、戏剧、音乐美，十分生动，为读者所喜。

这个历史题材本可以写成一首长诗，不用古风来表现，却选用七绝组诗形式来写，这看似容易，其实难度很大，弄得不好，就会写得支离破碎，难以气脉贯通。而这八首诗却写得浑然一体，似断非断，一波又一波，始终紧密相联，而又形象鲜活，极有生气，此非透彻熟悉史事者不能为，非善用绝句记叙抒情者亦不能作。这是白居易《长恨歌》以后反映这一重大历史题材、批判统治阶级腐朽文化的又一新创作。骊山有丰富的历史文化积淀，作者为之作了绝妙的表现。这种绝句组诗，从体裁来说，它创始于杜甫，继承和发展于渔洋，深化和扩大于定庵，成为我国诗体流变史上一个具有重大价值并有深远意义的创造。这一课题直到今日，仍然值得认真探索和深入研究。同时，这也是当前诗学研究中薄弱环节之一。由此展开深入研究，或许可以窥探中国近代诗歌发展的许多未发之秘。

明皇宠贵妃事，历代诗人歌之不绝，作者从细处着笔，从各个侧面反映真实，即小见大，别开新境，有新鲜感。题为"怀古"，全是咏叹调，哀惋凄怆，令人魂悸，这是白居易《长恨歌》之后又一绝唱。

骊山温泉

曾过绣岭吊开元，廿载华清役梦魂。

老大不关兴废感，重来只似洗肠源。

《秦蜀驿程后记》："初六日。阴复晴，过新丰……抵临潼县。食罢出华清门，浴于温泉。"《通鉴·唐敬宗纪》：上欲幸骊山温汤，左仆射李绛，谏议大夫张仲方等屡谏，不听，拾遗张权舆伏紫宸殿下，叩头谏曰：昔周幽王幸骊山为犬戎所杀，秦始皇葬骊山国亡，玄宗宫骊山而禄山乱，先帝幸骊山享年不长。上曰：骊山若此之凶邪？我宜一往，以验彼言。验的结果又怎样？敬宗在位只有短短三年。

作者前次过绣岭，吊开元，作《骊山怀古》七绝八首，时年三十九岁；此次重来，已是六十三岁老臣。"老大不关兴废感"，言其哀痛之深。咏史感时，寄意全在言外。末句含蓄朦胧，半隐半显，借"洗肠源"之地名以遣愁怀，是神来之笔。这天，他在温泉洗了个澡。"廿载华清役梦魂"，是自哀。二十年来，两使秦蜀，一为典试，一为祭神，未得大用，感慨良深。

秦始皇冢

下锢三泉银作池，一朝祸发牧羊儿。
谁知地底连机弩，不射周章百万师。

《史记·秦始皇本纪》：秦陵之建，役使刑徒七十馀万，费时三十六年。

"下锢"，《史记》作"下铜"。秦二世二年（210），项梁起兵，楚怀王之孙名心者，隐于民间为牧羊人，项梁立以为王，举事反秦。周章，陈涉部将，字文，陈人。此年周章将兵数十万攻秦，势如破竹，大军已至新丰东南三十里，秦都告急，终为章邯率领之骊山囚徒军所败。

始皇入葬后两年，骨灰未冷，天下大乱，项羽入关，陵园地面建筑焚毁无馀。此言周章亡秦，颂周章即颂陈胜。这说明了一个道理：得人心者得天下，失人心者失天下，无论什么样的地下机关都无能为力。这一历史主义原理，王氏常于咏史诗中出之，在古代诗人中似不多见。促使秦亡者主要是两人：一是牧羊人，一是统领大军作最后一战的周章。作者指出这两点，可谓独具慧眼。

石瓮寺

当年石瓮寺，曾对集灵台。
青雀无回信，黄虬是祸胎。
朝云何日散，山月至今来。
坐久流仙梵，松声薄暮哀。

《秦蜀驿程后记》:“初六日……达石瓮寺,回望来径,已在百仞上。翠微杳霭,略可仿佛,是南宗董巨笔也。寺前坐,见渭水。”汉郭宪《洞冥记》:“唯有一女人,爱悦于帝,名曰巨灵。帝旁有青珉唾壶,巨灵乍出入其中,或戏笑帝前。东方朔望见巨灵,乃目之。巨灵因而飞去,望见化成青雀。因其飞去’,帝乃起青雀台”。诗中借用了这个典故,很有趣。

石瓮寺在骊山东绣岭,为玄宗偕贵妃游乐之所。集灵台又名望仙台,在华阴县境,玄宗时重修。台与寺,云烟渺渺,相对遥遥。诗以“青雀”“朝云”喻贵妃,“黄虬”射禄山,饶有奇趣。诗人自遣性情,坐久如梦,流入仙梵,大有羽化而登天之概,然终未忘情于人世之悲欢离合也,故特借“松声”抒怀,以淡淡的哀愁作结,馀音袅袅,令人回味无穷。诗似天成,仙气拂拂,非有奇思妙想与至人之情,何能为此。“黄虬”化自杜诗。作者自注:“杜诗‘化作长黄虬’,谓禄山也。”这一注,就将诗意点醒,使人茅塞顿开。“朝云”句用楚王梦巫山神女故事,暗喻贵妃之死。“山月”句化用王维“明月松间照”诗意。云与月,散者自散,来者自来,一散一来,寓有禅理。作者久坐寺前,写了这首咏古诗。历史是一面镜子,这究竟照见了什么人呢?“坐久流仙梵,松声薄暮哀。”结语浑茫,极显风神。

4. 西安卷

【卷头语】打开这一卷，仙气王气一齐迎面扑来。作者由骊山、新丰而至茂陵，一路骂死皇帝，对秦始皇、汉高祖、唐玄宗等暴君和昏君，皆嘲讽不停。对汉武帝的穷兵黩武，更大施挞伐，“王霸成何事，兴亡自昔同”，诗句铮铮震响，这是对专制主义最尖锐的批判，声震寰宇。

遇仙桥即事

浮云收渭北，初日照终南。
驰道连秋水，官桥度晓骖。
人烟生浦树，鸟语入晴岚。
欲访渔川隐，芦中有钓庵。

《蜀道驿程记》：“二十五日。发华州。月出少华之巅，林风不绝，行二十里始曙。自遇仙桥至赤水桥，浦树山烟，应接不暇，渔川、江村诸原之水北流，入渭所经。”渔川为华州山水胜处，清张四科曾居此，号渔川隐者。遇仙桥在华州西，俗传郭子仪少时遇仙人于此。马理《陕西通志》：“遇仙桥在盩厔县东六十五里甘河镇。重阳王祖师为是镇酒监，有披裘二人来索饮，日以为常。一日，二人邀祖师饮甘河，以瓢酌水，则良酝也。饮醉得道，为建遇仙宫。”《吴越春秋》：“子胥潜身于深苇之中，有顷，渔父来，求之树下，不见，因歌而呼之曰：‘芦中人，芦中人，岂非穷士乎？’”

作者晨过华州遇仙桥有感，作此诗。前三联写景，后一联怀人。景由天空写到地面，自远而近，何等壮观。“浮云”“初日”“渭北”“终南”是远景，大笔横涂，气象开阔。“驰道”“官桥”“秋水”“晓骖”是中景，通过这些点染，更充实了画面。“人烟”“鸟语”“浦树”“晴岚”是近景，写得细腻生动，似有灵气。最后点出“钓庵”，诗旨全出。这是作者所描绘的一幅渔川秋晨全景图。其中，“人烟生浦树，鸟语入晴岚”一联，写出灵境，最关紧要。此间宁静清雅，是求道寻仙者的乐土，这很像佛家的极乐世界，却不同于陶渊明所创造的那个令人神往的桃花源。因为桃花源里充满人气，这里却充满仙气。这渔川隐者所寻求的精神家园,原来是这样一个“空无之境”,似乎连人影也没有。张四科其人,作者以逃难的伍员拟之,可以概见。在清初满汉民族矛盾尖锐的时代,这样的隐者是很不少的,不入于道,即入于禅,这就是他们的归宿。

求仙、成仙是中国历代帝王以至士庶求长生的梦想,此风秦开其端,至汉唐而大盛,到了清代却只剩下一点馀风。张四科隐居于此,看来也只是为求避祸而已。此非游仙诗,诗风颇近李白,也流露出不少王维的宁静与清雅。这是中国隐逸诗歌乃至隐逸文化的一个生动表现。

此诗前三联句式相同,共有十二个物象名词,加上三个地名八个动词,一共构成七个“二一二式”,不嫌板滞,皆自然顺畅,而自有粗服乱头之趣,此可见其诗艺之高。

金氏陂

金氏陂前吊秺侯,麒麟高冢野花秋。
茂陵徐福书空在,骖乘还生尔许愁。

《蜀道驿程记》:“二十五日。发华州……暮抵临潼县。”匈奴休屠王太子归汉,赐姓金,字翁叔。初没入官,后为马监,迁侍中。笃实忠诚,为武帝所信爱。帝崩,与霍光同受遗诏辅政,为光副,封秺侯,卒谥敬侯。其宅居之所,后称金氏陂,地近茂陵。霍光字子孟,武帝封为大将军,以功大,图形麒麟阁,名列第一。麒麟冢指霍光墓,墓前有石刻麒麟,墓在茂陵旁。徐福,汉茂陵人,因多次上书言霍光骄侈,宜早防止,为时人所称。后霍氏既诛灭,论功行赏,却不及于福,有人以“曲突徙薪”为喻,言于宣帝,始赐福帛十匹,后以为郎。“骖乘”犹陪乘,言徐福官小,亦讥金日磾只是副职。

作者行经金氏陂有感,作此诗。金日磾与霍光同受武帝宠幸。霍光骄侈,金日磾笃实,徐福敢于直谏,三人脾性不同。此诗以三人所受不同待遇作对比,讽刺武帝论功行赏的虚伪性与欺骗性。作者指出:霍光的麒麟冢仍然高高地耸立着,徐福的忠言却完全落空,金日磾也只充当了霍光的副手,武帝其实并不喜欢他。这表面上是调侃金日磾,矛头实是指向武帝。历代专制统治者大都只看重奴才,爱惜人才者甚少,此诗深刻含意在此。“骖乘还生尔许愁”一句,是绝妙的讽刺,这对清代政权机构中各种奴才很有警策力。“野花秋”“书空在”“尔许愁”,分刺三人,形象鲜明生动。作者对那些搞权术者有清醒的认识,弦外有音,文化意蕴丰富,诗有深度、厚度,批判力度强。这是作者讽刺汉武帝系列诗之一。“金氏陂”是个小题目，作者却掘得深。这个暴君连一碗水都端不平，还谈什么？

渭南道中

秦川秋色迥，四望极风烟。
树隐金椎密，花开玉井鲜。
水光浮莲勺，山翠入蓝田。
往昔长安道，孤城近日边。

《蜀道驿程记》：“二十五日……午次渭南县。”《三秦记》：“长安正南秦岭，岭下水流为秦川，一名樊川。”《晋书·明帝纪》：“帝为元帝所宠异，年数岁，尝坐置膝前，属长安使来，因问帝曰：‘汝谓日与长安孰远？’对曰：‘长安近，不闻人从日边来。’”莲勺，古县名，产盐。蓝田，县名，产玉。《汉书·宣帝纪》：“常困于莲勺卤中。”

此诗写渭南道中所见。秦川风光绮丽，土地富饶，早在周秦之际，即已显露光彩。作者行役过此，适值晴好天气，且行且咏，心情愉快。首联写秦川远景，如大写意画，一笔荡开，即绘出一幅壮丽山川图。中两联，抓住树花山水四景铺彩，把渭南秋色写得异常迷人，一面以含蓄语赞扬人的勤劳，一面又以巧辞夸赞此间古文化，内容丰富，极为生动。“树隐金椎密”，是“隐以金椎，树以青松”一句话的缩写，此乃化用汉人贾至山语，以歌秦人用铁椎平土之劳，趣味盎然；“花开玉井莲”，是韩愈诗的借用，韩云：“太华峰头玉井莲，花开十丈藕如船。”“玉井莲”是天池莲的美称，这是对唐文化的歌赞。此联对仗工丽，在历史意蕴中显有神话色彩，此殊耐人寻味。颈联：“水光浮莲勺，山翠入蓝田。”以两地名入诗，暗示其地物产富饶。加上“浮”“入”两个动词，把山光水色之美写足。尾联怀古，苍茫悲壮，充分表达出作者爱此土地的深情，一曲赞歌，至此终止，馀音袅袅，不绝如缕。

作者借写长安附近的自然风光，以颂周秦汉唐文化之特殊风采，给人以耳目一新之感。那长安道上的古人，同今人仿佛正在相续地赶路，且皆面有喜色。这“孤城”很美，这古老的渭南又多么叫人留念。这天，作者早发华州，午次渭南，下午过新丰，暮抵临潼，晚浴骊山温泉，宿泉上公署，心情甚好。写有《浴骊山汤泉记》《遇仙桥即事》《丰原》《金氏陂》《渭南望瀑园寄南鼎甫佥宪》《寄题华州西溪》《骊山怀古八首》及本篇，共作诗文八题十五首，创作可谓丰富。从总的精神来看，这些诗，都显现出他对汉族传统文化的追思与怀念，实际上，也折射出他对现状的深思与期望。作者为以诗弘扬中华古文化作出了贡献。

渭南望瀑园寄南鼎甫佥宪

湭曲风烟好，新秋望瀑园。
池通清渭水，花暖紫兰村。
西蜀天边节，南宫雪夜樽。
十年鸿爪意，愁绝讵堪论！

《蜀道驿程记》："二十五日……午次渭南县。县，南倚丰原，北负渭水。湭水自石鼓山北流，汇于城西……有白太傅、寇莱公祠墓。"湭，水名。紫兰村，白居易的出生地。据作者丙子年所记："白乐天紫兰村在渭河北，有（乐天兄弟）三冢。白氏尚聚族于此。"

南廷铨，字鼎甫，渭南人。顺治举人，谒选得柳州府推官，迁同知河间府。入为户部浙江司员外郎，迁礼部主客司郎中，擢分巡松茂道按察司佥事郡县守令。任上缓赋税，省刑罚，与民休息，君推心置人腹中，民戴之如私亲。归，日啸咏芝山湭水之间，自号六如老人（据《六如南公墓志》）。瀑园为其隐居之亭园。

作者过渭南，望南鼎甫之瀑园，作此诗。前两联写景，后两联怀人。颔联勾出瀑园的一幅清雅图画。以白居易比之，怀古思贤，平添不少意趣。"通""暖"二字形象地表达出两人间的亲切友谊，韵味俱足。颈联忆两人之经历与交往，倍感亲切。唐礼部郎中掌省中文翰，称南宫舍人。作者于康熙五年(1666)官礼部主事，与南鼎甫同在省署，因有南宫雪夜聚饮之雅。作者写此诗时，距康熙丙午已七年，因有十年睽违之叹。尾联发出一声沉重的叹息，更见情深。

南氏任四川松茂按察司佥事，有政声。其地荒寒，为藏回聚居地区，他实行了一种较为宽松的政策，受到藏回人民的欢迎。后辞官归隐，作者因以"西蜀天边节"美之。两人屈仕清廷，皆非心所愿，他们的心是相通的。这诗在一定程度上反映出易代之际汉族士人的心态。这样的时代，这样的官场，叫他们怎能忍受？作者以巧辞发抒感慨，上挂白居易，下联苏轼，这既丰富了诗的文化内涵，也扩大了诗的境界。"池通清渭""花暖紫兰"，以景语抒情，含蓄有致，雪夜举樽对饮，这友谊永远值得回忆。

新　丰

寒烟漠漠新丰树，渭水东流西日暮。
枌榆旧社土花平，今古行人自来去。

《蜀道驿程记》："二十五日……午次新丰。"新丰，在今陕西临潼县境。战国时曰栎阳，秦献公都此，称聊邑。《汉书·地理志》："新丰，故骊戎国，高祖七年置。太上皇思东归，于是高祖改筑城市街里以象丰，徙丰民以实之，故号新丰。"

刘邦生于沛，幼居丰邑枌榆乡。初起兵时，曾祷丰枌榆社。后四岁，天下已定，诏御史，令丰谨治枌榆社，常以四时，春以羊彘祠之。后又于丰筑宫，以养其父，因父思乡情切，乃按其故里丰邑街道格式改筑郦邑，并迁来丰民及父之伙伴以慰之。汉亡后，丰之旧枌榆社和郦邑之新枌榆社，皆夷为平地，作者因作此诗嘲之。"今古行人自来去"，于平淡中见新奇，很有味。这是他在西行路上所作系列批判刘邦诗之一。沧桑变幻是历史发展的铁则，这对刘邦乃至一切专制统治者都是一个猛烈打击。就枌榆旧社以刺刘，言人所未言，小题大做，这是渔洋在咏史题材上的一个新开拓。他重视孟子"民贵君轻"观点，摒弃了君权神圣的思想，很可贵。

新　丰

汉代枌榆社，遗墟极望平。
空提三尺剑，忍啜一杯羹。
细雨新丰树，寒芜小苑城。
惟馀舞阳庙，漠漠土花生。

《秦蜀驿程后记》："初六日……过新丰，有汉留侯、舞阳侯祠。"此日，门人李我郊、龚胜玉、年家子张晟、宋广业及商州知州戴良佐先后自西安来迎接。《史记》："樊哙封舞阳侯。"《汉书·地理志》："新丰，故骊戎国，高祖七年置。"《西京杂记》："高祖少时尝祭枌榆之社，及移新丰，亦迁立焉。"《史记·高祖本纪》："高祖击布时，为流矢所中，行道病。病甚，医入见，高祖嫚骂之曰：'吾以布衣提三尺剑取天下，此非天命乎？'"《项羽本纪》："项王为高俎，置太公其上，曰：'吾烹太公。'汉王曰：'吾与项羽俱北面受命怀王，约为兄弟，吾翁即若翁,必欲烹而翁,则幸分我一杯羹。'"王摩诘《和韦五郎温汤寓目之作》:"新丰树里行人度,小苑城边猎骑回。"

丙子春,作者再过新丰,作此诗再批刘。"空提三尺剑",刺其不义。"忍啜一杯羹",刺其不仁。此联揭出一个大流氓大暴君的嘴脸。"细雨新丰树,寒芜小苑城。"回应首联,枌榆社早已被人铲平,只剩下个土墟了。细雨从天上洒下来,新丰这小城早已长满荒草,这就是一代暴君的下场。这是天意,是历史的铁则。这对一切不仁不义者是一个沉重打击。最后,作者又加上两句:"惟馀舞阳庙,漠漠土花生。"转而歌颂站在刘邦对立面的武人樊哙,这是对此暴君绝妙的嘲笑。此诗妙在抬出司马迁、王维作历史的见证,十分有力。

丰 原

丰原高不及,原上行人度。
秋晴渭川望,遥见蓝田树。

丰原高七百米,渭水在其北,蓝田山区在其南。古时洪水泛滥,帝都皆建于高地。史称:文王灭祟,自岐迁丰,周即由此开疆辟土。《诗·大雅·文王有声》:"文王受命,有此武功,既伐于祟,作邑于丰。"文王邑丰,武王宅镐,两城相距二十四里,西周都此三百年,后平王东迁,始废。

丰是西周发祥地,这首诗是对西周政治文化的颂歌,川原如昔,而代有兴亡,作者行役过此,流连久之。"丰原高不及",此言地势之高,以赞周之强盛。"秋晴渭川望,遥见蓝田树。"此写丰原所见秋景,极壮观瞻。蓝田产玉,是一块宝地。诗人即景抒怀,诗意含蓄。"原上行人度",融情于景,更见生气。一个"度"字,见出行者之悠闲。行人是泛指,也包括自己在内。历史长河滔滔滚滚,诗人通古今而观之,恍似在秋水晴空中吹奏一支短笛,清音远扬,畅快无似。渭河、秋水、行人,皆以淡墨轻描之,句短情浓,极有韵味。这是弘扬中华古文化及周人创造精神的一首清新小诗。

晚渡沣渭

清川生暝色,鼓楫溯中流。
返照红将敛,终南紫翠稠。
遥看云际寺,欲放渼陂舟。
故国东溟上,茫茫清渭楼。

《蜀道驿程记》:“二十六日……渭水在咸阳城下,时秋涨不得渡,循渭北行六七里,始得舟。返照初霁,乱云乍归,南望白阁、紫阁诸峰,紫翠万状,渼陂、高冠潭诸胜,皆在咫尺。杜诗:‘错磨终南翠,颠倒白阁影。’岑诗:‘遥看白阁云,半入紫阁松。’形容酷肖。两易舟,始抵西岸。暝色欲来,望舟上人,历历在终南岚气中。”沣水出丰溪西北,入于渭。云际,山名。渼陂,湖名,在今陕西户县西。湖受终南之水,西北流入涝水,以鱼美得名。杜甫、岑参泛舟渼陂,皆有诗。《陕西通志》:“清渭楼在渭水南,建安黄公所建。”宋敏求《长安志》:“云际山大定寺,在鄠县东南六十里。”

作者晚渡沣渭,泛舟中流,遥望渼陂,见秋原如画,不禁神驰,作此诗。前两联写晚渡所见。返照下,红光将敛,终南山紫翠万状,依稀可见。先写水面、天空、山峰光色的变化,嗣又荡开一笔,转写想象中的云际寺与渼陂,而以未得一游为憾。末抒怀乡之情,不胜怅惘。此写咸阳城外晚渡之景,未提杜甫来游往事,而情含其中。作者为行役所羁,以未能前往渼陂一游为憾。思昔贤之意,全在言外。“紫翠稠”“云际寺”“清渭楼”“渼陂舟”这些唐人赞美过的景物,更增添不少奇趣。前不见古人,后不见来者,他很寂寞、孤独。作者每游一地,常能发掘其地文化积淀以入诗,极有魅力。

渭桥怀古

秦川夕澄霁,沣水明如练。西上中渭桥,飒然秋气变。
嬴政昔构造,作此象天汉。美人与钟鼓,流连恣荒晏。
徐市期不来,山鬼璧已献。我昨骊山行,徘徊吊中羡。
荆榛蔽银海,樵牧罗金雁。麒麟折其股,冷落青梧观。
后代复何王,绣岭明珠殿。唯有终南山,兴亡几回见!

《蜀道驿程记》:“二十六日。过灞桥……上长乐坡,望终南,绕长安城东北,憩北关……渡沣水……抵咸阳县。”渭桥在长安北三里,有上中下三桥。咸阳宫在渭北,兴乐宫在渭南,秦昭王为便利两宫交通,建此桥。据《史记》:徐市,方士,齐人。上书始皇,言海上有三神山,曰:蓬莱、方丈、瀛洲,仙人居之。始皇乃遣发童男女数千人,入海求仙。《史记·秦始皇本纪》:“三十六年秋,使者从关东夜过华阴平舒道,有人持璧遮使者,曰:‘为吾遗滈池君。’因言曰:‘今年祖龙死。’使者问其故,因忽不见,置其璧去。使者奉璧具以闻,始皇默然良久,曰:‘山鬼固不过知一岁事也。’”羡中,指冢中神道。始皇墓中有中羡和外羡。

作者过中渭桥，吊古伤今，作此诗。先记行踪，勾出一幅“秦川夕霁图”。次状秋气飒然而至，给人以阴冷可怖之感。这既是现实气氛的描绘，也是想象中历史景象的描写。四句有神，随即转入正题，展开对嬴政生前死后荒淫生活的描绘，以形象生动的语言告诉人们：这个大暴君，他现在除剩下一座凄冷大坟，什么也没有了。篇末发抒感慨，世事多变，惟山川永存，什么子孙帝王万世之业，全是鬼话。“唯有终南山，兴王几回见。”这一收笔，直如一把利刃，谁想再作秦皇美梦，那是痴人作梦，水能载舟，亦能覆舟。怀古情深，笔力千钧。

此诗文化批判精神突现在三个方面。一是嬴政筑中渭桥以象天汉，是迷信，不值一驳。二是铺排美人钟鼓，资以享乐，亦不必细说。最值得注意的是：徐市一去不复返。有的历史学家说，儒者徐市利用秦皇求仙迷信，带领三千童男童女下海，是为避祸。他到了日本以后，没有回来，说明他是一个反暴秦者。至于“山鬼献璧”虽是神话传说，却生动地反映出人民反抗的心愿。连秦皇也不得不信山鬼的存在。作者写此诗时，清廷正在北京西山大建皇陵，此殊耐人寻味。

铜人原

宫门汉月渭川波，天本无情奈若何？
今日荒原逢蓟子，愁将铜狄更摩挲。

潘岳《关中记》：“秦为铜人十二，董卓坏以为钱。馀二枚，魏明帝欲诣洛阳。到灞城，重不可致。”其地故称“铜人原”。刘歆《西京杂记》：咸阳宫有铜人十二，坐皆高三尺。后因山洪冲刷，沟壑纵横，铜人遂失。李贺《金铜仙人辞汉歌序》：“魏明帝青龙元年八月，诏宫官牵车西取汉孝武捧露盘仙人，欲立置前殿。宫官既拆盘，仙人临载，乃潸然泪下。”铜狄，即铜人。

此诗咏铜人搬迁史事，只就眼前荒凉景色着笔，而以“天本无情”一语了之，省去许多冗赘笔墨。末以神话故事收结，假想那个曾经摩挲铜人的仙翁今又重来，涉笔成趣，这是咏叹兴亡感的一种新鲜写法。汉宫、魏阙早已荡然无存，铜人也不见了，一切皆空，这是对铜人制造、搬迁者的嘲笑和鞭斥。作者假托自己与方士苏蓟子相遇，特别打出“天”的旗号来审视这一兴亡更替逸史，有震撼力。“天”指自然规律，它是不可抗拒的。在仙翁眼里，这铜狄只要用手一摸，五百年就倏忽逝去。时光流逝之速，何等惊人。其实，他也不是为官做得不大而愁，这实际是民族之愁，时代之愁。宫门、汉月、铜人、仙翁，都是虚幻的，只有这渭川之波和这一片荒原，才是眼前的真实景象。作者悲愁满怀，无限感慨。历史的车轮，还在这样转动。如何才能遣此愁怀，他已无法可想，只得求仙翁来帮助了。苏蓟子是道家人物，是中国隐逸文化史上的奇人，广受士人欢迎。作者与之结友，可见其心境之寂寞。

灞桥寄内二首

长乐坡前雨似尘，少陵原上泪沾襟。
灞桥两岸千条柳，送尽东西渡水人。

太华终南万里遥，西来无处不魂销。
闺中若问金钱卜，秋雨秋风过灞桥。

《蜀道驿程记》："二十六日。过灞桥，桥旁两岸皆植杨柳，古名销魂桥也。恨人羁客，至此黯然……上长乐坡，望终南，绕长安城东北，憩北关。寄家书京师。"长乐坡为汉长安宫故址。少陵原在长安城南，杜甫曾居此，号少陵野老。金钱卜，唐人始掷金钱问吉凶。于鹄《江南曲》："众中不敢分明语，暗掷金钱卜远人。"《张宜人行述》："予奉使入蜀时，两丧爱子，宜人病骨支床。初秋朔日出都，宜人强起闔门送予，反袂拭面，意若永诀者。予途中寄诗，次灞桥再寄诗云云。宜人见之，揽涕而已。"

作者西行途中第二次给妻写诗寄意，作此七绝二首。汉唐人于灞桥送别，相沿成风，作者在秋风秋雨中过桥，愁思百结，感而赋诗。第一首，浑言今古，再现长安人折柳赠行旧俗，烘托出一个凄绝动人的画面，这是现实与历史的交织。第二首，写自己今日过桥之感，愁绪转深。前首"长乐坡前雨似尘"，是桥东的奇景，历史内涵丰富。"雨似尘"，写出雨注"黄流"的画面，见愁之重。"少陵原上泪沾襟"，是桥西的历史景象，怀想杜子美当年"朝叩富儿门"的惨状。末以"送尽东西渡水人"一句收结，感慨良深。后首"太华终南万里遥"，言己离家已远。"闺中若问金钱卜"，此用唐人之典，写妻在家中叨念，而作者所能给予的回答只是一句"秋雨秋风过灞桥"。这就是渔洋此时的心境。汉文帝妃子慎夫人曾在长乐坡弹琴，消愁解闷，漂泊长安街头的杜甫，曾在少陵原写诗抒愤。作者行经太华、终南道上之所以深悲，则因这里是周秦汉唐创造的中华灿烂古文化基地，今已秾华消歇。“秋雨秋风过灞桥”一句，哀怨绝伦。两诗句句言愁，却未着一愁字。“长乐坡”“少陵原”“灞桥柳”“渡水人”，这四个意象很像四个奇异的音符；“太华”“终南”“闺中人”“金钱卜”“秋雨”“秋风”这些意象，也都是绝奇的音符。意象构成的是画，音符构成的是乐。诗中有画有乐，可谓绝美。

灞　桥

自古销魂地，茫茫唤奈何。
行人灞陵渡，疏雨栎阳过。
杨柳笼烟薄，桃花夹岸多。
邯郸东北望，流恨满云和。

《秦蜀驿程后记》：“初七日，雨。过灞桥，夹岸杨柳，视昔已减什九，赋一诗志感。”《三辅黄图》：“霸桥在长安城东，跨水作桥，汉人送客至此桥，折柳赠别。”汉文帝葬于此，因山为藏，不复起陵。就其水名，号曰灞陵。栎阳，故城在临潼县东北，秦献公都此。《史记·张释之传》：“慎夫人从文帝至霸陵，上指示慎夫人新丰道曰：‘此走邯郸道也。’使慎夫人鼓瑟，而上自倚瑟而歌，意惨凄悲怀。”云和，山名。《周礼·春官·大司乐》：“奏云和之琴瑟。”

邯郸为赵国首都，刘邦之子如意封为赵王，居其地，如意后为吕后所杀。文帝哀之，游此桥，令慎夫人鼓瑟，指邯郸道慷慨悲歌。文帝注重礼法，慎夫人亦有贤名。作者再使秦蜀，过灞桥作此诗哀之。首以“茫茫唤奈何”一声长叹开篇，令人惊骇。中两联写杨柳笼烟，桃花夹岸，栎阳雨过，行人渡桥，把现实景象与历史景象重叠写之，充满悲怆气氛。云和以产琴瑟著称，此处指琴。尾联复现慎夫人当年在此鼓瑟情景，摄出一个特写镜头。既哀其人，亦悲自己。

作者借史言怀，静观现实，可谓用心良苦，像汉代宫廷这样的残酷斗争，现在终止了吗？康熙诸子间的争权斗争，人所共知。现实阴冷，他打擦边球。全诗首尾呼应，一脉贯通，末以“流恨满云和”句收结，含蓄有致。这琴声似划破长空而来，如泣如诉，时代感、历史感，统皆隐藏其中，美在无言。

灞桥柳

灞桥杨柳碧毵毵，曾送征人去汉南。
今日攀条憔悴绝，树犹如此我何堪！

《世说新语·言语》:“桓公北征,经金城,见前为琅邪时种柳皆已十围,慨然曰:‘木犹如此,人何以堪!’攀枝执条,泫然流泪。”庾信《枯树赋》:“昔年种柳,依依汉南,今看摇落,凄怆江潭。树犹如此,人何以堪!”曹子建《与杨德祖书》:“昔仲宣独步于汉南。”当时仲宣在荆州,故曰汉南。

作者重过灞桥,见夹岸杨柳,视昔已减,因忆桓温、庾信先后咏柳故事,作此诗遣怀。这既勾出一个“攀条”者的现实图景,也画出一幅“曾送征人去汉南”的历史画面。李白《灞陵行送别》云:“我向秦人问路歧,云是王粲南登之古道。”当年王粲由此南奔,欲依荆州刘表,结果未得重用,因有《登楼赋》之作,李白对其人深表同情,作诗咏之。作者步李后尘,为咏哀歌,同时对桓温、庾信也深表同情。桓氏征魏失败,归途过此,见前所植之柳已长成,因而发出“树犹如此,人何以堪”的感叹。这是历史上一个有名的咏柳故事。南朝诗人庾信,身羁北朝,老不得归,行经此桥,又以“枯柳”自比,因作《枯树赋》自悲自叹。作者仕清三十年,老不得归,复有“憔悴绝”“我何堪”之叹,不禁老泪横流,叹息不止。他同王粲一样,也是一个征人。许多年来,多少人走过这座桥,多少人攀过这桥头的柳条。王粲、桓温、庾信、李白,还有他自己,无不在此演出悲剧。这命运究竟是谁造成的?诗人以含蓄的诗句提出了这个人生问题。从广阔的时空发出深重的慨叹,文化韵味深浓,饱含人生哲理,令人警觉。

望终南云气

终南云物一千里,远横嶓冢包商颜。
不雨不晴最窈窕,一东一西时往还。
何日高栖寻紫阁?来朝驿骑绕黄山。
无心羡汝能舒卷,惭负秋来水石闲。

《蜀道驿程记》:“二十六日……上长乐坡,望终南。”《汉书·沟洫志》:“自征引洛水至商颜下。”嶓冢,山名。商颜,指商山。汉武帝曾发卒万人开通商山下之渠,渠长十馀里。紫阁,终南三峰之一。黄山,宫名,在兴平县境,武帝曾微行至此。

蒋虎臣《蒋说》:“秦晋诸山如中条、终南、太白,四时云气拥护,不露顶相,晴明亦然。水深土厚,自宜有圣贤仙佛窟宅其间,恨不曾畅游其际耳。”《墨子·耕柱篇》:“昔者,夏后开使蜚廉折金于山,而陶铸之于昆吾,是使翁难乙卜于白若之龟，曰：鼎成三足而方，不炊而自烹，不举而自藏，不迁而自行，以祭于昆吾之墟。上乡。乙又言兆之由，曰：'飨矣！逢逢白云，一南一北，一西一东。'九鼎既成，迁于三国。”

作者由临潼西行，遥望终南云气，忽然记起一首汉魏古诗，顿时诗兴勃发，因有此作。前两联写云的变幻，由其飘动范围之广以写其形态之美，充分显其自由精神。后两联写人，亦即作者自己观云所感：欲“寻紫阁”“绕黄山”，永远脱离红尘，做一个高栖者。

终南清静优雅，距长安很近，本是隐者栖息之所，后来却叫一些沽名钓誉者把名声搞坏。这些人一面摆出栖隐姿态，一面又向朝廷暗送秋波，走终南捷径，他们是假名士。作者在清政权管束下，活得不舒畅，这自由舒卷的终南云气，对他产生了很大的吸引力，因托云言志。白云舒卷，水石悠闲，多么令人神往。在这黄尘滚滚的驿路上，他成天赶路，却让山间水石都闲置在那里，他很痛苦。“无心羡汝能舒卷”，这是在说反话。实际上，他是“惭负秋来水石闲”，前句表明他不愿沽名钓誉，后句表明他愿永远在这水石之间徜徉。这一番与云的心灵对话，何其悲伤。从诗的尾联隐然可以听到他的泪水与山间白石相激之声：孤独、寂寞。“何日高栖寻紫阁?”这是他的急切呼声。垂垂将老，他已失望到极点了。

云态变幻无穷，难以拟状，而他却将云气写得如此活跃，此殊不易。苏轼说：“咏物即此物，定知非诗人。”作者以云为喻，实际是在咏叹自己。云在这里是完全人格化了。这是中国隐逸思想的一个生动表现。

望终南山

青绮门边路，终南积翠阴。
山河三辅壮，烟树五陵深。
朝市几迁改，白云无古今。
何如归辋口，水石好园林。

《秦蜀驿程后记》：“初七日……眺终南山在云气中，如隔雾縠。抵西安府。”三辅为京畿地区之代称。五陵为豪门贵族聚居之地。辋口在终南山下，王维晚年隐居于此。

终南山风景幽胜，青绮门是长安宫门，为贵族聚居之所。此诗旨在说明一切为权利而争者，都属徒劳。作者以穿透历史的眼光，写出自己的人生感悟。“山河三辅”，雄壮一时，最终都逃不脱入冢（“烟树深”）的结局，这是他对权贵者的尖锐讽刺。然朝市之欲，人皆有之，不论是禅宗的悟解，还是叔本华、尼采、海德格尔的理解，都认为人人皆在俗欲苦海中挣扎。“朝市几迁改”就是这样一种人生感叹。这句诗里，包含了多少思、多少恨！“白云无古今”句含有不少禅理，整个世界，都是一种不断运动不断变化的过程。有变的一面，也有不变的一面。变是绝对的，不变是相对的。人们在欲的苦海中挣扎，而白云却在不断变化中。人活着，皆如过客；在“白云”看来，世人都在匆匆赶路，而且都在赶着一条争欲的路。令人沮丧的是，这道理只有“白云”知道，“过客”们却丝毫也不觉察。这就是作者在此诗里所揭示的人生哀痛。如何才能求得解脱？诗人所向往的，是“水石好园林”。从这里，可以清楚地看出他的人生态度。为求解脱，只有消除种种欲念，由“忘我”以至“丧失自我”。这是道家哲学和禅宗哲学都提倡的。“我是谁”，只有哲人才知道。要做到庄子所说的“物物而不役于物”，达到超脱之境，唯有如此。此可见隐逸文化对中国士人影响之深。但此种“水石好园林”的境界，作者至今尚未求得，这是他内心最深的哀痛。他始终没有走出历史怪圈，中国一切欲求自由的士人无不如此。

杜曲西南吊牧之冢

两枝仙桂气凌云，落魄江湖杜司勋。
今日终南山色里，小桃花下一孤坟。

《秦蜀驿程后记》：“十二日……东过延安坡、凤栖原，憩丹阳观。沿路皆渠水，奔流清驶，桃花万树。抵杜曲。杜曲西南，云是牧之故居，有冢在麦田丛棘中。”牧之《自志》云：“葬少陵司马村。”杜有“家在城南杜曲旁，两枝仙桂一时芳”之句。又有“落魄江湖载酒行”之句，小桃为其爱妾名。杜牧（803—852），字牧之，京兆万年人。大和二年（828）擢进士第入朝，历官膳部、比部员外郎等，出没黄池睦三郡，复迁司勋员外郎。《唐书》有传。

杜曲为杜牧童年居地，作者来游，见其宅墓皆废，因作此诗吊之。“两枝仙桂”比喻杜牧和小桃。桂有仙风，气可凌云，说一树桃花盛开于此孤坟之旁，这是作者的艺术创造，是对杜氏与小桃恋情的歌赞。在清初理学盛行时代，女子爱情常常遭到压抑摧残，这是对伪道学的挑战。杜任扬州司勋时，小桃年方豆蔻，两情依依，给杜氏不少安慰。此诗开笔即奇，赞杜氏为仙桂，人皆认可，但赞小桃亦为仙桂，难免有异词。渔洋对此全然置之不顾，表现出一种反世俗、反潮流的精神。杜牧风骨嶙峋，令人敬佩。此诗意境高远，有气魄。“小桃花下一孤坟”，是绝妙之笔。唐代扬州经济文化繁荣，歌妓多，这些女子却很不幸，杜牧对她们深表同情，渔洋故赞之。

城南游诗十首

一　曲江

赐沐逢修禊，宜春岁岁游。
传呼夹城仗，早御望仙楼。
捧剑金人曲，凌波彩鹢舟。
新蒲将细柳，萧瑟至今愁。

二　慈恩寺

昨日樱桃宴，今朝雁塔行。
红绫新赐饼，淡墨旧题名。
柳叶年年绿，桑田岁岁更。
残僧空劫后，相对话无生。

三　荐福寺

院从唐代建，人以寂音传。
水鸟皆闻法，云山不离禅。
花边停浴鼓，竹外起茶烟。
即此忘言说，虚空借坐眠。

四　韦曲

皇子陂边路，风光韦曲多。
曾邻天尺五，最近第三坡。
芳草新年色，桑条旧日歌。
伤春更怀古，容易醉颜酡。

五　杜曲

春衣杜陵宿，窈窕一川花。
旧是岐公宅，人传故相家。
名园三品石，贵主五云车。
今日秾华歇，棠梨噪暮鸦。

六　牛头寺

牛头钟梵罢，露坐俯樊川。
明月生秦岭，清光满稻田。
微风喧吠蛤，野烧起山烟。
归卧禅灯寂，心空古佛前。

七　少陵原工部祠

少陵原下路，仿佛浣花村。
犹似开元日，终南对国门。
秦川空望眼，湘水与招魂。
忍见桃花落，红英糁绿樽。

八　樊川桃花

三月樊川路，红桃散绮霞。
终南青送黛，潏水碧穿沙。
草色裙腰合，渠流燕尾叉。
销魂过杜曲，一树最夭斜。

九　郑庄

杜陵客西蜀，常忆郑瓜州。
望古寻遗迹，逢人问故侯。
有才三绝擅，无恙八川流。
相望韩庄近，同悲貉一丘。

十　秦愍王墓

陈王斗鸡道，今日望陵园。
石马前朝赐，铜人汉代原。
幽兰悲帝子，芳草怨王孙。
犹有蓝田燕，年年入墓门。

《秦蜀驿程后记》:“十二日……出永宁门，至荐福寺……循杜陵东行，入子美祠……”

［第一首］此叙玄宗春日曲江游乐事。曲江池，秦为宜春苑，汉属上林苑，开元中凿为胜境。都人每逢中元、上巳、重九，皆来游赏。唐末水涸，池废。农历三月上旬巳日，士女至水边嬉游采兰，以祛除不祥，曰修禊。夹城仗，即

宫中通道。望仙楼,建于唐内苑。吴均《续齐谐记》:"秦昭王三月上巳,置酒于河曲,有金人自泉而出,捧水心剑曰:'令君制有西夏。'及秦霸诸侯,乃因此处为曲水祠,二汉相沿为盛集。""新蒲细柳"一联,语出杜诗。结末作者发出感慨。

[第二首]此叙唐时新进士游乐题名事。《唐摭言》:"新进士尤重樱桃宴。乾符四年,永宁刘公第二子覃及第……于是独置是宴,大会公卿。"慈恩寺建于贞观二十二年,太子李治为母后长孙氏祈求冥福而建。后玄奘自印度学佛归,住此寺译经,乃建大雁塔以藏佛经。神龙以来,进士登科,赐宴曲江,题名雁塔,为一时盛事。宋时寺毁,作者来游,惟见雁塔尚存,残僧劫后,相话"无生",不胜感慨。

[第三首]此记荐福寺盛衰之事。唐睿宗为向高宗献福,文明元年改建此寺。康熙中,从武功移来金代大铁钟一座,清晨钟发,响遍全城。钱曾《读书敏求记》:"释洪觉范,筠州高安人。韩子苍作寂音尊者塔铭,即其人也。"《传灯录》:"古德禅师云:水鸟树林皆为说法。"虚空,唐代高僧。此篇可见唐时礼佛盛况,今已衰落,叹之咏之。

[第四首]此记唐贵族居地韦曲盛衰事。其地北依龙首,南面神禾,潏水绕其前,为樊川第一名胜。东为杜曲,地近皇宫,贵族皆世世为官,园亭别墅多建于此。谚云:"城南韦曲,去天尺五。"喻离帝王极近。"皇子陂",以有秦皇子冢而名。"第三坡",地名。《雍录》:"隋唐都城龙首山分六坡,图云六坡象乾卦六爻。"《迦叶志忠》上有《桑条歌》十二篇,编入《乐府》。"桑田旧日歌",指此。

[第五首]此记杜曲之变迁,作者徘徊留连,嗟叹久之。杜曲即少陵园,本为杜岐公别墅。《唐书·杜佑传》:"朱坡樊川,颇治亭观林芿,凿山股泉,与宾客置酒为乐,子弟皆奉朝请,贵盛,为一时冠。""故相家""名园"皆指杜岐公别墅。作者来游,叹秾华消歇。

[第六首]此记作者夜坐寺前与寺僧闲话事,意兴萧然,感慨万千。寺为牛头山第一祖遍照禅师居所,贞元十一年建。作者记云:"抵牛头寺。已入夜,月不甚明,小坐寺前茶话,宿方丈。""吠蛤"谓蛙鸣,扬州谓蛙曰吠蛤。此诗与《荐福寺》皆表现作者的佛学修养。

[第七首]吊少陵原杜工部祠,叙杜一生漂泊事。开元天宝间,甫流寓长安十年,尝居此。祠建于明嘉靖五年,与牛头寺毗邻,负山面水,环境清幽。后甫于上元间寓居成都,于浣花溪畔营草堂以居,因有"浣花村"之咏。大历

五年(770)四月,甫为避臧玠之乱,复由潭州入衡州。舟行至耒阳,病卒,殡岳阳。

[**第八首**]此记樊川之游。樊川长三里,宽一里,汉樊哙食邑于此。《三秦记》:长安正南秦岭,岭根水流为秦川,一名樊川。汉武上林,唯此为盛。唐时潏水两岸,佛寺林立,勋戚显宦之别业园林,亦随处可见。杜甫居长安,尝游此。宋寇准有句云:“高秋最忆樊川景,稻穗初黄柿叶红。”此诗含有吊杜牧之意。

[**第九首**]此记郑庄兼怀郑虔、韩愈。郑庄近瓜村,郑虔尝居此。“郑州瓜”指郑虔。杜甫寓蜀时常忆其人。郑虔字弱斋,荥阳人,诗书画并擅,玄宗有“郑虔三绝”之誉。天宝初,为协律郎,以私撰国史坐谪十年。天宝九年(750)还京,为广文馆博士。安禄山入长安,授虔水部郎中,潜以密章达灵武,事平免死,贬台州司户参军。韩庄为韩愈居地。愈一生两遭贬谪:一在贞元十九年(803),以监察御史贬为山阳令;一在元和十二年(817),以刑部侍郎贬为潮州刺史。郑韩遭遇相似,因有“同悲貉一丘”之叹。“八川”指关中八水。“故侯”指郑虔,作者逢人皆问,见其仰慕之忱。

[**第十首**]此吊朱元璋次子秦愍王朱樉。朱谋玮《藩献记》:“秦愍王讳樉,高皇帝第二子也。洪武三年(1370)四月封,洪武十一年四月之国西安。王生而岐嶷,严毅英武,兵民倚以为重。”《汉书》:“临江闵王荣坐侵庙壖为宫,上征荣。荣诣中尉府。责讯王,王恐,自杀。葬蓝田。燕数万衔土置其上,百姓怜之。”作者以“蓝田燕”哀悼秦愍王,显有难以明言的哀痛。此诗四联,全用虚笔烘托。陈王是曹植的封号,首联写陵墓所在地。“陈王斗鸡道”,是借用沈约句。陈思王《名都篇》:“斗鸡东郊道,走马长楸间。”次联写墓前有“石马”“铜人”,但皆前朝所赐。此言其身后萧条,说明朱元璋并不看重此子。三联以“幽兰”“芳草”为喻,极赞其才,说他有陈王之才,其命运也与陈王相似。尾联以汉闵王荣墓前之“燕数万行”比之,悲悼尤深。

长安城南是历史上有名的文化风景区,这里有曲江、韦曲、杜曲、慈恩寺、荐福寺和樊川等名胜,还有杜甫祠和朱元璋次子秦愍王墓。作者丙子来游,两天间写下十首组诗,追述历史旧闻,叹古今之变,抒兴亡之感,全面地复现了唐代贵族社会色彩斑斓的文化生活图景,画出十幅不同的史事、人物、风景画。借观瞻诸寺表露自己看破红尘、入禅归寂的思想,同时也表达了自己对杜甫、郑虔、韩愈、杜牧等人的怀念深情,这是他对唐文化的讴歌。以吊《秦愍王墓》一诗殿后,意趣尤深。朱元璋此子死得早,未留下多少政绩,作者讴歌此人,公开表明他对明王朝的政治态度。这种思明之情,他一直找不到机会宣泄，现在可找到了一个好题目。

十诗皆典雅、工整、有味。就其所显示的古文化精神而言，尤有价值。可以说，这主要是对中华文化的赞歌，每当中原板荡之际，许多不愿屈服于异族统治下的士人，就常要发思古之幽情，夸耀自己的祖宗，说汉唐文化之美以鼓舞民族奋进志气，这是很自然的。作者在满族统治下很不顺心，游城南而发怀古之幽情，也是出于这样的心态。

望太白山却寄刘户部介庵

犹并终南地，初看太白高。
连峰停夏雪，绝顶见秋毫。
黑水行当近，青门望转劳。
渭流将客思，百折去滔滔。

《蜀道驿程记》："二十七日。故人刘户部介庵元勋家居侍养，入城相慰劳，久之别去。"黑水指褒河，入蜀将行经其地。《三辅黄图》："长安城东出南头名霸城门，俗以其色青，名曰青门。"召平，广陵人，封东陵侯。秦亡，种瓜于长安城东，瓜美，俗称东陵瓜。高祖十一年，拜萧何为相国，益封置卫，平劝何让封勿受。张良从之，良祠在褒河中游。

作者在西安与户部郎中刘介庵别后，继续西行，途中望太白山，念及故人，因作此诗寄之。前两联赞太白之高寒清朗，以喻刘介庵之人品。三联以张良、召平之高风亮节比拟刘氏。尾联托渭水百折东流，以寄相思之情。两人皆欲归隐，可谓同声相应，同气相求。"青门"是汉代高贤召平种瓜之地，此人秦亡不仕，是一个有骨气的儒生。以德行高节，被封为东陵侯。萧何功高受赏，他劝何勿受。作者与刘氏在西安叙谈，皆倾肺腑，很愉快。刘邦分臣下为功人功狗两类。在清廷钳压下，两人皆不遇于时，这就是他们的命运。

此诗既赞太白之高，复称渭水之百折，有"太白仰止，清渭长流"之寓意。孔子云："仁者乐山，智者乐水。"作者怀念刘介庵，以"高山流水"比之，把丰富的文化内涵深藏其内，见其情长，不着愁怨一字，含蓄有致。"黑水行当近，青门望转劳"一联是全诗之魂，这里有地理文化和历史文化。"黑水"，俗称黑龙江，即褒河，张良祠在此。"青门"是汉时长安东门，召平居此。作者与刘氏之友谊，亦如太白之高和渭流之长，伯牙弹琴，钟子期知音，这一历史韵事仿佛再现。

作者并终南而行，一路看，一路想，一路叨念，一路赞叹；山在他心中，水在他心中，故人在他心中，历史在他心中。此时，他思绪翻腾，有如百折东流之渭水，滔滔滚滚，向东奔流而去。此诗以“犹并”开篇，以“看”“见”“望”“将”“去”等系列动词一气贯通，形成一个跳荡不已的生命载体，给人以鼓舞的力量。山写静态，水写动态，动静相谐，境界幽雅。全诗明赞山水与友谊，暗寓生不逢辰之痛，情满于山，意溢于水，境界之高，无与伦比。

汉武帝通天台址

通天台畔望咸京，秋入晴川雨半晴。
御宿不来仙掌散，宫车已往露盘倾。
神光遥指虚无影，渭水长流日夜声。
此去西风茂陵路，只应肠断沈初明。

《蜀道驿程记》：“二十六日……午后西行，经汉武帝通天台故址，望高帝长陵，渡沣水。《注》云：‘沣水出沣溪，西北流，昆明池水注之，北入于渭’。渭水在咸阳城下。”台在淳化县西北甘泉山麓。《汉书·武帝纪》：“元封二年，作甘泉宫通天台，长安飞廉馆。”置祠其下，以招徕神仙。《苑圃》：御宿苑在长安城南御宿川中，汉武帝为离宫别馆、禁御，人不得入，故曰御宿。属官有御宿令丞。《南史·沈炯传》：“炯字初明，吴兴武康人。仕梁，值侯景之难，妻及子并杀之。魏克荆州，被虏，授仪同三司。以母在，恒思东归。常独行，经汉武通天台下，为表奏之，陈己思乡之意。”

作者行经淳化，望汉武帝通天台遗址有感，作此诗。首联写台址所见，中两联写台之沧桑变化，尾联写沈初明与己之哀痛。这里主要是写汉武帝和沈初明，他们不是同时代人，但此台把他们紧紧联系在一起，这是作者的艺术创造。“仙掌散”“露盘倾”，表现出一种仙道文化现象，作者以想象笔墨形象地再现出“御宿不来”“宫车已往”的宫廷生活，把武帝这个迷仙者活灵活现地表现出来。接着，又以“神光”“渭水”一联勾出一幅现实和历史交织的图画，“神光遥指”是虚幻影像，“渭水长流”是现实和历史的涛声。武帝除留下一个迷仙臭名，还有什么呢？这是绝妙的讽刺。尾联着重刻画南朝梁沈初明的哭台悲剧，栩栩如生。沈向西魏统治者上《通天台表》，求归南朝侍奉老母，这是人情之常，却未得允许。“只应肠断沈初明”这句诗，情至哀痛。作者是明朝高官后代，他之不愿仕清，亦如沈之不愿事魏，他之思明亦如沈之思梁，两人皆求归心切，这是完全相同的。对于作者来说，这是他思退思归之情的又一次表露。借写残存文化遗址，以泄心中之愤，这分明是在哀叹自己生不逢时。沈初明所上《通天台表》，很多人都读过，却未见有人抓住这个题材来写诗，这是渔洋在咏史题材上的新开拓。此诗妙在指桑骂槐，既骂西魏大皇帝，又骂驱遣他西行的康熙，同时又把造台的汉武帝也包括在内。两个是明骂，一个是暗骂，此可见其讽刺艺术之高。

咸阳早发

日照长陵小市东，依然踪迹逐飞蓬。
未央宫阙悲歌里，鄠杜莺花泪眼中。
已见铜人辞汉月，空留石马卧秋风。
多情最有咸阳草，和雨和烟岁岁同。

《蜀道驿程记》："二十七日……咸阳即周丰镐，秦故都。境内帝王将相陵墓最多：文、武、成、康、周公、太公，皆葬城北毕郢原上；汉长陵、安陵、平陵、渭陵亦在焉。高冢累累，络绎相望。"鄠杜，二县名。秦汉时置，汉唐蜀京畿道，贵族多居此。小市，贵族居地。未央宫在长安县西四十里，汉兴八年，萧何筑之，以重帝威。金铜仙人为汉武帝所造。《汉书·高祖纪》："七年，萧何治未央宫。"唐太宗昭陵前有所乘六骏石刻像，陵在醴泉县九嵕山上。《唐会要》："上欲阐扬先帝徽烈，乃刻石为尝所乘破敌马六匹于昭陵阙下。"

作者由咸阳早发，有感于汉祚之亡，因就古都颓败景象作诗讽之。高祖长陵在渭水北、小市东。首联先从长陵落笔，嘲笑刘邦依然在逐飞蓬，他从草莽中来，又回到草泽中去了。在君权至上的年代，如此蔑视一代开国之君是大胆的。次联写想象中的咸阳宫苑景象，未央宫早已倾圮，只有鄠杜莺花还在开放，这一切，全在"悲歌里""泪眼中"，还有什么尊荣富贵可言？这是对刘家王朝最辛辣的讽刺。三联直斥武帝之贪暴，笑他求仙不成，除留下一个搬不走的铜人，什么也没有了。他穷兵黩武，征讨一生，除留下坟前几匹石马，已一无所有。这是对其文治武功的蔑视。尾联更是妙语冷嘲："多情最是咸阳草，和雨和烟岁岁同。"这是说，只有小草最为多情，依然还在烟雨中蓬勃生长，年年如此，它虽卑微，生命力却很强，可刘邦和刘彻连草也不如。这是对专制暴君最猛烈的抨击。现代学者有"草根文化"之论，看来，渔洋在此所歌赞的"咸阳草"也符合这一论断。草根文化就是民间文化，在作者看来，统治阶级的享乐腐朽文化一定要灭亡，而民间文化则有永久的生命力，诗的主旨在此。李白流夜郎遇赦而回，路过江夏，骂秦始皇、唐玄宗等皇帝“浮云尽空名”，渔洋在西行路上骂刘邦、刘彻连“咸阳草”也不如，二人之论何其相似乃尔。他们都向专制皇权猛烈开火，这是我国诗歌史上的奇异现象，值得重视。鲁迅先生说中国诗歌没有反抗性，即以龚自珍而言，他在《猛虎行》中大喊：“东山老虎吃人，南山老虎吃人，西山老虎吃人，北山老虎吃人。”能说这诗没有反抗性？李白、渔洋、龚自珍，可以称为中国诗歌史上三个反君权、反暴政的大诗人。特别是渔洋，在大独裁者康熙的严格管束下，敢于如此指桑骂槐，是很有几根硬骨头的。文翔凤《云梦药溪谈》：“白诗‘野火烧不尽，春风吹又生’，此咸阳草也。”说咸阳草最多情，也真有意思，此可见神韵派诗歌影响之大。

咸　阳

故国临中渭，名山见九嵕。
绿苔未央瓦，黄土阿房宫。
王霸成何事，兴亡自昔同。
萧条北原上，陵树各悲风。

中渭，桥名。咸阳临渭水，有上中下三桥。九嵕，山名，在醴泉县东北，上有九峰高耸。南麓即咸阳北坂，汉唐帝王陵墓多在此处。

作者过古都咸阳，见“陵树悲风”的荒废景象，作此诗。前两联写古都所见，点出咸阳地理位置，九嵕山在其北，并画出一座名桥，使人有身临其境之感。接着，以对比手法写旧都荒凉之状：秦的阿房宫，只剩下一块黄土地；汉的未央宫，也只剩下一些生满绿苔的碎瓦片，可谓荒废已尽。后两联发抒感慨，以警语励人，一篇要旨在此。作者以穿透历史的深邃目光，对称王称霸者一律痛加挞伐，指出他们都逃脱不了被毁灭的下场。这是历史的铁则，一洗历来怀古诗的忧伤情调，给人以警醒鞭策的力量。最后以散句收结，托讽于景，益显风神。这里刻画出一副古都沦丧图，扫尽那些或为王者歌、或为霸者惜的迂腐气息，把读者引进一个自由思想的新天地，振聩启聋，给人以耳目一新之感。在专制皇权鼎盛、文字狱盛行之时，作者唱出这样一支不协调音，令人钦佩。此诗与《咸阳早发》为姐妹篇。《咸阳早发》重在描述，此篇重在议论，都是古都咸阳地理、历史文化的生动反映。崇王道，反霸道，是孟子的思想，渔洋反对称王称霸，比孟子又前进了一步。在满人专制主义统治下，汉族人民和士人屡遭镇压,“扬州十日”“嘉定三屠”以及接连不断的文字狱,他是痛切地感受到的。在黄宗羲反君主独裁思想影响下,他是一个觉醒者。敢于作出“王霸成何事,兴亡自昔同”的论断,这在中国诗史上并不多见。尽管他咏史尚未摆脱历史循环论的怪圈,但能如此蔑视皇权,这已很不错了。

茂　陵

武帝乘龙久上升,集灵台古几人登?
晴川淼淼通槐里,秋草萋萋入茂陵。
天马歌成愁出塞,泉鸠事去涕沾膺。
谁知一代孙弘阁,唯有东方谏猎能。

《蜀道驿程记》:“二十七日……过武帝茂陵。县,周懿王所都犬丘地。项羽封章邯为雍王,亦都之。万历中,耕人得一小印,龟纽方寸许,文曰:‘雍王章邯印。’”集灵台,初名望仙台,武帝所建,欲以怀集灵仙人王子乔、赤松子。槐里,地名。周名犬丘,秦改称废丘。刘邦还定三秦,引水灌废丘,灭章邯。汉二年又改称槐里。《汉书·武帝纪》:“太初四年,贰师将军李广利斩大宛王之首,获汗血马来。作《西极天马》之歌。”歌曰:“天马来兮从西极,经万里兮归有德。承灵威兮降外国,涉流沙兮四夷服。”

《汉书·戾太子传》:“太子之亡也,东至湖,藏匿泉鸠里。”武帝征和二年,江充诬太子刘据巫蛊诅咒事,据起兵杀充。诏丞相刘屈氂讨据,据兵败,东逃至湖县,藏匿泉鸠里民家,为人发觉,闭户自杀。《汉书·公孙弘传》:“(弘)起客馆,开东阁以延贤人,与参谋议。”公孙弘,字季,薛人。武帝元朔元年为丞相,封平津侯。《东方朔传》:“帝微行,以夜漏下十刻乃出。旦明乃入山下,驰射鹿豕狐兔,手格熊罴,驰骛禾稼,民皆号呼骂詈。令大怒,使吏呵止猎者,朔进谏云云,拜朔为太中大夫给事中。”朔有《平乐观猎赋》。

汉武帝不同于秦始皇,史家对他的评论几乎都是“功大于过”,有些人甚至全是颂词。作者使秦蜀,过其墓,作此诗刺之,令人耳目一新。前两联是哀挽,一开头就说他求仙终无所得,早已乘龙归天,他所营造的集灵台也久已荒废。接着,写陵墓荒凉秋景:“水淼淼”“草萋萋”,令人惆怅。这位求仙者终未能逃脱一死,作者不禁对他发出一声冷笑。后两联是咏讽,直刺其贪欲与昏庸,诗思深化。武帝曾作《天马歌》,自赞自颂,很得意。他出兵西域,结果怎样?杀掉一个大宛王,得到几匹汗血马,士兵们却从此都不愿出塞去打仗了。

“穷兵黩武”的对外政策终于遭到大挫折，他从此成天发愁，这就是“天马歌成愁出塞”一句诗的含意。后来太子被迫自缢于泉鸠里，直到一场宫廷斗争宣告结束，他才醒悟自己上了坏人的当，因而掉转刀头，杀掉江充。太子含冤而死，他悔恨莫及，唯对所筑思子台涕泪沾膺而已。听信奸佞，得此结果，又能怨谁？还有，所用谋臣也有问题。所谓“开东阁以延士”，其实只是公孙弘玩的一场戏，他何曾招揽到人才？至于东方朔写的那篇《谏猎赋》，也只是一篇花言巧语，毫无用处。结果是，东方朔得宠升官，武帝还是照常打猎。这样一个昏庸贪欲的暴君，身边竟然没有一个良臣谋士，怎能把国家治好？

作者入潼关以后，一路骂死皇帝，而以此篇最为有力。这天（七月二十一日），他写下三首反暴君诗，这是其一。

茂陵怀古

频年祠太乙，晚岁罢轮台。
缑氏仙何往，瑶池信不回。
红颜钩弋尽，白首子卿哀。
失势秋风客，昆明又劫灰。

《秦蜀驿程后记》：“二十一日……经汉武帝茂陵。”轮台，武帝征讨西域诸国，置重兵于此。太乙，终南山峰名，亦天帝之别名。武帝信亳人谬忌之言，年年祠太乙，耗资至巨。《史记·封禅书》：“（某年冬）公孙卿候神河南，言见仙人迹缑氏城上，有物如雉，往来城上。天子亲幸缑氏城视迹。”缑氏仙，指周王子乔。《列子·周穆王篇》：“遂宾于西王母，觞于瑶池之上。”钩弋，姓赵，河间人。原为霍光宠姬，武帝巡河召见，其两手皆拳，披其手，即伸，乃幸之，号拳夫人。进号婕妤，居钩弋宫，称钩弋夫人。生子，帝欲立为太子。帝恐子少母壮，女主颛姿淫乱，遂借故赐死。后钩弋子即位，是为昭帝，追尊其母为皇太后。见《汉书·外戚传》。李贺《金铜仙人辞汉歌》：“茂陵刘郎秋风客。”武帝欲通身毒，为越巂、昆明所阻。元狩三年（前 120），乃象昆明滇池于长安近郊穿地，作昆明池，以司水战。池，周四十里，广三百馀顷，水东出为昆明渠。后池水枯竭，唐德宗时又加修浚，宋以后湮没。

这是作者咏讽茂陵的又一首诗。陵高十四丈，方一百四十步，历时五十三年建成，耗资倾全国税收三分之一。据《汉书》记载，陪葬物品有金银珍宝甚多，并有生禽鸟兽鱼鳖牛马虎豹等一百九十馀只。武帝在位五十四年，穷兵黩武，海内虚耗，人口减半，造成历史上罕见的大悲剧。《汉书·地理志》称：茂陵人口多达二十七万七千多人。繁华甲于关中，京师达官以迁居于此为荣。作者继写《茂陵》之后，时隔二十四年又作此诗。前两联写武帝迷信神仙，晚年"祠太乙"，结果如何，作者以"不知何往"和"信不回"作了回答。后两联刺其贪欲黩武。一方面对不幸的钩弋夫人表达了最真挚的同情，一方面又对不屈的苏武表示最崇高的礼赞，指出这些悲剧都是这个大暴君一手造成的。最后发出嘲笑：这个失势秋风客，在临死前又干出一桩大坏事。晚年欲通身毒，为越巂、昆明所阻；又在长安近郊凿昆明池，习水战，劳民伤财，造成大灾难。如此挞伐汉武帝这个暴君，在我国诗史上殊不多见。

读了这首诗，使人明白一个道理：一切专制统治者总是以其一家一人私利为重，丝毫也不顾念人民，这就是一切历史悲剧产生的总根源。在这里，作者提供给读者的不只是一些可见的东西，还有许多东西是不可见的，如"红颜悲泪""白首怒发"，以及那些在历史硝烟中飘来荡去、时隐时现的"回音"，等等。如此咏史，不仅在艺术上胜人一筹，即在思想上也人所难及。事实上，他的许多咏史诗都有很深的文化意蕴，既有真实深广的内容，又有精巧完美的形式，而且常常是这两者美妙的结合。李贺"茂陵刘郎秋风客"的名句，经他一细描是更加深化了。

为皇帝造陵墓，有清一代并未终止，清十三陵可证。此时康熙正在修建自己的陵墓，看来这诗是有针对性的，题为"怀古"，实乃伤今。

重题茂陵

络绎甘泉豹尾催，君王夜幸柏梁台。
当时谲谏称方朔，也嬖长陵宛若来。

甘泉，汉宫名。豹尾，车名，亦仪仗之称。《汉书·扬雄传》："是时，赵昭仪方大幸，每上甘泉，尝法从，在属车间豹尾中。"柏梁台，武帝元鼎二年春建，在长安城中，高二十丈，用香柏为殿，香闻十里。《三辅旧事》：(柏梁)以香木为梁也。(元封三年)帝尝置酒其上，诏群臣和诗，能七言者乃得上。这种诗歌体裁句句用韵，后称柏梁体。"谲谏"事，已见前诗注。长陵为汉高祖陵，在渭水北。此诗丙子年作。

这是吊茂陵的补篇，此写元鼎年间柏梁台的一次宫廷娱乐晚会。作者选取驱车入会的镜头，专对嬖幸小人开火，而以扬雄与东方朔为活靶子，力刺不良官风与邪气，十分有趣。柏梁台是武帝花费巨资，专供其游乐的一座豪华亭台楼阁。此诗勾出两幅画面，一幅写会前，在入夜的长安街上，许多车辆在滚动，扬雄紧跟在一辆豹尾车后面，一边奔，一边喧呼不停。车中坐着如花似玉的嫔妃。扬雄如此卖劲，这是一幅多么有趣的"弄臣侍妃图"。另一幅画，写"君王夜幸"，这是会上的情景。"夜幸"二字说明此次晚会不是诏群臣赋诗，而是叫侍臣扬雄和东方朔来陪他与嫔妃们一同行乐。类似说相声的演员东方朔，知识广博，很会说笑，武帝喜欢他，所以也把他叫来。他比扬雄所受的待遇要高一点，他常在"属车豹尾"中，就是跟在皇帝坐的专车后面，但又走在嫔妃坐的"豹尾"车之前。这一夜，从长安街到柏梁台是多么热闹。仅从"络绎"和"傕"两个词里就可想见盛况之一般。"络绎"形容车多，"傕"字极状奴从者传呼之急。这一晚，那个被嬖幸的东方朔也特地赶来了。奇的尤在"也嬖长陵宛若来"。长陵是高祖刘邦的陵，在东方朔心中，刘邦宛然又复活了。此诗妙在突显侍臣的丑态，对君王和嫔妃唱的是颂歌。讽含其中，这叫喝倒彩。这是渔洋诗中的又一个新品种。

李夫人冢

长门买赋草萋萋，冤魄云阳杜宇啼。
惟有佳人解倾国，英陵常傍茂陵西。

《秦蜀驿程后记》："二十一日……李夫人冢在陵西北数步，谓之英陵。汉诸陵皆在咸阳，唯茂陵在槐里，不载祀典。武帝雄猜，使钩弋无罪不得其死，独惓惓于李氏，作为诗歌，播诸乐府，死犹祔葬，女宠亦有幸不幸焉。"云阳，古县名。始皇末年使蒙田开直道，自九泉至云阳，既而徙五万家至此守边。武帝时，又徙郡国吏民豪杰至此。陈皇后失宠后，谪居长门宫，悲愁难遣，乃使人奉百金，求司马相如作《长门赋》，尽吐衷情，欲以动帝，结果还是远徙云阳去了。云阳，故城在今陕西淳化县西北。《汉书·外戚传》："李夫人兄延年善歌舞，侍上起舞，歌曰：'北方有佳人，绝世而独立。一顾倾人城，再顾倾人国。宁不知倾城与倾国，佳人难再得。'平阳主因言延年有女弟，上乃召见之。"

这首诗，前两句写陈皇后失宠之悲，后两句写李夫人得宠之乐，以喜衬悲，讽刺有力。这是作者对汉武帝又一猛烈抨击，同时也表达了他对陈皇后的深切同情，很为感人。从作者所写秦始皇、汉高祖、汉武帝、唐玄宗这些抨击专制帝王系列诗歌来看，说明他有民贵君轻思想，这对暴君、昏君的批判，显然带有自己的泪痕。作者崇拜杜甫，爱其诗艺，一生都在学杜，但他没有杜甫那种“致君尧舜上”的思想。他两次西行，抨击武帝诗，计有八篇之多，这些诗是：《金氏陂》《汉武帝通天台》《咸阳早发》《咸阳》《茂陵》《茂陵怀古》《重题茂陵》和《李夫人塚》。这是清诗史上一个罕见现象。“惟有佳人解倾国”句，如烈焰腾空而起，有永久的震撼力。

“下放”是秦始皇发明的，那时叫“徙家守边”。秦开其端，武帝继之，连被弃的陈皇后也下放到戍边的流民队伍中去了。

马嵬怀古二首

何处长生殿里秋，无情清渭日东流。
香魂不及黄旛绰，犹占骊山土一丘。

巴山夜雨却归秦，金粟堆边草不春。
一种倾城好颜色，茂陵终傍李夫人。

《蜀道驿程记》：“二十七日……西三十里马嵬坡，太真葬处在始平原，荒落殊甚。相传出白土，名贵妃粉。”《太真外传》：“上幸巴蜀，妃从，至马嵬，六军不解围，使力士赐妃死，缢于佛堂前梨树下，瘗西郭外一里许道北坎下。”又：“至德二年，上皇密令中宫潜移，葬之他所，不忘其地。则此西北原，未审即妃墓否也？”金粟，山名，在山西蒲城，明皇秦陵在此。

贵妃墓在何处，是一个疑案。作者经过调查，认定其墓应在马嵬坡西北原上，因作此诗辨之。玄宗优伶黄旛绰尚有墓在骊山，而贵妃之骨却不知“潜移”何处，这说明贵妃既比不上黄旛绰，更比不上李夫人。李氏与武帝相爱，得以善终，可是玄宗连为贵妃扫墓都办不到，太可怜了。“巴山夜雨却归秦”，这句诗是把玄宗的可怜相写尽。历来吊杨妃诗不少，未见有人这样写过。两相对比，画出两个皇帝和两个宠妃的不同遭遇，是绝妙之笔。作者一再为杨妃鸣不平，这一文化现象，多少也反映出人民的一点哀怨之情，这对专制皇权也是一个有力的讽刺。

两首绝句连贯紧密，妙在写出玄宗的内心世界。贵妃死后，玄宗心里留下无法弥补的伤痛，此二诗把其悲哀写尽。作者借写山水以怀人，已达妙境。谓“清渭无情”，是正言反说；点出骊山、巴山与金粟诸山，令人肠断。杨妃与李夫人同是倾城好颜色，为什么会有这样大的反差？作者不禁感慨系之。杨贵妃被迫自缢而死，说明了一个道理：军权有时大于皇权。不仅秀才怕兵，皇帝有时也怕兵。

杨妃冢

怨粉愁香委路岐，只留罗袜使人悲。
梨园教就霓裳谱，不似三乡陌上时。

《秦蜀驿程后记》："二十二日，阴，大风，过太真墓。陆县丞宏承从行。出壬子岁《马嵬怀古》二诗示之，陆请刻石墓旁。食武功县。"《唐诗纪事》："唐会昌年间，若耶溪有女子随夫西入函关，夫殁东还，邈然无依。一日，过三乡驿，感慨题诗：'昔逐良人西入关，良人身殁妾空还。谢娘卫女不相待，为雨为云归旧山。'后和之者多至十人。"

贵妃，蒲州永乐人。小名玉环，杨玄琰女，晓音律，善歌舞。初为寿王妃，后为女道士，号太真。入宫后，得玄宗宠。天宝初，进册封贵妃。姐妹皆显贵，堂兄杨国忠为相，败坏朝政。安禄山乱起，玄宗出奔，至马嵬坡，六军不进，杀国忠，太真被迫自缢死，年三十八岁。

作者再过马嵬坡荒冢，作此诗哀之。此诗特就其所遗罗袜发抒感慨，要义在最后两句。历史上许多才貌双全的女子，入宫后，大都不能自己掌握命运，以致酿成悲剧。这首诗就提出了这个问题。一个会唱《霓裳曲》的贵妇，还比不上那个"三乡陌上"的平民女子，这活生生的一页历史给人多么深刻的教育。作者根据一则唐诗纪事写作此诗，解答了这个问题。能从乡土文化中发掘有用的东西，可谓独具慧眼。存在主义哲学家萨特说："人生最具有决定意义的行动，是选择的自由和自由的选择。"在中国专制主义时代，妇女们哪有这种自由？作者说：是用霓裳曲取代三乡陌上呢，还是用三乡陌上取代霓裳曲？很有意思。惜为时代所限，他只能说到这步田地为止。

5. 宝鸡卷

【卷头语】此卷续写游秦所感，要义有三：一是借咏古迹，以颂大禹、周公、苏武、马援、韩愈、苏轼，张民族主义之大纛，赞周秦汉唐宋之古文化。二是咏史抒怀，集中力量向秦穆公等五个暴君昏君开火，以抒愤懑。三是表达自己的独立人格与自由精神。其人与时不合，铁骨铮铮。

武功道中

武功回首望金城，古迹萧条感乍生。
秃节尚怜苏属国，党人终赖窦游平。
白头郁郁身前事，青史悠悠世上名。
千里终南山色好，一枝筇竹万缘轻。

《蜀道驿程记》："二十七日……始平原，荒落殊甚……唐降金城公主于吐蕃，驻此，更号金城。"《汉书·苏武传》："苏武既至海上，仗汉节牧羊，卧起操持，节旄尽落。及归，为典属国。"苏武，字子卿，杜陵人。武帝天汉元年，以中郎将出使匈奴，被扣留。匈奴单于胁迫其投降，不屈，徙至北海，使牧公羊。谓俟公羊产子，始释归。武啮雪、食草籽，持汉节牧羊十九年，节旄尽脱。《后汉书·窦武传》："武字游平，桓帝永康元年，武上疏曰：'陛下即位以来，未闻善政，近者奸臣牢修，造设党议，遂收前司隶校尉李膺等，逮考连及数百人。膺等诚陛下稷契伊吕之佐，为奸臣贼子所诬诳，惟陛下留意。'书奏，有诏原李膺、杜密等。"窦武，东汉平陵人。桓帝后窦氏之父。桓帝死，拥立灵帝，任大将军，与太傅陈蕃辅政，谋诛中常侍曹节、王甫等，事败被害。

作者至武功，有感于汉唐外患史事，因借咏汉代两个名臣苏武和窦武故事，以泄胸中郁闷之气，弦外有音，读之令之感叹。苏是武帝之臣，窦是桓帝之臣，两个皇帝都腐败。诗从正面明褒二武，而以侧笔讽刺二帝，咏史怀人，涉笔成趣。首咏金城公主下嫁吐蕃史事及长安古迹萧条之状，一起即掀起历史与现实的波澜，令人惊骇。中两联以交错句咏二武，于歌赞中寓有微词，以含蓄的语言婉讽两个统治者。在作者心中君已没有神光，他所看中的只是能臣。二武都是治国良臣，却皆遭厄运，这是什么样的时代？什么样的国家？诗的批判力度很强。尾联表白心境，说明他已看透统治者所玩把戏，古今相似。面对严峻的现实，他作为一个奉使典试文臣，只能拄着一枝筇竹缓缓向西走去，实也无可如何。《传灯录》云："八方法门，百千三昧，十方世界，万象森罗，皆是外缘。"他把此种外缘早已看得很轻。如同黄孽山僧讲的道理那样："心体一空，万缘俱寂。"在北京做了十年文官，万念俱灰，可谓悲愤至极。他一路悲叹，一幕幕历史悲剧从他眼前飘过，现实的景象在沉重地敲击着他的心扉。这曲悲歌有丰富的历史文化意蕴，极显魅力，十分感人。

武功怀古

唐家慈圣寺，后稷有邰封。
二水流沮漆，千秋拟沛丰。
高原山色里，小邑夕阳中。
乐府康王好，何时访浒东？

《蜀道驿程记》："二十八日。午次武功县。岗阜四绕，城倚雍原，城东有漆水。《山海经》云：'羭次之山，漆水出焉，北流注于渭。'《水经注》又谓之武功水也。古有斄氏国，后稷始封地，汉曰武功……城南有慈圣寺、唐庆善宫，即文皇所生之地。武功苏氏，自子卿后，代有名人，项背相望。"又："明正德间，康德涵罢官居浒东，与鄠杜王敬夫竞为乐府，至今海内艳称之。康故居在渭河之西，故又称浒西云。"沛沣，皆水名。康海(1475—1540)，字德涵，号对山，又号浒东渔夫，陕西武功人。明弘治十五年(1502)殿试第一，授翰林院修撰。工诗文，善治曲，与李梦阳、何景明等称七才子。正德间，宦官刘瑾乱政，被诛。康海名列瑾党，被免职。著作传世者，有《对山集》《武功县志》，杂剧《中山狼》，散曲《浒东乐府》等。王九思(1468—1551)，字敬夫，陕西鄠县人，与康海同官，同以瑾党放逐浒东、鄠杜之间，相与过从谈谦，征歌度曲，以相娱乐，有《碧山乐府》等。《竹垞诗话》："康、王并以乐府擅场，而诗鲜合作。王差胜康，乐府亦尔。"

渔洋过武功，作此诗。前两联言地，后两联思贤。武功川原毓秀，是一座文化古城。作者行经此处，思及明代两位诗人康海和王九思。这既是对他们两人的颂赞，也是对武功古文明的称颂。康海是明前七子之一，一生坎坷，他的戏曲天才为世所称。王九思亦以乐府擅场。此诗前六句，力赞武功历史之悠久，自后稷至汉唐皆人文鼎盛，这是对中华古文明的热烈歌赞。后两句如奇峰突起，进而表达了他对两位才士的问询与同情。“高原山色里，小邑夕阳中”，乃诗旨所在，前六句为宾，后两句为主。如果没有对武功山川人文的深刻了解，何能写出如此内涵丰富的诗？作者山水诗之所以为读者所喜，即因有此丰厚的文化底蕴。诗由地及史，由古而今，铺得开，收得拢，语浅情浓。尾联怀人，亲切自然，令人回味无穷。

康王擅长杂剧、散曲，是两位天才戏曲作家。他们的作品受到市民社会的热烈欢迎。渔洋爱赏其才，说明他对继之发展的清代市井文化是很关注的。在满人统治下，当时这两种文化都在发展，前者如山水诗歌及各种笔记散文属之，后者如受市民社会欢迎的通俗小说、戏曲等属之。渔洋对康王作出高度评价，说明他对市井文化也有很广泛的兴趣，他跟戏剧家洪昇、小说家蒲松龄都结下深厚的友谊，为人称道。

飞龙务

此地临汧渭，秦嬴有旧封。
飞龙何日去，凡马至今空。
落落骅骝气，萧萧苜蓿丛。
黄云秋草里，怅望古城东。

飞龙务，地名。在兴平县东南二十里，宋为营田。柳河东《龙马图赞》：“明皇帝西幸，马至咸阳入渭水，化为龙，泳去，不知所终。”《易·系辞》：“古之葬者，不封不树。”飞龙务有秦嬴墓葬。杜甫诗：“一洗万古凡马空。”《淮南子》：“黄泉之埃，上为黄云。”

作者过扶风飞龙务，忆柳河东《龙马图赞》，题此诗。在封建专制时代，人才常常不能得到重用，所以韩愈说：“执策而临之曰：天下无马。呜呼！其真无马邪？其真不知马也！”一切专制统治者都只需要奴才。这里透露出作者难以言说的哀痛，他处境尴尬，进不能退亦无路。此诗显然是受李贺和韩愈的影响，吸取了多方面的成果。我国历代诗人在专制统治下，常处于内心分裂困境。元之赵孟頫，唐之柳宗元，清之钱谦益、吴梅村、郑板桥，没有一个不是这样。作者借咏马以泄胸中之愤，也不例外。这首诗表达了他对柳宗元等八司马远窜蛮荒的同情，也表达了他对清政权弃置人才的愤慨。

扶风道中

北望回龙薄，西行过马嵬。
侠游无柳市，史笔阙兰台。
老鬓愁中改，秋风陇上催。
田园情话好，何事不归来？

《蜀道驿程记》："二十八日……午次武功县……暮抵扶风县。"龙薄，即龙薄坂，在兴平县北，旧有黄山宫。马嵬即马嵬坡，杨贵妃缢死处。柳市在长安昆明湖之南，豪侠居此。班固为兰台史令，其墓在扶风县东二十里，见余志衡《关中陵墓志》，墓久废。《后汉书・班固传》："父彪卒，固以彪所续前史未详，乃潜精研思，欲就其业。既而有人上其书，告固私改作国史者，有诏下郡收固。系京兆狱，固弟超恐不能明，乃诣阙上书。显宗甚奇之，召诣校书部，除兰台令史。"《归去来辞》有"悦亲戚之情话"一语。

作者西行，经龙薄坂、马嵬坡和班固墓，触景生情，想起历史上一些人和事，不禁感慨系之，因作此诗。长安与扶风皆历史文化悠久，但现实情况又怎样呢？作者提到两点，一是"侠游无柳市"，二是"史笔阙兰台"。就前者而言，柳市本来是游侠活跃之地，现在冷冷清清，全不见游侠的踪影，博浪沙中没有了椎杀秦皇的勇士，朝廷上哪里还有秉笔直书的良史董狐？在满族统治者的淫威下，汉族士人皆徒唤奈何。就后者而言，班固为兰台史令，以续《汉书》有功于后世，这样的"史笔"现在能到哪里去找？一个"阙"字，见其沉痛。此时，作者鬓发已皤，还在干着这考官差事，有甚么意思！不如早点归隐田园算了。"故园情话好，何事不归来？"他好像听见乡亲们的召唤声，心里很感动。看来，他对这官场生涯已厌倦至极，但一时又摆脱不掉，心里很矛盾。尾联词语婉曲，这婉曲之语，就是刘勰所说的"隐秀"。"回""过"两个动词亲切有味，"改""催"二字奇崛有力，于平淡中见新奇。

织锦巷

慧绝璇玑手，当如弃置何？
怜他苏蕙子，枉嫁窦连波。

《蜀道驿程记》："二十八日……武功苏氏自子卿后，代有名人，项背相望。

苻秦时，道质第三女蕙，嫁扶风窦滔。滔镇襄阳，蕙织锦为回文诗寄之……城北有织锦巷。”

武后《苏氏织锦回文记》：“前秦苻坚时，秦州刺史扶风窦滔妻苏氏，名蕙，字若兰，行年十六，归于窦氏。滔字连波，有宠姬赵阳台，苏氏苦加捶辱，滔深以为憾。及滔将镇襄阳，遂携阳台之任，苏氏忿恨自伤，因织回文锦。纵广八寸，题诗三十馀首，计八百馀言，名曰‘璇玑图。’苏氏笑谓人曰：‘徘徊宛转，自成文章，非我佳人，莫之能解。’遂发苍头，赍至襄阳。”《晋书·列女传》：“窦滔妻苏氏，始平人，名蕙字若兰，善属文。滔，苻坚时为秦州刺史，被徙流沙，苏氏思之，织锦为回文旋玑图诗以赠，滔宛转循环以读之，词甚凄惋，凡八百四十字。”

苏蕙、窦滔的爱情悲剧遗恨千古。历来歌其事者不少，而以武则天、朱淑贞二氏之作为最著。武氏赞云：才情之妙，超今迈古。黄山谷云：“千诗织就回文锦，如此阳台暮雨何？只有英灵苏蕙子，更无悔过窦连波。”王诗别出心裁，特提出“枉嫁”新观点，公开表示妇女应当维护自己的权益，这在歧视妇女的封建时代是惊骇世俗的。从这里，我们可以感悟三点：第一，造成苏蕙悲剧的关键在于她没有婚姻自主权，因而也就没有选择配偶的自由。第二，在苏蕙那个时代，男性根本不尊重女性，甚至把女性视为可以随意弃置之物，这是男权主义的集中体现。第三，没有爱情的婚姻是不道德的婚姻。苏窦婚姻本质上是买卖婚姻，谈不上有爱情。窦滔既破坏了政治道德和官吏道德，又破坏了家庭道德和社会道德，他实际是有罪的。这样的官吏为何得不到谴责与惩罚？法国女权主义者西蒙·波伏娃在其所著《第二性》一书中指出：“居于男性和无性之间的女性，不是天生的，而是人类整体文化形成的。”渔洋虽然还没有达到这样的认识高度，但从一个“枉”字也可以隐约听到他对这种摧残女性的社会制度切齿痛恨之声。此诗写得挺劲有力，自问自答，如一首民谣。“弃置”是批，“枉嫁”是怜，批而复怜，感情跌宕，令人震撼。

凤翔府

城边汧渭两交流，陇蜀中分第一州。
西雍横当斜谷路，南山高接杜陵秋。
雎鸣尚忆秦人霸，星殒难销汉相愁。
形势依然身万里，扶风歌罢拂吴钩。

《蜀道驿程记》:“二十九日……暮抵凤翔府,治凤翔县。”杜佑《通典》:“秦德公居雍,故城在凤翔府天兴县七里。”《汉书·地理志》:“杜陵属京兆尹。”吴钩,古刀名。《乐府》有《扶风豪士歌》。

此诗言凤翔史事。周都于雍,其地在今凤翔之西,因称“西雍”。“斜谷”为秦蜀通道,章武六年,诸葛亮伐魏,由此出祁山,声震关中。南山即终南山。“杜陵”指汉宣帝陵,杜甫曾居此。“雌鸣”典出刘向《列异传》。秦穆公以得其雌者而称霸。“星殒”喻亮之殁。《扶风歌》指诗人李白所咏诗。作者列举这些史事、地名和人物,颇能引人入胜。一起即从大处落笔,形象鲜明。前两联咏叹凤翔地理,指出它在交通、政治及军事上的价值,大开大合,气势沉雄。后两联述史言怀,一面称述秦人之霸,一面追忆诸葛亮的武功。亮殉职于五丈原军中,未能完成北伐大志,遗憾千古。尾联点出“形势依然”四字,感时伤世,复叹此番西行,以唱《扶风歌》和“拂吴钩”收结,有如李白之流离漂泊,馀音绕梁,意在言外。“秦人”指“君”,“汉相”指“臣”。“尚忆”“难销”云云,皆表明他对一切称霸称王者的嫉恨。对于像诸葛亮这样一位矢志不忘光复汉室的爱国者,他表达了最崇高的敬意,一篇主旨全见于此。前人多谓渔洋诗似王维,其实,他很注重博取众长,多方汲取,并不专崇某家某派。此诗雄奇浑厚,力追李杜,具见功力。一部古代文化史、军事史,全在其胸中。融地理历史于一炉,贯通古今,横绝万里。此时西南边陲未稳,果然不出所料,下一年吴三桂即从云南起兵,三藩之乱发生了。神韵全从尾联显出,咏史感时,不可捉摸。“秦人霸”“汉相愁”,美学张力很大,有味外味。

石鼓山

遥忆岐阳狩,来过石鼓山。
韩苏今地下,星斗尚人间。
豀谷归飞少,川原猎骑还。
寄情汧渭水,千折过潼关。

《蜀道驿程记》:“二十九日……东坡先生签判凤翔日,作《八观》诗。石鼓今在太学,诅楚文,王右丞、吴道子画,皆已不存。”何景明《雍大记》:“石鼓山在宝鸡县东二十里,周宣王所凿之猎碣也。后昌黎、东坡作前后《石鼓歌》。鼓有十,散在陈仓野中,郑馀庆迁之凤翔孔子庙,宋又取至汴,今在北京孔子庙内。”其上刻有史籀《纪功颂》,记游猎之事,唐初出土,鼓缺其一。据今人研究，籀文可识者485字，不可识者过半，今存故宫博物院。欧阳修《集古录》："石鼓久在岐阳，初不见称于前世，至唐人始盛称之，而韦应物以为周文王之鼓，至宣王刻诗。韩退之直以为宣王之鼓。在今凤翔孔子庙中。鼓有十，先时散弃于野，郑馀庆始置于庙，而亡其一。皇祐四年，向传师求于民间得之，十鼓乃足。其文可见者四百六十五，磨灭不可识者过半，然其可疑者四。退之好古不妄者，予姑取以为信尔。至于字画，亦非史籀不能作。"《水经注》："鸟名归飞，鸣声自呼，此恋乡之思，孔悲也。"

作者过石鼓山，忆周宣王狩猎事，怀韩苏二公《石鼓歌》，因有此作。韩诗"雄奇伟怪"，苏诗"别自出奇"，为韩公劲敌，作者因有"星斗尚人间"之叹，对韩苏二人表达了由衷的敬仰之情，这是他为中国古代文化唱的一支伟美赞歌。吟山咏水，评史论人，大有"观古今于须臾，抚四海于一瞬"之概。

诗以"狩猎"一事为经，一气贯通到底，血脉偾张，有流动感。首忆宣王狩猎，自表今日来瞻之情，令人悠然神往。次以重笔歌颂韩苏二公诗，作上天下地之寻求，怀古思贤，引人入胜。三联写今日"豁谷""川原"风貌，回应首联，轻灵闲逸，勾出一副萧疏淡雅的现实画面，令人眷念，亦令人感慨。尾联借写渭水"千折过潼关"之势，表乡愁，神韵悠然，令人回味无穷。此山此水，此人此物，皆恬静清雅，充满生机，这是历史文化与自然山水的美妙融合，是客观世界与作者心灵的和谐统一。清幽淡远，豪放雄奇，兼而有之，似杜甫但不拘于杜甫，似王维而又不同于王维。有韩苏峻峭之奇，又充分表现出自己的个性特色，可谓神奇美妙。

马伏波祠

冥冥炎海伏波祠，肃肃灵旗故国思。
万里功名铜马式，五谿淫潦跕鸢时。
隗嚣讵识真王异，朱勃终惭地下知。
空忆平生少游语，归来款段悔教迟。

《蜀道驿程记》："二十八日……飞凤山上有马伏波祠，及三班、曹大家祠。今城西有伏波村、班家台，城北有织锦巷。又东南有绛帐村，马季长传经处。"马援征五溪，时年六十三，卒于军。"建武四年冬，嚣使援奉书洛阳，见世祖曰：'陛下恢廓大度，同符高祖，乃知帝王自有真也。'归陇右，嚣曰：'卿谓何如高帝?'援曰：'不如也。高帝无可无不可，今上好吏事，动如节度。'嚣意不怿，曰：'如卿言，反复胜耶?'遂遣子恂入质，援因将家属随恂归洛阳。会嚣用王元计，意更狐疑。援数以书记责譬于嚣。嚣怨援背己……八年，帝自西征嚣，嚣众大溃。"又："援在军，从容谓官属曰：吾从弟少游，尝哀吾慷慨多大志，曰：'士生一世，但取衣食裁足，乘下泽车，御款段马，乡里称善人，足矣。'当吾在浪泊、西里间，下潦上雾，毒气重蒸，仰视飞鸢跕跕堕水中，卧念少游平生语，何可得也。"

隗嚣，东汉成纪人，字季孟。王莽末，据陇西起兵，初附更始帝刘玄，任御史大夫。旋光武刘秀封西州大将军，后又称臣于公孙述，为朔宁王。光武西征，灭公孙述，嚣奔西域，恚愤而死。朱勃，字叔阳，扶风人，官至云阳令。与马援为友，及援遇谗，勃以其爵土不传，上书陈状。《马援传》："初，援在交趾，尝饵薏苡实……军还，载之一车……及卒，有上书谮之者，妻孥惶惧，不敢以丧还。同郡朱勃诣阙上书，书奏，报，归田里。"

马援少有大志，王莽任命他为新城大尹，后依附隗嚣，复归光武。隗嚣叛据陇西，马援于帝前聚米为山谷，指画形势，因以破嚣。建武十七年拜伏波将军，征交趾，立铜柱以表功。作者过扶风，谒其祠，作诗吊之。

此诗构思精妙，首从谒祠落笔，以"冥冥炎海"总赞其一生功业。颔联言事，事中有人，人即马援。颈联写人，人不离事，人即隗嚣和朱勃。两人德行不同，一正一反。马援本属隗嚣部下，后来归顺刘秀，得成正果。隗嚣叛刘据陇，自立为王，为刘秀所败，走上末路，恚忿而死。识不识真王，是此二人事业成败的关键。马援的短处，是眼睛只向上看。刘秀是刘家王朝继承者，有本领，他趋之唯恐不力；朱勃是芝麻小官，又和刘家扯不上一点关系，他不把朱看在眼里。虽是同乡老友，却早已断绝一切往来，毫无情谊可言。死后被人诬告，尸骨不能回乡安葬，惟此小官朋友，冒死上书为他申冤，才得归葬。马援识真王却不识真朋友。史家揭出这一点很重要，渔洋咏史胜人处在此。此诗最精彩处在以隗朱作对比，而将马援夹在其中，此诚难能可贵。尾联写马援晚年的反思和悔悟，诗句像铁锤一样沉重地打下，令人难忘。叹其一生南征北战，忠贞报国，死后不得归葬故土。此诗风神摇曳，抚古今于一瞬，融史地于一炉，八句蝉联而下，哀之叹之，情不能已。

凤翔梦儿浑

梦里荒鸡下五更，牵衣呜咽话分明。
生儿曾慰王怀祖，早死谁怜马客卿。

剩有枕痕和蜡泪，已无肠断怯猿声。
不因未悟彭殇理，十七年来舐犊情。

晋王述，字怀祖。其子坦之，字文度。述之初为桓温长史，累官中书令，与谢安共辅朝政，封蓝田侯，卒谥献。马援之子客卿，幼而聪颖，六岁能专对宾客。尝有死罪亡命者来过，客卿匿之，外若讷而内沉敏。父援甚奇之，以为将相器，故字以客卿，后夭殁。见《后书汉・马援传》。庄周《齐物论》："莫寿于殇子，而彭祖为夭。"王羲之《兰亭集序》："固知一死生为虚诞，齐彭殇为妄作。"

渔洋次子启浑，聪颖过人，年十七卒，一家哀痛。这年奉使西征，过凤翔，再动哀思，因有此作。作者以己子与马援、王怀祖之子相比，因有千古同悲之叹。马援是凤翔人，其子客卿，幼而聪慧，六岁善对宾客，有将相器，援甚怜之，七岁夭折。王怀祖子坦之，字文度，亦夭殁，卒年未详。述之为东晋桓温长史，累官中书令，与谢安共辅朝政。作者搬出马援和王怀祖，发抒感慨，寄意遥深。这首哭儿诗，有如此美好的历史文化意蕴，既可借以自慰，亦可借以安慰天下丧子者。境界甚高，十分感人。

尾联"未悟彭殇理"，是哀痛之词。此诗奇在用典新，又很得体，中两联是绝对。没有深厚的文化修养，就不能这样用事自如。古今写哭儿诗者不少，有几人能像渔洋这样巧妙用典？这是一首哭儿奇诗。

凤女台

弄玉空祠锁寂寥，碧云天际水迢迢。
丹青不画乘鸾女，夜夜月明闻洞箫。

凤女台在今陕西凤翔县东南。《水经注・渭水》："（雍有）凤台、凤女祠。秦穆公时，有萧史者，善吹箫，能致白鹄、孔雀。穆公女弄玉好之，为作凤台以居之。积数十年，一旦随凤去。"

作者再使秦蜀，过凤女台，作此诗，把一个流传久远的神话爱情故事情味俱足地表现出来。萧史与弄玉，半仙半人，仙凡一体，非常贴近人情；两人感情弥笃，终于双双升天而去，获得永生，令人神往。钱谦益称其诗曰："感时之作，恻怆于杜陵；缘情之什，缠绵于义山。"这是千古不磨的定评。渔洋善于咏史，抒情，他的山水诗已达到一个新的高度。这里不但创造出一个富有美感经验的艺术世界，好像还向艺术家们提出这样一个有趣的问题："你们为什么不挥起彩笔大赞大歌这美满、幸福、永生的爱情呢?”这是感叹,也是号召,笔墨凝重,字字震响,有撼人心魂的美学力量。末点“闻箫”,韵味尤浓。一个“闻”字,写出人民的无限同情;倘用“吹”字,便成自吹自赏,索然无味。一字之工,极见功力。在清初封建礼教禁锢女子感情的时代,作者托神话以抒青年男女之私情,这需要胆识。渔洋不是迂夫子,他有新思维,可以说,他是一个走在时代前头的诗人。

和东坡开元寺忆子由

河潼西上千馀里,五丈原边望翠微。
地逼陇关寒更早,雨晴汧水雁初飞。
身经紫阁筇难到,囊比侏儒愿已违。
梦里倚闾双白发,不归真被鹤猿讥。

嘉祐六年(1061)十二月,苏轼签判凤翔,治平三年罢判,登闻鼓楼。来时年甫二十有六,去时年仅三十,有怀子由诗,存凤翔府署,石刻完好,渔洋得见之。诗云:“花开酒美盍不醉,来看南山冷翠微。忆弟泪如云不散,望乡心与雁南飞。明年纵健人应老,昨日追欢意已违。不向秋风强吹帽,秦人不笑楚人讥。”“明年人应老”,指为陈公弼所扼,故辞气憔悴如此。诗后有跋,自署“癸卯(嘉祐八年)九月十六日挈家来游”。

壬子年秋,作者过凤翔,见苏轼开元寺石刻诗,徘徊留连,观赏良久,因步其韵以和。苏轼是渔洋一生所仰慕的诗人,两人所作凤翔诗,同表乡愁,皆流露出对仕宦生涯的厌倦,这是古代流落异乡士人的常见现象。由此一唱和观之,自宋迄清七百年间,士人们这一处境基本未变,这是儒家“进则居于庙堂,退则归隐田园”思想的表露。“羁鸟恋旧林,池鱼思故渊”,这一思乡情结,在旧时代普遍存在。正如一首古诗所说:“纵然此地风光好,还有思乡一片心。”苏王这一唱和,恰是此种思想感情的反映。首联记行役,他在西去路上想得很多,现在来到五丈原,追念先贤,情不能已。先写秋景,陇关寒早,汧水雁飞,赞叹不止。次叹经过长安,未能攀登紫阁,深以为憾。紫阁为唐时道人隐居之所,张籍诗:“紫阁气沉沉,先生住处深。”此境作者很向往,以行役匆匆未能去成为憾。尾联直抒胸臆。复叹亲老不能归养,只这样在西部黄土地上劳苦奔波,有什么意思!原唱自然流利,和诗亦佳,并称佳构。虽时代不同,而皆被专制统治者所羁,在这一点上,他们命运竟如此相似,可哀可叹。

扶风县早发

车马扶风道，春光冷似秋。
云峰会岐下，雨脚插梁州。
寥落莺花日，苍茫汧渭流。
前程兼陇蜀，萍迹信悠悠。

岐山，汉属扶风郡，为华山西七名山之一。《国语・周语上》："周之兴也，鹫鹭鸣于岐。"传周古公亶父自豳迁此建邑。

此诗康熙丙子年作。清晨，在寒冷的春光中，一支十六人的车马队在秦陇大道上赶路。作为一个领队人，作者此时完全为大自然的美丽风光所陶醉了。岐是周的发祥地，在这块积淀着古文化的土地上，他仰观岐山"云峰"，遥望梁州"雨脚"，看天看地，浮想联翩，此云彼雨，皆已人化，甚觉可喜，因以诗笔绘出一幅使臣车马春行图：变幻的云峰，苍茫的雨脚，寥落的莺花，奔腾的河流，一幅又一幅图画在他眼前飞过。他在想些什么呢？此行终点是成都，前程还很遥远，从"萍迹信悠悠"一句结语来看，他心下恬静、旷达，此时似已抛开一切烦恼，进入圆融之境，因而与大自然相处顿有融洽谐和之感，颇觉自由闲适。诗写得很随意，句皆清新自然，似乎全从心底流出，内容饱满，意蕴悠然，读之令人回味。初读也许觉得有点平淡，但细细思之，则顿识其艺术趣味之浓，诗中所含文化意蕴实非浅近之作可比。这从"扶风""梁州""汧渭""陇蜀"这些古地名的巧妙安插也多少反映了出来，特别是"岐下"一词，古色古香，情味尤浓。诗写到这样，是真的入了化境了。读此圆融之作，这位力倡神韵论的山水诗人，怎不叫人击节赞赏！

雨中武贞庵督学招集东湖

行人衣上雨，来自杜阳川。
湖似郎官好，名因学士传。
游鲦争唼水，垂柳欲生烟。
重过荷香里，还劳运酒船。

《秦蜀驿程后记》："二十四日……抵凤翔府凤翔县治，督学副使武君贞庵之亨来迎，设宴东湖。湖在郡城东隅，仅三亩许，得雨益清浏。水亭曰宛在。

其北，堂三楹，曰喜雨亭……后为苏公祠。"陈子文《益州于役记》："凤泉自北来，绕城南流，苏公倅郡，引泉成湖，筑喜雨亭于其上。骚雅流连，宾朋谈谯。内城外郭，南山耸秀，疏雨晚烟，落落台榭，瞻礼公像，如接馀风。"东湖在凤翔县东门外，作者有记，云："岐州水苦咸浊，独此水味绝美，多芰荷、修竹，湖为郡中游观之最。"行人，使者的通称。

作者再使秦蜀，重游东湖，与友人宴饮湖上，作此诗。前两联写雨中来游，畅抒怀苏之情。后两联写观赏湖上风光及游宴之乐，意兴飘然。"游鲦唼水""垂柳生烟"，直是一幅美妙的风景画。"争""欲"二字，写出景物的动态，十分有趣。诗中提到李白泛舟沔州郎官湖趣事，大大扩展了诗的审美空间，这既是对武贞庵的推重，也为自己作了美妙的写照。既有王维、韦应物之雅，又有庄、惠濠上观鱼之乐，怡然自得，情韵悠然。

时在春日，湖上飘着霏霏细雨，几个人同划一只小船，在荷花丛中穿越，闻着扑鼻的荷香，观鱼赏柳，这景色本也平常，却写得亲切自然，读之令人沉醉。这首先当然是由于作者有一颗悦爱自然的心，人与自然已达和谐融洽之境，由于两人都有礼赞李白和苏轼的高雅情怀，他们都是高士。这时，他们仿佛都已进入一个远离尘嚣的清静世界，很有一点身入桃花源的情味。这就是此诗的文化品位及其所达到的境界，渔洋山水诗的美学力量往往在此。

四过东湖题宛在亭

小鸭唼喋萍叶乱，三枝五枝菡萏开。
鲁连陂上花千顷，黄帽刺船归去来。

《秦蜀驿程后记》："十四日。过东湖，拜东坡祠，莲叶满塘，菡萏始花，尚未烂漫，小鸭十馀头，往来唼喋其中，宛然崔白画本矣。"鲁连，即鲁仲连，战国齐人。高蹈不仕，喜为人排难解纷。游于赵，秦围赵急，魏使辛垣衍请帝秦，仲连力言不可。事见《战国策》。

此写宛在亭春景，如一幅精巧扇面山水小画，清雅宜人。诗人暮春来游，但见荷花数枝初放，一群黄毛小鸭在岸边嬉游，唼喋浮萍，充满天然意趣，不禁神驰。以一"乱"字，轻点小鸭之乐，尽传其神。黄帽划船人是此间闲适生活的创作者，给人留下难忘的印象。"鲁连陂上花千顷"，是想象中的历史画面，轻点一笔，大增诗的文化韵味。鲁连义不帝秦，作者深仰其人，一篇精彩，全由此点出。四过东湖，有此题亭佳作，亦云乐矣。

再集东湖拜东坡先生祠

复有东湖约，来当春暮时。
凉风散高柳，微雨洒清池。
自识龟鱼乐，何殊濠濮思。
仙翁去千载，仿佛下云旗。

《秦蜀驿程后记》："二十五日……访秦穆公墓……诸君复邀游东湖。"惠栋按："坡在杭、在颍、在惠皆有西湖，故当时或献诗曰：'我公所至有西湖。'唯岐称东湖。"坡在凤翔亦有东湖诗。昌黎《鄂州谿堂》诗："谿有蒉苽，有龟有鱼。"葛庚《涌翠亭记》："鸥鹭不惊，龟鱼自乐。"或云：龟、鱼皆乐名。"龟"指龟兹乐，隋《九部曲》之一。"鱼"指鱼鼓，打击乐器。《世说新语·言语》："简文入华林园，顾谓左右曰：'会心处不必在远，翳然林水，便自有濠濮间想也。觉鸟兽禽鱼，自来亲人。'"濠濮典出于《庄子》，后指高人寄身闲居之所。东坡《作偈答南华长老》："却着衲衣归玉局，自疑身是五通仙。"五通仙，民间称作"五郎神"。

这首诗，写再集东湖之乐。拜苏祠，忆仙翁，通过湖上自然风景的描绘，以抒怀苏之情。一起即点明来游时间，时当"春暮"，为写"凉风""高柳""微雨""清池"设下伏笔。颔联明写景，暗写人。此赞苏子之高风，亦如范仲淹借写严先生祠堂而赞其人："云山苍苍，江水泱泱，先生之风，山高水长。"此赞与彼赞为同一机杼。实皆虚托，空灵蕴藉，任人遐想。"散""洒"两字，写出苏子的潇洒风致与自由精神，妙不可言。颈联："自识龟鱼乐，何殊濠濮思。"这是前联虚笔的深化，由虚转实，突显苏子其人之学识与气度，自觉龟鱼来亲，此与庄子濠濮观鱼之乐，何其相似乃尔。这是对自号"五通仙"苏轼的高度礼赞。这时，这位仙翁果然从云中飘然而下，落到东湖之上，与渔洋一同游乐，真是太美了。作者画苏子之像，只托物写神，不事雕琢，而以一首五律表之，即精神全出。这是何等高妙的画法。至此，苏子之如"凉风"、如"高柳"、如"微雨"、如"清池"、如"龟鱼乐"、如"濠濮思"的高士仙翁形象就画成了。这是人的精神与自然景物的美妙结合，从而创造出这样一个具体而又特殊的生命存在。这就是渔洋一生所崇仰的仙凡一体的苏轼其人。此诗如画，诗画合一。

岐山谒周公庙

元圣祠堂在，婆罗覆殿阴。
岐周遗俗古，碑碣岁时深。
故国千秋祀，豳风七月心。
灵泉听不尽，三叹有馀音。

《谒岐山周公庙记》："二十四日。晨，微雨。岐山西北，行数里入山。烟村映带，微雨霡霂，良苗怀新。十里至周公庙。庙门娑罗树二，松树三，皆大逾数十围。入门，有白杨一，亦千年物，意即苏公所咏也。长楸夹道，烂漫作花。入二重门，古木荫砌，皆娑罗、松柏、楸树之属。殿前松一，娑罗一，各高十馀丈，大称是。谒元圣像，左右夹室，祀召公、太公。殿后东北厓上，为姜嫄祠。厓下方塘，润德泉所出。"《国语》："周之兴也，鹫鹭鸣于岐山。"

岐山是西周发祥地，传古公亶父自豳迁此，始建邑。作者祭毕岐山，来谒周公庙，因作此诗。周公姓姬名旦，文王子，辅武王灭纣，建立周朝。武王死，成王年幼，由他摄政。后管叔、蔡叔挟殷人武庚作乱，他率师东征，平定了叛乱。七年建东周雒邑，国威大振。传周代礼乐制度皆其手订，厥功至伟。此诗热烈歌颂周公及其所创造的古代文化，作为一个汉族士人，当然感到骄傲。前两联着重写庙之外貌，点出"元圣""遗俗"二词，以颂其人。情蕴景中，语淡情浓。后两联怀古伤今，触景生情，调转悲凉。特别提到《豳风·七月》，反映农奴们的悲惨命运，见其悯民之情。一个"心"字，十分耐人寻味。这是周公之心，也是作者之心。"灵泉听不尽"，借泉声以颂周公之大德，含意隽永。"三叹有馀音"，含不尽之意于言外，情韵悠然。

周公是中华文明的创造者，这诗在一定程度上反映出作者所追求的理想政治，怀古、颂古，而非复古。周公是不朽的，所以他称之为"元圣"。从弘扬中华古文化来看，这诗永远有价值。

秦穆公墓

雨霁陈仓晓日红，杖藜来访橐泉宫。
千年断碣荒烟里，一片残春秀麦中。
黄鸟哀时良士尽，碧鸡飞去霸图空。
子车遗冢犹邻近，长与坑儒恨不穷。

《秦蜀驿程后记》:“二十五日……访秦穆公墓。墓在城中东南隅,已犁为田。《三辅黄图》云:‘穆公冢在橐泉宫祈年观下。’坡诗自注:‘橐泉在城东,墓在城西,无百步。’乃知昔未有此城,秦人以泉识公墓。今橐泉亦不知所在,惟嘉靖一碑,佥事任惟贤撰文,尚存。午微雨,诸君复邀游东湖,暮归。”《诗·小序》:“黄鸟,哀三良也。穆公以子车氏之三子为殉,皆秦之良也。国人哀之,为之赋《黄鸟》。”《史记·宋微子世家》:“箕子朝周,过故殷墟,乃作《麦秀》之诗。其诗曰:‘麦秀渐渐兮,禾黍油油。’”

秦穆公墓在凤翔城东南,久废。作者丙子年来游,作此诗。穆公在位三十九年,为春秋五霸之一。用百里奚、蹇叔等谋臣,修明政治,励精图治,又用由余等武将讨伐西戎,益国十二,辟地千里,遂霸西戎。有子四十人,妻妾之多,史所罕见。及卒,从死者一百七十人,其良臣子车氏奄息、仲行、针虎等三人殉葬。这是历史上惊人的大悲剧,《诗》有《黄鸟》哀之。

此时,满族入主中原已五十三年。从顺治到康熙,清政权始终玩弄“高压”与“怀柔”两手,文字狱接连不断,流放、凌迟、灭族,后来还发展到毁书和删改古书,真是无所不用其极。举其要者,康熙二年(1663)有庄廷鑨明史案,死难七十馀人,三年有张煌言被杀案,二十一年有刊刻“秘书罪案”及楚人朱方旦遇害案,二十六年又有所谓禁止“淫词小说案”,等等。作者咏史言怀,借古讽今,因有“长使坑儒恨不穷”之叹,矛头直指暴君秦穆公、秦始皇,大泄怨愤。由此可见,他以神韵说倡导天下,就不只是诗歌艺术的创新,其实也是对于专制暴政的批判。终其一生,他都没有停止过斗争。

此诗从秦穆公生前所居之橐泉宫起笔,一直写到他死后迫使许多人殉葬,哀怨凄怆,催人泪下。这是一首鞭尸诗,前所未见。诗人“杖藜来访”,以令人惊心的历史事实告诫人们:第一,封建统治者的权力是有继承性的,其权术和心术也有继承性。第二,康熙以来所有政策的制定和手段的运用,实质上都是封建统治权术和心术的继承与发展。第三,历史事实一再表明:历代封建统治者,对知识分子采取软硬两手并用政策,具有十分显著的持续性。秦穆公、秦始皇如此,康熙及其后继者也莫不如此,因有“恨不穷”之叹。

此诗咏史,充分显示社会批判性与艺术表现力的高度统一。可以说,他和龚自珍“诗史一致”的诗学观是很相似的。区别只在王氏寓社会批判于艺术表达之中,龚氏则于艺术表达中兼寓社会批判与社会改良,这是由于时代前进所致。当代论者认为:龚氏是中国历代诗人中具有“现代意识”的第一人。据此,可以认为:王氏是中国历代诗人中保持古代意识的最后一人。这是王氏的历史局限性,又是他的艺术独特性。我们对此应作全面的考察与辩证的审视,还王氏以中国诗歌发展史上不可动摇的承先启后的重要地位。在作者两次秦游骂暴君诗中,这是最突出的一篇。

汧阳县

晚上汧阳阁,远山横翠眉。
川长连陇首,城古枕隃麋。
太尉千秋笏,韦郎七字诗。
不胜怀古意,羌笛暮休吹。

《秦蜀驿程后记》:“二十六日,阴。过灵山,上有灵鹫寺,不登。抵汧阳县,汉隃麋县也。”《唐书·地理志》:“汧阳县属陇城,有临汧城,太和初筑。”隃麋,汉属右扶风,今汧阳县。其地产石墨。汉制,尚书、丞、郎,月赐赤管大笔一双,隃麋墨一丸。太尉,秦官名,金印紫绶,掌军事,汉因之,位尊与丞相等,此指段秀实。段是唐汧阳人。官至司农卿。朱泚反,秀实阳与泚合,伺机以象笏击之,中其额,秀实遂遇害。新旧《唐书》均有传。柳宗元有《段太尉逸事状》。韦郎,指韦庄,韦有《汧阳县阁》诗:“远山如画翠眉横。”“七字诗”指此。

作者登汧阳阁,有感于其地人文风物之盛,作此诗。先写景,由远而近,点出韦庄诗句,借景怀人。复赞其地文化之古,把这个小城写得很为精彩。三联歌赞段秀实和韦庄,他们是使汧阳显出光辉的两个优秀人物。尾联发抒感慨。此诗一方面对唐王朝文武人才并用政策进行了最热烈的歌颂,一方面又含蓄地发出今不如古的感叹。“羌笛暮休吹”一句,苍凉悲痛,读之令人惆怅。这里,“暮”是诗人的感觉,不是指时间。清统治者为了维护其统治,表面上也喊文武并用,实际上是常常排斥有德有才者。这一套把戏,许多汉族士人都看穿了。身历三朝的板桥,晚年十分沉痛地说:“装戏猢狲真亦假,总被他家引诱。”饱经屈仕清廷之苦的渔洋,是最早的觉醒者之一。像他这样为汧阳这个有丰厚历史文化的古县大唱赞歌者,似不多见。此篇咏史怀人,在地方文化史上放出了异彩。

卖酒楼

昨向宜春下苑游,曲江烟景似悲秋。
珠帘甲帐皆黄土,何必陈仓卖酒楼。

《秦蜀驿程后记》:“初三日……过陈仓古城……抵宝鸡县。”马理《陕西通志》:“楼在陈仓故城内,自唐至宋,中更兵燹,独存此楼。”东坡诗:“晓入陈仓县,犹馀卖酒楼。”陈仓即今之宝鸡。《汉武故事》:“上以琉璃、珠玉、明月、夜光,杂错天下珍宝为甲帐,甲以居神,乙以自居。”《分甘馀话》:“陈仓有古卖酒楼,东坡尝赋诗,余丙子再以祭告入蜀过之,题一绝云。”

此诗记行踪,抒感慨,以侧笔写陈仓之酒楼,与苏轼进行了一次超时空的唱和。唐时曲江池畔的宜春苑,久已湮没。陈仓卖酒楼,至宋犹存。一废一存,形成强烈反差。一个是贵族游乐之园,一个是平民聚饮之所。在一味追求享乐的富豪们看来,“珠帘甲帐”何其辉煌,卑小酒楼算得什么。可是无情的历史演变却告诉人们:“珠帘甲帐”早已埋入黄土,而平民聚饮的酒楼却至今犹存,这说明统治者的享乐文化是易朽的,而平民百姓的俗文化却有长久的生命力。这是作者西征途中又一感悟。

苏王两人同咏一酒楼,但着眼点却不尽相同,苏只叹其“中更兵燹,至今犹存”的演变现象,王则以唐之宜春苑久废作对比,发出“珠帘甲帐皆黄土”的嘲笑,这须从两人对君权的不同态度找寻答案。苏轼生活在君权至上时代,他在政争风云中虽历尽磨难,对君主却未曾有丝毫怨言,直到从南海遇赦得还,犹有“天容海色本澄清”和“九死蛮荒吾不恨”之句,这说明他对君主是忠诚的。渔洋生活在反君权浪潮初起的时代,他已没有苏轼那样的愚忠观念了。从苏王这一唱和看,我们也可以窥测到历史在前进的消息。

陇州县头镇古吴山县也有元县令丁带十诗爱其似姚合武功杂咏恐其湮没表出之

潇洒吴山县,犹传仙令辞。
那知烟草里,复见武功诗。
过客询残堞,田家补废篱。
当年杜元凯,岘首亦沉碑。

《秦蜀驿程后记》:“二十七日……涉汧水……元令丁带有吴山十诗,殊似姚武功,而人罕知之。”又,《渔洋诗话》:“余丙子奉命祭告过之,录其半以传云:‘潇洒吴山县,冈峦绕四维。官卑新令尹,邑古旧隃麋。趣有陶彭泽,才非陆浚仪。折腰身体重,叹适两相宜。潇洒吴山县,居民近百家。孤城连阜起,小市枕溪斜。土润宜栽竹,泉甘好试茶。公馀无一事,何处息纷华。’”录此二首，以供读者参考，馀从略。杜预(222—285)字元凯，晋京兆杜陵人。博学多谋略，官河南尹、度支尚书，力赞伐吴。继羊祜都督荆州诸军事、镇南大将军，镇襄阳。征发民工，兴修水利，灌田万余顷，被称为杜父。太康元年(280)率兵灭吴，以功封当阳县侯，人称杜武库。著有《春秋左氏传集解》，至今流传。《北堂书钞》引《荆州图记》载：晋羊祜曾都荆州诸军事，驻襄阳，其后部属于岘山祜生前游息处，树碑纪念，见者莫不流涕，杜预因称此碑为“堕泪碑”。岘首山即岘山，“沉碑”指堕泪碑。姚合(775—845?)，唐陕州硖石人，宰相崇曾孙。元和进士，授武功尉，后为陕虢观察使，开成末终秘书监。有诗名，人称姚武功。有《姚少监诗集》。《新唐书》附姚崇传。

作者过吴山县头镇，见元县令丁带五言律十首，奇其才，惜碑刻已湮，因作此诗志之。诗用长题记事，又抄录丁诗五首，一并保存，这是他发掘古代优秀文化遗产的一大贡献。此诗主要说明三点：一是丁诗碑刻已成残堞，湮没在烟草中，有的为田家拿去补篱，行将消失。二是指出了丁带与姚合诗风的承传关系，这在诗史上很有价值。三是以羊氏沉碑与丁碑并提，这是对丁诗的高度赞誉。丁有句云：“城隅修槛稳，衙退晚来凭。”可想见其人之风雅。“岩居共几层”“分泉过石堂”“地偏长畏虎，水急不生鱼”，可想见其地之荒古。凡此，皆前人所未道。此可见渔洋一生泛舟学海，在保存诗学文化上做了大量工作。

元代是汉人受蒙古人严重压迫的时代，百年间儒者被降到最低一等，有“九儒十丐”之称，地位在妓女之下，丁带就是这样一个不幸者。他会写诗，但元代新兴文学是散曲和杂剧，传统古文诗词并不吃香。所以他的诗难以流行，只得刻之于碑石。若不是渔洋抄存五首，现在就什么都没有了。这是丁带的悲剧，也是中国文化的悲剧。

登吴岳

名岳标西极，金天作镇雄。
东看连太白，北望尽回中。
日出横秦畤，烟消指汉宫。
导岍思禹绩，此地凿鸿蒙。

《秦蜀驿程后记》：“二十七日，微雨。汧阳西南，涉汧水，竟日山行，食县头镇。陇州，古吴山县地，即隃糜也。元令丁带有吴山十诗，殊似姚武功，而人罕知之……是日阴雨，既抵吴山神庙，云气解驳，五峰毕出。"文中不载知府、知州二官姓名，只云"某"，傲骨可见。《郡国志》："右扶风汧水有回城，名回中。"秦建有回中宫，汉文帝时，匈奴入萧关，烧回中宫。《水经注》："昔秦文公于鄜衍作鄜畤，郊祠白帝；秦宣公作密畤于陈仓北坂，祠青帝；灵公又于吴阳作上畤，祀炎帝；献公作畦畤，祠赤帝。"《史记・封禅书》："秦襄公既侯，居西陲，自以为主少皞之神，作西畤，祠白帝。"《索引》曰："畤，止也，言神灵之所依止也。"《尚书・禹贡》："导岍及岐，至于荆山，逾于河。"

吴岳即吴山，古称西镇吴岳为雍州之镇山。作者奉使来祭，作此诗。前两联极状吴岳之雄，高瞻远瞩，写出山的气势。后两联即景生情，发抒所感。"秦畤"依稀可辨，而汉宫已完全消灭。留存在历史上的，现在只剩下大禹开岍山的业绩。作者不颂山神，而歌大禹，这与清廷显然在唱反调。"陪祭""献礼"云云，只是官样文章。"思禹迹""凿鸿蒙"，是这首诗的真义所在。名标西极，作镇金天，是将一座名山全写活了。这是他对中华文化又一热烈颂赞。吊秦汉，发思古之幽情，而以"烟消"一词了之；怀禹迹，以"凿鸿蒙"一语赞之，举"太白""回中""秦畤""汉宫"等名，以颂秦汉文化之盛，皆注满深情。作为一个祭神使臣，不颂山神而歌大禹，这说明了什么？君权神圣思想，在他心中早已毫无踪影。

吴山瀑布泉二首

汧山新望秩，晓色五峰晴。
初日林端豁，飞泉树杪行。
寻源经绝壑，临水濯尘缨。
寂坐丹崖里，身疑在碧城。

望辇峰前路，阴崖樵木稀。
千寻双瀑下，十笏万山围。
水石含秋色，云霞变夕霏。
灵湫有神物，金碧射人衣。

《秦蜀驿程后记》："二十八日……《地理志》曰：吴山，古汧山也。山下石穴广四尺，高七尺，水溢石空，悬波侧注，湍洊激荡，北流注汧。即是水也。稍上里许，有坊曰乾坤奥区。过此，石壁对起，径渐狭……十馀折，石磴亦渐高。

如此又数折，至灵应峰下，石壁千寻，下垂如厂，作赭白色，石窦如蜜脾。泉源竟泻，散流石上，若喷珠玉……绝壁镌古篆‘晴岩飞雨’四大字。泉上有漱玉亭废址，所谓西镇灵湫也。”《陇蜀馀闻》：“吴山为西镇，在陇州南七十里。《水经注》以为即古之岍山。按《陇志》，岍山在州西南四十里。旧汧源县，汧水所出。《禹贡》‘导汧及岐’是也。则吴与岍自是两山，郦注未详也。”

吴山是一座神山。这两首诗，写飞泉双瀑，宁静优美，宛如仙境。第一首写晨景之清幽。“初日林端豁，飞泉树杪行。”景奇语新，勾出一幅幽谷飞泉山居图。“飞泉”“绝壑”“碧城”，这些意象皆给人以新奇之感。第二首写夕景，亦神奇优美，这是一幅山村夕照图。“水石含秋色”是诗人的感觉，此时是春天，这不是写秋景。“云霞变夕霏”，似从“园柳变鸣琴”句化来，句新意雅。“辇峰”“阴崖”“灵湫”“金碧”，这些意象更给人以神秘感，两诗充满生机。这一天，作者入山寻源，尽一日之欢，融情泉瀑，俗虑全消，什么“奉使”“陪祭”，都一齐抛到脑后去了。“寂坐丹崖”“身疑碧城”，他在精神上得到一次大解脱。所写流泉之飞动，绝壑之凄清，水石之清幽，云霞之变幻，都充分表露出他与自然和谐一致的生命意识，十分令人喜爱。

诗尚境界，凡属优美的境界都是人与自然的诗化。此有儒之清雅，佛之禅寂，道之超然，他已完全脱俗，惟以建筑一座优美的艺术殿堂而给人留下灿烂的光辉而已。这诗是有魅力的。

登陇二首

陇头有流水，呜咽至今寒。
只自流离下，那知道路难。
秦川已回望，齐瑟向谁弹。
东道三千里，无因托羽翰。

登陇人回首，临关马顾群。
远游今到此，出塞古常闻。
不见梅花使，惟看陇水分。
故园渺东海，愁绝万重云。

盛弘之《荆州记》：宋陆凯与范晔相善，自江南寄梅花一枝，诣长安与晔，并赠花诗曰：折花逢驿使，寄与陇头人。江南无所有，聊赠一枝春。后世遂以梅花使喻驿使。

这两首诗写登陇所见，抒怀乡之情，情真趣美，亦雅亦俗，有汉魏风骨。第一首写望陇兴叹，以陇头流水起兴，古味盎然。“只自流离下，那知道路难。”托水喻人，灵妙入神。此写自己，也写尽古今一切登陇者的哀伤。下两联娓娓诉述，一字一泪，尽吐哀音。第二首写登陇回望，愁绪平添，妙在巧用一典，而不明言奉使西征之事，只说“不见梅花使，惟看陇水分”，引人遐想，妙趣无穷。末以“愁绝万重云”句收结，发出一声长叹，哀怨之情，溢于言表，令人不忍卒读。此时作者年老力衰，还在劳劳奔走，干着此等祭神差事，心殊不乐。历代征人、游子、闺妇、戍卒，无不借陇头流水以歌此曲，尚未见有皇帝特派使臣吟咏此曲者，这是渔洋的独创。一个奉使祭山的使臣只是不住赞叹灵泉飞瀑，多么有趣。

祀鸡台

东周久已换西秦，陈宝何须辨伪真。
犹有汉家使持节，益州远祀碧鸡神。

《秦蜀驿程后记》：“初三日……过西虢古城……祀鸡台，即秦之陈宝祠也。”《汉书·郊祀志》：“宣帝时，或言益州有金马、碧鸡之神，可醮祭而致，于是遣谏大夫王褒使持节而求之。”《注》：金形似马，碧形似鸡。程大昌《演繁露》：“蜀二山，东碧鸡，西金马，汉武使王褒祠二神于其地。”

祀鸡台本为秦之陈宝祠。因年代久远，已成历史遗迹。作者借题发挥，以超脱眼光审视这一历史文化现象。“犹有汉家使持节”，语甚幽默，这是说，王褒使益州祀鸡神是堂堂正正的，可是自己为清室拜祭山神，这算什么？他不禁苦笑，因而针对当时满族统治者所施民族压迫政策，借史言怀，作此诗遣兴。连“陈宝”都有真假，还说什么？不满之意，见于言外。祀鸡是益州民俗，作者托以咏讽，别饶风趣。

鸡者吉也，自古以来，人们都把鸡当作吉祥的象征。龙山文化遗址中就有陶鸡和鸡彝，前为妆饰物，后为祭祀用品。甲骨文中早有鸡字，《周礼·春官·鸡人》：“鸡人掌共鸡牲，辨其物。大祭祀，夜呼，旦以叫百官。”后誉鸡为德禽，《韩诗外传》卷二：“君不见夫鸡乎？头戴冠者，文也；足博距者，武也；敌在前敢斗者，勇也；得食相告者，仁也；守夜不失时者，信也。”古人说了这么多关于鸡的好话，作者都很了解，此可见他对民俗文化的重视。王褒使蜀祀鸡神事,以前少有咏者,这可以说是诗人的自嘲。汉朝有祀鸡的王褒,现在不是也有变相祀鸡者吗?看来,他对自己这奉使祀神是始终不以为然的。不直抒胸臆,而曲曲弯弯地表达心愁。讲的是鸡,慨叹的却是朝代的更换和历史的演变。一切都在变,诗思绝妙。

宝鸡道中

时序飒已变,征蓬何处休。
远天吴岳影,斜日渭川流。
云栈馀高鸟,磻溪有钓钩。
龙钟三十九,白尽老夫头。

《蜀道驿程记》:"三十日。出凤翔南郊,遥望陈仓山,直插天汉,与太白、终南相连,亘秦蜀大阻也。"《续汉书·郡国志》:"扶风有吴岳山。"郭璞曰:"(吴岳)别名吴山,《周礼》所谓岳山者。"磻溪在陕西宝鸡市东南,源出南山,北流入渭。传为周太公吕望未遇文王时垂钓之处。《水经注·渭水》:"渭水之右,磻溪水注之……溪中有泉,谓之兹泉……即《吕氏春秋》所谓太公钓兹泉也。今人谓之丸谷。石壁深高,幽篁邃密,林障秀阻……即太公垂钓之所也。其投竿跽饵,两膝遗迹犹存,是有磻溪之称也。"苏轼诗:"龙钟三十九,劳生已过半。"

此诗借景言怀,出神入化,其欲归隐之心,于此又见之。"龙钟三十九",用东坡句。是年,渔洋三十九岁,发已斑白。尾联十字,道尽作者无限辛酸与无穷心曲,不可等闲视之。自唐以来,在科举取士制度束缚下,一切穷经皓首、有才华有抱负的知识分子,常常未老先衰,有的甚至英年早逝,这已成为封建统治桎梏下带有普遍性的社会现象,这两句诗正是对这种令人痛心的社会现象的揭露。引苏轼之句入诗,这既为苏轼叫屈,也为王维、韩愈、欧阳修等贤才隐然作了一次不平鸣。王维何以"晚家南山陲"?韩愈为何年未四十而叹老?欧阳修正值壮年何以自号"醉翁",借山水之乐以自遣?这都值得令人深思。特别在清代,王氏饱经文字之祸,亲身目睹了刀光剑影下种种带有血色的生命威胁,借赞磻溪而把委屈、哀怨、愤懑都一股脑儿宣泄出来,此可见王诗之有深广的社会文化内涵,诗味之浓,全在善于写景抒情。既有深刻的现实感受,又有丰富的历史文化内涵。它是含蓄的,不是直露的,是含着血泪的,不是逃避现实的。以一首工整的五律,将时序之变,征蓬之飞,以及远天岳影、斜日川流、云栈高鸟、磻溪钓钩等诸多景物，融成一幅凄怆图画。诗中无一怨字，而句句含愁，至妙至美也。

宝鸡县

险绝古陈仓，停车落日黄。
霸图今寂寞，陈宝亦销亡。
城郭秋云里，人家清渭旁。
回看三辅远，秦树但苍苍。

《蜀道驿程记》："三十日。出凤翔南郭，遥望陈仓山，直插天汉，与太白、终南相连，亘秦蜀大阻也……晡抵宝鸡县。秦武公都雍陈仓城，即此。县西南弥望，连峰迭巘，杳然无际。咏坡诗：'北客初来新试险，蜀人从此送残山。'感叹久之。夜大风，寒甚。"陈仓，秦故地，唐改宝鸡。《辛氏三秦记》："陈仓以山得名，山有石鸡，与山鸡不别。赵高烧山，山鸡飞去，而石鸡不去，晨鸣山头，闻三十里，盖玉鸡也。唐至德二载，更名宝鸡。"

古都陈仓，是秦发祥地。韩信劝汉王东出陈仓，还定三秦；诸葛亮围陈仓，以图北伐；曹操自陈仓出散关以定蜀，皆与此地有关。作者过此，察山川形势，思历代史事，因有"险绝"之叹。一起即迷人。"停车落日黄"句，巧以"黄"字入韵，寓有无穷感慨，引人遐想，且有色彩美。"霸图今寂寞"句，是对历代争霸者的嘲笑。作者问：他们现在都到哪里去了？复以神话故事"陈宝亦销亡"一语讥之，更见精彩。诗人以历史家的眼光进行审视，可谓别饶风味。接着描绘今日所见之景："城郭秋云里，人家清渭旁。"这又绘出一副陈仓清雅的秋景图：云影在天，清渭缓流，此城此乡，何其迷人。这是恬淡之境，也是艺术之境。此时作者是完全陶醉了。尾联："回看三辅远，秦树但苍苍。"拖出遥望之景以叹史事，更显风神。全诗苍凉古朴，把一个历史古城的文化意蕴写得跃然纸上，这是作者史识与诗才相结合的美妙创造。全诗首尾呼应，绘出一幅历史与现实交织的美妙图画。"停车""回看"，突显作者其人在观看、感叹、欣赏，读者不知不觉也进入了画境。

6. 褒斜道卷

【卷头语】褒斜道是秦蜀间一条绝险栈道，作者在千山万谷间跋涉十天，作诗数十首，有大章，有短制，皆状景逼真，给人以耳目一新之感。在这里，他热烈地歌赞了张良、诸葛亮及唐宋十大高僧，亦儒亦道亦禅，形成和谐的交响。《寄家人》情思缱绻，《观音碥》《七盘岭》险绝雄奇，为栈道奇诗，前所未见。

宝鸡县南入栈感成

碧油幢引向西川，取次重过二十年。
壁垒又经新战伐，关河不改旧风烟。
陈仓五夜荒鸡早，锦水三春旅梦悬。
长白山前一茅屋，何时送老白云边？

《秦蜀驿程后记》："初四日……渡渭，入栈……宿黄牛堡。"李吉甫《元和郡县志》："褒斜道，一名石牛道。张良令烧绝栈道，即此。"《水经注》："千梁无柱也。"诸葛亮与兄瑾书曰："前赵子龙退军，烧坏赤崖以北阁道缘谷一百馀里。"《南齐书·舆服志》"辇车"注："二宫御车，皆绿油幢……其公主则碧油幢云。""壁垒"作者自注云："奋威将军破贼于此。"贼指吴三桂。

作者再使秦蜀，入栈作此诗。"碧油幢"指车，此句言及玄宗幸蜀史事，涉笔成趣。作者重过褒斜道，忽忽二十馀年，世变沧桑，不禁感慨系之。"壁垒"句，指奋威将军于此击退吴三桂，因有"新战伐"之叹。后两联自抒愁怀。"夜荒鸡早""春旅梦悬"，诗人壮志难酬，一生困顿，清风两袖，何时才能返回故乡长白山茅屋终老，还是一个大问号。在康熙管束下，他没有丝毫自由可言。前次入栈，时值盛年，此次重临，垂垂老矣。景则关河依旧，壁垒全非；情则陈仓五夜，锦水梦悬。欲进无门，欲退无路，这就是老诗人的生存困境。不深切知此者，便无法了解其人其诗。恩格斯曾强调文艺批评必须具有历史观点和美学观点的统一，道理即在此。渔洋七律学杜，浑厚华滋，此篇清新可喜。

煎茶坪

大壑沉云雾，冥冥万仞梯。
孤峰分陇汉，两水划东西。
遥直金牛峡，旁临白马氐。
当年谁设险，不用一丸泥。

《蜀道驿程记》："闰七月朔。宝鸡城南渡渭水……又二三里，过清涧河，水特澄碧。栈中煎茶坪以东诸涧之水，汇为此河。"《蜀道驿程后记》："坪北五峰罗列，宛如佛手，断峰处有大壑，泉出其上，流为瀑布。"《后汉书·隗嚣传》："王元说隗嚣曰：'天水完富，士马最多，臣请以一丸泥为大王东封函谷关。'"

作者过煎茶坪，作此诗。煎茶坪在秦岭上坪处，传汉高祖引兵由故道出，驻马煎茶于此。坪分陇汉，水东西流，虽高止十里，而石道崭凿，骡马格格行，不得出，人为之惧。历来游人皆称此为绝塞之地。作者先从"大壑吞云、路陡如梯"落笔，气势沉雄；次写"一峰分陆，两水分流"，更见雄奇。然后再写远景：金牛峡和白马氐，勾出一幅壮丽山川图画，大气磅礴。作者对舆地学、历史学均有深厚修养，故他此时心中所涌动的河山奔跃之状与历代守关者英武之姿，都写得跃然纸上，异常生动。作者有军事家的眼光，胸次浩然。金牛峡在四川广元县，白马氐古为武都郡，范围很大，皆状之如在目前，清新俊逸。末点此为兵家必争之地，而以"不用一丸泥"典故收束全诗，突出其险，尤见精彩。渔洋咏山水律句，对仗多奇，其奇即在取山水自然之势，作观赏呼应之语，使人有宛然在目、恍如亲临之密昵感与鲜活感，此为历代诗话中涉及对仗之诗法者所未有也。

益门镇

天险当秦凤，提封界雍梁。
栈云高不落，陇树晓还苍。
古堠催征骑，秋风吊战场。
山南明日路，渐入武都羌。

《蜀道驿程记》："闰七月朔。宝鸡城南渡渭水。何仲默云：'渭水在渭源县，甚清浅，多石子，磊磊然，至宝鄜，乃沛然成洪川也。'又二三里，过清涧河，水特澄碧，栈中煎茶坪以东诸涧之水，汇为此河……过益门镇，镇元平章李思齐筑。石壁峭绝，往往瀑水成川，声若奔霆，一径如发，明灭乱峰中。入栈之始，车怠马烦，五十里，次观音堂。”陈子文《益州于役记》：“益门镇，茅屋五六家。过此，上连云栈，峰峦四绕，渐行渐狭，奇秀峭迭。屏嶂满前溪，溪流呜咽，不绝于耳，即瀑布泉。泉发源于秦岭，状如飞练，北流入渭。关在高岭上。”《汉书·刑法志》：“一同百里，提封万井。”提封，谓四封之内。《汉书·地理志》：“武都，地杂氐羌。”《后汉书·西羌传》：“诸羌子孙分别各自为种，或为参狼种，武都羌是也。”

益门镇在秦岭北麓，为入益州之门。四境有秦凤雍梁诸州，一关雄踞，形势险要，故兵家素以“天险”称之。此写登高四望所感，胸次浩然。前两联写地居要冲，雄奇壮丽。“栈云”“陇树”一语，极显风神，此句地理文化色彩浓郁，嚼之有味。后两联自述行旅感受，韵浓情雅。“古堠催征骑”，苍凉古朴。堠，《说文》：“封土为台以记里也。”古时十里双堠，五里只堠。“堠催征骑”，造语新奇，形象生动。“秋风吊战场”句，多有哀感。这里曾是古战场，写得很动情。尾联预想明天行程之艰，感慨深重。作者栈道诗多有历史文化意蕴，此篇写出栈道特殊景象，尤奇。这是一帧入栈行旅图，古今相续，引人入胜。“栈云高不落，陇树晓还苍”，此言地理特色。云气与他处迥别，天空地面，空气清新，纤尘不染。“山南明日路，渐入武都羌。”此写前程之艰，倾吐愁怀，含蓄有致。

宿观音庵

尽日崎岖蹋白云，常明灯下息劳筋。
乱山斜月朦胧里，一夜风雷瀑布闻。

《蜀道驿程记》：“闰七月朔……次观音堂，假宿僧舍，舍后修竹数十，清泉一泓，出石壁下，颇足流玩。”观音庵，又名观音堂，在陕西宝鸡县南五十里秦岭山中。

此写诗人使蜀途中一昼夜间的见闻和感受，非叹行役之艰，然亦无意讴歌圣德，唯自抒性情而已。写过程而不冗赘，借景言怀，将愁绪淡化，心境洒然，臻入妙境。“乱山斜月”“一夜风雷”，于平淡中见新奇，有禅味。写风雨声、雷声、飞流声，如繁弦杂奏，有音乐美。只用一句写之，可谓简练之至。“劳筋”语出《孟子》“劳其筋骨”。二十四年后，作者再使秦蜀，又记云：“食观音堂，访壬子岁旧宿处，已无一僧……徘徊久之，乃去。”此庵未毁于三藩之乱战火，亦云幸矣。结尾二句，不多着一字，而尽得风流，生动地显出清幽寒峻之神韵。读此诗，不可忽视这一点。因为这是渔洋一生标榜“神韵”的大笔法、大看点、大归宿。

栈道雨

漠漠天将黑，沈沈日又西。
林间画眉鸟，更作尽情啼。

此诗题为栈道雨，是写雨前之景，其中含有静动两个画面。前两句以工整联语展现出一幅万山寥寂、天地为愁的画面。后两句写作者听到画眉鸟的尽情啼唱，顿时破愁为喜，又翻出一个充满生机、无比欢乐的境界。诗句有流动感，读之令人愉悦。请看自由欢乐的歌声给他带来多么大的鼓舞，他的抑郁之情顿时消失，大自然是多么美妙、神奇！

作者仕清三十年，龙颜的威严，佞臣的阿谀，刻板的生活，虚伪的面孔，死寂的空气，都看够了。现在沿着一条如线栈道南下，在崇山峻岭间跋涉，风雨将临，一片恐怖，这画眉鸟的尽情啼唱给他带来不少安慰，他开始享受到一点人间的自由快乐了。他情不自禁地写下这首鸟的赞歌，读此诗能不想及他一生所处困境吗？即小见大，意在言外。诗情画意满纸，美在无言。

和尚原

纳纳乾坤大，吾胡淹此留？
箐林连虎穴，毒雾起龙湫。
瀑急雷霆斗，天荒鬼魅愁。
思因飞鸟背，浩荡返齐州。

《蜀道驿程记》：“初二日。阴晦。过和尚原、煎茶坪……暮抵五星台宿。”原在宝鸡西南，大散关之东，古为入蜀要道。高宗绍兴元年(1131)，吴玠、吴璘于此击退金兵，金兀术仅以身免，巴蜀因得保全。喻益期《与韩康伯书》：“尝对飞鸟恋土，增思寄意，谓此鸟终日归飞，飞不十千，路由万里，何由归哉！”

作者登和尚原有感，作此诗。此处形势险要，为入蜀军事要冲。“纳纳乾坤大，吾胡淹此留?”两句反问，突兀而起，揭出自己内心的苦闷，一起即令人震惊。中两联不作正面回答，而着力写此荒险之境：“箐林虎穴”“毒雾龙湫”“瀑急雷霆”“天荒鬼魅”，何其阴森恐怖。这是山景的生动描绘，是古战场阴森兵气的历史折光。蜀道之险如此，怎不使他愁闷？杜甫《野望》诗云：“纳纳乾坤大，行行郡国遥。”此诗正用其意。想到自己生存的艰难，还是早日退隐为好，因此终在尾联写道：“思因飞鸟背，浩荡返齐州。”妙思神奇，用典不滞。借写儿童天真之趣，以泄胸中闷气，幽默有趣。末句使人联想起李贺的名句：“遥望齐州九点烟，一泓海水杯中泻。”然而诗人并无翅膀，实难因飞鸟之背而自由地栖息在九州的任何一地，乃不得不以“反语”(祈求语)出之，可谓无奈之至，沉痛至极。

大散关

石壁横千仞，盘盘上翠微。
行人萦阁转，鹦鹉下山飞。
战垒空埋镞，岩关几合围？
云车与风马，仿佛夜深归。

《蜀道驿程记》：“初三日。晴霁。小憩石关，即大散关也。关下有大散水，又曰故道水。《史记》汉高祖从故道袭雍，败章邯于陈仓，今尚有故道废县……是日，从人买得鹦鹉四。”

作者过大散关，作此诗。关在宝鸡西南大散岭上，形势险要，诸葛亮曾驻兵于此。前两联描绘关之雄姿，勾出动静两幅画面。栈阁为栈道上所建之阁，有如长廊。栈道依山而筑，曲曲弯弯，因有“行人萦阁转”之句。鹦鹉由栈阁向山下飞去，可见栈道之高。后两联追念诸葛亮的战功，绘影绘声，如在目前。“云车”“风马”，是风与云的形象描绘，此状诸葛所制木牛流马，活灵活现。“仿佛夜深归”，复现诸葛亮的生动形象，栩栩如生。此诗雄奇豪迈，如一曲嘹亮战歌，铮铮震响。

在宋金两兵相争中，大散关为南宋抗金最前线。陆游有“铁马秋风大散关”之句。历代诗人过此关者不少，往往有句无篇，如渔洋此诗以记其地之史地风光者，实不多见，这是渔洋的独创。他在这里所表达的对于诸葛亮的追念之情，十分感人，这是历史涛声的复现。

栈道怀归

栈云千叠打包来，两鬓萧条万虑灰。
陵跖几能开口笑，鸿蒙真拟掉头回。
驽牛驽马从时好，功狗功人未易才。
梦里故园渔钓稳，金鹅飞处白苹开。

《秦蜀驿程后记》："十一日……登煎茶坪……抵益门镇。"《庄子·骈拇》："伯夷死名于首阳之下，盗跖死利于东陵之上。""陵跖"句本此。又，《庄子·在宥》："鸿蒙附髀雀跃掉头曰：'吾弗知！'"宋陈与义《简斋集·题继祖蟠室》："万卷吾今一字无，打包随处野僧如。"打包，指行脚僧。《史记·萧相国世家》：刘邦得天下以后，大赏群臣，以萧何为首功。众将以萧何无战功，不服。刘邦说，追捕兽兔的是狗，指挥狗的是人，萧何发现兽兔的踪迹，指挥猎狗行动，他是功人，应居首功。

作者再使秦蜀，回程时过斜谷，望云有感，作此诗。栈云千叠，是奇观。此时他如行脚僧，在作长途跋涉，忽然想到《庄子·在宥》篇里的那个云师，他觉得好笑，因而发出"两鬓萧条万虑灰"的感叹。颔联隐括《庄子》里的两个人物，自我解嘲。陵跖为利而战，死在东陵山上，是一个大强盗。鸿蒙是旷达之士。这两句诗是在自叹：如此劳碌奔波，所为者何？不但那个顺乎自然、乐天知命的寓言人物鸿蒙要掉头而去，就连为利而死的陵跖也要笑他。所以他说："驽牛驽马从时好，功狗功人未易才。"一腔怨愤，喷薄而出。此联如老吏断狱，判词如刀，二语骂尽千古帝王。他一生在仕隐之间徘徊，这回是真的觉醒了。这是大哲人庄子给他精神上的安慰，这是一首自求解脱之歌。"梦里故园渔钓稳，金鹅飞处白苹开。"这是他唯一的希望。什么时候才能实现他的这个梦想呢？此时他心绪茫然。

自长桥至草凉楼

西下嘉陵水，淼淼绿满滩。
缘崖红叱拨，萦栈曲栏干。
九折行人少，千峰落日寒。
不知投宿处，樵响隔云端。

《明一统志》:“草凉楼在凤县东北六十里。”此诗过凤县时作。《水经注》:“汉水又南,入嘉陵道而为嘉陵水。”李石《续博物志》:“天宝中,大宛进汗血马六匹,一曰红叱拨,二曰紫叱拨,三曰青叱拨,四曰黄叱拨,五曰丁香叱拨,六曰桃红叱拨。”辛氏《三秦记》:“陇西关其坂九回,不知高几里,欲上者七日乃越。”四川邛崃山,亦有九折坂。

作者自长桥至草凉楼,为一路奇景所动,写了这首诗,记其一天行程所见。首写嘉陵江之流势,大笔横涂,绘出一幅山水远景图画。次写“红叱拨”缘崖攀登之状及“曲栏干”之奇。栏干一面依崖,一面临水,为悬空栈道,如桥然。此为特写镜头,笔墨工细。三联写行人,九折坂在陇西关,曲折而高,回望千峰耸立,日落山寒,令人畏惧。作者此时在险境中行走,心情如何,尾联作了令人意想不到的回答:“不知投宿处,樵响隔云端。”飘逸,随意,无所畏惧,他已把一切烦恼置之度外。这是王维式的隐逸心态。万物静观皆自得,是一种修养,一种风格。他观察自然,回忆往事,已跳出圈外,飘然意远。

红叱拨写玄宗幸蜀,骑名马而行,草凉楼为其驻跸之地。九折坂用汉王阳和王尊故事,王阳为益州刺史,路过邛崃九折坂,畏险托病辞归。后王尊过此,挥鞭而过。渔洋借以自喻,妙趣横生。作者再使秦蜀,重经此险,又记云:“过北星长桥,登五星台,高际天外,下蟠地底,箐林杳黑,不寒而栗。”结尾二语,乃由王维诗句变化而来,妙在由王维之主体(自我)变为此诗之客体(他我),由王维之直接对话变为此诗之间接听闻,亦即由口变耳。这种身份与感觉器官的改变,涉及人物地位和人物通感的变化,以及不同主体对不同客体所持态度的变化。这是写诗“善学善变”的突出一例。

凤　县

险绝岐南路,岧峣蜀北门。
千峰围邸阁,一线望中原。
城下嘉陵水,林间谢豹村。
衰迟惭凤德,愁向接舆论。

《蜀道驿程记》:“初三日……午次凤县。相传周文王时凤凰集此。唐为凤州,宋南渡后,川陕要害也。城北一里豆积山,上有崖阁,下临嘉陵水。”《南岐志》:“凤州居岐之南,与关中相表里。”春秋时,氐羌居此。《蜀志·后主传》:“建兴十一年冬,亮使诸军运米,集于斜谷口,治斜谷邸阁。”胡三省《通鉴辨误》:“诸葛亮所治邸阁以蓄米。”《禽经》:“子规啼苦,则倒悬于树,自呼曰‘谢豹’。”传说蜀王死后,魂化杜鹃。顾况诗:“绿树村边谢豹啼。”《读史方舆纪要》:“自凤县至褒城皆大山,缘坡岭行,有缺处,以木续之,成道如桥然,所谓栈道也。其间乔木夹道,行客遇夜,或宿于岩穴间。出褒城,地始平。”

作者过凤县,作此诗。此写岐南栈道之险,咏史述怀,词意深婉。首联写岐南为蜀国北门,领起全篇。颔联力赞诸葛亮之治军与襟抱。“邸阁”为亮所经营的储粮站,有阁百馀间。“一线”指沿河谷而行的褒斜道,亮由此进军北伐。“一线望中原”,言只有这一条狭窄通路。颈联:“城下嘉陵水,林间谢豹村。”托出一县与一村,绘出一幅山城风景画。城临嘉陵江,地势高险。所谓村,也只是在谷口一块巴掌大的平地上两三户人家而已。“谢豹”,鸟名,亦杜鹃的自呼声。作者叹栈道难行,因念及隐士接舆所唱之歌:“凤兮凤兮,何衡德之衰也。”接舆歌此刺孔子,作者来此诸葛屯兵之地,即事言怀,只得把一腔愁绪向接舆倾诉,何其悲愤。这里写了三个历史人物:诸葛亮、孔子和接舆。对比之下,愧叹自己,既不可能建立诸葛亮那样的大功,又不能建立孔子那样的大德,甚至连接舆那样的隐士也当不成。失意哀伤至极,痛哉!

凤　岭

南岐地何高,凤岭踞其右。路绝无钩梯,直上若悬溜。
日月互蔽亏,光明错昏昼。云雾四荡潏,雷车中杂糅。
飞龙何衙衙,夭矫出岩窦。俯瞰两当水,奔流下腾凑。
转石类搏擞,画沙成篆籀。初疑饥蛟蟠,更作外蛇斗。
昔闻周文王,盛德及灵囿。凤鸟此来集,世远事悠谬。
末季重边防,戎马几驰骤。秋风吹散关,一夕惊老瘦。

《蜀道驿程记》:“初四日。登凤岭,或曰鹫鹭山。晁以道所云:‘得凤之三而凤集之’者也。岭直上二十里,人马踏石棱,上行始易小舆。才十里许,风气寒甚,添絮衣。山巅有僧阁,四眺无所见,类子厚所赋囚山也。下山十五里,过新江铺,两壁对峙,石势如奇鬼攫人。一水自东山来,极清,驶巨石扼之,更作澎湃,石梁屡折,颇似人家林园。”

此诗咏凤岭之险。前十六句写奇景,后八句写登临所感。先叙后议,脉络井然。开头点出“高”“绝”二字,已见雄奇。“无钩梯”“若悬溜”,路险如此,此一奇也。“日月蔽”“光明昏”,山峻如此,此二奇也。写瀑布,则以“飞龙”拟之，尤见生气。“衙衙”状其态，“夭矫”写其神。形神兼备，此四奇也。作者将山景一路写来，奇语迭出，引人入胜。至“俯瞰”以下四句，又翻出一层新意，集中力量写水，使水之声形毕现，尤为罕见之奇观。历来写褒斜道山水未见有似此篇之奇诡者，诚令人惊叹。然至此意犹未了，作者随将笔锋一转，复以形象语，将诗意推向更高境界。既明赞周文王在此创业之大功，复以含蓄诗句引出一个末季边防老臣陆游，这位宋代伟大爱国诗人，以力主抗金闻名。此诗由山川而及史事，不仅以彩笔谱写出锦绣山川的自然美景，而且对历史上许多英雄俊杰之士也或明或暗地作出一番热烈歌颂。《凤县》一诗已颂诸葛亮之事功，此篇又赞爱国诗人陆游，两诗具见作者之胸襟与气度，这里隐然还有守边大将吴玠、吴璘兄弟在内。作者纪行山水诗境界之高毕见于此。

寄家人

京洛分襟七夕前，南岐驿路五更烟。
故园刀尺齐纨素，远道风花蜀国弦。
断续鹦飞深坞里，横斜雁度夕阳边。
栈云陇树重重隔，闺梦何由向左绵。

宜人张氏丧子之痛，已见前注。《古今乐录》：“张永《元嘉技录》有《四弦曲》，蜀国四弦也，居相和之末，三调之首。有四曲，其《张女四弦》《李延年四弦》《严卯四弦》，三曲阙。”乐府古题有《蜀国弦》。班婕妤《怨歌行》：“新裂齐纨素。”李善《文选注》：“范子曰：白纨素出齐。”左思《蜀都赋》：“于东则左绵、巴中，百濮所充。”少陵诗：“左绵公馆清江滨。”旧注：“绵州，涪水所经。涪居其右，绵居其左，故曰左绵。”

作者奉使入蜀，七月初与妻及家人别，时方有次子浑儿之痛，伏枕兼旬，黾勉就道。途经山西，梦儿大哭而醒，至陇入栈，再动情思。此诗叙夫妻离别及相思相念之情，缠绵悱恻，哀婉动人。其妙处，尤在各联所采取的交错写法，即一面忆妻，一面述己，虽山川遥隔，千里难知，然两人相依之情景，如在目前，至为感人。至“断续鹦飞”与“横斜雁度”一联，其写春苑自然之景与秋山孤雁之图，状物尤工，体情尤切，唯写情圣手玉溪生能有此佳构。题曰《寄家人》，盖统言之也。

渔洋一生命途多舛，他的婚姻关系和家庭生活，也含有不少苦涩味。

一方面，他作为一个性情中人，有许多衷肠、许多心曲，想向妻和亲人倾诉；另一方面，他作为一位拘于礼教的士人，又有许多忌讳、许多顾虑，想诉说又不敢放胆直说，只得将满腹怨诽、满腔惆怅，游移在曲折婉转的字句间，似吐还吞，似露还藏，似哭还笑，似憎还慰，这就是渔洋以寄家人为题的一类诗的思想底蕴。这类诗歌实质上都由泪水凝成，自白自诉，往往忧愤交集，我们要了解真正的渔洋、认识真实的渔洋，必须不放过不小看这类跳动着他的生命、心灵和充满叹息的作品。他的这类诗歌对研究清代文化亦具有重要价值。

南星雨发

骤雨南星道，秋阴草木风。
涧寒伤马骨，云乱失蚕丛。
僭忆公孙帝，危知大禹功。
中原何处所，梦落散关东。

《蜀道驿程记》："初四日……过新江铺……暮抵南星镇。"镇在风岭以南。《益州于役记》："废丘关三十里南星店，店外里许小山，有尚书甘为霖题字。"《后汉书》："公孙述，字子阳，扶风茂陵人。更始立，遣使迎宗成等。宗成至，虏掠横暴，述意恶之。于是诈称汉使者东方来，假述辅汉将军、蜀郡太守兼益州牧印绶，乃选精兵五千，西击成等，大破之。二年秋，更始遣柱功侯李宝、益州刺史张忠徇蜀，又大破之，由是威震益都。功曹李熊说述，宜即大位。述梦有人语之曰：'八厶子系，十二为期。'会有龙出殿中，述以为符瑞，因刻其掌，文曰'公孙帝'。遂自立为天子，号成家。"

这首雨行诗，前两联写冒雨赶路，涧寒云乱，情景悲凉。作者因长久未得重用，自有一肚皮牢骚，感物伤怀，情不能已。后两联怀古，讽公孙，歌大禹，曰"僭忆"，曰"危知"，对比鲜明，感情激荡。指责公孙述是个僭位者，说明他是站在维护封建正统的一边，史观是陈旧的。其实，对于四川人民来说，在汉末天下纷乱之际，公孙称帝对维护一方之安定，是有好处的。史家早有客观评价，渔洋是知道的。在这一点上，他不如陆游。陆有诗称颂公孙述，值得注意。尾联："中原何处所，梦落散关东。"语意朦胧，这一声长叹，令人警醒。渔洋蜀道诗的价值，不仅模山范水，且常咏史感时，蚕丛他怀念，大禹他称颂。他非明臣，却时有思明情结。为弘扬中华传统优秀文化而歌，是其山水诗的显著特色。

柴关岭

早发陈仓道，马蹄乱云雾。行行到柴关，云低雨倾注。
衺径中槎牙，幽篁四森布。大石立当关，势加猛虎踞。
世无飞将军，磨牙尔何怒。蛟龙喜昵近，气夺生忧惧。
怪鸟时一啼，闻声不知处。黑江远澒洞，万瀑齐奔赴。
颇闻紫柏山，仙灵所游寓。石髓倘一逢，白日生毛羽。
谁使野鹤姿，氋氃堕笼簸。真宰不可问，更向苍茫去。

《蜀道驿程记》："初五日。枕上闻急雨淙淙，四山草木有声，如甲马驰骤。冒雨即行，诸山出云，缕缕石上。过古陈仓道，即两当道也。度柴关岭，岭上下二十里，石齿廉利如剑锷。下岭沿青羊河行，河流挟雨益怒，巨石怪丑，时来压人，幽篁丛木，蒙茸数十里，不见山巅，行人与虎豹、蛇虺争一线。闻其南紫柏山，有岩洞七十二，为仙真栖止之所。次留坝，天已暝，止宿，夜，雨稍霁。"葛洪《神仙传》："按《神仙经》云：神山五百年辄开，其中石髓出，得而服之，寿与天相半。"《晋书·嵇康传》："遇王烈，共入山，烈尝得石髓如饴，即自服半，馀半与康，皆凝而为石。"《世说新语·排调篇》："昔羊叔子有鹤善舞，尝向客称之，客试使驱来，氋氃而不肯舞。"

柴关岭在凤县东南百馀里，地势高危，不减秦岭，多大木，尤多漆树。此诗前十六句写柴关岭的雨景，极状岭势之险，静中有动。斜径、幽篁、怪石，皆状之如在目前。后八句写紫柏山之异闻，新境大开，益增诗美。山下褒河，俗名黑龙江，行经千山万谷间，蜿蜒数百里。山上终年紫气蒸腾，若有仙气。"石髓倘一逢，白日生毛羽。"这两句本于《神仙传》："神山五百年辄开，其中石髓出，得而服之，寿与天相侔。"这个神话故事很有趣。作者写道："真宰不可问，更向苍茫去。"将诗的意境向前推进了一步，益觉迷人。此诗写景是实，写仙为虚，题旨在虚不在实，神韵悠然。清初道教已衰，服丹成仙，已无人相信。作者欲仙，反映出他内心的苦闷。借写奇山异水以泄胸中郁闷之气，聊以自娱，他复何求？"谁使野鹤姿，氋氃堕笼簸。"这野鹤"堕笼簸"的命运，值得玩味。这时羊叔子故事又来到他心中，诗的文化意蕴很有味。

雨度柴关岭

栈中新涨未归槽，百丈柴关水怒号。
鸟语不闻深箐黑，马蹄直上乱云高。
天垂洞壑蛟龙蛰，秋老牙须虎豹豪。
谁识熏香东省客，戎衣斜压赫连刀！

《蜀道驿程记》："初五日……度柴关岭。"陶弘景《刀剑录》："赫连勃勃以龙升二年造五口刀，背刃有龙有环兼金镂，长三尺九寸。"《晋书・夏载记》："赫连勃勃造百炼刀，为龙雀大环，号曰'大夏龙雀'。"陆游诗："宝刀佩稳压戎衣。"

作者冒雨过岭，作此诗。前六句写雨景，是动态描写。由"百丈柴关水怒号"直写到鸟不叫、蛟龙蛰、马蹄直上、天垂洞壑，这些都写得十分逼真；"秋老牙须虎豹豪"，可谓真幻参半，极富想象力。这柴关岭很荒凉、凄冷、可怖，可是作者却把它写得如此壮观而有豪气，很精彩。这里本不适于人类生存，他奉皇帝使命而来是不得已的。能在此险绝之地自寻快乐，是何等胸襟！颈联"鸟语不闻深箐黑，马蹄直上乱云高"，既是描绘景物之妙语，也是对仗之奇联，为全诗大开声色，大增意蕴，包括竹子在内，在树木丛生的幽谷里，一切都被遮得严严密密，白天也大多是黑漆一片，连鸟声也听不到，人声就更寂然无闻，这是一个什么样的封闭世界与黑暗王国啊！诗人骑在马上，马踩着漂浮不定的云气，他忽低忽高地朝上走，既不知究竟能走向何方，也不知究竟还要走多远，这是一个多么让人无奈而又使人无望的悲伤之旅啊！尾联："谁识熏香东省客，戎衣斜压赫连刀。"很有气概。唐制，东省为门下省，"东省熏香"是文官礼仪。他以户部福建清吏司郎中典蜀试，当然可称东省。此诗写景实中有虚，抒情似虚而实，情与境谐，元气淋漓，含不尽之意于言外。这诗抒发了多少不能言和不敢言的情思，馀音袅袅，味之不尽。这就是一代大师的渔洋，这就是别开生面的渔洋，这就是独具一格的渔洋。知此明此，方识渔洋诗之真谛。

雨趋留坝

急雨下乌栊，千峰一线通。
路遥洋水北，天尽武关东。
峡偪风雷气，人穿虎豹丛。
谁知星使节，今夜托牛宫。

《蜀道驿程记》:“初五日……次留坝,天已暝,止宿。夜,雨稍霁。”此诗壬子年作。《秦蜀驿程后记》:“紫柏以南,石壁绝奇。至小留坝,两壁夹涧,径忽断绝,从壁下徐得一径如线,乃复通人。”留坝驿在柴关岭以南。《益州于役记》:“武关北,乌龙江东岸石壁间凿有方孔六七,是昔时架阁处。”辛氏《三秦记》:“民谣云:武功太白,去天三百。孤云两角,去天一握。山水险阻,黄金子午。蛇盘乌栊,气与天通。”乌栊,山名。《明一统志》:“洋水,在汉中府西乡县东二十里。”《后汉书·李郃传》:“和帝遣使者二人到益部,郃曰:有二使星入蜀分野。”

褒斜道自柴关岭以下沿褒河南行,两岸皆高山峻岭,石壁与夹涧相对,路仅一线,时忽中断,复经阁栈而通人。这首诗写冒雨而行,下乌栊,趋留坝。这雨整整下了一天一夜,行程之艰,可以想见。首联勾出一幅“千峰一线”的险绝画面,极为壮观。“下”字有力。颔联:“路遥洋水北,天尽武关东。”此状远景,气象开阔。洋水在汉中平原,武关历来为军事要害。颈联:“峡偪风雷气,人穿虎豹丛。”此写峡中之险,天上有风雷,地上有虎豹,很可怕。“逼”“穿”二字,极显风神。尾联即事抒怀:“谁知星使节,今夜托牛宫。”好容易才达到一天行程的终点,却只得进入“牛宫”寄宿。此时渔洋是一个五品官,俸禄很薄,还享受不到特供。经过一整天的风雨奔波,还不得一宿之安。为清廷作奴隶,抛妻别子,怎生好受!

年来钱牧斋吴梅村周栎园诸先生邹订士陈伯玑方尔止董文友诸同人相继徂谢栈道感怀怆然有赋

载酒题襟处处同,平生师友廿年中。
九原可作思随会,四海论交忆孔融。
春草茫茫人代速,落花寂寂墓门空。
白头骑马嘉陵路,唯有羊昙恨未穷。

《感旧集·序》:“仆自弱冠薄游京辇,浮湛江介,入官中朝,尝与当代名流服襄骖驾,自虞山、娄江、合肥诸遗老风流未沫,老成具存,咸相与上下其议论,颇窥为文之诀。时年力壮盛,无穷愁忧生之嗟。弹指已往,才如夙昔,遂多死生契阔之感。康熙壬子秋,以王事于役巴蜀褒斜谷中,回忆旧游,不胜羊昙华屋之痛。”因作此诗。朱楷曰:“《蜀道集》尚有荣洞门、王亦世二人。”《精华录》诗题中未见此二人。

钱谦益(1582—1664),号牧斋,常熟人。明万历进士,福王时为礼部尚书,降清授礼部侍郎,旋归乡里。渔洋官扬州,以诗通好,得其称赏。吴伟业(1609—1672),号梅村,太仓人。明崇祯进士,福王时召拜少詹事,明亡家居。康熙时出仕清朝,任国子监祭酒,旋归故里,悔恨莫名。周亮工(1612—1672),号栎园,原籍祥符,侨居金谿。明崇祯进士,官御史,李自成陷京师,奔福王于江宁,降清,累官户部右侍郎。方尔止(1612—1669),即方文,号嵞山,桐城人。明末诸生,入清,游食四方,卖卜行医为生。陈允衡(1622—1672),字伯玑,江西建昌人。明季避乱,流寓芜湖,贫甚。董以宁(1629—1669),字文友,武进人。于历象、乐律、方舆多所发明。邹祗谟,字讦士,武进人。

《礼·檀弓》:"赵文子与叔誉观乎九原,文子曰:死者如可作也,吾谁与归?我则随武子乎!"郑玄曰:"武子,士会也,食邑于随。"九原,在今山西新绛县北。晋大夫之墓地在九原。《后汉书·孔融传》:"(融)好士,喜诱益后进……荐达贤士,多所奖进……故海内英俊皆信服之。"《晋书·谢安传》:"羊昙者,太山人,知名士也,为安所爱重。安薨后,辍乐弥年,行不由西州路。尝因石头大醉,扶路唱乐,不觉至州门,左右白曰:'此西州门。'昙悲,以马策扣扉,诵曹子建诗曰:'生存华屋处,零落归山丘。'因恸哭而归。"

此诗为悼念明末清初七诗人而作。下世最早的是钱谦益,生年最晚的是董以宁。明亡后,他们或辞官归隐,或游食四方,或仕清而心非所愿。作者写此诗,怀念他们。"思随会"已见前注,此处借指诸亡友。"九原可作思随会",是说亡友们在地下相会,这是写他们的不屈之志。"四海论交忆孔融",此写作者感激钱氏提携之恩。颈联说人的一生皆如"春草""落花",最后都入"墓门",一切皆空。而最使作者哀痛的却是钱氏辞世八年来,他迫于形势未能及时写诗悼念,直到这次跋涉在褒斜道中才吐出埋藏心底的哀愁,公开亮出自己的观点,意义非同小可。钱氏以文章标榜东南,生前屡遭清廷屈辱,作者对他深表同情。"白头骑马嘉陵路,唯有羊昙恨未穷。"犹如震破黑暗天空的一声霹雳,对钱氏其人及其他诗友抗清精神,作出高度评价。作者的这一鲜明政治态度,为世所称。作为钱氏的后继者,这是他最主要的一面。钱氏死后一百零八年,清廷终于下令将其诗文悉数毁板,此可见当时思想文化战线上满汉斗争之酷烈。作者借周亮工之新丧合悼七位诗人,这在当时是有震撼力的。

紫柏山下谒留侯祠

万木萧萧风昼吹，深山忽见留侯祠。
清流白石阅今古，雪柏松筠无岁时。
辟谷真从赤松隐，授书偶作帝王师。
也知乌喙逃勾践，未屑鸱夷学子皮。

《秦蜀驿程后记》:“初八日……过留侯祠。”《陇蜀馀闻》:“紫柏山在柴关岭之南，相传留侯辟谷于此。下有留侯祠……洋县子房山亦云辟谷处。”辟谷，古称行导引之术，不食五谷，可以长生。《史记・留侯世家》:“良遇老父于下邳圯上，期后五日早来，良夜未半往，有顷，父亦来，出一编书曰：‘读此则为王者师矣。’”又云:“今以三寸舌为帝者师，封万户，位列侯，此布衣之极，于良足矣。”《史记・越世家》:“越王为人长颈鸟喙，可与共患难，不可与共安乐。”范蠡佐勾践灭吴后，知勾践不可共安乐，因浮海出齐，变姓名，自号鸱夷子皮。

作者再使秦蜀谒留侯祠，作此诗。这是留侯的一幅绝妙画像，深深地表达了对留侯的仰慕之情。首述观祠之感，以“万木萧萧”句起笔，由喜而惊，气概不凡。颔联写祠外景象，以“清流白石”“雪柏松筠”，喻其人之风骨。“阅今古”“无岁时”二语，说明经历时间长河之淘洗，终于不朽，这是对于留侯高风亮节的称颂，令人肃然起敬。颈联由虚而实，转入正面歌赞：良佐刘邦成大业，身为帝王之师，乃其“偶作”；功成身退，高韬不仕为万世景仰，终从赤松子而隐。这位大政治家，历史上同他相比的能有几人？连那位佐越王功成后，“驾轻舟，泛五湖，莫知其终极”的范蠡，也比不上他。此联借留侯以明己志，“真”“偶”二字，耐人玩味。尾联以奇语收结：“也知乌喙逃勾践，未屑鸱夷学子皮。”语意含蓄，为一篇之精粹。

闻紫柏山绝顶有峨眉老衲独坐丈室数十年蛇虎皆驯服今九十有六矣惜不得其名字乃作颂古十绝句属风令寄之丙子岁四月七日栈中留坝驿灯下成

维摩诘

师利多言说，净名殊默然。语言文字外，已示祖师禅。

须菩提

善哉须菩提，岩间惟晏坐。般若是谁闻，诸天花雨堕。

惠　持

树中入定僧，千年人不识。如何去陈留，一往无消息。

道　超

我爱道超师，绝俗耽憩寂。退院阒无人，蟋蟀鸣秋壁。

寒　山

寒山牛迹话，此意谁酬酢？赵州小厮儿，宛有大人作。

懒　残

煨火傍群牛，谪来几千岁。懒残亦俗人，谁能为拭泪。

地藏琛禅师

栽田博饭吃，独振玄沙道。一笑视诸方，说禅方浩浩。

法昌遇禅师

法昌亦开炉，单丁唯一个。赖有十八贤，缄口围炉坐。

黄龙晦堂禅师

山谷大辩才，妙义皆糠粃。满院木犀香，吾无隐乎尔。

褒禅山僧

枕石漱溪流，梦见欧阳子。觉来万壑风，松声满人耳。

[**第一首**]维摩诘，意译为净名（清净无垢，名声远布），佛在毘耶离城之居士，自妙喜国化生于此，委身在俗，辅助释迦教化，成为法身大士。师利，即梵语文殊师利，此云妙吉祥，智慧最大。释宝鉴有《颂古联珠集》。颂古者，犹咏古也。《净名经》："维摩会上，三十二菩萨各说不二法门，文殊云：'我于一切法，无言无说，无示无答，离诸问答。'维摩默然。文殊叹云：'乃至无有言语文字，是真入不二法门。'"玄妙宗一禅师《广录》："仰山对香岩云：'如来禅从老兄会，祖师禅未梦见在。'"（见《传灯录》）瞿如稷《指月录》："鄂州香岩山智闲禅师颂曰：'去年贫未是贫，今年贫始是贫。去年贫犹有卓锥之地，今年贫，锥也无。'仰山曰：'如来禅许师弟会，祖师禅未梦见在。'"

[**第二首**]须菩提，古印度拘萨罗国舍卫城人，属婆罗门种姓，释迦牟尼十大弟子之一，以论证"诸法性空"者称。般若，意译为智慧，然此智慧又非世俗人之所能有，乃成佛所证的特殊觉悟。《维摩诘经》："夫晏坐者，不于三界现身意，是为晏坐；不起灭定而现诸威仪，是为晏坐；不舍道法而现凡夫事，是为晏坐；心不住内亦不在外，是为晏坐；于诸见不动而修行三十七道品，是为晏

坐；不断烦恼而入涅槃，是为晏坐。”释道原《传灯录》：“须菩提岩中晏坐，诸天雨花赞叹。尊者云：‘空中雨花赞叹，复是何人？云何赞叹？’天云：‘我是梵天，敬重尊者善说般若。’尊者云：‘我于般若未曾说一字，云何赞叹？’天云：‘如是尊者无说，我乃无闻。无说无闻，是真说般若。’”

[**第三首**]惠持，一作慧持，晋代高僧，游峨眉得道，自云乃慧远法师之弟。入于禅定，心境住于一处也。《神僧传》：“惠持法师游峨眉山，遂于嘉州道旁大树内入定。宋政和三年，风雨树折，始见之。须发盖体，爪甲绕身。异之，奏于朝，有旨入京。时西天总持以金磬出其宫，问：‘何代僧耶？’曰：‘我东林远法师弟也。因游峨眉，不记时代。’问：‘远法师在否？’曰：‘化去数百年，安得在耶？’遂不更语。问：‘欲归何方？’曰：‘陈留县。’乃复入定。”惠栋按：《峨眉山志》：“万历间，陈留掘地得一缸，中有定僧，云即持师出定。”

[**第四首**]道超是唐代高僧，家世高华，少年入道，以勤笃名，辩才骏发，解析疑忧，每无隐疑。居恒独处，手不释卷，内外坟典，常拥膝前。天监初(502)寂，寿三十六。《云栖禅学》：“道超屏绝宾伴，与张率为友，内外典常置膝前，尘埃满室，蟋蟀鸣壁。”

[**第五首**]寒山，一称寒山子，唐代高僧。约七世纪末至八世纪初，住于天台山寒岩，以桦皮为冠，布襦木屐，喜与群童戏，言语无度，人莫能测。独与拾得友善，好吟诗唱偈，有《寒山子诗集》。《传灯录》：“赵州游天台，路逢山。山见牛迹，问州曰：‘还识牛么？’州曰：‘不识。’山曰：‘此是五百罗汉游山。’州曰：‘既是罗汉，为什么却作牛去？’山曰：‘苍天！苍天！’州呵呵大笑。山曰：‘作什么？’州曰：‘苍天，苍天！’山曰：‘这厮宛有大人之作。’”

[**第六首**]懒残是唐代高僧，以其脱拔不拘，人呼之曰懒残，遂以为名。天宝初居衡阳，为众僧执役，人不之奇也。李泌时寓寺中读书，尝夜谒之，残煨火就芋，出半，食之曰：“勿多言，领取十年宰相。”后果如言，始崇扬之。此据袁郊《甘泽谣》。又，《林间录》：“高僧懒瓒栖衡山岩窟中，德宗遣使召之，方拨牛粪煨芋，寒涕垂膺，未尝一答。使者劝拭涕，瓒曰：‘岂有工夫为俗人拭涕耶？’”懒瓒，亦作懒残。

[**第七首**]地藏琛禅师，即地藏菩萨，为印度传入中国的四大菩萨之一。《五家宗派序》：“云峰存下出云门偃，号云门宗。存又得玄沙备，备出地藏琛。”《林间录》：“地藏琛禅师大振雪峰、玄沙之道，城隈古寺，门如死灰，道容清深，谓禅客曰：‘诸方说禅浩浩地，争如我此间栽田博饭吃耶？’”

[第八首]法昌是晋代高僧。《林间录》:“法昌在分宁之北,千峰万壑,古屋数间,火种刀耕,衲子至者皆不堪其枯淡,坐此成单丁。开炉日,辄以一力挝鼓升座曰:‘法昌今日开炉,行脚僧无一个,唯有十八高人,缄口围炉打坐。不是规矩严难,免见诸人话堕。’”十八贤,指晋庐山白莲社中十八高人,有慧远、慧永、宗炳、慧持、刘遗民、雷次倧等,共结社于庐山东林寺,同修净土之法,因号白莲社。

[第九首]黄龙晦堂禅师是宋代高僧,与黄鲁直友善。山谷即黄庭坚。鲁直夙奉佛教,师事晨堂祖心,参究有省。尝游皖之山谷寺,乐其泉石之胜,因自号山谷居士。《首楞严经》:“富楼那弥多罗尼子白佛言:‘世尊知我有大辨才,以音声轮教我发扬。’”《华严经·贤首品第十二之二》:“若能知法永不灭,则能得辨才无碍法;若得辨才无碍法,则能开演无边法。”《罗湖野录》:“太史黄公鲁直,元祐间馆黄龙山,从晦堂和尚游,晦堂因语次,举孔子谓弟子‘吾无隐乎尔’,请公诠释,而至于再,晦堂不然其说。公怒形于色,沉默久之。时当暑退凉生,秋香满院,晦堂乃曰:‘闻木樨香乎?’公曰:‘闻。’晦堂曰:‘吾无隐乎尔。’公欣然领解。”

[第十首]褒禅山在安徽含山县城北。唐代慧褒禅师结庐山下,卒葬于此,褒禅山僧即指此人。欧阳子指欧阳修。其《答门人蒋仁锡书》云:“老耽禅寂,略如竺氏颂偈,不应更作文字观也。”《世说新语·排调》:“孙子荆欲隐,语王武子曰:‘漱石枕流。’王曰:‘流可枕、石可漱乎?’孙曰:‘所以枕流,欲洗其耳;所以漱石,欲砺其齿。’”《冷斋夜话》:“予游褒禅山,石崖下见一僧,以纸轴枕首,跣足而卧。久之惊觉,起曰:‘方听万壑松风,梦见欧阳公羽衣折角巾,杖藜逍遥颍水之上。’予问:‘师识欧阳公乎?’曰:‘识之。’予意此道人识欧公,必不凡,乃问曰:‘师寄此山几年矣? 道见何在? 谁为侣?’僧笑曰:‘出家欲无累,所言衮衮,多事人也!’

这十首诗,均为紫柏山峨眉老衲而作,每首二十字,直似佛家偈子,在渔洋纪行山水诗中别具一格。颂佛而寓禅理,表明作者精神上已达超脱尘网、自在自如之境。一诗一事,娓娓道来,甚有趣。寄情山水,皈依禅林,倾吐内心苦闷,这年他六十三岁。宦途失意,一切皆空,大彻大悟。争名逐利,趋之若鹜,有什么意思? 故引欧阳修、黄山谷为知己,因写两偈颂之。这十首诗,既为修道成佛八大高僧造像,也是在表白自己。

马鞍岭

南下画眉关，远色叠诸岭。夤缘百里间，断齶蔽光景。
蹇驴疲登降，纤路亦修整。或厂如连轩，或植如负屏。
或如岐阳鼓，或如宛朐鼎。如鸟或跂翼，如鱼或骨鲠。
殊状纷角逐，诡类争一逞。峭岸势欲圻，捷足不遑骋。
二分垂在外，趾压后人顶。飞瀑时界道，赴壑力逾猛。
人与水斗争，心目各相警。天意限雍梁，设险有斯境。
君子履忠信，小人怀侥幸。永念垂堂言，乘危更三省。

《蜀道驿程记》："初六日。雨止。趋武关，以小舟渡，入褒城县界。山多猿，多鹦鹉。自画眉关而下至马道百里间，俗谓二十四马鞍岭，险峭特绝。一岭上下，登顿辄数里。"

作者过马鞍岭，作此诗。此岭甚险，作者在日记中已有生动的描绘。方象瑛说："岭嵚崎纡曲，高或隆起，低则洼伏，如马鞍然。"作者先写岭之全貌："远色叠诸岭"，"断齶蔽光景"，给人留下一个不同平常的印象。接着用"蹇驴"一词来形容这条路。什么叫"蹇驴"？孙樵说："陡鸡帻之蹇驴，下七折之峻坂。"可知"蹇驴"状路之难行。接着，作者就用许多比喻来描绘这条马鞍形山路"或厂""或植(直)"；路石"如鼓""如鼎"；如"鸟或跂翼"，或如鱼"骨鲠"，种种奇形怪状，难以尽述。最后又说这路上的怪石像在斗争，并且还在各自逞奇表演。然后又写人在这马鞍岭上行走担惊受怕的情景：一是"峭岸欲圻"，得快步逃开；二是往上爬或向下降，脚尖露在石磴外，而前人的脚掌又正好压着后人的头顶，就像两个人在梯子上攀登，这就说透了马鞍形山路难行之状。然后从"飞瀑"句以下又掉转笔锋写水，水从悬崖奔泻而下，把路阻断，得猛冲而过，这便仿佛演了一场"人与水斗"的闹剧。最后作者发出一声赞叹："天意限雍梁，设险有斯境。"还是快点离开这个险恶地方吧，不要白白丢掉老命。作者谆谆告诫人们的是结尾四句诗："君子履忠信，小人怀侥幸。永念垂堂言，乘危更三省。"这是儒家的守成思想，与西方所提倡的冒险精神迥然不同，在今天看来是不足道的，但就其描绘岭路险情之工细而言，还有可取的价值。前人没有这样写过，这是值得注意的一个文学现象。

宿马道江上

江流太悲壮，客梦自难安。
沔汉千山阻，梁洋七月寒。
羌人稀聚落，氐道贱衣冠。
渐达褒城驿，遥遥度七盘。

《蜀道驿程记》：“客舍后枕江流，如百万甲马声，使人悲壮。”马道在褒河下游，传萧何追韩信至此，故名。

作者夜宿马道驿，闻江声悲壮，因忆汉时史事，作此诗遣怀。褒河行经千山万谷，落差大，水流湍急，吼声如雷，首以“江流太悲壮”五字开篇，破空而来，令人惊骇。江声如吼，客梦难安，这是主客相激的生动表现，是精彩之笔，他在计算着明天的行程。接着写梦中所思与梦后所感：“沔汉千山阻，梁洋七月寒。”这是一幅梦中山水图。“沔汉”和“梁洋”皆水名。汉中平原外有千山之阻，又在雨季，所以诗人感觉有几分寒意。“羌人稀聚落，氐道贱衣冠。”这是一幅民情风俗画。“氐道”，古县名，氐羌人聚居于此，作者叹人烟稀少，文化落后。最后，预想明天将要越过七盘岭到达褒城，因又转忧为喜，使全诗显出亮色，因而带来无限的愉悦。

马道在褒河下游，传萧何飞马至此，好容易才把韩信追上，刘邦因即设坛拜将，任张良为相，公开宣称二人功列一等。此言刘邦善用人，所以终能打败项羽。此诗含蓄地提出这个问题，未着一字。

画眉关南渡野羊水

四山封窈窕，一水急波澜。
巨壑蛟潜稳，飞流马渡难。
阴崖终古冈，白日几时看？
恶竹纵横甚，还须斫万竿。

画眉关在凤县东南一百九十里，野羊河在凤县南七十里，源出紫柏山。此诗写作者渡野羊水之艰难，以三对工整联语写景，极状其地之荒寒。“窈窕”状山之幽深，“急波澜”言水之险恶，巨壑潜蛟，令人畏惧，飞流湍急，马渡为艰，句皆自然流利。又因遍地是竹林，阴崖终年永冈，不见天日，人迹罕至，格外显得阴森。他来到这个地方，忽然想起杜甫的名句："新松恨不高千尺，恶竹应须斩万竿。"因借用以成尾联。这两句可从两方面作解释。一方面，渔洋奉使入蜀既不同于相如之返乡，又不同于杜甫之寄旅，关山辗转，岁月迅驰，处人生窘困之境，已心灰情急。另一方面，清政权已稳定，文治正在逐渐加强，而汉族士人无论已仕或未仕者时有不端之闻，这些皆常郁闷于其胸中，故以一吐为快。但又说得很朦胧，只言地险水恶，文字狱再严，又其奈他何？诗味在此。

界牌关道中

修竹覆奇壁，飞泉来半空。
人行翠微里，风度紫兰蘂。
暂喜俗尘远，休嗟吾道穷。
谁为洪谷子，移向画图中。

界牌关在马鞍岭上，作者再使秦蜀回程时作此诗，这是《马鞍岭》的续篇。诗人即景抒怀，意境清远。此诗先叙后议，层次井然。"修竹"因"覆奇壁"而奇；"飞泉来半空"为壮观之景，皆造语不凡。此联竹泉相映生辉，表达出诗人的高雅情致。"人行翠微里，风度紫兰蘂"一联，通过山景的描绘，大显其人之风致。"度"字将风拟人化，甚奇。接着发议论："暂喜俗尘远，休嗟吾道穷。"表现出一种傲然挺立、无所畏惧的精神。"谁为洪谷子，移向画图中。"最后以洪谷子自况，表明他已完全沉醉在此画图之中。洪谷子即画家荆浩，五代时人，隐居太行山，博通经史，善属文，工画佛像，尤精山水。他不愿为梁朝效力，远远地逃到太行山里去了。作者为泄掉胸中郁塞之气，特地推出他。以反问句收结，让读者自去思考，比直说有力。诗中所写景物甚多，除"修竹""奇壁""飞泉"外，还有"紫兰"，道旁紫兰清香四溢，经风吹度以后，香味甚浓。凡比，皆可见其诗兴之雅。荆浩撰有《山水诀》一卷，说："吴道子画山水有笔而无墨，项容有墨而无笔，吾尝采二家之长，成一家之体。"看来，渔洋对这一段言论，也是很欣赏的。

武关寄家书

驿骑千山里，平安两字书。
高堂衰白早，儿女死生馀。

听雨思兄弟，临风问起居。
白头吟更苦，莫负锦江鱼。

《蜀道驿程记》："初六日。雨止，趋武关，以小舟渡，入褒城县界。山多猿，多鹦鹉。"马理《陕西通志》："武休关在凤州之东，褒斜谷之口，三山翼然对峙，南曰褒，北曰斜。在唐为驿，以通巴、汉。"武关即武休关。

作者至武关，以诗代柬，向家人一一问好，写了这首诗。首联写千山万壑中行旅之艰，报出"平安"两字，亲切感人。中两联，或念高堂白发之衰落，或忧儿女之生死，或听雨而思兄弟，或临风而问起居。全是家常话，这诗直如一封报平安的家信。尾联以典雅之语收结，诗意又深了一层。《白头吟》典出《西京杂记》，传西汉司马相如将聘茂陵女为妾，其妻卓文君因作《白头吟》以责，相如乃止。作者写此诗，是叫妻放心，他这次去成都，不会像司马相如那样负心，两人永是同心人，头白不相离。在艰难的行程中，能如此惦念亲人，可谓关爱备至。此时诗人骑在马上，踽踽而行，一幅"驿骑千山图"宛然在目。"白头吟更苦，莫负锦江鱼。"似是对妻的安慰语，幽默之至。在写《寄家人》一诗之后，他又写了这首几乎纯是口语的诗，一雅一俗，两相映衬，更见情深。作者的伦理观是儒家文化精神的典型表现，值得珍视。

观音碥

观音碥险绝，连山列天仗。奔峭汹波涛，大石蹴龙象。
造物郁磊砢，及兹乃一放。急瀑何砰訇，磐石成巨防。
渟为千丈湫，潭潭不流宕。怪物中屈蟠，岂无锁纽壮。
侊然牛渚犀，穷此精灵状。颇闻贾中丞，于此铲叠嶂。
故人推沈宋，诗笔各雄长。星宿森光芒，虬龙怒倔强。
解鞍苔石滑，高歌一神王。更须巨灵手，运斤出天匠。
镵我鄐阁铭，敌彼小海唱。

《蜀道驿程记》："初七日……自马道至此，山顽劣少竹。至观音碥，奇石插天，犀株林立，飞湍箭激，凝为深渊，其色黝黑，潭而不流，凭高下瞰，令人魂悸。有旧碑在道左，大书'云栈首险'。近陕抚贾中丞煅石开道，自此迄宝鸡，凡木石之工九百三十八丈有奇。又于此劚大石，置栏楯，行旅便之。余在京师时，友人宋荔裳琬作《栈道平歌》纪其事，语最豪健，沈绎堂荃书之，时称二绝。今已陷石嵌绝壁,余踏危石奔浪仰视,略见仿佛,因赋诗怀二君。”今为挖山辟路,此碥已毁,不复存矣。

观音碥,俗称阎王碥。各家多有记叙,以方象瑛《使蜀日记》最为简要:“危崖峻壁,横列如屏障,凿石为径,下临绝涧,石缺处架木补之,人马相扶以度,摇摇然。《志》称褒城栈阁二千九百八十九间,想即此,今废。”此诗共十三韵二十六句,一韵到底,气势雄壮,浑然天成。前十四句,极状山危水险之势,把穷山恶水写得逼真,令人惊悸。首以“险绝”二字总领全篇,如泰山压顶,写得十分壮丽。随即展开铺叙:山则“连天列仗”,水则“奔峭汹波”,石则“蹴龙象”,乃至写“郁磊硐”“急瀑砰訇”等,无不令人望之生畏。加上比拟奇幻,色调浓郁,想象丰富,更见雄奇。或云有怪物盘屈水中,或称有犀牛隐于潭内,这些都是对“千丈湫”的生动描写。古人写山水之险,未有细写达此境者。后十二句是议论,通过颂美,再写险情。当时技术落后,修此险路,确非易事,贾中丞做了好事,值得表扬。结末二句,以《郙阁铭》与《小海唱》作对比,更升华了主题。《郙阁铭》是略阳灵岩寺石壁上的汉代石刻,字为蔡邕所书,十分珍贵;《小海唱》是吴人所作追念伍子胥的民歌,吴王不纳伍氏忠言,伍乃投江自尽,以死效国。吴人感其忠烈,为作此歌哀之。作者号召陕民纪念贾汉复并对诗人宋荔裳和书家沈绎堂致敬意,心亦苦矣。

渔洋门人陈奕禧评此诗云:“新城《蜀道集》题碥诗,极尽奇幻之趣。予于夫子所历名胜,讽咏佳篇,不敢复有所作,诚如李白所云‘眼前有景道不得,崔颢题诗在上头’也。”后之欲歌此碥者亦皆敛手矣,当时诗人之倾倒皆如此。余于1989年有幸出席汉中市政府主持召开的一次国际性石门艺术研讨会,因得游观此碥,惊叹久之。劫后重生,亦云幸矣。

七盘岭

七日行褒斜,目瞶耳亦聋。浊浪崩崖垠,征衣碎蒙茸。
不知天地阔,讵测造化工。岌然土囊口,鸡帻摩苍穹。
磴道上七盘,大翮排天风。绝顶忽开豁,白日当虚空。
褒水出谷流,汉江绕其东。巴山跨秦蜀,蜿蜒连上庸。
川原尽沃野,天府如关中。橘柚郁成林,稻苗亦芃芃。
襄阳大艑来,千里帆樯通。当年号天汉,运归隆准公。
将相得人杰,驱策芟群雄。一战收三秦,遂都咸阳宫。
智勇久沦没,山川自茏苁。跋马向褒国,日落烟濛濛。

《蜀道驿程记》:"初七日……又二十里,至七盘岭。鸡头关盘旋而上,去天尺五。孙樵云:'陟鸡帻之蹇嵼,下七折之峻阪',谓此也。……褒水近萦,汉江远抱。连日行鼠穴中,忽如负青天。睹白日,心目洞豁。"《褒城县志》:县北十里曰七盘山,上为鸡头关,有大石自麓至顶,层棱兀出,状如鸡冠。自北而上,回旋七转,故曰七盘。汉时,古道在岭下。隋唐时改道,经鸡头关达褒城,以避石门之险,是为连云栈道,即北栈。《淮南子・俶真训》:"缤纷茏苁。"高诱注曰:"茏苁,聚会也。"

这首五言古风,长达三十二句一百六十字,为历来写栈道诗罕见之作。首句点明七日行程,慨叹年老,娓娓而谈,漫不经意,然后点出登临所感:"不知天地阔,讵测造化工"二句,有如奇峰突起,为全诗打下一个雄奇基调。随即以重彩浓墨逐层展开叙写。先状七盘岭之高,写其所见之远,旁及物产之富饶、水路交通之便利,热情洋溢地唱出一支土地山水赞歌。作者登岭神驰,展开想象,漫忆天汉旧事,对刘邦的创业史作了一番追叙,复又唱出一支无比动人的英雄赞歌。结以"智勇久沦没,山川自茏苁"二语,点明诗旨,这就不只是对于"人"的哀挽,同时也是对于"地"的热烈赞扬。归根结底,乃是一篇奇异山川的赞歌。诗的审美价值在此。全诗以记行踪为线,首尾呼应,一气呵成,将景物与史事熔于一炉,大开大合,气势磅礴,堪称王氏褒斜道纪行诗扛鼎之作。作者自言其诗"得江山之助",诚非虚语。作者这年三十九岁,自叹年老,是愤慨之词。

7. 汉中卷

【卷头语】作者过汉中，吊故明瑞王宫以哀明亡，徘徊留念；过沔县，大颂诸葛之忠，正气浩然，皆具显其人之风骨。思明怨清，藐视皇权，胆气迫人，引人注目。其吟咏汉中风物之作，亦皆情韵悠然。

闰七夕抵褒城县

褒斜十日路，白发忽侵寻。
红叶下江水，始知秋气深。
马惊初出谷，城闭不闻砧。
何处天河影，浮云只自阴。

《蜀道驿程记》："初七日……下岭，次褒城县宿。褒城，古褒国。禹封其子为褒侯，都此。元微之诗'花疑褒女笑，栈想武侯征'，是也。……西南有箕谷，郑子真谷口也。"

作者于七夕抵褒城，作此诗述怀。首言山行十日，白发频添。次见红叶飘落，感秋气已深。三述马惊城闭，不闻砧板声，冷寂荒凉。末叹天河无影，浮云蔽空。这是他一天中的感受，也将十天行役作了一个小结。诗以七夕为题，既不见人间浣女，也不见天上织妇，心里感觉空荡荡的，情调悲凉。

褒城是一座文化悠久的历史古城，这首诗言一己之愁绪，感情色彩浓郁。这里显然含有念妻之情，哀愁不可名状。"马惊初出谷"句，写七盘山之高，艰难行走。"城闭不闻砧"，言褒城夜色已浓，极言行役之苦。这些诗句，句句含情，读之令人怅惘。作者善写愁怀，诗以达情，无一言及于时事，而怨情自见，神韵悠然。

汉中府

路绕褒斜梦故园，今朝风物似中原。
平芜蹀躞连钱马，近郭参差橘柚村。

万叠云峰趋广汉，千帆秋水下襄樊。
只愁明日金牛路，回首兴元落照昏。

《蜀道驿程记》："初八日。渡褒水，循山河堰，堰上有汉相祠，祀萧曹二公，祠中宋碑二……四十里次汉中府，治南郑县，郡本秦惠王置。汉江自西来，经城南东流，由兴安入楚。"《史记·货殖列传》："栈道千里，无所不通，惟褒斜绾毂其口。"秦置汉中郡，唐改兴元府，洪武三年(1370)又改为汉中府。

作者初使秦蜀，过汉中，作此诗。首述见汉中所感，表现出一种非常愉快的情调。作者骑在连钱马上，瞩目这中原似的汉中平原风光，何其潇洒，他不再有像在褒斜道上那样成天想家的愁绪了。见到这富饶的平原，以及这平原上结满橘柚的参差村庄，尤其是那一条水色碧青的汉江，千帆云集，在秋阳下闪烁，他不觉有几分醉意。但一想到还有更艰辛的路程在前头，想到明天在落日馀晖中回望兴元府的情景，他又有些害怕。"绕褒斜""趋广汉""下襄樊"三个短语，表达出诗人无限依恋和兴奋的心情。此诗起句由愁转喜，末句言愁，同时表达出他对汉中的眷恋深情。全诗节奏轻快，诗句灵妙，优美和谐。与自然已达融合为一之境，情怀高雅。渔洋学杜之七律，得其神理，已入化境，此诗可称神品。

哭浑沂两儿

谢傅当年枉教儿，西风江汉鬓成丝。
伤心寒食棠梨雨，两地孤坟哭向谁？

《蜀道驿程记》："初八日……夜雨，梦浑儿，抱持痛哭而醒，听空阶滴沥声，不复成寐。"谢傅指谢安。渔洋次子启浑，聪明而有才具，本年六月卒，年十七。三子启沂，出使前一年卒，三岁而夭。二子皆张氏所出。出使途中，三次梦儿，成诗多首，皆极哀痛。谢安之子亦早丧，作者因以谢太傅自况。

清明前一二日为寒食节。春秋时，晋介之推辅佐重耳，流亡十九年。回国后，耻于争权，逃隐山中。重耳烧山，逼他出山，之推抱树自焚而死。重耳就位为文公，为悼念之推，禁止在其死日生火。后规定寒食节这天只吃冷食。"棠梨"喻兄弟，渔洋以"伤心寒食棠梨雨"之句哀其二子，可谓伤心之至。这是他在行役途中言家愁的又一首诗。孟子曰："不孝有三，无后为大。"在那个年代，人人都有这样的思想，一点也不奇怪。在满洲贵族统治下，他被驱遣如奴仆，能说什么？诗有味外味。

汉　台

绛灌当时伍，黥彭异代看。
竟成隆准帝，不屑沐猴冠。
磊落真王气，苍茫大将坛。
风云今寂寞，江汉自波澜。

汉台是刘邦受封为汉王时的宫廷遗址。《水经注》：“安县故隶汉中，又东南径大成、固县、壻水北。有韩信台，高十馀丈，上容百许人。相传高祖置坛，设九宾礼，以礼拜信也。”《史记·淮阴侯列传》：“居常鞅鞅，羞与绛、灌等列。信尝过樊将军哙，哙跪拜迎送，言称臣，曰：‘大王乃肯临臣。’信出门，笑曰：‘生乃与哙等为伍。’”《黥布列传》：“高后诛淮阴侯，布因心恐。汉诛梁王彭越，醢之，盛其醢遍赐诸侯。至淮南，淮南王方猎，见醢，因大恐，令人伺候旁郡警急。发兵反。”绛灌，指绛侯周勃与灌婴。黥彭，指黥布与彭越，二人归顺刘邦，后皆为刘邦所杀。

刘邦是怎样一个人？褒之者，称他“为人隆准而龙颜”，生具帝王之相。贬之者，骂他“沐猴而冠”，是个小丑，项羽最看不起他。这人会耍阴谋，心毒手狠。《淮阴侯列传》记载了一个故事：“汉四年，使人言汉王曰：‘齐伪诈多变。南边楚。不为假王以镇之，其势不定，愿为假王便。’汉王大怒。张良、陈平蹑汉王足，附耳语，汉王亦悟，因复骂曰：‘大丈夫定诸侯，即为真王耳，何以假为？’”“磊落真王气”句，即本此。

这首诗，着重描述刘邦得天下后致力整治异姓王之事，整治的对象主要是势力最大的韩信。“灌绛当时伍”，反映出韩信与绛侯周勃、灌婴之间的深刻矛盾，绛、灌得宠，韩信不服，后被杀，彭越、黥布也被杀。作者登台有感，述史抒怀，对刘邦之功业似在颂扬，实有所讥。“异代看”三字，是对这场整治异姓王斗争的否定，意即让历史来评论。“竟成隆准帝”一联，是赞歌。比起项羽来，刘邦终成大器。但从“苍茫大将坛”一句来看，作者却又在为韩信鸣不平，所以他才发出“风云今寂寞，江汉自波澜”的感叹。在历史长河中，什么都没有了，只见这江汉的波澜依然日夜不停地在翻滚，这是绝妙的讽刺。此诗反映出一段复杂的政治斗争史，从一个侧面活生生地写出刘邦这个专制独裁者的狠毒、阴险，极显风神。历代诗人咏汉台之诗不少，都刻在汉台上，似未有能与此篇匹敌者。

故宫曲二首

湿萤几点粘修竹，昏黄月映苍烟绿。
金床玉几不归来，空唱人间可哀曲。

往日朱门帝子家，柴车一去即天涯。
平台宾客今何处，零落小山丛桂花。

《蜀道驿程记》:“初九日。过次公邸，故明瑞王宫也。王，明神宗子。天启中，与福、惠二王同就国，李自成入秦，王走重庆。张献忠陷重庆，遇害。今瓦砾满目，惟存后殿一区，改兴元书院，前守钟琇所置也。朱门潭潭，尚极宏丽，殿前后，丛桂、老梅、樱桃数十株。又观所谓西园者，有亭榭四五，桂花渐落，紫荆数株方作花，凄艳动人。有羝羊伏草中，惊人而起。因忆盛时鹤洲凫渚之乐，而今台榭已倾，曲池就平，不待雍门之琴，乃泣下矣。”

《汉书·文三王传》:“上废栗太子，太后欲以梁王为嗣，袁盎等有所关说于帝，太后议格。梁王乃与羊胜、公孙诡之属谋，阴使人刺杀盎。上怨望梁王，梁王恐，上书请朝。既至关，茅兰说王，使乘布车入，匿于长公主园。”张晏曰:“布车降服，自比丧人也。”“柴车一去即天涯”，指此。《文三王传》又云：“孝王，太后少子，爱之。大治宫室，为复道，自宫连属于平台三十馀里。招延四方豪杰，自山东游士莫不至。”“平台宾客今何处”，指此。

这两首诗，表达了作者对故明瑞王等三个王子的追念之情，情意恳挚，哀婉动人，此时明已覆亡二十八年。瑞王遇害情景，见于拜鹃山人《见闻实录》:“顺治元年六月戊寅，张献忠陷重庆，执瑞王。将剐之，天雷大震。献忠大呼曰:‘天示雷霆，令我不杀瑞王耶？必剐王，天其奈我何！’雷旋止。王被磔，阖宫死之。”

作为明朝高官的后代，如此深情地表明自己对“朱门”的眷恋，在迭兴文字狱的清初时代，可谓大胆。第一首写宫苑今日之衰，以湿萤、修竹、黄月、苍烟写之，情调凄凉。《可哀曲》，为武夷山神仙所唱之曲，其音甚哀。陆鸿渐云:“武夷君于八月十五日大会村人于武夷山，作乐行酒令，歌师彭令昭唱《人间可哀》之曲。”第二首咏宫苑昔时之盛，而今只剩零落之丛桂，至为凄惨。平台是汉宫室名，此指瑞王宫。宫内有竹园，传为梁王所筑。渔洋思明怨清之情，以此篇表现最为痛切。可惜梁启超没有看到这两首诗，要是读过，他也不会骂渔洋是清室的奴才了。梁启超读书不多，常好发议论，是他自己公开承认的。

汉中偶题排闷

汉川风土佳，可怜复堪忆。
佳鳠持作羹，黄柑耀金色。
自我历周秦，见此邾莒食。
阿瞒非解人，区区笑鸡肋。

《蜀道驿程记》："初九日。过次公邸，故明瑞王宫也。"汉川，指汉中平原。《洛阳伽蓝记》记南齐王肃，以父兄为萧道成（武帝）所杀，奔魏。"肃初入国，不食羊肉酪浆等物，常饭鲫鱼羹，渴饮茗汁。"尝对拓跋珪（高祖）言：'羊比齐鲁大邦，鱼比邾莒小国，惟茗不中，与酪作奴。'"后因以"邾莒食"作为故乡鱼肉的代称。《三国志・魏武帝纪》："曹操攻汉中，不能胜，意欲还军，时来请令，即出令曰：鸡肋。杨修便自严装，人问之，修曰：'夫鸡肋，弃之如可惜，食之无所得。以比汉中，知王欲还也。'"阿瞒，曹操小名。

作者过汉中，忆曹操攻汉中旧事，作此诗。诗句古拙朴茂，前两联，极赞此间风物之美，认为周秦之地不能与之相比。后两联，刺曹操。邾莒是春秋时的两个小国，此以比拟汉中地区。曹操欲取汉中，意颇踌躇，知不可取，因即下令退兵。这首诗，是对曹操想取汉中而不得的嘲笑，也表达出自己的怀乡之情。作者一贯维护刘氏政权，他从正统史观出发以论三国史事，所以对曹操素无好感，以"偶题排闷"四字题壁，表示他对窃取正统政权者的厌恶。汉中有汉王宫，又有明故王宫。此诗曲折地反映出他对清朝统治者的不满，诗意含蓄。他不喜欢曹操，对刘备和孙权却都有好感，这从他的许多诗中可以看出。此诗所含文化意蕴在此。"排闷"二字，最堪玩味。此意当于诗外求之，"区区笑鸡肋"一句，恐怕不只是嘲笑曹操，或许也在批评汉中地方官吏，故题壁讽之。

泛汉江

广川微雨过，叠鼓发中流。
白獭衔鱼上，青峰卷幔收。
江童竹枝曲，汉女木兰舟。
归路重城晚，红灯满市楼。

《秦蜀驿程后记》："十二日，微雨，泛汉江。沔合褒水，至此为汉，江流空阔，远山屏列，一苇中泛，清吹间作。渔舟四五，用白獭捕鱼，捷如猿猱，顷刻得鱼四五枚，大皆数尺。斜风细雨，极江山杳霭之趣，归经诸葛忠武侯祠。"谢朓有"迭鼓送华辀"之句，迭鼓是小击鼓。《大唐六典》："都城三重：外一重为京城，内一重为重城，又内一重名宫城。"参寥子《唐阙史》："揭州，胜地也。每重城向夕，倡楼之上常有绛纱灯万数，辉罗耀烈空中，九重三十步阶，珠翠填咽。"

此诗写景工丽，语言亲切自然，表达了诗人泛舟江上很愉快的心情。古人泛舟，好诗不少，但我却更喜欢这一首。这确是一首神韵悠然的作品。作者泛舟这一天，是阴历四月十二日，正是汉中初夏的好天气。陪同他泛舟游览的，是汉中太守陈邦器。陪游又有鼓吹助兴，可以说是很隆重的了。江山信美，人情更浓，一阵微雨过后，山间雾幔缓缓拉开，青的山，绿的水，清新的空气，和暖的阳光，主客对坐船中，聆听笛声、鼓声，品茗笑语，一路观赏，自然玩得很快活。更有趣的，似乎是那"白獭衔鱼"的一幕。驯养白獭逮鱼，是秦蜀一带习俗。更令人击节赞赏的，是这首小诗中竟写出那么多人物：江童、汉女、渔父、主和客。有人说渔洋诗中无人，真是瞎说。诗人不仅给景物涂上清白红诸多色彩，细细品味，诗中还有音乐之味和剧情之美呢，充满了诗情画意和剧趣，而且好像还是一出很有雅趣的乡村小戏。景中含情，韵味深浓，这是诗、画、乐、剧四美的结合，令人百读不厌。古今江上泛舟诗不少，似罕有人能出其右者。

此时渔洋任户部侍郎，与汉中太守大约是平级。他主盟诗坛数十年，名满全国。据《日记》，这天汉中太守并未设宴招待，此可见清初吏治之清廉。今汉江已枯竭，停航已久，渔利也很少了。

黄沙驿

稻畦方罫一渠通，雨足村村乐事同。
白水满塘秧正绿，吴牛闲卧柳丝风。

《蜀道驿程记》："初十日……晡抵黄沙驿。"此驿在沔县。诸葛亮曾屯田于此。建兴十年，亮统军第四次北伐，军队在此休整，以图北定中原。令长史杨仪"规划分部，筹度粮谷"，并命兵士屯田，兴修水利，嗣又招抚流民及陇右少数民族来此垦殖，还增筑汉代修建的"山河堰"，留下诸多业绩。

汉中平原，向有小江南之称。渔洋所见“方罫稻畦”，显系武侯屯田遗迹。这天，风和日丽，他骑马西行，见此江南风光，一路吟唱，总计写律绝七首。这是他对汉中平原的歌赞，也是对武侯的歌赞。他深谙此地风土民情，故能写出这些好诗。结句“吴牛闲卧柳丝风”，恍似江南风光。其悠然神韵，实不亚于早年所作《真州绝句》。

虚谷庵二首

三寸黄柑水浸渠，一林红桂映棕榈。
钩帘恰对中梁色，正好高眠读道书。

太息黄杨树子前，琳宫几岁饱风烟。
交柯接叶真怜汝，未似先生厄闰年。

《蜀道驿程记》：“初十日。发汉中府，沿汉江北岸而西，复涉褒水，其南直中梁山，不半里，即褒水入汉处，饭长寨虚谷庵。庵有黄杨二树，交柯攒叶，高出檐霤，亦奇观也。”《益州于役记》：“回忆夫子使节西来，摩娑树下，有‘钩帘恰对中梁色，正好高眠读道书’之咏，禧以风尘委顿，寻游于此，盘旋嘉树之侧，缅怀高致，五千里外还若觌面，小子所得良已多矣。树高二丈，其荫满庭，纱莎覆根，丛栟旁植，亦幽境也。”中梁，山名，在褒城县南三十里，古产犀象。

虚谷庵有黄杨、黄柑、红桂诸树，作者观之有感，托物抒怀，作此诗。第一首，作者对道观内外幽静之景深为眷恋，因有隐退之思。“三寸黄柑”，乃柑之大者美者。《宋书·彭城王义康传》：“取柑大三寸供御。”红桂，亦为嘉树。棕榈，叶大如扇，皮中毛缕如马鬃，作者见此，因有感焉。“钩帘恰对中梁色，正好高眠读道书”，因思退隐学道，愁绪深浓。第二首，赞黄杨。此木质坚，非二三十年不得成材。陆佃《埤雅》：“黄杨木性坚致难长，俗云岁长一寸，闰年倒长一寸。”或云“遇闰退三寸”。此二树，“交柯接叶”，风姿可人。它同虚谷庵一样，饱经时代“风烟”，作者是把它人格化了，对其深表同情。“交柯接叶真怜汝”，是对树而言；“未似先生厄运年”，是树对己而言。这既是树的太息，又是他自己的太息。此时人树已化为一体。渔洋一生崇仰东坡，此诗亦寓有东坡之魂。坡有《读道藏书》诗云：“嗟予亦何幸，偶得琳宫居。”又有《退圃》诗云：“园中草木春无数，只有黄杨厄运年。”作者此次西行，过凤翔曾思念东坡。来到这里，他又念起东坡来了。东坡一生很不幸；渔洋在满洲贵族统治下，其内心之痛苦亦可想而知。这次奉使典蜀试，就是他的厄运之年。统治者与被奴役、受压制的知识分子，荣辱观正好相反，身处满族封建王朝剑影威慑下的王氏更是如此。

南郑至沔县道中杂咏二首

黑水梁州道，停车问土风。
沔流天汉外，嶓冢夕阳东。
处处棕榈绿，村村䆉稏红。
更须参玉版，修竹贱如蓬。

岁岁桃花水，鱼从丙穴来。
金盘飞素雪，玉手泼新醅。
茶户雨中焙，橘官霜后开。
山南风土美，去住一徘徊。

《蜀道驿程记》："初十日……自南郑至此七十里间，水田漠漠，䆉稏万顷，亩可十锺，古称天汉，不虚尔。"《尚书・禹贡》："华阳黑水惟梁州。"《水经注》："汉高祖入秦，项羽封为汉王。萧何曰：'天汉，美名也。'遂都南郑。"桃花汛时，鲜鱼上市，名曰"素雪"。汉武帝时，于产橘地置橘官，长一人，秩二千石。《冷斋夜话》："东坡邀刘器之同参玉版和尚，器之欣然。至廉景寺，烧笋而食。器之觉笋味胜，问：'何名也？'东坡曰：'玉版也。此老师善说法，要令君得禅悦之味。'于是器之乃悟其戏，为之大笑。"䆉稏，一作罢亚，即稻子。

定军山谒忠武侯祠

朝登武侯坪，遥酹丞相墓。
渺渺汉川流，群山莽回互。
背临巴蜀道，前指梁洋路。
仿佛汉官仪，再拜冬青树。

据《汉中府志》，定军山在沔县南十里，东西绵亘十馀里。三国时，蜀将黄忠斩夏侯渊、赵隅于此。山有十二峰相连，两主峰东西分立，中一小峰，俗称"二龙戏珠"。山北开阔地，即武侯坪。武侯祠今址在城西四公里处。梁洋路,指梁州到洋州的通路。

康熙丙子,作者再谒武侯祠,作此诗。武侯原葬定军山,不详所在。祠墓是后代修建的。首联登坪遥酹,其实不知墓在何处。二三联写墓外山水景象,极显英雄气概。尾联:"仿佛汉官仪,再拜冬青树。"含意殊深。汉官仪,指汉朝官吏的服饰礼制。《后汉书·光武帝纪上》:老吏或垂涕曰:不图今日复见汉官威仪!王莽乱平,光武中兴,老吏因有此叹。诸葛遗命葬定军山,不起坟垄,敛以时装。"仿佛汉官仪",感慨殊深。此时清政权已经很牢固,但清初遗留下来的强令汉人"薙发易服"的伤痛还未消尽。史载满人入关后,曾屡屡严申"嘉定三屠""扬州十日",这些悲剧就是这样造成的。嘉定人民死难者两万馀人,江阴人民死得更多,总计共死十七万馀人。当时围攻江阴的清军在劝降书中狂叫:"两直、川陕、河南、山东等处地方,俱已薙发,惟尔江阴一处固执违国令,何不顾身家性命?"义民回书答曰:"薙发一令,大拂人心,是以乡民老少,誓死不从,坚持不二!"这血淋淋的历史事实,渔洋知之甚悉,今来凭吊武侯,因有此叹,此可见其对清廷怨愤之深。这首诗的价值全由尾联两句显出,渔洋是一个很有民族气节的诗人。在当时历史条件下,他这样做是很对的。冬青树为植在墓园之常绿树,含有生生不息之意。

定军山诸葛公墓下作

高密起南阳,文终从高祖。暴系本见疑,数细亦非武。
堂堂诸葛公,鱼水托心膂。二表匹谟训,一德追伊吕。
视操但如鬼,畏蜀还如虎。嗟彼巾帼徒,与公岂俦伍?
紫色复蛙声,抵隙各为主。火井方三炎,赤伏更典午。
志士耻帝秦,祭器犹存鲁。阴平一失险,面缚忘奔莒。
知公抱遗憾,龙卧成千古。峨峨定军山,悠悠沔阳浒。
郁郁冬青林,哀哀号杜宇。耕馀拾败镞,月黑闻军鼓。
谯侯宁足诛,激昂泪如雨。

《蜀道驿程记》:"十一日。次沔县,经定军山拜诸葛墓祠。"《墨娥漫录》:"武侯垒东南有定军山,山下十馀里有诸葛武侯墓。钟会征蜀至汉州,祭亮之墓,令军士不得于墓前刍牧樵采,今松柏碑石俨然。"《汉书·萧何传》:"客说何曰:'君胡不多买田地,贱贳貣以自污?'于是何从其计。后何为民请曰:'长安地悃,上林中多空地,弃,愿令民得入田,勿取稾为兽食。'上大怒曰:'相国多受贾人财物，为请吾苑！’乃下何廷尉械系之。数日，王卫尉侍前，问曰：‘相国胡大罪，陛下系之暴也？’上曰：‘吾闻李斯相秦皇帝，有善归主，有恶自予。今相国多受贾竖金，为吾请苑，以自媚于民，故系治之。’”《后汉书·邓禹传》：“自冯愔反后，禹威稍损，又乏食，归附者离散，而赤眉复还入长安，禹与战，败走。至高陵，军士饥饿，皆食枣菜，帝乃征禹还。禹惭于受任而功不遂，数以饥卒徼战，辄不利。三年春，与车骑将军邓弘击赤眉，遂为所败，众皆死散，独与二十四骑还诣宜阳，谢上大司徒梁侯印绶。有诏，归侯印绶。”《汉书·王莽传赞》曰：“昔秦燔诗书以立私议，莽诵六艺以文奸言，同归殊途，俱用灭亡，皆炕龙绝气，非命之运，紫色蛙声，馀分闰位，圣王之驱除云尔。”《颜氏家训》：“紫色蛙声，馀分闰位，谓以伪乱真尔。”《蜀书·后主传》：“邓艾至城北，后主舆榇自缚，诣军垒门。艾解缚焚榇，延请相见，因承制拜后主为骠骑将军。”《后主传》注：“《汉晋春秋》曰：司马宣王问禅曰：‘颇思蜀否？’禅曰：‘此间乐，不思蜀也。’”

诸葛亮欲北定中原，恢复汉祚，壮志未酬，遗恨千秋。作者远来吊墓，为作古风一首哀之。此篇一唱三叹，雄奇豪放。全诗用事较多，兹分四点简要说明如下。

一是君臣关系问题。作者以诸葛与萧何、邓禹相比，“文终侯”萧何从高祖有功，却被刘邦疑忌，终遭“暴系”之厄；“高密侯”邓禹起兵南阳，辅助刘秀取得天下，后因军事失败而被废。他们都没有处理好君臣关系。诸葛则不同，他同刘备相处得“情好日密”。刘备说：“孤之有汝，犹鱼之有水也。”作者认为这是值得称赞的。

二是德才问题。诸葛亮可与周公、伊尹、吕尚相比，其前后《出师表》与周公的《伊训》《说命》和伊尹的《威有一德》，同为“鸱枭救乱之诗”。杜甫也认为诸葛、伊、吕同在“伯仲之间”。他们都是德才兼备的良臣。

三是如何看待反面人物的问题。那些站在对立面的人物，诸葛亮从不把他们放在眼里。作者认为：曹操是“鬼”，司马宣王“畏蜀如虎”，直是一个胆小怕事的妇人，都够不上称作诸葛亮的对手。作者始终站在维护封建皇权正统的立场，这种历史观在其诗里表露得很清楚。他认为蜀是正统，所以竭力颂扬诸葛，而把曹孙都不放在眼里。评述三足鼎立之势，对吴魏常有微词，而以“紫色蛙声”讥之。对蜀政权的态度则不同。他赞颂说：“火井方三炎，赤伏正典午。”三炎，指高祖、光武、昭烈。赤伏，符名。汉人信符谶。典午，喻司马氏。在渔洋看来，蜀政权是一线传下来的，它既有“三炎”维系其正统，又有许多“耻帝秦的志士”帮助它，何况刘备手里还掌握着极为重要的“鲁祭器”呢。所以他认为刘备继承刘家政权完全名正言顺，是不可动摇的。他所唱的就是这样的颂歌。这里隐隐吐露出他对清政权的不满。满族是古之北狄，金之女真，实非正统。此诗之妙，是在不动声色地给清统治者重重敲了一棒。渔洋思明怨清之诗甚多，不止这一篇。可惜清朝末年在驱除鞑虏、光复中华声中，南社诗人竟无一人高举渔洋怨清旗帜，许多人都没有读懂渔洋这类咏史诗的现实意义，他们都认为渔洋只是一个模山范水的诗人，这不能不说是一个遗憾。

四，在作者看来，令人沮丧的是，后主刘禅太不争气。诸葛亮死后二十七年，这个蜀汉政权终于断送。“阴平失守”，又重演历史上那出“面敷忘奔莒”的亡国悲剧。诸葛亮若地下有知，会多么心痛。“峨峨定军山”以下八句，全是哀词，表达了诗人对诸葛的深重追念之情。“谯侯”，指蜀臣谯周，后降魏。诸葛亮没有把此人杀掉，为一憾事。诗人对那些降清者，似有微词。诸葛亮的伟大，就在他竭力维护正统，这是点睛之笔。

沔县谒诸葛忠武侯祠

天汉遥遥指剑关，逢人先问定军山。
惠陵草木冰霜里，丞相祠堂桧柏间。
八阵风云通指顾，一江波浪急潺湲。
遗民衢路还私祭，不独英雄血泪斑。

《蜀道驿程记》：“十一日。次沔县，古白马氐东境，汉武都郡之沮县，梁武兴蕃王国也……丞相诸葛忠武侯墓在山下，东北向。史谓：遗命‘因山为坟，冢足容棺’者也。墓前有祠，遗像俨然。汉后皇帝景耀五年，从习隆、向充之请，诏为丞相立庙于沔阳……林前有高原，土人称为武侯坪。”《蜀志》：“亮遗命葬汉定军山，因山为坟，冢足容棺，敛以时服，不须器物。”《水经注》：“亮葬定军山，因即地势，不起坟垄，惟深松茂柏攒蔚川阜，莫知墓茔所在。”公元 234 年，亮卒于五丈原军中，享年五十四岁。生前封为“武乡侯”，死后谥为“忠武侯”。墓园植松柏五十四株，与其年寿相等，现存汉柏十八株。先主刘备葬于成都，曰惠陵，其旁亦建有武侯祠。

这首诗，高度赞颂了诸葛亮的军事才能和高尚品格，表达了人民历久不衰的追念之情，词意恳挚，至为感人。首联点出作者旅途所见之景及探询之情，从大处落笔，极具气势。“逢人先问”四字，吐出景仰之情，同时也表达出一切来此瞻仰者的共同心愿。中两联，以君臣祠墓的“草木”和“桧柏”作对比，表彰了诸葛的节操，进而写到他生前和死后，实写“八阵风云”，虚托“一江波浪”。即景怀人，一波三折，词意婉曲。末点遗民私祭迄今未绝，唱出“不独英雄血泪斑”的激越之声，调转激昂，大气磅礴，字字震响，堪与杜甫名篇《蜀相》媲美，不愧是一首情韵深浓的英雄赞歌。

诸葛亮的不幸，非在生前，而在死后。此诗尾联，特以“遗民私祭”一事哀之，见沉痛之情。《蜀志·后主传》：“景耀六年春，诏为亮立庙于沔阳。”其时亮死二十七年，同年蜀亡。《襄阳记》：“亮初亡，所在各求立庙，朝廷以礼秩不听，百姓遂因时节私祭于道陌上。”《水经注》亦有此记载。所谓礼秩不合，乃是投降派的遁词，实际情况是诸葛亮死后，再也没有人敢言北伐了。但人民不服，所以私祭至今不止。

渔洋入蜀诗学杜颇得其神。杜甫对刘备与诸葛同样推重，渔洋却不是这样。亮墓“桧柏”森森，刘墓“草木冰霜”，两种景象明显不同。诸葛之死，杜谓“长使英雄泪满襟”，王谓“不独英雄血泪斑”，此又完全一致。

武侯琴室

竹筱娟娟静，江流漠漠阴。
至今筹笔地，犹见出师心。
遗恨成衔璧，无声有故琴。
千秋弦指外，仿佛遇高深。

《蜀道驿程记》：“十一日。次沔县……祠堂后有琴室。石琴，传是公所御也。”《汉中府志》：“琴台，在武侯庙中。石琴一张，上镌‘章武五年’（按：应为元年）四字，扣之泠然清越。”正殿后壁有石刻《诸葛亮琴经自叙》一篇。亮善抚琴，撰有《琴经》一卷，述制琴之始及七弦之音、十三徽所象之意。筹笔驿，在四川广元，亮自此誓师北伐。作者参观武侯琴室，念及他死后蜀亡之事，感慨殊深，作此诗。首联写琴室外景，借景怀人，语至哀痛。颔联振起，强调筹笔驿誓师北伐一举，至今为人称道。波澜腾起，感情激越。接着写蜀亡，后以衔璧与诸葛抚琴对举成联，思潮一涨一落。从诸葛亮来说，蜀汉之亡，乃其生前所未料，故死有馀悲，作者以“遗恨”二字表之至切。然蜀亡于亮死后二十七年，渔洋何以如此为之深悲，则殊耐人寻味。尾联点出：“千秋弦指外，仿佛遇高深。”终于隐隐道出此中消息。这说明：诗人是从无声之琴听出诸葛弦指之外的悲声，复由此悲声而激起感情的波涛，产生共鸣，故有此千载遇知音之叹。一个为蜀亡而悲，一个为明亡而叹，一篇要旨在此。渔洋祖辈多为明朝重臣，其家数代蒙荫，激于民愤而“怨清”，此不足怪。清廷屡屡镇压汉族士人，他何能忍气吞声，不发一言？琴室本来是个小题目，他却做了一篇大文章，即小见大，诗思至妙。

女郎庙

朝过女郎道，遥望女郎祠。
溪水疑环珮，春山学黛眉。
千林丹桔熟，一径碧苔滋。
日暮神灵雨，西风满桂旗。

《蜀道驿程记》：“初十日……郦《注》：‘……南有女郎山，山上直路下出，不生草木，世人谓之女郎道。下有女郎庙，俗传是张鲁女。有小水北流入汉，谓之女郎水。’”

此诗着重写女郎庙之外景，借写庙景以赞女神之美，倾注了一腔诚挚爱慕之情，十分感人。作者岂仅为神而歌？“溪水”一联，情融山水，将溪山完全女性化，造语新奇。“千林”一联，是对这片人间乐土的歌赞，爱土爱民，具显生气。尾联写得飘逸，更见风致。这是颂神，实际是在赞颂人对爱情的渴慕与向往。这反映出诗人对女性的尊重和对妇女命运的同情。

《池北偶谈·殉葬》：“八旗旧俗，多以仆妾殉葬，朱御史小晋裴始建议禁止，得旨允行。朱历官至户部侍郎。”这是他对一个好官的表彰，也说明他对妇女命运一直很关怀。在其诗话、笔记中即录有不少闺阁言情诗。

女郎庙原有庙宇三十六间，是一项地方文化遗产，可惜在 1958 年“大跃进”中全被拆毁，今不复见矣。

女郎山

卧舆梦初起，遥见女郎山。
雨过开奁镜，烟消露髻鬟。
灵旗空翠里，瑶瑟碧云间。
不是崔罗什，何因奉玉颜。

《水经注》:“黄沙屯南有女郎山,上有女郎冢。下有女郎庙及捣衣石,言张鲁女也,有小水北流入汉,世人谓之女郎水。”张鲁传为张良第十代孙,汉末,他在汉中建立政权长达二十多年之久,政绩卓著。此诗编入《蚕尾集》,姑附于此,以便读者参阅。

山东章丘,亦有女郎山。唐段成式《酉阳杂俎·冥迹》:“长白山西有夫人墓,魏孝昭之世……清河崔罗什……夜经于此,忽见朱门粉壁,楼台相望。俄有一青衣出,语什曰:‘女郎须见崔郎。’什恍然下马……青衣曰:‘女郎平陵刘府君之妻,侍中吴质之女。’什……遂前,入就床坐,其女在东户立,与什温凉……女曰:‘比见崔郎息驾庭树,嘉君吟啸,故欲一叙玉颜。’……什上马,行数十步,回顾,乃见一大冢。”李商隐《圣女祠》:“人间定有崔罗什,天上应无刘武威。”

这首人神恋歌,情诚意挚,异常感人。诗人如醉如痴,似梦似醒,亦真亦幻,在片刻的遥望中,他的感情是净化了,也升华了。末叹无缘侍奉,语尤痛切。情思之美,全在写出常人心态,没有丝毫假道学气味,在清代理学盛行时代,能够写出这样缠绵悱恻的诗来,是需要勇气的。作者对清室奴役汉人的文化政策一直不满,从这里也可以窥见一些消息。

8. 金牛道卷

【卷头语】金牛道为川陕间一条险绝古栈道，此间地瘠民贫，人烟稀少，作者因有“三户遗民少”之叹。古风《五丁峡》咏此险峻山水，雄奇壮丽。大赞五丁辟土开山之功，歌颂苻坚、诸葛亮和南宋抗金英雄刘子羽，弘扬民族传统文化，令人振奋。写山民之贫苦与贪官之酷，具见其忧民之怀。

大安驿

荦确三泉县，坡陀一径开。
江流沮口合，风雨沓中来。
汉相经营地，氐王驾驭才。
西穷嶓冢尽，节使亦雄哉！

《蜀道驿程记》：“十二日。微雨，出沔县西门，曲折行乱山中。沔水流经其中，略如栈道，但山庳无林木，沔流舒缓，不及褒水湍悍耳。西涉沮水……会于沔。今二水合处尚曰沮口。暮抵大安驿，有土城废址，唐之三泉县，宋置大安军。城东一水自西北来，南注沔江，曰三泉。有泉三，大如车轮，县得名以此。”大安驿在今陕西宁强县。《汉中府志》：大安，元初为大安州。至元十二年，降为大安县，属沔州，寻并三泉入之。沓中，地名。《水经注》：“祁山在嶓冢之西七十里，山上有城，极为严固。昔诸葛亮攻祁山，即斯城也。汉水径其南，城南三里有亮故垒，垒左右，犹丰茂宿草，盖亮所植也。”又：“汉献帝建安中，有天水氐杨腾者，世居陇右，为氐大帅。子驹勇健多计，徙居仇池，魏拜为百顷氐王。”崔鸿《十六国春秋》：“苻洪居武都，为西戎酋长。永和六年，朝廷规复中原，以洪为氐王，坚僭位，追谥惠武皇帝。”前秦君主苻坚，始灭前燕，取仇池，占晋汉中，去成都，后克前凉，定代地，为十六国中最强者。

大安驿久经战乱，清初这里这剩下一座土城废址。此诗前两联写风雨中所见，后两联写风雨中所感。着重点出汉相诸葛亮和氐王苻坚在此留下的业绩，使全诗显出亮色。末以“西穷嶓冢尽，节使亦雄哉”收结，益显豪情。全诗文化意蕴深浓，诗意葱茏，语调轻快，有流动感，字里行间洋溢出一种爱国尊贤的感情，极富奇趣。昔人写三泉诗不少，未见有将诸葛亮与氐王并称者。

三泉地瘠民贫，“坡陀一径开”也不是什么好景致，作者在风雨中跋涉，心境怡然。在奇险的山道上行走，入荒寒之地愈深，即与世俗社会之隔离愈远，一时烦恼顿消，一颗追求自由的心得以清静，心情健朗，因而接连不断地写出如此雄健的诗，这给他的山水诗创作带来一股新鲜气息，也给清初诗坛吹入一股新风。这诗很有鼓动力。

大安驿雷雨

客行当四月，骤雨过三泉。
出地雄雷奋，穿云急瀑悬。
飞龙氐旧国，白马戍西偏。
潭毒关前垒，英风尚飒然。

《秦蜀驿程后记》：“十四日，晴。沔县西，多土砠，鲜嘉树，非栈中比。渡沮口，食蔡坝。午后雷雨，寻霁，此今年闻雷之始。抵大安驿，古三泉县也。其东有泉三，问之土人，久涸。”武都为氐旧国，“飞龙”指武都，其事不详。氐为白马氐，“白马”即指白马氐，羌为参狼羌。《续资治通鉴》：“高宗绍兴三年二月，吴玠退保兴元之西县，子羽退保大安之三泉县……子羽以潭毒山形斗拔，其上宽平有水，乃筑壁垒。方成，而金人已至，距营十数里，子羽据胡床坐垒石，诸将泣告曰：‘此非待制坐处。’子羽曰：‘子羽今日死于此。’敌寻亦引去。”子羽，字彦章，崇安人，刘韐长子，建安五年为利州经略。

大安驿有龙门山、潭毒关诸胜迹。潭毒关下瞰大江，路皆滑石，登陟为艰，下有深潭，为蜀国之险要。其地民风淳朴，人皆尚武，作者再使秦蜀作此诗。前两联纪行、写景，后两联纪事、抒情。全诗状大安驿之雷雨及其地之历史文化风光，雄奇壮丽。诗从雷雨命笔，有意避开烦琐的铺叙，以极简省的笔墨唱出一支嘹亮的英雄赞歌。“雄雷”“穿云”“急瀑”，全是惊险的自然景象，却都写得有声有色，力透纸背。末以刘子羽守关获胜收结，大显英风。昔人写三泉诗不少，未见有人像他这样称颂刘子羽者。这一英雄人物形象是永远活在这首诗里了。离京以后，他已摆脱一切世俗羁绊，回归自然，暂得解脱，他的自由精神苏醒了。“出地雄雷奋，穿云急瀑悬”，状景如在目前，显有中国西部山区特色。“潭毒关前垒，英风尚飒然。”则是一幕英雄战斗史的复现，气壮山河，读之令人感奋。爱国诗人陆游当时曾亲临这一带抗金前线，其作未见有似此篇者。

五丁峡

南穷石牛道，嵩嵩下云栈。三日招我魂，足踔目犹眩。
岂知东苍州，耳目益奇变。始过金牛驿，樛嶱已凌乱。
漾水从北来，劣足泛凫雁。举头嶓冢山，峨冠倚天半。
大哉神禹功，从此导江汉。渐入五丁峡，谲诡骇闻见。
陡壁何狰狞，十万摩大剑。攒罗列交戟，茫昧通一线。
乱水殷峡中，鲛蜃喜澜汗。仰眺绝圭景，俯聆竞雷抃。
九鼎铸神奸，到此百忧患。东方牧犊儿，竟使蚕丛判。
我行忽万里，风土异乡县。身落大荒西，终赖皇天眷。
咄咄复何言，艰虞一身贱。

《蜀道驿程记》："十三日。雨。三十里，小憩宽川铺。自大安西南，乱山益稠。至金牛驿北望，见嶓冢山峨然云表。一小水自西东流，即所谓'嶓冢导漾'者也。水才滥觞，不没凫雁，合五丁峡水东流为沔，其流始大。金牛驿西三里，有路通阳平关。稍南，入五丁峡……峡口悬崖万仞，阴风飒然。入峡即奔峭四合，猿鸟迹绝。水自峡中喷薄而出，人马从水中行，恶石如蛮象、狞龙伏水中，时时啮人。自峡口至五丁关十五里，步步悬緪而上，下峡亦如之，则伛偻循墙而走矣。《传》称此峡为蜀道第一险，信然。"汉扬雄《蜀王本纪》：秦惠王时，蜀王不降秦，秦亦无道伐蜀……惠王以金一笥遗蜀王，蜀王报以礼物，礼物尽化为土。秦王大怒，臣下皆贺曰：土者地也，秦王当得蜀矣。《华阳国志》："秦惠王作石牛五头朝，泻金其后，曰'牛便金'。蜀人悦之，使使请石牛，惠王许之。（蜀王）乃遣五丁迎石牛，既不便金，怒，遣还之，乃嘲秦人曰：'东方牧犊儿。'秦人笑之曰：'吾虽牧犊，当得蜀也。'"何景明《雍大记》："世传惠王以金牛诈蜀，使五丁力士开此峡，皆谬妄不稽。"《周礼 · 大司徒》："以土圭之法测土深，正日景。"又，《夏官》："（土方氏）掌土圭之法，以致日景。"竞雷抃，渭水石相激声如雷。

五丁峡连峰迭嶂，两崖对立，壁立数千仞，幽邃逼窄，仅能容一人一骑，乱石嵯峨，涧水湍激，为蜀道之最险处。旁悬两大石，东为石鼓，西为石钟，叹为奇观。此诗写五丁峡之险，计分三层：（一）先写入峡前的艰难行程，计十四句，谓南穷石牛道，经东苍州而至金牛驿，三日间历尽艰险，以致足踔、目眩、魂惊，此为写峡险造势。（二）写峡中山水奇观，突出一"骇"字，亦十四句。众山如“十万壮士”在摩剑，罗列交戟；大剑山如倚天长剑，直插云霄，这是远景。峡中陡壁狰狞，乱水雷鸣，仅一线通，这是近景。皆极可怕。“禹铸神鼎”“秦人牧犊”，这是历史传说。还有“仰眺”“俯聆”之景，皆状之至切。（三）结尾六句写感慨：感皇天，叹职卑。“咄咄复何言，艰虞一身贱”。他是把自己贬损到极点了。然不言而喻，谁都知道这苦是谁造成的。表难达之意于言外，这比直说更有力。

嶓冢高，漾水浅，经作者调查考证，指出“江汉在此分界”，这是他对中国地学的贡献。他在《蜀道驿程记》中说：“余过武都嶓冢山下，询漾水，土人指涓涓细流东南入沔者，即是。则漾入沔合流而东，共为东汉水，其源流甚明，而其上流又出分水岭以东之水，穿五丁峡而与漾合。”前人无此认识，这一考辨很有价值。

雨度五丁峡

徼外蕃王国，荒荒巨峡侵。
龙居三洞秘，熊馆四时阴。
笮马何年度，金牛此路深。
五丁虚斧凿，愁绝畏登临。

《秦蜀驿程后记》：“十五日……入五丁峡。”杜佑《通典》：“顺政郡兴州，晋惠帝时为杨茂搜所据。其后为梁所破，置武兴蕃王国，后魏置东益州。”《方舆胜览》：“龙门山，去大安军城五里，官道之旁，悬壁环合，上透碧虚，中敞大洞，下漱清泉，宛然天造，水帘悬夏，冰柱凝冬，真异境也。”苏元老《龙洞记》：“岩洞之可喜者，莫如龙洞，重檐夏屋，深不可穷。”《倦游杂录》：“熊于山中行数十里，必有跧伏之所，在石岩枯木中，山民谓之熊馆。”《池北偶谈》：“予蜀道诗有‘熊馆四时阴’之句，亡友叶讱庵方蔼以为射熊馆，乃汉上林馆名，不可借用。非也。《梦溪笔谈》云云，讱庵偶忘之耳。”《汉书·西南夷传》：“巴蜀商贾取其笮马、僰僮、旄牛，以此巴蜀殷富。”

宁羌有“龙门三洞”胜景。这首诗是从另一角度写五丁峡之险，作者以龙熊马牛四象构成两联，一面写山景之美，一面写南北交通之艰，皆引人入胜。“龙居三洞秘，熊馆四时阴”，是自然现象，有神秘感。“笮马何年度，金牛此路深”，是社会现象，皆古趣盎然。这两联既工巧，又写得很灵活，此殊不易。“蕃王国”“笮马”“五丁斧”，这些词语的选用，都大大加强了诗的文化色彩。

虚斧之“虚”，用字尤妙。诗人有丰富的历史、地理、文化知识，又有一颗热爱大自然的心，且极推重杨诚斋的“活法”，是他写好这首诗的重要原因。结句“愁绝畏登临”，大显全诗之魂，是极重要的一笔。清诗论家沈德潜云：“诗贵性情，亦须论法。乱杂而无章，非诗也。然所谓法者，行所不得不行，止所不得不止，而起伏照应，承接转换，自神明变化于其中，若泥定此处应为何，彼处应为何，不以意运法，转以意从法，则死法矣。试看天地间水流云在，月到风来，何处着重死法？”（《说诗晬语》）

宁羌夜雨

不信无晴日，曾闻有漏天。
武都连夜雨，巴子几人船？
山入氐中乱，寒临僰道偏。
荒城闻鼓角，回首意茫然。

《蜀道驿程记》：“十四日。冒雨发宁羌，行十里，河水大上，不得渡，解鞍待渡。”乐史《寰宇记》：“邛都县漏天，秋夏常雨。僰道有大漏天、小漏天。”晏殊《类要》：“大梨山、小梨山在开边县界，四时霖霪不绝，俗人呼为大漏天、小漏天。其山自嘉州以来，每峰相接，高低隐伏，奔走三峡，其状难名。”

这是前诗《宁羌州》的姐妹篇。深山夜雨，荒城凄冷，作者忧思不可名状，作此诗。首联渴盼天晴，用“大漏天”状雨，具显地方特色。次写夜雨不止，路不能行，心里发愁。三联写山乱、寒临、地偏，对明天的行程表示忧念。尾联点出闻鼓角之声而思绪茫然。在这样的地方，遇上这样的天气，怎不令人烦躁？此地苦贫，“四郭皆荒草，缚草为城门”，这就是清初中国西部山区小城的现实状况。“刺史与城隍神同衙，饷银顿于孔子牌位下，四壁皆穿，风雨不蔽”，这是渔洋夜宿北关的感受。此诗写雨，感情似在随水而流，令人不忍卒读。此时此刻，他仅仅是在忧念自己吗？屈原、杜甫等大诗人“哀民生之多艰”的传统，他是完全继承下来了。他的山水诗是有风骨的，不属于闲散山水诗人之列。仅以“清新俊逸”四字美之，似嫌不足。“回首意茫然”一句，是全诗之魂，意在言外。

宁羌州

威迟辞北阙，浩荡赋西征。
天险金牛峡，悲歌猛虎行。
岷峨连雨气，沔汉走江声。
三户遗民少，萧条见废城。

《蜀道驿程记》："十三日……雨，次宁羌州。州在乱山中，无城堞，本沔县羊鹿坪地。明洪武中，以山寇作乱，置卫于此……明末，渠寇小红狼据之。又经献贼之乱，城郭为墟。宿北关，在州城隔河。入夜，雨不止。"献贼指张献忠。巴子，古国名。《乐府·猛虎行》："饥不从猛虎食，暮不从野雀栖。"曹丕、陆机、李白皆有《猛虎行》。《益州于役记》："五丁峡三十里至宁羌州，入北门，四郭皆荒草，缚柴为城门。刺史与城隍神同衙，饷银顿于孔子位下，四壁皆穿，不蔽风雨。"威迟，历远貌。宁羌州，宋元为沔州地。山深箐密，地势险固，其建制历代多有变革，汉曰葭萌，蜀汉属广汉郡，魏属武都郡，唐置三泉县，宋建大安军，明建宁羌州。《陕西通志》："洪武二十九年，田九成作乱，官军剿除。"《宁羌乡土志·人类》：本境虽氐羌故地，然历朝以来，递经淘汰，腥膻尽除。至清初，此地氐羌已与汉族完全融合。

宁羌州是乱山中一个荒废土城，作者于此寄宿一夜，作此诗抒感。首联纪行，"浩荡西征"，谓队伍壮大。颔颈两联借写此城地理特点，以显其荒僻和险峻之状。尾联发抒感慨，涕泗欲流。全诗写景皆从大处着眼。潘岳有《西征赋》，古乐府有《猛虎行》，作者巧用古辞，只轻轻一点，即大增诗趣。辞北阙，赋西征，抒其襟抱；连雨气，走江声，表人民之怨情。收笔点出州城荒废之状，哀生民之多艰。通篇气象开阔，雄奇豪放。前三联为工整对仗，而皆自然流利。状物写景，有色有声。尾联"三户遗民少，萧条见废城"，叹此一咽喉要道，历经战乱，遗黎寥落。其悯民之情，溢于言表。从字面看，似表忠心，其实是一篇揭露。此时满洲贵族统治中国已有二十八年，西部小城还是这个样子，含不尽之意于言外，力透纸背。

百牢关

全秦雄百二，南尽百牢关。
人杂氐羌俗，天连彭濮山。

汉臣传谕蜀，唐计失征蛮。
历历前朝事，孤云落照间。

《秦蜀驿程后记》："十五日……过松林驿，抵宁羌。州城废，虎昼入市。"孙樵云："越百牢而南指，悲石门之逶邃也。"百牢关隋置，初名白马关，古属三泉县。自京师趋剑南，以蜀道险峻，号曰"百牢"。其地为氐羌聚居区。彭濮山，在四川灌县。《汉书・地理志》："秦，形胜之国也，带河阻山，县隔千里，持戟百万，秦得百二焉。""百二"谓秦二万人足当诸侯百万人也。

作者再使秦蜀，过百牢关，作此诗。据史事咏之，谓此关虽牢，然在氐羌族聚居区中，守关者当以史为鉴。首言以秦之强，其雄威也只达此关而止。次言从此关到彭濮山都是氐羌族聚居区，应首重安抚，不可轻率用兵。三联更以汉唐民族政策之不同，力言利害。汉景帝时，唐蒙使蜀，略通夜郎西僰中，巴蜀民大恐；乃使相如谕告之，因复通西南夷道，邛、筰、冉、马龙、斯、榆之君，皆请为臣，边关益斥（详见司马相如《谕巴蜀檄》），这就是"汉臣传谕蜀"一句诗的含意。唐时，南诏畏吐蕃，欲附唐，边将不识方略，惟武力用事，致南诏多次起兵抗唐，唐大受害。安史乱中，唐无力征讨，南诏乃乘机立国。这就是"唐计失征蛮"这句诗的含意。尾联："历历前朝事，孤云落照间。"这是总结历史经验，晓喻清统治者接受历史教训，应当实行民族和解政策。当时吴三桂拥兵云南，是康熙心中之大患。末以"孤云落照间"一句景语收结，有"篇中接混茫"之妙。作者以婉语劝告清统治者，应当像汉朝皇帝那样派遣使臣传谕巴蜀，与氐羌等少数民族通好，不要像唐朝皇帝那样唯武力征讨用事。民族融合，则国家安定，作者咏史是有卓识的。

百牢关怀家兄子底礼吉子侧

行尽山南路，前锋入宕渠。
残秋杜陵雁，斜日锦江鱼。
一别四千里，何因频寄书。
只思风雪里，灯火共吾庐。

伯兄士禄，字伯受，一字子底，号西樵。仲兄士禧，字礼吉，一字仲受，号汉鳌。叔兄士祜，字子侧，号东亭，又号古钵山人。三兄皆士禛少时诗友，时有唱和。《清诗纪事初编》："士禄修洁不及士禛，而笔力劲健过之。若谓士禛大家，则士禄当为名家。”宕渠，古郡名，今川北通江、南江、巴河一带。

作者至百牢关，接到三兄来信，作此诗抒感。说自己一路上也在时时想念诸兄。首联述已达百牢关。“前锋”指其所率典试人员的先遣者。次写在长安杜陵时想念诸兄；待到达成都后，当再致候。鱼雁传书一联，工巧流利。后四句自问自答：为什么相隔四千里，自己还在不断寄信表示思念之情呢？这是因为：他与诸兄少年时代冬日在一起读书的那一段快乐时光，永远难忘。此诗述兄弟之离情，真挚感人。一篇要旨，全由尾联景语托出。《蚕尾续文》记云：“予兄弟少读书东堂，堂之外青桐三、白丁香一、竹十馀头而已。他无所有。人迹罕至，苔藓被阶，纸窗竹屋，灯火相映，咿唔之声相闻，如是者盖十年。长兄考功先生嗜为诗，故予兄弟皆好为诗。尝岁暮大雪夜，集堂中置酒，酒半，出王、裴《辋川集》，约共和之，每一诗成，辄互赏激弹射。诗成酒尽，而雪不止。”士禄《忆斋前三桐树遥示诸弟》诗亦云：“苦忆东堂堂外地，三株桐树最参差。白花长夏绿衣落，碧藓幽墀过雨滋。午夜围棋还对酒，清晨晞发一题诗。何时共汝浓荫里，石几匡床话昔时。”这说的也是兄弟们一起在东堂行乐往事，只是一个回忆的是夏天，一个回忆的是冬天。可见他们相聚在一起的十年间，无论冬夏都是很和乐的。良好的读书环境，给他们成才提供了有利的条件。明朝已经亡去二十八年了，他们心中剩下的唯一乐土就只是这个东堂。

夜至黄坝驿短歌

氐道森沉十日雨，石林冥冥断行旅。洪涛殷地四山动，
百折盘涡噤难语。前有蝮蛇后豺虎，红鹤哀号奋毛羽。
吾生胡为狎此曹，命轻如毛争一缕。妻孥漂泊寄京国，
欲归不归在何所？乡关回首四千里，纵有辛苦谁告汝。

《蜀道驿程记》：“十四日。冒雨发宁羌……二鼓抵黄坝驿。是日，冒雨涉水四十馀次，夜闻呼譟声，询之，云麋多食稼，农夫野宿驱之故耳。”《宁羌州志》：“黄坝驿，州西五十里，洪武二十三年建。”《尔雅》：“蝮虺，博三寸，首大如擘。”郭璞曰：“蝮虫，色如绶文，大者百馀斤，一名反鼻虫。”王介甫《白鹤吟》诗：“白鹤声可怜，红鹤声可恶。白鹤静无匹，红鹤喧无数。白鹤招不来，红鹤挥不去。长松受秽死，乃以红鹤故。”“欲归不归在何所”，《宁羌州志》抄本，“所”作“许”，协韵可从。

作者冒雨发宁羌，夜二鼓始抵黄坝驿，一路历尽艰辛，作此短歌抒感。诗分前后两截，前半述所见，后半抒情。一落笔，即以“氐道森沉十日雨”开篇，极状途中之险情：“石林冥冥”“洪涛殷地”“百折盘涡”，加上蝮蛇出没，特别是“红鹤哀号”，十分可怕。红鹤是恶鸟，王安石以之喻小人。作者反其意而用之，以之自比，其言甚哀。一叹命轻如毛，如红鹤之争保一羽；二叹妻孥漂泊京国，欲归不得；三叹乡关远隔，只得与红鹤相依为命。

此诗古朴奇警，充满荒寒之气。写石恶水险，令人魂惊，哀红鹤之命短，借申素悃，叹妻孥之漂泊，具显真情。思怀抑郁，久已不欲做官，现在借此短歌作了一次痛快淋漓的表达。诗有象征性和寓言性。“蝮蛇”与“豺虎”之象征，很精彩。作者借写山水以显其独立人格与自由精神，这在清初诗人中是罕见的。这是一曲时代的哀歌，它拨动了当时一切受压迫汉族士人的心弦。渔洋山水诗既有“清新俊逸”的一面，也有雄奇壮丽的一面，典型犹在，足可风范千秋。

龙洞背

众山如连鳌，突兀上龙背。鳞鬣中怒张，风雨昼晦昧。
出爪作“之”“而”，神奇始何代？乱水趋嘉陵，波涛势交汇。
万壑争一门，雷霆走其内。直跨背上行，四顾气什倍。
夕阳下岷峨，天彭光破碎。咫尺剑门关，益州此绝塞。
子阳昔跃马，妖梦成佁儗。区区王与孟，泥首终一概。
李特亦雄儿，僭窃竟何在？

《蜀道驿程记》：“十五日。雨。过七盘关，入四川保宁府广元县界，次神宣驿。上龙洞背，两山夹峙，一山如狞龙奋脊，横跨两山之间。下有洞，如重城门，可通九轨，水流其中。下视烟雾蓊郁，不测寻丈。自是盘折而上，骑龙背行，四望诸山，如剑铓戟牙。二十里许，始下山渡河。”《秦蜀驿程后记》：“龙门阁即龙洞背。山下有李业石阙，业字巨游，不仕莽，后归蜀。公孙述劫之，仰药死。《汉书》在《独行传》。”李业，梓潼人。此篇《渔洋精华录集注》题作《龙门阁》。

公孙述（？—36），字子阳，扶风茂陵人。哀帝时，为清水长，太守以其能，使兼摄五县，政事修理，奸盗不发。王莽时为导江卒正。起兵据有益州，自立为蜀王，都成都。建武元年称帝，号成家，建元龙兴。后为赤眉军所杀。《后汉书·公孙述传》：“述梦有人语之曰：‘八厶子孙，十二为期。’觉，谓其妻曰：‘虽贵而祚短，若何？’妻对曰：‘朝闻道夕死尚可，况十二乎？’建武元年，遂自立为天子。"《五代史·蜀世家》:"王建字光图,许州舞阳人也。"又:"孟知祥,字保胤,邢州龙冈人也。建以唐大顺二年入成都,为西川节度使,天复七年即皇帝位,明年正月改元武成,传国子衍,至后唐同光三年而灭。知祥自同光二年乙酉入蜀,以唐明宗崩之明年闰正月即皇帝位,传国子昶,至皇朝乾德三年乙丑国灭。"《晋书·后蜀载记》:"李特字玄休,巴西宕渠人,其先廪君之苗裔也。元康中,随流人将入于蜀,至剑阁,箕踞太息,顾盼险阻,曰:'刘禅有如此之地而面缚于人,岂非庸才耶!'六郡流人推特为主,自称益州牧。后为罗尚袭杀,传首洛阳。"李文子《蜀鉴》:"李特以惠帝元康八年入蜀。特子雄,雄传侄班,子期杀班,李骧子寿杀期,寿传子势,六世,至永和三年灭,凡五十年。"

作者过七盘关,上龙洞背,为山水奇景所动,作此诗抒怀。诗分前后两截:前十六句描绘所见山川之景,写山多而奇,宛如"连鳌",或如一龙,"鳞鬣中怒张";写水险,则乱水"波涛势交汇,万壑争一门",写水声则如雷轰鸣,皆极可怕。写自己"直跨龙背行"之感受,则"四顾气什背",远近之景尽收眼底,因而发出"咫尺剑门关,益州此绝塞"的赞叹。后六句咏蜀国之兴亡史事,对前后蜀几个有影响的历史人物作出精辟评论。嘲笑公孙述掌权短促,等于做了一场"妖梦"。对于建立前后蜀政权的王建和孟知祥,一个存在三十五年,一个存在四十年,皆一律以"泥首终一概"叹之。"泥首"是待罪的意思,作者判定他们都是历史上的罪人。惟对李特父子所建政权抱有好感,因与唐王朝同姓,不能算作"僭窃",这比《华阳国志》著者常璩的观点前进了一步,但这仍是维护封建正统的陈旧史观。其实,若从蜀地人民得以安居乐业来看,在汉唐末世纷乱之际,公孙述、王建、孟知祥,他们跟李特父子一样,都作出了维护一方安定的贡献。

渔洋站在龙洞背上咏蜀国之史,显然是对一切"僭窃"者猛烈开火,弦外有音。诗含丰富的历史文化韵味,这是他的山水诗胜人处。

朝天峡

朝登嘉陵舟,日出羌水赤。履险倦鞍马,即次亦称适。
黕黮双峡来,突见巨灵跖。崭岩无寸肤,青冥厉双翮。
阴崖积龙蜕,跳波畏鲸掷。往往压人顶,骇此欲崩石。
洞穴峡半开,兵气尚狼籍。蛇豕据成都,置戍当险阨。
至今三十年,白骨满梓益。流民近稍归,天意厌兵革。
会见賨卢人,烧畬开硗嵴。慷慨一扣舷,浩歌感今昔。
风便黎州城,茫茫波涛白。

《蜀道驿程记》："十五日。雨。过七盘关……分水岭以西，水入嘉陵江处，南山之巅为朝天关。孙樵《出蜀赋》所谓'朝天双峙以亏蔽，中惨栗而阴翳'是也。其下，江岸有小聚落，止宿，明日登舟。十六日。夜大风，晨稍霁，入舟，遣众骑山行。舟中宽首尾狭，竹箬覆之，仅蔽风雨，左右用桨六枝，不施桅篷，制如江浙之梭船……过朝天峡，两峡各高数十丈，削立如关门。石壁上有巨洞，云是献贼所凿，可容万夫。壁下近水多石孔，昔人缘崖架栈于此。"蜀中士大夫赴阙，俱从此路，故名朝天峡。应劭《风俗通》："巴有賨人，剽勇。高祖为汉王时，阆中人范目说高祖募取賨人；定三秦，封目为阆中慈凫乡侯，并复除目所发賨人卢朴昝鄂度夕龚七姓，不供租赋。"拜鹃山人《见闻实录》："顺治元年七月庚申，张献忠围成都，甲子成都陷，蜀王率宫眷投井死，阖宫被害。贼据成都，僭号大西，以成都为西京，设左右丞相、六部尚书，以蜀府门外屋为朝房，伪相以下朝罢议事。"又："成都被献忠所屠，人烟断绝，数千里之内，冢中白骨亦无一存。人类既尽，孑遗无可为食，地中掘枯骨，屑而糜之以糊口。"

朝天峡在广元县境，濒临嘉陵江，作者于此登舟南行，观峡中奇景，作此诗。诗中勾出几幅奇异画面：一是"黓黤双峡来，突见巨灵跖"。这是第一幅画。"崭岩无寸肤，青冥厉双翮。"是第二幅画。"阴崖积龙蜕，跳波畏鲸掷。"是第三幅画。从这些画中，显出双峡影、巨灵跖、青冥鹰、阴崖龙、跳波鲸，都是很可怕的。至于写阴暗的洞穴中兵气尚存，那就不仅是大自然的奇观，更是人为的社会之惨景了。这就为后半篇写张献忠据成都称王，造成"白骨满梓益"的大悲剧做好了必要的铺垫。至清初，流民稍归，烧畲垦植，作者见到了賨卢人才以"扣舷浩歌"收结。从"茫茫波涛白"一语来看，他仍然是很哀痛的。诗中有画，是这首诗的特色之一。画是视觉艺术，诗是视觉、感觉和听觉的综合，作者通过不同的视角、不同的场面进行审美观照，创造出多样化的艺术景观，此诗艺术魅力，盖来源于此。议论之带情韵以行，是这首诗的又一显著特色。此峡为秦蜀间第一险，除唐人孙樵留有十四字咏叹外，未见有人写过这样雄奇壮丽的大章。

广元县作

树树皆猿狖，山山尽薜萝。
算钱滩下水，不及客愁多。

《蜀道驿程记》："十六日……次广元县，蜀王弟葭萌所封古苴侯国。"《明一统志》："广元属四川保宁府。"屈原《九歌·山鬼》："雷填填兮雨冥冥，猨啾啾兮狖夜鸣。"《淮南子·览冥》："猿狖颠蹶而失木枝。"《注》："狖，猨属也，长尾而昂鼻也。"

作者舟行嘉陵江上，闻滩曰"算钱"有感，作此诗。广元是川北门户，张献忠曾踞此。其地山高水险，地瘠民贫。"树树皆猿狖，山山尽薜萝。"反映出这个贫瘠山区人民生活的真实情况，描绘准确、生动，读之使人毛骨悚然。"算钱滩下水，不及客愁多。"这一咏叹，是对历史的沉思，也是对现实的针砭。不涉理路，不落言筌，即将一个荒凉的自然景象巧妙地转化为贫苦的社会景象。句似偶得，诗艺甚高。

算钱是汉代赋税制度。武帝元狩四年(前 119)初算缗钱，商人及手工业者自报其所有，各以货殖，以缗钱二千为一算。此诗妙在抓住"算钱滩"这个地名发抒感慨，引人思往事，看今朝。"猿狖"非人，却颇似人；"薜萝"非鬼，却有一半是鬼，且是饿鬼。"薜萝"指"薜荔"和"女萝"。"薜荔"是梵语音译，意译为"饿鬼"。这里展现的是一幅生态荒凉图画。从"客愁"比水多这个意象看，诚如唐初贤相魏征所说："民犹水也，水能载舟，亦能覆舟。"从审美与艺术角度看，前两句显然是从隋唐时代诗人王绩《野望》一诗颔联"树树皆秋色，山山唯落晖"脱胎换骨而来，此可见渔洋化古为新、驱遣运用之妙。

广元舟中闻棹歌

江上渝歌几处闻，孤舟日暮雨纷纷。
歌声渐过乌奴去，九十九峰多白云。

《蜀道驿程记》："十六日……次广元县……城西二里有乌奴山……舟人作渝歌，与柝歌断续，中夕不能成寐。"《明一统志》："乌奴山峭壁如削，昔有李乌奴于此修寺，因名其山。"曹学佺《蜀中名胜记》："九陇者，去广元二十里，山环九十九峰，如剑戟之排列。昔汉祖尝驻跸于此，有汉王寨。"

广元在大剑山之南。作者舟行嘉陵江上，出没万山间，时闻棹歌，因作此诗遣兴。"九十九峰多白云"句，质朴自然，飘逸空灵。此时，诗人坐在船中听歌，天在下着小雨，只见白云在山峰上飞卷，耳畔不时飘来船家唱的民歌，身在异乡，他完全被吸引住了。

渝歌是指四川境内有浓郁色彩的歌谣，它是劳动群众思想感情的自由表现。有的豪放热烈，表现为阳刚之美，有的歌唱爱情，表现得比较自由欢快，历代具有自由性格和创新精神的诗人都喜欢。民歌，唐刘禹锡倡导于前，渔洋踵继于后，他们的绝句都有开创新风之功。这首诗可以说是作者仿作的一首新民歌。

飞仙阁

山行喜乘流，江平况如练。峡崿有开阖，竹树一葱茜。
人言利州风，今朝泠然善。滩如涂毒鼓，舟剧离弦箭。
仰眺飞仙阁，鸟道危一线。弯环历三朝，向背穷九面。
绛云卷轻绡，白日递隐见。嘉陵碧玉色，晴雨皆婉娈。
想见吴道玄，应诏大同殿。此生两经行，天遣追胜践。
醉帽停乌奴，已泊益昌县。

《秦蜀驿程后记》："十八日……出朝天峡……过飞仙阁。"此诗丙子年作。李应祥《雍胜略》："飞仙岭在沔县东三十里，上有阁道百馀间，即入蜀道。"陈子文《益州于役记》："飞仙阁二里许，有阁岿然山巅，三面皆绝，俯临关门，常有起势，所谓飞仙阁也。"乌奴，山名。《传灯录》："（全豁禅师）上堂，一僧出礼拜请，师曰：'吾教意犹如涂毒鼓，击一声，远近闻者皆丧。'此是第三段义。"朱景玄《唐朝名画录》："明皇天宝中，忽思蜀道嘉陵江水，遂假吴生驿驷，令往写貌。及回日，帝问其状，奏曰：'臣无粉本，并记在心。'后宣令于大同殿图之，嘉陵江三百馀里山水，一日而毕。"

这首嘉陵江乘流纪游诗，写自朝天峡至益昌一段江行感受。对飞仙阁的奇景作了生动的描绘，表达了很愉快的心情。诗分三层：首叙入舟所感，只六句。写江平如练、竹树葱茜、峡崿开阖，而以"况""有""一"三字贯之，以表喜悦之情。因为遇到一个无风的好天气，故有"泠然称善"之感。次写舟行所见，共十句。"滩如涂毒鼓，舟剧离弦箭。"滩声如击鼓，这是作者的第一个感觉。"仰眺飞仙阁，鸟道危一线。"阁高而险，这是作者的第二个感觉。"弯环历三朝，向背穷九面。"江流曲折，江在陡峭的山壁间流转，这是作者的第三个感觉。"绛云卷轻绡，白日递隐见。"抬头看，天上正在卷动着轻绡般的绛云，而白日却在那绛云里忽隐忽现，这是作者的第四个感觉。"嘉陵碧玉色，晴雨皆婉娈。"低头看，水如碧玉，清澈见底，不论晴雨，都如此这般可爱。这是作者的第五个感觉。一个又一个新鲜感觉向他扑来，他陶醉了。但客观存在的自然景色尽管再美，若没有审美者的主观感受，还是不能被欣赏的。渔洋正是这样一位审美高手。此时，作者忽然想起唐玄宗召大画家吴道玄入宫作嘉陵山水图的故事，诗又进入一个新境界。旧史新说，这是极精彩的一笔。末以“天遣追胜践……已泊益昌县”两句收束写其欢愉之情，给人以悠然深远之感，很妙。

昭化县

乱山围一县，哀柝下初更。
近郭双江合，扁舟万里情。
浪翻寒月影，风急夜潮声。
何限人间事，茫茫恨未平。

《蜀道驿程记》：“十六日……午，微雨，晡，晴，抵昭化县，亦古葭萌地……汉大将军费祎里也……近昭化里许，即桔柏渡，白水江自北来，与嘉陵江合，水色澄碧，二水合处，清碧划然。”“广元、益昌皆濒嘉陵江，自宁羌至此，荒残凋瘵之状，不忍睹闻。”昭化，当桔柏津与白水汇合处，无城郭。费祎（？—253），字文伟，与许叔龙、董允齐名。后主时，任黄门侍郎，为丞相诸葛亮所重，屡奉命使吴。亮卒，任军师，继代蒋琬为尚书令。延熙十六年（253），以岁朝大会酒醉，被魏降人郭循刺死，谥曰静侯。《三国志·蜀志》有传。

作者自宁羌至此，目睹沿途荒残凋瘵之状，感触殊深，舟泊昭化，因念及汉大将军费祎，望月有怀，作此诗。他每到一处，皆爱赏其地之人文风光，对于这位诸葛亮所器重的昭化人又何能无情？尾联“何限人间事，茫茫恨未平”，表达出他对这位爱国大将军惨遭杀害的无限同情。“浪翻寒月影，风急夜潮声”两句，空灵蕴藉，此写眼前之景，吐心中不平之情，怀古伤今，情不能已。写景清远，颇似王孟，其沉郁又似杜甫。注重广泛汲取，而自铸新词，有自家独特面貌。作者缅怀其人，只以景语写之，若不在日记中注明费祎其人，谁能了解最后两句诗的含义？注家惠栋未能深究是无足怪的。此诗文化精神全由尾联显出，像他这样知费祎之深者是不多见的。其目光所注，常超越前人，令人赞叹。

晚至昭化县题孔令见野亭

葭萌朝挂席，弭棹欲三更。
月上嘉陵水，山围汉寿城。

主人具鸡黍，邀客启柴荆。
修竹吾庐似，因之故国情。

《蜀道驿程后记》："十八日……抵昭化，县无城郭馆舍，宿乡人孔令毓德见野亭。"葭萌是秦汉时的古县名。故城在今四川广元县南。《明一统志》："昭化，汉葭萌县。"三国时，刘备改葭萌为汉寿。

昭化是嘉陵江上游的一个小县城，没有城墙。作者朝由葭萌乘舟南下，晚泊昭化，葭萌与昭化不是同一个地点。首联记行踪，生动地反映出他晚至昭化的情景。颔联写土城在四山包围中，月下一江春水在奔流。"县无城郭馆舍"，甚荒凉。若不是这个同乡邀请他到家中过宿，他这一晚就要住在随水漂泊的板船上了。作者没有言苦，诗写得很闲适。后两联写同乡孔令的亲切接待。"见野亭"在山环水绕之中，旁有"柴荆"和"修竹"，很雅致。故人以鸡黍款待，情意甚浓。这一晚，作者很欢喜，因有返回故园之感，不禁油然想起孟浩然《过故人庄》的诗句。此诗与孟诗都写出田园景物之美，但情调不同。孟诗全是欢喜语，王诗则喜中含愁。昭化之荒凉，唐时已见，明清之际张献忠在此称王，益使之破败。后来清政权又来搜刮，民膏已竭，人民怎得不穷？这个孔令能守本分，靠吃皇粮过活，算是很不错的了。中国士人穷到如此地步，还自建茅亭，种几棵修竹，养几只黄鸡，也真可怜。这诗既反映出清初中国西部小县的荒落面貌，同时也反映出一个正直县令的生活实况，有史料价值。

龙门阁

四围碧玉色崚嶒，著个行缠盏饭僧。
松末风来龙背冷，坐看流水入嘉陵。

乐史《寰宇记》："龙门山，亦名葱岭山。"《传灯录》："香岩智闲禅师尽焚卷册，曰：'且作个长行粥饭僧。'"

龙门阁栈道为蜀道最险处，作者登临有感，写了这首诗。第一句赞山水，"碧玉"喻水，"崚嶒"状山。杜甫《龙门阁》诗云："嘉陵江水何所似，石黛碧玉相因依。"此句即由杜诗化来。第二句写自己的感受。来到此间观此山水，忽有所悟，想当"行缠盏饭僧"。第三四句，总写自己的感悟。"松末风来龙背冷"，句奇，惟"行缠僧"有此感悟，常人是体验不到的。"坐看流水入嘉陵"，仿佛他已得道忘身，进入一种自由空阔境界，亦如流水之自然流动。两句有因果关系，前句为因，后句是果。《六祖坛经》上说，观看山水有三个境界，初看“山是山，水是水”（第一境界）；再看“山不是山，水不是水”（第二境界）；最后终于看到“山依然是山，水依然是水”（第三境界），但此时山水已不是俗眼所见之山水，而是禅意山水。对于一个禅学修炼者来说，这叫“得道”。此诗情景交融，全入禅寂，可以说是渔洋山水诗的典范之作。清人称他为山水诗人，以“模山范水，清新俊逸”八字美之，其山水诗因常着眼于咏史，实含有丰富的文化内涵，绝不仅限于咏山叹水而已。其不同于前人之处在此，其高于前人之处似亦在此。

桔柏江

小舟飞青鹢，西掠马鸣阁。阁道凌天关，稍幸息腰脚。
茫茫双江来，抱此益昌郭。荒城豺虎多，残堞出丛薄。
国忆苴侯开，江疑鳖灵凿。武都地势高，众水竞流落。
分道下氐羌，两川乃磅礴。鸣水回惊澜，阴平划大壑。
仇鸠势未弃，犀牛道弥恶。千里会葭萌，崩腾似相索。
漭漭竟同流，西逝连井络。九十九峰间，回首一错愕。

《蜀道驿程后记》：“近昭化里许，即桔柏渡。白水江自北来，与嘉陵江合，水色澄碧，二水合处，清浊划然。”

昭化，古名益昌。橘柏江，一名橘柏津。乐史《寰宇记》：“昭化县本汉葭萌之地，天宝中改为益昌县。皇朝开宝五年，敕改为昭化县。”《蜀道集》注：“嘉陵江源出大散关下，流入两当、略阳，至昭化东北一里乃合，即杜诗‘桔柏渡’也。是为西汉水。”《方舆胜览》：“今昭化驿有古柏，土人呼桔柏。”《华阳国志》卷三：“蜀王封弟葭萌于汉中，号苴侯，命其邑曰葭萌焉。”《蜀王本纪》：“望帝，治汶山下邑曰郫，化民往往复出，望帝积百馀岁。荆地有一人鳖令。其尸亡，随江水上，至郫，与望帝相见。望帝以鳖令为相，以德薄不及鳖令，乃委国授之而去。”“鳖令”，《禽经》引《蜀志》作“鳖灵”。

作者舟次昭化，驾小舟往登马鸣阁，对西汉水（即嘉陵江）水系，作了一番考察，写成这首游览诗。全诗首尾气脉贯通，如巨川之奔流，极有气势。阁在高处，为作者的观察点。《蜀志》：“先主使陈式绝马鸣阁。”曹操也说：“此阁过汉中之阴平，乃咽喉要地。”作者考察嘉陵水系而登此阁，此诗主要说明两点：第一，昭化是一座“双江合抱”（即白水江与嘉陵江合流）的城市，为蜀王所建。

第二，西汉水的源头在“武都”（即宁羌），彼处地势最高，东西两汉水由此分流，嶓冢为分水岭，作者注云：“白水江源出茶坪之南，流入阶州文县。嘉陵江，源出大散关下，流入两当、略阳，至昭化东北一里乃合，即杜诗‘橘柏渡’也，是为西汉水。”对于“分道下氐羌”的这条水系，他举出“鸣水”“仇鸠”“犀牛”等水名，一一作了简要叙述，并将水形、水势、水声写得很有生气。从现代地理科学来看，因未经测量，此说未必精确，但在三百年前能做出这样的考论，已经很不错了。在中国诗歌史上，像他这样有兴致于地理科学研究的诗人，实属罕见。作者对《水经注》《读史方舆纪要》诸书，都读得很熟。其《蜀道驿程记》《秦蜀驿程后记》二书，因考辨山川甚祥，学术价值甚高，二书均为《小方壶斋舆地丛书》所收，惠栋有详注，兹不录。这就是渔洋对东西二汉水所作科学考察。诗中所谓“两川乃磅礴”，即指此。融传说神话与天文地理于一炉，成此一首考察秦岭南北水系之诗，殊有学术价值。这可以说是一首秦岭水系考察科学诗。

筹笔驿

当年神笔走群灵，千载风云护驿亭。
今日重过吊陈迹，只馀愁外见山青。

蜀相诸葛亮出兵伐魏，曾驻此筹划军事，地因得名。孙樵云：“眄山川以怀古，得筹笔于途；指前锋之孤秀，得卧龙之馀烈。”《奉使行记》：“朝天驿有巡司，古筹笔也，武侯尝驻军，筹画于此。”

此诗盛赞诸葛亮之才能与事功，大气磅礴。“笔走群灵”，奇异有神；“千载风云”，极显气概。吸取古诗文之神髓，化为己有，可称典范。李义山《筹笔驿》，脍炙人口。他的“风云”“护”“挥神笔”“走传车”等语，都被渔洋化入诗中。唐诗人借用六朝人之句者甚多，连李杜也不例外。末引石曼卿之句发抒感慨，精辟之至。石氏《筹笔驿》十八韵，中有句云：“意中流水远，愁外旧山青。”渔洋给添上“只馀”二字，就把石氏这两句诗推向感伤的顶点。除了青山，还有山上的林木，山下的流水，山中的桑麻，山里的人家，都从“只馀”两字见之，其他似乎什么都没有了。用美国现代心理学家马斯洛的话来说，这句诗是把读者推向了“高峰体验”，亦即“伤感情调”的极致了。渔洋不仅善于化用、改造前人诗句，常有超越前人之处，因而成为一个别开生面的诗美创造者，这也是他的一种创新。

祀姜伯约

申屠曾毁曹瞒庙，常侍还焚董卓祠。
剑阁至今思伯约，蜀巫翻赛棘阳儿。

《秦蜀驿程后记》："二十三日……食柳池，过清凉桥，宿剑州。剑州西郭有小祠，祀邓艾，余以丙子再入蜀过之，语州守改祀姜维，赋诗示之云。"诗题不详，现在这个题目是编者拟的。申屠，楚官名。《香祖笔记》："康熙丙子，余以祭告使秦蜀，过剑州之南门外，有小庙一区，方改作，问之，曰邓艾庙也。余谓不祀姜伯约，反祀邓艾，于义悖矣。乃从来有司无昌言毁之者，何也？欲赋诗正之，未果。后见唐人唐彦谦一诗云：'昭烈遗黎死尚羞，挥刀斫石恨谯周。如何千载留遗庙，血色巴山伴武侯。'已先我而言之矣，以此见三代之直不泯。"姜维(202—264)，字伯约，三国蜀汉天水人。任征西将军、卫将军、大将军等。诸葛亮卒后，统帅蜀军多次伐魏。景元四年，魏军大举攻蜀，维自阴平退保剑阁，抗击钟会。及邓艾自阴平乘虚入，逼成都，后主降魏，维乃降魏。又密谋杀会，复立蜀主，事泄被杀。《三国志·蜀志》有传。邓艾(197—264)，三国魏棘阳人，字士载。仕魏，至城阳太守、镇西大将军，都督陇西诸军事，进封邓侯。魏伐蜀，艾督军自阴平道入，行无人之地七百里，至成都，蜀主刘禅降。进太尉，后钟会诬其谋反，为督军卫瓘所杀。《三国志·魏志》有传。

此诗对姜维和邓艾两人作出不同的评价，一褒一贬，难作定论，迄今仍有争议。姜维是蜀方官员，为邓艾所败，被迫伪降，后又密谋复立蜀主，事泄被杀。从蜀方来看，他是忠臣。邓艾是魏方官员，进军伐蜀，打败了姜维，后以谋反罪被钟会所杀。从魏方来看，他建有大功。其实，两人都各为其主，并无轩轾之分。作者站在维护封建正统立场写此诗，并不客观。董卓是暴乱者，他歌颂高适杀董以除害，是对的；瞧不起统一北方的曹操，则未免失之偏颇。"申屠"，指毁曹操庙者，"常侍"指高适。阿瞒是对曹的蔑视，棘阳儿是对邓艾的蔑称。作者对曹操和邓艾都有微词，而认为申屠毁曹操庙、高适焚董卓祠，都做得很对。为姜维正名，尤显卓识。

夜泊双漩子闻笛

嘉陵江上泊舟时，戍鼓初停月上迟。
已听寒潮不成寐，谁家横笛怨龟兹？

《蜀道驿程记》:“十七日……午后过长洋滩……夹岸居民数百家,有良田沃野。暮抵双漩子,泊舟见月,夜闻笛声,甚凄婉,五更,大风雨。”陈子文《益州于役记》:“槐树坝诸滩,以三官、龙晦、双漩子为最大。”双漩子在虎跳驿南。《唐书·乐志》:“梁乐府有《胡吹歌》:‘下马吹横笛,愁杀行客儿。’”《乐纂》:“横笛,小篪也。汉灵帝时,好胡笛,篪出于横吹,即此。”

作者舟行嘉陵江上,月夜泊舟双漩子,自戍鼓初停而至中夜,笛声随潮上下,幽怨无穷,不能成寐,因作此诗遣兴。

此诗极富音乐感,有唐人风韵。作者以龟兹乐比笛声,不是随意的比拟。这一夜,这乐声像长了翅膀,又飞到他心中。戍鼓声,寒潮声,横笛声,一齐奏响,声调凄凉,莫可名状。此时,他心中哀怨之情,在缓缓倾泻。这是民怨,也是己之心愁。在清政权统治下,汉族士人和广大人民都暂时做稳了奴隶。凉月在天,江水悠悠,他在想,怎样才能摆脱压在自己头上的沉重枷锁?他含着泪。在西上途中,他几乎时时言愁,处处言愁。他爱诗,爱画,爱民歌,爱书法,爱花卉,爱大自然之美,像他这样一个全才诗人,清初并不多见。

龟兹乐由西域传来,后由隋炀帝订为九部曲之一,流传甚广。《李謩传》:“独孤曰:‘公试吹《梁州》。’至曲终曰:‘公亦甚妙,然声调杂夷乐,得无有龟兹之侣乎?’李生大骇,起拜曰:‘丈人神绝,某亦不知。本师实龟兹人也。’”这个故事,充分说明了龟兹乐的流传和影响。这天晚上船泊嘉陵江,作者听到有人在吹此乐,其音哀怨,他听得很入神,诗入神境,美极。

虎跳驿

路逗苍溪县,荒凉破驿存。
漉金稀见艇,畏虎早关门。
水合南江壮,山连大剑昏。
巴西兵马后,多少未招魂!

《蜀道驿程记》:“十七日。五更早发,江平无风,过鱼尖子、算钱、石箭、忆期、归期、上下三岐诸滩,一水自剑州来会。次虎跳驿,暂泊。”《大清一统志》:“保宁府昭化县有虎跳驿。”《隋书·地理志》:“苍溪县属巴西郡,旧曰汉昌,开皇末改名焉。”刘昫《旧唐书》:“剑州剑门县界大剑山,即梁山也。其北三十里有小剑山。大剑山有阁道三十里。”《华阳国志》:“晋寿县本葭萌城,刘氏更曰汉寿。有金银矿,民今岁岁取洗之。”曹学佺《蜀中方物记》:“《郡国志》曰:广汉有金山县，县东一水濑，时有金碎朱随波东注，傍水居人，采以为业。”《梁州记》：“益昌县东山西北有金铜谿，出金。”《蜀中名胜记》：“南江县属保宁府，《通志》云：‘国初始易为南江也。’南江出米仓山，经当县前，下与巴江合。”《后汉书·陈宠传》：“宠转广汉太守。先是，洛县城南每阴雨常有哭声，闻于府中，积数年。吏言：‘世衰乱时，此下多死亡者，而骸骨不得葬。’宠即敕县尽收敛葬之，自是哭声遂绝。”

作者舟行嘉陵江上，见虎跳驿荒凉之状有感，作此诗。陈子文《益州于役记》：“（虎跳驿）烟火百许家，树色苍翠，朝烟翳空，山水相映，颇胜于县。”此地山水虽佳，作者无心欣赏，这荒凉是张献忠造成的，他很悲愤。这里勾画出川北人民的一幅悲惨生活图画。首联总写破驿荒凉之状。次写此地一水濑中，时有金碎珠随水东注，傍水居民采以为业，此可见乡民生活之艰苦。地多虎，甚可怕。苏轼有“畏虎早关门，无村得米迟”之句，此联用其意。三联写山水。南江，县名，亦水名。白水江与嘉陵江合流后，水势甚壮。“大剑”，山名。这里山多而高，是贫困山区。尾联写人民灾难深重，死者甚多。这诗表达了他对人民的同情，与杜甫之忧民颇相似。作为一首反映地域文化的诗来看，很有价值。由于他熟谙舆地之学，这里所举地名和水系，以及对于民风习俗的勾勒，都显有特色。诗有老杜之苍凉，令人赞叹。

嘉陵江上忆家

自入秦关岁月迟，栈云陇树苦相思。
嘉陵驿路三千里，处处春山叫画眉。

作者老年入蜀，其思亲怀乡之情，在这首诗里又一次喷发出来。题作《忆家》，说明他所思念的是家庭全体成员，包括已故的和健在的，不是专指某一人。此时，他的父母、双亲、伯兄、发妻张氏、继室陈氏、子启浑，均已亡故多年，他们的音容笑貌仍然时时出现在眼前，何曾有一日忘记？“岁月迟”“苦相思”，感情深重。这是儒家伦理文化的体现。诗如一幕小剧，角色有二，一是他自己，一是他所钟爱的小鸟，也就是那些正在山间啼唱的画眉。诗人是把自己的全部感情都托付给这些画眉了，这是他行役途中又一次咏唱的鸟的赞歌。沈际飞《草堂诗馀笺》：画眉鸟似莺而小，其眉如画，巧于作声。这小鸟很令人喜爱。这是他旅途生活孤寂的反映，他此时悲喜交集。“秦关”“陇树”“栈云”，一条嘉陵江，三千里驿路，全都在眼前闪现。全家每个人都活在他心中。这诗给人以美感，也给人以温馨。这就是他所能享有的一点自由快乐吧。胸有难言的哀愁，诗又写得如此清丽，这是他的山水诗的又一格调。

苍溪县

万里行难到，三秋雁不过。
蛮江吹积雨，急峡束盘涡。
绵谷青山远，賨人白弩多。
泛舟思杜老，漂泊意如何？

《蜀道驿程记》："十八日。雨中过葡萄碥、烧鸡滩、水观音、塔子山，次苍溪县。汉、汉昌地，古賨国也。有賨城、卢城……其东离堆山，有颜鲁公记。"《方舆胜览》："利州治绵谷，唐益昌县。"《后汉书·南蛮传》："秦昭襄王时，白虎为害，募国中有能杀虎者，赏邑万家，金百镒。时有巴郡阆中夷人能作白竹之弩，乃登楼射杀猛虎。"杜佑《通典》："利州益昌郡有绵谷县。"绵谷，清属保宁府。

渔洋舟次苍溪，怀杜甫，作此诗。广德元年(763)，甫寓梓州，秋往阆州，回梓后再游汉州，往来就食于人，漂泊不定。是年八月，房琯卒于阆州僧舍，甫往吊，有文哀之。此诗首言杜甫入川之艰难，这里山高林密，连大雁也飞不过。次述山区多雨，江峡水险，水陆难行。"积雨"是连续多日不停的雨，"盘涡"为急水之漩流。三述行程之远与山地猛虎之多。总之极写漂泊之苦。此皆杜甫当时所经历、也是渔洋这次所感受到的，所以发出慨叹："泛舟思杜老，漂泊意如何？"虽时空遥隔，他却直接与杜老对话了，因洒同情之泪。自古诗人命舛，难以尽言。杜甫有《放船》诗云："送客苍溪县，山寒雨不开。直愁骑马滑，故作放舟回。"此诗好像是与老杜在作超越时空的倡和。这说明他学杜很勤，若说他唯王孟是宗，那显然是把他狭窄化了。诗中充满地域文化色彩，且流溢出对人民的勇毅精神的赞歎。

阆中县二首

见说阆中好，轩窗临锦屏。
山川无仿佛，耆旧况凋零。
残垒浮兵气，寒江滞使星。

忽闻羌笛起，风雨昼冥冥。

滕王何寂寞，江抱玉台偏。
沙岸牧賨马，湍流激硙船。
五城虚梦到，三户有人烟。
不奈惊摇落，魂销帝子前。

《蜀道驿程记》："十八日……午后，过新开滩、朱公子、白崖子、石羊寺、瓦子滩、西门滩，抵保宁府治阆中县。东北过灵山……唐滕王元婴遗迹。泊舟城南阆中山下，山一名锦屏。《名山志》云：阆中山，多仙圣游集。从舟中望之，正似培塿，杂树蓝鬖，如老翁颠发，无岩壑云物之美，定浪得名耳。山上旧有少陵祠堂，遥望山半，一亭芜陋甚，无楼观台榭，盖乱后废久矣。江间多硙船，如水车之制，泊急溜中，碾硙舂簸，悉用水功，轧鸦之声不绝。入城，宿使院，夜见萤火。"《方舆胜览》："锦屏山在阆州城南三里，对郡治，其山四合于郡。""滕王以隆州衙宇卑陋，遂修饰宏大之，拟于宫苑，谓之隆苑。后以明皇讳，改曰阆苑，建亭于玉台观。"或谓"阆苑山有五城十二楼之胜概，今有五城而楼尚阙"。

《渔洋文略》："顺治初，秦寇贺珍、武大定等，出没秦、凤、沔、汉间，褒斜道梗。时成都尚未内附，以保宁为行省治所。"《蜀中名胜记》："玉台山在阆中城北七里，杜诗'君王台榭枕巴山，万丈仙梯尚可攀'即此。后有滕王墓，古碑云：阆之第四景为颐神石洞，洞虚夔拱，密迩玉台，昔滕王建亭于此，古人诗文隐隐可辨。"

锦屏山在阆中县城南，两峰相对，壁立如屏，四时花木，错杂如锦。这是前人对阆中的赞美，作者因有"见说阆中好，轩窗临锦屏"之句。其实，在他看来，此间"山似培塿"，并无"岩壑云物之美"，《名山志》所云，乃夸饰之词。此城现已荒废，值得留念的，只剩下一些耆宿游踪。此来吊古，不胜感慨。两首五律，基调低沉。第一首叹"残垒浮兵气"，此批张献忠之乱，而以"风雨昼冥冥"句收结，苍凉悲痛。第二首追念滕王李元婴之胜迹，叹"五城虚梦""三户人烟"，情景凄凉。滕王为唐王宗室，于此建有政绩，又兼擅绘事，为历代文人所重。王建称其画曰："内中数日无呼唤，榻得滕王蛱蝶图。"杜甫亦有句云："君王台榭枕巴山，万丈仙梯尚可攀。"现在玉台观等遗迹，均已荡然无存。所能见到的，只有沙岸上的几匹賨马和激流里的几条硙船。兵乱以后，此间人口锐减，唐时“五城十二楼”的盛况，已无迹可寻，他不禁感慨系之：“不奈惊摇落，魂销帝子前。”怀古伤今，令人感叹。

唐显庆四年(659)，滕王任洪州都督，建有滕王阁，后镇阆州，又建阆苑，此人在文化上多有建树。渔洋此诗是在颂他，赞他。寂寞的滕王和寂寞的渔洋，心是紧密地连在一起了，诗味在此。

阆中感兴四首

行役忽永久，衣裳白露凄。
秋风吹剑外，客鬓老巴西。
萤火飞还没，寒蛩咽复啼。
不堪蜀道雨，山雾昼常迷。

巴树小摇落，薄寒初中人。
江山纷暮节，风露感萧晨。
远使非邛杖，思归阅角巾。
流波三峡外，何处觅文鳞？

西汉茫茫去，来过碧玉楼。
九回肠已断，三折水还流。
涕泪闻鹃鸟，云山绕剑州。
老亲穿望眼，霜雪白盈头。

蜀雨连秦栈，秋阴暮复朝。
山盘黄鹘急，江合紫羌遥。
乌鹊知何意，鼋鼍尔独骄。
蓬莱不可到，回首向风飚。

《蜀道驿程记》：“十八日……泊舟城南阆中山下……入城，宿使院。十九日，晴。阆去成都六百馀里，尚隔十一驿，需次公至，约同行。”《旧唐书·地理志》：“绵州巴西郡，治巴西县。”又：“刘璋分三巴，巴郡阆中县，巴西郡治焉。唐先天二年改隆州巴西郡为阆州阆中郡，盖绵、阆皆称巴西。”《方舆胜览》：“阆苑山有五城、十二楼之胜，而楼尚阙，宋公德之为阆州守，乃建碧玉楼于衙城之西南隅，亦名十二楼，以成阆苑之胜概。”刘昫《旧唐书·地理志》：“阆州阆中县，汉属巴郡，梁置北巴州，西魏为盘龙郡。阆水迂回绕三曲，故曰阆中。”《汉书·张骞传》：“骞曰：臣在大夏时，见邛竹杖、蜀布。”庾信《哀江南赋》：“风飚道阻，蓬莱无可到之期；舟楫路穷，星汉非乘槎可上。”杜甫《官定后戏赠》：“故山归兴尽，回首向风飙。”

此四诗，写阆中之景，感秋气之侵，叹行役之艰，抒抑塞之怀，是作者旅居阆中的剪影。词清意苦，情调悲凉。这是咏秋柳四章以后又一首感时哀歌。第一首，叹行役久远，衣侵白露，萤火隐现，寒螀凄啼，此夜枕席难安，因有“不堪蜀道雨”之叹。第二首，感巴树摇落，薄寒中人，故里茫茫，叹天涯遥隔。他这次充当“远使”，既不像张骞那样拄着邛杖使往大夏，也不像羊祜那样头戴角巾思归故里。望着这江水向三峡滚滚流去，自叹不能托“文鳞”寄信回家，惆怅莫名。第三首，写登楼远望，怀古伤今，忧念老亲，不禁怆然泪下。水三折，肠九回，望云山，闻鹃啼，字字是泪。第四首，叹阴雨连绵，哀怜黄鹄乌鹊，伤家人风飙阻隔，蓬莱难到，此时不禁忧心如焚。于是问乌鹊，责鼋鼍，精神有点错乱，他已无可奈何，可谓悲之至极。

这是作者西上途中所吟咏的一支哀曲，亦如庾信之悲与杜甫之痛。他为朝官十年，至今还是一个小小的户部郎中，壮志难酬，不胜感慨。四诗蝉联而下，一气呵成，有很强的生命意识，形成一个有机整体。作者似在月下抚琴独奏，心有流泉、风月，只随手点出一些地名（如“剑外”“巴西”“三峡”“秦栈”），又勾出几幅画面（如“萤火”“寒螀”“黄鹃”“乌鹊”“鼋鼍”），即如音符在跳动不已。此时秋风在吹，秋雨在淋，邛杖在敲，角巾在飘。想象中还出现了张骞和羊祜，也看见了双亲在倚闾盼望，但十二楼却已荒废，蓬莱在哪？自己不知身在何处。“回首向风飙”句甚悲，一曲悲歌至此戛然而止。这是一个在漫漫蜀道上赶路的孤独者的形象。此时，他的心愁既不同于《哀郢》，也不像《哀江南赋》，这是个人身世之悲，却分明流露出不少时代的哀怨。在满洲贵族专制政权下，像他这样的不幸者，岂是个别现象？只要这样一想，这四首诗的难言之痛，意味就深长了。

阆中怀沈绎堂

葭萌关外极天涯，长忆西园夜斗茶。
万事输他前定在，今朝真看阆中花。

《蜀道驿程记》:“十九日……忆去秋在京师,沈绎堂侍郎以笺索书,予为书陆务观《阆中》诗云:‘……三叠凄凉渭城曲,数枝闲淡阆中花……’是时,予与绎堂辈方日为文字之饮,既书此诗,意颇不怿,今日到阆州,始省前事岂前定邪? ……薄暮,次公至。”宋江休复《嘉祐杂志》:“苏才翁尝与蔡君谟斗茶,蔡茶水用惠山泉,苏茶小劣,改用竹沥水煎,遂能取胜。”

沈绎堂为“海内八大家”之一。去年,两人同在京师与诸名士为诗文之会,时有倡和,书“数枝闲淡阆中花”诗句,当时“意颇不释”,想不到现在真的到这“葭萌关外”来了。其实哪有什么“前定”? 阆中是好地方。唐时,李元婴在此为刺史,建有隆苑,后改称阆苑。至清,李氏所建玉台观、滕王亭诸遗迹尚存,其墓亦仍在,这里有杜甫祠。《方舆胜览》甚至还说:“阆苑山有五城十二楼之胜。”这样看来,“今朝真看阆中花”,也可以说是一句叹赏之词了。在寂寞的旅途中,谁能同他谈往事呢? 他忽然想起沈绎堂来。沈氏长他十岁,两人是莫逆之交。十二年后,沈氏去世,渔洋哭得很伤心,为其生平“哭必尽哀”的四友之一。孤独,寂寞,失意之情,全流于字里行间。史称:沈氏“于民生利弊,时政人才得失,剀切详言,略无瞻徇”。其书法颇得康熙赏识,名重一时。

怀曹顾庵

感逝伤离此寸心,故人书札重南金。
竹郎祠下风吹雨,肠断巴猿一夜吟。

曹尔堪(1617—1679),字子顾,一字顾庵,浙江嘉善人。顺治九年进士,官至侍讲学士,著有《南溪文略》等。《今世说》:“曹顾庵博学,多识掌故,又善强记,所过山川阨塞,无不指掌形势,士大夫一与之游,积久不忘,无贵贱,具能识其名氏、爵里、家世,无毫发误。即虞世南之称‘行秘书’,李守素之号‘人物志’,无以过也。为文敏给博丽,兼长众体,同馆皆逊服之。”《华阳国志》:“有竹王者,兴于遁水。有一女子浣于水滨,有三节大竹流入女子足间,推之不肯去。闻有儿声,取持归,破之,得一男儿,长养,有才武,遂雄夷狄氏,以竹为姓。捐所破于野,成竹林,今竹王祠竹林是也。”

曹顾庵长渔洋十七岁,为清初八大家之一。两人友谊甚笃,康熙四年春,曾游西湖,“熏炉茗碗,诗酒弥日”。十一年,渔洋典蜀试,曹为同行人员之一。十八年曹氏入都,与渔洋有“诗文之会”,冬曹氏下世了。“感逝伤离”,这像是一首悼诗。曹氏擅古文,作者赞其才,故有“书札重南金”之叹。最使渔洋难忘的，是他们壬子年在巴蜀舟中谈及竹郎的一段往事。竹郎又称竹三郎，是贵州某少数民族首领，夜郎国即为其所创。《华阳国志》曾以神话形式记其事。《汉书·地理志》谓夜郎故县乃属牂牁郡。竹郎因为不肯臣服于汉，战败被杀，头送长安。征讨他的将领是马援。竹郎被杀后，黔川滇桂鄂等地皆纷纷建祠纪念，历代祀之不衰。唐时，成都竹郎祠古木参天，香火极盛，薛涛有诗讴之。曹氏博学，多识掌故，渔洋为悼念他，因而想起这段往事。“竹郎祠下风吹雨”，这句诗很有意义。穿过两千年的风雨，此祠依然保存，这是一个奇迹。对于这位失败者，两人都很有兴趣，这也是他们愁怨之情的一种表露吧。“肠断巴猿一夜吟”，深深地表达了他们追怀竹郎之情。悼念竹郎诗殊罕见，除薛涛一首七绝外，要数渔洋了。渔洋很注重民俗文化，这给他的蜀中山水诗增添了不少异彩。

口占绝句

晨过赤铜水，望见刀环山。
闺中应计日，不见藁砧还。

《香祖笔记》：“嘉陵江岸有刀环山。康熙丙子，余再使蜀，舟过之，口占绝句云。盖用古乐府‘藁砧今何在，山上复有山。何当大刀头，破镜飞上天’语也。此诗偶逸之，未编入《雍益集》，聊记此。”赤铜水，在利州。王氏先室张宜人殁后，他作有《悼亡诗二十六首》，其第一首云：“一错谁能铸六州，藁砧无复望刀头。当年对泣人何在，独对牛衣哭暮秋。”

古代惩办死刑犯，先令其席稾伏砧，然后以铁斩之。后世以“稾砧”代称丈夫，即本此。宋唐庚自《自笑诗》云：“儿馁嗔郎罢，妻寒望稾砧。”渔洋这年六十三岁，其先室、继室均已过世，惟侧室尚存，征途遥遥，行役为艰，晨过赤铜水，望刀环山有感，因口占此诗寄慨。

在满人统治下，他一生过的是怎样的日子？且不说童年时期清兵数犯山东，他曾屡遭家难；也不说庄廷鑨、金圣叹等文字狱案给他的刺激之深。单是他二十七岁任扬州推官后的遭受就够受的了。首先，他宽大处理因郑成功进军长江而受牵累的一大批士人，以致受到清廷疑忌。后来又经康熙对他的三次查询，好容易才以翰林官任用。如果不是李高阳和张英两位宰相的力荐，他哪得身入“优礼儒臣”之列？他的许多愁怨诗不为清廷所喜，他心里也非常明白。所以，他在嘉陵江边因见“刀环山”才有此感慨。这正如板桥词所说：

“难道天公,还钳恨口,不许长叹一两声?”这就是他所以与妻对谈的缘由。他与前妻这样谈过,现与后妻又重谈此事,此可见他一生都在恐怖氛围中。

泛嘉陵江至益昌怀何易于

益昌古利州,由来五达衢。白水合嘉陵,山谷相盘纡。
我有泛舟役,万里经川涂。望古怀清芬,所思何易于。
刺史乘春下,画鹢盛嬉娱。前舟载宾客,后舟罗笙竽。
索民为挽舟,牵纤须百夫。县令腰笏前,挽舟自先驱。
刺史惊问状,县令乃前趋:“方春耕且蚕,民力方勤劬。
令适暇无事,可以充卒徒。”刺史闻之惭,上马如亡逋。
仁人重一言,能使民力苏。考献征樵文,摭之载唐书。
累百守令中,尚有斯人无?作诗告有位,磬不镵山隅。

《秦蜀驿程后记》:“十八日……出朝天峡。”《唐书》:何易于为益昌令,刺史崔朴乘春泛舟东下,出益昌,索民挽舟。易于腰笏挽舟上下,刺史惊问状,易于曰:“方春,百姓不耕而蚕,隙不可夺。易于为属令,当其无事,可以充役。”刺史惭,跳出舟,骑还去。《明一统志》:“昭化县,刘宋置益昌县,宋改昭化。”

此诗述唐时史事,刺贪官污吏,显有现实意义。一部中国专制吏治史,说到底就是一部贪污史。像崔朴那样的刺史还知道一点羞耻,可是像何易于这样的清官实在不多。

崔朴、何易于事具载《唐书》《循吏列传》中。

作者据孙樵文记此事首尾,细致地刻画出何易于、崔朴和众宾客“罗笙竽”“盛嬉娱”的真实情况,极有戏剧性。语言亦通俗易晓,颇似白居易《新乐府》,此在渔洋诗中别具一格。这是当时吏治的一个生动反映,作者悯民之情具见于此,这对渔洋山水诗“缺乏社会生活内容”论是一个有力的反驳。

药　物

药物知何益,愁多老病侵。
眼枯儿女泪,心折短长吟。
乡信何时达,秋涛日夜深。
巴猿殊造次,凄绝叫枫林。

关于“药物”与“秋涛”有两条注释：① 惠栋注，二字出《左氏》昭十九年。② 惠栋注，曹毗《观涛赋》：“伊山水之辽回，何秋月之凄清。瞻沧津之腾起，观雪涛之来征。”

此诗壬子年闰七月作，时作者舟行嘉陵江上，适患小恙，因作此诗遣怀。奉使前夕，次子夭折，一家哀痛，故有“药物知何益”之叹。说到底，全诗所写就是此种愁怀。亲子之爱，人皆有之，这是很平常的，但在蜀道诗中屡屡提及，则颇不平常。此可见首联引用“药物”一典之妙。中两联抒写悲情，可谓淋漓尽致，其妙尤在化用杜诗之巧。杜有“莫自使眼枯”“苦调短长吟”之句，作者把它化成“眼枯”“心折”一联工对，一写妻悲，一写己痛，变化运用，令人赞叹。“药物”典出《左传》，然此非咏史，实与史事无关，这只是借用了一个历史名词罢了。“药物知何益”一句，是从杜诗“多病所须惟药物”句化来。至于“秋涛日夜深”，则从曹毗《观涛赋》中化来。这说明其诗用字用事皆有来历。咏愁而饱含文化韵味，谐谈遣兴，染墨生辉。题为《药物》，引人注目。孤独、寂寞，与时不合，痛之至深。

9. 川北卷

【卷头语】川北地瘠民贫，作者在崇山中穿行八天，上雾下潦，愁肠百结。哀生民，思贤士，怀友人，皆尽性情。至秋林驿，活见一座人间地狱；至潼川，夜梦南宋之亡，诗思奇幻；登天柱山绝顶，因翠竹而思美人，破愁一笑；望见岷山白雪，襟怀大开，如老马临风长啸，情不能已。《渡梓潼江》一绝，尽传其神。

龙山驿雨

阆州城边云气浮，龙山驿里雨声愁。
远游不唾青城地，绝域空悲白雁秋。
巴岭稀逢人北去，渝江长是水南流。
萧条孤馆荆榛夕，更指千峰入汉洲。

《蜀道驿程记》："二十一日。出（阆州）南门渡江，登南岸四眺，群山回合……绕出锦屏山背，西南行四十里，抵龙山驿，四无人居，雨甚。"《大智度论》："若入寺时，当歌呗赞叹，不唾僧地。"汉州，唐置，后改德阳郡。杜甫《丈人山》："自为青城客，不唾青城地。"

作者夜宿龙山驿，听雨有感，作此诗。首尾两联，以记行踪贯通气脉。中两联，点出远游青城、绝域空悲、巴岭人稀、渝水长流四事，隐言杜甫之经历，深怀杜甫。奉使西征，行程尚未达到终点，夜思杜甫，感慨万千。代宗宝应元年七月，严武离成都入朝，甫送武至绵州，即转趋梓州，就食章彝，此时曾来阆州游览。次年八月，房琯病卒阆州僧舍，甫往吊唁，又来阆州。广德二年春，甫弃成都草堂，携家再往阆州，欲由此买舟东下。甫多次来阆，困顿至极。作者由此思及杜甫，亦言己之悲痛，意味深长。全诗风神摇曳，浑厚华滋，文化意蕴深浓，寄意全在言外，读之令人沉醉。渔洋之精心学杜，于此益可深味之。

望剑州怀乔文衣

次公狂自号，名字满人间。
才士无高位，吟魂寄百蛮。
音书湖口县，生死剑门关。
太息青蝇吊，交州几岁还？

魏石生《文衣府君乔公墓志铭》："公讳钵，字叔继，一字文衣。十一岁能文，吟诗作字。及长，四方友人以诗相倡和者甚多，而索书者户外履常满。甲申冬，迁郏县主簿，都中诸缙绅先生饯之。府君大醉，倾跌，作《醉主簿歌》，传遍都下。"又："府君以岁贡出身，其居官为簿首领，为邑令、州守，莫不实心任事，而卒不获方面监司，以大展其生平。"惠栋注："府君初由南城兵马司指挥迁湖口县知县，送往迎来，咄嗟立办。四方文士闻声而至者踵相接，皆有馈赠，以壮行色。又严惩溺女、诬讼、鹑鹊之行，民风大变，进于淳厚。癸卯春，升剑州知州……蜀自献贼蹂躏后，人烟萧瑟，府君一意抚恤，给牛种、助婚娶、招流移，复业者千馀家。凡七载，竭尽心力。剑有里长隐粮之弊，府君欲清之，因忤上官，于是郁郁成疾，卒不起。"

《吴书·虞翻传》："翻放弃南海，云：'生无与语，死以青蝇为吊客，使天下有一人知己，可以不憾。'"

乔文衣是清初一位大名士，内丘人。明末，以岁贡出身，甲申年为主簿。入清后，由城南兵马司指挥迁湖口令，有政声。康熙二年(1663)，迁剑州知州，凡七载，政绩卓著，为地方恶势力所忌，不得行其志，终郁郁而卒。作者深表同情，作此诗哀之。此时乔已去世两年，作者以汉朝盖次公和吴国虞翻比之，刻画出一个不与地方恶势力同流合污的清官形象，留下一段珍贵史料。名士多狂，这是中国长期专制主义制度所造成的一种特异文化现象。名士多桀骜不驯，他们从政几乎没有不失败的。乔未得高位而终，是一个悲剧典型。其人德才兼备，清廉正直。从"音书湖口县"来看，他同作者曾有书信往还。末以"交州几岁还"句作结，十分沉痛。

此诗言外之意是，地方恶势力如此猖狂，而清廷竟置若罔闻，这说明了什么？上下沆瀣一气，这就揭出清政权腐败的根子。像他这样的人，在整个封建社会被毁弃的不知有多少，岂仅盖次公、虞翻和他三个人？乔是政治家，也是诗人。清人申和孟论其诗云："诗之精者必真，吾读文衣诗，喜其真，不无故为啼笑，横臆而出，肝胆外露，推坚洞隙，一息千里。”（《聪山集》）这是对其人其诗的公正评价。

寄绵州守

西南芳草路，几驿到绵州？
蜀道风云外，涪江日夜流。
丹青楚公壁，城郭越王楼。
故里康浪水，何人弄钓舟？

《元和郡县图志》：“绵州城东据天池，西临涪水。”《剑南诗稿》：“楚公画鹰在绵州录参厅，杜少陵有诗。”杜诗题为《姜楚公画角鹰歌》。姜楚公，名皎，善画鹰鸟。玄宗时，累官太常卿，封楚国公。《绵州图经》：“越王台在州城外西北，有高台百尺，上有楼，下瞰州城。唐高宗子越王贞任绵州刺史日作。”贞刺绵州，本传不载，盖史阙也。杜甫有《越王楼歌》：“绵州州府何磊落，显庆年中越王作。孤城西北起高楼，碧瓦朱甍照城郭。”《三齐略记》：“康浪水在齐城西南十五里康衢，则宁戚扣角歌于此也。”《水经注》：“康浪水北流，注于巨洋，又东北径剧县。宁戚歌：‘康浪之水白石粲，中有鲤鱼长尺半。’”

此诗壬子年作。绵州即潼州，是一座文化古城。唐初高宗子越王贞为州牧。后杜甫寓居于此，陆游亦曾来游。越王所建之楼及姜楚公在录参厅壁上所画鹰，都很有名。作者渡涪水，想起这些，作此诗。“丹青楚公壁，城郭越王楼”一联，把这首诗高高地撑起，形成一个有吸引力的奇峰。这既概括了这座古城的历史文化风光，也表达出作者对绵州守李萃秀的深重怀念之情，写得很有感情。最后，点出一篇要旨：劝告李萃秀辞官归隐，足见两人友谊之深。李是山东益州人，距康浪水不远。齐桓公时，隐士宁戚在此扣牛角而歌，渔洋以之相比，这是对他的推重。《艺文类聚·琴操》云：“宁戚饭牛车下，扣角歌曰：‘南山粲，白石烂，生不逢尧与舜禅，短褐单衣才至还，长夜漫漫何时旦！’齐桓公闻之，举以为相。”此诗用其事，但康熙不是齐桓公。诗人劝他还是早点回去“弄钓舟”吧，情谊真挚，可惜两人这次未能晤面。末以商量语收煞，亲切有味。清初像李萃秀这样的汉族士人，是不少的。他们中了进士，做了官，最后都想辞官归隐，这是那时的社会风尚，也是儒家传统文化在进退问题上的反映。

富村驿雨

阴虫何太苦，户外即苍山。
急柝侵孤枕，秋河落百蛮。
灯昏山鬼逼，雨止蛰龙还。
一夜涨江水，愁人泪点斑。

《蜀道驿程记》："二十二日。雨，尽日行乱山中，渡小河……二十三日……雨行四十里，次天马山富村驿。杨文忠诗：'才到富村风景别，竹林松径是人家。'今豺虎窟穴耳。窗外即荒山，虫声四起，夜不能寐。""阴虫"指蟋蟀，"蛰龙"指蚯蚓，"秋河"谓天河，"山鬼"，古代传说中的一种独角怪兽。

作者离阆州西行，连日阴雨，行乱山中，经过两天的跋涉，好不容易才抵达富村驿。这一夜，闻虫声四起，不能安枕，因有此作。这里，前代曾是竹林松径、风景清幽之地，因经兵燹，现已完全荒废，成为豺虎窟穴。作者哀民之情，溢于笔端。诗人戏问蟋蟀："汝何如此苦吟，还是快点回到山里草丛中去吧。"加上听到那一声声急柝，他不禁又思念起万里外的家人来了。灯昏雨止，山鬼逼人，蛰龙涌动，江水号咷。此时此刻，他心中是什么滋味！这是他寂寞孤怀的真实写照，苍凉沉郁，大有屈赋风致。"一夜涨江水，愁人泪点斑。"何其哀愁！这是他"标举神韵，踵继王孟，崇尚性灵，力求脱俗"的一个生动表现。阴虫、蛰龙、山鬼、柝急、灯昏，托物咏怀，意象全新，把"江水"与"愁人泪"联在一起，更见情深。这是一首山村秋夜叹，借景抒怀，令人味之不尽。作者忧念生民之情，一如屈原、杜甫。阴虫、蛰龙、山鬼一齐都在活动，急柝在敲，涨江在号。银河在天，愁人伏枕难安，这是怎样的时代？怎样的社会？怎样的人生？他心忧天下，哀愁不可名状。

秋林驿雨

积氛常不彻，天地日冥冥。
俗杂蟾彝种，林深虎豹扃。
荒村阴峒黑，寒夜鬼燐青。
梦里夔门路，开头下洞庭。

《蜀道驿程记》："二十四日……登蟾毒山，险恶殊甚。雨中望四山，林木鬖髿，暝色渐合，令人心悸。下山，行五十里，次秋林驿，在深箐中。目前种种，如地狱变相，恐非复吴生画笔所办。人家十馀，结茅竹箐中。土人云：‘蛇虎虽多，与人无害。’夜雨甚。”《益州于役记》：“宿秋林驿，终夕群虎逐鹿，鸣声绕床不绝。”蟾彝，指少数民族。

蟾毒山甚险，山下有村庄曰“秋林驿”。此地荒寒险恶，如地狱变相，作者雨夜住此，感慨万端。一落笔，就画出这个山村的荒凉图景：“积氛常不彻，天地日冥冥。”“积氛”指浓重的雾气，川北山区多雾，气候恶劣，终日天昏地暗。颔颈两联进一步作深入描绘，一方面写出此间人种杂、虎豹多的现实状况，一方面又描绘了这个荒村“阴峒黑”“鬼燐青”的阴森景象。这里不只是彝人与野兽杂处，而且已经变成了一个地狱般的鬼世界了。连那个善于画鬼的吴道子，恐怕也画不出这里的鬼魅。阴森、黑暗、恐怖，人在这里怎么能够生存下去呢？渔洋不禁做了个荒梦，想赶快逃开。这奉使典蜀试的差事暂且丢开不管吧，即从夔门乘舟直下洞庭，他要像屈原那样漂泊流浪，作上天下地的四处寻求。这就是“梦里夔门路，开头下洞庭”这两句诗所表达的深刻含义。作者忧怀天下，借写穷山恶水以抒悲愤，遣屈原之悲以解愁闷，这已不是第一次。此诗写实，似也带有一点寓言性质。诗思奇幻，颇有屈诗之意趣，此在渔洋纪行诗中为罕见之作。与《富村驿雨》堪称姐妹篇。

天马山雨行

两炬残更里，乱山高复低。
疾风吹白雨，折阪下青泥。
诘屈穿牛角，纵横印虎蹄。
廿年馀战骨，何处听荒鸡？

《蜀道驿程记》：“二十四日。五更，雨行，把炬乱山中，上雾下潦，衣袴尽湿。午次盐亭县。盐亭，汉广汉地。”青泥、牛角，皆岭名。李吉甫《元和郡县志》：“青泥岭在兴州长举县西北五十三里，接溪山东，即今通道也。悬崖万仞，上多云雨，行者屡逢泥淖，故号为青泥岭。”“折阪”即九折阪，在四川邛崃县。此处山路险恶曲折，须九折乃得上。《后汉书·廉范传》：“令军士各传两炬。”

此诗写冒雨山行之苦，疾风吹，白雨飘，折阪下，艰险备尝，情景历历如绘。“白雨”指浓雾。五更雨行，上雾下潦，衣袴尽湿。天未明，各持两炬而行，在乱山中赶路，这就是一个奉使出征者的命运。这一切，都写得很真实。“白雨”对“青泥”，色泽鲜丽，“穿牛角”“印虎蹄”，形象生动，有谐趣。虽苦而不以为苦，这是一种超脱境界。读之，给人以激励。苏轼说：诗以趣为宗。此诗前三联纪行，把苦转化为乐，很有趣。尾联情调陡转，叹战骨累累、荒鸡无闻，令人惊骇。此言该地人民受张献忠之害甚深。苏轼诗云：“荒鸡号月未三更，客梦还家得俄顷。”作者似用此典，言许多逃亡者都没有回来，这就不是限于只写自己了，诗的境界又高了一层。

盐亭县南渡梓潼江

南下孱亭路，千峰挟雨秋。
江潮不送客，独向射洪流。

《蜀道驿程记》：“二十四日……（盐亭）城堞已毁，居民尚数百家。冒雨出南门，渡梓潼江，缘光禄山行，即杜光庭《阪》诗所谓‘山行落日下绝壁’者也。”“涂水溪东为孱亭山。”《汉书·地理志》：“涪县属广汉郡，有孱亭。”

此诗写南渡梓潼江所感。千峰秋雨，江潮澎湃，一亭在望，意趣盎然。两个月的行役生活即将结束，旅途将达到终点，愁绪全消，精神振奋。他写了这首小诗，抒其胸中抑塞之气。“千峰挟雨秋”句，写得极有气势，如一幅千山风雨图，把大自然写得十分壮丽。“江潮不送客，独向射洪流”。这“江潮”是给他拟人化了，语甚幽默，别饶风味。“孱亭”为一汉代古亭，此表该地文化悠久。陈子文云：“过梓潼水，即射洪江。潼、涪合流，急如箭奔射，蜀人谓水口为‘洪’，故即名之。”（《益州于役记》）。这是此诗的一条好诠释。没有“射洪流”这个奇水口，他就写不出这首好诗来。“独向射洪流”，把山洪写得很豪迈，这是他的自由精神和独立人格的独特表现，他好像在演一场独角戏，自己是“主”，同时也是“客”，一身而二任焉，自演自唱，这就有了剧趣、谐趣。“孱亭”像是一个指路者，“千峰”像是看热闹的观众，“江潮”像是一个故意同他调侃的对立角色，而且是一个喜剧角色。这一切，都写得如此自然、生动而又极为灵动，显有戏剧美和谐趣美。人们由此一首小诗，即可全观渔洋山水诗气象之雄，境界之大，意境之高。大诗人渔洋，确实不同凡响。

鹅　溪

剩水残山只益愁，梓州荒绝接隆州。
眼明今日盐亭路，十里鹅溪碧玉流。

《蜀道驿程记》："二十四日……鹅溪在城北，亦流入涪。溪上人家以绢为业，坚洁异他处。文与可诗所云'鹅溪绢'也。杜诗：'云溪花淡淡，春郭水泠泠。全蜀多名士，严家聚德星。'县有德星、春郭二桥，以此……出南门，渡梓潼江。"《池北偶谈》："蜀盐亭县有鹅溪，出绢，谓之鹅溪绢，亦名素娟。子美诗'我有一匹好素娟'是也。"

作者经过盐亭，见到闻名已久的鹅溪，十分欢喜，因写此诗赞之。值得注意的是，前两句言愁，后两句言喜，反差强烈，岂不矛盾？不过，思维的这种正反对照，乃是常见现象，只是抓住它来表现以造成美感，却并不容易。在这一点上，作者的艺术处理是成功的。如果直说鹅溪如何海内驰名，那就了无新意，索然寡味。请看"十里鹅溪碧玉流"，这一句多么新奇，多么优美。水是大地的脉搏，一切生命由其显之。作者钟情山水，泉、溪、飞瀑，他都喜爱。渔洋的山水诗，也可以说是水的赞歌，水文化的赞歌。

怀朱人远

忆汝西来日，江山发兴奇。
戎州千日饮，夔府百篇诗。
湘水蘅兰浦，巫山云雨祠。
金牛寒峡里，北望苦相思。

朱尔迈，字人远，号日观，浙江海宁人。明诸生嘉征子。负才思，工诗，朱彝尊《平山集序》言其喜游历，"尝自汉江溯荆门入蜀，往返数万里，猿猱之所栖，蛮獠之宅，山川险塞，靡不登览"。其游履所至，多有诗，著有《平山堂稿》。戎州，汉犍为郡，古九州之一。西南曰戎州，此指叙州。

此诗为作者再使秦蜀过金牛峡时作，其时朱已下世。它生动地概括出朱的游览生涯及其诗创作的成就。他曾两次入蜀，第一次似在顺治初年，其时父嘉征为叙州府推官，六载后告归。"戎州千日饮"，是指他随父在叙州几年间的生活。第二次入蜀是在康熙壬子十一年(1672)，他是渔洋使蜀成员之一。“夔府百篇诗”，可能指其数次过夔州之作。诗中点出许多地名，见其游踪之广。“湘水蘅兰浦，巫山云雨祠”。则不仅记其游踪，也赞其诗的成就，大有追蹑屈宋之概。渔洋所编《感旧集》选其诗三十二首，有《夷陵夜泊》《巴陵怀古》《浔阳曲》等。沈德潜称其诗“气体自不落小家”。康熙戊午，渔洋《送冰休归海昌兼寄朱生二首》云：“故人朱季在，何处驾飞鸿。”朱生、朱季都是指他。朱季是绮里季的后代，江敞《陈留志》：“绮里季，姓朱，字文季。”朱季即朱文季，此可见渔洋对其人的推重。他父亲是诗人，姐妹皆善诗。尾联：“金牛寒峡里，北望苦相思。”他父亲是崇祯十五年举人，两年后明朝就亡了。其父顺治初年被选用，任叙州推官六年即告归。“北望共相思”句，写出两人的时代哀痛，味在言外。

涪　江

十日巴西雨，艰难到梓州。
晚晴见涪水，清绝抱南楼。
不见千头橘，空惊万里秋。
尚馀登览兴，留眼望牛头。

《蜀道驿程记》：“二十五日。冒雨行，又十五里，始出箐中。稍晴，午憩高山铺。山峻绝，砌石为阶级，登顿稍易。午渡涪江……里许次潼川……二十六日……州西门外跬步，即牛头山。杜诗‘青山意不尽，衮衮上牛头’者也。山高不丈许，无岩壑之观，《寰宇记》谓‘……一方胜概’，妄也。上有亭，即所谓牛头山亭子，今废。”梓州，即今之三台。杜甫有《陪章留后侍御宴南楼》诗，时章彝为梓州刺史。其《下峡》诗又有“留眼共登临”之句。《吴书》：“李衡每欲治家，妻辄不听。后密遣于武陵龙阳氾洲种橘千株。”《水经注》：“《龙阳县记》：氾洲长二十里，吴丹阳太守李衡植橘于其上，临死敕其子曰：‘吾氾洲木奴千头，不责衣食，有绢千匹。’”这首诗借写天气变化，畅抒胸臆，别饶风味。述巴西十日雨行之苦，有低回不尽之态。次言于晚晴中见涪水与南楼，喜不自胜，因而怀杜，大显精神。梓州产橘，“千头桔”，用吴丹阳太守李衡故事，咏史以讽当世吏治，语意婉曲。尾联谓己尚有登览馀兴，亦如当年杜甫之“望牛头”，情趣盎然。此篇先叹行役之艰，是抑；后见涪水、南楼、牛头山，即在心中腾起历史的欢笑浪花，是扬。先抑后扬，波澜跌宕，情韵悠然。作者行经杜甫昔游之地，一路怀念其人，诵其诗歌，十分感人。

杜甫在巴西两年间，为其蜀中生活最艰苦时期。时在安史之乱中，其好友剑南节度使严武已调回朝廷，他只得前往梓州投靠章彝。这首诗即反映出杜甫这个时期的生活和思想，这是梓州史上很有光彩的一页。作者入川后，时时怀杜，很值得重视。

晚渡涪江

涪江江水抱山流，不见唐家帝子楼。
记取江东诗句好，淡烟乔木是绵州。

《秦蜀驿程后记》："涪水自龙安来，经绵州城西，东南与安昌水合，汇于芙蓉溪，宛成巴字，流入潼川州界。"《广记·罗绍威传》："江南罗隐，悉以所著文章诗赋酬寄绍威，绍威大倾慕之，乃目其所为诗曰罗东江。"

作者渡涪水，见绵州江山胜况，忽念及罗隐，作此诗。前两句是对绵州山水的歌赞，富有怀念越王贞之意。唐高宗的这个儿子曾任绵州刺史，有政绩。后两句是对罗隐的歌赞，罗是晚唐诗人，曾来此游览，写有《绵谷回寄蔡氏昆仲》诗，甚清丽。"淡烟乔木是绵州"就是从这首诗里截取来的，"是"原作"隔"。《全唐诗》收罗诗480首，他著有《馋书》《甲乙集》《淮海寓言》等，本名横，字昭谏，十考进士不第，愤而易名为"隐"，馀杭人，自号江东生。其人风流倜傥，不合于时。渔洋深爱其人其诗。罗隐赞绵州一首名诗，大大抬高了绵州的文化品位，不可不读，兹全录如下："一年两度锦江游，前值东风后值秋。芳草有情皆碍马，好云无处不遮楼。山牵别恨和肠断，水带离声入梦流。今日因君试回首，淡烟乔木隔绵州。"渔洋作为一代诗宗，引罗隐佳句入诗，影响不小。王氏注重广泛汲取，于此可见一斑。因见涪江，而赞帝子楼与滕王元婴，同时又赞罗隐此诗。这表明，他很注重弘扬中华传统优秀文化，这是他对中华文化所作的一大贡献。

郎当驿雨中二首

金鸡赐帐事披猖，河朔从兹不属唐。
却使青骡行万里，三郎当日太郎当。

武连县南云气遮，郎当驿北石槎枒。
西风尽日濛濛雨，开遍空山白芨花。

《秦蜀驿程后记》："二十二日，雨。行砠阜上，登顿如前，未及凤岭、牛头之半，而云气已在其下。人行云气中，濛濛沾衣。四十里，食上亭铺，古名郎当驿。明皇入蜀，雨中于此闻铃声，问黄旛绰：'铃语云何？'对曰：'似谓三郎郎当'。因令乐工张野狐制《雨霖铃》曲，唐诗'雨霖铃夜却归秦，犹听张徽一曲新'是也。"是日，成都府通判门人陈祥裔，守备季咸瑛自成都来迎，抵梓潼县。《香祖笔记》："蜀道有郎当驿，即明皇雨中闻铃声处……'三郎郎当'，黄旛绰对明皇语也。"《陇蜀馀闻》："白芨花，色白，五瓣，瓣中有苞，白质紫点，内吐黄须，极可玩。武连、梓潼山谷间多有之。予尝喜陈白沙诗：'恰到溪穷处，山山枳壳花。'杨梦山诗：'常记任家亭子上，连翘花发共衔杯。'皆未经前人道及，因得绝句云云。"李时珍《本草纲目》："白芨，其根白色，连及而生。"

作者再使秦蜀，过梓潼上亭驿，思玄宗幸蜀史事，作此诗嘲之。第一首写玄宗自蜀还，过郎当驿。史称安史乱前，玄宗每坐及宴会，必令禄山坐于御座前，而以金鸡帐隔之，赐其箕踞。禄山因攀附贵妃而益得宠。而玄宗终于落得一个"青骡行万里"的局面，这就正如《鹤林玉露》所写：小说载明皇自蜀还京，以驼马载珍玩自随。因被称为"快活三郎"。第二首写今日郎当驿雨中白芨花盛开之状。当年明皇驻跸于此，今日花开如昔，山石云气依旧，而人事全非，此叹玄宗之寂寞与哀伤。两诗皆从细处着笔，而以调侃语写之，刺玄宗晚年贪图享乐，致遭祸乱，唐室由此转衰。渔洋走在荒凉的剑阁道上，重咏这一页丑史，抬出历史的亡灵，演出现世的场面。力刺昏君与皇权，这是晚明以来批判皇权思想浪潮在诗歌领域的反应，诗之别趣在此。

前人咏郎当驿诗不少，郑嵎云："禄山此时侍御侧，金鸡画帐当罘罳。"东坡云："青骡蜀栈两超忽。"放翁诗："天宝政事何披猖，使典相国胡奴王。"魏鹤山云："红绵绷盛河北贼，紫金盏酌寿王妃。弄成晚岁郎当曲，正是三郎快活时。"这些诗都写得很好。渔洋所咏与他们稍有不同，他生活在满族统治下，文字狱的刀光剑影时时在他眼前晃动，他敢于这样讽刺，是很大胆的。"西风尽日濛濛雨，开遍空山白芨花。"两句空灵蕴藉，有哀悼之意，前人咏三郎诗中未见有此佳句。

长卿山

漾舟潼水碧潺湲，一抹青峰想玉颜。
留得文君好眉黛，薄云初散长卿山。

《秦蜀驿程后记》:“二十三日,晴。早渡潼水,望长卿山,相传司马相如读书处,明皇幸蜀过之,赐今名。李义山诗:‘梓潼不见马相如,更欲南行问酒垆。’山下有汉李业石阙。”《梓潼县志》:长卿山在县西南五里,旧名神山。唐玄宗幸蜀,遥见山上有窟,近臣进奏,此汉司马相如读书之窟,因敕改今名。此诗录自《梓潼县志》,《带经堂集》五十二卷本未收。

此诗述司马相如与卓文君相爱故事,从一个侧面反映出汉代社会的文化风貌与文人心态,有新鲜感。从文化来说,汉代妇女和士人对婚姻问题所采取的态度是比较开放的,这给佛教和儒教在一定程度上都抹上一层讽刺色彩。从文人心态来说,这是司马相如对当时社会风俗和统治阶级文化政策的一种挑战,甚至是文人们从人格独立而向统治者倾斜的一种预示。司马相如因写作《长门赋》而得宠,恰好说明了这一点。所以相如和文君相爱,实质上是一个很复杂的社会文化现象。渔洋对待妇女一贯采取尊重与同情的态度,他甚至在潜意识上还主张“有情人终成眷属”,即婚姻自主和爱情自由。在清初理学压人欲的时代,他的这种思想明显是反世俗、反潮流的。

渔洋的咏史诗,包括对历史人物、历史事件、历史遗迹和历史名胜的歌咏,大都具有特色,这也就是王国维所说的写境与造境的统一。他的纪行咏史诗,与坐在书斋里咏史大不相同。他不仅通过造境来给所咏历史人物、事件涂抹上浓郁的感情色彩,描绘出动人的画面,使读者在理性和感性上得到相统一的审美感受。这里所写的长卿山,是把自然本色的山,转化为人化、情化的山。“一抹青峰想玉颜”,这句诗既把山和人有机地联系起来,同时又使诗人心目中的山成为一座着色的山,并使之与卓文君的玉颜发生“共感同构”。“留得文君好眉黛”,这就使人很自然地联想起白居易的名句“六宫粉黛无颜色”,从而更把“一抹青峰”和“文君眉黛”合成一个穿透时空的青翠欲滴的玉颜之色。从现代诗学理论来看,则是很巧妙地运用了颜色学和心理学的“合成结构”,使作者心目中的历史与读者心目中的想象都跳动起来,变成一个鲜活的历史投影。这就是此诗的审美特色。

叙　峡

闻有苏公泉,何处寻遗迹?
空留叙峡名,一片东山石。

梓州东北有苏泉,相传为苏东坡试茶地,曾有人于泉侧掘得小石刻一方,题曰“舣峡”。渔洋既为题记，又作此诗歌之。

作者一生皈依苏轼，在思想上、诗学上，乃至人生境界和人格理想的追求上同苏轼有不少相似之处：第一，两人皆外儒内道，最后皈依庄禅，所以渔洋常引苏轼为同调。第二，渔洋力倡神韵，其哲学、美学基础是庄禅合一的认识论，在这一点上，他与苏轼也相通。第三，苏轼不排斥新党，也不靠拢旧党，是一个独立于党争之外的人物，渔洋对他深表同情。由于清统治者不排斥汉学，也不独宗宋学，所以渔洋才能同独立于世俗之外的蒲松龄友好相处。由于清统治者对汉族士人始终采取安抚怀柔与钳压两手并用政策，他对苏轼才产生了“微斯人吾谁与归”的想法。第四，苏轼在出仕与归隐问题上痛苦了一生，渔洋也是这样。此诗前三句以平淡语作铺垫、烘托，逼出“一片东山石”一句，此句最关紧要。从深层意蕴来看，正因为有这一块石头，才使苏轼的无穷遗憾与悲伤永留人间，引人思考，以致引起人们联想到孔子、王维和谢安。因为孔子有“登东山而小鲁”的名句，王维有“吾弟东山时，心尚亦何远”的名句，还有李白褒扬谢安的两句诗：“但用东山谢安石，为君谈笑净胡沙。”如此寻思，这诗的人文精神就更浓了。因此我们就可以说，作者叹苏轼，实际也是自叹。

鹿

抱郭涪江碧玉流，一川丰草鹿呦呦。
倦游忽忆杨岐语，争似渠侬得自由。

《古夫于亭杂录》：“余再使蜀，于绵州山中见群鹿，赋诗云云。用宗门杨岐方会禅师语，盖自言行役万里，不及鹿之饮食止息得自由也。”杨岐，禅宗的一个支派，为南宗南岳派七宗之一。惠栋注曰：“杨岐，南岳石霜圆禅师法嗣，袁州宜春人，姓冷氏，详《五灯会元》。”“争似”，一本作“只有”。

作者渡涪江，见鹿群在一川丰草之地上吃草，呦呦鸣叫，自由自在，因忆杨岐禅师语，叹己奉使西征，不如鹿之止息得以自由，这反映出他对自由的憧憬和渴望，同时也表达出他对禅宗哲学的一种认知态度，反思自己如此劳累奔波，有什么意思？中国士人的老传统是：达则兼济天下，穷则独善其身，不入于道，则入于佛。渔洋身为朝官，现已年老，他是越来越深地在向禅宗哲学找安慰了。同时，这也正是他在诗学上的终极追求。他的神韵论诗学的哲学基础，说到底就是禅学。所以，他见鹿群忽然想到杨岐的话，绝非偶然。人应当崇拜自然，效法自然，要像自然那样把握自己生命的节奏，以天地为心，与万物为友。这就是他所寻求的精神自由，由此鹿想及彼鹿，他是进入顿悟之境了。这是一首禅诗。

潼川夜雨忽梦行临安道上旁人指示曰此临平也觉而有作

荒城无漏夜啼鸦，梦向临平咏藕花。
忽听梧桐楼畔雨，郪江江外是天涯。

《蜀道驿程记》："二十五日……次潼川州……州东有废郪县。"临安，南宋建炎三年设行宫于此，治钱塘，绍兴八年在此定都。临平，在浙江馀杭县境，四周平旷，无高山峻岭。建炎三年，苗傅挟太后以专朝政，遣兵扼临平，以扼韩世忠。"临平咏藕花"，是指西湖。郪江曾是蜀军驻地，姜维由此奉后主之命前往驻涪之魏军请降。驿舍夜雨，作者失眠，听鸦啼甚苦，因由蜀亡想到宋亡，复由宋亡想到明亡，感慨万千，作此诗。

如此咏史，涉及政权之存亡，是一个尖锐的政治问题，故托梦幻写之。此诗表面上是讽刺南宋宫廷斗争，实是暗寓南明之亡，以写内心之哀痛。南明迁都南京，以腐败昏乱急速告终，此与南宋之偏安江左而迅速走向灭亡，如出一辙。这一幕历史悲剧，在清人统治下，他不便直说，因有天涯浪迹、人生如梦之叹。虽梦非现实，却常与现实有关。人生如梦，历史亦何尝不是如此，故南宋之亡与南明之亡，等皆梦耳。然后之视今，不亦犹今之视昔乎？何其悲愤。全诗无一怨字，实句句皆怨。"荒城""梧桐""藕花"，皆平淡之词，不见丝毫火气，其哀明亡之痛，正蕴其中。即景遣情，神韵天成，诗美在此，其力度亦在此。

长题有暗示性，题与诗相辅相成，相得益彰，二者合成一个有机整体。诗有奇趣，作者的才情胆识，具于此见之。其咏史之作，多蕴藉有致，风骨凛然，此篇尤著。这是一首咏史奇诗。西征以来，他一路哀悼明亡，民族大义已压倒一切，盖时代思潮如此，他的思想与许多汉族士人的思想是一致的，这并不奇怪。

潼川怀少陵

返景下东津，扁舟涪水滨。
女墙崩积雨，郡郭入荒榛。
山夕烟花少，江流战伐频。
飘零思弟妹，嗟尔杜陵人。

《蜀道驿程记》："二十五日……次潼川州，汉置广汉郡及郪县，西魏改潼川郡，隋为梓州……今州西有废涪城县，州东有废郪县，孙樵谓'涪缭于郪'是也。子美寓此最久。州有橘亭、水亭、官阁诸迹，并以杜诗得名。"宋刘甲《人物志序》："唐以前凡称梓潼者，即今之隆庆；称涪者，即今之绵州。惟称郪及广汉县，乃潼川也。"王象之《舆地纪胜》："东津在郪县东四里，渡涪江水。"

唐肃宗乾元二年(759)十二月，杜甫避乱入蜀，在成都西郊筑草堂定居。两年后，严武出任成都府尹兼御史大夫，充剑南节度使，两人过从甚密，甫受严武多方照顾，可惜为时甚短，半年后，即因玄宗、肃宗相继去世，武被召回长安。此后，甫为生活所迫，迁家梓州，投奔梓州刺史兼东西川留后章彝，时在代宗宝应元年(762)八九月间。甫在梓州居住两年，过了一段比较闲适的生活，作诗不少，单是标明送给章留后的诗，就有十一首之多。总的来看，章彝对他也不错，但同严武相比，就差远了。

杜甫在梓州寄人篱下，内心很痛苦，时年五十左右。此诗从"弄扁舟"这一侧面着笔，巧妙地反映出他在梓州的精神风貌，同时也写出这座古城的荒凉景象，以景衬人，情浓墨饱。"返景下东津，扁舟涪水滨。"这是对杜甫游乐生活的描绘，同时也是作者的自道。甫有诗云："二月频送客，东津江欲平。"此处化而用之。接着写甫弄舟所见：墙崩、郭荒，写尽他的失意情怀。三联："山夕烟花少，江流战伐频。"写景感时，合古今而统言之，意思又深入一层。小舟在江上漂流，只看到很少一点"山夕烟花"，心情很不愉快，加上忧念远天战伐，更觉心不能安。当时，唐王朝南有剑南兵马使徐知道叛乱，北有回纥入陕，复因吐蕃入寇，长安已被焚掠一空，国几不保。此时甫与弟妹分离，心情甚悲。尾联直抒所感，对杜甫表达了最真挚的同情："飘零思弟妹，嗟尔杜陵人。"这一收结，感慨殊深。作者在为杜甫悲伤，也是自悲自叹。两人相隔千年，此诗所写，却像生活在同一个时代。借景怀人，真挚感人。这是友谊的赞歌，也是人伦文化的赞歌。

建宁驿

铜山行不到，树木晚萧萧。
水乱无行舸，堋危有断桥。
负途人久病，啮膝马难骄。
魂断南荒里，休吟楚客招。

《蜀道驿程记》："二十六日，雨止……午晴，晡抵建宁驿。竟日出没荒草中，土人云：'地多虎，日高结伴始敢行。'"铜山即铜官山，在中江县境。《汉书·王褒传》："及至驾啮膝，骖乘旦。"《注》："孟康曰：'良马低头，口至膝，故曰啮膝。"《文选》作"啮膝"。

作者由梓州西行，竟日出没草丛，人病马困，因有"魂断南荒"之感，晚至建宁驿，作此诗。首联写"铜山行不到"，心情焦急，此时天晚，树木萧萧，倍感凄凉。颔联"水乱无行舸，堋危有断桥"，写其地之荒凉，状景如在目前，非亲身经历者不能道。颈联"负途人久病，啮膝马难骄"，以人马对比写之，益见其行路之艰。这些描写，都很生动。尾联以"休吟"招魂收煞，提到历史悲剧的高度，益见深沉。屈原痛楚怀王客死于秦而招其魂，复讽谏顷襄王之晏安淫乐，因赋而伤之。汉王逸以《招魂》乃宋玉所作，是宋玉招屈原之魂。渔洋现叹魂断南荒，若是死了，哪个来招自己的魂呢？不禁悲从中来，旋又安慰自己，还是"休吟楚客招"吧。此诗怨而不怒，深得风骚之旨。这是最真实的历史记录，也是最生动的现实生活画面。渔洋使蜀，一路吟唱，时有愁怨之音，在满人统治下，他受了许多冤枉气。所以他时时言愁，时时有怨。这"愁怨"二字，就成了他西征吟唱的感情基础。"哀怨起骚人"，信然。渔洋蜀道诗之可贵，正因有此愁怨。

颜鲁公干禄字碑

古碣卧苍苔，郁律蛟龙走。
正气不磷淄，常见鬼神守。

剑州东北一里鹤鸣山，有颜鲁公书元结"大唐中兴碑"，城西又有"逍遥楼大字碑"。颜真卿(709—785)，唐临沂人，字清臣。开元进士，累官监察御史，以忤杨国忠出为平原太守，料安禄山必反，豫为之备。天宝十四年(755)禄山反，与从兄杲卿共起兵，十七郡响应。乱平，入官京师，连遭馋贬黜。后为刑部尚书，封鲁郡公，世称颜鲁公。肃宗朝数正言，为大臣所不喜。德宗建中三年(782)，李希烈自称天下都元帅，陷汝州，受命前往劝谕，持节不屈，被害。真卿善正草书，笔力沉雄，为世所宝，称颜体。这首古绝，质朴古奥，读之有英风飒然之感。字如其人，信然！渔洋雅爱书法，此诗丙子年作。它充分显示出颜鲁公的书艺美和人格美。作者为杰出的书法家而歌唱，为气节和操守而歌唱，此诗可用“正气浩然”四字美之，它所达到的成就，已远远突破诗歌领域。

中江县

惨淡黄云暮，行人出草莱。
风涛两江合，斜照乱峰开。
秋老飞乌县，乡遥戏马台。
郫筒何处是，一月罢衔杯。

《蜀道驿程记》：“二十七日，微雨。自潼川西来，山险稍平，然泥淖特甚，人马多蹶，弥望百里，田在草间。午后，次中江县，本汉五城县……南江、东江合流，其下为中江，流入射洪、遂宁，与涪江会……县颓废甚于潼川，境内人户才三十馀家。驿中有胶州闺秀姜氏题诗，云：‘清泉石上溜松风，薄受霜华叶乍红。曲路通村知近远，一条竹杖万山中。’字仿褚河南。”飞乌县在梓州西南。崔懋《新城县志》：“系马台，今县治也。相传齐桓景时筑，亦名戏马台。”《华阳风俗录》：“郫县有郫筒池，池旁有大竹，郫人刳其节，倾春酿于筒，包以藕丝，蔽以蕉叶，信宿香达于外。然后断之以献，俗号郫筒酒。”《成都志》：“山涛为郫县时，刳大竹，酴醿酿酒，兼旬方开，香百十步，时人传之为郫筒酒。”郫县在成都府西五十里。

这首诗，记述作者自潼川西行一天中的见闻和感受。天气并不好，路很难行，可是诗人那颗钟情于自然美的心，却使他把诗写得很活络。“风涛两江合，斜照乱峰开”。这两句诗写出心情之喜悦，胸襟之开阔。三联以地名为对，全是想象，好像见到鸟在飞，马在戏，十分有趣。一句一景，生机活跃。尾联以盼饮“郫筒酒”收结，民俗风光更加浓了诗的文化色彩，也充分表达出诗人的愉悦心情，是妙笔。

中江，本汉五城县，后改飞乌县。作者雅爱方志，对许多地理的沿革和民俗，都了解得很清楚。七月以来，所经之地都是贫困山区，滴酒未沾，现在想早点赶到成都去喝郫酒，借以自庆。“乡遥戏马台”句，露出一点怀乡愁绪，乐中有忧。对胶州姜氏题诗的赞赏，亦甚有趣。诗写得很随意，诗中有画。中江这个小县城，历经战乱，现在境内住户只剩三十馀家，使他叨念不已。感情在奔流，一颗爱心在跳动。

天柱山

朝出玄武门，云垂雨忽冻。登登天柱山，千盘堕澒洞。
峥嵘逾巴阆，槎牙过秦凤。陟岭如累棋，下谷如入甕。
心俯尻益高，足蹜目先送。敢嗟鸟兽群，稍喜徒旅众。
我有大羽箭，丽龟辄命中。于菟昂其首，饮羽乃不动。
道旁松合抱，巨可任梁栋。惜哉野蔓缠，不蒙匠石用。
绝顶见岷山，青城亦伯仲。一气连诸蕃，三州实西控。
太平幸无事，左髻时入贡。念彼松姚戍，坐甲苦饥冻。
俯临陆海雄，仰视天宇空。长啸千仞岗，出险忽如梦。

《蜀道驿程记》：“二十八日，雨。西门渡江，即登天柱山，盘折而上二十里，路峻泥滑，徒侣鲜不颠踣。至云津桥，虽芜没丛篁，规制尚极宏丽，夹路巨竹成林，惜其荒翳荟蔚，无复本色。过走马坡，山势稍平，然草树阴晦，上不见日，与五丁、蟾毒相似。下连山渡河，野宿汉州界。自闰七月朔入栈，时逾旬月，途历二千(里)，至此始出山。杜诗‘连山西南断，始见千里豁’。信为实录。夜大雨。连山，疑即天柱山也。”《益州于役记》：“天柱山高岩重岭，陟降甚于秦栈。”郭璞《尔雅》注：“江东呼暴雨为冻雨。”李宗谔《图经》：“维州南界江城，岷山连岭而西，不知其极。北望高山，积雪如玉。东望成都，若井底。一面孤峰，三面临江，是西蜀控吐蕃之要冲。”丽龟，是麋的代称。《左传·宣公十二年》：“射麋丽龟。”杜预注：“畜背隆处曰龟。”

天柱山在中江县西南，孤秀如柱。上下二十里，路峻泥滑，登陟甚险。作者过其地，作此诗。全诗共分三层：(一) 首六句为第一层，言山高而险。由气候(“云垂雨冻”)而写到路曲(“千盘”)，再以“峥嵘”“槎牙”状山之险峻。此险既超过“巴阆”诸山，又超过“秦凤”诸岭。以上是总写，用对比手法夸喻险情，给人留下一个深刻印象。(二)“陟岭”以下十四句为第二层，具体描绘所见及登陟之状：上岭心俯尻高，下谷足缩目送，然后一面写“徒旅众”怎样时时提防猛兽来袭，因以箭射之。同时又写道旁古松、野蔓之可利用，而未被开发。作者叹赏不迭，终化险为夷，转忧为喜。（三）“绝顶”以下十二句是第三层，写望见岷山、青城山，心情舒畅，希望清政府“连诸藩”，实行民族和解政策，以达控制“松姚潘”三州之目的，维护国家统一；同时对边防战士也表达了忧念之情。最后，发出“俯临陆海雄，仰视天宇空”的赞叹，以一声长啸收结，庆祝自己脱离险境。全诗是一个有机整体，结构谨严，文采斐然，极有气势。

作者西行以来，写登山临水之作不少，无不多彩多姿，且有奇趣。将这天柱山变幻不停的奇景写活，还将登临所感写得畅快淋漓，既忧边防之紧急，复怜坐甲之饥冻。承杜甫之宗风，显自己之襟袍，皆尽性情而止。

山中有虫声如击磬甚清越蜀人谓之山子又有花名龙爪甚艳偶成绝句

稻熟田家雨又风，枝枝龙爪出林红。
数声清磬不知处，山子晚啼黄叶中。

《蜀道驿程记》：“二十八日……西门渡江，即登天柱山。”张世南《游宦纪闻》：“永福谶语曰：‘天宝石移，瑞云来奇。龙爪花红，状元西东。’既而永邑东乡石壁溪岩松上产龙爪瑞花，其年萧公国梁果魁天下，次举黄公定，胪唱第一。盖瑞花生处，西之于萧，东之于黄，各三十五里。”

作者过天柱山，于虫声清越声中观赏龙爪花，一时兴至，吟成此诗。“稻熟田家雨又风”，是田家景象的生动描写，也是作者关念民生心态的自然表露。此诗情调闲适，节奏轻快，有图画美和音乐美，很吸引人。巧用花名、虫名入诗，声形毕现，用长题写出境界，益增诗趣。全诗灵动有神，堪称神品。

即兴诗在我国诗学上有悠久的历史传统，钟嵘说：“思君如流水，既是即目；高台多悲风，亦惟所见。”说的就是这个意念。诗人在与社会、自然接触的过程中，由外物（客观世界）引起内心种种感觉，用诗的语言表达出来，感染读者，这就叫“兴”，或曰“比兴”。此种手法，自《诗经》即已开始，至唐而大盛，渔洋根据这个传统，结合自己的生活感悟，常写即兴诗。他在这首诗里所表现的对自然事物的赞美，从根本上看，这是由于他有精深的禅学修养，故在处理物我关系（即天人关系）上能踵继王孟，而将诗的冲淡、平和、闲适、高远之境，大大向前推进了一步，给人以愉悦，忘却世俗杂念，真有回归自然、超然物外之概。田园诗有两类很受读者欢迎：一类是王孟派田园诗，亲近自然，远离政治，这主要是士大夫高雅情怀的表达。一类是范成大派的田园诗，贴切政治，关心生产，主要表达了士大夫的忧民情怀。渔洋的田园诗，这两类作品都有。此诗则是王孟派的一个新发展。应当说，这两类诗都有美的功利性，也都是精神的升华，绝不同于那些阿谀政治的庸俗之作。一切伟大诗人或艺术家对于美的终极追求，莫不如此。

天柱山竹

云津桥畔千竿竹，芜没荒丛也可怜。
恰似佳人在空谷，天寒翠袖阿谁边？

《蜀道驿程记》："二十八日……至云津桥，虽芜没丛箐，规制尚极宏丽，夹路巨竹成林，惜其荒翳荟蔚，无复本色。"杜甫《佳人》："绝代有佳人，幽居在空谷……天寒翠袖薄，日暮倚修竹。"

这也是一首即兴之作。竹为岁寒三友之一，节高干直，有君子之风，为士人所宝，东坡深爱之。作者使蜀途中，见此荒山之竹而生怜爱之情，因继杜甫《佳人》而续咏之。杜甫所表达的是超脱凡俗的高洁情怀；渔洋则表达出一种对高尚人格、高尚理想的景仰和追慕，两者异曲同工，可以看作是一次超越时空的有趣唱和。杜甫对不遇的佳人之所以深致同情，并以之自况，是他对自己所处时代的一种忧患意识的表露，其"致君尧舜上，再使风俗淳"的抱负，至颠沛流离而死，终未实现，使千古志士为之唏嘘不已。渔洋生活于康熙之世，统治者只把他当作御用工具，此时又叫他跋山涉水，远使西川，主持乡试，其经国济世之志难伸，见此天柱山之竹，芜没荒丛，因而产生怜悯之心，这就同千年前的杜甫很自然地产生了心灵感应。虽有翠竹，其奈天寒，虽有佳人，其奈空谷，何况他连天柱山之竹都比不上呢。由此我们可以清楚地看出，渔洋那颗时时颤动的心和永不安的灵魂。此诗有民歌风味，与老杜苍凉古朴之风不同，这是不同时代、不同审美追求的反映。

天柱山绝顶望见岷山作

鞍马众峰头，苍茫万里收。
岷山横塞出，灌口接天流。
要害三城戍，边防八月秋。
大荒飞鸟外，眼底尽姚州。

乐史《寰宇记》:“山高二里,平正,有重山,高百馀步,孤秀如柱,故名天柱。”《方舆胜览》:“岷山即汶山,去青城石山百里。”灌口,指都江堰。战国秦昭王时,蜀郡守李冰凿堆,分岷江为内外二支。《旧唐书·地理志》:“彭州有羊灌田、朋笮、绳桥三守捉城。”《旧唐书》:“广德元年,吐蕃陷松保三城。”《钱注杜诗》:“西山三城界于吐蕃,为蜀道要害。”《元和郡县志》:“姚州本汉云南之地,武德四年,安抚大使李英以此中人多姚姓,故置姚州,为泸南之巨屏。”

行程将达终点,作者勒马峰头,俨如老将,一时兴至,因就天柱山绝顶所见西川远景,发抒所感,作此诗。“鞍马众峰头”云云,一起即描绘出一个爱国老将的形象,气势磅礴,立一篇之主脑。然后展开分写,“岷山横塞出”,写山。“横”“出”二字,将山之姿态写活。“灌口接天流”,写水。“灌口”是岷江上一项伟大的水利工程,“接天流”状水势,极显气概。作者从军事文化与地理文化着眼,勾出一幅壮丽山水图。然后再作现实和历史的描绘:“要害三城戍,边防八月秋。”“三城”指茂州境内防备吐蕃入侵的三个军事据点,这是历史遗留下来的汉藏民族冲突之点,作者因此郑重提出:秋收即将到来,吐蕃又将来犯,当加强防备。杜甫有“辛苦三城戍,长防万里秋”之句,这是杜诗的化用。最后,推出尾联:“大荒飞鸟外,眼底尽姚州。”“大荒”是岭名,语义双关。“姚州”是汉人聚居区,这里是“中国”的代称。此诗气势雄浑,是爱国主义的壮歌。

这里牵涉了两个问题:一是作者对有关史地知识的思考,二是他对杜甫爱国主义诗歌传统的继承。就前者而言,由于作者精通史地、方志之学,对川西边防情况知之甚稔,故能写得如此意蕴深厚。“边防”“三城戍”,非娴于史事与军情者不能道。岷山、灌口、姚州这些地名的选用,至恰。就后者而言,这是杜甫诗魂的体现和重铸。渔洋学杜,已入堂奥。过去一般论者,因渔洋选唐诗未及杜甫,论诗之学往往少及杜甫,以至错误地认为:渔洋只重王孟、不重杜甫,甚至对杜甫有排斥之意。其实,这完全是臆测妄断之辞。没有吐纳百川的博大胸襟,就没有成为一代诗歌大师的可能性,渔洋其人其诗的客观事实,也充分证明了这个“放之四海而皆准”的真理。

猿

蜀道山猿树树悬,栗皴开处一林烟。
六窗不遣猕猴静,漫说愁猿学四禅。

《秦蜀驿程后记》:“二十五日……抵罗江废县。”作者有感蜀道山猿之多,作此诗。前两句写所见,后两句抒所感。什么叫“六窗”? 六窗即六根,指眼、耳、鼻、舌、身、意。佛家认为,“根”有“能生”之意,六根对“声”能生种种感觉,罪恶皆由此产生,因称“孽根”。《百喻经·小儿得大龟喻》:“凡夫之人,亦复如是。欲守护六根,修诸功德,不解方便。而问人言:‘作何因缘而得解脱?’”禅宗说,六根不静,心性不明,不能成佛。“六窗不遣猕猴静”,此句是在说禅,含有老庄“虚静”之意。“虚”即佛所说的“空”,人能修炼到心中空无一物,不为物欲所蔽,只剩一颗“平常心”,即入禅矣。“猕猴”因为缺少这样一颗心,所以永远不能成佛。“静”即佛所说的“心与万物往来”。以心关照万物,透视万物,便可进入悟境,亦即“般若”“真如”之境,终至打破时间界限,不计古往今来,这是猿做不到的,所以它不能成佛。显然,这是讽刺那些空谈禅理的俗士。什么叫“四禅”? 四禅是指从色空初禅天到四禅天的四种境界。坐禅时,倘觉身心凝然,遍身毛孔有气息徐徐吹入,入无积聚,出无分散,即入禅境。“愁猿”既然连“静”都做不到,“学四禅”当然更不可能。这还是讥讽那些故作风雅的俗士。当时,这样的士人是不少的。

禅分渐顿两派,渐悟派主张静思,如达摩面壁九年,坐禅入定,终于得道成佛即是。顿悟派自慧能对佛学进行大改革后,乃将坐禅入定一套旧法完全打破,因而力主顿悟。渔洋是倾向这一派的,这叫禅宗南派。主张渐悟者是北派。慧能把中国儒道文化与印度佛教文化融合为一,构成一个新的思想体系,使印度佛教彻底中国化了,这是他的大贡献。读渔洋之诗,不可忽视禅宗顿悟对他的影响,因为他的神韵论的哲学基础就是禅学,但也不限于禅学。此诗是对附庸学禅者的嘲笑。渔洋养之有素,他对禅的认识可能仅在王夫之之下。

晴

积雾东川道,飘蓬剑外州。
不愁山险阻,转恨雨淹留。
乍豁青天影,遥通白帝秋。
举头真见日,吹角散蚩尤。

《蜀道驿程记》:“二十五日……次潼川州。”此诗前四句写积雾和雨,一起破空而来,继写愁闷,笔力雄健。后四句写天气乍晴,愁绪顿消,由忧转喜,似得解脱。这是作者行役生活的又一剪影。

要旨全显于“白帝”与“蚩尤”两意象中。“青天”在头顶，是此时之景；“白帝”在天边，是历史的意象。当年公孙述和刘备先后在白帝城建都，皆打蜀汉旗号称帝，作者从维护封建正统立场出发，隐约其词地颂扬了他们。尾联遥接首联，愁“蚩尤”之雾，是贬斥语。“蚩尤”是古九黎族部落酋长，传说善施雾帐，然终为黄帝所擒。这里，“蚩尤”是雾的代称，也是戏的名称。梁任昉《述异记》：“秦汉间说蚩尤氏耳鬓如剑戟，头有角，与轩辕斗，以角抵人，人不能向。今冀州有乐，名蚩尤戏。其民两两三三，头戴(角)而相抵。汉造角抵戏，盖其遗制也。”尾联“吹角散蚩尤”句，有丰富的文化意蕴。积雾全消，显出一幅角抵戏的民俗画面，弦外之音，铮铮震响。作者对待“白帝”与“蚩尤”的感情明显不同，在他看来，“白帝”是正统，“蚩尤”是异族。行役至此，指和尚骂秃子，一泄其胸中之怨气。当时心中积有怨气者，岂止渔洋一人？

蚩尤有庙在海南岛，今尚存。

晴

已厌盐亭雨，初逢广汉晴。
断桥人影出，沙路马蹄轻。
雕鹗三秋击，弓刀万里行。
浮云西北去，何处望神京？

此诗写于前诗之次日，时在梓州途中。题目相同，两诗为姐妹篇。梓州属汉广汉郡，清改三台。作者于久雨山行之后，来此忽睹晴空万里，顿觉心旷神爽，因作此诗。述志遣怀，别有风味。前六句写天气放晴，由愁转喜，作者自抒豪情，写得很有气势。“断桥人影出，沙路马蹄轻”一联，写景如画，有色有声。“出”谓过桥人之影，或出或没，是远景；“轻”谓自己勒马而行，是近景。三联自况，“雕鹗”指善飞之猛禽，喻行役者之雄健。“弓刀”喻勇武，言不畏艰难。尾联“浮云西北去，何处是神京”发出疑问，掀起感情高潮，为一篇要旨所寄。“浮云”是一种意象，无所指名，殊耐人寻味。“神京”指无定所的理想之都。此乃历代诗人所艳称的理想境界。渔洋此时所仰望的神京何指，清的首都是北京，明的首都也是北京，他所向往的神京到底是哪一个？模棱两可，令人玩味。两首同题诗，写作时间只隔一天，皆未收入《精华录》。“雕鹗三秋击，弓刀万里行”是形象优美的画面，令人难忘。武勇、豪迈，这是一首充满民族豪情的赞歌。

罗江驿夜雨

前旌已拂鹿头关，风雨勾留不肯闲。
何处行人最愁绝，潺亭亭下水潺潺。

《秦蜀驿程后记》："二十五日……沿安昌水行……过古潺亭，涉潺水……抵罗江废县……今为驿。"自注："故县也，今省入德阳。城北有潺水、潺亭。"故县属绵州。《水经注》："广汉涪县有潺水，出潺山，水源有金银矿。潺水历潺亭而下，注涪水。"《方舆胜览》："潺水下注涪水，合罗江。"

至罗江驿，作者两月蜀道之行将达终点，在一片风雨声中，他写了这首小诗。鹿头关是进入成都平原的第一站。"前旌已拂"，显出胜利的喜悦，语颇幽默。"潺亭之下水潺潺"，愁绝之音还在弹唱，调子转哀，翻出一个"最"字，令人欲涕。此诗之雅，即在写出这千回百转的愁怨。这是两千馀里长途跋涉所造成的，是那个满族专制统治者的赐予。作为一个汉族士人，他并没有多少人身自由。古时，这里是行人送别之地，今日依然如故。潺水啊，你还在不停地流。潺亭啊，你这历史的见证人，也还是那个老样子。作者两次蜀道之行都充满了愁怨。作为全部蜀道诗的终曲来看，是一气贯通、浑然一体的。

一支幽曲还在回旋，一首哀音还在弹唱。不信神，也不信鬼，他有自己的独立人格。这就是诗人渔洋此时的心态。

10. 成都卷

【卷头语】成都是一座历史悠久的文化古城，作者两次西行，在此驻留六十多天，作诗十多首，有的表达了对边防的忧念，有的表达了对古帝高贤的追怀。游浣花溪而怀杜，观杨慎故居而扼腕，谒惠陵而思黄帝，吊宋濂而吐哀音，都给人留下刻骨铭心的印象。《望青城山》诸诗，雄奇豪放，有老杜风骨。

落凤坡吊庞士元

沔上风流万古存，鱼梁洲畔向江村。
何如但作鸿冥好，采药相携去鹿门。

《秦蜀驿程后记》："二十六日……登落凤坡，上有诸葛公、庞靖侯祠，祠毁于献贼，唯祠门石狻猊尚存其一，有碑，题'汉龙凤二公祠'。东鹿头关，即士元墓，杜诗所谓'鹿头何亭亭'者也……涉绵堰水……抵德阳县。"鱼梁洲在襄阳，汉末，庞德公携妻子登鹿门山，采药未还。

庞统(179—214)，字士元，号凤雏，汉末襄阳人。弱冠往见司马徽，徽有知人之名，称统当为南州士人之冠冕，统叔德公称之为凤雏。刘备领荆州，使统守耒阳令，不治。吴将鲁肃致书备曰："庞士元非百里才也，使处治中、别驾之任，始当展其骥足耳。"诸葛亮亦言于备，使为治中从事，与亮并为军师中郎将。备取蜀，进围雒县，中流矢，毕命于鹿头山。《后汉书》有传。

落凤坡，在四川德阳县。建安十六年(211)，庞统以军师中郎将随刘备入川，屡出奇策制胜。其人与诸葛亮并称，有"伏龙凤雏，两人得一，可安天下"之誉。建安十九年，殁于落凤坡军前，年仅三十六岁。统有雄才大略，文武双全，作者惋惜他没有从其叔隐居鹿门山，此可见渔洋之风骨。此诗前两句对其叔之高行倍加赞赏，后两句惋惜他没有随叔一同隐居鹿门山，这显然是借他人之酒杯以浇自己胸中之垒块。刘备有一龙一凤，终不能挽回蜀汉政权的颓势，作者怀古伤今，感慨万端，因有此作，亦可哀也。"何如但作鸿冥好"一句，具显风神。作者在满人统治下活得很不舒畅，他的愁怨之情，在这里是又一次地吐露了。他自始至终都是不驯服的，这就是渔洋其人。

汉州西湖

当年房次律，此地凿西湖。
百顷烟波渺，中流岛屿孤。
琴亭何寂寞，片石亦榛芜。
欲问邢和璞，三年事有无？

《蜀道驿程记》："二十九日……城中石表，咫尺相望，想见盛时，而城堞室庐鞠为茂草矣。"《秦蜀驿程后记》："二十七日……房次律西湖在城西隅，湖自宋熙宁间奏垦为田，遂废。房公弹琴处旧有竹亭，李卫公、刘宾客赋诗凭吊之地，不可识矣。"此诗丙子年作。作者自注："放翁《房相西湖》诗：'绕城凿池一百顷，岛屿屈曲三四里。'房公石尚存州廨。"《汉州志》：房公石在州署二堂前，唐刺史房琯遗迹。琯有《西湖既成作》诗，今存。邢和璞，道士，好黄老，善知人夭寿，玄宗曾召令相张果老生死。开元中，房琯宰卢氏，传与邢出游，过夏口，入废佛寺，坐古松下，和璞使人凿池，得甕中所藏《娄师德与永禅师书》，谓琯曰："颇忆此否？"琯怅然，悟前生之为永禅师也。三生事指此。见《明皇杂录》。

房琯字次律，玄宗相，因陈陶斜役之败，出为广汉刺史，凿汉州西湖，有政声。湖于宋熙宁间奏垦为田，遂废。此诗述房琯之业绩，咏史怀人，表现出浓郁的文化氛围。中两联写湖之兴废，全是想象笔墨，绘出一幅优美的画面，令人欲往一游。尾以问句收结，表示对《明皇杂录》有疑，具见其功力之深。

房琯罢相后杜甫曾上书为其辩白。此诗赞其政绩，结句之问，直与房琯对话，对他迷信邢和璞一事，提出质疑，很有意思。唐人信道教，玄宗尊奉老子为"玄元皇帝"。作者对房琯之不幸深表同情，因而发出"琴亭何寂寞，片石亦榛芜"的感叹。面对历史这面镜子，感慨不已。作者同房琯时空遥隔，恍如面对其人，促膝而谈，十分感人。全诗以昔今作对比，一气贯通，甚有奇趣。

汉州纪梦

照壁孤檠不自聊，隔窗寒雨打红蕉。
惊回一枕乡园梦，身在西川金雁桥。

《蜀道驿程记》："二十九日。自连山泥行二十五里，渡河，曰沱江，次汉州。”此诗《带经堂集》五十二卷本漏收，录自《汉州志·艺文》。《渔洋续集》卷四有《题汉州驿壁》，即此篇。胡三省《资治通鉴》注：“金雁桥在汉州洛县东，雁江之上，俗传曾有金雁，故名。”

西征以来，作者怀乡之情，无时或释，非仅汉州之一梦也。行役将达终点，因见金雁桥之名，遂又勾起乡愁，故题诗于壁。题为“纪梦”，所写却是梦醒后的景象：室内孤檠照壁，窗外雨打红蕉，分明是一幅凄凉图画。“红蕉”是闺中人的人化，这年张宜人四十一岁，她体弱多病，迭丧两子，精神濒于崩溃，作者时时放心不下。值得注意的是，在几千里的长途跋涉中，他做梦已不止一次，写诗寄怀，也不止这一篇。千愁万绪，无由表达，纪梦遣怀，哀痛欲绝。这就是一个不屈服的汉族士人在满人统治下的生存状态。

弥牟道中望八阵图遗址

落日弥牟道，霜风百战场。
青天回玉垒，远树出华阳。
陆海三都阔，雄图八阵荒。
卧龙虚故迹，驻马惜降王。

《蜀道驿程记》：“八月初一日，晴。发汉州。渡河凡三，皆以竹筏，川流迅激，殊有戒心……午过弥牟镇，观武侯八阵图，惟一残碣立道左，草木荒翳，不能通人。陆务观有《弥牟八阵原武侯祠堂》诗。晡次新都县使院。”李膺《益州记》：“稚子阙北五里有武侯八阵图，土门四，门中起六十四魁，八八为行，魁方一丈，高三尺。”此由《易》之乾、坤、艮、兑、震、巽、坎、离八卦而来，包括天、地、风、云、龙、虎、鸟、蛇八种阵势。高似孙《纬略》：“八阵图在新都者，峙土为魁，植以江石，四门二首，六十四魁。八八成行，两阵并峙，周凡四百七十二步，魁百有三十也。”《成都图经》：“武侯八阵凡三：在夔者六十有四，方阵法也；在弥牟者百二十有八，当头阵法也；在棋盘市者二百五十有六，营阵法也。”《渔洋文略》：“蜀介在荒服，然而井络垂曜，江汉遵流，碧玉、犀象、丹黄、空青之产，木兰、梫桂、椅梓、楩柟之材，桑、漆、麻、纻之利，自昔号为陆海。”

此诗颂诸葛亮之事功兼哀蜀亡。作者从大处落笔，串起许多历史地名，配上“落日”“远树”等意象，合成一幅气象开阔、笔势沉雄的历史风云图，读之令人震撼。一起即推出诸葛亮驰骋疆场的战斗风貌，奕奕有神。次写弥牟镇远景，烘云托月，极壮观瞻。“玉垒”山在成都之西，“华阳”为成都之古称。三联赞天府国之富与叹八阵图之荒，对比鲜明。“陆海”喻天府国之大与物产之丰富；“三都”指成都、广都、新都，末以蜀汉之亡收结，慨叹这样一个好地方，又有这样一个好丞相，可惜竟败在后主刘禅手里。

渔洋入蜀后，歌颂诸葛亮之诗不少，皆清新流利，自然灵妙。他颂诸葛主要是从维护刘家正统出发。蜀亡已达一千四百年之久，他还在叹息，此情何深。“惜降王”之叹，极显风神。其意若谓诸葛亮的事功是叫刘禅给弄糟了，但他也只用一个“惜”字，以表诸葛亮之忠。诸葛治蜀是中国历史上一个奇特的文化现象，此诗殊有魅力。

新都县题杨升庵先生故宅

侍臣迁谪后，常忆泰陵园。
词赋留金齿，生还望玉门。
交州无士燮，南海得虞翻。
废宅西风里，连蜷桂树存。

《蜀道驿程记》：“八月初一日……晡次新都县使院，为杨用修先生故居。稍东，即文忠公第。从蔓草中，多见柱础遗迹，院内两桂树婆娑，无复生意。昔许文修寓书曹氏，自述流宕漂薄之苦，虞仲翔没齿南海，至欲以青蝇为吊客，读其词，未尝不呜咽。用修父子遭际明时，得君行道，文章气节，冠冕士林，乃至披逆鳞，触震霆，一谪南裔，长往不返，观其《七十行戍稿》，可为扼腕流涕也。用修夫人黄亦有才情，世所传寄外诗：‘曰归曰归愁岁暮，其雨其雨怨朝阳。’二语乃山谷句，夫人岂窃之耶？夜晴，列星粲然。自入栈一月来，未睹此矣。初二日，晴。憩新都县。”又记云：“升庵有《桂湖曲送胡孝思》诗：‘君来桂湖上，湖水生清风。’‘君去桂湖上，湖水映明月。’杨慎与黄娥在桂湖读书吟诗，恩爱至笃，未几鸳鸯纷飞，直至先后离开人世。噫！士之不遇，时耶命耶？”

尹守衡《史窃》：“杨慎字用修，成都新都人也。正德六年进士第一，授翰林院修撰。世宗入继大统，父廷和以大礼议不合，罢免。慎率同官与上争，不能得，倡百官撼门大哭，上大怒，杖朝堂几死，谪戍永昌。”

杨慎(1488—1559)，少聪颖，十岁能诗。明正德六年(1511)状元，嘉靖三年(1524)，抗疏谏世宗立，议大礼，偕廷臣伏左顺门力谏。下诏狱，廷杖之，削籍，谪戍云南永昌卫，老死戍所，追谥“文宪”。其人一生好学穷理，对边荒少数民族之悲惨命运，深表同情。有《升庵集》八十一卷行世，著述之富，明代推为第一。作者观废宅后，作此诗吊之。首联："侍臣迁谪后，常忆泰陵园。"泰陵是明孝宗陵墓。孝宗死后，慎身处贬所，一直都在思念孝宗，此言用修之忠。颔联："词赋留金齿，生还望玉门。"上句赞其文学才能。"金齿"指歌妓，此事历来歌之不绝。梁维枢《玉剑尊闻》："用修谪滇，有东山之癖，诸夷酋欲得其诗翰，不可，乃以精白绫作裓，诸妓服之，使酒间乞书，杨欣然命笔，醉墨淋漓裙袖，酋重赏妓女，购归，装潢成卷。"下句用班超事。《后汉书·班超传》："班超久在绝域，年老思归，乃上疏曰：'臣不敢望到酒泉郡，但愿生入玉门关。'"三联："交州无士燮，南海得虞翻。"士燮，吴广信人，迁交趾太守。虞翻字仲翔，蜀汉余姚人，徙交州。《吴书》记士燮事云："其先鲁国人，至王莽之乱，避地交州。燮少游学京师，后迁交阯太守。燮体器宽厚，谦虚下士，中国士人往依避难者以百数。耽玩《春秋》，为之注解。陈国袁徽与尚书令荀彧书，极称之。燮在郡四十馀岁，年九十卒。"《吴书》："权徙翻交州。"《注》：翻《别传》曰："翻自恨疏节，骨体不媚上，获罪，当长没海隅，生无可与语，死以青蝇为吊客，使天下一人知己，足以不恨。"尾联点出故宅，与首联呼应。"废宅西风里，连蜷桂树存。"睹树怀人，情至哀痛。此诗对杨慎之忠义及其学术成就作出高度评价，有情、有义、有境界，与燮翻并称，光彩照人。

成都怀古四首

一　司马相如琴台

长卿但好色，慢世亦何有？
奈何涤器处，风流映身后。
快意驷马归，王孙献牛酒。

二　扬雄墨池

子云拒富人，风义凛当世。
何物国师儿，乃许问奇字。
墨池久荒凉，四赋空巨丽。

三　严君平卜肆

君平神仙流，卖卜亦偶尔。
萧然日下帘，心契希夷旨。
我读指归论，怅望成都市。

四　李卫公筹边楼

武侯筹笔驿，卫公筹边楼。
两贤不并世，风烈俱千秋。
功高竟不赏，海外志穷愁。

[第一首]司马相如（前170—前118），字长卿，词赋家，汉蜀郡成都人。初，游临邛，见卓王孙之女文君，悦之。时文君新寡，好音，相如乃以琴心挑之。文君竟夜奔相如，两人同归成都。旋以家贫，复还临邛卖酒。文君当垆，相如身自着犊鼻裈，与保佣杂作，涤饮器于市中。武帝时，因献赋任为郎，后拜中郎将，通使邛笮，立功大显。归时，蜀太守以下郊迎，县令负弩矢先驱，卓王孙、临邛诸公，皆诣门下献牛酒以交欢。卓王孙喟然而叹，自以为得使女尚司马长卿晚，而厚分其女财。《史记索隐》引相如之歌曰："凤兮凤兮归故乡，遨游四海求其皇……有艳淑女在闺房，室迩人遐毒我肠，何缘交颈为鸳鸯。"

[第二首]扬雄（前53—前18），字子云，汉蜀郡成都人。少好学，博通群籍。《汉书·扬雄传》："其先扬季，官至庐江太守，汉元鼎间避乱溯江上，处岷江之阳，曰郫。有田一廛，有宅一区，世以农桑为业。"后以病免，复为大夫。家素贫，嗜酒，人希至其门。成帝时，以大司马王音荐，献《甘泉》《河东》《羽猎》《长杨》四赋，拜为郎。王莽时，以事株连，投阁自杀，几死。精通小学，多识古文奇字，人多有载酒肴前来问字从学者。刘棻即尝从雄学作奇字。晋左思《咏史》："寂寞扬雄宅，门无卿相舆。"墓在郫县。

[第三首]严君平，名遵，汉蜀郡（今绵竹）人。扬雄少时从其游学，已而仕，京师显名，常在有地位的贤者面前称君平之德。卒年九十馀。严著有《指归论》。《老子》："视之不见名曰夷，听之不闻名曰希。"希夷：虚空，微妙也。

[第四首]李德裕（787—849），字文饶，唐赵郡人。历仕宪、穆、敬、文、武诸朝，时朝中有李牛两党，德裕为李党首领，与牛僧孺为首的牛党斗争激烈。武宗时，自淮南节度使入朝，力主削藩。执政六年，进太尉，封卫国公，世称李卫公。宣宗时，遭牛党打击，贬潮州司马，再贬崖州司户，卒于贬所。《资治通鉴》：德裕至镇，作筹边楼，图蜀地形，南入南诏，西达吐蕃。……访以山川、城邑、道路险易，广狭远近，未逾月，皆若身尝涉历。筹边楼，大和四年建。陆游有《筹边楼记》。

此四诗写得极有风致。作者抓住几处文化遗址，给四个历史人物画出四幅画像，一律予以表彰，这给成都地方文化史留下一页珍贵资料。第一首，写相如与文君相爱故事。司马迁讥为“舞文之辈，好色之徒”，渔洋驳之，说他“但好色”，并不“慢世”。第二首，颂扬雄之风义。谓能“拒富”，是高士。他有学问，不喜欢献赋。即使献赋，也没有什么可指责的。第三首，赞隐者严君平，对他深表追慕之情。第四首，颂李德裕。对于这位为巩固边防立有大功的名臣，作者将他同诸葛亮并提，称其功业与裴晋公相伯仲，可谓推崇备至。

四诗皆以五言六句体写成，这种诗体来自《南朝乐府・子夜吴歌》，李白曾用之。后之作者不多，遂至渐渐淹没。现代诗人朱湘、赵朴初曾一度提倡此体。留意诗体发展史的林庚教授深刻地指出：中国诗歌自古迄今皆在格律化与散文化之间来回摆动，这条规律自语言发展现象观之，似可命名为“整散交替律”。《诗经》是格律化的，《楚辞》则介乎律散之间。至汉，《乐府》又返回律化。以后，宋词、元曲又趋向散化，而赋体则是律与散的结合。五四以后，新诗最初是散文化的，后由新月派诗人闻一多提出建立新格律体的倡议，新诗遂在律散两股道上平行发展。

汉民族语文的特点是要求整散结合的。新诗之所以至今未能找到最完美的表现形式，也是因为还没有找到律散结合的最佳点。文言与白话之争，亦类此。大白话不雅，文言文又难以表现许多新事物。来一点文白相间，既不是纯白话，也不是纯文言，基本上是现代书面语，偶尔夹一点文白相间的句子，似乎也是一条可行之路。鲁迅先生的杂文堪称典范，大公报体也曾广受欢迎，当代作家文白结合得好的，有柯灵、孙犁、汪曾祺，还有台湾作家余光中，至于陈寅恪、钱钟书、钱穆诸大家之文，有口皆碑，就更不用说了。当然，纯白话还是要大发展，实际上是主流，中国诗歌向以齐言为主，而以参差见长，这就是五七言诗之所以至今不衰的原因。但五七言六句体却不行，因为构不成一个起承转合的有机整体，少了两句，却似缺少一环，失去完整性。所以历来诗人少作，甚至不敢作。西方格式塔美学强调艺术的完整性，有道理。因为一切艺术都是视觉、听觉直到感觉的完整系统，所以现代西方学者更强调视觉艺术。其实，中国古代作家早就懂得这个道理，苏轼曾提出“诗中有画”的观点，就十分重视对客观实物形象性与完整性的表达，惜未能形成系统理论。中国诗歌理论，大多是笔记式、评点式的。这种情况已延续千馀年，直到近代西学东渐，才有所改变。

望青城山

云气连西域，名山作汉标。
千秋轩帝迹，每夜岳灵朝。
玉宇凌丹壑，神鸾下碧霄。
丈人一招手，天路未应遥。

青城山在灌县西南，连峰接岫，古木参天，有“青城天下幽”之誉。主峰大面山，高三百六十丈。诸峰环绕，状若城郭，故谓青城。《道书》以此地为第五洞天，上有清泉悬澍，一日三时洒落，谓之潮泉。山有甘露芝草，黄帝封为“五岳丈人”，刻石篆书犹存，丈人峰因以得名。

壬子年秋，作者西征将至成都，望青城山有感，作此诗。“望”字为诗眼，由望而思而感。全诗四联，一气贯通。句句写山，也句句都在祷神。既颂黄帝之灵，复赞神鸾之舞。写山灵夜夜在此拜天拜帝，把天上人间打成一片，气象恢宏，大气磅礴，令人神往。古人赞此山者不少，但似此仙气拂拂之作，实不多见。

青城山有神山、道山之称。自汉张道陵以来，其徒大倡神仙之说，力主学仙、升仙，以求长生。这对历代专制帝王和社会基层群众都有诱惑力，士大夫们受其影响者不少，这诗即反映出作者欲求归隐的思想。他如此尽吐衷情，对汉族人民特别是失意的汉族士人，无疑是巨大的鼓舞。“名山作汉标”，令人自豪。“丈人一招手，天路未应遥。”简直是号召：我们都一齐过清静的生活去吧，不在人间再受这腌臜气。何况黄帝又是中国医药文化和方术文化的始祖。《内经》一书及有关传说，都和养生之道有关，因此道教徒们就把他哄抬出来，说他在青城山上留有圣迹。这些虽然都是荒诞不经之谈，但经作者如此高歌颂赞，显然就有尊崇汉民族祖先、弘扬祖国优秀文化传统的意味，这诗是有吸引力的。可惜道教徒们拉黄帝作虎皮，打出黄帝旗号之目的，作者没有看破，这说明在历史演进过程中，中国文化和中国诗人存在着某种难以避免、甚至难以说清的复杂性，值得注意。

防　秋

闻道防秋急，千山复万山。
传烽来僰道，插羽过灵关。

属国何尝绝，悬军且未还。
却思汉丞相，心力尽征蛮。

《宋史·兵志》："防秋以八月十五日止，十月罢。"清代亦然。僰道，古县名，属犍为郡。灵关，在成都西南。《唐大诏令集》："诸道每岁皆有防秋兵马。"《后汉书》注："魏武奏事曰：边有警急，插羽以示急也。"《水经注》："灵道县，一名灵关道。"杜甫有"雪岭防秋急，绳桥战胜迟"之句。诸葛亮《出师表》："五月渡泸，深入不毛，今南方已定，兵甲已足，当奖率三军，北定中原，庶竭驽钝，攘除奸凶，兴复汉室。"

此诗言及僰人秋季入寇事，说明清初川西边陲汉藏矛盾尚未解决，当时军权主要掌握在旗人手中，作者写作此诗表现了他对国防的担忧。从"却思汉丞相，心力尽征蛮"两句来看，他是慨叹现在没有诸葛亮这样的人才。渔洋入蜀诗与杜甫入蜀诗颇有相近之处。前人论阅历相似而诗风相近者多有，如宋之陆游、黄庭坚，因与杜甫有相似经历，所以他们入蜀诗多效杜甫。黄庭坚甚至认为杜甫入蜀诗成就最高。渔洋入蜀诗力学杜，惟在创作风格上稍有不同。杜甫追求的是一种劲健风格，它既与雄浑相接，又与沉郁相通。历来论杜者，皆以沉郁顿挫誉之。沉郁指其思想内容深刻，顿挫指其情感起伏、音节抑扬和句法变化多。作者既在劲健上立追杜甫，又在情感起伏和音节抑扬上努力仿效，这就是渔洋入蜀诗的艺术特色。有人认为，渔洋不重视杜甫，此论与实际不符。其实渔洋所追求的神韵，决不限于"萧条淡远"一种，他的诗作可谓风格多样化，其律诗风格主要是劲挺。翁方纲认为神韵乃一切诗歌所共有，渔洋仅识其一端而已。这只是翁氏个人看法。至于袁枚和郑燮所说的神韵只适合于绝句和短章，则又后退一步了。

登成都西城楼望雪山

秋老锦官城，西风卷旆旌。
霜高犀浦路，日出雪山明。
黎雅初增戍，松潘未罢兵。
谁能凌绝顶，万里一峥嵘。

雪山，在灌县西南百里，白雪叆叆，秀出云表，杜诗有"雪岭界天白""高风卷旆旌"之句。西城楼为成都古迹，任豫《益州记》："诸楼年代既久，榱栋非昔，惟西门一楼，虽有补葺，张仪时旧迹犹存。”犀浦，镇名，因李冰所造石犀而名。黎雅，唐置二州名，为藏族聚居区。陆次云《峒溪纤志》：“松潘，古冉駹地，积雪凝寒，盛夏不解。人居累石为室，高者至十馀丈，名曰碉房。”

此诗写登临所见，借景言怀，表达了作者对民族矛盾的忧念与对守边者的关切，雄浑苍凉，感慨遥深。首联从时令着笔，勾出“西风卷旆旌”的画面。中两联借景抒怀，写雪山一带军事形势。尾联发抒感慨，以“万里一峥嵘”句收结，雄奇壮丽。

此诗与《防秋》相似，皆有杜之风骨。甫之祖父审言是五律诗的开创者，“云霞出海曙，梅柳渡江春”是其脍炙人口的名句。杜甫在格律上承祖父衣钵，在章法、句法上又有新的发展。以后踵之者甚多，写得最好的，首推李商隐，他在意象上有所超越。杜的意象是现实主义的，李的意象是浪漫主义的。宋之黄山谷，则着重在意境上学杜。从明代高启、李梦阳，一直到清代王渔洋，都是学杜的。渔洋博采众长，为一代大家，他学杜之五律，不但在格律和意境上下了大功夫，还着力于神韵的表达，这是前人所未有的。从现代文艺学观点来看，这是一种特定氛围、特殊韵味，尤其是诗人生命力和创造力的动态呈现。这是渔洋学杜之秘。

台湾学者张梦机说，今人解杜往往搔不到痒处，即使说了一些诸如“清新”“雄浑”之类的话，但究竟好在哪里，还是茫然。研究、阐述渔洋五律艺术，似应从三方面着眼：一是特定氛围的研究。一个诗人要使其作品制造出一种氛围，必使物象、景象、心象三者构成一个有机结构，形成一个统一体。二是特殊韵味的研究。诗人要创造自己的韵味，不但要使其作品成为视觉和听觉艺术，还要成为感觉艺术，如此才能充分显示个人特色。第三，还要能够表现出生命力和创造力相结合的动态之美，不能只满足于静态描写，而应深化到动态层面，做到动静交融，虚实交汇，从动静虚实有机统一中，透露烘托意境之美。用当代美国美学家苏珊朗格的话来讲，就是要把“具象、抽象、幻象”三者有机地熔于一炉，给读者开拓无限广阔的想象空间。做到这三点很不容易，渔洋律诗不少是达到了这一要求的，这是他诗歌艺术的显著特色。

九日谒昭烈惠陵

万里登高日，桥山白露寒。
至今悲蜀帝，何处问祠官。

杳杳衣冠闭，凄凄封树残。
锦江非渭水，犹作灞陵看。

乐史《寰宇记》："惠陵即蜀先主刘备陵也。今有祠存，号曰惠陵祠。祠在府西南八里，惠陵东七十步。"《周礼·春官宗伯·冢人》："'以爵等为土封之度与其树数。'《疏》：'尊者丘高而树多，卑者封下而树少，故云别尊卑也。'《王制》云：'庶人不封不树。'"

此诗为吊刘备而作，语多婉曲，其言甚哀。惠陵荒废已久，"白露寒""祠官""衣冠闭""封树残"，扫祭无人。渔洋何以如此哀痛？悲蜀汉而上挂黄帝，由锦江而及渭水，由桥山黄陵而思及长安汉文帝陵，语意朦胧，诗思奇幻，这里有多少潜思，多少民族哀痛！说到底，就是刘家政权为异姓司马氏所篡夺了。然作者有意曲隐其词，惟以"桥山白露寒"一语吐其心意，并明确作答："锦江非渭水，犹作灞陵看。"此哀蜀灭，实悲明亡，所以他也就只能把惠陵当作灞陵看了。在清代似乎还没有第二人如此吊刘。渔洋怨清诗不少，而以这一篇表露得最为蹊跷。此诗感情潜深，词意深隐，它保留了神韵诗派的一贯风格，彰显出深沉的历史文化精神，令人赞叹。

午日张成都谭叙州王遵义三太守招集浣花草堂

故人相见锦官城，五月黄梅雨乍晴。
直向西川观竞渡，国师休叱野狐精。

《秦蜀驿程后记》："初五日，晴……召集浣花草堂，拜子美石刻像。嘉靖间，何宇度所摹也。"国师，指成都知府张文灿、叙州知府谭日章、遵义知府王某。他们与渔洋曾为同僚。

丙子年五月，作者在成都，午日这天，张谭王三太守招饮于浣花草堂，席间谈话似有抵牾，他写了这首调侃诗。

竞渡，俗指民间每年端午举行的龙舟竞赛。《隋书·地理志》下："屈原以五月望日赴汨罗，土人追至洞庭不见……因而鼓櫂争归，竞会亭上，习以相传，为竞渡之戏。"作者当天《日记》说溪水甚细，不可以航。说明他这天并没有看到西川人的竞渡景象，此诗显然曲隐其词，对这三位曾观竞渡而不便深谈的朋友，就只有自称野狐精以反戈一击而已。历代封建王朝为巩固其统治，都有定期举行祭祀山水神之礼，清王朝也是这样干的。渔洋于康熙二十四年奉使南海，祭祀海神，这一次又奉使秦蜀，一路祭神，他觉得无聊之至。所以这首诗后两句以微言谢之，意思是说：跟你们三位太守能谈什么呢，我干的并不是什么济世安民的事业，只不过是给统治者装点门面罢了，你们三位一定要“叱”我为“野狐精”，那就悉听尊便。“叱”有大声呵斥之意，是一个很重的字眼。《礼记・曲礼》上：尊客之前不叱狗。渔洋在此以“休叱”二字答辩，分量显然不轻。这是反击，不是自嘲。“野狐精”是自称，也是反讽。性格温和、不与人争的渔洋，作了这样的回敬是罕见的。

净居寺谒宋文宪公祠

一代高文奉至尊，那知投老葬蛮村。
只应回向文殊境，共证毘耶不二门。

《秦蜀驿程后记》：“初七日，晴。渡锦江……至净居寺，气象舒豁。入山门，为明王殿，次弥勒殿，次大雄殿，皆有画壁。最后藏经阁。西出为文殊殿，即宋方二公祠也。有宋文宪公像，殿后文宪墓也。高如连阜，其上修竹万竿，扶疏栉比，无一枝横斜附丽，想见先生清风高节，而终不免于文种、南阳之叹，为可悲也。”彭华撰《潜溪迁葬记碑》：“四川按察使周鼐略云：先生迁于蜀，卒于夔，遂寓葬于夔府之西莲花池山下，洪武十四年五月也，年七十有二。既而蜀献王思其贤，迁葬于成都之东二十里，赐田以供祭祀。”

朱彝尊《明诗综・小序》：“宋濂，浦江人，初学于闻人梦吉，继学于吴莱。博及群书，于佛老之书尤深研究。元末，用荐除翰林编修，以亲老辞，入仙华山为道士。明初征至，授皇太子经，居礼贤馆，修《元史》，充总裁官。仕至翰林承旨兼太子赞善大夫。有《潜溪》《翰苑》《芝园》《萝山》诸集。”徐夔曰：“洪武十一年正月，丞相胡惟庸谋逆伏诛，辞连李善长、陆仲亨，群臣谋罪之。上不忍，唯宋濂孙慎坐党被刑，籍其家，械濂至京。上怒，欲诛之，皇后谏曰：‘民间请一先生，尚有始终不忘待师之礼，宋濂亲教太子诸王，岂宜若是恝？况濂致仕在家，必不知情，乞赦死。’上意解，遂得发茂州安置。”《法苑珠林》：“回向者，回诸福德，向无上道。”《维摩诘经》：“佛在毘耶离庵罗树园，佛告文殊师利：‘汝行，诣维摩诘问疾。’文殊师利问维摩诘：‘何等是菩萨入不二法门？’时维摩诘嘿然无言，文殊师利叹曰：‘乃至无有文字语言，是真入不二法门。’”

宋濂，字景濂，世称潜溪学士。朱元璋起兵，与刘基等同被征，累官至翰林学士。明初开国典章制度，多参与制定。善文章，为明初大家。洪武十一年(1378)，因胡惟庸案株连，迁茂州，中途病死于夔州。康熙三十五年(1696)，作者再使蜀，拜其墓，写此诗吊之。在专制暴君统治下，即使像宋濂这样一个德高望重的老臣，想全身远祸也很难，还能说什么！此可见朱元璋诛杀文臣武将之酷烈。在反清复明的思潮馀波中，他不便多说，仅发出这一声哀叹而止。满族统治者诛杀汉人之酷烈，是他亲身目睹的，他何能忘记？瞻仰宋濂祠墓后，检讨明清之际这一页痛史，他更深刻地认识到自己的出路只有一条，就是早日辞官归隐。所以他说："只应回向文殊境，共证毘耶不二门。"这是吊宋，也是自哀，他已消极到极点了。咏史伤时，情不能已，垂垂将老，何可言哉！

题净居寺清风亭

修篁江寺古，荷芰水亭幽。
欲悟无生忍，宁从半字求。
菩提本无树，般若亦非舟。
只自忘言好，虚空笑点头。

菩提，梵语，意即正觉，即明辨善恶、觉悟真理之意。

作者游净居寺，观清风亭有感，写了这首诗。首联写景，以下三联全是发抒感慨。读这首诗，可认识两点：第一，就哲学而言，这是渔洋对禅宗思想和禅宗美学的体悟。禅宗的创立是佛教的一场革命，甚至是人类思维亦即人类精神世界的一场革命。创立者六祖慧能力主顿悟。他以"菩提本无树"的偈诗获得五祖宏忍秘传衣法，认为世界是虚幻的，并非真实的存在，因将世界的本质、本体归结为"虚空"二字，所以作者说："只自忘言好，虚空笑点头。"虚空，后为唐代高僧名。慧能还说，心即佛。世界的真假、有无，全在一心之所用。欲见佛，亦惟在此一心之所悟与所通而已。若能澄心而悟，随性而通，则人皆可达"般若"之境。慧能以后，中国佛教即由外在修炼改变为致力内在修炼，将客观融汇于主观之中，使外物融汇于自我，而与印度佛教之本义大异其趣。禅宗所说的"虚空"，即老子所说的"无"，禅宗所说的"心"，也就是儒家所说的"心性"。从此，儒释道在"心学"这一哲学范畴内逐渐相融、相通，以致实现了佛教的中国化。将儒释道三种文化融合为一，禅宗思想和禅宗美学因此造成极大影响，以致形成禅宗文化，这是慧能的大贡献。这种文化东传至日本，后又形成以铃木大拙到池田大作的"创价文化"；西传欧洲，又和弗洛伊德一派的精神分析学相沟通，以致影响到西方的文学、绘画与音乐。禅宗文化自唐迄今，绵绵不绝，渔洋是接受了这一影响的。其次，就诗学而言，这既表明了他对自然、社会、人生的审美观照，同时也是他长期浸润禅宗思想和禅宗美学的生动反映。其诗从严羽的“悟”到禅宗的“悟”，从司空图的“景外之景”到“味外之味”，以致从唐代王孟诗派到宋代欧梅诗派，都表明他所追求的始终是“萧条淡远”之境，而这也正是儒家和道家所追求的人格美的境界。郭绍虞在《中国文学批评史》一书中说：“渔洋早年宗唐，中年宗宋，晚年复归于唐。”其诗一生三变，说明他是接受了唐宋诸大家多方面影响的。其神韵说，即深受禅宗思想和禅宗美学的影响。只有根据这样的综合考察，才能透视渔洋的诗学底蕴。讲究“神韵”，就是追求诗的意境美、韵味美、阴柔美和人格美。

杨绳武说，不能以一家之诗论渔洋，也不能以一端之诗论渔洋。这很精辟地指出了渔洋诗学综合性的根本特点，这可以叫作“综合创造法”。渔洋在清初主盟诗坛数十年，就因为他有这种综合创造才能。这一点，就连他的诗敌赵执信也无法否定。综合创造是古今一切大家获得成功的先决条件，渔洋正是这样一位大家。但也应该看到他的综合创造还存在着某些不足之处。例如，这首阐发禅宗思想的诗，就有颇多雷同之感。袁枚说，诗人易犯“老手颓唐”和“才人胆大”之病，这对一切新老诗人来说都是难免的。

渔洋一生很寂寞、痛苦，民族矛盾和文化矛盾始终困扰着他，他长期在仕隐之间徘徊，身心陷于理想与现实的严重分裂。而家庭、师友、社会的诸多影响，又时时加剧他的困惑与痛苦，时时敲打他的良知与良心，这便形成了他文化心理与诗学心态的复杂性，也更加突显其艺术个性与艺术追求的独特性，他通过各体诗歌不时反映和透露出以上所述禅宗思想和禅宗美学观点，也就毫不足怪。

昭觉寺赠佛冤禅师

禅窟偶经行，逢师万虑轻。
大都明祖意，何必太僧生。
掌内摩尼影，堂头毒鼓声。
灼然宾主句，无复下床迎。

《秦蜀驿程后记》：“初八日。晴。昭觉寺佛冤禅师见过。”佛果克勤著述宏富，所著《碧岩录》对佛教影响甚大。昭觉寺，初名建元寺，创建于唐贞观年间，有西川"第一丛林"之称。清康熙初重修。佛冤禅师，名彻纲，丈雪和尚从子，内江人。僧生，比丘，郫人。少年入道，以苦行致誉，日诵法华为常课，并修禅定，老而弥笃。后主成都三贤寺，预知化期，嘱侍者，遗蜕而化。摩尼又作末尼，梵语，意为珠宝。《涅槃经》九："如摩尼珠，投之入水，水即为清。"《景德传灯录》："全斋禅师曰：吾教犹如涂毒鼓，击一声，远近闻者皆丧也。""灼然宾主句，无复下床迎"两句，未详所本。禅宗见性成佛，不立文字，主张心传。此诗表达了作者对佛冤禅师脱红尘、轻万虑的景仰之情，联系《题净居寺清风亭》一诗来看，这是渔洋诗歌禅意、禅境的又一表现形态。诗里讲了佛经的三个故事。

宗白华说：中国人自接触印度佛教之大乘教义以后，把它灿烂地发挥到一种哲学境界和艺术境界。这两种境界的核心就是静穆的观照和飞跃的生命，这是艺术的两元，也是构成禅的心灵状态。金丹元在《禅境和画境》里也说：禅是出世的，又是入世的。向内跨一步，就是儒家的儒雅；向外跨一步，就是道家的虚无。禅学心性的最根本问题，就是如何处理人的内部世界和外部世界的关系问题。具体而言之，就是处理人性与物欲、情欲的关系问题。人是做自己心灵的主宰，还是让物欲、情欲主宰自我？禅宗认为应由自己主宰，而且要让心灵主宰世界。这是禅宗心性说的根本。自儒家而言，就是一种道德境界；自道家而言，就是一种审美境界或艺术境界。总之，皆指智慧境界。佛家所谓"菩提""般若""真知"，都是"智慧"的代名词，它们皆指最高智慧，亦即美国行为主义心理学家马斯洛所说的"高峰体验境界"。这是此诗禅意的基本点。同时，此诗中的禅意还和时代也有着不可分割的关系。明代后期王学兴起后，中国社会思潮发生了强烈的变动，儒家地位发生了动摇。王阳明公开向传统挑战说：只要我认为自己是对的，那就不论前人讲过了什么，包括孔子讲的在内，我都不管它。这引起了思想界的剧烈震动。从文艺思潮来看，以三袁为代表的浪漫主义文学运动，在明代晚期占据了统治地位。离经叛道的思想家李贽更给三袁以巨大影响。同时，以冯梦龙为代表的一派，又提出民间文学、通俗文学与正统文学、典雅文学统皆处于平等地位。这种社会和文艺思潮大变动的背景，不能不对当时和以后的中国知识分子产生强烈影响。明清之际理学盛行，社会状况大体相似。入清以后，虽然在一定时期内表面上相对平静、安定，甚至给人以歌舞升平之感，但实际上即使在清代盛世，统治集团内部实已腐败不堪。这是一个没有前途、没有希望的时代，是一个表层和深层产生巨大反差的时代。特别是，由于满族统治者始终厉行一套压制汉文化和汉族士人的反动政策，致使一般汉族知识分子心理长期受到压抑,他们不是感到无所寄托,就是感到无所适从。所以,当时中国知识界、文艺界都弥漫着一种感伤气氛。正如鲁迅所说:“悲凉之雾,遍被华林。”在这样的时代氛围中,就像魏晋时代士人“不入于玄,便入于庄”一样,此时中国士人,则是“不入于道,便入于佛”。渔洋之所以提倡神韵、崇尚禅宗,秘密即在此。诗人以“摩尼影”的“玄虚之象”和“毒鼓声”的“玄虚之音”,隐喻佛冤禅师的超脱境界,令人感到遐思不尽。这是渔洋的心声,特别是其晚年心境的真实写照。

武侯祠别郑次公水部

白雁三秋候,青山万里桥。
与君俱绝域,此别更魂销。
遗庙丹青尽,荒陵草木凋。
平羌江上水,相望隔风潮。

《蜀道驿程记》:“九月二十五日。发成都府,陆行之嘉州。巡抚罗中丞祖道万里桥,前成都守冀君所修,榜曰:‘万里始此。’藩臬诸公饯于忠武侯祠。”《方舆胜览》:“平羌江源出西徼,绕雅州西北郭,谓武侯平羌夷于此。”

壬子年秋,士禛与郑次公同典四川乡试,九月二十五日事毕,发成都,作此诗留别。此诗即景抒情,吊武侯而隔风潮相望,訇然有声,既表其对武侯崇仰之情,亦具见两人之胸襟与气度,难怪其门人尊为“今之太白”。此诗自然蕴藉,色彩鲜丽,属对工整,在艺术表现上很有特色。首联点出时间、地点。用南来“白雁”象征“三秋”之季候,把动物与季节联系在一起,构成时间上的象征;以“青山”和“万里桥”相联系,构成地理上的象征,形成一个特定的时空结构。置于诗篇之首,俱见匠心。中两联对仗则充分表现了诗的灵活性与流动性。这些都是根据不同的时间、地点和情感变化来进行组合的。从表面看,颔联似对得不工,但从情感的连续性和对应性来看,却完全合理。“与君俱绝域”一句是说,两人有相同的命运和遭遇。“此别更魂销”是说两人在这样的地方相逢又相别了。此联顺流而下,一气呵成,显得灵活、流动。颈联“遗庙”指诸葛亮祠,“荒陵”指刘备墓。杜甫有“遗庙丹青落,空山草木长”之句。“丹青”和“草木”,非属同类,本不能为对。这里,以“丹青”指诸葛亮祠庙的雕梁画栋,故可与“草木”为对,此可见作者语言运用之妙。尾联,写作者乘舟东下,即将经过平羌。风潮乃江上常见之物。这是说,像武侯这样的人物在中国历史上已不可再现。当他经过羌人之地时，是只能隔着风潮遥遥相望了。这里流露出多么深厚的友谊之情与对历史人物的追念。杜甫追怀庾信有“萧条异代不同时”之叹，今日渔洋念及武侯不是也有同感吗？综上所述，可见渔洋对格律的运用、意境的塑造，真如王夫之所说已入“化境”。此咏友谊，也是咏史，两者和谐交响，益增诗美。

同郑水部饮某都督府

幕府开高宴，军城报暮秋。
风霜严壁垒，貔虎静更筹。
蕃部休移帐，元戎已伐谋。
遥怜征戍苦，坐甲雪山头。

郑水部，即郑日奎。《郑静庵先生集》卷一中有《宴西云将军同贻上赋赠》和《梁荆山郭象澜两将军招饮同王贻上分韵赋赠》。《后汉书·光武纪》赞：“寻邑百万，貔虎为群。”王寻、王邑为王莽大将。此是游宴之作，但着重表现的却是忧民忧国之情，境界甚高，非一般应酬之作可比。清初地方总督即驻防大臣，正职全由满人担任，作者只言某都督，而不记其姓名，可知其心。一起即显奇气，谓“开高宴”之时，正军情紧急之秋。以下即转入军情画面的具体描述：壁垒严，貔虎筹，蕃部移帐，元戎谋伐。战争一触即发，气氛十分紧张，而作者最关心的却是战士征战之苦。此诗表露出作者对守边战士的同情。“遥怜征戍苦，坐甲雪山头”，是一篇精髓所在，这是杜诗反战传统的继承。这些来自全国各地的边防战士，他们没有自主、自由的权利，一旦战争发生，不是都白白地送死吗？透过这两句诗，可以窥见诗人内心所掀起的感情波涛，他是希望边防巩固的，但是他又忧念这些战士的征战之苦，心里很矛盾。作者人道主义精神全显，此诚可歌可赞。

金方伯邀泛浣花溪二首

解缆江村外，溪沙失旧痕。
夕阳来灌口，秋水下彭门。
清吹临风缓，神鸦得食喧。
百花潭上好，新月破黄昏。

万里桥边去，还多吊古情。
人烟过蚕市，新月上龟城。
寂历更漏发，萧条鳞甲生。
回看草堂路，修竹水芜平。

《蜀道驿程记》：“昨重九，与诸公谒陵下，因游青羊宫、浣花草堂。后数日，金方伯招泛浣花溪，迨今凡三至矣。”金方伯，即四川布政使金儁，字大声。天彭山口，两石对立如阙，曰彭门。相传汉文翁穿岷江灌溉，因以“灌口”名之，其地今属灌县。浣花溪又名百花潭，在成都西郊，为锦江支流，溪畔有杜甫草堂。万里桥，近浣花溪。古人自成都乘舟东下，由此起程。三国时，蜀费祎使吴，诸葛亮饯行于此。祎叹曰：“万里之行，始于此桥。”宋黄休复《茅亭客话》：耆旧相传，古蚕丛氏为蜀主，民无定居，随蚕丛所在治市居，此古之遗风也。“寂历更漏发，萧条鳞甲生”，一作“寂寂更漏发，萧萧鳞甲生”。

此二诗，记与金方伯泛舟同游之乐，真实生动。第一首，写百花潭秋晴晚景，由“解缆”入题，写出“溪沙失旧痕”的景象，点明秋意已深。然后从容展开描绘：“夕阳来灌口，秋水下彭门。”此写远景，是静态画面。“清吹临风缓，神鸦得食喧。”这是近景，是动态画面。夕阳不请自来，而岷江之水永是悠悠东下，这是作者的深切感受，真有神游物外之趣。清吹临风缓发，神鸦得食喧鸣，这就把同游之乐写得很透。末以“新月破黄昏”句收结，又托出一个幽深境界，令人留连忘返。第二首，写万里桥边夕景，又换了一个写法。此桥以诸葛亮饯别费祎而名，作者吊古咏怀，文化色彩加浓。“人烟过蚕市，新月上龟城。”月亮升高了，而游兴不减，这写的是此时此刻的景象，但也含有不少历史文化韵味。融古今于一炉，赞蜀国之文明，含蓄有致。“寂历更漏发，萧条鳞甲生。”此写夕暮水上自然之景，又写出自己此时寂寞的心境，静中有动，静动相谐，人与自然相谐。这是一种艺术美境，也是一种哲学修养。尾联：“回看草堂路，修竹水芜平。”以景语收结，把崇仰杜甫之情，引入更深的境界，令人味之不尽。

这两首泛舟纪游诗写得如此情浓墨饱，不是由于景奇，而是由于作者充分体悟到浣花溪和万里桥这两个地方的特殊历史文化价值，还有许多民情风俗在内，所以他只轻点几笔，即由人所共知的几个地名，从字里行间自自然然地飘出诸葛亮和杜甫的笑影；同时写同游之乐也只点出“清吹临风缓”一句，即把两人共同的文化趣味充分表达出来。而“新月上龟城”一句更为之增加不少诗美。多年以后，作者为金素公文集作序时，还说：“尊人中丞公昔与予定交于蜀，尝同泛浣花溪，怀古赋诗，宛如旦暮，而冢木已拱。”此情何深！诗贵达情，如果没有如此深厚的友情和对历史人物的崇仰之情，诗又何能达此高境。渔洋入蜀诗学杜，是进入神境了。

金花桥道中作

半年浪迹锦城游，才数归程已暮秋。
晚照开时见千里，寒鸦飞尽过双流。
眼明修竹横塘路，心逐江云下峡舟。
异域忽惊摇落久，今宵一醉失乡愁。

《蜀道驿程记》：“二十五日。发成都府。”金花桥，在双流县与新津县之间。此诗作者为自己半年浪迹天涯作了一个小结，这是其苦闷失意心情又一次的表露。

宗白华说：空灵与结实是构成艺术的两元。此诗中两联对仗即有这样的特点。颔联：“晚照开时见千里，寒鸦飞尽过双流。”离开困居半年之久的成都，夕照给他打开一片新天地，他又插上想象的翅膀，开始自由地翱翔了。作者先从宏观角度对道中所见之景作了一个整体描绘，说明他此时已神游六合之内、八荒之外，对官场逢迎深表厌弃。颈联：“眼明修竹横塘路，心逐江云下峡舟。”既勾勒出远景和近景，又描绘出景的静态与动态，使远近相交，动静相生，从而构成一幅鲜明而完整的图画。“心逐江云”四字把景写活，把情写透，把古人所说的“归心似箭”隐括于其中，更见情韵之浓。结尾点明题旨，“异域”指此地非吾乡吾土，意谓自己是不得已而来。“摇落”形容自己就像秋风中的黄叶，不知还能在枝头悬挂多久。这是一种不可名状的哀愁。当时，西南地区尚未稳定，第二年，三藩之乱就发生了，蜀中一度陷入混乱，可见其”摇落“之悲是有预感的。

双 流 县

路近双流县，萦纡一径斜。
鸡鸣深竹里，暝色几人家。
日暮寒云合，城荒野蔓遮。
愁将蓬鬓色，绝域老霜华。

《蜀道驿程记》:“二十五日……骑行,次双流县,县已废,入新津。近郭修竹万竿,人家结屋竹中,自成篱落。入城,即颓墉废堑,虎迹纵横。县,古广都地,有蚕丛故城……晚抵黄水河。”

双流县位于两江之间,去成都四十里,清属成都府,邮符络绎,为嘉州、眉、邛、雅诸州要路。作者过此,见日暮荒凉景象,感慨万千,因用疏淡笔墨画出一幅荒城日暮图。画面上,只见荒城一角,竹丛里几户人家和一条弯曲的路。天晚了,有雄鸡在啼,一个老人在赶路,这老人很像《天净沙》里的马致远。元清两代,儒皆列入九等,此诗写尽士人的哀痛。“鸡鸣深竹里,暝色几人家。”是流水对,“鸡鸣”与“暝色”,“深竹”与“人家”,本不能为对,但因作者把握了诗句内在结构及其动态过程,使其在情感链上形成一个有机统一体,却也显得自然而合理。“日暮寒云合,城荒野蔓遮。”也对得贴切。“寒云合”给“暝色”句作了补充,把色调渲染得更加阴暗;而“城荒”句又把“几人家”的小景扩展为“城荒”大景,益见其地之冷僻与闭塞,这就更加重了诗人的愁绪。总之,这两联对仗既表现了情感、语言的跳动性与连续性,也表现出此诗内在结构的音乐美。古今中外一切大诗人皆重视诗的内在结构。歌德说:诗的格律只是一种外部装饰。明七子之一徐贞卿也看到了这一点,桐城派姚鼐很重视诗文的“神理气味”,始终把诗的神理气味放在最重要的位置上。这是此诗最精彩处。尾联尽吐哀情,一个“愁”字,笼盖全诗。作者时时言愁,处处言愁,愁字是其纪行诗的感情链。

11. 峨眉卷

【卷头语】作者乘舟东下，为川南山水之奇所动，吟咏留连，情不能已。登凌云而思贤哲，过兵栏而忧迁客，望峨眉而神往，三登高望楼而叹荔枝，苏黄诸贤皆在其中。此卷追李白，学杜甫，名篇佳构迭出，大显奇气。

新津县渡江

南过蚕丛国，秋风正授衣。
青山初日上，黄叶半江飞。
修竹连千亩，高楠径十围。
临流呼渡舸，极目一清晖。

《蜀道驿程记》："二十六日。骑行，至新津县。渡江，江流绕修觉山下，山容郁秀，宛然画图。自双流至新津，夹道竹林，联绵数十里，居人斧斤狼藉，以供樵爨。晡后雨。次梓橦宫，野宿眉州界。"新津县在成都西南，清属成都府。蚕丛，古蜀王名。楠为珍贵木材，径十围，殊罕见。

作者过新津县，继写《修觉山下》一诗怀苏轼外，又写了这首诗。此诗写景抒情，画出一幅新津渡口秋晨呼渡图。气象清新，情趣优雅，有田园风味，极似王(维)孟(浩然)。首联写作者在途中奔波，南下至此。"蚕丛国"，言地域之古；秋风授衣，化用《诗经》"七月流火，九月授衣"之意，点明时间，兼表愁怀。中两联描绘渡口所见晨景，写出一个新奇感受："青山初日上，黄叶半江飞。"将"初日"和"黄叶"生命化了，诗人很愉快。"上""飞"二字，极为传神。"修竹连千亩，高楠径十围。"是又一奇景，这千亩竹海和高大的古楠，令人赞叹。两联景物描写，优美如画，气象万千，使人留连，这是作者生命意识的强烈表现，具见其体物之情与语言艺术之妙。尾联以一声呼渡打破秋晨江面寂寥，转静为动，突显出一个更优美的境界。"极目一清晖"，给人以悠然神远之感。这时，一个心胸旷达者的形象，宛然在目，人与自然完全融合了。

古人咏渡口之诗不少，王维的"渡头馀落日，墟里上孤烟"，咏的是秋日夕景，画出一个隐者的恬淡形象；此诗咏秋日晨景，画出一个仕途奔波者的超然心境。一写静境，一写动境，皆达至佳之境；一为凄美，一为壮美，皆各显其人，而又相通相谐。渔洋学王维，可谓入化境矣。

修觉山下

田中处处稀秧马，灶下家家爨箨龙。
记取新津江畔路，苍崖红树杂秋冬。

苏轼《秧马歌引》："予昔游武昌，见农夫皆骑秧马。以榆枣为腹，欲其滑；以楸桐为背，欲其轻。腹如小舟，昂其首尾，背如覆瓦，以便两髀，雀跃于泥中，系束藁其首以缚秧，日行千畦。""箨龙"喻竹笋外壳。

修觉山距眉州不远，作者行经此处，见农夫骑秧马插禾景象，作此诗。秧马是北宋时代发明的新式农具，不知何时推广到眉州。苏轼如果活着，一定很高兴。这是对苏轼《秧马歌》的回响，是我国诗歌史上一个罕见的现象，两人对农业问题都很关心。前两句叙事，后两句借景抒情。秋日插禾，说明这个地方气候温暖。绝句风神常显于后两句中，关键是第三句之转，作者像一个高明的摄影师，紧紧抓住骑行"新津江畔路"这一特写镜头，以"苍崖红树"为衬景，拍摄了这幅"秧马插禾"图，既显出地区特色，也弘扬了苏轼推广新农具的科学精神。"记取"两字，饱含深情。"杂秋冬"三字，韵味俱足。此时，新津江畔的秋色已和骑马吟咏的诗人完全融合在一起了。诗里没有提及苏轼，而苏子自在其中。

绝句是一种包孕片刻的艺术。沈德潜说："绝句只口头语，眼前景，便使人神远。"这首诗是达到这种境界了。"马""龙"意象很美，"苍崖""红树"色彩鲜明，两者互补，更增加了诗歌的审美艺术效果，怀苏之情，全寓其中，情韵悠然。

眉州谒三苏公祠

蟆颐山色腴不枯，玻璃江水如醍醐。
眉州城郭劫灰后，水膡漠漠成榛芜。
邮亭下马询老卒，苏公故第城西隅。
旋来束带荐苹藻，辰良何必烦神巫。
往者此地铁脚乱，高门大宅皆焚如。

此祠岿然谁所作，维公大节惊顽愚。
双柏轮囷溜霜雨，廷立冠剑古丈夫。
长公遗像龙眠笔，马券剥落涪翁书。
残碑插笏尚林立，紫藤碧藓缠龟趺。
祠西一水最萧瑟，经霜菡萏犹扶疏。
甘蔗一丈覆檐溜，落花乱迸红珊瑚。
当年结构不草草，要令咫尺成江湖。
故园如此不归老，与人家国徒区区。
琼儋雷藤历九死，口甘熏鼠随猿狙。
头纲八饼有何意，桄榔万里非吾庐。
两公神明未磨灭，应翳白凤游清都。
游戏下界亦聊尔，鲲鹏岂必抢枋榆。
眉州玻璃天马驹，酹公三爵公归乎？

《蜀道驿程记》："二十七日。雨不止。骑行，次彭山县，古武阳地……午次眉，遥望蟆颐山，苍然可爱。入城谒三苏公祠，苏氏纱縠行旧第也，在城西偏，三面环水。堂三楹，中祀文公，文忠、文定二公左右侍。堂前二古柏甚夭矫，数百年物也。后轩三楹枕水，题曰：木假山堂。祠西为瑞莲池，甘蔗十馀本，高覆檐溜。池中有亭，长廊周之。蜀乱后，有贼号'铁脚蛮'据眉，祠毁，州守赵君始稍稍修复。坡公石像，明洪武中重刻，李龙眠笔也，颍滨题赞。又坡书《玉鼻骍券》，山谷跋尾，二石颇完好。保母杨氏志铭，沔阳陈晦叔重刻。碑版林立，惟富顺李尚书长春四诗可读。赵君贻峨眉娑罗木，夜雨。"祠有石刻龙眠所画东坡像，颍滨赞。玻璃指"玻璃春"，酒名。山谷《跋东坡所作马券》："翰林苏子瞻所得天厩马，其所从来甚宠，加以妙墨作券，此马价应十倍。方叔豆羹常不继，将不能有此马。御以富贵之家，辄曰'非良马也'，故不售。使有义士能损二十万，并券与马取之，不惟解方叔之倒悬，亦足以豪矣。众不可，盖遇人中磊磊者，试以予书示之。"山谷诗云："子瞻谪海南，时宰欲杀之。饱食惠州饭，细和渊明诗。"《池北偶谈》："黄冈杜濬于皇，晚号茶邨老人，少时咏苏长公：'堂堂复堂堂，子瞻出峨眉。早读范滂传，晚和渊明诗。'合肥龚端毅公酒间常击节诵之，以为二十字说尽东坡一生，真不可及。""头纲八饼"，岭南细色茶名，一斤八饼。首批运往京都的春茶，号称"头纲"。东坡在儋州，有《闻子由瘦》诗云："五日一见花猪肉，十日一遇黄鸡粥。土人顿顿食薯芋，荐以熏鼠烧蝙蝠。”东坡《桄榔庵铭序》：“东坡居士谪于儋耳，无地可居，偃息于桄榔林中，摘叶书铭，以记其处。”《庄子·逍遥游》：“蜩与学鸠笑之曰：‘我决起而飞，抢榆枋而止，时则不至，则控于地而已矣，奚以之九万里而南为？”

作者谒苏祠，吊三苏，作此诗。首叙祠之外景及其变故。次叙祠之内景，以怀其人；末哀苏公九死一生之命运，深表无限仰慕之情及内心难言之痛。全诗雄奇豪放，大气磅礴。此诗立意有两点值得注意：一是对苏轼出处的评论，“故园如此不归老，与人家国徒区区。”这是警策之句，在专制时代能激起士人的普遍共鸣。皇权剥夺了苏轼的一切个人自由，白白浪费了他一生许多宝贵光阴，人权无有，遗憾千秋。作者自己蹭蹬仕途，又何尝不是如此。“穷则独善其身，达则兼济天下”，魏晋以后，是越来越行不通了。像陶渊明那样的隐者，后代少见，道理即在此。二是这里隐约透露出作者内心的哀痛。他因精神苦闷，长期沉浸在佛学、禅学中，以致沾上诸如“得道飞升”之类的幻想。禅宗的哲学和美学，对他的诗艺产生了积极的影响，但从政治和人生哲学来看，他也因此越来越深地趋向退让和保守。如说苏轼入了“清都”，成了仙人，就是这种消极思想的反映。从艺术上看，作者无疑是一位善写古风的高手。开篇以山水起兴，末以鲲鹏、天马驹盛赞其人，气象雄奇，篇似浑成。这里只就写景略谈一二：开头两句借山水以状苏祠之外观，有山水炳灵之雅意，既显出勃勃生机，又写得极具气势。如写庭中“双柏”借以赞人，显出一个“廷立冠剑古丈夫”形象，这一特写镜头，更给读者留下深刻印象。作者对苏氏仰慕之情，都从这里很自然地表现出来。全诗几乎都是景语，偶有议论笔墨，也只点到为止，而自己的哀痛则含而不露，使人会心于弦外。

眉州松江

蟆颐山色尽空濛，忆昨苏祠卷碧筒。
残醉未醒排马去，松江秋雨似吴淞。

《蜀道驿程记》：“二十八日……出眉州西行……一水自城东南来，西流，曰松江，又八里曰醴泉江，二水合注岷江。至松江口，易舆而骑马，行泥淖中。”“卷碧筒”指东坡所书《玉鼻骍券》。

作者出眉州西行，时残醉未醒，还在想着苏祠中的景物，于马上吟成此诗。诗有酒气：一座空濛的山，一条秋雨里的江，苏轼所书《玉鼻骍券》似乎还深刻在他脑海里。那苏祠外的蟆颐山，景色迷人，虽在深秋，依然苍翠可爱。

现在,这座山离他渐渐远了,多么使他留念。他在马上雨中望去,只见一片空濛。这农村沟塍棋布,烟村暧然,跟吴淞何其相似乃尔!他沉醉了。不是江南,浑似江南,借山川以怀人,对苏轼表达了深厚的感情。苏轼仿佛就站在他面前,这是一位千古知音。就在这一刻,一切抑郁、忧愁、烦恼,全都消失了。他策马而行,怡然自得。这里所表现的刻骨铭心的新鲜感觉是很感人的,唯能写出这样深刻感觉的诗,才是最感人的诗;亦唯感觉灵敏的诗人,才能成为不同凡响的诗人。千古同心,千秋共赏,就是渔洋此时的心态。苏轼深爱江南,死在江南,把松江比拟为淞江,说明他是真正了解苏轼的。唯其是醉歌,才更见其真情。诗意朦胧,愁怨莫名。

雨　发

五更吹角罢,细雨出眉州。
杂树堆红叶,蛮荒感白头。
岷峨云气接,邛僰乱山稠。
东望玻璃水,风前叶叶舟。

《蜀道驿程记》:"二十八日……望魏鹤山,环湖在榛莽中。"邛、僰,地名,在四川西南。玻璃,江名,水清澈,故名。眉州是苏轼出生地。

九月二十五日,作者由成都出发,经双流、彭山、新津东下,两天后,抵达眉山。一路有感,他写了不少怀苏诗。至眉山,参观三苏祠后,他作了一首长篇古风。次日冒雨离眉,又作了一首五律遣怀。此写秋日平常之景,抒平常之情,却异常感人,这里到底有什么秘密呢?先看首联:"五更吹角罢,细雨出眉州。"一个更夫在吹号角,一个使者在冒雨赶路,这使者就是诗人自己。正好像一根藤上结着的两个瓜,一"吹"一"出",连着两者的命运,不"吹"不行,不"出"也不行。次写途中所见所感:"杂树堆红叶,蛮荒感白头。"满眼都是"杂树""红叶",好一个"堆"字!来到这边远蛮荒之地,头发又白了许多,这就是诗人此时的心态。再看远景:"岷峨云气接,邛僰乱山稠。"岷峨高远,云气相接;邛僰荒凉,乱山稠密。自己在冒雨赶路,回朝报命,这就是作为一个效命王朝的士人当时的生存状况。尾联"东望玻璃水,风前叶叶舟。"玻璃江水滚滚向东流去,而己身如一叶风前小舟,何其怅惘,何其悲愁。这是此诗所写平常秋景转化为美景的艺术效果。

眉州是苏轼所热爱的故乡,苏子久欲辞官归隐,而竟老不得归。这岷、峨、邛、僰，多么使他留念。他的好友朱方庵、蒋虎臣都在峨眉。邛崃九折坂，是汉代大官王阳畏险辞官归去之地。加上本年八月在成都接到老母去世的讣告，心愁难解，此时家庭的不幸，亲友的飘零，时代的苦难，一齐来到心头，作为一个白头人，他又想到那个吹角者，愁绪何深，但他没有一声叹息。

石佛山怀东坡先生

遗祠蒿穞蔓寒烟，石佛山南更可怜。
欲问先生卜田处，西风何处尔家川？

《蜀道驿程记》："二十八日……过石佛山。坡诗'卜田向何许，石佛山南路。下有尔家川，千畦种秔稌'者也。今弥望荒原，风雨如晦，数十里无炊烟，最为荒阒。涉思濛江，小憩田家。暮抵金流，宿僧舍。"穞，禾自生也。

作者过石佛山，忆东坡卜田往事，作此诗。直到此刻，苏祠还在他脑海里转动，"蒿穞蔓寒烟"，是一种田园荒落的景象，蒿、穞、蔓三字并用，可以想见清初西川农村贫穷状况之一般。第二句"石佛山前更可怜"，又把前句未尽之意补足，反映出苏轼一生不幸的命运，为后两句诗的发抒感慨打下根基。"欲问先生卜田处，西风何处尔家川?"借肃杀之西风以揾同情之热泪，既叹东坡之老不得归，亦哀自己之漂泊。古人借西风以遣抑郁之怀是很常见的。清人黄仲则诗云："全家都在风声里，九月衣裳未剪裁。"即是一例。作者在成都办完典试一事后，踏上归途，一路所见，感慨系之。正像李商隐写诗用事表现情感和心绪时，往往合成一个混沌的心灵场，当代作家王蒙在一篇文章中曾经做过这样的论述。此时的渔洋也是完全沉入怀苏的心灵场里了。尔家川就在眼前，但苏轼在哪里？这是对专制皇权摧残人权的一个令人警醒的质问。

夹江道中二首

沉黎东上古犍为，红树苍藤竹亚枝。
骑马青衣江畔路，一天风雨望峨眉。

嘉陵驿路俯江流，寒雨潇潇送暮秋。
谁识蛮中风景别，洋州风竹戴嵩牛。

《蜀道驿程记》:“二十九日。冒雨骑行,涉金流江……午次夹江县……自巴阆走成都,至眉千馀里,名都大邑,鞠为茂草;入夹江境,即沟塍棋布,烟村暧然,类吴中风物。午后雨甚,令乔君数挽留,余辞之,遂发。夹江南竹多如双流,人家以竹为藩,微径通出入,时露茅茨,或闻鸡犬声,乃知有人。晚抵乾姜铺,乔君至。”乔君是夹江知县,渔洋门人。沉黎,古郡名,汉武帝元鼎六年(前111)以莋都置沉黎郡,至天汉四年(前97)废。犍为,西汉建元六年(前135)置,治所在僰道。王存《九域志》:“眉州犍为城,《舆地志》云:‘昔汉武帝遣唐蒙开夜郎国置。’”犍为郡属益州。应劭曰:“故夜郎国。”《图画见闻志》:“文同字与可,善画墨竹,富潇洒之姿,逼檀栾之秀,疑风可动,不笋而成者也。”洋州筼筜谷盛产竹,文与可尝令此,与苏轼有诗文唱和。《宣和画谱》:“戴嵩,不知何许人也,世之所传画牛者,嵩为独步。”

作者由金流冒雨骑行,心逐云飞,一时兴至,写下这两首怀古诗,抚今追昔,感慨万千。第一首,写夹江道中所见。首句言地域之古,沉黎、犍为皆含有丰富的历史文化意蕴。此时自己骑马在青衣江畔赶路,意兴飘然。这天风雨满天,山川迷蒙,六合混茫,眼前竟出现了一幅神奇的画面:“红树苍藤竹亚枝”,很清雅。从前,大诗人苏轼就在这里度过了他的童年时代;现在,渔洋的老友朱升和蒋超在此漂泊。“一天风雨望峨眉”,表达了多么深的怀念之情。他仿佛在问:风啊,雨啊,水啊,山啊,你们都已连成一体;古呀,往呀,今呀,来呀你们也都合而为一。此刻,他神游八极,时空观念全消,人与自然相谐,这是他又一次的人生感悟。第二首,思绪进一步拓开,由眼前之景又联想到秋日行经之地的洋州,因而思及两位宋代大画家:画竹的文与可和画牛的戴嵩。同前诗一样,这里也飘动着苏轼的影子。这红树、苍藤、风竹、水牛,多么使他留恋。“嘉陵驿路俯江流”,一个“俯”字,不仅写出地势的由高向低,还显出骑者的神情。“谁识蛮中风景别”,则由愁转喜,这一句问得好。这两首诗既画出作者自己,也画出几位古人。在漫长的封建专制主义社会里,他们竟有着如此相似的命运。

寄朱峨眉方庵兼怀蒋修撰虎臣

绝域相逢感鬓华,几行清泪落悲笳。
愁中巫峡暮云合,望里峨眉秋月斜。
方丈一灯谁问疾,孤帆万里客还家。
故人咫尺不相见,梦绕平羌江水涯。

《海宁县志·文苑传》:“朱升字方庵,壬午举人,己亥进士,诗居大历以后。癸卯,理刑东昌,五载将上最,奉裁天下理官,除峨眉令。务去苛细,达于治体。旋引疾。所遗《蜀中草》及诗文各一卷。”李良年《秋锦山房集·送朱方庵之任峨眉序》:“朱进士方庵以司李改官,得蜀之峨眉令以去。君生平读书怀古,尝注《诗》,诸家纰缪,多所是正。又好读子瞻诗,今得是邑,识者以为先机焉。”蒋超,字虎臣,金坛人。顺治进士,官翰林院修撰。性廉静,不嗜名利,自号华阳山人。工书善诗,有《绥庵集》。尤侗《艮斋杂说》:“金坛蒋虎臣太史,识见高旷,晚年尤喜学佛,自京畿督学归,径入庐山行脚,后坐化于峨眉山伏虎庵,时年正五十也。”

此诗为怀念朱升、蒋超而作。朱是海宁人,时任峨眉县令。蒋是金坛人,时在峨眉伏虎寺修道。朱长渔洋十多岁,蒋长渔洋十岁,他们都是诗人。朱于顺治十六年(1659)仕进。三人生于明末,都是清朝官吏。朱好读书怀古,尤好苏轼之诗,这很像渔洋。蒋自言前身是峨眉老僧,又称自己是蜀相蒋琬之后。曾参与修纂《四川通志》,才德具美。吴梅村、施愚山等皆盛称其人。前两联,怀朱。作者因主持四川乡试,在成都住了五十天,有机会得与朱升绝域重逢,不胜感慨。颔联续遣愁怀,“愁中巫峡暮云合”,写朱。老怀故土,欲穿巫峡还乡。“望里峨眉秋月斜”,是渔洋自诉。暮云秋月之思,感情凝重。后两联,怀蒋。这年蒋四十九岁,时在病中,一灯茕茕,无人问疾,甚是凄凉。作者奉使入川,皇命难违,虽近在咫尺,也无法前往探视,只能“梦绕平羌江水涯”,以表慰问之情。绝域相逢或不得相见,皆有无限愁怀,全诗大意如此。

朋友之间相念相思之情,本是人之常情,一个见了面,“几行清泪落悲笳”;一个未见面,“梦绕平羌江水涯”,也都平常。令人感慨的是,渔洋为何如此悲痛?这得从几方面来看:第一,三人都是明的遗民,作为汉族士人,他们在不同程度上都遭受满族统治者的压制,心里很不舒畅。“成都”“峨眉”当时都是边远地区,他们不幸在此相遇或相望,因有“绝域相逢感鬓华”之叹。第二,三人的志趣、爱好和人生追求大致相同,很能谈得来,可是境遇又都如此不幸,此中自有难以表述的哀愁。这就是这首诗里所包含的历史文化内涵和美学意蕴。

在清人统治下,当时汉族士人在走怎样的路呢?一是入仕(包括做幕僚),二是归隐(包括削发为僧),三是行医(包括当教书先生)。朱升、渔洋走的是第一条路,但此路不易行。蒋超本来也走这条路,后来才改走第二条路。渔洋羡慕蒋超,也想归隐。这首诗就含蓄地反映出汉族士人如此这般的苦闷心情。这是作者心中无穷哀怨的又一次表露。在文字狱和各种不平等的民族政策压迫下，当时许多汉族士人都活得很不舒服，正如蒋超《临化》诗所写："偶向镬汤求避热，那从大海去翻身？功名傀儡场中物，妻子骷髅队里人。"在这样的时代，他们大多只能这样窝囊地活着。三位都是高人，不甘心做奴隶，这是令人赞歎的。

夹江县

地近川南好，孤城罨画间。
江山真万里，雨雪到诸蛮。
马渡青衣水，云遮紫目关。
大峨天半落，相见一开颜。

乐史《寰宇记》："夹江县本汉南安县地，即封宣虎为侯之邑。隋开皇中，分龙游、平羌二县，置于泾上。临江，故号夹江。"川南，县名，九盘山在其境内，九折而上，风景甚佳。《水经》："青衣水，出青衣县西蒙山。"《注》曰："县，故有青衣羌国也。"《竹书纪年》："梁惠成王十年，瑕阳人自秦道岷山、青衣水来归。"《明一统志》："紫眼关在雅州荣经县西北三十里，昔有紫眼番人流寓于此，故名。"《方舆胜览》："大峨山在峨眉县南百里，两山相对，如峨眉。《山记》云：其山周匝千里，有石龛百一十二，大洞十二，小洞二十八，南北有台。"大峨为峨眉三峰之一。

川南县境内九盘山，风景佳丽，遐迩闻名。在天上飘着雨雪的一天，他来到这"孤城罨画"的夹江县城，写下这首遣兴诗。这里，着重歌赞的是"诸蛮"。早在战国梁惠王时代，即有"瑕阳人自秦道岷山、青衣水来归"，古"青衣羌国"就在这里。作者从史地学着眼，对这孕育中华古文化的土地大加赞赏，充满爱国主义豪情。"江山真万里，雨雪到诸蛮"。诗句情韵深浓，有老杜风骨。"马渡青衣水，云遮紫目关"。一马横渡，紫目遥瞻，这两个特写镜头，更给这幅壮美图画增添不少奇气。尾联："大峨天半落，相见一开颜。"借景抒情，把欢喜之情推向顶点。此时诗人心中一切烦恼全消散了。向从天半落的大峨表达欢情，此乐何极。诗人晚年在《居易录》中写道："予少喜徐渭诗句：'椎牛千嶂外，骑象百蛮中。'昔使蜀有诗三百馀篇，凡四押蛮字，云：'秋河落百蛮''飞鸟入南蛮''江山真万里，雨雪到诸蛮''客心争岁暮，犹自滞乌蛮'。及使粤，又有句云：'鬓从五岭白，山入百蛮青。'后有谈者，未知可追踪文长否耶？"

登高望山绝顶望峨眉三江作歌

四海复四海，九州还九州。河伯海若更相笑，
蟪蛄何足知春秋！今年辞帝蓬莱宫，乘风偶作西南游。
中条射姑不足数，失喜太华扬高旒。河潼远圻巨灵跖，
钩梯百丈临龙湫。终南太白幻云物，秦栈诘屈哀猿愁。
锦城小住五十日，岷山秀色垂帘钩。青城玉垒尻首接，
灌口屈注双江流。兴极欲踏大峨脊，却骑瘦马来龙游。
嘉州罨画枕江上，孤峰缥缈东南浮。神霄玉清有遗迹，
登临可以消烦忧。踏泥盘盘到绝顶，江山披豁开双眸。
峰峦八面簇金碧，下瞰江海如浮沤。八十四盘在衣带，
气凌五岳骄公侯。暮云早雪互明灭，兜罗绵现无时休。
岷江从东来，奔腾回万牛。沫水汇青衣，簸荡千斛舟。
三江九峰倏然合，丹崖翠嶂穷雕锼。江山奇丽冠天下，
何意绝景来蛮陬。天风蓬勃日西坠，搔首欲去仍淹留。
荆吴万里自兹始，来朝起柁寻巴丘。

《蜀道驿程记》："初一日……高望，一名高幖，州之主山也。有宋神霄、玉清、万寿宫，绝顶为高幖书院。登此四望，其西三峨耸峙；青衣、沫若二江自西来，会于双湖。岷江自灌口、成都下新津、武阳，经城北平羌峡，至凌云山前，三江合流，浩淼无际。凌云九峰相接，又名九峰。稍南，乌尤、马鞍二山，鳞次江岸，丹崖翠壁，望若画图。江流平远，戎、泸诸山，宛在杯案。昔人谓嘉阳山水为西州冠，非虚语也。日晡，迫下山，怅望而别。约明晨登凌云，观大像。晚晴。"

范成大《吴船录》："峨眉有三山……曰大峨、中峨、小峨……惟大峨一山，其高摩云霄。"曹学佺《游峨眉山记》："由雷洞坪至天门，石路诘屈，为八十四盘。"范成大《峨眉山行记》："雷洞左深崖万仞，峰顶光明岩，所谓兜罗绵云，亦多出于此。"又："佛将大现，兜罗绵云复布岩下。"龙游，古县名。神霄玉清，神名，上帝之长子，主南方，号长生大帝君，亦佛殿名。兜罗绵是佛经草木花絮之称，此以花絮形容白云。

作者至嘉州，为嘉阳山水所动，因忆秦晋之游及此行所见，作此诗统括而记之。全诗共分三层：（一）开头四句，写登临嘉州高望山绝顶所感。破空而

来，以河伯、海神与蟪姑作对比，极力渲染神奇色彩，十分神奇美妙。《图经》云：高望“岿然高峙，万象在前”，诚非虚语。作者登临，游目骋怀，以空间统帅时间，形成一个巨大的瞭望网，气势磅礴，古诗所未见，具见其人之气度与胸襟。（二）次以“今年辞帝蓬莱宫，乘风偶作西南游”两句提领，从而展开一番畅快淋漓的铺叙，记此次西游之乐。称帝京为蓬莱，见其豪情。乘风而游，诗思飘逸，紧紧抓住“兴极”“开双眸”一条感情线，展开一路游览的生动描绘。略写秦晋之游，突出登高望山之所见，以颂峨眉高耸、三江合抱之势。融情入景，画出山水的生姿活态，把自然人化，使山性我性，水情我情，统皆融合为一。作者一身有寄，消尽烦忧，似已完全达到挣脱樊笼、与自然融合为一之仙境。一气直下，气概不凡。（三）末以“江水奇丽冠天下”六句收结，写“天风蓬勃”，起柁东下，穿越巴丘（即巴陵）而达荆吴，又展现出另一幅壮美图画，徘徊留恋，尽情倾吐对此山水之深爱。至此已达到全诗最高潮，终于唱完了一支新奇绝俗的巴蜀山水之奇歌。

作者是各体兼备的大家，他的七古多与前人不同。力追最贤，而显自己的独具特色。此诗既能从宏观上把握，又能在微观上展开，做到宏观与微观相结合。既从正面扫描，又能抓住某些特征进行重点突破，奇正结合，出奇制胜。既突显远眺之景，又以叙述笔墨，将其紧紧连贯，巧妙结合。正是由于这些笔致，才能把理事情景四者组成完整画面，做到结实与空灵的统一。《蜀道集》问世后，都说其古风别开生面，是李白、杜甫、苏轼以后的新发展，在清初诗坛，独领风骚，雄视天下，不是偶然的。其诗在情韵中寓有气势激荡之致，极有魅力，极可珍玩。结尾四句，是现实的，又是想象的，是属于当前的，也是属于未来的。馀音袅袅，想落天外，给人以无穷的遐想和悠悠不尽的韵味。

三登高望楼作

风流曾说荔支楼，栏槛高明压四州。
峨顶晚霞寒白雪，江心残照出乌尤。
云烟早暮还殊态，枫柏丹黄只似秋。
自笑心情无赖甚，清晨临眺不梳头。

渔洋《高望山记》：“山之足有高望楼，窗槛轩豁，三峨正直其曲。”王象之《舆地纪胜》：“乌尤山，一名离堆山，在九顶山之左。旧名乌牛，突然水中作犀牛状。山谷题涪翁亭，始谓之乌尤。又名乌龙。”荔支楼宋时尚存，陆放翁曾刻石置楼下。苏轼《荔枝叹》自注:"汉永元中,交州进荔枝、龙眼,十里一置,五里一堠,奔腾死亡,罹猛兽毒虫之害者无数。唐羌字伯游,为临武长,上书言状,和帝罢之。唐天宝中,盖取涪州荔枝,自子午谷路进入。"嘉州产荔枝,为贡物。"四州"指嘉、黎、雅、戎。嵇康《与山巨源绝交书》:"头面常一月十五日不洗。"

嘉州所产荔枝,久为皇家贡物。唐时于此建有荔枝楼,明清时改为高望楼。壬子年十月初,作者三登斯楼有感,作此诗。诗由三个部分组成:(一)首联写登楼所感,以"风流曾说"咏史一语开篇,讽刺皇家传车往事,复以"栏槛高明压四州"句承之,感慨深重,总揽全篇。"栏槛高明"象征皇权之威势,"压"字力重,令人惊骇。(二)中两联写登楼所见,借景抒情,以遣心愁。"峨顶晚霞寒白雪,江心残照出乌尤。"这写的是远近之晚景,"寒""出"二字,出于作者的深切感受,极为传神。峨眉高耸入云,夏日山顶积雪不化,此言"山寒",意在言外。"乌尤"乃江中一小山,亦名乌牛,此指水牛。牛怕热,夏日喜卧水中,此言"地热",含义隽永。此联以"冷""热"对举,则人世之炎凉与百姓之痛苦可知矣。"云烟早暮还殊态,枫柏丹黄只似秋。"此写登楼所见秋日朝暮之景,特用细笔描绘,意蕴转深。这既写出自然和社会的变幻无常,也写出作者的悲痛心情。"云烟"句是"朝为行云,暮为行雨"的化用,暗寓楚王宫中艳事,含蓄有致;"枫柏丹黄"盖言枫有脂而香,而柏果是贵妇所用之粉妆原料,亦暗寓宫中之事。这就将内宫的淫乐写活。至此,一篇《新荔枝叹》即具雏形。应该指出,此诗之妙主要在颔颈两联。颔联像作者许多同类诗一样,皆巧取山水自然之势,以对仗之工使读者会心山水,解悟人生。颈联则可分两个层次、两种境界,云烟殊态,朝暮多变,这里含蓄着、腾挪着多少人世间的悲欢苦辣,多少世路的坎坷不平。"枫柏丹黄"本应多姿多彩,却偏偏只似"天凉好个秋",人生易老,黄花易谢,更哪堪登高极目,望远断肠,此生还经得起几个清秋节?通过这两联,作者便把"一腔心事,满眼萧瑟,无穷愁结"都一股脑儿压到尾声上了。(三)尾联回应首联,自展愁心:"自笑心情无赖甚,清晨临眺不梳头。"这是点睛之笔。此时,作者就像那个愤世嫉俗的嵇康,"自笑无赖",倚槛欲哭矣。试问从汉唐到宋元明清,哪一代王朝停止过专车传送荔枝的悲剧!这是一幅血淋淋的图画。

作者咏荔枝不走前人老路,而自辟蹊径。诗中留下许多空白,让读者自去猜想,自求解答,亦如国画中之留白,以少许胜多许,这都是读者最爱赏的。清诗论家沈德潜说,七言律比五言为尤难:"贵结响高,而总归于血脉动荡,首尾浑成。"这首诗是完全做到了,堪称登楼写景抒情之绝唱。

九　盘

燕子碥高曾按辔，飞仙阁迥独题诗。
九盘山下沔江水，石栈萦空又一奇。

九盘山在川南县东，其山峰峦高耸，九折而上。此咏巴蜀栈道三奇，皆作者壬子年使蜀所经之地。燕子碥高，一奇也；飞仙阁迥，二奇也；九盘石栈萦空，三奇也。将此三奇概括在一首绝句之中，前所未有。燕子碥，在褒河下游。飞仙阁在陕西勉县东三十里飞仙岭上，下临嘉陵江，栈道悬空，有阁道百馀间。三险地貌皆奇，作者念念不忘，显出他对舆地学有浓厚的兴趣。抓住“高”“迥”“空”三字写奇，甚见精彩。似此栈道短句奇诗，实不多见。

九盘望峨眉

绀壁临千仞，萧萧木叶黄。
水流通越巂，峰远入江阳。
十月蛮云淡，三峨积雪苍。
来朝挂帆去，回首意茫茫。

《蜀道驿程记》：“初一日。稍霁，过九盘山。”越巂，印都之地，清置越巂卫，故城为今四川西昌县治。江阳，泸州古名。放翁《平羌道中望峨眉山慨然有作》诗：“白云如玉城，翠岭出其上。异境忽堕前，心目久荡漾。”

深秋之日，作者行经九盘山下，眺望峨眉，忆放翁咏峨之句，作此诗抒感。这是一幅峨眉远观图，远近之景，层次分明。以“绀壁临千仞”一句开篇，已见雄奇。此写九盘，为写峨眉造势，补以“萧萧木叶黄”一句，以显秋色。次以侧笔写“水”写“峰”，将“九盘”与“峨眉”联为一体，具见两山跨度之广与气势之雄。“通”“入”两字，使气脉贯通，把山写活，构成一种“千山万水绕峨眉”的气势与格局。这一联是神来之笔。三联：“十月蛮云淡，三峨积雪苍。”转从正面歌赞，写云写雪。至此，一幅萧疏淡远的秋景图才完成。趣在“淡”“苍”二字，具显画境。尾联记行踪，抒感慨，表达出一种惆怅的情怀。“回首意茫茫”，是惜别。两座山使他十分留念，诗中有画，情调高雅。

竹公溪二首

漏天未放十分晴，处处江村有笛声。
水远山长听不足，竹郎祠下竹鸡鸣。

竹公溪水绿悠悠，也合三江一处流。
珍重嘉阳山水色，来朝送客下戎州。

《蜀道驿程记》:“初一日……下山，食连珠铺，嘉定州境。连冈复岭，直达州郭。一水绕郭，南流注江，曰竹公溪。有竹王三郎祠。溪上人家，背江面山，随溪数曲，达于州门。嘉州，古南安。”《四川总志》:“竹公溪在嘉定州治北二里，古夜郎国地。”《后汉书·南蛮传》:“夜郎者，初有女子浣于遁水，有三节大竹流入足间，闻其中有号声。剖竹视之，得一男儿，归而养之。及长，有才武。”他自立为夜郎侯，被汉武帝所杀，夜郎人尊之为竹王三郎神。《梁益记》:“雅州西北有大、小漏天。”三江，指岷江、沫水、濛水。三水在凌云山下合流，浩淼无际。杜佑《通典》:“戎州，古僰侯国，汉属犍为郡。”

此二诗写竹郎，为历代诗人罕有表现者。这一历史题材，反映出一段沉埋已久的民俗文化，很有意义。竹郎，又称竹王，即夜郎王竹三郎是也。他是贵州某少数民族的首领，因割据称雄，不肯臣服汉朝，被汉武帝派兵征讨所杀，死后川黔桂湘鄂五省人民哀悼他，为建祠奉祀，直到清末民初，祭祀未衰。唐时，成都竹郎祠古木参天，四时香火甚炽，薛涛有诗讴之。薛是第一个歌赞竹郎的诗人。继之歌赞者要数渔洋，他除写作此诗外，还有“竹郎祠下风吹雨”之句。嘉州传为夜郎国统治区，其实夜郎并不小。

第一首，闻笛。作者沿溪而行，闻山村笛声四起，不禁神驰，复听竹鸡和鸣，更为倾倒。竹鸡，形如鹧鸪而小，喜居竹林，鸣声悦耳。笛声与竹鸡声相应，合成人籁与天籁的交响，作者因有“水远山长听不足”之感。结句点出“竹郎祠”见其神驰之情。庄子所说的天地有大美，或许就是这样的境界。这不是儒家的“与天地同德”，而是道家的“与天地同美”，作者的感悟，此时已达道禅相通之境。此次奉使西行，脱屣尘埃，览山川之胜，已回归到清净的自然怀抱之中。第二首，感溪。竹鸡有情，溪水有意。作者赞美水色，以“绿悠悠”三字美之。“也合三江一处流”句，托出水势，大显精神。“珍重嘉阳山水色，来朝送客下戎州。”结语想出天外，宛似诗人答谢词。仿佛不是溪水在送行舟，而是山水之色来给他送行，着一“色”字，境界全出。

两首绝句，清新优美，灵动自然，合成一个有机整体，读之令人沉醉。第一首，人有情于溪。第二首，溪有情于人。两诗妙合无垠，天衣无缝，已入神境。这是溪的赞歌，也是人的赞歌。溪人合一，美妙无穷。竹三郎有知，可以笑慰于九泉矣。

入嘉州问丁东院无知者过高望山趾废寺郑生曰丁东寺也访方响洞尚存感而赋诗

廿年梦想丁东院，何意丁东院里来。
山水清音空复在，劫灰残烧自生哀。
井栏僧汲稀铜钵，石甃秋深长绿苔。
不遇江南老桑苎，风炉谁遣试茶杯。

《蜀道驿程记》："初一日……问丁东院，无知者。门人郑陈季帅四子从登高望，过一小寺，甚荒落，郑生曰：'丁东寺也。'一井泓然，在佛殿之南，即丁东井，山谷易名'方响'者。时雨后水溢。郑生云：'水涸，则井半有泉，铿然下注，其声丁东然。'"郑生，名居广，嘉定人。《旧唐书·隐逸传》："陆羽隐苕溪，自称桑苎翁，嗜茶，著《茶经》三卷。"陆游《老学庵笔记》："汉嘉城西北山麓有一石洞，泉出其间，时闻洞中泉滴声，良久一滴，清如金石，黄鲁直题诗云云。"《范石湖集》："汉嘉广福院中水洞，有声琅然，莫知所在，旧名丁东水，山谷易今名。"

嘉州丁东院是一座古刹，久已荒废无存，作者行经其地，作此诗，赞山谷。"廿年梦想丁东院"，一起即给人以突兀之感。"廿年梦想"是说他从青少年时代一直想到现在，一座古刹怎么会有这样大的魔力呢？其实，他想的是人，不是寺。这人就是诗人黄山谷。山谷有诗："古人题作丁东院，自古丁东直到今。我为改名方响洞，始知山水有清音。"这诗他记得很熟，这就是他廿年所梦想的。他爱唐诗，也爱宋诗。在宋代诗人中，他最爱东坡与山谷。在他的天平上，这两人难分轩轾。山谷欲开一代新风，欲破千秋旧调，虽坎坷流离，未能如愿以偿，这深深地影响了他，同时在学禅上，两人又千载同心，所以他宣称以山谷为师。山谷以道人自称，渔洋也步其后尘，自称山人，此可见两人之心心相印。对杜甫入蜀诗作，两人也极称赏，这就使得两人在感情上更加贴近。他对丁东院之所以如此一往情深，秘密在此。

颔颈两联，几乎全是禅语。渔洋受禅宗影响很深，"山水清音空复在"句，即浸透禅理。此句来自山谷，但又不同于山谷。这句诗，既表达出作者对山谷的仰慕之情，同时也反映出他对禅学的领悟之深。禅宗所说的“空”，正如道家所说的“无”，并非一无所有。老子说：“万物生于有，有生无。”佛家的“空”同道家的“无”，是相通的。佛家说：“无”即是“有”，“空”即是“实”，似“无”则实“有”，看似“空”实是“在”。当今西方海德格尔的存在主义哲学也认为：事物有“在场”与“不在场”之分。“在场”看得见，“不在场”是看不见的，两者都是客观存在，只是存在的形式不同而已。海德格尔学说，同老学、禅学也是相通的。这里所说的“空复在”，正是此意。这两联禅诗历来无注，还需略作解释：(一)“劫灰”句，出自梁《高僧传·竺法兰》：“昔汉武穿昆明池，得黑灰，问东方朔，朔曰：‘可问西城梵人。’后竺法兰至，众人追问之，兰曰：‘世界终尽，劫火洞烧，此灰是也。’”(二)“井栏”两句，是说此寺荒废已久，一片凄凉。尾联由放翁诗句化来，放翁《丁东院》诗云：“身是江南老桑苎，诸君小住共茶杯。”这化得很妙。凡有好的东西，渔洋都要拿来。汲取优秀的文学遗产，作创造性的模仿，是他所乐于做的。诗用长题，也表白了他无比愉快的心情，甚有趣，古人所云“乐在其中”，即此之谓乎！

汉嘉竹枝五首

龙游城郭碧玻璃，西望三峨晓黛滋。
分取三江作明镜，镜中各自照蛾眉。

城头山色入虚无，城下清波望郁姑。
白塔红船归去晚，嘉州也复有西湖。

侧生一树会江门，水递年年进大藩。
寂寞蜀宫三十载，夕阳零落荔支园。

竹公溪口水茫茫，溪上人家赛竹王。
铜鼓蛮歌争上日，竹林深处拜三郎。

平羌峡里俯江来，西望青衣抱郭回。
大佛足前相会合，早潮晚汐不分开。

《渔洋诗话》:“余登凌云,石壁刻诗最多,惟安磐《松溪四绝句》甚工,记其二,云:‘青衣江上水溶溶,隔岸遥闻戒夜钟。暂借竹林听梵放,月华初到第三峰。’‘林竹斑斑日上迟,鸟啼花暝暮春时。青衣不是苍梧野,却有峨眉望九嶷。’盖峨眉三峰,正直凌云九峰之西,中隔三江。至其地,知其诗之工也。余《嘉州竹枝》云:‘分取三江作明镜,镜中各自照蛾眉。’”《香祖笔记》:“放翁云:‘汉嘉荔子熟时,凌云山、安乐园皆盛处。’余昔过嘉州,考《图经》,明时止有会江门一株,熟时专供蜀府,他乃无有。献贼乱蜀后,并此一株亦不复存矣。”三江,即岷江、青衣江、沫水,至大佛前合流。《方舆胜览》:“嘉定府明月湖,郭璞谶:‘郁姑郁姑,将州对落都,但看千载后,变成明月湖。’后隋郁姑将军开此湖。”按:落都,山名。《水经注》:“刘先主时,巴郡县有橘官荔枝园,夏至则熟,二千石常设厨膳,命士大夫共食之。”曹学佺《蜀中风俗记》:“马湖之夷,岁暮百十为群,击铜鼓歌舞饮酒,穷昼夜以为乐,其所储蓄弗尽弗已,谓之诸葛穷夷法。”渔洋自注:“土人谓岷江为府江,即锦江也。”

这组民歌体诗,共五首,赞汉嘉风物与民俗,颇有韵致,一景一诗,有乡土味和历史感,语言清新,情调优美,充满民俗文化风味与情趣。第一二两首写嘉州风光,第三首写荔枝进大藩事,第四首写竹公溪民俗。竹三郎是古夜郎国首领,为汉武帝所杀。竹三郎是一个失败的英雄,他一再歌之赞之,是罕见的。这至少说明他很重视民俗,“拜三郎”之情,尤足珍视。第五首写大佛足前所见。

以民歌体竹枝词写古体新诗,自唐刘禹锡首创,经历几百年的曲折历程,至北宋,黄鲁直、柳永又先后提出“以俗为雅”和“化俗为雅”的号召,词坛一度出现“雅俗并用”趋势。后此说为格律派词人周邦彦所阻,遂又“由俗反雅”。至明,以三袁为代表的浪漫主义文学思潮和以冯梦龙为代表的俗文学兴起之后,又形成“反雅尊俗”潮流,文人所作俗化《竹枝词》才真正受到重视。清初,因当时诗界“尊唐复古”之风盛行,又出现“反俗化”的回潮。渔洋就是在这样的历史背景下开始通俗诗歌写作的。

从文学发展史来看,文人诗歌与民间歌谣,雅文学与俗文学本是文学发展的两条路线,中国如此,世界亦然。这两条文学路线,大体上是经过雅俗分流、对立、互补、交融的发展阶段。在中国,宋代由于城市经济日益繁荣,一切文学包括诗歌在内,都向“雅俗共赏”这条路上发展,现在则已达到“雅俗共赏普遍化”的新阶段了。三百年前,渔洋能高瞻远瞩,从雅俗互容、互动、互补这一文学嬗变与发展潮流来看问题,并把它纳入自己的诗歌创作中,足见他有不矜门户的卓识和不从流俗的勇气。他继承并发展了《诗经》以来“雅俗并重”的文学传统，同时又以海纳百川的襟抱与气魄，扶持、培育了一大批不同风格的诗坛新秀，此诚难能可贵，所以他能成为一代新风的开创者，主盟诗坛数十年，并取得了卓越的成就。重视民歌体诗歌的写作，是大诗人渔洋的一个突出贡献。

嘉阳登舟

青衣江水碧鳞鳞，夹岸山容索笑新。
怅望三峨九秋色，飘零万里一归人。
亭台处处馀金粉，城郭家家绕绿苹。
信宿嘉州如旧识，荔支楼好对江津。

《蜀道驿程记》：“初二日……是时风日流丽，澄江如练，顺风荡桨，倏忽数十里，回望嘉州城郭，居然金粉画图。大峨峰顶，奇云片片，作白毫光……晚抵犍为，泊舟。”《诗·周颂》：“有客宿宿，有客信信。”注：“一宿曰宿，再宿曰信。”

作者旅居嘉州两日，登舟东下，举目四望，怅然有怀，因作此诗留别。“再见吧，嘉阳！”这就是他此时的心声。此诗写嘉阳山水，风格独特。先赞水：“青衣江水碧鳞鳞”，劈头这一句，展现出一幅神奇的画面。“碧鳞鳞”三字，对青衣江注满深情，显出碧波荡漾的动态，既写出江水碧玉之容，又写出它的活泼天性，给读者带来一种新鲜感。次赞山：“夹岸山容索笑新。”不说这山使自己产生新奇之感，却反过来说，是山在对他“索笑”，这就把山写活了。正如辛弃疾所说：“我见青山多妩媚，料青山见我应如是。”这两句诗，表现了嘉州山水的新奇，是由自然的人化再到人化的自然，使山水之魂与诗人之魄含蕴其中。这是作者给艺术文化学吹来的新风。颔联：“怅望三峨九秋色，飘零万里一归人。”感情凝重，有韵味。从字面看，“怅望”与“飘零”不能为对。“三峨”与“万里”，“九秋色”与“一归人”亦然。但这一联又确实对得很美。王夫之认为诗中常有意、理、势三者相结合。“意”指主旨，“理”指内在联系，“势”指结构的动态过程。根据这个理论来看，此联可谓天工之对。作为一个天涯漂泊的旅人，当此深秋之际，他心中涌动几多愁怀、几多思绪，因此这“怅望三峨”与“飘零万里”就很自然地联系起来，而“一归人”也就完全笼罩在这“九秋色”之中，这就成为打破定势的一联妙对。渔洋对偶艺术之妙，常有人所难及之处。再看尾联：“信宿嘉州如旧识，荔支楼好对江津。”这很有点像是诗人的答谢辞，写得很亲切。嘉州两日，给他留下很深的印象。他像哄小孩似的说："我的朋友啊，就让这荔支楼好好地伴着你身旁的青衣江吧。嘉州，我这白发初生之人，永远忘不了你。我将把你载入归舟，作为陪我还乡的好伙伴！"这是诗人的文化心态，也是他的精神风彩。李白诗有"清新、俊逸"之誉，渔洋也是用这样的风格来体现其诗歌之"神"与"韵"的。

晓渡平羌江步上凌云绝顶

真作凌云载酒游，汉嘉奇绝冠西州。
九峰向日迎江叶，三水通潮抱郡楼。
山自涪翁亭畔好，泉从古佛髻中流。
东坡老去方思蜀，不愿人间万户侯。

《蜀道驿程记》："初二日。晴……壁间多前人题字，有大书苏东坡载酒时游处。坡诗云：'生不愿封万户侯，亦不愿识韩荆州。但愿身为汉嘉守，载酒时作凌云游。'终未践斯语也。"《续汉书·郡国志》："汉嘉，故青衣，阳嘉二年改。"李巽岩《雅州学田记》："昔公孙述据蜀，青衣不宾，光武嘉之，故因改青衣曰汉嘉。"

登凌云绝顶，怀东坡、山谷、放翁作此诗。一起即大赞汉嘉之奇，此言东坡，兼述己志，一语双关，耐人寻味。颔联写秋景，着重绘出"九峰向日""三水通潮"的奇观，气象宏廓。颈联以山、泉、亭、佛对举成联，笔墨工细，画面充实。点出"涪翁"与"古佛"，既突出了这位遭贬者的历史地位，又显示出这一佛教圣地的光彩，把这座城市的人文奇观写活写透。"涪翁亭"值得留连，"古佛髻"令人赞叹。这真是一幅"天开图画出江山"的好画。"泉从古佛髻中流"一句，是实景描绘，也是心理感受的虚写。虚实相生，妙合无垠。尾联回应首联，突出苏子"老不能归"的悲剧，形成一个生机勃勃的有机整体，完全达到况周颐所说"重拙大"的审美境界，诗境甚高。

苏子出川，欲以其才济世，无奈生不逢时，历尽坎坷，大志未遂，以致郁郁而死，这是苏轼一生的悲剧。究竟是作帝王之师、谋求万户侯要紧呢，还是维护名山事业、保持独立人格重要？作者提出了这个人生问题，发人深省。东坡早年一直在仕隐之间徘徊，思想很矛盾。中年开始醒悟，但在专制皇权政体束缚下，他的一切个人自由权利全被剥光，连告老还乡都不可能。作者在清政权统治下，又何尝不是如此？此诗明哀东坡，实悲自己，弦外之音，铮铮震响。

凌云杂咏五首

尔雅台

郭生注虫鱼，遗迹空山里。
何处蔡充儿，几为劝学死。

大佛阁

三十六庄严，不生亦不灭。
朝夕三江潮，如闻广长舌。

治易洞

古洞何方广，垂萝覆岩石。
想见昔年人，研朱点周易。

清音亭

振衣清音亭，松桂鸣骚屑。
坐对大峨峰，云消露残雪。

洗墨池

初日石梁上，犹传洗墨池。
故山归未得，空和渊明诗。

《蜀道驿程记》:“(凌云)寺创自开元，巨丽为西南第一。明末，袁韬、武大定作乱，寺为灰烬。江岸大像，开元中释海通所凿，未竟，示寂。韦皋(南唐)镇蜀，始成之。旧有佛阁，亦毁于兵。《墨庄漫录》云:‘嘉州《凌云大像记》，韦皋文，张绰书，字画雄伟。’寻之不可得。像前，即三江合流处。东坡诗‘奔腾过佛脚’谓此。”

1. 尔雅台。台有三:一在凌云，一在乌尤，一在彝陵。惟乌尤山有《尔雅台记》碑，称郭景纯注《尔雅》处，明袁子让知嘉州时重修。《世说新语・轻诋》:“王丞相轻蔡公，曰:‘我与安期、千里共游洛水边，何处闻有蔡充儿?’”《世说新语・纰漏》:“蔡司徒渡江，见彭蜞大喜，曰:‘蟹有八足，加以二螯。’令烹之。既食吐下，委顿，方知非蟹。后向谢仁祖说此事。谢曰:‘卿读《尔雅》不熟，几为《劝学》死。’”荀子《劝学篇》:“蟹二螯八足，非蛇鳝之穴无所寄托者，用心躁也。”

2. 大佛阁。在凌云之西，像依断崖凿成。俗谓:“山是一尊佛，佛是一座山。"《方舆胜览》:"唐开元中,僧海通于渎江、沫水、濛水三江之合,悍流怒浪之滨,凿山为弥勒大像,高逾三百六十尺,建七层阁以覆之。至韦皋时,积十九年而工始备。皋有《大像记》。"按:韦皋招抚云南有功,封南康郡王,晚年贪枉,永贞元年八月卒。《法苑珠林》:"三十六相,微妙庄严。"《楞严经偈》:"声无既无灭,声有亦非生,生灭二缘离,是则常真实。"《弥陀经》:"出广长舌,通覆三千大千世界。"佛有三十六相,目如青莲花,手如兜罗绵,胸有卍字,发作螺文之类,皆是。一说观音有三十六相,即三十六庄严,其第二十七为广长舌相,后用为能言善辩之喻。

3. 治易洞。凌云寺大殿右侧,宋州守吴秘曾居此,号"治易洞"。《蜀中名胜记》:"凌云南山下有治易洞,东坡摩崖大字云:'圣作《易》,晦其数;刘传吴,识《易》祖。'盖郡守吴秘得之于刘牧耳。"

4. 清音亭。《凌云九峰记》:"亭俯江干,视三峨极旷望之致。'振衣千仞冈,濯足万里流。'此足当之。"山谷有咏亭诗,东坡题额,曰"清音"。邵博有记,谓亭为南山之雄。

5. 洗墨池。《蜀道驿程记》:"由佛殿左折而上,有小涧跨石梁,东坡公洗砚池也。旁为清音亭。"《冷斋夜话》:"东坡在惠州,尽和渊明诗。时鲁直在黔南闻之,作偈曰:'子瞻谪海南,时宰欲杀之。饱吃惠州饭,细和渊明诗。渊明千载人,子瞻百世士。出处固不同,风味亦相似。'"

凌云是一座佛山,也是一座文化山。这里有不少中华古文化遗迹。最早的有六朝时的"尔雅台",唐时又开凿了"大佛像";至宋,又有吴秘居住的"治易洞",以及黄山谷、苏轼等人题咏的"清音亭""洗墨池"。作者表其仰慕之忱,作古绝五首,一事一题,或赏景,或怀人,或谈佛理,或言治学,诗如佛家偈,不事华饰,写得古朴有味。包括这座遐迩闻名的"大佛像"在内,这些景观久已荒凉,作者怎么会有这么大的兴趣,不顾长途旅行之苦,攀山越岭,来此寻访并作诗讴之?这些文化古迹,若无诗文加以咏赞和记述,何能得以晓喻八方、传之久远?在这一点上,渔洋是做出了贡献的,他的这些诗作大大提高了此山的知名度。尽管他所看到的"尔雅台"只剩下一个土堆儿,七层高楼的大佛阁,也早已毁于战火,"治易洞"只存一个荒僻石洞,清音亭和洗砚池连一点痕迹也没有了。作者不是来看自然风景的,他之所思,主要是贤人和文化。因此,他热烈地颂赞了注疏家郭璞,易学家吴秘,主持造佛像的海通和尚与南康郡王韦皋;还赞颂了《尔雅》和《周易》这两部不朽的文化典籍,以及大佛像的雕琢和佛教文化的传播。像他这样借写纪行山水诗以歌古文化的诗人是不多见的，这些诗的价值主要在这里。进而言之，这些诗也是士人心态的表露，吴秘、苏轼、黄山谷皆爱此山，都是为了消散心中抑郁之气。一切政治上的苦闷，到这里就自然而然地消散了。孔子云“知者乐水，仁者乐山”，大约也是这样一种情怀。

江行望乌尤山

墨鱼吹浪一江浮，尔雅台荒古木秋。
碧水丹山留不得，风帆回首别乌尤。

《蜀道驿程记》：“初二日……乌尤，一名青衣山，单椒秀出，在九峰之后，浓秀如金陵燕子矶。山谷游此，为易今名。山有尔雅台，《记》称郭景纯注《尔雅》处。山下产墨鱼，俗谓食研墨所化。立春后泛子，渔人以灯火照之，辄止不去。袁子让诗云：‘何人解识终军鼠，此地犹传翰墨鱼。’”曹学佺《益州方物略》：“墨鱼头形若鳇，长者及尺，出嘉州。岁三月则至，惟郭璞台前有之。里人欲怪其说，则言璞著书台下，鱼吞其墨，故首黑。”

乌尤山麓有尔雅台，山下江中产墨鱼，俗传晋郭璞尝注《尔雅》于此。作者舟行过此，感其事，作此诗。《尔雅》是我国第一部解释语辞和名物术语的书，我国最早的一部博物志。孔子教弟子学《诗》，要求多识鸟兽草木虫鱼之名，可见此书影响之大。旧传《尔雅》为周公所撰，或为孔子门人释六艺之作。据今人考订，实乃秦汉间经师缀辑旧文，递相增益而成，非出于一时一人之手。郭璞是研究《尔雅》的学者，他的注本具有权威性。此诗写景颇奇，首句“墨鱼吹浪”，着一“吹”字，即把此鱼写得极有灵气，补以“一江浮”三字，更显其多。这是写实，一起即揭开一个神奇世界。下句“尔雅台荒古木秋”，从鱼到台，由动转静，跳跃性很大。着一“古”字，平添不少历史意趣，渲染出浓厚的文化氛围。第三句“碧水丹山留不得”，则表达出作者无限依恋之情，令人沉醉。欲收故放，一笔宕开，终于逼出最后一句：“风帆回首别乌尤。”这就如同影视上的一个特写镜头，乌尤赫然在目。作者的惜别之情，至此全都倾泻而出。短短四句，一唱三叹，风神摇曳。作者写望中所见山水之景，有动感和深度。对《尔雅》和郭璞的赞扬，实际是对中国古文化的赞扬。孔子教学生多识鸟兽草木虫鱼之名，说明他的诗教是以天地人为对象，而且认为三者是统一的。这是一种艺术整体观，即“天地人同构”的宇宙自然观和文化艺术观。中国这一优秀文化传统是宝贵的，渔洋山水诗境界之高，妙谛在此。

犍为道中

潮音阁下戒舟航，回首凌云堕渺茫。
土俗渐临巴子国，江流遥接楚人乡。
炉熏细细萦琴荐，荻叶萧萧映笔床。
天外峨眉如送客，晴云千片白毫光。

《蜀道驿程记》："初二日……风日流丽……回望嘉州，城郭居然金粉画图，大峨峰顶，奇云片片，作白毫光……晚抵犍为，泊舟。"杜诗："如马戒周航。"伊应鼎注："白毫光，佛之宝光也。峨眉山云色似之。"

十月初二日，作者由嘉州潮音阁登舟，踏上赴犍为的征途，忽然涌起千思万绪，作此诗遣怀。一方面表达了他对凌云和峨眉无限留念之情，一方面又对遥远的前程引起种种悬念。记行程，抒感慨，再次表现了他对嘉州恋恋不舍的情思。

诗人坐在舟中，望着凌云峨眉，一直在遐想。"潮音阁下戒舟航，回首凌云堕渺茫。"此言水险舟速，一个"堕"字，显出江水落差大，极为传神。对相依两日的凌云，倾吐出如许深情，很是感人。"戒舟航"，语出杜诗。颔联"土俗渐临巴子国，江流遥接楚人乡"，写舟之去处。巴子国是周代古国，后为楚灭。其地与鄂毗邻，扼地势之险要，据人文之渊薮，这里曾有一段彪炳千古的历史。作者此时身在巴蜀，而已放眼湘鄂，视野广阔，胸襟阔大。"炉熏细细萦琴荐，荻叶萧萧映笔床"，此二句怀人。"琴荐"为陆龟蒙所宝，"笔床"是梁简文帝的爱物。"荻叶萧萧"是眼前之景，此喻梁王朝的没落。托万汇以泄郁结，借往事以抒怨愤，吞吐山川，剪裁风月，用笔有神。全诗首尾呼应，一气贯通。末言峨眉赶来送别，发出"千片白毫光"，想象神奇，大增奇趣。《法华经》云：世尊于灵山会上为诸大众说二十八品，放眉间白毫相光，照三千大千世界。这个结尾，已达天人合一之境，禅味甚浓。

作者忧怀深广，所见者虽为犍为道中之景，然其所思，却都是这一路上的历史和文化。大至凌云山、巴子国、楚人乡以及天外之峨眉，小至潮音阁、炉香、琴荐、荻叶、笔床，还有他所想到的古人，如陆龟蒙和梁简文帝。胸有古人和古文化，海涵万有，襟抱非凡，致使他的纪行山水诗含有丰富的文化内涵，这是人所难及的。舟在行，人在想，此是何等境界。

犍为县

伐鼓犍为郡，清晨江雾黄。
城根藏杳霭，帆势入苍茫。
古道唐蒙使，轻舟陆贾装。
西南皆郡县，何处夜郎王？

《蜀道驿程记》："初三日。大雾，日出乃解缆，岸上诸峰，云雾解驳，氤氲轮囷，光景甚奇。犍为汉郡，邻县五：曰武阳，曰南安，曰僰道，曰牛鞞……过赤崖山，山色斓熍，如红紫靺鞨，陆离可爱。"唐蒙、陆贾，《史记》《汉书》有传。

犍为是一座文化古城，曾是夜郎国的首都。作者舟发犍为，作此诗吊古。冬晨大雾弥江，山峰隐约，这是作者给犍为唱的一首赞歌。全诗写景如画，动感甚强，自起至结，逐层推进。前两联写景，勾出一幅小城晨景图。江上雾色灰黄，城根杳霭隐没，寂静清幽。忽然伐鼓开船，帆势大张，转静为动，劲壮有力。这是实景描绘，其中寓有虚实相生之势。作者准确地抓住"伐鼓""江雾""城根""帆势"这些特征性景物，加以描绘，移情入景，从而烘托出一幅有声有色的图画。"江雾黄"，是来自深刻的观察和感受，这个"黄"字，绝非偶得。"雾黄"与"帆势"皆出语新奇。后两联，咏史抒情，又展现出一幅历史与现实交织的活动画面。两位古人水陆交驰，为祖国统一事业日夜奔波，弥足称道。"汉武建初六年，以唐蒙为中郎将，从万人，出巴符关，奉命赴夜郎，汉于其地置犍为郡。"唐蒙为祖国统一事业作出一大贡献，这就是"古道唐蒙使"这句诗的含意。那个崇王道、黜霸术的陆贾又怎样呢？他曾以客卿身份佐刘邦建汉，后两次出使南越，诏谕南越王尉佗归汉。他水陆兼程，是冒着生命危险去的。终以善辩之才说服尉佗放弃割据，他也同样为汉立下大功。这就是"轻舟陆贾装"这句诗的含意。这里用了一个"装"字，极为传神。尾联着眼现实，诗意向深层推开。"西南皆郡县，何处夜郎王？"话中有话。此时吴三桂拥兵云南，尚可喜盘踞广东，两人皆降清而受封为王。作者从维护祖国统一、反对分裂的观点出发，投去有力的一击。爱国情深，值得肯定。惟因历史条件所限，他对待少数民族的态度，尚未脱离传统窠臼。这清楚地表明，在满汉矛盾形势下，他虽有怨清之情，却终非反清志士。他的这种维护清政权统一的观点，即使不是由衷之言，多少也是他思想矛盾的一种反映。他是一个爱国者，他始终是维护统一的。

犍为是汉时通往西南夷的要道，这里曾是古夜郎国的首都。作者行役过此，又一次想起那个被马援打败了的夜郎王竹三郎。“何处夜郎王?”表示了对他的深重怀念之情。

叙州锁江亭晚眺

望望朱提路，夕阳千万山。
落霞明极浦，飞鸟近南蛮。
城角旌竿直，江亭铁锁闲。
郁姑台咫尺，烟霭画图间。

《蜀道驿程记》:“初三日……登锁江亭遥望，落霞、孤鹜、城堞，历历在苍山暮霭间。”北宋叶廷珪《海录》:“叙州。本朝政和四年，戎州父老上言:‘戎者，西夷之名;僰侯，蕃夷旧称也，乞立别名。’俄奉敕改叙州。”朱提，山名，属犍为郡，其山出银。祝穆《方舆胜览》:“叙州锁江两岸，大石屹立，因置铁絙，横截其处。”《叙州府志》:“郁姑台，相传宋杨仙遇郁姑于此。”《吴船录》:“叙州有锁江亭，在对江山趾，下临马湖、蛮江路。蛮自江出，必过城下，故置锁为限。”

作者舟泊叙州，傍晚登锁江亭闲眺，作此诗。这里勾出一幅叙州夕照图，表现出一种辽廓、闲适的情调。首联写亭周远景:“朱提”是历史地名，他望之不舍，注满深情。“夕阳千万山”写一种壮阔之景。因此地城堞、苍山很美，他被这自然美景所陶醉了。颔联写落霞映红水面，而鸟向远天飞去，这霞光和飞鸟深深地把他吸引住了。颈联转写城之一角，这里有笔直的旌杆、锁江亭和荒台，这是近景的描绘。相传蛮人曾据江之对岸，常自江出，故置铁锁限之。又传宋代杨仙曾在城边遇见郁姑，两人发生了爱情，当地人因筑台表之，这杨仙当时是个名人。亭子至今还在，土台却荒废了。这是此间所流传的民俗文化，也很有趣。作者来游，心境怡然，因以诗笔画成这幅亭台山水美画。情满山意溢水，他是很沉醉了。司空图说，诗人作诗，要有“万象在旁”，万象是艺术的资源，也是精神的动力。从前宋代大诗人黄山谷曾谪居于此，这使作者深为留念。他公开赞扬郁姑与杨仙相爱美事，这在理学盛行时代，是很可贵的。

兵栏舟中

山色高悬紫鞣鞨，江光倒射黄琉璃。
摩围居士风流在，为询戎州绿荔支。

兵栏，《后汉书》作玉兵栏。黄鲁直曾谪居于此，摩围居士是他的别号。叙州，汉为犍为郡，梁改为戎州，治所在僰道（今宜宾市西南），宋改为叙州，清仍之。黄鲁直号山谷。

十月初三日，作者舟过兵栏，怀山谷，作此诗。前两句写景，后两句怀人。兵栏为水险之地，此处江光水色甚奇，因借山水以喻黄氏其人。这两句诗，借景写人，巧妙地勾画出礼佛者山谷的形象。绿荔支是戎州特产，山谷尝喜啖之，有诗咏其事，故有"风流在"之语云云。前两句对仗工整，很像一幅黄紫相间的彩色山水画。首句写"山色"，"高悬"状山高而危。"紫鞣鞨"，宝石名，色紫。次句写"江光"，"倒射"写山水在水中的倒影，"黄琉璃"状寺庙的瓦色。这是一幅奇特的山水倒影图，把山色、江光、水色写得形象鲜明，逼真生动，令人喜爱。

山谷是宋代大诗人，一生坎坷，作者同情他，也很尊敬他。两人有异有同：入蜀后，皆赞杜甫，此大同而小异；山谷诗格高调雅，一度曾欲变千秋之律，以开一代新风，此与渔洋事异而心同，两人老年皆礼佛，这也是相同的；山谷对东坡诗褒中有贬，力主以俗为雅，以旧为新，此与渔洋不立门户、雅俗并举，可谓先后相辉映。此诗要义在后两句，作者舟行至此，吟咏留连，不能自已，这是在赞山谷，也是在谈自己。千载悠悠，谁知我心，此渔洋所以向山谷输瓣香之忱，借以浇胸中之块垒也。

叙州流杯池泸州使君岩皆山谷先生旧游都不及访怅然赋此

忆昨登凌云，江边踏乱石。兴剧罢鞍马，逍遥散轻策。
径危草露多，处处见虎迹。东林雨新霁，初日射青壁。
浩荡三江流，安稳平如席。西笑揖峨眉，遥连雪山白。
酒酣挂帆去，矫若生羽翮。心知流杯池，遗踪在巴僰。
俗物败人意，交臂轻一掷。今日使君岩，南望还咫尺。
通词托微波，蹇修空脉脉。平生一瓣香，敢为涪翁惜。
如何万里游，虚此几两屐。回首望南云，蛮江日将夕。

《蜀道驿程记》:“初四日……郡有东楼,见杜诗,西楼见陆诗。山谷先生谪此,有味谏轩、无等院、流杯池诸遗迹。池隔江五里而近,欲往游,不果。屏山令谢相来晤,别去,谢与余锁闱共事者。”“旧闻泸州城使君岩为山谷先生游憩地,滴乳岩亦有题字,州人皆不能知。”许生云:“隔江有东月岩,犹存山谷所题‘江天’二字,未详即使君岩抑滴乳岩耶?”《明一统志》:“使君岩在泸州城南五里,宋使君王献可游赏之地。黄庭坚谪于涪,献可遇之甚厚,时人称之。”蹇修,传为伏羲氏之臣,此指山谷。

叙州流杯池和泸州使君岩,皆山谷旧游之地。山谷尝云:“蜀中之胜,莫有长于此者。”作者过其地,怀其人,作此诗。诗分前后两部分,前半忆凌云之游,可谓自得其乐,尽兴而归;后半以未得一游流杯池为憾,也写得非常尽兴。前写乐,后写愁,形成强烈反差,耐人寻味。游凌云,散轻策,浴草露,见虎迹,完全沉醉在大自然怀抱之中,他是为寻访苏黄两位大贤遗踪而来,此在游凌云诸诗中已作表述,故从略。假如只是“独”游,何能写得如此“兴剧”?在他眼里,此时三江已“安平如席”,连虎迹也不可怕。人与自然相谐已达物我两忘之境,俗念全消。前半写乐,妙趣在此。后半写未得前往山谷谪居地一游,引以为憾,是因为有个“俗物”从中干扰,打破他的游览计划,致使他未能与山谷“通词”,因而留下一声“蹇修空脉脉”的叹息。心与高贤游,尽遣性情,益使山水生辉,诗也因之进入妙境。在皇权统治下,暂得亲近自然,观赏自然,寄情山水,追求自由,以祈自我解脱,这是他们的共同文化意趣,他同这两位前贤是作了一次超时空的精神遨游了。

为揭透此中之秘,还应进一步探明两点:一是“俗物败人意”究应作何理解?注家惠栋据《世说新语》断定“俗物”是指阮步兵所讥笑的王戎,但这充其量只是讲了典故的出处,并未挑明渔洋所指者谁。其实,作者在《日记》中已有交代。这“俗物”就是“屏山令谢相”。那天因为谢氏来访,以致耽误了他的游览时间,故未得前往流杯池一游。这个谢相曾与他“共事锁闱”,两人气味不投,“俗物”无疑就是指他。二是此诗前半以纪游为实,怀人为虚;后半以怀人为实,纪游为虚。一虚一实,两者不断转化,这就形成凝重中见流动、流动中见凝重的美感。一诗既饶凝重气概,又有流动韵致,是很难得的,此在古风中尤难。美学家宗白华说:空灵与结实是构成艺术的二元。此诗是做到了。渔洋诗的神韵显于各体诗中,不独绝句为然。更重要的是,他借对山谷之缅怀,以浇自己胸中之块垒,涪翁虽誉重苏门,天纵才俊,徒擅绝艺之多,偏遭宦途之谴,一生郁郁不得志,且与杜陵入蜀有“时异运同”之慨。他作为后来者,俯仰天地间，千载若相接，真不知如何自处也。读此类诗，需从此等处揣摩涵咏之，方能得其真意，味其深旨。

南溪县赠赵令胜干

厅事槐根出，空城断岸侵。
人多灶下养，君是邑中黔。
灯火南华梦，彝歌濮獠音。
江安挂帆去，挥手夕阳沉。

《蜀道驿程记》："初四日……午至南溪县，县令赵家骏，君子人也，亦共事闱中，依依有故人之谊。县濒江，城无完堞，阛阓寥寥，茅茨不数十家，令庭可张雀罗。待后舟不至，遂解维，行三十里，晚泊江安县，泸州界。"《左传·襄公十七年》："宋皇国父为太宰，为平公筑台，妨于农收。子罕请俟农工之毕，公弗许。筑者讴曰：'泽门之皙，实兴我役；邑中之黔，实慰我心。'"《注》："子罕色黑而居邑中。"唐天宝元年（742）二月，号庄子为南华真人。濮獠，指我国西南少数民族。

南溪是长江上游滨江小县，位于宜宾与泸州之间。据作者所记，"城无完堞，阛阓寥寥，茅茨不数十家，令庭可张雀罗。"其荒陋如此。这首诗既刻画出一个边远小城的荒凉景象，也写出一个县令的艰难，它反映出有清一代汉族士人入仕的命运，殊有史料价值。赵令与作者曾"共事闱中"，此人并非获罪被贬，不知怎么被派到这么一个苦地方来。在清初那样一个经济衰落的社会，西南边陲又极不稳定，一个小小的县令能有什么作为？这首诗就提出了这样一个问题。首联写厅事荒落，地非所宜，官非所适，具见此令窘迫难安之状。次以官民、主客作对比铺叙，表达了作者对人民和赵令的悲悯同情。"人多灶下养"，则民之无衣御寒可知；"君是邑中黔"，以子罕誉赵令，则其为民请命之心可见。陆机云："立片言以居要，乃一篇之警策。"此即警策语。接着，又进一步展开对赵令内心世界的描绘："灯火南华梦"，此以庄子比之，见其推重之诚。纵使翼若垂天之云，但身处此境，又何能抟扶摇而直上九万里哉！作者感慨：他大约只能独对青灯，在梦幻里去自寻安慰了吧。但满耳都是彝歌彝语，他有话又能向谁诉说？其寂寞与孤独可以想见。作者无力相助，只能以两句痛心语告别："江安挂帆去，挥手夕阳沉。"这是一曲很哀痛的离歌。此人在三藩之乱中命运如何，不得而知。吴三桂作乱七八年之久，他能逃得脱这场浩劫吗？读经书，考进士，做官，有什么意思！弦外有音，令人感慨。

江安县

斜日玉津渡，青山铜鼓滩。
蛮江来浩荡，行路饱艰难。
晚市稀橙客，荒园罢橘官。
波涛三百里，犹是怯兵栏。

《蜀道驿程记》："初五日。发江安。江安以东……有荔支、巴菽、桃枝、蒟、给客橙，盖西南一都会也。"《水经注》："江水东至南安为碧玉津，故左思赋云'东越玉津'也。"又："僰道县有蜀王兵栏，其神作大难，江中崖峻阻险，不可穿凿，李冰乃积薪烧之，故其处悬崖犹有赤白玄黄五色照水。鱼从楚来，至此而止，言畏崖屿不更上也。"《舆地纪胜》："铜鼓滩在南溪县东十里，大江之右，波涛极险。"魏王《花木志》："给客橙出蜀土，若柚而香，冬夏花实相继，或如弹丸，或如拳，通岁食之，名卢橘。"

作者乘舟东下，十月初四日发叙州，晚泊江安，作此诗。玉津渡在南安，铜鼓滩在南溪，均在江安上游，兵栏更在叙州以上。"斜日玉津渡，青山铜鼓滩。"此写江安途中山水之景，以地名为对，已见工巧。这告诉读者，他是经历两处水程之险才到达这座小城的。而这一对仗，亦可谓别具一格。接着，又以一联妙对申述未尽之意："蛮江来浩荡，行路饱艰难。"借水险以写豪情，平添不少诗趣。"来""饱"二字，亦俗亦雅，韵味甚浓。"来"字写尽行程的动态，"饱"字是感情含量的显示。其后，分别以"浩荡""艰难"二词承之，意味深长。这"来""饱"二字包容了多么丰富的内涵，它简直就像神仙家费长房的那个小葫芦里能装进日月乾坤一样，此可见其炼字遣词之妙。接着，又写橘园荒废之状，这更是令人想不到的妙笔："晚市稀橙客，荒园罢橘官。"读之令人扼腕。江安以产卢橘闻名，作者远道而来，却见今日江安如此凋敝！清廷统治者在西南边陲的政绩可知矣。此以侧笔写民生之疾苦，难能可贵。尾联："波涛三百里，犹是怯兵栏。"写水险，至此戛然而止。这一收结是绝妙的，诗人忧世之怀和忧生之情，于此具见之。

清溪

蛮云漏日影凄凄，夹岸萧条红树低。
好在峨眉半轮月，伴人今夜宿清溪。

《蜀道驿程记》："初五日。发江安……过清溪，太白诗'夜发清溪向三峡'即此。或谓李诗本三溪，三溪在嘉州北平羌峡，非是。"清溪距纳西五里。嘉州有小三峡，即犁头峡、背峨峡、平羌峡，全长八公里，自平羌峡至乐山一段江流，为平羌江，沿江古迹甚多，李白"影入平羌江水流"之句，即指此处。平羌江远在清溪之上。

清溪在平羌峡南口，为一依山临江小镇，唐称清溪驿，李白有"夜发清溪"之句。作者舟行过此，怀李白，作此诗歌之。蛮云日影、夹岸红树，勾出一幅清溪秋景图，情调凄凉。以"好在"一语急转，先抑后扬，韵味俱足。后两句化用李诗，而自创新境，将读者带入一个冰清玉洁的优美境界。伴月眠，听溪声，风神跌宕。清诗论家叶燮曾立"因创"之说，"因"即继承，"创"即创新。易言之，亦即"借"与"化"。借是因，化是创。"化"有三境，曰深化、转化、演化，三化层层推进，才能别有洞天。渔洋此诗，可谓三化俱备。此诗学李，清新可喜，文化意蕴深浓。

12. 重庆卷

【**卷头语**】此卷续写川南清幽山水：登泸州忠山而吊诸葛之魂，过江阳祠而罪王莽，入西凉神祠而念吕光，皆写得熠熠生辉。过长寿而吊雪庵和尚，再悼明亡，更引人瞩目。作者谒庙、访洞、拜墓、颂贤，皆寓有历史文化韵味，意趣无穷，令人赞叹。

泸州登忠山

江源分内外，千里会泸州。
历历五峰影，茫茫三峡流。
青山烟外寺，黄篾水边楼。
夕照层城暮，回风引棹讴。

《蜀道驿程记》："初五日……晡抵泸州。泸，古江阳郡……山水明秀，亚于嘉阳。岷江东来，资江北来，二水萦带，会于城之东南……何生、许生来谒，同游忠山。城西门正枕山趾，上有诸葛丞相祠，祠前有亭槛，俯丛竹，凭槛四望，群峰并列，二水如环玦交流矣。"《北史》："炀帝御龙舟幸江都，文武官五品以上给楼船，九品以上给黄篾。"《姚绶传》："张雨作黄篾楼，储古图史甚富。"

忠山今名宝山，在泸州城南，玲珑秀美，宛若画图。作者登山眺远，即兴遣怀，写此诗。首四句写水系和泸州全城倒影，极状水色之美，给这座山水辉映的城市拍摄下一帧两水合流图。起从大处落笔，"江源分内外"一句，概括力强。《方舆胜览》："水自渝上合州至锦州者，谓之内江；自渝上戎、泸至蜀者，谓之外江。"首二句本此。"历历五峰影"，写山的倒影。五峰山在城北，江中现出它的倒影，可见水色之清。这水日夕不停地向三峡流去。短短四句，写尽水性山情，宛见其恢宏壮阔之怀。可以说，这里所描绘的，已不只是泸州全景图，好像也是一幅"千秋呈奇、万古献秀"的巴蜀国，大气磅礴，饱有文化意蕴，这是渔洋山水诗人所难及之处。后四句以工细笔墨写景，"寺""楼""黄篾"(小船)以及人水关系全见，更给这幅山水图带来一派活跃的生机。碧黄红青诸色相杂，织成跃动不定的彩色画面，引人遐想。末以"夕照层城""回风引棹”收结，别开生面。此时诗人缓步下山，入舟引棹而歌，大有渔父吟咏“沧浪之水清兮，可以濯我缨”的气概，馀韵悠然，使人神远。

我国诗歌从唐代起就同绘画结缘，最早看清这一点的是苏轼，他以“诗中有画，画中有诗”八字称赞王维之诗，影响深远。宋以后风气日开，诗人以画境入诗者，绵绵不断，为世所称，渔洋山水诗显具这一特色。意境一说，自深层含意言之，可上溯到南齐画家谢赫的“气韵生动”说，这在一定意义上，也可以说是渔洋神韵的张本。中国文化是多元的，其间相互关系颇为复杂，不懂得这一点，便难以理解渔洋诗的妙谛所在。这首泸州山水诗，典型地反映出他模山范水的美学意趣，值得细细品味。泸州是一座山明水秀的古城，诸葛亮当年在此留下不朽的业绩，所谓“五月渡泸”即指此。此赞忠山，即赞颂诸葛其人。此诗妙在写山，却又不全写山，写水却也不全写水。无一字明颂诸葛亮其人，却字字句句具显其人之精神风貌，此可见神韵派诗歌的美学韵味。美哉忠山！

江阳儿祠

怅望平陵松柏枝，汉兵已集渐台基。
不知白水真人气，枉向江阳杀贵儿。

《华阳国志》：光武微时，过江阳，有一子。新莽时，人言江阳有贵儿气，求得杀之。光武即位，乃为立嗣，罚江阳人，不使冠带。平陵，汉昭帝葬处。渐台，汉武帝所筑。汉末，刘玄兵从宣平门入，王莽逃至渐台上，为众兵所杀。白水，江名，东南流入羌水。

刘秀之子江阳儿，为篡汉夺权的王莽所杀。祠在江阳，作者作此诗刺莽。前两句写莽之败，作者只选取汉兵集聚渐台一事，即将莽所演夺权闹剧写尽，笔墨简省有力。后两句抓住迷信、枉杀二事，对莽进行鞭挞与嘲笑，将其人之嘴脸揭露无馀。叙事平实，无一字申斥，而挞伐之声可闻。作者的咏史诗以有卓识著称，艺术上颇具特色。

王莽篡汉是中国历史上一场错位游戏。这个典型的流氓加小丑，根本就不是什么政治家。祭起“井田制”的旗号篡汉，完全违反历史潮流；以图谶迷信蛊惑人心，可笑至极。此诗侧重批判他的无能与愚蠢，口诛笔伐，全用事实说话，十分有力。渔洋的史观具有一定的进步性，此篇引人瞩目。历代论王莽之诗不少，影响最大的要数白居易：“周公恐惧流言日，王莽谦恭未篡时。

向使当初身便死，一生真伪复谁知！”这骂得很痛快，对后世阴谋家有警诫作用。白诗重评说，王诗重叙事，各擅其美，可谓异曲而同工。诗应不拘一格，此又一例。作为一个精通历史的诗人，他能从要害处着笔，以少语胜千言，令人赞叹。

题为《江阳儿祠》，却未见有关祠之兴废记载，这个题目大约是虚拟的。作者倘不过江阳，不会凭空吟咏此诗，此可见其纪行咏史之妙。历史文化、山水人文，时时均在其胸中涌动，故偶一为诗，即有味在诗外之致，空灵蕴藉，美自显之。

抚琴渡

明月生琴渡，似闻弹履霜。
猿声何处发，今夜宿江阳。
更有巴渝曲，能沾旅客裳。
枫林前路远，叶叶似潇湘。

《蜀道驿程记》：“初六日……循小市而下，复泛小舟往观抚琴台。《琴清英》曰：‘尹吉甫子伯奇至孝，后母谮之，自投江中，衣苔带藻。忽梦水仙赐其美药，乃抚琴而作《履霜》之操。’今江滨一石屹然，云即是台也。”按《琴清英》，扬雄作。《水经》云：“梦水仙赐之美药，扬声悲歌，船人学之。吉甫闻其声，援琴作子安之操。”抚琴渡在泸州，传为西周尹伯奇弹琴处。《乐府解题》：“《履霜操》者，尹吉甫之子伯奇所作也。吉甫听后妻之言，逐之。伯奇编水荷而衣，采楟花而食，清朝履霜，乃援琴而死。”

作者过泸州，感尹伯奇弹琴事，仰其人，作此诗哀之。诗以作者自己的心理活动为经，逐层展开叙写，几乎全从想象着笔，极富浪漫主义色彩。首联“似闻弹履霜”，即已点明出于想象。颈联点出“巴渝曲”，恍若置身三峡中，涉想尤奇。尾联以“枫林前路”之潇湘作结，想得更加遥远。这说明作者是以想象中的行程路线作为诗的生命链条来贯串、统领全诗的。“明月生琴渡，似闻弹履霜。”一起即想落天外，给人以飘逸、突兀之感。通过相似的联想，诗人把“抚琴渡”和“弹履霜”，即实有之地与想象的琴声联系起来，发人遐想。“明月”是今夜之月，“履霜”是古时之曲，古今相续，琴音似隐约可闻，哀感动人。这既表达了对那位古代高人的追念之情，也透露出作者冰清玉洁的襟抱，令人神往。中两联是作者心理活动的深入发展，而以流水对表之，写得非常活络。颔联“猿声何处发”,使人想起两句古谣:“巴东三峡巫峡长,猿鸣三声泪沾裳。”此时作者似在叹息:“哎,不管猿声是从哪里来的!”他今夜也只得渡过这江阳不眠之夜了。由闻猿啼而想到“巴渝之曲”而泪沾客裳,这是作者悲愁的进一步深化。此时他已完全坠入虚幻之境,进入一个令人难以承受的特殊境界,抒情达到高潮,进而逼出一个异常悲凉的结尾:“枫林前路远,叶叶似潇湘。”紧接开头,作者把自己生命史上一段艰辛的行程完整地描绘出来,反映出一种人生况味和痛苦心境。此时其母太夫人已仙逝,此诗含蓄地传达出埋藏在他心底的哀愁,令人不堪卒读。这是歌颂孝子之诗,在中国伦理文化史上自有其特殊价值。渔洋作诗,向来注重表达心理、情感因素及其活动过程与发展规律,此诗因写思亲怀乡之情,表现得尤为突出。这一点,很可注意。

晨起渡江登五峰过北岩寺

江郭晓烟合,携琴来五峰。
水容青滑笏,山态碧玲珑。
云树孤城外,风帆小市东。
香林回望好,下界一空濛。

《蜀道驿程记》:“初六日。晨起与何生、许生登五峰。”

继写《登忠山》之后,作者又写了这首纪游诗。前诗写泸州夕景,此诗着力描写晓景,两诗皆登高眺远之作,具见其胸襟。此作特色有三:一、首尾呼应,前后映照,合成完璧。二、中两联构造不同,而又各极其妙。三、全诗是一个有机整体,灵动美妙。先说开头和结尾:“江郭晓烟合,携琴来五峰。”一起超绝,似海上仙人飘然而至,云中仙子悠然而来,大有飘飘欲仙之概。短短十个字,竟如希腊神话潘多拉盒释放无限能量,魔力甚大,诗人自己屹然而立,卓然不群。尾联:“香林回望好,下界一空濛。”写登峰俯瞰之景,与开头遥相呼应。诗人携琴而上,此时微闻庙中香气飘来,下界竟是一片空濛。这“下界”二字,是将整个尘寰全都包括在内了。茫茫人世,一切皆不可知,感慨遥深。

次说中间两联。“水容青滑笏,山态碧玲珑。”“青滑笏”喻水容,以“碧玲珑”比山态,是一种相似联想,用“青”“碧”二字渲染,更使山水生色。这说明忽有玉制、象牙制、竹制等多种,色泽皆有淡淡洁白。“碧玲珑”指异石,色碧多孔而透明,此状山态,亦至美。经作者这样一比拟,这泸州的水容山态全都形象、生动、鲜明地呈现出来。颈联:“云树孤城外,风帆小市东。”以地名为对,运用自如,既显景中之情,亦见情中之景。钟嵘说,好诗皆“即兴、直寻”之所得,作者常举“兴会”二字以言诗,正合此意。

最后,从整体结构来说,此诗从头到尾,可说已构成一个气韵生动的有机整体。结构是否紧密、灵活而有流动感,是一篇作品艺术生命之所在,至关重要。苏珊兰格在《艺术形式》一书中说:“每篇作品都该是一个有机完整的生命体。”这同我国古代诗文重气,道理极为相近。此诗首尾,不但写目之所见,耳之所闻,手之所触,还写了嗅之所味,现出一个天堂下界混成一体、打成一片的艺术世界。这充分说明:渔洋的艺术思维已经达到一个诗情与哲理交融之境,这是一种高品位的艺术精神和文化精神的体现。

江阳竹枝三首

锦官城东内江流,锦官城西外江流。
直到江阳复相见,暂时小别不须愁。

妾如江心黄龙堆,江枯石烂长崔巍。
郎如治平寺中塔,戎州西望忽飞来。

江边草色映春衫,百五梨花叶叶帆。
齐向城南踏青去,系舟多在使君岩。

《竹枝》本是四川民歌,渔洋用此形式叙写江阳男女之情,作诗三首,这是他有意提倡俗文学的一种尝试。这三首诗皆写别离之情,第一首写临行前妻对夫的一番安慰。《宋史·志》:“初,李冰开二渠,一由永康过新繁,入成都,谓之外江;一由永康郫入成都,谓之内江。”第一首前两句本此,富有民歌特色。第二首写男女双方的誓言。泸州江中有巨石,双立如阙,俗称黄龙堆。妻言自己就像这块大石头,“江枯石烂”不变心。夫则以叙州一塔顶飞落泸州塔上传说作答,表示自己一定要飞回来。两人皆以隐语言情,很美。第三首写春日泸州使君岩下系舟处的热闹景象,明写踏青,暗写送别,语言含蓄,从侧面反映出商业繁荣景象。百五是一百零五日的缩写,此指清明节前二日,这是一年中出外经商的最佳时期。

渔洋很注重俗文学的发展,他把俗文学与雅文学放在同等地位看待,并带头写作民歌体诗歌,破世俗之见,开一代新风,这对尊古派是一个不小的冲击，是其诗观进步性的表现。我国诗歌向有“言志”与“缘情”之别，朱自清在《诗言志辨》一书中曾阐明其递嬗之迹：我国诗歌从《毛诗·序》开始，即以“言志”传统沾溉诗坛，其后历代承之不绝，直至陆机提出“诗缘情”新说后，始逐渐形成一个新传统。从本质来看，“言志”与“缘情”是相通的，但也不能否认其间的差别。“缘情说”较“言志说”显然更利于促进诗歌个性化的发展。可惜人们因受孔子“思无邪”诗教的影响，一直讳言表现男女之情。直到清代中期，袁枚通过一场辩论才把抒写男女之情正式纳入“诗缘情”的范畴。自此陆机之说才得到全面正确的阐释。袁枚破除诗的旧传统、弘扬诗的新传统，并以自己言情诗歌创作推动“缘情说”的发展，在理论和实践两方面都立下大功。朱自清称其功不可没，具有卓识。

“缘情说”是否应当包括抒写男女之情在内，这不仅是诗学观念更新的问题，而且是文化观念、思想观念更新的问题，也就是反对封建意识、提倡开放意识的问题。袁枚是一个反封建的斗士，已是我国史学界、文学界的共识。渔洋生活在康熙时代，如此重视抒写男女之情的民歌创作，这充分证明他的诗学观是进步的。

合江县

鳛部蛮荒水，东南裂地来。
江临巴子阔，山倚少岷开。
故国音书绝，天涯老鬓催。
渝歌声太苦，中夜起徘徊。

《蜀道驿程记》：“初六日……抵合江县。舟中望少岷山，甚奇秀。”桑钦《水经》：“江水东过符县北，又东南，鳛部水从符关东北注之。”《明一统志》：“泸江在泸州城东，源自岷山，流入合江县，战国时为巴国。”郭景纯《江赋》：“滶如地裂，豁若天开。”

作者历水险抵合江县，作此诗。前四句写景，后四句抒情。“鳛部蛮荒水，东南裂地来。”一起即写水势与水声，点出“裂地来”三字，气势雄奇，情韵俱足。接着，从“江”“山”两面状写此城文化特色，大增韵味。战国时此为巴国，后为秦惠王所灭，置巴郡。少岷山在合江之西，三峰削立，雄奇秀美。作者以“阔”“开”二字模范江、山，突现这座古城的自然美与人文美，写足这个小城的地域历史、文化风光，给读者带来观赏不尽的审美愉悦。后四句抒情，是作者自己心理的直陈:“故国音书绝,天涯老病身。”郁积的愁怀突然喷发。寒冬已临,他这个老病之身还在此险水间奔波,到底是为哪桩? 一曲悲歌,弹出无限哀怨。“渝歌声太苦,中夜起徘徊。”渝歌是川江纤夫之歌,情调悲凉,作者行役夜间闻之,其思乡之情,嗟老之叹,一齐燃起烈焰,他再也不能入睡了,只好在船头独自徘徊,难抑心中忧思苦痛。

就全诗整体结构而言,以写水声起写歌声终,回环激荡,使前四句的“地理文化结构”与后四句的“心理文化结构”,造成一种动态美感,二者皆由二力推动。前者是自然之力,后者为精神之力,二力在内结构上似断还续,似隔实连,形成格式塔心理学的“异质同构”。这一巧妙安排,使情景相映,虚实相生,从思想到艺术,从内容到形式皆达完美之境。这样,一幅川江水势奇险图就绘成了,一支感人的怀乡曲也谱出了。作者思亲忧民之怀,完全显出。

合江早发

放溜残更里,熹微霁色闲。
鸦飞符县北,日出少岷山。
众水当渝会,扁舟下濑还。
客心争岁暮,犹自滞乌蛮。

《蜀道驿程记》:“少岷者,亦如太华之有少华,大峨有少峨,太室之有少室,但彼皆连缀,而此去岷山千里矣。”《汉书·地理志》:“符县,属犍为郡。”《水经注》:“县,故巴夷之地也。汉武帝建初六年,以唐蒙为中郎将,从万人,出巴、符关者也。”《明一统志》:“渝水自阆中来,流至重庆府城东,与涪、宕渠水合。”《梁益州记》:“隽州、隽山,其地接诸蛮部,有乌蛮、秋蛮。”明吕柟《少岷山记》:“少岷山者,蜀故安乐山也,在合江之西,三峰削立,十有二盘。”

此写合江清晨放溜情景,与《合江县》同为遣情之作。前诗写初到合江之感,自遣愁怀。此写“放溜”“下濑”之状,忧喜参半。“放溜”言水险,但作者却写放舟之欢情。孟襄阳诗:“放溜情弥极,登舻目自闲。”首联化用之,写尽情投入自然怀抱之乐,情韵优美。次联“鸦飞符县北,日出少岷山”,写远观之景,一笔宕开。城在北,山在东,气象开阔,一个喜爱山水的诗人宛然在目。后两联,以“扁舟下濑还”一语淡化险情,大有“履险如夷”之概,诗趣平添。尾联急转直下,由喜转忧,托出作者思归心切的情怀,幽怨全出。但作诗本意不是争取读者的同情,而是邀请读者跟他一同欣赏这巴蜀山川之奇美。从合江到江津，水程二百里，一日即达，具显舟行之速，这给他带来不少快乐。点出“符县”古名，令人想及汉武帝中郎将唐蒙率领万人出巴符关的盛况；点出少峨，令人思念峨眉；点出“众水当渝会”，具显巴蜀水系之壮丽。这些描写都有“韵外之致”。作者把自己一颗爱悦自然之心全盘托出，乐在其中。“扁舟下濑还”句，还令人想及李白、杜甫、李商隐的有关名句，引人遐想，自是妙笔。全诗写水险舟行动态之美，妙在轻轻拈出“闲”“争”“滞”三字，情味深浓地写出行役者的心路历程，十分耐人寻味。

西凉神祠曲

长安氐王头有角，东扫邺宫西定蜀。西域校尉婆楼儿，
勒铭直到岷山腹。功成振旅咸阳中，万里玉门旌旆红。
三十六国拜都护，酒酣作赋龟兹宫。甲乙谶成苻氏灭，
鱼羊食人日流血。黑龙昼起姑臧城，坐制三河亦人杰。
少岷山下岷江流，西凉庙貌凌高秋。山头龙出作云雨，
神灵杂沓风飕飕。烟销雨散渺何许，灵欲归兮憺容与。
船旗猎猎西北斜，落日阴房窜苍鼠。

《蜀中名胜记》:“泸州合江县安乐溪，有吕光庙。苻坚时，光讨李益(按：“益”为“焉”之讹)之乱于此。李垕诗：‘西凉宫阙化灰烬，一时壮观今何许?’又名登天王祠。”崔鸿《十六国春秋·后凉录》:“蜀人李焉，聚众二万攻逼益州，苻坚以光为破虏将军，率兵讨灭之，迁步兵校尉。”吕光(336—399)，字世明，略阳人，氐族。父婆楼，佐命苻坚，官至太尉。光生时，夜有神光，举家异之，遂以光为名。光原为苻坚将领，坚为姚苌所杀，自称天王，在位十年，死谥懿武皇帝。(见《晋书·后凉载记》)

《后汉书·西域传》:“武帝时，西域内属有三十六国，汉置使者校尉领护之，宣帝改曰都护。”《后凉录》:“建元十九年，坚以光为使，持节都督西域征讨诸军事，率将军姜飞等，总步兵七万、铁骑五千讨西域。进兵焉耆，其王泥流率其傍国请降，惟龟兹王帛纯拒命不降。光遂进军，战于城西，大败之，斩首万馀级。帛纯收其珍宝遁走，王侯降者三十馀国。光入其城，城有三重，广轮与长安城等。城中塔庙千数，宫室壮丽，焕若神居。光乃大飨将士，赋诗言志，命参军京兆段业著《龟兹宫赋》以记之。”

西凉神祠在合江县安乐溪，祠为吕光平定李焉之乱而建，作者过合江，作

此诗。原有小序云:“苻坚时,吕光讨李焉之乱至此,土人祠之。陆务观《谒祠》诗:‘我虽不识神,知是山水人,不敢持笏来,裋褐整幅巾。’似未详本末,赋诗正之。”一开始,作者即抓住吕光“头有角”的外貌特征,写其家世和功业,塑造出一个英姿勃发的历史人物形象,剥落了加在他身上的神光外衣,还其本相,共八句。次以四句写其制造谶言,代替苻坚做了皇帝。《前秦录》:“建元十年十二月,有人入明光殿大呼,谓坚曰:‘甲申、乙酉,鱼羊食人,悲哉! 无复遗。’坚命执之,俄而不见。又有谣曰:‘鱼羊田升当灭秦。’识者以为:鱼羊,鲜也;田升,卑也。言灭秦者,鲜卑也。”这就是“甲乙谶成”两句诗的含义。“黑龙昼起姑臧城。”黑龙,喻吕光。他讨西域功显身骄,《后凉录》记之甚详。“坐制三河亦人杰”,这是说他继承了王位。后八句写神庙显灵,阴森可怖。《汉书·郊祀志》:“《郊祀歌诗》曰:‘灵之来,神若沛,先以雨,般裔裔,憺容与,献嘉觞。’”此即“神灵杂沓”诸句所本。

这首七言古诗,反映出西凉王吕光的一生事迹,是一首英雄赞歌,写得时而剑拔弩张,豪气逼人,令人回肠荡气,十分耐人寻味。作者深刻地指出:历史上许多英雄人物几乎都走不出“生前辉煌、死后凄凉”的怪圈,此乃古今英雄相同的悲剧结局。像吕光这样的英雄,在历史上究竟起了多少进步作用,是一个有待研究的问题。作者剥除了罩在他身上的光环,把他只当作一个平常人来写,显比陆游胜过一筹,很有意义。

此诗牵涉史事较繁,能写得如此清新,形象鲜明,殊非易事,非熟谙史事者断不能为。其驾驭语言之功力,非一般作者所能企及。吕光颂西凉之诗,殊罕见,这是中华民族融合史上一则珍贵资料。吕光在维护中国西部黄河流域社会安定和促进生产上做了不少好事,他不仅有平定西域之大功,也善治国。

荔支滩

符关东下水漫漫,捩舵开头晓梦残。
惊看盘涡如箭发,片帆飞渡荔支滩。

汉建初六年,唐蒙为中郎将,从万人,出巴符关。后于其地置犍为郡。这是他为汉王朝统一事业所作的一件大事。那个太中大夫陆贾,曾水陆兼程两次奉命前往南越(今广东),以善辩之才说服尉陀归汉,也走过这一条路,他同样为汉王朝建立了大功。作者读史,深仰这些历史人物,特别是对唐蒙越过巴符关的一段雄奇经历,感之至深,记之尤切。现在来到这里,知道滩险水急如此，精神为之一振，诗兴忽然来了。既然唐蒙都能越过此关此险，自己这年才三十九岁，为什么就不能呢？胸怀古人，心忧天下，他与唐蒙、陆贾的心是连在一起了，这“符关东下水漫漫”句就是这样写出来的。“符关”是诗眼，不点“符关”，这诗便没有味儿；有此一词，即顿觉内涵丰满，令人味之不尽，诗的妙趣在此。但眼前的真实景象又明明只有船夫(开头)、片帆、盘涡和急滩，于是他就吟成此诗。这里既有历史意象，又有现实景象。他此时置身舟中，履险如夷，真觉潇洒。在这里，他既写了水势，又写了水流的速度；既显出捩舵者的无畏气概，又含蓄地表出自己的胸襟与气度，一波三折，饶有情趣。这是写险滩的一首奇诗。看似寻常却颇奇崛。诗不苟作，只用一首绝句来表现就足够了。诗写得开合自如，节奏轻快，恰到好处。

从审美观照和艺术表现来看，这诗可谓写得“跌宕”“飞动”，自创新格，自立新境，确实不同凡响。览名山，访古迹，他把从史书、志书里所记及此次实际考察，都一一结合起来，大发诗情，进而进行了一次开拓性的创造，因而更使其诗名大显于天下。还应看到：他的入蜀诗，似有继武前贤之意。黄山谷说，杜甫入蜀诗是其诗歌艺术的精华，陆游入蜀诗也被后人视为成就最高，包括山谷蜀中之作在内，都使作者长久心仪。因此，他这次川南之行又一次自觉地掀起创作的新高潮，并取得可喜的成就。他的这些作品都丰富了我国古典诗歌的艺术画廊。

这天，风日晴和，“片帆飞渡荔支滩”，说明他很愉快。这不像低吟，而是在放声歌唱。这里有图画美、音乐美，风声、水声、捩舵声，皆历历可闻。

江津县晚泊寄怀李绥阳公凯

路入江州爱晚晴，青山红树眼中明。
斜阳潮送孤舟上，沙岸人牵百丈行。
故国至今悲蔓子，乘槎曾共访君平。
城南便是牂牁路，一夕相思白发生。

《蜀道驿程记》：“初七日……晡抵江津县。距县二里许，小山多桐子树，叶如渥丹，与夕霞相映可爱。江津，古江阳东界，亦曰僰溪口，水绕县如儿。”江州，汉置县名，即今江津县。百丈，指纤绳，以竹麻编成。牂牁，地名。李铠，字公凯，别字惺庵，山阳人。辛丑进士，时任绥阳令。康熙十八年举博学鸿词，与修《明史》，官至内阁学士兼礼部侍郎，有《读书杂述》《史断》。渔洋撰有《李阁学传》，载《读书杂述》卷首。

作者舟抵江津，晚泊有怀。念故人李铠，作此诗寄之，两人曾在成都相见。前半写景，后半抒情。“故国至今思蔓子”句，耐人寻味。蔓子即巴蔓子，战国时巴国国王。《华阳国志》记其事迹云：巴国有乱，蔓子向楚求援，许以三城；楚王救巴城后，请城。蔓子曰：城不能给，持我头，谢楚。因自刭而死。楚王叹曰：得臣如蔓子，要城干什么？作者悼古伤今，盖叹明之所以败亡，实因缺乏蔓子这样的爱国志士。守边将领吴三桂和位极人臣的洪承畴，皆为一己之私而觍颜投敌，他们都是祸国殃民的贼臣。在作者看来，国之兴亡，常在用人之得失。为君者，得天下须有辅佐之良臣，保天下须靠忠良之将领，这虽然还是一种人治观，但也不能完全否定其在历史上的作用。至于两人曾在成都“共访君平”，也透露出他们都有宿命论和循环论的思想。这首诗，主要抒发其悼念明亡之情，也表达了他对清廷的怨愤，这是他与李铠的共同心愿。在仕清汉族士人中，这种怨情是普遍存在的。渔洋久不得迁，很失意；公铠远放贵州，又何尝得意？“一夕相思白发生”，是够苦的了。这是当时奔走仕途者的真实剪影。漂泊者们有什么可以自寻安慰的呢？也只有寄情“青山红树”而已，这就是他们的文化心态。此诗是一幅优美的风景画，也是一幅感人的风俗画，文化意趣甚浓。

棹　歌

红叶碛边红叶飞，黄鱼沱上黄鱼肥。
百丈牵江怯西上，三巴迎客好东归。

《华阳国志》：（刘）璋改永宁为巴郡，以固宁为巴东，徙（庞）羲为巴西太守，是为三巴。百丈指纤夫所背之竹索。红叶碛，沙洲名。黄鱼沱，地名。

渔洋舟行川江，将抵重庆时，闻有“红叶碛”“黄鱼沱”二地名有感，因作此诗遣兴。题为《棹歌》，当为拟棹者之辞。作者既怜纤夫之苦，又思已将东归，因以巧词歌之，很有趣。前两句写景，以“红叶”对“黄鱼”，最妙；后两句写人，以纤夫对归客，至洽。两者感受不同。一个怯，一个喜。逆水背纤者“怯西上”，顺流而下者“好东归”，反差强烈，对比鲜明，而关怀民生疾苦之情，皆自然涌出，诗写得很随意。

明代诗论家胡应麟分诗人为两类，谓“专攻一体或一体以上者”，为名家；“各体皆通而无体不备者”，是大家。作者很重视形式多样化，同时注重从民歌不断汲取营养,力求在形式上不断创新,是大家。此为即兴之作,有民歌风味,这是他不薄俗文学的一种很可贵的努力。

大矶脑

削壁临江势欲倾,丹砂蘸叶一江明。
囊中正有鹅溪绢,只少黄筌为写生。

大矶脑在江津以下重庆以上长江边。黄筌(? —965),字要叔,成都人,五代时前蜀画家。花竹师滕昌祐,鸟雀师刁光,山水师李升,鹤师薛稷,人物龙水师孙位,集诸家之长,用笔精细,不见墨迹。仕蜀为翰林待诏,后加检讨少府。所作花竹翎毛,与江南布衣徐熙齐名,并称徐黄。周密《画鉴》:"五代时,黄筌与子居宷并善花卉,谓之写生,妙在傅色不用墨笔。"

十月初八日,风日晴和,作者自江津浮江而下,观大矶脑奇景有感,作此诗。"削壁临江势欲倾",一笔写出大矶脑的雄奇风光,令人赞叹。随又补上一句:"丹砂蘸叶一江明。"这样就将一幅奇异的山水画成了。前一句雄奇,后一句绮丽,刚柔并济,美不可言。谁能把它画好呢? 这时,他想到了五代时的大画家黄筌。只有这位丹青大手笔,才能在他所珍藏的鹅溪绢上画好这幅画。他望着这色彩斑斓的大矶脑,感天地之大美,坐在急下的江舟中独自叹赏。他爱诗爱画爱山水。他的山水诗和山水画是紧密相连的,有的诗简直就像题画诗。他有深邃的艺术修养,融画法入诗,是他的一个显著特色,他一生所作题画诗很多,皆为读者所赞赏。

渝州夜泊

涂山斜月落,巴国曙鸡鸣。
乱艇烟初合,三江潮夜生。
霜寒催晓角,石气肃高城。
不寐闻猿啸,迢迢入峡声。

《蜀道驿程记》:"初八日……抵重庆府巴县治。江中遥望,渝城因山为垒,邈在天际。女墙阛阓,缭绕山巅,下被水面,山号金碧。濒江人家,编竹为屋,架木为砦,以防暴涨。"

重庆是一座雄伟的山城，自江上望之，邈插天际，宛如仙境。作者泊舟城下，霜寒气肃，闻猿啼不寐，心绪凄凉，作此诗抒感。此写其一夜间的感受，情调哀婉。首从“斜月落”“曙鸡鸣”起笔，点出“涂山”“巴国”两个地名，勾出古城概貌。“涂山”留有大禹、巴蔓子遗迹，这两个人物都是开创中华古史的英雄。首二句即给此城涂上一层浓厚的文化色彩，令人感动。中两联写江上夜景和城中寒气“乱艇烟初合，三江潮夜生”，是江上夜间景象；“霜寒催晓角，石气肃高城”，是城中黎明前景象。一写江上艇乱、潮生，一写城中霜寒、气肃，皆是实景描绘，写得细腻生动。作为一个漂泊旅人，这一夜，他听猿啼声、水滚声、鸡啼声，几乎没有合眼，而水程还很遥远，离家大半年，他哪能有好心绪？

读此诗，可以略知古代士子、征人、官员内心之痛。他们为皇权奔命，付出多少艰辛！那时交通艰难，一接到命令就得立即上路。从京城出发，往往要走两三个月，风雨兼程，苦不堪言。渔洋以中级官员身份出使，享受不到特供，吃住条件都较差。他的蜀道诗和日记就是在这样的情况下写出来的。这些诗文，一方面涉笔成趣，确实写出山川之美，一方面也流露出他的人生哀痛。这是对中国这类诗人漂泊生活的一个很好的总结。此诗愁含景中，怨在言外，不著一字，尽得风流。

涂山绝顶眺望

飞瀑落长虹，登临见禹功。
山围巴子国，苔没夏王宫。
峒俗乌蛮近，畬耕白帝同。
渝州天堑地，感慨大江东。

《蜀道驿程记》：“初九日。饭后游涂山，林生从。常氏谓：禹娶于涂山，辛壬、癸甲而去，即江州涂山是也。有禹祠及涂后祠。郦氏辩之，以为禹娶在寿春当涂，非此。”林生，渔洋门人。杜田《杜诗补遗》：“楚俗烧榛种田，曰畬。先以刀芟治林木，曰斫畬。其刀以木为柄，刀向曲，谓之畬刀。”

十月初九日午后，作者登涂山，从山之绝顶俯瞰渝州，写下这首怀古诗。它像一幅史地、风俗复合画，而极赞禹之神功，很感人。苏鹗《演义》云：“涂山有四：一会稽，二渝州，三濠州，四当涂，顾其处皆有禹迹，未详熟是。”此从常璩说，渔洋亦认为禹娶于渝州。

禹是夏代人物，随着地下文物的不断发掘和考古学的深入发展，沉埋地底的夏朝历史将日益清晰，大禹治水传说，将来可能会考证得明确一些。此诗一起即赞禹功。“飞瀑见长虹”，虚实相生，写法新颖。此地有悠久的历史文化，“山围巴子国，苔没夏王宫”，是对此地文明的颂赞。应该说，承认古文明、歌颂古文化，这也是爱国主义的一种具体表现。接着，写渝州社会风尚：“峒俗乌蛮近，畬耕白帝同。”这是从另一侧面歌颂渝州民俗文化。尾联：“渝州天堑地，感慨大江东。”遥应首联，借苏词“大江东去”以吊大禹，更见情深。作者指出：在无尽的历史长河中，即使像大禹这样一位英雄人物，也难免被滔滔浊浪淘尽，这是何等深沉的人生慨叹。

“大禹功”“巴子国”“夏王宫”像一条金线贯串全诗，为此诗之魂。借史迹以歌胜地，托英杰以抒豪情，大显渝州古文化之风貌。中华古文明之精神全显其中，这给全诗带来活泼的生命，令人百读不厌。此诗与《渝州夜泊》，堪称姐妹篇。

题《三忠传》

已失夔门险，谁云蜀道难。
三江潮不到，万马竞传餐。
故国悲张许，忠魂泣贺兰。
当时渝水上，慷慨白衣冠。

《蜀道驿程记》：“初八日……林生来谒，读其尊人位旃君集，所作《三忠传》始末甚详。三忠者，故明巡抚都御史陈公士奇、重庆太守王公行俭、巴县令王公锡也。逆献之变，同时骂贼死，甚烈。”《池北偶谈》：“献贼自荆上峡，攻陷重庆，巡抚都御史陈公、重庆太守王公、巴县令王公，同日骂贼被磔死。酆都林君明俊作《三忠传》，今巴人立三忠祠祀之。”《皇华纪闻》：“王锡字子美，新建人。崇祯庚辰进士。”作者为悼念明末守卫重庆的三位死难者，并为表彰《三忠传》的作者，写了这首诗。在他看来，明之所以亡，乃因死节之臣太少。渔洋是一个重操守的士人，他对历史上的农民起义和农民战争明显有偏见。对待少数民族的态度，也保有先秦以来“尊王攘夷”的陈旧理念。明末之三忠，能否同唐之三忠相比，恐怕还是一个有待探讨的问题。他们不能同张巡、许远、南霁云相比是肯定的。张巡等守土抗战，抵抗安禄山，使江淮人民免遭劫难，所以历代祀之不衰。不过历史已经证明，张献忠、李自成建立了一个短促的新王朝，残害人民甚烈，这有什么可夸耀的？

舟出巴峡

曲折真成字，沧波十月天。
云开见江树，峡断望人烟。
新月数声笛，巴歌何处船？
今宵羁客泪，流落竹枝前。

《蜀道驿程记》："初十日。晨大雾，林生来，借得《文选》半部，舟中无书，藉此送日耳。以其尊人命，持《巴字园诗文集》乞序。午刻解缆，出巴峡。王右丞诗'际晓投巴峡'，即此。过明月、铜锣二峡，见岸上有豺五，大才如犬，见人殊不惊。晚抵木洞驿，野宿。驿在乱山中，有神祠。"竹枝即竹枝祠，为巴渝民歌。

作者由渝州东下，经巴峡至长寿县，出峡时作此诗。巴峡在何处，古今说法不一。谯周《三巴记》："阆、白二水东南流，自汉中至始宁城下，入涪陵，曲折三回，有如巴字，曰巴江。"即指此峡。《辞源》1988年版："（巴峡）指巴县以东江面的石洞峡、铜锣峡、明月峡。"据渔洋舟行路线及《驿程记》所记，巴峡是指重庆以下至长寿之间一段峡江。杜甫"即从巴峡穿巫峡"，即指此。

这首诗，中两联最精彩。它既写出巴峡"云开""峡断"风貌，又显示出峡中人悠然吹笛的情景，这是一幅风景画，又是一幅风俗画。只以一联对仗，就把这些景象活灵活现地描绘出来。倘说"曲折真成字"只是一句常语，那么，"云开""峡断"一联可就都是新创了。云在时开时合地飘，峡在时断时连地变，江树人烟偶露一面，多么神奇！此时，作者可谓情满于山，意溢于水了。接着，他又推出夜景："新月数声笛，巴歌何处船？"这是一幅江村月夜图，情韵深浓。巴歌是情歌，作者在聆听，在欣赏，他已情驰画境了。这就不仅完成了一首美妙的诗，同时也创造出一个神奇的艺术世界。这巴峡的神秘，仿佛未曾有人揭示过。尾联作者直抒胸臆："今宵羁客泪，流落竹枝前。"这是前六句诗的意境深化，他再也抑制不住奔涌而来的感情潮水了。至此，作者的悲愁和巴人的悲愁已完全融合在一起。这是诗人所吟咏的一支怀乡曲。他爱听《竹枝》，很重视民俗文化。

长寿县吊雪庵和尚

枳县秋风怆客魂，金川遗事忍重论！
谁从鱼服悲宗国，唯有乌朝恋旧恩。

叶下沅湘愁北渚，芜生鄢郢哭东门。
至今松柏滩头水，呜咽寒潮吊屈原。

《蜀道驿程记》："十一日。早发，过养蚕堆、金鸡三背，辰刻次长寿县，秦枳县地……县无城郭，民庐官廨，负山枕江。明末，县人陈尚书新甲城之未就，靖难时，雪庵和尚遁迹于此，与隐士杜景贤往来白龙山中，山有松柏滩，滩水清驶，篁萝交映，结庐其间。每夜梵诵琅然，人或窥之，乃《易·乾卦》也。时棹小舟中流，携《楚辞》诵之，诵一叶，辄投一叶于水，投已辄哭，人莫能测也。"王时甫《逊国记》："雪庵名暨，不知何姓。革命日，和尚剃，走重庆府。死之日，其徒问：'师即死，宜铭何许人？'曰：'松阳。'终不言姓氏。"惠栋按：《叶公事略》："公姓叶氏。"

作者过长寿，为悼雪庵和尚写了这首诗。前两联哀明亡，后两联哀楚亡。吊雪庵即吊亡明，吊屈原即吊亡楚。他再次公开表明自己的政治态度，为汉族士人所赞许。首联："枳县秋风怆客魂，金川遗事忍重论！"一起即抒明亡之痛。"金川遗事"，尹守衡《史窃·革除记》有较详细的记载："革除四年六月，燕师渡江，历城侯盛庸逆战于浦子口，小却之。上急遣都督佥事陈瑄率舟师助庸。瑄至，遂降于燕。燕师进次龙潭，金川不守，燕王入国。建文君手诛徐增寿于左顺门，火内宫，逊位去。"时世已变，现在是清朝的天下了，明初这一幕宫廷斗争悲剧，怎忍心重论？接着，即把主题引向深入："谁从鱼服悲宗国，唯有乌朝恋旧恩。"此言雪庵有宗国之悲旧恩之恋，作者对他深表景仰。这里用了"鱼服"和"乌朝"两典，前典见于《说苑·正谏篇》，说渔者豫且射中白龙，白龙化而为鱼，谏者劝吴王不应弃万乘之位，从布衣之士饮酒。张衡《东京赋》也说："白龙鱼服，见困豫且。"此以豫且借指雪庵。后典见于《明纪》："建文帝出亡后，往来广西、贵州诸寺中，尝题《贵州金竺长官司壁》诗二首，末云：'百官此日知何处，唯有群乌早晚朝。'"这说明作者是百分之百地继承了方孝孺维护封建嫡传的正统观念。后两联哀楚亡："叶下沅湘愁北渚，芜生鄢郢哭东门。""东门"是楚都之门，此叹楚亡以哀明亡，借吊屈原以哀雪庵。"叶下"是双关语，化用屈辞，兼指雪庵"诵一叶楚辞，辄投一叶于水"的故实，使雪庵形象更显高大。末以景语作结："至今松柏滩头水，呜咽寒潮吊屈原。"这意思是说，雪庵就是今屈原，他们有相同的家国之恨。屈原死后，楚人哀之，"楚虽三户，亡秦必楚"。雪庵死后，又将如何？点到即止。这个和尚是以死抗清的，他是一个不屈者。他将《离骚》化灰入水，这同郑所南画兰使根离土而生是一样的，皆可歌可泣。作者慨叹自己成为天地间的一个过客，公开表白自己气节凛然，无所畏惧。

早登涪州北岩访伊川先生注易洞憩碧云亭

鸡鸣截江去，磊落见残星。
古洞生苍藓，层岩列翠屏。
五溪秋水岸，万里碧云亭。
蜀洛清流尽，千秋忌独醒。

《蜀道驿程记》："十二日。五更，登小舟，游北岩。岩，南对涪城，江流迅急，逆流五里达北岸，始曙。岸上皆巨石，石磴自岩脚缭绕而上。里许，至普净院旧址，有四贤祠，祀伊川、山谷、尹和靖及郡人刘尚书岌。北上，石壁横可三十馀丈，高可七八丈，壁间嵌山谷书'钩深堂'三大字。循石磴而上，石壁益峻，有洞可十笏许，南面江水，即伊川先生绍圣中谪涪注《易》处，涪翁为题'钩深'者也。"《邵氏闻见前录》："哲宗即位，宣仁后垂帘同听政，群贤毕集于朝，专以忠厚不扰为治。和戎偃武，爱民重谷，庶几嘉祐之风矣。然虽贤者不免以类相从，故当时有洛党、川党、朔党之语。洛党者，以程正叔侍讲为领袖，朱光庭、贾易为羽翼；川党者，以苏子瞻为领袖，吕陶等为羽翼；朔党者，以刘挚、梁焘、王岩叟、刘安世为领袖，羽翼尤众。诸党相攻击不已，正叔多用古礼，子瞻谓其不近人情如王介甫，深嫉之，或加抗侮。故朱光庭、贾易不平，皆以谤讪诬子瞻。执政两平之。是时，既退元丰大臣于散地，皆衔怨刺骨，阴伺间隙，而诸贤者不悟，自分党相毁。至绍圣初，章惇为相，同以为元祐党，尽窜之岭外，可哀也！"川党《资治通鉴》作蜀党。程颐（1033—1107），字正叔，宋洛阳人。哲宗初，擢崇政殿说书。绍圣中放归，四年送涪州，移峡州，后遇赦归。讲学三十馀年，门人甚众。著有《易传》《春秋传》等。

作者游北岩，访伊川先生"注易洞"，作此诗。《宋史·谯定传》："定闻伊川程颐讲道于洛，往从之。及颐贬涪，定之乡也，北山有岩，师弟游息其中，涪人名之曰'读易洞'。"值得注意的是，清王朝统治者为钳压汉族士人，又把程朱理学作为一种主流意识形态，推行其高压与安抚相济的政策。作者并不反对理学，他只反对清代统治者利用理学以统治汉族的政策。他很崇敬程颐，诗中并无一字涉及理学内容，只在诗的结尾点出宋之党争，却又难分轩轾。这只能有一种解释：他对伊川先生的人格和不幸命运是深表同情的；同时也表明，他对清廷统治下一切遭受打击者十分同情。“千秋忌独醒”句，耐人寻味。特立独行者往往不见容于当世，这是常见的现象。连位显才高的屈原都要受到嫉恨和打击，则伊川先生又何能幸免？作者对于站在司马光守旧派一边的人物，一贯怀有好感，秘密就在这里。他嘲笑王安石是偏颇的，此且存而不论。他对宋代党争以及统治者利用党争制造分裂，加强控制，是不满的。此诗言在此而意在彼。

麻姑洞二首

神仙官府事纷然，懒漫谁能更学仙？
但乞麻姑爬背痒，馀杭兑酒此中眠。

洞口无人藓自清，蓬莱清浅几曾停。
他时小别三千岁，又似当年过蔡经。

《蜀道驿程记》：“十二日……午抵酆都县……肩舆上平都山，访仙都观故址，观王方平麻姑二洞、八卦台。台前为凌虚阁，俯瞰青牛、白鹿二峰。阁上一小石碣，刻唐景龙二年麻姑会方平诗二首，俚浅可发一噱。”《神仙传》：“王远字方平，过吴，住胥门蔡经家，后遣人召麻姑。麻姑手爪似鸟，经见之，心中念曰：‘背大痒，得此以爬背，当佳也。’”

这两首游仙诗，写得幽默而有趣，与六朝游仙诗颇不同。此赞人神相恋，非迷仙。诗中隐约透露出一些与时不合的情调，很有积极意义。作者早年受儒家思想浸润，后又接受禅学和老庄的影响，大有超然物外、脱屣尘埃之概，“神仙官府事纷然，懒漫谁能更学仙？”这两句诗，生动地说明他并不相信神仙之术。“懒漫”二字表明他对道教已有较清醒的认识。从汉代张道陵以来，道教徒们为了适应专制主义统治者及基层民众的心灵需求，特别提出一个与佛教轮回说相抗的“神仙说”，宣称炼丹求仙可以成仙享清福。这比佛教劝人行善、死后进入天堂，更具诱惑力。汉唐以来，道教在中国大为流行，就是这个原因。其实很虚假，因为道教看透了历代统治者和基层民众的心理，要让他们都在“瞒和骗”中打发日子，这是很可恶的。渔洋生活在清初时代，对道教神仙之说能有比较清醒的认识，实属难能可贵。

游仙诗在各个时代的发展情况不同，这两首游仙诗实际上是政治讽刺诗，而他的另外一些游仙诗，则多为爱情诗。

屏风山谒陆宣公墓

贾傅长沙谪，灵均泽畔吟。
千秋同涕泪，万里更登临。
剑北崎岖日，山东父老心。
阳城如可作，为我助沾襟。

《蜀道驿程记》："十三日……辰刻到忠州……游屏风山……盘旋而上，二里许，石级甚峻，夹道修竹，岩下石洞，即宣公集方书处。洞左，微径达峰顶，为唐玉虚观故址。一碑大书'唐忠州别驾赠兵部尚书陆宣公墓'。盖宣公初藁葬于此，有内江赵文肃公撰碑。东偏有故祠址。"

陆贽(754—805)，字敬舆，唐苏州嘉兴人。朱泚乱唐，从帝至奉天，后又随帝至汉中，诏书多出其手，时号"内相"。官至中书侍郎，门下同平章事，后为裴延龄所谮，贬忠州别驾。避谤不著书，惟考校医方，撰《集验方》五十卷，卒谥宣。所作奏议数十篇，指陈时病，论辩明彻，为后世所重。有《翰苑集》。新旧《唐书》皆有传。阳城(736—805)，字元宗，北平人。进士及第后，隐于中条山。德宗召，拜为谏议大夫，尝疏留陆贽，力阻裴延龄为相，著直声。改国子司业，出为道州刺史，治民如治家，税赋不能如额，观察使数皆责让，因载妻子弃官去，新旧《唐书》皆有传。

渔洋舟泊忠州，上屏风山，谒陆宣公墓。陆是唐德宗的贤臣，为裴延龄所谮，屡遭打击。其人德高望重，有贤才，为世所称。渔洋深为仰慕，特来吊之。此诗一起即以屈原、贾生作衬笔，由侧面入题，盛誉其人。首联如狂飙骤发，有撼动河山之势，引人注目。屈贾的悲剧，人所熟知，陆贽的不幸，知者亦广。作者特以"长沙谪"与"泽畔吟"比之，即将其人之精神风貌完全突显出来，这是很有力的一笔。随又补出两句赞词："千秋同涕泪，万里更登临。"这就更将自己的景仰之情写足，同时也就表现出他在历史上的地位和在群众心目中的深刻印象。接着，更举其人忠君进谏两事以实之。"山东父老心"句，是说他随从德宗至奉天；"剑北崎岖日"句，说他以后又护驾至汉中。此二事，权德舆皆记之甚详，其《陆宣公翰苑集序》云："朱泚之乱，从幸奉天，尝从容奏曰：'此时诏书，陛下宜痛自引过，以感人心。'上从之。故行在诏书始下，虽武人悍卒，无不挥涕激发。及还京师，李抱真来朝，奏曰：‘陛下在山南时（按：此指汉中），山东士卒闻书诏之辞，无不感泣，思奋臣节。臣知贼不足平也。’”这两句，反映出陆贽进忠言所产生的影响。尾联补赞他的支持者阳城：“阳城如可作，为我助沾襟。”这是说，假如阳城能活到今天，我也要为此人的正直举措而感动得泪流不止，可惜现在这样的直臣是太少了，这是作者所深慨的。《旧唐书·陆贽传》云：“德宗十一年，上听裴延龄谮，贬陆贽忠州别驾。谏议大夫阳城率谏官守延英门，论裴延龄奸佞，陆贽无罪。”结果，德宗为了维护皇家私利，竟将陆贽贬为忠州别驾，阳城也一同贬官，他就到中条山当隐士去了。

陆贽是中国历史上的一个良相典型，他以善写奏议著称。其奏议，中国历代人臣没有不熟读的，古文家们甚至还将其精品选作范文。其人忠君、报国、忧民之怀，十分感人。这三者铸成其儒家思想的理想人格。但忠君与忧民，有时难免有矛盾，陆贽为此深感痛苦。这不得尽忠言的悲剧，在中国历代政治舞台上屡屡发生。作者为弘扬士人高风亮节而歌，这是他在中国文化上所作的一大贡献。

忠州谒禹庙

空山神禹庙，终古对巴台。
玉座秋苔长，江云暮雨来。
八蛮通道路，九鼎没蒿莱。
黑水梁州地，茫茫问劫灰。

《蜀道驿程记》：“十三日。五更早发，辰刻至忠州……东上数十步，即禹祠，榱桷陋甚，旧有少陵诗碣。”巴台即忠州巴子台。

作者舟泊忠州，游屏风山，谒禹庙，仰圣怀古，感时伤世，作此诗。称“神禹”曰“终古”，这是民族自豪感的自然抒发，是对禹的极高礼赞。言及“巴台”，顺带赞颂巴蔓子一句，大张禹之爱国精神，更把禹所开创的民族文化优良传统写透。这就是禹在人民心目中的崇高形象。然而，触目空山，则只见“秋苔长”“暮雨来”的一片荒凉景象，和想象中的“八蛮”“九鼎”的历史景象。这玉座前历史与现实交错纷呈的图景，不禁使他发出“黑水梁州地，茫茫问劫灰”的深重慨叹。历史沧桑变幻无常，何其令人感叹。还有盛衰两面：“黑水梁州地”，此言禹治水之功，为其盛时景象；“茫茫问劫灰”，乃言禹没后之衰，尤其是今世之衰，一篇要义在此。自积极一面言之，这也可以说是大禹精神的升华与复现。其颂大禹，实怀深忧。在清人入关以后，能如此热烈颂扬汉民族祖先的文明与文化，给人以巨大的鼓舞，这是作者以诗弘扬中华精神文明的一大贡献。

此诗既赞大禹，也在检讨历史；既思索人生，也自悲自叹。大禹所建夏王朝，是“家天下”的开始，由禅让制改为世袭制，是一个划时代的大变动。从夏到清，延续几千年之久的一部中国封建专制主义发展史，还将怎样发展下去呢？作者感到茫然，这是他的深重忧虑。渔洋是有先见之名的，眼力是超前的，史观是进步的。

询白公东坡不得二首

巴歌渝唱总纷纷，长庆新诗久不闻。
欲访东坡但搔首，浪花高卷入蛮云。

东坡东涧绿成阴，刺史当年惠爱深。
想见竹枝歌舞处，木莲花映水林檎。

《蜀道驿程记》：“十三日……白太傅祠旧在州西巴台寺侧，台为巴蔓子所登以望楚兵者。东坡相传在州宅已芜没，不得其处矣。”

白公指白居易。元和十三年(818)十二月，白除忠州刺史，次年三月到任，即在居宅东坡种花，东涧种柳，有诗咏其事。中云：“最忆东坡红烂漫，野桃山杏水林檎。”此二诗，访古怀人，情韵深浓。第一首，写所见所感：“巴歌渝唱总纷纷，长庆新诗久不闻。”一起即突出白诗的历史地位和价值。白氏有《长庆集》七十五卷，“长庆新诗”指其所创新乐府。“久不闻”三字，隐隐传达出他对清初复古派的失望。接下两句是说，现在就连白公所开辟的东坡遗址也不见痕迹了，这慨叹是深重的。第二首借景抒情。木莲俗称黄心木，生长巴峡山谷间，大者高五六丈，涉冬不凋，花如莲，有香味。忠州西北鸣玉溪所生者，尤为茂盛。水林檎，落叶乔木，高丈馀，果味甘酸，有金、红、水、密、黑五种，皆以色味得名。“木莲花映水林檎”句，托物怀人，情味深长。“竹枝歌舞”一句，尤其值得重视。这涉及“雅俗并重”与“歌妓制度”问题。白氏新乐府，开一代新风，影响深远。他是不避俗且推崇俗的。在渔洋看来，唐代歌妓制度对俗文学的发展也起了不小的推动作用。白氏此种文学观，作者很为赞赏。此诗真实地反映出诗学文化的传承关系，很有价值。

壤涂早发

梦回峡月落，卧听舟人语。
风便五更潮，天明到南浦。

壤涂在今万县境，古南浦地也。《晋书·地理志》：“南浦，属巴东郡。”

作者舟泊壤涂，月落梦回，南浦潮升，因写此诗遣兴。首二句给人以境界幽深之感，“梦回峡月落”是一种朦胧神秘之境。卧听舟人之语，似乎打破了这一刹那间的寂静，同时也创造出一种幽邃而神秘的氛围。这是夜景写真，也是作者心境的反映。即景生情，不落言筌。接着，风起潮生，时间在推移，情景在变化，又翻出一个新境。此夜，他希望天快点亮，舟快点行，路快点赶，早点到达南浦。好诗贵在善于捕捉瞬间感觉，构成令人怦然心动的灵界神境。这是渔洋五绝中自成一体、自创一格的别调，可以称之为别一体裁，别一情调，别一境界，别一风韵。他的五绝多为上品。他是一位善于创造新形式的探索者与实践者。看来，大家之所以超过名家，这似乎也是一个重要因素。据《蜀中名胜记》所载，壤涂江中有石，名曰胡滩，飞瀑湍流，其势险急。

万县有感

千秋南浦地，险阻控三巴。
恶少仍雕面，通侯各建牙。
何人饲豺虎，吾道一龙蛇。
鼓角寒城暮，江流卷白沙。

《蜀道驿程记》：“十四日。辰至万县南二里许，系缆……万县为谭氏乡里兵伯，而民一占籍，皆号隶侯。府县官户口，才二十馀家。”《五代史·孟蜀世家》：“王昭远手执铁如意指挥军事，自比诸葛武侯。酒酣，谓李昊曰：‘吾之是行，何止克敌，当领此二三万雕面恶少，取中原如反掌耳。’”《水经注》：“范文自立为王，威加诸国，或夷稚蛮语，口食鼻饮，或雕面镂身。”

万县是川东重镇，地形险阻，势控三巴。作者舟行过此，闻地方恶势力猖獗，因作此诗刺之。这里着重勾勒出两种人的嘴脸：一是“雕面”恶少，即无赖少年，他们是权贵子弟；一是“建牙”通侯，即地方掌权者。两者沆瀣一气，成为地方“豺虎”，欺压百姓。此诗不仅谴责了这种相互勾结的地方恶势力，矛头所向，尤在揪其后台，“何人饲豺虎”，问得有力，胆气迫人。

地方恶势力，各朝皆有，他们都和权臣奸相暗中勾结。问题在下面，根子在上面，这是连老百姓都知道的常识。从这首诗所反映的现实情况来看，当时川东地区恶势力已很严重。作者是一介书生，只能发出“吾道一龙蛇”的一声叹息。东方朔说：“圣人之道，一龙一蛇，形见神藏，与物变化，随时之宜，无有常处。”说得通俗一点，这很有点像鲁迅先生所说的“阿Q精神”。作者身处中朝，常与权贵周旋，为全身远祸，只好不吭声。但作为诗人，他还要讲话，所以在这首诗里，他终于吐出怨气。但作此控诉，又有何用？所以接着又说：“鼓角寒城暮，江流卷白沙。”这正如范仲淹词所说：“羌管悠悠霜满地，人不寐，将军白发征夫泪。”在腐败政权统治下，诗人能有什么作为？古人说：“听千曲而后晓声。”我们对渔洋诗亦需从整体上加以考虑，并从深层文化意蕴上进行发掘，才能充分认识其客观价值。

岑公洞

岑公昔学道，遗迹空山中。洞门界飞流，白日生雷风。
石髓无古今，钟乳尽玲珑。岩泉日穿穴，点滴成洼窿。
中央若累棋，狡狯造化功。颓灶倚青壁，中夜丹砂红。
眷彼遗世翁，于此悟参同。壁间题字人，岁月何匆匆。
巨碑亦笏立，文词竞豪雄。中间岑襄州，颇擅语句工。
岂其南阳裔，源流故难穷。此洞与鲁池，望望江流通。
昔是仙灵宅，今为豺虎丛。太息下山麓，风健孤帆东。

《蜀道驿程记》：“十四日……访岑公洞，洞方广一亩馀，中二石如累棋，屹立撑拄，是钟乳所成。其下有石台，洞门瀑布十馀丈，自悬崖飞下，淙潺不绝，下注溪涧，寒沁毛骨。洞中一池，亦石窦溜水滴成之，洞皆沮洳。断碑甚多，率偃仆泥草中，不可读。石壁上，镌锤殆满，皆南北宋人题名，独觅鲁直、务观诗不得……稍南，一石表西向，夹道巨碑林立，其一大书二绝句，颇类山谷，亦嘉定间人，不著名字……问所谓东岩者，舟人不能知，山谷诗：‘空岩静发钟磬响，古木倒挂藤萝昏。’放翁诗：‘一匹宁无好东绢，凭谁画此碧玲珑。’当亦佳处也。”《蜀图经》：“岑公名道愿，本江陵人。隋末避地隐此岩下，百馀岁，肌肤若冰雪。积二十年，尸解去。”汉魏伯阳著《参同契》三十四章，九洞天符道人朱长春序之，云：“契，一符也；同，两合也；参，三易化也。”渔洋《游万县岑公洞记》:“万(县)为谭氏乡里,兵伯而民一,占籍者皆号隶侯府,县官户口才二十馀家。”王似绍《题名记》谓:“其多劲勇,少文学。”

作者舟泊万县,访岑公洞,作此诗。岑公岩在大江之南,盘结若华盖。有泉涌出岩檐,遇盛夏如注。松篁藤萝,蓊蔚葱翠,似神仙窟。岑公隋末避乱,隐此岩下,作者久慕其人。这首诗,是对岑公其人的礼赞,也是他对神仙说的反思和醒悟。诗分三层,首尾各以两句起结。中间一大段,先叙后议,脉络井然。“岑公昔学道,遗迹空山中。”这辟头两句是叙述也是感慨。接着展开铺叙,先以十句描写洞内外景观:飞流、石髓、钟乳、岩泉、青壁、颓灶,以及想象中的炼丹情况,都写得仙气拂拂。古人欲长生不老,炼丹求仙,幻想白日飞升,成仙而去,这一思潮几乎绵延几千年之久。秦始皇、汉武帝都是,自晋葛洪开创炼丹之风后,历代士人踵继者不少,岑公也是一个仙迷。“眷彼遗世翁,于今悟参同。”作者很眷恋这位大贤,他能遗世独立,终于达到“悟参同”的境界。“参同”指《参同契》,这是汉人推演《周易》的一部哲学著作。学仙而达“参天地化育”的境界,是神仙家的幻想。观洞之后,作者对此开始醒悟:“壁间题字人,岁月何匆匆。”此指慕仙者。随着岁月的流逝,他们都已不存在了。作者转而赞美碑文:“巨碑亦笏立,文词竞豪雄。”只有文章才是不朽的。接着,他又补叙岑公的出身及其后裔。《后汉书·岑彭传》:南阳为岑氏世居之地,到宋代又出了岑襄州,即岑岩。作者在诗末特加注云:“元符间,岑岩起象求《虚鉴真人赞》一碑,李薦方叔所书。”这块仙灵宝地——鲁池与岑洞,今已为谭氏霸占,“仙灵宅”已变成“豺虎丛”。作者怀古伤今,极为愤慨。作为一介书生,他无力改变现实,因以两句诗作结:“太息下山麓,风健孤帆东。”他是远远地离开了。此以侧笔揭露社会黑暗,讽刺有力。

中国历代有识之士,当其理想与现实发生冲突时,往往离儒入道,或念佛参禅。换言之,即由北阙到南山,在走一条或仕或隐的路。孟浩然云:“北阙休上书,南山归敝庐。”这是最早表达士人失意心态的名句。渔洋此诗也透露出这样的潜在信息。此可称之为别仙诗,在中国游仙诗中别具一格。

涪州石鱼

涪陵水落见双鱼,北望乡园万里馀。
三十六鳞空自好,乘潮不寄一封书。

《方舆胜览》:“江心石鱼,在涪陵县江心,有双鱼刻石上,每一鱼三十六鳞，一衔蓂草，一衔莲花，有石秤、石斗在傍。”《舆地纪胜》：“开宝四年，黔南上言：江心石鱼见。上有古记云：‘广德元年二月，大江水退，石鱼见。’部民相传丰稔之兆。”《酉阳杂俎》：“鲤，脊中鳞一道，每鳞有小黑点，大小皆三十六鳞。”洪桥按：涪陵江中双鱼石，长约 1 600 米，宽 10 馀米，水盛则隐，水枯则出。自唐广德二年以迄近代，其上共刻有鱼图 14 尾，作水文标记者有三尾；文 163 段，属水文纪录者 108 段。断续纪录出 72 年间水枯情况。此一水文纪录，甚有科学价值。三峡高坝建成后，全沉江底，不复见矣。

作者舟行过此，见双鱼石有感，因题此诗。责石鱼不能给他传送家信，以遣愁怀。以双鱼或双鲤指代书信，由来已久。明杨慎详考其事云：“汉世相遗，或以绢素迭成双鱼之形。故古诗云：尺素如霜雪，迭成双鲤鱼。要知心里事，请看腹中书，’即其明证。古诗又云：‘客从远方来，遗我双鲤鱼。呼儿烹鲤鱼，中有尺素书。’烹鱼得书，乃譬况之言，昧者不知，以为水中鱼能寄书，谬矣。”(参见《丹铅总录》八“物用美・简牍”)这些有关双鱼文化史的考证，很有价值。

以鲤之三十六鳞表相思之情，由来已久。《彦周诗话》记有唐代文人的趣事一则：“段成式《与温庭筠云兰纸诗序》曰：‘予在九江出意造云兰纸，辄分送二十枚。’其诗曰：‘三十六鳞充使时，数番犹得表相思。’盖龙八十一鳞，鲤三十六鳞。”作者对这些掌故都很熟悉，因有“空自好”之讥，说明他不过借此以抒其思亲怀乡之情而已，其时母已病故，这首诗是在这种情况下写的。

云阳县二首

杜老稽留地，经过感倍生。
亲知稀见面，豺虎日横行。
肺病谁相慰，江流只自清。
千秋同洒泪，回首谢浮名。

十月云安县，千崖石气清。
江寒风飒飒，猿啸雨冥冥。
盐井筒时汲，巴歌酒易醒。
天涯连岁暮，心折杜鹃亭。

《蜀道驿程记》：“十四日……晡抵云阳县西三十里万户驿，即汉朐忍旧县。"《水经注》:"《华阳记》曰:临江县在枳东四百里,东接朐忍,县有盐官。自县北入盐井溪,有盐井一百所,巴川资以自给。"又:"巴乡村人善酿,故俗称'巴乡清郡出名酒'。"《志》:"云阳前有巨石,春深则杜鹃啼其上,名曰杜鹃亭。"

云阳又称云安,杜甫曾居此。作者过其地,作五律二首怀之。第一首,表达他对杜甫的怀念。永泰元年四月,严武死。五月,甫携家离成都,乘舟东下,到达云安,在此养病一年。次年夏移居夔州,贫病交加,时年五十五岁,患有肺病,又有耳聋、眼暗诸疾。时地方恶势力称霸,"豺虎横行",所以渔洋说:"千秋同洒泪,回首谢浮名。"此诗哀杜,亦以自哀。谈过去讲现在,唐之豺虎与清之豺虎又有多少分别?杜甫说:"细推物理须寻乐,何用浮名绊此身?"浮名,此指身居高位者。看来,他们都把做官看得很淡,这是两个命运相同者的共鸣曲。第二首,表达自己孤旅怀乡之情,心境凄凉。"千崖石气清"句,写云阳冬季凄惨景象,令人心寒。次联写风雨声、猿啸声,益增悲感。寒风飒飒,冷雨冥冥,这是云阳冬日的自然现象,也是时代氛围的一种象征性表述。他此时心中兴起千愁百感,实难尽言。"盐井""巴歌"一联,写此间人靠制盐、造酒为生,"筒时汲"写人民的勤劳;"酒易醒"表达了自己对人民艰苦劳动的同情。最后作者自叹:"天涯连岁暮,心折杜鹃亭。"是对地域和时令、历史和现实的感触。"杜鹃啼血"是巴蜀的古代悲剧,"杜鹃亭"是云阳的古迹。杜有"云安有杜鹃"之句,作者这一悲叹,实际也把杜甫的不幸命运隐括在内了。

渔洋蜀道诸诗多以地名为题,以显其纪行本色。这些诗作,可以视为一部含有丰富文化蕴藉的蜀道诗纪,同时也展示出作者的心灵轨迹,这也可以说是心理文化的表现,其意义与价值不容低估。

13. 三峡卷

【卷头语】三峡山水历代诗人多有题咏。作者舟行三日，得诗三十馀首。这里有对山川美景的新的描绘，有对黄帝、大禹、屈原、宋玉、诸葛亮、杜甫、白居易、寇准和欧阳修的歌赞，而为神女重铸新魂，尤其美妙，令人难忘。这是渔洋所创造的人文三峡、文化三峡，而不仅仅是一个纯粹自然美的三峡。这卷神奇三峡图，可赞可叹。

晚登夔府东城楼望八阵图

永安宫殿莽榛芜，炎汉存亡六尺孤。
城上风云犹护蜀，江间波浪失吞吴。
鱼龙夜偃三巴路，蛇鸟秋悬八阵图。
搔首桓公凭吊处，猿声落日满夔巫。

《蜀道驿程记》："十五日……晡抵夔州府……武侯庙在城西卧龙山上。"

章武三年(223)，刘备病重，托诸葛亮辅助幼主刘禅。曰：君才十倍曹丕，必能安国家，终定大事。若嗣子可辅则辅之；如其不可，君可自取。亮涕泣曰：臣敢竭股肱之力，效忠贞之节，继之以死。是年夏四月，先主殂于永安宫。五月后主刘禅袭位，时年十七。两年前刘备为报吴杀关羽之仇，出兵东征，兵败夷陵，蜀汉自此趋弱。作者晚登夔府东城楼望八阵图，怅然有怀，作此诗吊之，并对诸葛亮作出高度评价。

此诗前两联着重评论诸葛亮之事功。在托孤问题上，赞其忠；在联吴抗曹问题上，歌其智，刘备东征是失策之举。作者从维护刘汉正统政权出发，极称其人。托"城上风云"和"江间波浪"，述志抒情，极有韵味。后两联着重赞颂八阵图，这是亮在战阵上的新创造。惟因年代久远，关于这一重要军事文化古迹，已难详考。"鱼龙夜偃""蛇鸟秋悬"是指方阵兼写秋景。《水经》云："鱼龙以秋日为夜。"王昱《八阵图说》："四革五金为鸟，五革四金为蛇。"都说得很玄。渔洋认为"偃月"指十四阵。以宋乐史《太平寰宇记》所说最为详细，兹从略。尾联作者特别抬出桓温，连这位大军事家都来"搔首凭吊"，足证此图军事价值之高。惜因种种条件限制,亮竟未能完成北定中原大业,作者因此发出一声长叹:“猿声落日满夔巫。”全诗至此,戛然而止,幽怨无穷。

桓温是桓彝之子,晋明帝之婿。以大司马专朝政,废帝奕,立简文帝,尝谓:“既不能流芳后世,不足复遗臭万载邪!”遂谋自建王朝,事未成而死。当时,华夏境内民族矛盾和阶级矛盾非常尖锐,拥兵权者如刘裕、苏峻等都有自立为王的野心,桓温也是这样一个人物。他希望统一中原、救民于水火之中,这是符合人民的愿望与要求的。渔洋认为今日若有桓温这样的人物,化干戈为玉帛,该有多好!可惜自郑成功江南一役失败后,这样的英雄人物已没有了。这是潜台词,未着一字。诸葛精通儒道法三家之学,深谙政治、军事、外交,也懂得民族问题的复杂性。他善察形势,竭力辅助刘备及后主,治蜀有成绩。虽未能摆脱传统史观窠臼,但他与杜甫不同,杜甫“每饭不忘君”,他没有这种愚忠思想。

瀼西谒少陵先生祠五首

万古瀼西宅,斜连峡口关。
高云鱼武县,秋水麝香山。
老作诸侯客,心依供奉班。
樊川临素浐,遗恨不生还。

白髮三川客,新诗百炼功。
飘零逐猿鸟,得失感鸡虫。
弟妹干戈里,朝廷涕泪中。
浣花形胜地,回首雪山风。

浩劫遗祠在,依然白帝城。
岸连巫峡影,门对蜀江声。
太息隆中业,平生庾信情。
艰难诗万首,夔府至今名。

已见浮三峡,还怜到九疑。
湘娥何处是,楚客至今悲。

槎系南溟近，天连北斗垂。
江陵空望幸，愁绝侍臣诗。

欲去凭回首，停舟滟滪堆。
东屯渺云水，西阁莽蒿莱。
感事悲诸将，怀人赋八哀。
昆明遗碣在，落叶满苍苔。

《蜀道驿程记》："十六日。此地在宋为漕司，即少陵瀼西宅址。山上女墙曰子阳城，下为下关城，稍折而南，即白帝城。二城犬牙相连，城枕白帝山。《水经注》所云：白帝山北缘马岭，接赤岬山，东傍瀼西，即以为隍；西南临大江，瞰之炫目者也。然《入蜀记》谓：'瞿唐关，唐故夔州与白帝相连，关西门正对滟滪堆。'则临瞿唐者，当是唐之夔州，非白帝矣。"王象之《舆地碑目》："少陵游蜀凡八年，而在夔独三年，平生所赋诗凡千四百六篇，而在夔者乃三百六十有一。"李膺《益州记》："滟滪堆，夏水涨没数十丈，其状如马，舟人不敢进。"樊晃《杜工部小集序》："子美直谏忤旨，左转，薄游陇蜀殆十年。黄门侍郎严武总戎全蜀，君为幕宾，白首为郎，待之客礼。"杜甫向严武进言："公若为台辅，临危莫爱身。"对他期许甚殷。《秋兴八首》中有句云："一卧沧江惊岁晚，几回青琐点朝班。"

大历元年(766)，杜甫自云安迁徙夔州，次年三月定居瀼西草堂，三年正月去夔至江陵，秋移公安。甫在夔，因得柏茂林之照拂，主管东屯公田百顷，又买得柑林四十亩，生活安定。作者舟泊夔州留三日，访杜甫祠，作此组诗五首。

[第一首]从宅落笔，谓甫居峡口，对岸为鱼武县，环境幽雅。此处有麝香山，甫每天在此仰观"高云"，俯视"秋水"，意甚得。前四句写宅，气势雄奇。后四句写甫在成都时，常回忆长安往事，故有"故里樊川菊，登高素浐源"之叹。樊川、素浐，皆为地名。甫有"诸侯老宾客"和"逍遥供奉班"之句，他是忠君爱国的。"遗恨不生还"，是自哀。

[第二首]写杜甫之忧怀。"三川漂泊"，谓其如猿鸟迁徙不停；见鸡虫之争得失，不胜感慨。来此生活稍安，然弟妹飘零，朝廷仍不能返，国恨家愁，使他放心不下。浣花溪的闲适生活，已给雪山之风吹散了。

[第三首]谒祠怀人，赞杜甫仰诸葛亮之忠与欣赏庾信之才。前两联写祠

依山临水，地势险要。后两联述杜甫居夔创作丰富，心仪其人。杜有怀诸葛诗云："可怜后主还祠庙，日暮聊为梁父吟。"又有怀庾信句云："庾信平生最萧瑟，暮年诗赋动江关。"

[**第四首**]写杜甫出夔后的漂泊生涯。出瞿塘，下江陵，溯沅湘，客死耒阳，终未能返回长安。正如屈原之被逐，至死还是心"连北斗""望京华"。甫有《江陵望幸》诗，这些都深深地打动了作者。他少年时代曾随祖父到江陵。这是哀杜，也是自哀。

[**第五首**]写杜甫登舟东下，频频回首，直望到东屯、西阁渐渐消失，说明他对夔州十分留念。又引《诸将》《八哀》诸诗以作结，表明他对腐败现象深为不安。

这五首组诗是杜甫夔州生活的总结，引其诗以怀其人，把杜的欢乐、痛苦、追求和梦想全都写活，渔洋学杜已达妙境。这组诗风格秀润清淡，语言含蓄清俊，可谓神韵天成。

登白帝城

赤甲白盐相向生，丹青绝壁斗峥嵘。
千江一线虎须口，万里孤帆鱼复城。
跃马雄图馀垒迹，卧龙遗庙枕潮声。
飞楼直上闻哀角，落日涛头气不平。

《蜀道驿程记》："十六日……白帝城……枕白帝山，石垣缭绕，上极青冥……羊肠数转，始达绝顶。正俯瞿唐两崖，滟滪石在其西，孤峙江面……四顾江山雄丽，缅怀霸图，徘徊凭吊不能去。"白帝城旧有庙，祀公孙述，已废。左思《蜀都赋》："公孙跃马而称帝。"陆游《白帝庙》："参差层岭上，邦人祀公孙。力战死社稷，宜享庙貌尊。丈夫贵不挠，成败何足论？"《后汉书》："公孙述僭立为帝，都成都，色尚白，改成都府郭外旧仓为白帝仓，筑城于鱼复，号白帝城。"《元和郡县图志》："白帝城与赤甲山相接。初，公孙述至鱼复，有白龙出井中，因号鱼复为白帝城。"乐史《寰宇记》："赤甲山，公孙述筑，不生树木，土石悉赤，如人袒臂，故曰赤甲……白盐山在州涧东，山半有龙池。"

白帝城据夔峡口，下临大江。汉末公孙述据此，后刘备又据以为蜀汉军事重镇。作者登临怀古，作此诗。首写这座历史名城的外观，总括全篇。赤甲白盐，二山相对，江山雄峻，如神奇画图，力歌据此称雄者。中两联，一为地名对，一为人名对，都是工对、绝对。一个是“雄图馀垒迹”，一个是“遗庙枕潮声”，皆极赞其功，两联对仗之功，皆可与杜媲美。末以“飞楼直上闻哀角，落日涛头气不平”两句收结，与首联遥相呼应，既深化了这座古城雄伟的气势，又增添了作者的历史沧桑感，从而使抒情达到高潮。

作者将公孙述与诸葛亮并提，并称颂这个短命王朝的历史功绩，打破前人陈见，给公孙述摘去“僭位”帽子，这是从维护地区安定、促进生产、有利民生这一新观点着眼，因将其人与诸葛并称。从总体看，渔洋的史观虽然维护正统，但在肯定公孙述所建小王朝这一点上，却又否定了陈旧的观念。左思、陆游皆称颂公孙述，可见已是公论。

白帝城谒昭烈武侯庙

赤岬山头云气苍，枫林萧瑟落微霜。
鱼人故垒生秋草，鸟道寒空挂夕阳。
当日君臣真洒落，至今祠庙有辉光。
江流薄暮闻笳鼓，回首中原泣数行。

《蜀道驿程记》：“十六日……（白帝）城南向为昭烈庙，规制宏丽，明良殿凡五楹，中祀昭烈皇帝，以侯武、关、张配食，像设古雅。旧传有山谷题名及元和碑，皆不存。”《夔州府志》：“先主庙旧在永安宫，今移白帝城内。”

汉末刘备起兵，取荆州并得益州与汉中，与魏吴成鼎足之势。后在成都称帝，国号汉，史称蜀汉。章武二年（222）与吴决战于猇亭，大败，病死于永安，谥昭烈。诸葛亮卒谥忠武侯。

此诗与《白帝城》为姐妹篇，前诗兼怀公孙述，此诗专咏刘备和诸葛亮。前两联写景怀人，为虚；后两联写谒庙所感，是实。以虚衬实，情韵深浓。“鱼人”指“鱼复人”。“故垒生秋草”“寒空挂夕阳”，景象凄凉，这是对于公孙述、刘备和诸葛亮的追念。颈联：“当日君臣真洒落，至今祠庙有辉光。”这两句颂刘备和诸葛，哀婉情深。刘备败退入川，乃为形势所迫，实非得已，所谓“祠庙有辉光”，乃是囿于正统观念的褒扬。结尾两句：“江流薄暮闻笳鼓，回首中原泣数行。”则是历史感与现实感的交织，作者既叹君臣的困顿，又悲叹自己之不遇。刘备君臣之间协调得很好，康熙君臣之间又如何？似有弦外之音，从中可以窥见诗人穿越历史时空的人文精神及其深刻感悟。

舟下瞿唐别陈东海都督

十月瞿唐峡，孤根滟滪堆。
风雷高白帝，云雨暗阳台。
朱鹭军中乐，青枫渡口杯。
瀼西回望好，欲去且徘徊。

《池北偶谈》："陈都督福，字东海，陕西定边堡人，积功至右都督，驻夔州。予壬子使蜀见之，真儒将也……此后予庐居，闻陈迁宁夏总兵官，寻滇黔告变，陈百口尚在夔门。时蜀中已陷贼，以左将军印诱之，招致百端，陈皆执其使以闻。朱龙辈叛乱，据花马池等城，讨平之，进围固原，朝论方倚为长城，谓必办贼。一日，贼忽以五百人伪降，陈坦然不疑，置之左右。陈部下有九营而自居中，号令严肃。日晡，诸营不得相往来。夜二鼓降人发难，中军惊扰。时大风雪，诸营无敢趋救者，遂刃陈，取其元去。此乙卯冬事也。陈忠勇，乃心王室，今大帅无出其右者。其死也，上震悼，特赠为公，谥忠愍。擢其弟参将奇为天津总兵官，寿为光禄寺少卿，今为右通政。"

作者舟下瞿塘，忆军中宴饮之乐，写此诗赠别。前两联写景，后两联抒情。十月瞿塘峡口之景，在他脑里留下难忘的印象，一是滟滪堆之险，二是白帝城之高，这里风云常绕，三是阳台之暗，此写对楚姬的缅怀。短短三句，真可谓柔肠百转，曲尽其妙。后两联记军中宴饮之乐。"朱鹭"是军鼓的一种饰形，此以借代军鼓。孔颖达《诗正义》："楚成王时，有朱鹭合沓飞翔而来舞，故鼓吹曲以朱鹭为名。"尾联是对儒将陈福的赞美，徘徊瞻顾不忍遽去。对一位效忠清廷的武官如此寄以深情，这在王氏诗作中实属罕见。

渔洋对这位效忠清室的武人可谓情有独钟。人的思想常常是很复杂的，需要作具体分析。明亡清兴，汉族士人或抗或降，"思明怨清"是当时的思潮，降而又反的钱谦益和吴梅村就是两个代表人物，渔洋亦有此怨情。他一生很苦恼，这正如美籍华裔史学家黄仁宇所说，清之代明而兴是顺理成章的，所以许多汉族士人为清廷服务，他们自己并不认为是变节、投降。在新朝统治下，"学而优则仕"本是一条传统的正常出路，渔洋也无别途可走。一方面他对清廷钳压政策不满，一方面他又写了颂赞陈东海的诗文，此不足怪。因为他既受正统史观的束缚，又对统治阶级的重臣抱有幻想，对农民起义和少数民族则一贯表示歧视，这都是其历史观局限性合乎逻辑的表现。更重要的是，他只反对暴君，并不反对专制政体，他怨清，但并不反清。

登高唐观

西上高唐观，阳云对旧台。
瑶姬何处所，望远独徘徊。
恍忽荆王梦，芳华宋玉才。
细腰宫畔柳，并作楚人哀。

《蜀道驿程记》："十七日。五鼓发舟，风更逆，卯刻抵巫山县。县在江北，缘山为墉，正面巫山，吴之建平郡也，山形绝肖巫字。泊舟，即骑登高唐观，观在城西，土山三里许。西山用兵日，于此筑堡遏贼，荒凉特甚。朝云之庙，略无仿佛，其东即阳云台，在县治西北五十步，高一百二十丈。二山皆土阜，殊乏秀色，而古今艳称之，讵不以楚大夫辞赋重耶？二山之间有楚王细腰宫址，有池曰楚王池。"《水经注》："宋玉所谓'天帝之季女'，名曰瑶姬，未行而亡，封于巫山之台。"《神女庙》石刻："瑶姬，西王母之女，称云华夫人，助禹驱神鬼，斩石疏波，有功见纪。今封妙用真人。"

巫山神女是一个美丽的神话故事，作者过巫山，根据宋玉在《高唐赋》里所塑造的神女形象，他写了这首新神女诗。前两联写遥望瑶姬，叹不能一见；后两联笑楚王梦之恍忽，为瑶姬辩之。

楚王与巫山神女遇合是否真有其事，这并不重要，关键在于艺术创造者对瑶姬乃至一切细腰宫女所采取的态度。楚王视宫女为玩物，而渔洋则对宫女表达出真挚的同情，这是他对巫山神女神话创作一个有价值的新发展。宋玉擅长辞赋，有"芳华"之才，其所塑造的高唐神女形象，堪与希腊维纳斯美女雕像媲美，这是无可置疑的。他的不足是，没有注重表露神女的美质，渔洋则对其内美作了深入的发掘，且将她还原为人，而直呼其名曰"瑶姬"，这是积极的健康的。宋玉为楚王唱艳歌，而渔洋却鲜明地指出：当国家濒临危难之时，就连宫畔弱柳也深感悲痛。这是一个深刻的观察。宋玉以后，历代歌赞神女之诗，亦皆多赞其貌美，罕有人赞其情之圣洁与忠贞者，渔洋特标举而彰显之，为楚宫不幸女子鸣不平，把宋玉所创作的艺术形象提高到一个新的高度，这是渔洋的新贡献，他歌赞巫山神女系列诗的最大价值即在此。至于宋玉之未能直谏，固有缺失，但其人一生也无大过，此有《九辩》述师之志一篇可证，汉王逸早已辩之矣。

神女庙

箜篌山下路，遗庙问朝云。
冠古才难并，流波日易曛。
玉颜空寂寞，山翠自氤氲。
东望章华晚，含情尚为君。

《蜀道驿程记》："十七日……抵巫山县……溪东一山，枕江岸之北，与巫山隔水相望，曰箜篌山。山前复有小山，其巅即神女庙。旧毁于兵，近始构茅屋三楹。西向，冠帔俨然，颇得姽婳幽静之态……父老二人为余言，庙址在飞凤峰，有古碑，以江涛汹怒，不可系舟，前代始移于此。庙西有琵琶峡，相传其乡妇女多善吹笛，嫁时，诸女子相与吹笛，唱《竹枝》送之。"《水经注》："巫山帝女，旦为朝云，暮为行雨，故立庙号'朝云'。"少陵《雨》诗："楚宫久已灭，幽佩为谁哀。侍臣书王梦，赋有冠古才。冥冥翠龙驾，多自巫山台。"《史记・楚世家》："灵王七年，就章华宫，下令内亡人实之。"

这是一首恋歌，奇在既赞神女又赞宋玉。玉有《高唐赋》，其所造巫山神女形象，流传久远，影响甚大。作者一方面对神女的忠贞爱情作了热烈的歌颂，一方面又对这一艺术形象的创造者赞之不绝。"冠古才难并"句，是从杜诗化来，甫有"赋有冠古才"之句，作者则认为无第二人可与宋玉媲美，这是对宋玉的高度评价。"玉颜空寂寞"句，亦奇。宋赋曰："貌丰盈以庄姝兮，苞温润之玉颜。"他只赞神女貌美，渔洋特添上"空寂寞"三字，这是对神女内心世界的揭示，境界更高。下一联又以空灵笔墨写之，一句是"流波日易曛"，易曛状水色，此托峡水以赞宋玉其人，含有为宋抱不平之意。另一句是"山翠自氤氲"，氤氲是天地间的元气，此喻神女质美。作者两美并赞，在他看来，如果不是宋玉创造了巫山神女这一艺术形象，即不会有楚王与"巫山女"相恋之事，更不会有后代诗人踵事增华的歌咏。这一涉想颇合情理，因此我们也可以说，若不是渔洋把这一艺术形象加以完善、升华，谁又能说神女是一个忠于爱情的女子呢？在诗的结尾，诗人简直就把她写成一个活生生的人："东望章华晚，含情尚为君。"章华宫在荆州，这是作者把"神"还原为"人"的一个新创造，体现了他的人文精神，在我国文学史上显有不朽的审美价值。同时作者在《日记》中也明白地点出："相传其乡妇女多善吹笛，嫁时，诸女子相与吹笛，唱《竹枝》送之。"这说明神女原来是人，巫山神女原来就是巫山乡姑。宋玉之巫山神女本为美化皇权而作，渔洋把它颠倒过来，客观上是对皇权的嘲笑。时代不同，宜乎两人思想之有异也。

巫峡中望十二峰

十二峰娟妙，轻舟望是非。
青天半云雨，夕日乱烟霏。
瀑水临江合，神鸦出洞飞。
朝云无处所，应待楚王归。

《蜀道驿程记》："十七日……过此即十二峰，舟人指似得其六七，飘渺秀拔，令人有骖鸾驾鹤之想。中有三峰联缀，其一修纤，如人扬袂而立，俗曰美人峰，即放翁所谓神女峰，最为纤丽，宜为仙真所托者也。会风急滩迅，所谓十二峰者，不及尽瞩。"渔洋《高唐观神女庙记》："舟入巫峡，过三分水，山益奇丽，有神鸦四五，飞逐行舟，以肉掷之，妙如承蜩，饱即归岩洞中。"范成大《吴船录》："神女庙前有驯鸦，客舟将来，则迓于数里外，舟过亦送数里，土人谓之神鸦。"

这是巫山十二峰的一幅全景图，前四句写傍晚天半云雨烟霏之景，作者极称其娟妙。后四句顺瀑水而下，写神女庙前之风光，点出朝云侍奉楚王的爱情故事。此皆舟中所见，作者自上而下多侧面地进行描绘，气势磅礴，把放翁所称"神女峰"娟妙的境界更加扩大了。历来咏神女诗大抵皆言一峰，未见有从全方位着笔者，这是渔洋诗与他诗不同处。其次，此诗重在渲染十二峰之美，借峰以喻神女之品貌，而与宋玉单表云雨之情大异其趣。此诗中的十二峰，显然比自然原貌更美。作者所创造的，不是单一的神女形象，而是十二神女的群体形象。祝穆《方舆胜览》云：这些神女皆各有美名：曰望霞，曰翠屏，曰朝云，曰松鸾，曰集仙，曰聚鹤，曰净坛，曰上升，曰起云，曰飞凤，曰登龙，曰圣泉。这十二仙女，皆飘渺在云天之上，忽隐忽现，亦真亦幻。她们就像一群天真活泼的少女，展现云端。作为一种审美对象而言，这是美女的神化，或神化的美女，是神性与人性的完美统一。用马克思的话来说，就是人化的自然和自然的人化。作者创造这群神女形象，是直接从自然本身出发，不但没有为宋玉高唐故事所限，反而更加超脱。这是一个大艺术家所具有的基本素质，也是取得这一创造成果的必要条件。同时，我们还应看到，作者在写这组以神女为中心的诗时，甚至也未将宋玉的《高唐赋》作为参照系，而是直接从魏晋以来山水诗的深厚积淀中汲取营养，所以才能接连创造出这三峡组诗中栩栩如生的一幅幅优美图画，一支支响遏行云的感人乐曲，一个个呼之欲出的东方美女群像，渔洋山水诗的深厚文化精神即在此。

三分水即事

十二峰头云雨开，蘅芳断续客徘徊。
问程裁过三分水，已见神鸦逐棹来。

陆游《入蜀记》："过三分泉。自山窦中出，止两派。俗云：三派有年，两派中熟，一派或绝流，饥馑。"神鸦，见前诗注。巫山十二峰是神奇的，三分水瀑布是很美的，这首诗将峰与瀑两景合而赞之。写"客"，其观赏过程有流动感，构想新奇，有意趣。"十二峰前云雨开，蘅芳断续客徘徊。"此赞十二峰。写峰将其神化，写感觉，亦写想象，甚有趣，望之使人神远。且峰皆各有美名：曰望霞，曰翠屏，曰朝云，曰集仙，曰聚鹤，曰净坛，曰上升，曰起云，曰飞凤，曰登龙，曰圣泉等。统而观之，则云龙鹤凤毕现，大显生气，也大大渲染了此山的文化韵味，直把这座仙山写得仙气拂拂。"蘅芳"取自屈赋，这里借代神女，从她身上飘散出香气，"客"闻之以致徘徊、留连。诗人独出心裁，凭其感觉，幻而成章：美人出现云端，诗境豁然开朗，游人皆向群仙遥遥瞩目。此时作者亦在此云气飘渺间徘徊，似梦似醒，一问路程，方知才过"三分水"，这时眼前又出现一幅"神鸦逐棹来"的新场面，这情景是多么动人！传陆游来此，以未见神鸦而沮丧，渔洋幸得一见，喜不自胜。此诗表现出一种现实与想象相融汇的神奇之美，且有包孕片刻而穿透千古的韵外之致，从而透现出诗人难以释怀的民俗文化精神。这是一个诗的境界，一个美的境界，一个艺术的境界，也是一个神奇的境界。

此诗用词之妙，也有特色。"云雨开"，词浅情深，这是"巫山云雨"故事的简述，"蘅芳断续"，则是一种诗意感觉。"断续"二字，体物之微，令人惊讶。"才过……已见"，这闪电似的句式，则写出"客"的观赏过程，标志出"客"已进入一种沉醉状态。这幅神奇图画中还出现很多人物，除十二峰外，还有神女、客、小船和神鸦。而这一切都是流动的，恐怕只有电影才能充分表现它们，但作者仅用一首绝句就十分完美地表现出来了。

巴东秋风亭谒寇莱公祠二首

秋风亭上望，摇落值秋风。
巫峡千帆上，荆门一水通。
清猿吟楚塞，客泪落巴东。
故相还祠庙，凄其伏腊同。

寿宁何代寺，犹说相公泉。
淡淹清江去，凄凉古佛前。
传芭哀楚些，特笔记澶渊。
不见雷阳竹，中书事可怜。

《蜀道驿程记》："十八日……抵巴东县，湖广荆州府界。县无城郭，茅屋数十家，枕山临江而居。谒寇莱公祠，祠在巴山南麓，茅茨陋甚，一碑偃仆土沙中……碑已中断。循祠东上，有平台，即秋风亭址，柱础犹在。其西，白云亭与公手植二柏，久已化去。二亭皆倚巴山之麓，中为寿宁寺，寺后有泉，流绕寺门，下入于江。虽大旱不涸，曰相公溪。溪上有石梁，曰相公桥，莱公所尝吟眺处也。公在巴东，有'野水孤舟'之句，为人传诵。"

《宋史·寇准传》："真宗崩，皇太子即位，贬故相寇准雷州司户参军，在雷逾年，卒。归葬西京，人皆设祭哭于路，折竹植地挂纸钱，逾月枯竹尽生笋，众因为立庙。"薛应旂《续资治通鉴》："宋真宗景德元年，契丹侵澶渊，准劝驾亲征，遂渡河，御北城门楼，远近皆呼万岁，契丹气夺。帝悉以军事付准，准承制专决，号令明肃。十二月，契丹请盟。"

寇准为宋真宗名相，潭渊之盟后，被谗罢相，贬为巴东令，时人以"寇巴东"呼之。作者途经巴东，为作五律二首吊之。第一首从"秋风亭"落笔，将"秋风"一词两用之，造成悲怆气氛，显出亭之历史文化价值。下即展开铺叙，先叙地理形势，绘出一幅巫峡、荆门壮观图："巫峡千帆上，荆门一水通。"借风帆、江水以怀其人，大气磅礴，突出地势之险，以喻其人的气度与风范。然后转入正面抒写："清猿吟楚塞，客泪落巴东。"以浮雕式笔触，再现寇准当年谪居于此的情况，只有山猿的清吟能慰藉他，使得人们对他油然产生无限同情。尾联："故相还祠庙，凄其伏腊同。"作者不说自己来吊庙，却说故相回来了，这是更深一层的写法，生动地表现出人民对他历久不衰的怀念与同情。第二首从"相公泉"着眼，写寇准两次遭贬，以歌其德。"传芭哀楚些"，源于《九歌》中有“传芭兮代舞”句,此写楚人习俗。“特笔记澶渊”句,是写寇准劝真宗幸澶渊前线督战以御契丹,结果迫使契丹退兵,订立澶渊之盟以和。寇准立下大功,后遭反对派谗陷,被贬雷州,死于贬所。诏令归葬,柩过荆州,人民迎祭,插竹标纸钱,竹尽活成林,邦人神之,号相公竹。殁后十一年平反。

寇莱公广纳贤才,关心里庶,在政治、文化上均有重大建树,澶渊之盟后外患缓解,中原稳定,立功尤著。其人一生从政廉洁,生活简朴,可谓大贤大忠。对于这样一位有功的人物,统治者为什么还要对他屡加残害呢?这就是专制政体所演的把戏。诗人从其所描绘的亭祠景观文化引导读者进入历史人文精神的思考,特别富有感染力。

抵归州

乱石归州郭,危樯蜀客舟。
江山悲屈宋,战伐忆孙刘。
西道连鱼复,东门望夏丘。
兴亡纷在眼,滚滚大江流。

《蜀道驿程记》:“十八日……午晴无风,舟行稍驶,过业滩,白浪汹汹,一叶之舟,飞舞掀簸而下……抵归州,泊拗滩。州城在江北山巅,江南有楚台,山上有楚王台及旧秭归城址……归山水粗劣,与巴东略似,三闾大夫实产是乡,今屈原宅、女媭庙、女媭砧皆在。七里有宋玉宅,放翁入蜀时,尚见石刻……陆务观诗:‘江上荒城猿鸟悲,隔江便是屈原祠。一千五百年间事,只有滩声似旧时。’……荒山寒日,江声怒号,独坐吟此数诗,不必‘猿鸣三声泪沾裳’也。”《蜀志·先主传》:“先主忿孙权之袭关羽,将东征,遂帅诸军伐吴。孙权遣书请和,先主盛忿不许,吴将陆逊、李异、刘阿屯巫、秭归。将军吴班、冯习自巫攻破异等……二年二月,先主自秭归率诸将进军,缘山截岭,于夷道猇亭驻营,自佷山通武陵,遣侍中马良安慰五溪蛮夷,咸相率响应。镇北将军黄权督江北诸军,与吴军相距于夷陵道。夏六月,陆逊大破先主军于猇亭。”

作者至归州,怀古伤今,作此诗。首联写舟泊归州。“乱石”对“危樯”,状此城之荒凉、破落。此时作者置身舟中,与杜甫当年“危樯独夜舟”何其相似,将读者引入一个历史与现实交织的人生旅途之境。随即展开铺叙:“江山悲屈宋,战伐忆孙刘。”此用大笔述史,谓在战国时代,这一带已是秦楚争夺之地,后楚亡于秦,屈宋皆因国破家亡,流离失所。对于这个历史大变动所引发的悲剧，作者感慨殊深。到了三国时代，争雄战争又在这里重演，结果刘败孙胜。“西道连鱼复”，就是这一段历史的概括。西道即今宜昌，时为孙权所占；鱼复即白帝城，乃刘备托孤之地。借两个地名以反映孙刘之争，笔墨简省。“东门望夏丘”，言楚亡于秦。此句为协韵律而与“西道”句颠倒之。《九章·哀郢》：“曾不知夏之为丘兮，孰两东门之可芜?”此用屈赋以吊其人。“兴亡纷在眼，滚滚大江流。”两句概括有力，形象鲜明生动，足见作者之胆识与气魄。一切成王败寇，在历史长河中，皆被滚滚浪花淘汰殆尽。能在天壤之间永存的，只有那些感天地泣鬼神的伟大创造。

此诗借史言怀，从先秦到汉魏，抒兴亡之感；因地论人，从屈宋到孙刘，有褒有贬，态度鲜明。一部廿五史就是一部帝王相砍书，这首诗作了一个生动的概括。

归州书感

历历青山远更围，萧萧红叶晚争飞。
一天暮雨来巫峡，万里寒潮到秭归。
郢路苍茫衰草遍，楚宫芜没昔人非。
滩声半夜堪头白，况复天涯未授衣。

《蜀道驿程记》：“十八日……午后风大作，仍泊拗滩。”乐史《寰宇记》：“楚宫在巫山县西二百步，在阳台古城内，即襄王所游之地。”李华《咏史》：“楚宫久芜没，白雁犹飞翻。”

这首感怀诗，与《抵归州》稍有不同。前诗重在抒发历史演变之感，是对历史人物的评价，此诗旨在抒发自己的人生感悟。经过一个月的旅舟漂泊，他好容易来到这“山险水劣”的归州，夜半醒来，听滩声呜咽，想起两千年前楚亡于秦的悲剧，感慨无穷，因作诗书感。楚国亡了，“郢路茫茫”，“楚宫芜没”；明朝亡了，汉人沦于满人统治之下，他自己也变成一个被遣者沦落天涯。古代奴隶主给奴隶们制造冬衣，那是很虚假的，“无衣无褐”过冬，才是最真实的情况。从这首诗来看，他是真的觉悟了。表面上他入朝做官，位似尊显，但因清廷始终玩弄钳压政策，他其实也只是釜底之鱼而已，这就是他此时的真实心态。他把自己的感觉写得很朦胧，经过一番自诉与反思，活脱脱地展现出自己。历史学家陈寅恪说，对于古人应当“予以同情之态度”，我们对渔洋亦应持此态度。英国诗论家艾略特说：一个真正伟大的人，不仅在艺术创造上具有不可替代的意义，而且也都具有综合与开创的二重性。借用这个观点来评价渔洋，也完全适合。

二十多天前，他在《新津县渡江》诗中写道："南过蚕丛国，秋风正授衣。"现在他又提到"天涯未授衣"，看来他是经过深思熟虑的。这奴隶的呼声是何等急切！

秭归夜泊

江水茫茫去，西风感鬓丝。
峡深夔子国，月上屈原祠。
滩响夜方急，猿声寒更悲。
楚天摇落后，何处采江蓠？

《左传·僖公二十六年》："楚人灭夔，以夔子归。"夔，楚之同姓国。今湖北秭归县东有夔子城，即夔国故地。《郡国志》："秭归县，屈原乡里，南岸曰归乡，西岸曰秭归。屈原暂归乡里，因曰归乡。"

十月十八日，冬寒之夜，作者舟泊秭归，忆屈原，写此诗遣兴。"江水茫茫去，西风感鬓丝。"作者行役至此，心绪茫然，这是他的第一个感觉。"峡深夔子国，月上屈原祠。"望着月下的屈原祠，心头浮起一幕幕悲剧，此时他已哀愁欲绝，这是他的第二个感觉。江声浩荡，仿佛音符在跳动，乐曲在回旋。"滩响夜方急，猿声寒更悲。"滩响与猿啼交织，弦更紧，声益悲，嘈嘈切切，幽怨无穷，这是他的第三个感觉。"楚天摇落后，何处采江蓠？"调转缓，复又上升，繁弦急响，最后陡地爆出一声问语："何处采江蓠？"朦胧中，仿佛屈原正向他走来，他即向屈原提问，屈原无一字回答，乐章忽断，戛然而止。诗情至此达到高潮和顶点。江水茫茫，馀音似乎还在夜空中回荡。

诗的主题、形象、感情，有时是难以表达的。特别是像屈原这样的悲剧，早已尽人皆知，若重述旧闻，谁还爱听？诗人渔洋哀悼屈原，抛开一切陈言，径以音乐语言抒写自己内心之幽怨，清新独创，十分感人。全诗四联，感情回旋，最后以"楚天摇落"一问收结，竟无人回答，何其哀痛。他一生的愁怨，现在是作了一次痛快淋漓的宣泄了。

五更山行之屈沱谒三闾大夫庙

斜月楚山外，寒江初上潮。
左徒遗庙在，未惜马蹄遥。
国破怜哀郢，魂归赋大招。
云旗空怅望，回首木兰桡。

《蜀道驿程记》："十九日。五更山行，之屈沱，谒三闾大夫庙。庙负山面江，有元至正甲申湖广儒学提举黄清老碑。碑载：唐元和十三年刺史王茂元始创此祠，宋元丰三年封清烈公，复立庙云。"陆游《剑南集》："屈沱，盖屈原故居。楚人谓江之别流为沱。"晏殊《类要》："三闾大夫庙，在归州东五里。"屈原掌王族三姓曰昭、屈、景，故曰三闾。《史记·屈原列传》："屈平为楚怀王左徒。"《哀郢》《大招》，皆《楚辞》篇名。

作者五更骑马山行，谒屈庙。至庙前，正欲入庙，不料回头一看，见屈原正坐在船上打桨。他勒住马缰，怅然而望，但这只是幻象，似真似幻，于是一首奇思妙想的诗就构成了。前两联，勾出庙前一幅凄冷画面，斜月楚山，荒江小船，云旗在飘。作者不禁发出感叹："国破怜哀郢，魂归赋大招。"这是对于屈原的深重悼念，也是最高的礼赞。楚都已被秦人攻破，屈原正在逃难，一路上为国殇者招魂，这就是伟大的爱国诗人屈原。作者是将他栩栩如生地复活了。

《哀郢》和《大招》是屈原所作两首哀曲，前者哀国都之沦丧，后者哀为国捐躯的壮士。汉王逸说，前赋言己"心在楚国，徘徊不忍去也"，后赋言己"流放九年，恐命将终，故愤然大招其魂"。此诗第三联充分表现出屈原的爱国精神及其伟美人格，也写尽楚国人民的悲哀。这是诗人渔洋关于屈原的一个美妙艺术创造。他没有写入庙拜像的情景，让读者自去补充，可称神妙。

屈庙建于何时，已难详考。历史的可靠记载是，其祠始建于唐，至宋复立庙，元人才为立碑。对于他的最广泛的纪念，是每年端午节大半个中国都举行龙舟竞赛。人民一直在寻找他。他在哪里？在楚国的江河里，在全国人民心中，这首诗就反映出这样的历史真实。"回首木兰桡"，是神来之笔。

题三闾大夫庙四首

怀沙千古恨，弭楫吊灵均。
眇眇思公子，依依问楚人。

招魂龙贝阙，遗恨虎狼秦。
愁绝涔阳浦，年年杜若春。

湘累哀怨地，自昔有遗音。
晓日空舲岸，孤帆枫树林。
数穷詹尹策，魂断女媭砧。
欲问离骚意，巴东猿夜吟。

久客怀往路，还登江上祠。
美人惜珍髢，众女妒蛾眉。
楚泽凋兰叶，巴巫唱竹枝。
九歌何处续，宋玉有微词。

鹈鴂鸣何早，鸟飞思故乡。
如何怀郢路，终自弃沅湘。
三户馀秋草，千山满夕阳。
武关呜咽水，犹怨楚襄王。

《楚辞·卜居》："屈原往见太卜郑詹尹曰：'余有所疑，愿因先生决之。'詹尹释策而谢曰：'数有所不逮，神有所不通，用君之心，行君之意，龟策诚不能知事。'"

《史记·屈原列传》："秦昭王与楚婚，欲与怀王会，怀王欲行，屈平曰：'秦，虎狼之国，不可信，不如无行。'"《史记·楚世家》："于是往会秦昭王，昭王诈令一将军伏兵武关，号为秦王。楚王至则闭武关，遂与西至咸阳。顷襄王立，三年，怀王卒于秦。"

扬雄《反离骚》："钦吊楚之湘累。"注："不以罪死曰累。屈原赴湘死，故曰湘累也。""资娵娃之珍髢兮，鬻九戎而索赖"注："娵娃……古美女也。"范致明《岳阳风土记》："楚泽门……旧瓮城门也。"宋玉《好色赋》："玉为人，体貌闲丽，口多微词。"屈原，楚怀王时任左徒，三闾大夫，主张联齐抗秦，后遭靳尚等反对，被放逐，作《离骚》。顷襄王时再遭谗毁，谪于江南。因见楚国政治腐败，无力挽救，遂于五月五日投汨罗江而死。

继写《五更山行之屈沱谒三闾大夫庙》之后，作者又写了这四首拜庙诗。

屈原两遭贬谪，流放江南，此诗写其流放期间的复杂心态。书楚地，记楚事，用楚辞，借屈子行吟之句，抒己内心郁愤之情，以吊其人。第一首。作者弭楫往吊，哀屈原怀恨自沉。“思公子”，“问楚人”，望“涔阳”，赞“杜若”，借以抒其对虎狼国之恨，这是对暴秦投去最猛烈的一击，怀古伤今，含意深隐。第二首。此章借吊湘累以哀屈原之流放。在昏君佞臣统治下，屈原孤掌难鸣。当时只有卜师郑詹尹和女媭同情他，理解他。但卜师不敢说话，女媭也只能掬一把同情泪。他欲诉无门，上天无路，乃作《离骚》以申己志。第三首。在宫廷遭到小人谗毁，被放逐后，只有宋玉为他作《九辩》，申述其志。宋玉不愧是他的忠实弟子。“楚泽”是楚都城门名，“美人”是屈原自喻。“微词”是委婉之辞。此首歌赞屈原的人格。第四首。屈原报国之志未遂，终于“怀郢路”“弃沅湘”而殁，作者一面哀悼屈原之死，一面赞赏他留下一个报秦仇的遗愿：“楚虽三户，亡秦必楚。”这是最有力的一击。

此四诗，连章迭唱，缠绵哀婉，仇暴秦，怨昏君，鄙小人。借用刘勰的话来说，“《骚经》《九章》朗丽以哀志，《九歌》《九辩》绮靡以伤情，《卜居》标放言之志，《渔父》寄独任之才。”渔洋在这里引屈原之辞，大体也是这样来称赞的。屈原之伟大诚如汉王逸所赞：“膺忠贞之质，体清洁之情，直如石砥，颜如丹青，进不隐其谋，退不顾其命，此诚绝世之行，俊彦之英也。”渔洋此诗气往烁古，辞来切今，论其人也极精彩。“武关呜咽水，犹恨楚襄王。”这一声长叹，馀音袅袅，震撼千古。

宋玉宅

登山临水客将归，及到归乡又落晖。
宋玉宅边秋水急，似闻九辩泪沾衣。

宋玉，鄢人，屈原弟子，曾为楚襄王大夫。善赋，有《九辩》《高唐》《神女》诸赋，才美为世所称。有宅在归乡，陆游入蜀，犹见宅碑尚存，渔洋来吊，不复见矣。此诗特为推重《九辩》一赋而作。前两句，是作者的自述，写其行踪及悼念心绪。以“落晖”为喻，微妙地表达出宋玉的漂泊、孤独、寂寞生涯。最后一句“似闻九辩泪沾衣”，是对宋玉人格和才情的赞美。宋玉是怎样的人？最早的《楚辞》研究者汉王逸说：“（玉）悯惜其师，忠而放逐，故作《九辩》，以述其志。”这是极好的赞语。楚人为他建宅以表彰之。作者极称其才德，因大张王逸之说而歌之。宋玉不愧为屈原的忠实弟子，屈宋并称其来有自。

《九辩》《九歌》，皆古乐名。王夫之说：辩犹遍也，一阕谓之一遍。盖亦效夏启《九辩》之名，绍古体为新裁，可以被之管弦。其词激宕淋漓，异于风雅，盖楚声也。(《楚辞通释》)杜甫诗云："摇落深知宋玉悲，风流儒雅亦吾师。"渔洋推重宋玉，是承继杜甫而来，值得重视。

峡中舟夜

酒残香烬暮江深，遥夜孤舟枫树林。
三峡流泉争送客，不须更听七弦琴。

《乐府·琴曲》有《三峡流泉歌》，晋阮咸作。僧居月《琴曲谱录》有《三峡流泉操》，李白诗有"弹为三峡流泉音"之句。

三峡七百里中，泉流之声不绝，宛似仙人弹唱，作者于夜舟中聆之，深为感动，因忆《乐府》《三峡流泉》诸诗，成此听泉诗一首。这一夜，他有不少新鲜感觉。在此，他完全展出自己的心灵图景，这简直就是他的人格美的生动写照。舟夜殊寂寞，但他的心却像在飞扬。前两句写实，后两句全是想象，短短四句，直似一首清幽美妙的流泉之歌。"酒残""香烬"是舟的内景，"遥夜""孤舟""枫林"，是舟的外景，四句诗合成一幅峡江舟夜图，清幽雅静。此时作者在聆听、沉思，仰古思贤，神驰天外。"三峡流泉争送客"，造句新奇，清新独创。诗人不说自己在独赏，却说许多条流泉都争着来为他送行，这是一种多么奇妙的想象，这里有丰厚的文化意蕴。江深，夜遥，程远，景幽，全入化境。诗人李商隐"欲回天地入扁舟"的幽愤，似于此又见之。神韵天成，诗有韵外之致，弦外之音，意蕴不可捉摸。如果对音乐没有感悟力，能够写出这样极富音乐感的诗来吗？如果对老庄审美之情和高山流水的赏音故实不曾有过向往和追求，怕也不能浸润于此流泉之中吧。这三峡自然美与音乐美的有机结合，是天籁，颇不平常。一首洋溢音乐美的诗给他写得多么美妙。写三峡流泉诗实不多见，"三峡流泉争送客"一句，恐怕大诗人杜甫、李白也要赞叹不止的。

新滩二首

上滩嘈嘈如震霆，下滩东来如建瓴。
瞥过前山才一瞬，鹧鸪啼处到空舲。

兵书峡口石横流，怒敌江心万斛舟。
蜀舸吴船齐著力，西陵前去赛黄牛。

《蜀道驿程记》："十九日……过兵书峡。峡半石壁有洞，中有石，形如卷帙，俗谓武侯兵书。遥望峡口，烟霭明灭，亏蔽万状。稍近之，则惊涛如雪，浩汹恐人，声闻数里。大石倾陨，横梧水面，楚蜀间第一险也。"

这两首绝句，写作者所经新滩之水险，历历在目。既表现舟子与险水拼搏的大无畏精神，也畅抒了自己的愉快心境。第一首写上滩与下滩之难，分别用了"雷霆"与"建瓴"两个比喻，写足水势与舟子的豪情。更奇的是，三四两句写过滩之感：两岸之山，一瞥即逝；鹧鸪声声啼唱，更把汹涌激荡、倾泻直下的急流，衬托得更加强烈。如此写水险，堪称绝唱。第二首写兵书峡之奇，"石横流""万斛舟""怒敌江心"，皆眼前景象，但也是历史的涛声。无一字明赞诸葛，而对其人崇仰之情全见。"蜀舸""吴船"更把一条长江商船来往情况写活。"赛黄牛"是一种礼神风俗，这又勾出一幅美妙的风俗画。此诗包容广，绘影绘声，亦雅亦俗。黄牛，山名亦滩名。山间有石，状如人负刀牵牛。黄牛滩纡曲水急，故古歌曰："朝发黄牛，暮宿黄牛，三朝三暮，黄牛如故。"赛黄牛，谓船家拜黄牛神，以求平安，两诗皆有民歌风味。

空舲峡

月吐空舲峡，流光楚塞旁。
渔灯摇宿鹭，篷背受新霜。
青草烟波阔，黄牛朝暮长。
曾为云梦客，回首忆高唐。

《蜀道驿程记》："十九日……午后始解维，入空舲峡，即《经》所谓垭灶……秀拔峭绝，略与夔巫相埒。壁上多石洞，空穴玲珑，似仙灵所栖止。峡中有马肝石，故又称马肝峡。峡势高险蔽天，阳景罕曜，舟行其中，谓已向夕。及连峰稍断，忽见日景，始悟郦氏云'三峡七百里中，自非亭午夜分，不见曦月'，语不妄也。历达洞、羊肠、虎臂、使君诸滩险，晚泊屈溪。"

空舲峡，全长两公里半，峰峦连峙，参差互出，上有奇石，如二人攘臂相对。滩亦名空舲，湍流迅急，礁石密布，挽舟甚难。古谚所谓"务空其舲，然后得过"是也。谚云："青滩、泄滩不算滩，空舲才是鬼门关。"

空舲峡为三峡首险，作者舟行过此，作此诗。前两联写滩之夜景，先从“月吐”落笔，状峡之高。次写渔灯、宿鹭、篷背、新霜，绘景如画。“渔灯摇宿鹭”，一个“摇”字，境界全出。渔灯似有感觉，宿鹭似有心理活动。此一渔人夜捕图，从物感到心态，全都写活。“篷背受新霜”句，尤奇。“篷背”本无知觉，此以拟人，顿显声色，渔人之苦，隐然可见。后两联写行役之艰。青草湖、黄牛山，两处皆在空舲峡外。作者孤舟东下，即将前往湘鄂，故放笔写之。“烟波”是想象中的景象。“朝暮”指不确定的时间，实中有虚，虚中见实。作者由峡中渔人之苦而想及自己行役之艰，诗思逐层推进，委婉有致。尾联点出“云梦”“高唐”，尤有奇趣。作者幼年曾随祖父住荆州年馀，此次自白帝城放舟东下，因有“曾为云梦客”之叹和“回首忆高唐”之咏。用事似断实连、似隔实近，诗艺堪叹。苏轼谈咏物诗时说：“赋诗必此诗，定知非诗人。”都认为诗不能离开真实，也不能过于坐实。客观事物总是存在于一定的关系和联系之中，虚与实是辩证的。清代诗论家叶燮之所以强调理、事、情三者的联系，也是这个道理。在诗人的创作心理场中，情景、时空、形神诸多因素，实际上都是互动与交融的辩证统一。

黄陵庙二首

峡里黄陵庙，千秋俎豆新。
禹功思癸甲，灵笈佐庚辰。
滩石冬逾壮，风帆捷有神。
旌旗临绝壁，长照大江滨。

秭归来百里，突兀见黄牛。
下水才朝暮，行人已白头。
山川夔路险，疏凿禹功留。
尚忆平成日，茫茫辨九州。

《蜀道驿程记》：“二十日。早过黄牛山，谒黄陵庙，庙在山麓，颇宏丽。”《尚书·益稷》：“娶于涂山，辛壬癸甲，启呱呱而泣，予弗子，惟荒度土功。”

作者谒黄帝庙，作此诗，颂黄帝之德和大禹之功。第一首，由千年祭祀不辍写到滩石之壮与水流之速，极言滩险、水险，很有气势。“禹功思癸甲”，言禹治水长期不归家，连儿子出生之日，他也不耽搁治水大事。“灵笈”，是禹的治水地图。“庚辰”，人名，是禹的治水助手。第二首，从水险写到水患平定，“平成日”（“地平天成”）、“辨九州”（《尚书·大禹谟》），是赞禹功之词。“旌旗临绝壁，长照大江滨”两句，是写黄陵庙前的壮丽景象。这旌旗，黄帝高举在前，大禹继举于后，高高飘扬，极显气概。第二首，“尚忆平成日，茫茫辨九州。”是对大禹的歌颂。禹所创造的“地平天成”局面，能否永久延续下去呢？作者提出了这个问题，突出了这首诗的现实意义。禹甸、禹城、九州是禹所奠定的，但几千年来争王争霸不停，后代帝王哪个能够比得上禹？一篇要旨，全倾而出。在满人统治下，作者这样写显有汉民族的豪情，有针对性，这不同于狭隘的民族主义。

登虾蟆碚

黄牛打鼓朝发船，碧波白鸟争清妍。回首名山大川阁，
乌尾已掠西陵烟。三峡欲尽尚迤逦，云十二碚纷钩连。
颇闻中有第四泉，康王谷水差随肩。峡穷碚转诧奇事，
忽见飞瀑流琤潺。爬沙终古此岩侧，青冥无路谁夤缘？
江风吹笠冷毛髮，峡云挟雨鸣船舷。大索瓶盎贮飞雪，
旋去屐齿穷危颠。横斜拾级一径上，藤梢橘刺相纠缠。
皴皰槎牙涩苔藓，清泉百道争涓涓。阴洞终古闷白日，
神瀵喷薄钟乳坚。石壁粗恶艰砻错，题名岂辨唐宋年。
永叔涪翁诗不灭，谁为好事重锤镌？名山蒙顶压顾渚，
春芽开裹劳烹煎。下岩转舵未忍去，下牢关外斜阳悬。

《蜀道驿程记》：“二十日……自此下黄牛滩，历扇子峡，数十里间，皆土山戴石，峰峦森削。至虾蟆碚，泉从岩腹洞中流注虾蟆口鼻间，成水帘，下入于江。溅珠喷玉，望之极可爱，虾蟆形尤肖似……循碚左而下，衣履尽湿。大索舟中瓶盎，止得三四，尽汲贮之。此水，水品列在第四。山谷记云：‘泉味亦不极甘，冷熨人齿。’惜自蜀来，无佳茗试发之耳。”

这首诗写登虾蟆碚所见，由赞泉茗到赞贤士，意蕴甚丰。首赞泉，张又新《煎茶水记》：“庐山康王谷水第一；峡州扇子山下有石，突然泄水，独清泠，状龟形，俗云虾蟆口，水第四。”作者将两泉对比，认为此泉与彼泉“差可比肩”，可见其辨识泉水之精。次赞茗，作者盛赞四川名山县所产之茶。《东斋记事》：“蜀中数处产茶，雅州蒙顶最佳，其生最晚，在春夏之交；其地即《书》所谓

蔡、蒙、旅、平者也。方茶之生，云雾覆其上，若有神物护持之。”《陇蜀馀闻》有记。再次赞贤士。作者特别提到韩愈、陆龟蒙、欧阳修和黄山谷诸人之诗。永叔云：“石溜吐阴崖，泉声满空谷。”山谷云：“巴人漫说虾蟆碚，试裹春芽来就煎。”这些名句都溶入于作者诗中，此可见他对前贤之景仰。此作者记一整天寻泉之乐，首以“打鼓朝发船”开篇，末以“下牢关外斜阳悬”收尾，中述寻泉经过，绘影绘声，时起波澜，跌宕多姿。渔洋七古之工丽，为当世所称道。此诗中所透现的茶文化与贤士的人文精神，令人赞叹。

顾渚，湖州地名，以产茶而名，蒙顶茶更在其上。“神瀵”，山顶泉名，喻虾蟆泉之佳，如大珠小珠，一线贯串。

十二碚

黄陵庙前闻橹声，一滩才过一滩迎。
三千里外峡程尽，十二碚前秋水清。

李子文《蜀鉴》:《夷陵志》曰：上有城，下有十二碚。有滩，甚恶，在今峡州。

诗人由嘉州登舟东下，水程三千里，历时一月方出峡，未料又见十二碚巨石林立，险恶殊甚，因以诗记之。前两句写黄陵庙前滩多水险，乃翻滚之水，是浊水。后两句写“峡程尽”，又见十二碚之水，乃静态之水，是清水。这“秋水清”三字，表现出作者很快乐的心情。短短四句，灵动自然，极显生机。作为一首记水程的小诗来看，这由动而静、由浊而清的写法，几乎已把水态、水形的多姿多彩写尽，因而也就很自然地表达出诗人旷达的心境和高雅的情致，这就格外有味。“三千里外峡程尽”，有阳刚之美；“十二碚前秋水清”，有阴柔之美。刚柔并济，这就是此诗之美。水是生命的源泉，水的姿态、性情是写不尽的。如果对水没有深情，何能轻轻巧巧写出这样一首赞美三峡之浊水和十二碚之清水的好诗！这是水文化的一个生动体现，也是他的性情、人格和追求自由思想又一次的显耀。

欲往三游洞不果

舟下十二碚，西陵遥在目。江云峡口多，
碚转犹千曲。怅望三游洞，灵异非一族。
石钟卧苍藓，唐碣迷深竹。缅怀长庆人，
一往遂不复。斜日下牢溪，依依为谁绿？

《蜀道驿程记》:“二十日……西陵峡,蜀江之险始此,即东来入峡之首也。峡口有三游洞,昔白乐天自江州司马迁忠州刺史,与弟知退偕行,元微之自通州司马迁虢州长史,遇于彝陵,同游此洞,各赋诗二十韵,白记其事,洞以名焉。山谷入黔,放翁入蜀,皆作记。二苏公尝侍老泉游此,亦各有诗,载集中。”白乐天《三游洞记序》:“平淮西之明年,予自江州司马授忠州刺史,微之自通州司马授虢州长史。又明年,各之郡,与知退偕行。三月十日参会于夷陵,微之返棹送予,至下牢戍,闻石间泉声,因舍棹进,策步入缺岸,遂相与维舟岩下……又以吾三人始游,故目为三游洞。”

三游洞在宜昌西北二十里长江北岸西陵峡口,唐白居易兄弟及元稹首游此洞,三人各赋诗二十韵,乐天为作序赞之。至宋,三苏又来游并赋诗,洞因以名。作者过此,以未得一游为憾,因又赋诗记之。处尘嚣之世,心与古人游,三游洞这个景点,是永久刻在人们心上了。诗有奇趣,感人世之沧桑,抚古今于一瞬,味在怀人。

抵彝陵州二首

西陵雄镇地,伫立望荆门。
蜀水天边绿,巫云峡口昏。
三湘初落木,万里饱闻猿。
剪纸劳僮仆,为招久客魂。

扁舟天上落,回首万滩高。
斜日明西塞,秋风过下牢。
江湖初莽荡,吴蜀几旌旄。
至喜亭边泊,椎牛也自豪。

《蜀道驿程记》:“二十一日……荆门、虎牙,楚之西塞也。此下即荆江,江流洪阔舒缓,远山映带,自入峡七百里,重峦叠崿,亏蔽霄汉。至此,始觉天日清朗。杜诗云:‘始知云雨峡,忽尽下牢边。’欧阳《至喜亭记》云:‘蜀舟至此者,必沥酒再拜相贺,以为更生。’”

作者出峡舟抵彝陵,自庆脱险,感触万端,因作此诗。彝陵即今之宜昌。此时,他是站在历史的战略高度赞此名城的,颇不同凡响。第一首,写伫立至喜亭边闲眺,望荆门山,忆三峡之险,怀前贤,抒感慨。第二首,忆吴蜀争雄史事，叹三峡水险以自庆。两诗别饶风味。点出“西陵”“西塞”“下牢”“三湘”这些山名、地名、水名，显有不凡气概，突出“吴蜀几旌旄”一笔，复将忆念中风云激荡的历史画面展开，引人入胜。加上剪纸招魂、椎牛飨客这些楚地民俗的穿插点染，益使诗味加浓，令人沉醉。

值得注意的是：(一) 写水险，充满豪情。“蜀水天边绿，巫云峡口昏。”“扁舟天上落，回首万滩高。”这些句子是前人未曾表现过的。诗人胸藏甲兵，故其诗甚奇。(二) 怀人情深，语多含蓄。杜甫、欧阳修诸人，皆呼之欲出。此行饱经水险，幸得追蹑这些前贤遗踪，心神健旺。(三) 来到这“雄镇”之地，幸得生还，他也要椎牛飨客，大大庆贺一番。两诗珠联璧合，体气精警，仿佛使人感觉到他的脉搏在跳动，心潮在澎湃，纪行诗如此写法，似不多见。

欧阳公绛雪堂

索笑巡檐日几回，蛮花解劝掌中杯。
只怜景祐升平日，也遣先生上峡来。

《蜀道驿程记》：“二十日……泊舟入城，访欧阳公绛雪堂故迹，闻《至喜亭记》山谷书尚存断碑数十字，在东门民家作砌石，语州守以他石易之。”欧阳修，宋庐陵吉水人。天圣进士，官至枢密副使参知政事。因议新法，与王安石政见不合，晚年退居颍州。

景祐三年(1036)，欧阳修贬官彝陵，这年他三十一岁。此写他在绛雪堂中独酌，侍女蛮花在檐下徘徊，不时掩口而笑，终于悄悄走上前去，劝他停杯。情景逼真，生活情趣盎然。诗意全从蛮花口中吐出，这既和盘托出欧氏内心的苦闷，同时也把一个蛮乡姑娘的美好心灵活灵活现地描绘出来。这是欧阳氏谪居彝陵生活的一幅生动剪影，着墨不多，而贤哲与侍女尽传其神。

当时，仁宗正在大力推行新法，欧阳氏站在守旧派一边，因遭贬谪，由主流人物降为边缘人物。“含情欲说宫中事，鹦鹉前头不敢言。”这就是他此时的处境。作者在康熙的管束下，又何尝不是如此！“只怜景祐升平日，也遣先生上峡来。”这末二句是绝妙的调侃。蛮花姑娘虽然无力劝解，但她能如此侍奉一位贤者也就很不错了。这是中华尊师重道精神的生动反映，也是作者诗艺上的一个创新。诗人以侧笔写活一个时代，也写活一个贤士与一个村姑。两人地位不同，文化有差异，心灵皆一样美好。这是前人未曾表现过的，诗有奇趣。

西陵竹枝四首

蜀道艰难易白头，羊肠虎臂又黄牛。
西陵才过荆江出，听尽猿声是峡州。

峡江三月橹声齐，扣拍哀歌高复低。
十二碚边初起汕，日斜还过下牢溪。

金钗系接髻丫枋，叉系年年聚此乡。
江上夕阳归去晚，白苹花老卖鲟鳇。

荷灯百尺接秋河，犹似秦兵驻绿萝。
更说元宵好风景，竹枝歌续采茶歌。

《栾城集·车浮诗序》："结木如巢，承之以箦，沉之水中，以浮识其处。方舟载两轮，挽而出之，渔人谓之'车浮'，此诗所谓'汕'也。诗云：'寒鱼得汕便为家，两两方舟载小车。'"

西陵即今宜昌，这四首《竹枝词》反映出西陵地区人民一年四季的生活风貌，生机活跃，情味深浓。第一首写滩多水险，以"羊肠""虎臂""黄牛"这些滩名入诗，饶有地域文化风味，借用杨升庵"听尽猿声是峡州"之句，平添不少书卷气，益增诗美。第二首写渔人春日捕鱼情景，情调欢快。作者注曰："夷陵俗以三月初八、十八、廿八三日起汕，相率扣拍而歌，悲怆慷慨，乃获多鱼。唯十二碚以上，下牢溪以下数十里为然。"这是对民俗文化的歌赞。第三首写渔人秋日捕鱼景象，以"金钗""髻丫"这些坊名入诗，令人想及渔家姑娘如在目前，别饶风趣。作者注曰："俗以八九月取鲟鳇鱼，先布网而后下叉，谓之叉系，其地曰系曰枋。"表现了风俗民情之美。第四首写人民欢度年节，热热闹闹，情味深浓。作者注曰："元夕，连袂唱竹枝、采茶歌，七夕家家张荷叶灯。云：昔秦白起伐楚，将烧夷陵，望见城中灯火而止，遂沿至今也。"此写民俗由来，十分有趣。绿萝，溪名。"秦军接绿萝"，是对历史的回顾。此四诗，皆言西陵民俗文化，咏物抒情，亦俗亦雅。这是作者力求诗歌通俗化的表现，在清诗史上，具有开拓新风的意义，大诗人的作品都是多姿多彩的。

14. 荆襄卷

【卷头语】荆襄大地，风云变幻。秦楚在此争雄，三国孙刘在此争霸。作者吊古伤怀，吟咏留连。至江陵又追念其祖先为朱明持节往事，发出“信美非吾士”的感叹。至襄樊，诗兴大发，竟一日作诗二十三首，对此间历代名人作了热烈的赞颂。弘扬俗文化，为本卷特色。

汉景帝庙

阳陵何处是，遗庙此中洲。
落日西陵渡，寒江楚塞楼。
天心纷割据，鼎足失炎刘。
太息英雄远，楼船下益州。

《蜀道驿程记》：“二十一日。早发，次宜都。”汉景帝庙在宜都江渚中，楚塞楼在夷陵州。汉左冯翊有弋阳县，景帝前元四年豫于此建陵，因称阳陵。《晋书·王濬传》：“羊祜知濬有奇略，拜濬益州刺史。武帝谋伐吴，诏濬修战舰，濬乃作大船连舫百二十步，受二千馀人，以木为城，起楼橹，开四出门，其上皆得驰马往来。又画鹢首怪兽于船首，以惧江神，舟楫之盛，自古未有。”按：吴人于江中设铁锥铁锁，濬烧断铁锁，抵石头城，纳孙皓降。

作者舟次宜都，思汉景帝，作此诗。景帝刘启为文帝长子，在位十六年。史家称其节俭爱民，有乃父之风。初用晁错计，削诸侯封地，迫吴楚等七国反，又诛晁错以谢诸侯。后以周亚夫为太尉，讨平七国之乱，严整吏部，重农抑商，措施有力，政权巩固。此诗借史言怀，前两联咏史，后两联感时，着重批判割据势力。其时西南边陲未稳，吴三桂、尚可喜、耿精忠三个降清将领，割据一方，羽翼已丰，作者深为忧虑。果然，他离开四川不到一年，三藩之乱就爆发了。作者说：“太息英雄远，楼船下益州。”这是在警告清朝统治者，像王濬那样的削藩英雄，现在恐怕很难找到了。这说明他一方面要竭力维护清朝大一统的局面，一方面又有民族主义的怨情，思想很矛盾。历史的经验告诉人们：“天心纷割据”，这一历史现象是常见的。“鼎足失炎刘”一句，是很重的一笔。他将中国历代政治史是读透了。此诗写在康熙下令撤藩前一年，不是向康熙献策，他反对割据势力是从维护大一统观念出发的。他是一个爱国者。

宜都县南中流大风

南首猇亭路，茫茫白浪间。
风生羊角戍，山尽虎牙关。
忠信平生志，波涛绝域还。
湘东漂泊日，深入五溪蛮。

《蜀道驿程记》："二十一日……次宜都……三国张飞、陆逊皆守此，为吴蜀要害……城北十里猇亭，吴人破汉军处，今小有聚落，曰虎脑碚。"《明一统志》："虎牙关，在荆门州西三里。州亦有荆门、虎牙二山。"羊角戍，地名。五溪，指武陵之雄溪、樠溪、酉溪、沅溪、辰溪，即今之湘西、黔东一带。

宜都是三国争雄的战略要地，当时吴蜀于此有猇亭之战，结果吴胜蜀败。作者舟行江上，忆及有关历史人物，作此诗吊之。诗分前后两截：前两联写宜都山川形势，隐括吴蜀之争，未作褒贬，态度超然。后两联怀念屈原，悲其离开郢都后的流亡生涯。"忠信平生志"是对屈子人格的礼赞，"波涛绝域还"则表示对其流离漂泊生活的悲悯与同情。五溪是屈原流放地，他报国无门，最后投汨罗江自沉。此诗是对屈原的哀挽，也是作者自伤之词。他将自己的抑郁情怀融于山川之中，构成一幅世路艰难的画面，读之催人泪下。大历四年(769)秋，杜甫行经此地入湖南，泊舟岳阳城下。此诗兼有怀杜之意。波涛茫茫，哀愁不可名状。把猇亭、羊角戍、虎牙关、湘东、五溪这些包涵历史意蕴的地名镶嵌其中，益增诗美。作者来此荆湘大地，一幕一幕历史图画在眼前展开，许多历史人物在心中涌动。当前似是太平盛世，实际还有不少隐忧。怎样立身处世，依然还是一个严峻的问题。他念屈原、怀杜甫，显然是在告诫自己，纪行咏史，心境悲凉。

枝江道中

愁绝丹阳道，萧条暮雨时。
天遥孤雁没，江阔一帆迟。
庾信台空在，怀王冢尚疑。
且随鸥鸟去，今夜泊松滋。

《蜀道驿程记》:“二十一日……午过枝江,古罗国,亦曰丹阳。蜀江至此,始分枝为诸洲,有沱水。班氏《地理志》谓江沱出西,东入江。《注》:‘上明城,北据大江,江沱枝分,东入大江。’县治洲上,故以枝江为称是也。初,治百里洲,梁陆法和所居。洲上有庾台,即庾子山故宅,今为庾台寺。昔楚怀王客死于秦,还楚葬此。”庾信(513—581),字子山,南阳新野人。初仕南朝梁,奉使西魏,被留,不放还。西魏亡,事北周,官至骠骑大将军、开府仪同三司。心念南朝,常有乡土之思,作《哀江南赋》。

作者舟阻枝江,大风终夜,哀楚怀王,悲庾信,作此诗。首联:“愁绝丹阳道,萧条暮雨时。”丹阳是楚国的古都,此哀楚亡。哀“楚亡”而至“愁绝”,可见这就非同一般,由其《吊雪庵和尚》一诗考之,哀楚亡实即哀明亡,所以在这“暮雨萧条”之时,他才有这样深切的感触。颔联:“天遥孤雁没,江阔一帆迟。”这是自述漂泊之苦,吐其一腔怨情。颈联:“庾信台空在,怀王冢尚疑。”这时,他想到两个悲剧人物同遭祸乱国亡之苦,自己的遭遇正同他们相似。尾联:“且随鸥鸟去,今夜泊松滋。”一切都由它去吧,自己还是应当活下去,于是心向庾信倾斜,去找安慰。庾信身拘北朝,心念南朝,在心理上形成一个冲击波,十分哀痛。庾信外北而内南,渔洋是外清而内明,两人有“同构关系”,同时他们的才华与遭遇也产生了“双向感应”。杜诗“庾信平生最萧瑟,暮年诗赋动江关。”这恰好是“庾信台空在”一句诗的蓝本。因此,他由庾信想到自己,由现在想到未来,愁绪纷来,情不能已。仕途艰难,前程难卜。庾信事北,才华起了决定性的作用,但在统治者看来,也不过是一颗小小的棋子任人摆弄而已。在感情上,他不能接受如此残酷现实的拷打,在理智上又不得不委曲而迁就之,这就使其内心产生了情与理的激烈冲突,是仕是隐,他不得不有所选择。美国心理学家马斯洛说:安全需要的选择是人生五种必要选择之一。渔洋生当文祸迭兴的时代,怎能不考虑自身的安全?孤舟漂泊,大风劲吹,危坐待曙,此情此景,谁可与言?“愁绝”二字,笼罩全篇,字字是泪。

楚怀王墓二首

当年遗恨割商于,故国秋风总废墟。
望里丹阳抔土在,寒潮犹似哭三闾。

百里洲前望楚江,斜风吹雨暗篷窗。
可怜云梦三千里,弱缴谁加鸟六双?

顺阳郡南乡、丹水二县有商城在于中，故谓之商于。《汉书·地理志》："成王封熊绎于荆蛮，为楚子，居丹阳。"沈括《笔谈》："楚始都丹阳，在今枝江。"《困学纪闻》："王逸曰：屈原为三闾大夫。三闾之职，掌王族三姓，曰：昭、屈、景。原序其谱属，率其贤良，以属国士。三姓至汉初犹盛。秦欲与怀王会武关，昭睢、屈平皆谏王无行。襄王自齐归，齐求宋地五百里，昭常请守之，景鲤请西索救于秦，东地复全。三闾贤者，忠于宗国，所以长久。"《史记·楚世家》："楚人好以弱弓微缴加归雁之上，顷襄王召而问之，对曰……王何不以圣人为弓，以勇士为缴，张而射之？此六双者，可得而囊载也。"鸟六双以比十二国。《战国策》引此段文字略同，后有案语曰："鸟六双以比十二国。怀王死，顷襄王立，楚人激其报秦仇，取鸟以为喻也。"

战国末年，六国用苏秦合纵计抗秦，张仪用连横计破之。经十馀年之苦战，六国先后灭亡，秦统一了中国。怀王因听信小人之言，屡受秦欺，终为秦絷，客死于秦。顷襄王三年，秦归其丧于楚，楚人怜之，如悲亲戚，葬丹阳。作者舟过丹阳，望百里洲怀王冢，作此诗吊之。第一首吊怀王，哀屈原。秦王欲楚齐绝交，谎称割商于之地六百里予楚，怀王与齐绝交后，秦六里也不给。怀王不听屈原"联齐抗秦"之忠谏，妄想从虎狼嘴里掏得一块肉吃，结果受骗身死，为世人所笑。作者以"遗恨"一语讽之，力透纸背。"寒潮犹似哭三闾"，形象地反映出历久不衰的人民哀念之情，这是屈原的悲剧，也是楚国的悲剧。人民不哭怀王而吊屈原，是一个绝妙的讽刺。第二首悼顷襄王，哀楚亡。这个末代君主，昏聩无能，作者特据《史记》中一则民间故事嘲之，意趣无穷。"可怜云梦三千里，弱缴谁加鸟六双。"形象地表达出楚国人民的哀怨，也传达出屈原的悲愤。这说明一个道理：亡国之君绝不可能任用善挽弓的圣人，也不可能任用善制缴的勇士。作者总结出一条历史规律，提出一个深刻的历史教训。

废弃三闾是楚国自取灭亡的内因，"寒潮"句指出这点，字字震响，撼人心魂。司马迁与班固对屈原评价不同，说明只有诗人才能了解诗人。此诗既见司马迁之泪痕，亦可闻渔洋的心声。语浅情深，旨高神远。

作者于壬子年十月二十一日，舟过宜都、枝江，共作五律三首，七绝组诗二首，怀古伤今，尽情地表达了一个亡国者内心的哀痛。他同屈原一样，也深悲国亡。

发松滋县

平楚望苍茫，江流入大荒。
荻芦无近渚，鹅鹳只高翔。
云梦秋风晚，蒲胥旧恨长。
空留形胜在，千古说荆襄。

《蜀道驿程记》："二十二日。风稍息，卯刻达松滋县。松滋本楚鸠兹……乱后，阛阓寥落。县令适赴鄂，尉深避不出，乃自出直佣宜都桡手，送舟至江陵，而余先登宜都兵船以行。盖兵船有桡十枝，号内河船，视川船较轻疾耳。明伍忠襄文定，县人，有祠，不及谒。过松滋，渡雀儿尾，江面益阔，四望莽荡，了无一山，与西陵以上迥不侔矣。孟松滋诗云：'猎响惊云梦，渔歌激楚辞。'杜诗云：'纱帽随鸥鸟，扁舟系此亭。'欲赋一诗，忆此二篇，遂搁笔。"

作者过松滋，即景抒情，再悲屈子，作此诗。前六句，从容续写云梦泽秋景，以芦荻、鹅鹳等物充实画面，引出"蒲胥旧恨长"一句，尽吐哀音。蒲指菖蒲，胥通糈，皆为祭品，此吊屈原。尾联笔势腾跃，掀起一篇高潮。"空留形胜在"，感慨深重；"千古说荆襄"，尽吐哀音。此以景语写哀痛，以情语发议论，皆点到即止，笔墨简省。云梦迷人，平楚可爱，说明这个地方好。最后，以隐语点醒读者：天时不足凭，地利不可靠，当首重人和。楚怀王反其道而行之，不用屈原，何能不败！作者眼光超脱，他真正懂得屈原的生命价值。苏轼说，写诗当注重空静。"空"指多维审美空间，"静"指诗人创作时集中思考力，以认识和把握客观真实。这就是司空图所说的"超以象外，得其寰中"，亦即诗心。有什么样的诗心，就会产生什么样的诗人。渔洋的诗心显然是在历史、江山之外，有其万不得已者在。透过历史的烟云，抓住他那一颗跳动不息的诗心，才能认识其咏史诗的真义与价值。严羽说，理解前人诗作，要参活句，不参死句；不要只作字面理解，定要透过字面，深入诗心及其诗之底蕴，正是此意。

松滋、云梦、荆襄，这块平楚大地，到底好在哪里？说到底，乃是因为这里有屈原和楚国人民所开创的一部建设史在。诗有深厚的文化内涵，此即渔洋纪行山水诗之秘。

荆州晚泊

东下三千里，才过故郢城。
江风吹画角，朔气动高旌。
汉上诸姬尽，湘东古墓平。
沙头今夜月，还照吕蒙营。

《蜀道驿程记》："二十二日……暮抵荆州府治江陵县，泊舟烧鸡洼，去沙市十里。"荆州，故郢城。沙头，地名。"汉上诸姬尽"，指刘备诸夫人：糜夫人于长坂坡投井死，甘夫人在荆州病死，孙夫人闻刘备入川，投江死。

吕蒙(178—219)，字子明，吴富陂人。从周瑜破曹操于乌林，拜偏将军，欲袭取南郡。定荆州，擒关羽，封孱陵侯。

作者舟泊荆州，追忆关羽失荆州史事，作此诗。"风吹画角""气动高旌"，是一幅壮丽军旅图。月照吕蒙营，色彩暗淡，诗意含蓄。

吕蒙才本一般，他在孙权激励下，发愤研习军事理论，大有长进，成了"知识改变命运"的一个典型。他打败关羽，也带有一些偶然性。因为关羽自骄，同孙权闹翻，又不遵从诸葛亮"联吴抗曹"之旨办事，结果战败，为吕蒙所杀，也是一个原因。接着，孙权又把关羽之头送给曹操，扬言为操报了大仇，气得刘备轻率出兵伐吴，致失荆州，败退入川病死白帝。这段蜀方史事说明：关羽之骄矜与迂愚，刘备之刚愎与轻率，在客观上都帮了孙权的大忙。作者以"画外音"暗示，可称神妙。但最令作者悲痛的，还是"汉上诸姬"之死与"湘东古墓"之平，吊古伤怀，情不能已。"沙头秋月"至今还挂在天上，而吕蒙营早已无存，只留下一片空虚，令人怅惘。作者对吕蒙之才颇为欣赏，这里显然寓有悼念之意。如此写战史、言政治而及军事，可谓独具慧眼。诗里写了许多人物，不止一个吕蒙，还有诸姬、孙权、刘备和诸葛亮。这首怀古诗写得很有气概，而又很凄凉，令人悲慨。

江陵书感

先公持节地，今日复经过。
江汉流如昔，兴亡事若何？
人归铜马后，士岂鲫鱼多！
信美非吾土，登楼发浩歌。

《蜀道驿程记》:“二十三日……曩，故明世宗朝，先曾祖大司徒公，起家荆州府推官。神宗时，复自顺天府尹填抚三楚。天启丁卯岁，惠王之国荆州，先祖方伯公实以仪郎充副使。缅怀往事，今昔之感深矣。夜宿馆驿。”先公指渔洋曾祖父大司徒公和祖父方伯公。《后汉书·光武帝纪》:更始二年秋，光武与铜马大战于蒲阳，悉破降之，众遂数十万，故关西号光武为铜马帝。这里是以光武喻惠王。张鷟《朝野佥载》:“江陵在唐世号衣冠薮，时人称云:‘琵琶多于饭甑，措大多于鲫鱼’”王粲避董卓之乱，逃荆州依刘表，未受重用，后思乡情动，作《登楼赋》,中有“信美非吾土，登楼发浩歌”两句。

作者至江陵，追怀先公业绩兼思惠王，抚今追昔，抒兴亡之感，作此诗。曾祖父之恒，为明嘉靖壬戌进士，起家荆州府推官，殁赠户部尚书。祖父方伯公为明万历甲辰进士，曾以仪制郎充副使扈惠王之国，荆州是王氏家族发祥地。追念祖宗是我国民俗传统。

值得注意的是作者发出的几声长叹:一叹“江汉流如昔，兴亡事若何”?这是对历史巨变、人事无常的感叹，托江流抒感，咏叹兴亡，特以问句提出，发人深省。二叹“人归铜马后，士岂鲫鱼多”。一方面借哀光武帝而吊惠王，以隐语吐其胸中怨气，一方面借咏西晋南渡史事以刺降清者，含蓄有致。三叹“信美非吾土，登楼发浩歌”。借王粲之语以泄胸中之愤，比直说更为有力。三叹而终，低徊不尽。

在中国，历代士人一直处在贵族与庶民之间，混得好的爬上去，混得不好的跌下来。倘不依附皇权，甚至难以生存，所以每当易代之际，鱼龙混杂，真名士甚少。所以阮籍感叹:世无英雄，遂使竖子成名。郑板桥也说:今日满街名士，岂不令诸葛含羞，高人冷齿。渔洋“士岂鲫鱼多”之叹，亦类此。晋南渡后，士人多如过江之鲫，因有新亭之泣。作者对那些攀附新朝、“装尽猢狲做尽戏”的士人，皆不屑一顾，这在当时是有警策力的。“信美非吾土”,借用前人名句炒冷饭，很幽默。一篇精彩，全见于此。题为《江陵书感》,胆识俱呈，可称《新登楼赋》。

荆州怀古

白帝城边醉放舟，夕阳荆楚此登楼。
惊心割据三分地，放眼关河万里游。
山色茫茫江夏远，风烟漠漠渚宫秋。
何须更续英雄记，今古无人似仲谋。

《蜀道驿程记》:“暮抵荆州……自六朝为上游都会,语谓‘琵琶多于饭甑,措大多于鲫鱼。’唐宋迄明,衣冠文物,号称极盛。崇祯时,流贼乱楚豫间,蹂躏最酷。先是,张献忠诈陷襄阳,襄王遇害,督师阁部杨嗣昌自裁,贼遂长驱陷荆,俘民入蜀。继此,西山贼号十三家,盘踞郧夔间,峡路不通者二十载。康熙三年,合秦楚蜀兵三路大举,贼始剿除,峡路复通,而荆之凋弊极矣。”渚宫,楚顷襄王之离宫。《汉末英雄记》,魏王粲著。《吴志》:“孙权,字仲谋,方颐大口,目有精光。策起事江东,权常随从。性度弘朗,仁而多断,策自以为不及也。曹公曰:‘生子当如孙仲谋,如刘景升父子,豚犬耳。’”孙权继兄据江东六郡,汉献帝建安十三年(208),与刘备合力破曹军于赤壁,从此西联蜀汉,北抗曹魏,成三分局面。黄龙元年称帝,建都建业,国号吴。

荆州为长江中游都会,扼军事要冲,历来为兵家必争之地。自关羽“大意失荆州”后,刘备退保四川,这里遂成吴国统辖区。

作者反对割据分裂,一贯维护刘备蜀汉正统政权,何以又对孙权如此推重?这是因为:赤壁战后,三国鼎立局面形成,曹操、刘备都怕孙权,曹不敢南下,刘也不敢东征。曹操甚至还说:“生子当如孙仲谋”,对孙赞叹不止。所以作者才有“今古无人似仲谋”之叹。从军事、政治才能来看,他认为曹操比不上孙权。此赞孙权虽仅两句,却多谐趣。但曹操也有其所长,比如说,他的综合能力就是孙刘都比不上的。若就爱护人力、开发人才资源而言,则孙权又在曹刘之上。曹操虽曾下求贤令,但他常以一己之爱憎为转移,则又远不如孙权大度。刘备虽以仁义相号召,却常常爱玩假。三人相较,唯孙权足称贤君。他对待周瑜、吕蒙能全始全终,而黄盖、程普等人皆乐于为他效死,这都是曹刘比不上的,故他能统领江南,扩大乃父基业,威震一方。曹操威逼汉帝,刘备攀援汉室,久为史家所讥,亦不如孙权始终甘为侯而不怨,凡此皆可见作者眼光之深邃。此诗妙在始终未褒贬曹刘一字,而曹之不仁与刘之伪仁,皆呼之欲出。题为怀古,写景抒情,评判人物,雄奇壮丽,极有气势。末点诗旨,一语胜千言。

荆门州

望望荆门外,茫茫驿路宽。
北风江汉起,暮雪郢中寒。
野烧荒原断,昏鸦古木残。
遥怜季行役,白发望平安。

《蜀道驿程记》:“二十五日。早发,骑行。江陵城北十五里,即荆门州界,弥望黄茅白苇,十月中,木叶尽脱。此去彝陵二三百里,峡中尚未摇落,而此间风物已如此。暮抵建阳驿。二十六日。五更大寒,早行,午至荆门州安陆府界……城在陂陀之下,兵民错居。顺治初,设重镇于此,扼荆襄之冲,以备西山寇盗。贼平后,移镇彝陵,改设游击一员驻此。会日暮,州守与州将高宴醉甚,余不得已,先骑而行。更馀抵小南桥,诸从人三鼓始至,云:州北十里遇虎,众列炬谍逐,久之乃去。馆人云:此地至宜城,最多虎害,日暮无敢行者。”郢中,荆门州古称。

寒冬十月,北风劲吹,昏鸦啼树,野火频烧。日暮时,天又飘起雨雪,作者成天在荒原上赶路,晚,写下这首哀诗。首联概述荆门州荒废景象,令人肠断。中两联就“北风”“暮雪”“野烧”“昏鸦”四个意象着力写景,勾出一幅汉江平原农村贫困、凋敝的悲惨图画,十分引人注目。尾联更就父母念子行役之苦抒情,尽吐心愁。这既真切地写出自己的哀痛,也折射出康熙初年中国中部农村的悲惨状况。这幅天涯行旅图,与四百年前马致远的《天净沙》很有些相似之处。那是元代蒙古人统治下汉族士人的哀诉,这是清代满人统治下汉族士人的怨声。诗以“驿路宽”开篇,以“白发望平安”收结,首尾相应,十分耐人寻味。“驿路宽”就宽成这个样子,连高堂白发老人都在时时为皇家奔命的儿子安全担心,这是什么时代,什么社会。其妙尤在作者只写冬日农村荒寒景象,而这一景象又如此平常,几乎随处可见。而父母疼爱少子,时时担心儿子在外行役的安全,这也是常见现象。但“平常”中自有“不平常”在,这就是此诗妙谛所在。

荆门州是个大地区,自古以来,这里在政治、经济、军事上都显得极为重要。特别是明守将杨嗣昌在此被李自成打败,自缢而死,明因以亡,作者的祖辈又曾先后在此做官、起家。他想到这些,怎不感慨万千?因此,诗人在此就不是只谈自己的哀痛,而是以其忧生忧世之怀来写其对于时代、社会、人生的感悟。马致远是这样,渔洋也是这样。美国当代诗学家苏珊兰格说:“一首诗就是一个有机体,它是时代、社会、人生的反映。”信然!

蛮　水

万里崎岖入剑门,夜郎南去瘴云昏。
楚乡今日经蛮水,回首蛮荒更怆魂。

蛮水，今称蛮河，汉水支流。

这年冬，作者使蜀归来，行近襄樊，见蛮河而动诗思，因就半年来行踪，略抒感慨，弹出与古贤同悲之曲，写了这首诗。第一句怀陆游，第二句怀李白，第三句写自己。李白、陆游和他同走一条入蜀路，都有“蜀道难”的深切感受。陆氏抗金之志未遂，老怀郁闷，骑驴入剑门而归，晚景惨淡；李氏辅弼无成，后遭打击，流放夜郎，遇赦而还，终落拓以死，此皆人所熟知而为之慨叹者。然作者之仕清使蜀，其内心之隐痛，知之者能有几人？久居下僚，现在还在劳劳奔走，干这苦差事，所以他感叹：“今日楚乡经蛮水，回首蛮荒更怆魂。”蛮水与蛮荒，在此变成两个象征性的意象。“楚乡”已是蛮荒者的天下，连这水也都变成恶的了。一片怨情，倾泻而出。他是如此这般在被驱使着，还能有什么作为？这就是埋藏在他心底的哀愁。他知道无论从人品、诗才或诗艺来看，自己会有身后名的，此可稍稍自慰于心。他作此诗，亦只闲散抒情而已。

黄叔度墓

落月汉江上，樯乌初动时。
一抔披马鬣，千顷拜牛医。
鄙吝消何有，清流本自危。
如何无愧色，唯说蔡邕碑。

《蜀道驿程记》：“二十九日。五更早发，过杜康台，下有井曰杜康井。城北十五里，过黄叔度墓，有明督学徐栻撰碑。自此傍汉江行，青山白云，风帆沙鸟，颇极旷淼之观。”《后汉书·黄宪传》：黄宪字叔度，汝南慎阳人也。世贫贱，父为牛医。荀淑誉之为颜子。“同郡戴良才高倨傲，而见宪未尝不正容，及归，罔然若有失也。其母问曰：‘汝复从牛医儿来邪？’对曰：‘良不见叔度，不自以为不及；既睹其人，则瞻之在前，忽焉在后，固难得而测矣。’同郡陈蕃、周举常相谓曰：‘时月之间不见黄生，则鄙吝之萌复存乎心。’”郭林宗尝谓：“叔度汪汪若千顷陂，澄之不清，淆之不浊，不可量也。”

黄宪为汉末清流人物，名垂千古，为历代士人所尊。作者过宜城，拜其墓，作此诗。前四句写拜墓时的情景，于平淡中见新奇。“马鬣封”指其坟墓上封土之状，“千顷”为“千顷陂”之略语，“牛医”是“牛医儿”的简称。后四句以自谦之词发抒感慨，谓己与黄宪相比，“鄙吝”未得全消，有“愧色”。实际上，这两联的含义是深隐的。“鄙吝消何有，清流本自危。”是说汉末那些趋炎附势的鄙吝者，他们何曾消除？而清流人物一直都处在自危状态中，过去是这样，现在也没有大改变。牛医之子黄宪，终生不仕，并非党人，也遭厄运，这叫人怎不郁闷？“如何无愧色，唯说蔡邕碑。”这是说蔡邕这个受害者，虽然博学好辞章，精音律，善鼓琴，工书画，多才多艺，是大学者、大艺术家，结果不是也以“卓党”罪名冤死在狱中吗？弦外之音，铮铮震响。

这首诗，从一个独特的视觉揭示出历代正直士人与邪恶势力不可调和的斗争，诗人们要保持自己的独立人格，贪婪者却不许他们说真话，汉末清流人物的悲剧就是这样造成的。

羊太傅祠

岘首何寥落，犹存太傅祠。
门临汉川水，泪堕郢中儿。
东第无归日，西江有断碑。
天涯落帆客，一荐楚江蓠。

《蜀道驿程记》：“二十九日……复北三里许，为羊太傅祠，门外濒江，有碑。祠门下刻晋碑……所谓堕泪碑也。”羊祜字叔子，晋泰山南城人。魏末，任相国从事中郎，与荀晟共掌机密。晋王朝建，封钜平侯，都督荆州诸军事，长达十年。在任开屯田，储军备，筹划灭吴。平日轻裘缓带，身不披甲。吴西陵督步阐举城来降，吴将陆抗攻之甚急，诏祜迎阐，祜帅兵五万出江陵。与吴将陆抗互通使节，绥怀远近，以收江汉及吴人之心。后举杜预自代。死后，南州人为之罢市巷哭。其部署于岘山祜平生游息之所，建碑立庙，岁时飨祭，见碑者莫不流泪。《晋书·羊祜传》：“祜卒，从弟琇述祜素志，求葬先人墓次，帝不许，赐去城十里外近陵葬地一顷。又尝与弟琇书曰：‘既定边事，当角巾东路，归故里，为容棺之墟。’”《荆州图记》：“羊叔子与邹润甫尝登岘山，泣曰：‘自有宇宙，便有此山，由来贤达胜士登此（而）望，如我与卿者多矣，皆湮灭无闻，念此使人悲伤。如百岁后有知，魂魄犹应登此也。’润甫曰：‘公德冠四海，道嗣前哲，令闻令望，当与此山俱传。至若润甫辈，乃当如公语耳。’后参佐为立碑著故望处，百姓每行，望碑莫不悲戚，杜预因名之为堕泪碑。”

羊祜是西晋名臣，作者过襄阳，拜其祠，作此诗吊之。此诗表达了作者对羊祜其人由衷敬仰之情。“东第无归日”，哀其欲归故乡而未能如愿；“西江有断碑”，隐括其生前与僚佐同游岘山之乐，以颂其德。这些笔墨都带有深厚感情，颇不平常。这一年，作者从京城出发西征，就像一只飞出笼的鸟，稍稍得以驰情山水，一路歌唱，给人留下印象最深的是，一路骂死皇帝，这在历代诗人中是罕见的。对于那些受害的或失意的名臣，如杨震、郭泰、诸葛亮、杨慎、羊祜等，则见其祠墓必祷，且歌颂之。对于封建帝王的游乐及其祭祀活动，则皆一概嗤之以鼻。而凡文化古迹，渔樵高风，乃至民情风俗，则又颂之不绝。羊祜由魏入晋，任荆州长官，在政治、军事、外交上都做出了显著成绩，作者深仰其人，此可见其胸襟与气概。

襄阳吊孟浩然

五字清词入杳冥，朱弦寂寞若为听。
鹿门东望鱼梁外，聊与题诗寄孟亭。

孟浩然(689—740)，襄阳人，隐居鹿门山，四十游京师，应进士举，不第。诗擅五言，多以山水景物、旅途风光为题材，抒发个人怀抱，为李白、张九龄、王维所激赏。张九龄出镇荆州，任为从事。开元末，病疽背，卒。孟亭在襄阳，为纪念孟浩然而建。

孟浩然是唐代独树一帜的大诗人，作者过襄阳题此诗吊之。这诗表达了他对孟氏的追怀与仰慕，反映两人在诗学上深刻的联系。孟浩然善写五律，“五字清词入杳冥，朱弦寂寞若为听。”是对其诗的高度评价。清存本真之性，淡远若无之境，是孟诗的鲜明特色。其诗由绚烂至极而归于平淡，达到幽远、寥寂之境，为人所难及。加以音律清越，如朱弦之似断未断，似杳未杳，就更使人有大音希声、真力弥满、气充宇宙之感。这是其人胸怀淡泊的体现。本真之性源出老子，神韵说本于司空图、严羽。唐之王孟，宋之苏黄，明之阳明、李贽、三袁，清之顾炎武、王渔洋、龚自珍，皆一脉相承。以政治言，则表现为诗人与统治者的疏离或对抗；以诗歌言，则皆追求老子的“去蔽存真，见素抱朴。”此即海德格尔所言：去蔽以存本真之性，回归人类的精神家园。渔洋神韵论即属这一理路。

诗入淡远若无之境，需要作者具有把握事物内在精神实质的功力，如画家之素描，作家之白描，功夫到家，自然即能浓入淡出，深入浅出，以至达到浓后之淡，深后之浅。孟诗气韵生动，神韵悠远，有清、高、幽、雅之趣。司空图所求“象外之象，景外之景，味外之味”；严羽所倡“诗而入神，至矣尽矣，蔑以加矣”；这些孟浩然都达到了，渔洋因题此诗赞之。

襄阳口号

岂有酖人羊叔子，更无悔过窦连波。
残碑堕泪回文锦，一种消沉可奈何！

《晋书·羊祜传》："祜与陆抗相对，使命交通。抗尝病，祜馈之药，抗服之。人多谏抗，抗曰：'羊祜岂酖人者！'时以为华元、子反复见于今日。"武后《苏惠璇玑图序》："苏氏性伤妒，滔有宠姬赵阳台，苏氏苦加捶辱，滔深以为憾。滔将镇襄阳，邀苏同往，苏忿不与偕行。悔恨，因织锦为回文题诗，赍至襄阳，滔感其妙绝，具车盛礼迎苏氏归于汉南，恩好愈重。"《分甘馀话》："余过襄阳赋诗，首句用陆抗语，次句用山谷语，皆成句。"按：山谷题苏若兰《回文锦诗图》云："亦有英灵苏惠子，只无悔过窦连波。"堕泪碑在襄阳城北岘山东麓，下俯汉江，历代题诗甚多。

爱情、婚姻是一个严肃的人生课题，而弃旧图新则是一个带有普遍性的操守问题。作者紧紧抓住窦滔婚变这一典型事例进行针砭，显然具有警世作用。此诗首联借用前人成句，颇有剧趣。接着点出"堕泪碑"与"回文锦"二事，避开许多烦琐叙述，简洁可喜。末抒感慨，十分有力。"消沉"一语，悲怆凄绝。短短四句，活画出两个品德高尚者的形象：羊祜和苏惠。一则忧生，一则伤爱；一个"疾没世而名不称焉"，一个悲已"曾经沧海难为水"。同时，还勾出一个迷惘者的形象，形成三人同台表演的一幕趣剧。苏惠钟情，羊子不酖人，窦滔迟悔过。把情与怨、是与非，揭示得痛快淋漓。这是对美满爱情的颂歌，也是对失误者的谴责。渔洋是一个至性至情的人，他的家庭是美满的。在人伦文化史上，他又写下精彩的一章。可惜山谷与渔洋论窦滔、苏惠皆有偏颇，不如武后公正。其实，窦滔有宠姬，当时社会制度是允许的，何况他后来也改了过。苏惠"苦加捶楚"赵阳台，难道就做得对吗？

习家池

山公酩酊处，遗迹岘山头。
院静寒山落，川明宿雾收。
依然池上水，遥接汉江流。
谷口微钟发，苍茫起白鸥。

《蜀道驿程记》:“二十九日……习池在南麓,一水泓然,下布文石,翠鉴毛发,溅珠浮水面,与吾郡趵突、珍珠、金线诸泉相似。池方广亩许,稍东复有一池,才如半规,流出院外,北汇为小潭,复伏流而南为溪,由凤凰亭下注汉江。至今,襄阳太守例以三月三日禊饮于此。池后观音阁,即古谷隐寺。”习凿齿《襄阳记》:“汉侍中习郁于岘山南作鱼池,池边有高堤,种柳及长楸,芙蓉、菱芡覆水,是游客名胜处也。山简每临此池,未尝不大醉而归。”《世说新语》:“山季伦为荆州,时出酣畅,人为之歌曰:‘山公时一醉,径造高阳池。’”山季伦即山简。

习家池为汉末襄阳侯习郁所凿,后为诸习氏及荆州豪族居地,这是襄阳的一座古园林。此诗绘出一幅园林图画,复活了晋人山简的闲适生活,可见其人风貌之一斑。首联起笔舒徐,突现一个酩酊山公,引人入胜。中两联写其所居池院,闲静优雅。“院静寒山落,川明宿雾收”两句,极为传神。“静”拟其人之性,“明”状其人之心,借景怀人,寓有哲理。“依然”一联,颇有佳致。“池水”与“汉江”相距甚远,作者以超越空间手法,将两者紧紧连接起来,令人赞叹。尾联以“微钟”和“白鸥”相联接,亦妙。“谷口”和“江流”是两个不同的空间;“微钟”是时间的表征。“谷口微钟发”,将时间纳入空间之中,复将“谷口”“微钟”“江流”“白鸥”联为一体,形成一个生机活跃的时空统一体,言在此而意在彼。这是将事物的流动信息构成相互联系、相互影响的网络,使之信息化、网络化。我国艺术哲学所注重的情感化与生命化,在这里得到了充分的表现。这是中华民族文化精神与审美观照的生动体现,这是一首很有雅趣的园林诗。

岘山和孟公韵

往者不可作,含凄方在今。
岘山风景地,名士几登临?
陵谷须臾改,残碑涕泪深。
高阳池上酒,凭仗一开襟。

岘山又名岘首山,晋羊祜镇襄阳,尝登此山,置酒吟咏,对同游者喟然叹曰:自有宇宙,便有此山,由来贤达胜士,登此望远如我与卿者多矣,皆湮没无闻,使人悲伤。后来孟浩然来游,作《与诸子登岘首》诗:“人事有代谢,往来成古今。江山留胜迹,我辈复登临。水落鱼梁浅,天寒梦泽深。羊公碑尚在,读罢泪沾襟。”作者来游有感，写了这首和诗。

这首诗是对孟浩然的追怀，也是对羊祜的凭吊。作者登临此山，追怀古贤，感慨万端。“往者不可作”，叹前不见古人；“名士几登临”，赞历代来游者，一唱一和，十分亲切。“陵谷须臾改”一句，咏历史沧桑变幻，尤显其狂狷之态。狂者欲有进取，狷者有所不为，这就是作者的处世态度。在清人统治下，他生存窘境，何能不狂？孟浩然只是“未达”，并没有遭受异种称王的压迫，而他是不幸得多了，这就是他发“含凄方在今”之叹的缘故。末以“高阳池上酒，凭仗一开襟”句收结，借酒浇愁，一篇风神全显。步韵诗难工，与孟浩然唱和尤难，这一遥隔时空的唱和实在很有意义。两诗皆好，难分轩轾，堪称双璧。

檀溪寺

欲渡襄江雪意寒，襄阳耆旧已凋残。
清谿老寺城南路，独忆弥天释道安。

道安(314—385)，东晋高僧，常山扶柳人。本姓卫，十二岁出家，受业于佛图澄。晋武帝时，避乱，率弟子慧远等四百馀人至襄阳，立檀溪寺，铸佛像，宣扬佛法。居十五年，前秦苻坚攻取襄阳，送往长安。安以一切诸法本性空寂，主张“本无”之说，注《般若道行》《密迹》《安般》诸经。前此僧人出家，多随师姓，安谓师莫如佛，僧应以“释”为氏，遂为佛门永式。弟子中以立净宗之慧远为最著名。《晋书·习凿齿传》：“时有桑门释道安，与习凿齿相见，道安曰：‘弥天释道安。’凿齿曰：‘四海习凿齿。’时人以为佳对。”习凿齿，著有《汉晋春秋》。

檀溪寺在襄阳城南清溪之侧，这首诗表达了作者对佛学大师道安的仰慕之忱，同时也反映出他对禅宗哲学、美学的感悟，意蕴湛深。

道安发展了佛学“空无”理论，对禅宗哲学作出巨大贡献。“空无”为佛禅之本，这是认识以至把握世界的一种心理学方法。为求心灵解脱以达恬然自适之境，从而超越客观世界，不为外物所役，以入“无人”“无物”“无我”之境，这就叫“空无”，或曰“涅槃”，亦即禅悟。诗之禅意、禅境、禅味、禅趣，即本此。所以诗论家严羽说：“禅道在悟，诗道亦在悟。”今日禅学大师铃木大拙以禅学与弗洛伊德精神分析说相结合，益使禅学传播全球，影响深远。唐以来，禅宗美学在中国诗歌领域长久盛行不衰，即因它与人类生存环境、生存状态密切相关。在今日多元化世界中，从实践到生命，与禅宗哲学、美学，无不有其息息相通之处。

禅宗哲学、美学是中国历代知识分子寻求精神解脱的一条重要途径，作者提倡神韵论，皈依禅宗，也是这种思想的反映。他那一颗不安的心灵，因被长久囚禁，只得寻求此种自我调适，以作依托，心亦苦矣。从他这类诗作中，可以约略窥见其人的精神状态，他同现实世界是存在着无法调和而又必须自我调节的深刻矛盾。“襄阳耆旧已凋残”，这一声叹息是沉重的。“独忆弥天释道安”，这句诗具显其心灵之寂寞与孤独，他是一个至死不屈者。

放鹰台

汉江东去有高台，烟树苍苍楚望开。
走马铜鞮坊北路，少年齐唱野鹰来。

乐史《寰宇记》：“（放鹰）台在邓城县东南一里。”《水经注》：“沔水南有层台，号曰景升台，盖刘表治襄阳之所筑也……性好鹰，尝登此楼，歌《野鹰来》曲。”渔洋据此演而为诗，以表襄阳人民怀念刘表之情，因而重新复现出一幅历史图画，栩栩如生，十分有趣。李白《襄阳歌》：“襄阳小儿齐拍手，拦街争唱白铜鞮。”作者将其事隐括入诗，饶有民歌风味，首尾呼应，结构紧密，有戏剧美。襄阳少年至今犹唱《野鹰来》，此可见刘表影响之深远。

汉末孟达为新城郡太守，曾登白马山，叹曰：“刘封申忱据金城千里而更失之乎？”因作《上渚吟》。刘表喜歌《野鹰来》，其声韵似之。作者一再称颂刘表，显然是从维护刘家正统观念出发，他对曹操无一字赞颂，也是这个原因。

望庞居士山

云烟杳杳树幢幢，消息凭谁问老庞？
斜日汉川秋水阔，居然一口吸西江！

《蜀道驿程记》：“二十九日……江东数峰，秀色欲滴，问舆人，知是鹿门、苏岭诸山，庞德公、孟浩然、皮袭美隐居。山下有鱼梁洲，亦曰鹿滩，即庞德公、司马德操望衡对宇处也。上有鹿门、庞居二寺，以庞居士得名。岘山在江岸西北，群峰迤逦，北趋郡郭。”庞蕴字道玄，唐衡阳人。贞元初，与石头和尚丹渊禅师为友，信佛，不剃发，举家入道，挈其所有，沉入水中，以鬻手制竹器为生，后居襄阳，机辩迅捷，人称襄阳庞居士，有诗偈三百馀篇。见《唐诗纪事》四九。《传灯录》："襄州庞居士蕴参马祖云：'不与万法为侣，是什么人?'祖云：'待汝一口吸尽西江水，则向汝道。'居士言下顿悟。"

襄阳有二庞，一个是汉朝的庞德公，一个是唐朝的庞道玄，二人远避尘俗，为世所称。作者至襄阳，望庞居士山有感，作此诗。"云烟杳杳树幢幢，消息凭谁问老庞?"这两句诗，借景怀人，自然蕴藉，亲切有味。"斜日汉川秋水阔"句，更绘出一幅壮美秋景图，引人入胜。"居然一口吸西江"，此承第二句而来，自问自答，十分有趣。这是作者对求法大师庞道玄的歌赞，也是诗人自己心灵追求的表露。"一口吸西江"是唐代大寂禅师马祖向庞居士传法的妙语，作者取以入诗，用事甚妙。首用此典者是宋人张孝祥，他的名句"尽挹西江，细斟北斗，万象为宾客"，雄奇豪放，禅味甚浓。作者在禅师这句妙语之上冠以"居然"二字，有新鲜感，把马祖传道的情景写活。这里，孔子的"比德说"，晋人的"人物品藻"说，汉魏古诗所崇尚的"间接描写"，以及清诗论家吴乔所推重的"侧笔"，都由作者一齐总记于此。绝句难工，神妙尤在结句，作者深谙此中三昧。

渡汉江次樊城二首

昨过嶓冢阳，今来汉皋曲。
万里故人心，江流鸭头绿。

樊口隔铜鞮，江楼乌夜啼。
行人渡江去，回首岘山西。

《蜀道驿程记》："二十九日……汉水新绿可爱，古称如鸭头，信然。江北岸即樊城，仲山甫所封国，汉昭烈帝依景升时，屯此……樊与襄阳隔水相望，实为南雍屏蔽，盛时为吴楚大贾辐辏之所，酒楼歌馆，鳞次十馀里。自闯献二逆相继陷襄，皆先据樊，由白马洞南渡。数年来，流移稍归，居人尚数千家。"

襄樊为鄂西重镇，自古为兵家必争之地。李自成陷襄阳，明督抚杨嗣昌兵败自裁，这是明末关键性的一大战役，明因以亡，故作者写诗哀之。这两首五绝，一记行踪，述己由陕南之嶓冢山入川，至此已行万里，因念亲友，不胜感慨。一叙来樊口所见，顿有"风景不殊，人物全非"之感。"江楼乌夜啼"一语，波澜陡起，以隐语写之，倍增其哀。《乌夜啼》传为南朝临川王刘义庆所制，自哀被废，声调悲凉，作者以之哀悼明亡，别饶风味。作者论绝句云："五言绝近于乐府，七言绝近于歌行，五言难于七言，五言最难于浑成故也。要皆有一唱三叹之意乃佳。"这两首五绝，即近于乐府。

隆　中

咫尺隆中路，如闻梁父吟。
地传龙卧久，山接鹿门深。
遗憾留关陇，高风激汉阴。
沔江流不尽，西望一沾襟。

汉末，诸葛亮筑庐躬耕于此。山半有抱膝石，隆起如墩，可坐数十人。建安十二年(207)，刘备来此，三顾茅庐。《梁父吟》，乐府楚调曲名。梁父，山名，泰山旁一小山。曲言人死葬此山，歌词悲凉慷慨，为挽歌。传古辞为诸葛亮所作。《三国志・诸葛亮传》："亮躬耕陇亩，好为《梁父吟》。"

作者过襄阳，望隆中诸葛躬耕处，作此诗。怀其人，抒其志。此诗表达了作者对诸葛亮高风亮节的追怀与仰慕，十分感人。诸葛生于汉末纷乱之世，对人民的苦难深表同情，常吟《梁父吟》以自遣，此曲寓有人生有限、宇宙无穷之感。其人襟抱不凡，生不逢时，因有身将何托之叹。"淡泊以明志，宁静而致远"，乃其一生操守之写照。在偌大宇宙中，惟求自由安顿己身，此外别无他求。清心寡欲，惟高风是尚，此种人生追求，尤使作者钦佩。后来出山从政，辅佐刘备，作最大努力，终不能挽救汉室之衰亡，知其不可为而为之，此种心迹，在其前后《出师表》中均有表露。作者不得已而仕清，无论从道德、人格或文化品位来说，都在某种程度上与诸葛亮有"异形同构"之感。因有"沔江流不尽，西望一沾襟"之叹。借景抒怀，其掩抑之怀，宛曲之意，尽在此十字中。诸葛一心致力维护封建正统皇权，反割据，反分裂，这很合乎渔洋的理想，故竭力讴之。在其《蜀道集》中，这样的颂诗不少。

刘景升冢

豚犬儿郎霸业空，冢中人不愧英雄。
一杯遥酹襄江上，爱汝名高俊及中。

刘表(142—208),字景升,东汉山阳高平人。少知名,号八俊。与李膺、杜密等八名士相交,号称“八顾”。献帝初平元年(190)任荆州刺史,据有今两湖大部地区,成为当时一股较大的割据势力。长子琦,少子琮。表死后,琮投降曹操。《魏书·刘表传》:“(表)少知名,号八俊。”《后汉书·党锢传》:“次曰八俊,次曰八及。”“俊及”是八俊八及的合称。《注》引胡冲《吴历》:“(曹操)见舟船、器杖,军伍整肃,喟然叹曰:‘生子当如孙仲谋,刘景升儿子若豚犬耳!’”

荆州刺史刘表,有德政,为史所称,在汉末纷乱之际,他与曹操各据一方,打着维护汉室正统旗号,成为曹操劲敌。死后子琮降曹,后继无人,刘氏政权遂落入曹操之手。对于刘家王朝来说,这是一幕历史悲剧。表少知名,号八俊。《后汉书·党锢传序》:“李膺、荀昱、杜密、王畅、刘佑、魏朗、赵典、朱寓为八俊。俊者,言人之英也。张俭、岑晊、刘表、陈翔、孔昱、范康、檀敷、翟超为八及。及者,言其能导人追宗者也。”“爰汝名高俊及中”这句诗言外之意是,刘表的名声应在曹操之上。尽管他的两个儿子一个是豚,一个是犬,但这于他本人又有何损?“冢中人不愧英雄”是作者对曹操讥嘲刘表的一个回答。这是站在维护封建正统立场上所作的判断,并不准确。曹操把刘表与孙权作比较而加以褒贬,比较客观。但刘表之缺点,亦人所共知。他惧内而溺幼,其最终之结局是偶然的,也含有事物发展的必然性。

估客乐三首

大艑趁潮来,落帆向樊口。
盘鲙槎头鳊,杯泛宜城酒。

大堤诸女儿,三五花映肉。
斜月半江楼,低徊就郎宿。

与郎定情时,葳蕤黄金钥。
不识堕泪碑,但道襄阳乐。

《估客乐》为乐府西曲歌名,传为齐萧赜(武帝)所作。帝布衣时,常游樊邓,登祚后,忆此而作歌。《襄阳乐》,乐府曲名。《乐府诗集》四八《襄阳乐》引《古今乐录》:“《估客乐》者,齐高帝所制也。帝布衣时常游樊、邓,登祚后,追忆此事而作歌。”《南史》:“刘道产为雍州刺史,善于临职,百姓乐之,由此有

《襄阳乐》歌，由道产始也。”槎头鳊是汉江出产的一种鱼，宜城酒是一种土特产。黄金钥是一种妇女装饰品，为男女定情物。

襄阳为古代南北交通枢纽，同时又是军事重镇和政治中心，因此商业繁荣，文化发达。这三首情歌，用乐府旧曲填写新词，与《大堤曲》同属一类，此可见渔洋诗学视野之广。

中国文化具有多元一体性，它由不同民族、不同地区的文化交汇而成。以《诗经》为代表的北方文学和以《楚辞》为代表的南方文学，是中国文化的两个分支。北尚阳刚之美，南尚阴柔之美，《离骚》是这两种美的结合。从整体来看，南方文化妩媚多姿，可以称之为水文化，此从南朝乐府描写男女之情的吴歌西曲中见之。中国俗文学从兴起到发展壮大，经过漫长的曲折过程，颂之者有之，鄙之者亦有之，渔洋不鄙视俗文学，此可见其眼光与气魄。

中国诗歌尚言志，实则情志本不可分。惟因儒者重教化，于是统治者乃以此作为钳制人民之工具，诗因偏向政治和伦理，致使桑间濮上之情歌一概被斥之为靡靡之音。魏晋以后文学开始觉醒，陆机“诗缘情而绮靡”之说，乃大倡于天下。此后，言志缘情两说并立，言情之诗遂大发展。然当清代程朱理学盛行之时，言情诗复遭摒斥。作者来到襄阳，大写乐府古题情歌，这对缘情派是有力的支持，给清代诗歌带来活泼的生机。他这番努力是很可贵的。后来，经过袁枚与沈德潜辈反复辩论，缘情说终于在实践和理论上站稳脚跟。朱自清《诗言志辨》对此论之甚详。应当说，吴歌言男女之情，乃民间文学的主旋律，李东阳即有“真诗在民间”之论。此后更有冯梦龙、袁枚诸家相继张扬，民间文学始别立一宗，为士大夫所重。这一组《估客乐》之价值在此。

大堤曲四首

何处白铜鞮，相逢大堤曲。
樊城多酒家，郎在谁家宿？

送欢凤林关，别欢桃林岸。
红桃作花时，与欢复相见。

汉水绿头鸭，朝朝自呼名。
何时觅欢去，附书到江陵。

东汉房陵来，南流武昌去。
西汉下巴陵，会是相逢处。

《大堤曲》，古乐府名，出自《襄阳乐》。梁简文帝《雍州曲》有以《大堤》为题的，为唐《大堤曲》《大堤行》所本。释智匠《古今乐录》："襄阳乐者，宋随王诞为襄阳郡，夜闻诸女歌谣因而作之。其曲云：'朝发襄阳城，暮至大堤宿。大堤诸女儿，花艳惊郎目。'"《白铜鞮》，梁时歌谣名。南齐末，萧衍行雍州府事，镇襄阳，"有童谣云：襄阳白铜蹄，反缚扬州儿。识者言：白铜为金，鞮为马也。白，金色也。乃义师之兴（指萧衍起兵襄阳），实以铁骑，扬州之士皆面缚。故即位之后，更造新声，帝自为词三曲。"李白诗："襄阳小儿齐拍手，拦街争唱《白铜鞮》。"房陵，古郡县名，约当今湖北陨阳地区。巴陵，古郡县名。"东汉房陵来"，"西汉下巴陵"。东汉，指东汉水；西汉，指西汉水。

十月廿九日，作者自宜城乘舆至樊城，一路诗兴大发，这天作诗十六首（其中写襄阳诗十首），晚又作《大堤曲》《估客乐》二题七首，是日共作诗二十三首，多为乐府古题，还写了一篇叙事甚详的日记。此日创作丰收，为行役途中所仅见。

《大堤曲》是六朝时流行于襄阳一带的俚俗歌谣。作者借"乐府西曲"旧题，叙襄阳商贾、男女情爱之事，隐括萧衍、沈约、李白诸人之诗，重造新声新曲，或借句，或化用，旧瓶装新酒，构成一幅历史与现实交织的风俗画，雅俗相谐，别饶风味。

怎样看待此种现象是一个饶有兴味的诗学问题。从源头来说，抒写男女之情，从《诗经》《楚辞》即已开始，至汉魏六朝而大盛，后受儒家礼教阻遏，一度呈现衰竭之势，至明末始复兴，清又走了回头路。但这条俗文学的大树，因植根于人民生活土壤之中，终于穿越千山万谷，如大河滚滚向前。深通诗歌原理和诗歌发展史的渔洋，对此知之甚稔，单是在这次旅蜀途中他就吟唱了不少《竹枝词》。他说："诗情合在空舲峡，冷雁哀猿和竹枝。"这次来到襄阳，他又借《古乐府》进行了一次空前的吟唱。可见他对俗文学的重视，有意从中吸取营养。在清初诗坛，他的审美观念如此开放，实属罕见。在他看来，雅俗文学是互渗互动，实难截然划分。把雅绝对化，以雅自居，或惟俗是取，都是不对的。看来，在继承发扬中国诗歌传统问题上，他走的是一条雅俗相谐之路。他的诗歌创作之所以能够取得较高成就，这是一个重要原因。这些诗歌至今仍然为人们所喜爱，原因之一即在此。这四首《大堤曲》是创新之作。

四支小曲都写得很活，男女角色在唱在演，很热闹，剧趣甚浓。在理学盛行时代，把男女相爱之情作了这样痛快淋漓的表现，这也只有在商业兴盛的襄樊地区才能有此生动的表现。

万 山

新钓槎头缩项鳊，楚姬玉手脍红鲜。
万山潭水清如昨，只忆襄阳孟浩然。

《晋书·杜预传》：预好为后世名，常言'高岸为谷，深谷为陵。'刻石为二碑，纪其勋绩，一沉万山之下，一立岘山之上，曰："焉知此后不为陵谷乎？"杜预字元凯，孟浩然见前注。

习凿齿《襄阳耆旧传》："岘山下汉水中出鳊鱼，味极肥而美，襄阳人捉捕，遂以槎断水，谓之槎头缩项鳊鱼，为水族上味。""宋张敬儿为刺史，齐高帝求此鱼，敬儿作辘轳船，置鱼而献曰：'奉槎头缩项鳊鱼一千六百头。'"孟浩然《岘潭作》："试垂竹竿钓，果得槎头鳊。""美人骋金错，纤手脍红鲜。"又，《万山潭作》："垂钓坐磐石，水清心亦闲。""脍红鲜"《精华录》作"鲙红鲜"，误。兹据孟氏《岘潭作》诗订正。

汉江之鳊，味美；万山之潭，水清；杜预之碑，沉而未泯。此三者，皆孟浩然诗所赞赏者。"只忆襄阳孟浩然"句，表达出作者的追求、雅趣与美感，同时也倾吐出自己对孟氏其人由衷敬仰之情。

渔洋提倡神韵，在理论上标举司空图、严羽，在诗法上推崇王孟，如滚动车之两轮，故其说乃大行于天下。孟以布衣寒士，身隐山林，远避尘嚣，与林泉为友，怡然自乐，其诗以平淡胜，闻一多尝极称之。渔洋之所醉心者，亦以此。至其不愿趋赴朝廷，以疏离为表，抗拒为骨，一生淡泊，特立独行，则尤为王氏所景仰。"只忆"二字尽情表其独钟之情，其人生追求与诗美俱于此二字尽之。短短四句诗，由美食文化写到山水文化，进而写到人文文化，韵味俱足。

汉江望鹿门山

大堤一长望，窈窕纡林壑。
闻有庞公居，携家因采药。
僧归鹿门寺，帆转襄阳郭。
耆旧复何人，烟霞今寂寞。

《后汉书·逸民传》：庞公，南郡襄阳人。居岘山之南，未尝入城市，夫妻相敬如宾。唐代孟浩然、皮日休亦先后隐居于此。

作者望鹿门山有感，怀庞德公其人，作此诗。德公在汉末动乱之际，逃入鹿门山采药，与政治拉开距离，受到各方关注，影响很大。此诗写得很平和，然多有泪痕。

中国历代士人爱把自己的人生追求与人格理想寄托于山水，这是我国古典诗歌的传统审美趋向。孔子所谓“仁者乐山，智者乐水”，就是对此种情结的概括。魏晋以后诗人皆写山水言怀，逐渐形成风尚。他们处理人与自然的关系，常以天地为心，与万物为友，同自然作感情交流与思想对话，已成现实人生的需要。中国山水诗的深层含义，即在此。“烟霞寂寞”之感是一种彻底抛开名利的境界。尘世有三界，一曰世俗界，二曰名利界，三曰灵魂界。劳劳以生者，为第一界；谋取荣禄者，为第二界；彻底抛开一切欲念，惟求精神之自由与宽舒者，为第三界，即灵魂界，此惟哲人与宗教家能及之，庞德公就是这样一个典型。

15. 蜀归前卷

【卷头语】作者行经中原大地，对汉末君臣并起南阳大抒兴亡之感，对此间贤士亦多礼赞，对刘项之争则多无情的嘲笑，最后渡河兴感，述老遣怀，为蜀道之行作一小结。此卷为弘扬中华古文化而歌，显有特色。

新野道中

穷冬风易紧，暝色路何长！
蛮落黄邮聚，寒林赭水乡。
雁声过宛口，帆影下襄阳。
回首昭丘外，云涛堕渺茫。

《蜀道驿程记》："三十日。风寒，发樊城，午后渡白水……水中多沙洲，群雁翔集，嘹唳动人，西即湍水……骑行，更馀始抵新野，隶河南南阳府，有汉光武、昭烈二帝庙。城南花陂，阴丽华故居。城内有古城，号曰子城，昭烈屯新野时筑。"阴丽华，光武帝后，阴识之妹。初，光武闻其美，心悦之，叹曰："仕宦当作执金吾，娶妻当娶阴丽华。"后果纳之，生明帝。郭后废，立丽华为后。《水经注》："棘水又南，径新野县，历黄邮聚。世祖建武三年，傅俊、岑彭进击秦丰，先拔黄邮者也。"又："襄阳城东有白沙，白沙北有三洲，东北有宛口，即淯水所入也。"

新野是光武帝后阴丽华的故乡，作者过此，写了这首感怀诗。这里勾画的是日色将暝时一幅冬郊山川图，色彩阴暗。在清雅的词句中，寓有不可捉摸的历史感，情调凄凉。值得注意的是，作者以"穷冬""暝色""蛮落""寒林""雁声""帆影"等词语组成意象群，造成一种类似今日影视中的蒙太奇，令人炫目。意象的构造、组合与更新，是使诗歌创作不断推进向前的重要艺术手段，作者承继唐宋诸大家馀绪，摄取意象入诗，不落前人窠臼，有新鲜感。这是诗人对现实和历史感受的聚焦和折光。没有光武故事、楚乡历史和他这次万里行役的经历，便没有"暝色路何长"这样的深重感触。从表面看，这似乎是冬日新野荒郊景色的随意描绘，其实不然，从深层含义来说，这实际是对历史沧桑变幻的无限感慨,也是作者内心郁闷又一次的宣泄,此可谓已达“思与境谐,神与物游”之境。这是作者生命的体验与表达,它是在信息交流与生命运动中完成的。把诗由内在世界推向外在世界,由主体运动推向宇宙运动,工夫全在善于用气,此诗以气脉贯通传神。尾联“回首昭丘外,云涛堕渺茫”,此言地古,昭丘有楚昭王墓,令人感慨无穷。全诗静中有动,“过”“下”“堕”三个动词,极显生气。

寄于淅川道子

西望商于地,风前木叶红。
荒城三户在,官舍万山中。
归路日犹远,故人今不同。
淅江通汉水,心折武关东。

《池北偶谈》:“南阳淅川,古商于地。同年于道子先登尝令其地。”《水经注》:“淅水南流,注于丹水,丹水径流丹水、南乡两县之间,历于中之北,所谓商于者也。又南合汋水,谓之淅水。”又:“丹水又东南,径一故城南,名曰三户城。”崔懋《新城县志》:“于先登字道子,号会公。顺治辛卯举于乡,任淅川令。邑素凋敝,先登缓催科,问疾苦,建学校,课农桑,治为诸邑最。”

淅川距邓州二百里,十一月初二日作者过南阳,怀同年于道子,作此诗寄之。

一个荒凉、贫困的小县,他何以能做出“治为诸县最”的成绩来?这是一个值得研究的问题。从于氏本人来说,这首先是由于他有济世爱民之心,而作者与他同气相求,这正如《易·乾》所说“同声相应”一样。其次,这样一个“素凋敝”的小邑,经他一整治就变了样,说明他有干才,作者很钦佩。其实,他也只做了四件事:即缓催科,问疾苦,建学校,课农桑。赋税并未减,只是“缓催”而已。但就是这样一点恩惠,人民已感激涕零。可是,对于这样一个做出“治为诸邑最”的好官吏,清政府并没有下令表扬。

当时汉族士人官分三等:下焉者,被踢到边远小县去。中焉者,在朝任职,受到一点小恩宠。上焉者,升迁为大吏,却难免遭大祸。这首诗是对清统治者弃置人才的揭露和控诉。他表扬了一个地方官,同时也揭露出一个问题:在有清一代,中了进士的士人,真能做出显著政绩如于道子者有几人?“心折”一词,感情沉重。从“商于”和“武关”两个地名,还令人想起秦楚之间的一段史事。战国时,张仪游说楚怀王,劝楚绝齐亲秦,秦愿以商于之地六百里与秦。待楚怀王入武关与秦结交后，秦连一寸土地也不给，怀王终客死于秦。这是淅川小城的历史、地理和文化背景。这里提到“三户”，令人想起楚国人民的一个誓言：“楚虽三户，亡秦必楚。”这些都是言外之意。

南　阳

汉家陵阙晚烟重，路入南阳识旧封。
何日赤符曾应谶，至今白水尚朝宗。
炎精十世飞雄雉，鼎足三分起卧龙。
惆怅铜驼经几度，西风博望一声钟。

《蜀道驿程记》：“初二日。早过古三公废城，并淯河东岸行。卧龙岗在西岸，松柏郁然，楼观颇壮。土人云：‘河湍急，无舟梁。’遂不果渡。按襄阳城西有隆中山，为忠武躬耕处。习凿齿云：‘武侯家南阳之邓县，在襄阳城西二十里。’又，郦《注》称檀溪之阳，有崔州平、徐元直故居，檀溪与隆中皆在襄阳城西，二人与武侯为友，故知襄阳之隆中为近也。”《水经注》：“白水西南流，左会昆水，水西南流，径章陵县南，西南注于白水。水北有白水陂，其阳有光武故宅，基址存焉。所谓白水乡，苏伯阿望气处也。”博望，驿名。

南阳白水乡是光武帝诞生地，卧龙岗为诸葛武侯躬耕处，一君一相，皆起于此。作者过其地抒兴亡之感，作此诗。首联叙陵阙所见，因晚烟而怀史事。《东观汉记》：“舂陵本在零陵，节侯孙以土地下湿，元帝时求封南阳蔡阳白水乡，因故国名曰舂陵。”“旧封”指此。颔联追叙刘秀迷信谶语称帝，借以发抒感慨。颈联评论汉王朝之兴衰。“炎精十世”指西汉自高祖至成帝，共十代。“雄雉”典出《列异传》，此指光武帝。卧龙指诸葛亮。此联以雄雉与卧龙为对，喻指一君一臣。尾联发抒感慨。“铜驼”，《晋书・索靖传》：“靖知天下将乱，指洛阳宫门铜驼，叹曰：‘会见汝在荆棘中耳！’”

对于刘秀这位“中兴之主”，作者只就“奉祀祖茔”“信谶称帝”“获雄雉名”三事评之，并无一字颂其功业。在作者看来，刘秀虽然延续了刘家政权一百八十馀年，但最终还是被鼎足三分的新政权所代替了，这是历史的铁则。兴亡盛衰乃自然之理，不管刘秀使出多大力气，也挽回不了刘家王朝必然覆没的命运。此诗以地为经，以史为纬，特以光武之中兴与诸葛之崛起作对比评论，十分有力。铜驼几度，荒野远钟，发人深省。作者身处康熙鼎盛之世，对两千年前的刘秀如此不敬，耐人寻味。

寄怀邓州彭中郎直上兄弟兼忆仲亮宁远

旧识中郎美，新高第五名。
中原传二妙，故国继三甥。
皂帽辽东客，青山宛叶情。
羡君名父子，家本冠军城。

《蜀道驿程记》："初二日……早过古三公废城……暮抵博望驿。"彭而述字子籛，号禹峰，明崇祯进士，官至贵州巡抚，康熙四年(1665)，终广西布政使，年六十。久历边陲，诗多军中之作，著有《读史亭诗文集》。而述子六人：始起、始骞、始超、始奋、始博，皆能诗。搏、始凯。搏字直上，为渔洋门人。《晋书·外戚传》："何准字幼道，高尚寡欲。兄充为骠骑将军，劝其令仕，准曰：'第五之名，何必减骠骑？'准，兄弟中第五，故有此言。"《左传·庄公六年》："楚文王伐申，过邓。邓祁侯曰：'吾甥也。'止而享之。骓甥、聃甥、养甥请杀楚子，邓侯弗许。三甥曰：'亡邓国者，必此人也。'"后邓果为楚所灭。《魏志·管宁传》："宁字幼安，北海朱虚人。常著皂帽、布襦袴、布裙，随时单复。四时祠祭，辄自力强，改加衣服，著絮巾，故在辽东所有白布单衣，亲荐馔馈，跪拜成礼。"王存《九域志》："南阳冠军城，汉武帝以封霍去病。"

作者过邓州，为彭氏父子写此诗。中郎是他的诗友，两人同仕于朝。其父而述卓有大志，其文雄奇峭拔，有横槊之风，作者对他十分景仰，故特以"陈同父一流人"称之。长子始起，年少即骁勇知名，后举武进士；次子始骞亦荫荫任贵州黄平知州；五子始博，诗文有乃父之风。一门皆豪俊，这是一个很奇特的文化现象。首联赞中郎之才，直上排行第五，作者以汉代何准比之，言其"第五之名，何必减骠骑"。他是渔洋的门人，因又以"新高"美之。颔联以"二妙""三甥"称之，指出这已造成邓州的优良文化传统，是进一层的赞誉。颈联赞仲亮、宁远，一客辽东，以管宁誉之；一居乡里，以青山美之。尾联合赞邓氏全家，把彭氏家风提到文化传承的高度。冠军城是霍去病的封地，此指南阳。如此歌赞彭氏一家，而以魏之管宁、汉之霍去病相比，誉之甚高。然世变人才易出，亦人才难为之时，幽管哀弦，意在言外。这是科举文化与人伦文化在一个书香人家的典型反映，有特殊历史价值。

卧龙冈

五丈原头望，秋风落大星。
空留高卧处，古柏日冥冥。

《蜀道驿程记》："初二日……并淯河东岸行，卧龙冈在西岸，松柏郁然，楼观颇壮。"李濂《河南通志》："卧龙冈，在南阳府城西南七里，即诸葛亮躬耕处。时人以亮为卧龙，因号其冈云。"按：冈上有武侯祠，由大殿、宁远楼、三顾堂等建筑及卧龙冈十景组成，今存碑碣三百馀，有宋岳飞书《前后出师表》石刻。

这首五绝，前两句写半年前在五丈原所见，后两句写此次在卧龙冈所见，即景抒情，以吊诸葛其人。作为《南阳》诗的续篇，殊堪玩味。诸葛病死于五丈原军中，时在秋日，作者因以"秋风落大星"句写之，雄奇豪放。其身系蜀汉之存亡，可歌可泣。"星"指星象，此喻诸葛其人，这是对武侯的哀悼与评价。传说他将死时，曾欲参拜星辰，冀延寿命，适魏延入帐，踩踏祭坛，乃长叹一声而罢。此小说家言也。他没有参拜星辰，是明智的。板桥云："倒不如南阳高卧，省多少六出祁山。"未知诸葛晚年亦有此省悟否？此篇明哀诸葛，实以自伤，寄慨遥深。"空留高卧处"，可叹。作者深仰其人，其评诸葛诗，篇篇精彩，这是一个值得注意的文化现象。

博望城

持节西穷万里源，至今黄鹄怨乌孙。
空闻宝马归天厩，不见征人入玉门。

《蜀道驿程记》："初二日……暮抵博望驿。汉武元光六年封张骞为侯国，刘表遣昭烈拒夏侯惇于博望，烧屯伪遁，因伏兵大破之，即此地。"博望，故城在今河南南阳市东北。《汉书·张骞传》："时匈奴降者言：匈奴破月氏王，以其头为饮器，月氏遁而怨匈奴，无与共击之。汉方欲事灭胡，闻此言，欲通使。骞应募，使月氏，与堂邑氏奴甘父俱出陇西。经匈奴，匈奴得之，留骞十馀岁，予妻，有子，然骞持汉节不失。"《西域传》："汉遣江都王建女细君为公主，以妻乌孙昆莫。昆莫年老，语言不通，公主悲愁，自为作歌曰：'吾家嫁我兮天一方，远托异国兮乌孙王。'又曰：'居常土思兮心内伤，愿为黄鹄兮归故乡。'天子闻而怜之。"

作者过博望城，用张骞通西域及王建女嫁乌孙史事，谴责汉武“重马不重人”的和边政策，作此诗。武帝欲灭胡，闻月支遁怨胡，乃使张骞通使，厚赂乌孙，又遣公主细君为乌孙王夫人，以断匈奴右臂。此诗前两句写张骞通使、细君出嫁，“持节”十馀年不释，说明张骞爱国，但通使的目的却成问题；“黄鹄”喻细君，言其思归心切，作者对她深表同情。后两句写和亲政策造成细君的悲剧，又白白断送万馀士兵的生命。据《汉书》所记，第一次，一匹马也没有得到。第二次虽得马数十匹，却无辜地断送了许多士兵的生命。武帝为饱私欲，不知干了多少蠢事。作者对其穷兵黩武政策的鞭打和抨击，是有力的；至于对细君的悲悯同情，则是对儒家男尊女卑思想的批判。作者尊重妇女，与十九世纪晚期西方女权运动者很相似，虽然他的认识没有达到那样的高度。但他能从尊重妇女角度批判武帝的和边政策，也就很不错了。作者对张骞出使有微言，具卓识。清政权对待边远地区少数民族的政策又如何，不是依然在实行征讨吗？

怀西樵先生

何事竟抽簪，翩然返旧林。
宁无子牟恋，且慰老莱心。
白水犨城远，青山鸦路深。
楚天南去雁，嘹呖动哀音。

《蜀道驿程记》：“初三日……午次裕州城……暮抵龙泉店。”这年八月初一日，太夫人卒于于故里，伯兄西樵闻讣，绝而复苏，累日不食，杖而后起，亲故多为忧之。次年七月二十日终卒故里。西樵爱孟浩然，擅五言古诗。其诗幽淡闲远，扫绝依傍。沈德潜评云：读书有特识……诗以才情擅长，远古而不见使事之迹，一时名家故应敛手(《国朝诗别裁集》)。

作者过南阳白水乡，忧念西樵之健康，作此诗寄之。首忆西樵蒙冤归隐，“抽簪”用晋张景阳《咏史》诗意：“抽簪解朝衣，散发归海隅。”“返旧林”取自陶潜诗。次用楚大夫申公子牟谏灵王事，以喻其忠，又用春秋隐士老莱子事以言其孝。西樵忠孝两全，为世所称。三述兄弟相念之情，而以南雁“动哀音”一语回应首联，“鸦路”喻乌鸟反哺之情，读之令人悲伤。借史咏怀，重在讽世。灵王骄纵，子牟力谏不听，犹称其贤，西樵无丝毫过错，却遭弃置达七年之久，这在“圣君”康熙脸上岂不等于打上一个大问号？在满人统治下，连出考题这样一件小事也造成冤狱，这是怎样的时代？作为明王朝的后代和充满家仇国恨的一个汉族士人，怎能没有哀怨？作者见“白水”“青山”而兴感，闻南雁哀音而动情，可知其愁怨之深矣。

过长沮桀溺耦而耕处

曾读陶公传，尞尞沮溺心。
耦耕馀故迹，流水抱寒岑。
鸟下日将夕，云归山半阴。
从来避世者，不厌入林深。

《蜀道驿程记》：“初四日。早行，望黄城山，《注》谓：南阳叶方城邑西有黄城山，是长沮、桀溺耦耕之所，有子路问津处。尸子曰：楚狂接舆耕于方城。皆此地。”《论语·微子》：“长沮、桀溺耦而耕，孔子过之，使子路问津焉。长沮曰：‘夫执舆者为谁？’子路曰：‘为孔丘。’曰：‘是鲁孔丘与？’曰：‘是也。’曰：‘是知津矣。’问于桀溺，桀溺曰：‘子为谁？’曰：‘为仲由。’曰：‘是鲁孔丘之徒与？’对曰：‘然。’曰：‘滔滔者天下皆是也，而谁以易之？且而与其从辟人之士也，岂若从辟世之士哉？’耰而不辍。”尞，古燎字。

长沮、桀溺是春秋时入山避世的隐者，此诗旨在通过这个古代耦耕故事赞颂隐者。陶潜《扇上画赞》云：“辽辽沮溺，耦耕自欣。人鸟不骇，杂兽斯群。”“遥遥沮溺心，千载乃相关。”渔洋向往之情，全于首联见之。入世或出世，可为不可为，这常常是生于乱世儒者面临的大问题。儒者想保持独立人格与自由精神，就不能与统治者合作，作者生当易代之际，也面临着这样的选择。

在仕隐问题上，他与孔子不同。孔子主张积极用世，看不起沮溺。渔洋欲避世，把沮溺抬得很高。两人所处时代不同，处世态度各异，这表明作者并非俗儒。他把隐者生活写得活灵活现，令人向往，他求隐有真心，与那些沽名钓誉者迥别。沮溺能分清避人与避世之异，渔洋十分赞赏。他写此赞歌，将陶潜的隐逸品味大大提高，作出“从来避世者，不厌入林深”的判断，是有力的。

叶公祠

萧条醴水暮烟封，古殿青苔上废钟。
地下子高应一笑，世间谁解好真龙？

《蜀道驿程记》:“初四日……过叶县旧城,城中有光武庙、王乔祠,又有黄山谷祠,山谷尝作尉于此。今惟光武祠存,规模尚颇巨丽。渡醴水,又二十里渡昆水,次叶县。”《水经注》:“醴水东径叶公庙北,庙前有叶公子高诸梁碑。”《庄子》:“叶公子高好龙,室雕尽写以龙文。于是天龙下之……叶公见之,弃而还走。是叶公非不好龙也,好夫似龙而非龙者也。”

《叶公好龙》是一则古代寓言故事,久传于世。叶公确有其人,但故事却是后人编造的。此则寓言讽刺叶公爱假龙,怕真龙,历来为人讪笑。作者过叶县,想起他,一时兴来,竟代他答辩:“世间谁解好真龙?”这问得很有趣,很有意思。究竟怎样才能辨真伪、明是非?这确是一个难题。韩愈曾有“世无伯乐”之叹,现代西方学者波普把科学定义为“证伪”科学,可见辨伪之难。没有“证伪”的伯乐,纵有千里马又有谁能赏识?所以真龙也好,千里马也好,在视人才如狗彘的专制时代,怎能不被“鞭笞于凡夫之手,老死于槽枥之间?”这是作者所深恶的,因借题发挥,作此答辩。此非戏言,乃涌出一腔血泪,语至沉痛。此诗达情尽性,恰到好处。

望石门山高凤隐居

颇闻石门山,高公有遗迹。
复有元丹丘,于此炼金液。
溪云飞鸟曙,萝月清猿夕。
我欲往从之,卜邻醴西宅。

《蜀道驿程记》:“初四日……西南西唐山有石门,汉高凤、唐元丹丘隐处,昆水出焉。”高凤字文通,后汉叶人。少耽学,家以农为业,妻尝之田,曝麦于庭,令凤护鸡。时天雨,凤持竿诵经,麦为潦水所漂,妻还怪问,凤方悟。昼夜读书不息,遂成名儒。元和间,教授西唐山中,不应征辟,隐身渔钓,终于家。元丹丘,唐道士,隐居石门山,李白慕其人,作《元丹丘歌》。

作者行经南阳途中,为汉唐两个大隐士唱了这支赞歌。他们早已冥殁,作者“欲往从之”。

隐士有猎名者,有全身者,有葆真者。身隐山林,心存魏阙,走终南捷径,是猎名者。生逢乱世,逃入山林,以求避祸保身,属全身者。保持高节,仰慕真人,以求得道升仙,属葆真者。高凤、元丹丘属此类。作者生当易代之际,他所倾慕的是后两类。他们既有儒家的“狂狷”,又有道家的“保全求真”。渔洋之所好者乃在远离尘嚣，与同好者谈诗论道，以求精神解脱。他望石门而想念高凤、元丹丘，其内心之彷徨、苦闷，可想而知。归隐是一个怪圈，此种“怪圈”贯串于中国专制时代达两千年之久。从这个大背景来看，这不仅是渔洋一个人的悲剧，也是中国历代士人的共同悲剧。从现今西方学者发出“寻求人类精神家园”的呼声来看，这也可以说是全人类的悲剧。隐士和隐逸文化，就其对抗专制主义、保全精神自由一点而言，是于世有益的，高凤和元丹丘是中国文化史上的奇异现象，从李白到渔洋，一直都在讴歌。

襄城道中

角角逐鸣鸡，遥遥信马蹄。
雪残雍氏北，月落颍阳西。
序已三冬晚，途犹七圣迷。
汝南名士尽，望古一含凄。

《蜀道驿程记》：“初五日。五更早发，过汝坟……二十里过首山。《史记》：‘黄帝采首山之铜，铸鼎于湖。’”李廓《鸡鸣曲》：“星稀月没入五更，胶胶角角鸡初鸣。”《海内东经》：“颍水出少室，少室山在雍氏，一曰缑氏。”《庄子·庚桑篇》：“黄帝将见大隗乎具茨之山，至于襄城之野，七圣皆迷。”七圣：黄帝一，方明二，昌寓三，张若四，謵朋五，昆昏六，滑稽七也。庾信《至老子庙应诏》诗：“路有三千别，途经七圣迷。”

襄城，春秋郑汜地，周襄王避狄难居此。作者过此怀古伤今，作此诗。前两联写冬晨雪景，闻鸡鸣而兴思绪，后两联追怀往古，发出“七圣迷”“名士尽”的慨叹。“汝南名士”指东汉末李膺等一批清流人物，兼指明清之际这个地区的名士，他们在清政权的钳压下，早已凋残，作者深表哀痛。词隐意深，这是作者对清政权文化政策的揭露和控诉。

此诗将景物、时序组成一部贝多芬式的命运交响曲。“鸡鸣”“月落”“三冬”，指时间；“马蹄”“雪残”“途迷”，指空间。尾联更将今古时空汇合为一，造成一个完整而生动的画面，这是作者主观之情与客观之景相融合的反映，是其人生感悟的具体表现。这种感悟，同道家、禅宗哲学是相通的。他的诗常将史学、哲学、美学、诗学熔于一炉，造成各失原有之性的化合物，很美妙，诗能达此四维结构之境者，殊不多见。

渡汝水戏作襄城君曲

玉剑翡翠衣，光照清川口。
不愿楚执珪，愿得执君手。

《蜀道驿程记》："初五日。五更早发，过汝坟……又五里，过汝水，次襄城，县隶开封府。"《水经注》："楚襄城君始封之日，徙倚于流水之上，即是水也。"高诱《淮南子注》："楚爵功臣赐以圭，谓之执圭。比附庸之君。"按：楚有执帛、执珪，皆爵名。执珪次于令尹者。刘向《说苑》："襄城君衣翠衣，带玉剑，履缟舄，立于流水之上。楚大夫庄辛过而悦之，遂拜谒曰：'臣愿把君之手，其可乎？'襄城君忿而不言。庄辛曰：'君独不闻鄂君子皙有感于越人之歌乎？'襄城君乃奉手而进之。"

这首古绝，是据楚襄城君思念故国史事而作，写得幽默有趣。襄居汝颍要害，为兵家必争之地，楚公子受封于此，因号襄城君。越之鄙人庄辛事楚执珪而显，两人在此相遇，襄城君以贵族之尊，不愿同他握手，听了庄辛讲述越人皙的爱国故事，才同他握手，此事很感人。作者渡汝水，忆起这段趣闻，因隐括其事，代襄城君写了这首答辩辞，复活了这幕史剧。这对襄城君的爱国精神是热烈的颂扬，同时也是自己一腔幽怨的倾吐。作为明代官僚的后代，他与襄城君同有天涯沦落之感。"不愿楚执珪"句，有弦外音，殊堪玩味。此诗将史事趣味化、戏剧化，是作者在艺术形式上的开拓和创新。在明代以来戏剧文学蓬勃发展的新形势下，散文和诗歌里的喜剧因素明显地加强了，归有光的散文，吴伟业的诗歌都有戏剧美，这是明代文学的新发展、新趋势。但像作者这样以一首五绝来表现诗的戏剧美，尚不多见。寥寥二十字，剧趣盎然。沈德潜云："五言古，短篇超然而起，悠然而止。"此诗似之。

拜李元礼墓

颍水东流去不回，汉家司隶汜城隈。
西园官爵归常侍，北部髡钳记党魁。
一代荀陈师友谊，千秋蕃武死生哀。
岁寒谡谡松风里，犹似龙门御李来。

《蜀道驿程记》："初五日……颍桥有颍考叔冢，其北有郑庄公城大隧遗迹。二十里过李元礼墓。”李膺（110—169）字元礼，汉颍川樊城人。初举孝廉，桓帝时累官至司隶校尉。与太学生首领郭泰等结交，反对宦官专权，太学生称其人为“天下模楷”。后被宦官诬为乱党，以诽谤朝廷罪逮捕入狱，被禁锢终身。灵帝即位，复起用为常乐少府，又与陈蕃、窦武谋诛宦官，事败被杀。《后汉书·灵帝纪》：“光和元年，开西邸卖官，自关内侯、虎贲、羽林，入钱各有差。私令左右卖公卿，公千万，卿五百万。”《后汉书·党锢传序》：“初，桓帝为蠡吾侯，受学于甘陵周福，及帝即位，擢福为尚书。时同郡河南尹房植有名当朝，乡人为之谣曰：‘天下规矩房仲武，因师获印周仲进。’二家宾客，互相讥揣，遂各树朋徒，渐成尤隙，由是甘陵有南北部党人之议。因此流言转入太学，诸生三万馀人，郭林宗、贾伟节为其冠，并与李膺、陈蕃等更相褒重。”《陈蕃传》：“窦后临朝，委用于蕃，蕃与后父大将军窦武同心尽力，征用名贤，共参政事。中常侍曹节、王甫等与共交构，太后信之。蕃志诛中官，会窦武亦有谋，乃先上疏，太后不纳。蕃因与窦武谋之。及事泄，曹节等矫诏诛武等。”《李膺传》：“帝崩，陈蕃、窦武共秉朝政，连谋诛诸宦官，引用天下名士，乃以膺为长乐少府。乃陈、窦之败，膺等复废。后张俭事起，收捕钩党，乡人谓膺曰：‘可去矣。’对曰：‘事不辞难，罪不逃刑，臣之节也。吾年已六十，死生有命，去将安之？’乃诣诏狱，考死。”

李元礼为汉末清流人物首领，他反对宦官专权，致两遭党锢之祸。灵帝时谋诛阉宦，事败被杀。作者过襄城，渡颍水，拜其墓，作此诗吊之。李为汜城人，桓帝时任司隶校尉。初领兵千馀人，后罢所领兵，仍领七郡，使察三辅、三河、弘农诸郡。

首联哀其人如颍水东流而去。颔联称其反宦业绩，既赞其反对西园卖官爵之邪风，复称其人。“西园”指西邸，“开西邸卖官”，史有记载。“常侍”随侍帝侧，权倾一时。“北部甘陵”指李膺为首的反贪派。《后汉书·党锢传序》：“甘陵有南北两部”，此可见当时反宦声势之大。此联以卖官爵的常侍与受髡钳的反宦官者李膺作对比，力斥贪者之暴，大颂反宦者之勇，写得有声有色。“髡钳”指剃去头发而以铁圈束颈的一种刑罚。颈联是对李膺及其同道者的歌赞，这些人物是荀淑、陈寔、陈武，还有领导三万太学生的郭泰、贾伟等，他们生死与共，同声相应，同气相求，斗争坚决，精神可贵。尾联遥应首联，以重笔哀挽其人。《世说新语》：“世目李元礼，谡谡如松下风。”《后汉书·李膺传》：“士有被其容接者，名为登龙门。荀爽尝就谒膺，因为其御，既还，喜曰：‘今日乃得御李君矣。’”此联用事不隔，诗句雅驯。

宦官擅权是中国历代政治顽症之一，根子在于皇帝要手段，搞平衡，使朝廷内外各种恶势力互相牵扯，他才得以牢牢稳坐宝座。历史上许多正直之士就生活在这样的政治夹缝中。李元礼致遭杀身之祸，是必然的。作者身处康熙之世，早已看清清室种种矛盾，他写此诗反映出他对一切抗清志士的同情与忧念。他尽情吐出胸中抑塞不平之气，说明在专制皇权统治下，要想保有独立人格而得善终多么不容易。《带经堂集》未能进入《四库全书》，几遭毁板，说明他生前死后都很不幸。

颍川怀古

怀古过阳翟，西风落照时。
广成何处问，童子信堪师。
乔木临清颍，寒烟望具茨。
何因税尘鞅，还共羽人期。

《蜀道驿程记》："初六日。五更早行，辰刻次禹州。州治西北群峰蜿蜒，遥连嵩少，城负其阳，望之在烟霭中。禹本钧州，以明神宗庙讳，改今名。古阳翟，禹初封也……颍川……两汉以来，为名士渊薮，北宋时名臣犹众……欧阳文忠公，吕正献公，皆葬于此。"《庄子・在宥》："黄帝立为天子十九年，令行天下，闻广成子在于空同之上，故往见之，曰：'我闻吾子达于至道，敢问至道之精。'"又，《徐无鬼》："黄帝将见大隗乎具茨之山，至于襄城之野，七圣皆迷，无所问途。适遇牧马童子，问途焉。曰：'若知具茨之山乎？'曰：'然。''若知大隗之所在乎？'曰：'然。'黄帝曰：'异哉！非徒知具茨之山，又知大隗之所存。'"阳翟，今河南密县。颍川，古传为夏禹国之都。春秋为郑栎邑，战国名阳翟，为韩都。秦汉为颍川郡治。宋时为近畿，卿相多赐葬地于此。明改为禹州，属河南开封府，清因之。作者使蜀归来过此，作此诗。

对于这块中华古文明的土地，可赞颂的很多，他何以只选取黄帝往见广成子一事来写？这是因为他心情不悦，很想超凡脱俗，求得解脱。传说广成子住在崆峒石室中。"童子"是一个得道的牧马者，作者以"信堪师"三字美之。这既是对黄帝的歌赞，也是对老子的歌赞。他们都是中华古文化的创造者。作者发思古之幽情，流露出对现实的不满，诗旨全见于尾联。"何因税尘鞅，还共羽人期。""税尘鞅"，指解脱世俗事务的束缚，鲍照有"无由税归鞅"之句。"羽人"就是仙人，屈原《远游》："仍羽人于丹丘兮，留不死之旧乡。"作者用之以明志。使蜀归来，发了这一通牢骚，他哪里真想求仙。“乔木临清颍，寒烟望具茨”，面对这个清雅境界，他何其神往。

颍 亭

青山围颍亭，下有清颍流。石濑何浅浅，力始胜方舟。
金沙映素鯈，箖箖千万头。斜日照冰雪，微风娇轻鸥。
侧身望终古，企彼巢与由。糠秕铸尧舜，心与造物游。
不逢挂瓢人，北指轩辕丘。

《蜀道驿程记》：“初六日……涉颍而北，单椒沓嶂，不可殚名。最奇者，曰九山、曰具茨、曰空同。空同先生李梦阳葬于此山。”李濂《河南通志》：“颍亭在钧州西关，唐阳翟令陈宽建，宋范镇重修，镇有《颍溪三亭记》。”《水经注》：“阳城县南对箕山，山上有许由冢，尧所封也。山下有牵牛墟，侧颍水，有犊泉，是巢父还牛处也，石上犊迹存焉。”箕山传为巢父、许由隐居之地。《太平御览・琴操》：“许由无杯器，常以手捧。人以一瓢遗之，由操饮毕，以瓢挂树，风吹树，瓢动历历有声，由以为烦扰，遂取捐之。”《山海经・海外西经》：“轩辕之丘，无草木。”郭璞曰：“黄帝居此丘，娶西陵氏女，因号轩辕丘。”

颍亭，在颍川城外，下临颍水，为一著名景观。此诗清雅，如一曲田园牧歌，共十四句，前八句写亭周山水，借景怀人，是衬笔。后六句写远眺箕山，托巢由以抒感慨，为一篇要旨所在。巢由是远古时代两个隐者。传说他们拒受尧封，逃入山林，自食其力，过清苦生活。中国历代士人皆倾慕其人，借以表现其与专制独裁者不合作的态度。这首诗对巢由作了极高赞誉，慕其人，追其迹，表达了无限向往之情。在清政权统治下，作者处于被奴役地位，很痛苦，因作此诗抒愤。“心与造物游”是他的理想。“不逢挂瓢人，北指轩辕丘”是其内心愁怨的表露。轩辕是汉族祖先，轩辕丘在今新郑县，黄帝出生于此。(一说出生于新郑)此诗写青山、颍亭、清流、素鯈、轻鸥，皆常见之景，以清雅之山水映衬高人之大德高行，极有感染力。美来自自然，也来自审美者的心灵，两者兼而有之，故能创造出真美与大美。

广武山

朝登广武山，四望古战场。黄河泱漭流，寒日无晶光。
孤兽索其群，惊鸟乱无行。平沙转飞蓬，白骨堆严霜。

昔者英雄人，于此分霸王。强弱理无恒，得失争敖仓。
名骓蹶阴陵，万乘入咸阳。东指芒砀云，五色成龙章。
大风沛上来，游子悲故乡。

《蜀道驿程记》："初八日。发荥泽……渡河，宿新乡县。"《元和郡县志》："广武山，荥泽西二十里，一名三皇山。东广武、西广武，二城各在一山头，相去二百馀步，汉高与项羽俱临广武而军。"据《史记·高祖本纪》：三年，汉王军荥阳，与项羽拒岁馀，汉军乏食，遂围汉王。汉王患之，乃用陈平计，离间楚君臣，出西门遁。四年，项王谓海春侯大司马曹咎曰：谨守成皋，若汉挑战，慎勿与战，无令得东而已。汉果数挑战，楚军不出，使人辱之，大司马怒，渡兵汜水，半渡，汉击之，大破楚军。

这首五古，前半篇描述广武山古战场的凄凉景况，令人触目惊心，宛似唐代古文家李华之《吊古战场文》，语至悲怆，极富感染力。后半篇纵论楚汉相争史事，写得简明扼要。刘邦采用郦食其的建议，急占敖仓，因而取得战略优势，是他打败项羽，终于取得最后胜利的关键。结末两句，隐括《大风歌》，讽刺刘邦这个得胜者的忧惧心理，是精彩的一笔。攻天下不易，守天下尤难，这个道理是不言而喻的。刘邦说："吾虽都关中，万岁后，魂魄犹乐思沛耳！""安得猛士守四方"。是舒缓语，他这次还乡，实际是来动员家乡子弟参军，打倒韩信一批异姓王，以巩固他的刘家政权。

渡河西望有感

使者河源复却回，杖藜曾记到云台。
高秋华岳三峰出，晓日潼关四扇开。
星宿海从天上落，昆仑槎自斗边来。
何时更访茅龙去，东望沧溟水一杯。

《汉书·张骞传》："汉使穷河源。"明李攀龙《游太华山记》："巨灵掌从东北隅出二十里，是镎于云台峰，犹杓之在斗矣。俯三峰，望中原，见黄河从塞外来。"《华山记》："岳东北有云台峰，其山两峰峥嵘，四面悬绝，有若云台。"《宋史·河渠志序》："至元二十七年，世祖命学士蒲察笃实西穷河源，始得其详。今西蕃朵甘思南鄙曰星宿海者，其源也。四山之间，有泉近百泓，汇而为海，登高望之，若星宿布列，故名。"刘向《列仙传》："呼子先百馀岁。忽呼酒家妪，令急装。便有仙人持二毛狗来至，子先持一与酒妪，因各骑之，乃龙也。”

作者使蜀归来，由荥阳渡河北返，览山川之形胜，叹行役之艰难，写《渡河二首》后，意犹未尽，复作此诗抒感。首句用张骞使西域事，写蜀道往返之艰，借史言怀，气象开阔，同时也表达了游华山之乐。中两联纪游，一以“华岳三峰”与“潼关四扇”为对，雄奇壮丽；一以“星宿”与“昆仑”成联，将现实与神话相结合，仙风拂拂，大显风神。末抒感慨：还计较什么名利，只求早日归田算了。心清似水，恬然自安，这是他的自我表白。“东海沧溟水一杯”，此从《庄子》化来，将西土之天与东海之波连成一体，给人以无穷遐想，空灵蕴藉。古人云：好诗如弹丸，有流转自如之妙，此诗足以当之。“何时更访茅龙去”，是他对未来的期望，在清廷钳压下，他还能有什么作为呢？对这一点，他已看得很透。一部河源史、地理志，此时全在他心中，胸怀济世大志，有力使不出，这“户部郎中”他不想再当下去了。

荥泽渡河二首

西溯岷峨万里长，大河北去渡荥阳。
平分两戒回中岳，直下三川阻太行。
咫尺风云迷广武，苍凉暾日射扶桑。
时清久失成皋险，酾酒黄流吊战场。

渺渺星槎击楫登，鸿沟极目气飞腾。
已过白雪三城戍，初试黄河十月冰。
沙碛连云朝牧马，猎围行炙晚呼鹰。
金堤东下夷门路，落日寒烟吊信陵。

《蜀道驿程记》：“初八日。发荥泽。《禹贡》：‘荥波既猪。’《注》云：‘沇水溢出河为泽。’今塞为平地，荥阳民犹谓其地为荥泽，在县东。王伯厚《诗地里考》曰：‘今郑州荥泽县也’。春秋卫及狄战于荥泽，即此地。西南有隞城，殷仲丁迁都于隞。《括地志》曰：‘即荥阳故城，周宣王狩于圃田，及于隞山……项羽围汉高于荥阳，纪信诳楚，皆是其处。’今有信祠。广武山在县西境，有东西广武二城。郦《注》：‘汉明帝时……王嘉筑堤，起荥阳东，至千乘海口，千有馀里，所谓金堤也。’”《驿程记》至此终。荥泽，故城在今河南成皋县西南。鸿沟在广武山，为楚汉两军对垒处。

作者使蜀归来，经荥泽渡河北返，目睹历史陈迹，吊古伤怀，写了这两首七律，悲行役，抒感慨，为蜀道之行作了一个总结。第一首，概写万里行程所见，以地名贯串其间，一往一来，对比鲜明，末以渡河所感垫之，写得大气磅礴，引人入胜。第二首，对前诗未尽之意作了美妙的补充，而以信陵君救赵过“夷门”一事垫之，大抒爱国豪情，令人感奋。此二诗，纵论古今，颂承平而暗寓讽意，嘲八旗放马南山，武备松弛，指出历史仍在循环不已，成皋失险，作者因有“酾酒黄流”之悲。“云迷广武”“日射扶桑”“沙碛连云”“猎围行炙”，这些历史画面写得何其雄奇豪放。结语“金堤东下”“落日寒烟”，幽思渺渺，哀怨无穷，十分耐人寻味。至其章法结构之妙，则在铺叙的四结合：即历史与地理之结合，时间与空间之结合，叙事与抒情之结合，历时与共时之结合。此四者，皆妙合无垠，天衣无缝，极为精彩。沈德潜说：“七律之工者当在属对工，遣事切，结响高，而血脉动荡，首尾浑成。”这两组诗都做到了。

二诗理势相兼，放而能收，大开大合。袁枚说：真正之诗才，须可大可小，善放善收，既能巨刃摩天，又当金针刺绣(《随园诗话》)。此诗可谓已达运转自如之境。自杜甫以来，擅写七律者不少，渔洋可称又一高手。

新乡望苏门山怀孙钟元先生

朝来卫河上，遥见苏门山。苍翠杂诸岭，清凉分百泉。
缅怀松舟趣，长咏竹竿篇，及兹限跬步，古汰失夤缘。
遥忆啸台翁，山中方晏眠。儿孙绕膝下，洞壑当门前。
茶白隐修竹，莲舟随稻田。少年任豪侠，白首此终焉。
无由逐高鸟，矫翮青冥边。

汤斌《征君孙钟元先生墓志》：“先生少时慷慨有大志，十七举于乡。天启末年，逆阉窃柄，左、魏、周三君子相继逮系。过白沟，缇骑森布，先生与同人张果中拮据调护，供其橐饘，且告曰：‘雷霆雨露，总是君恩，诸公主张宜早定。’其子弟仆从、厂卫严缉，莫敢舍者，先生与鹿太公为之寄顿。左尝督学三辅，又屯田，有惠政，时坐诬熊经略赃，考掠备至。先生与鹿太公谋设匦，建表于门曰：‘愿输金救左督学者，听。’于是乡人投匦者云集。左既拷死，则又按籍俵散，去京师不二百里，举幡击鼓，不畏阉知，阉亦竟不知也。当事急时，遣弟奇彦同鹿公子驰关门，上书高阳求援。公即上疏，以边事请陛见，面奏机宜，都门喧传。公兴晋阳之甲，阉夜绕御床而泣。公抵通州，亟降旨勒令公回，而诸君子不可救矣。盖正人为国家元气，非但急友难也；事之不成则天也，而世徒以节侠视之，过矣。”苏门山，属太行支脉，在河南辉县西北。晋孙登、宋邵雍、元姚枢等皆隐居于此。

孙奇逢(1584—1675)，字启泰，号钟元，直隶容城人。少倜傥，好奇节，与左光斗、魏大中、周顺昌等友善。明末避乱于五羊山。晚岁移居苏门之夏峰。其学源于陆九渊、王守仁，对经学、理学均有创见，著有《夏峰先生集》等。大师历明清两朝七十馀年，凡十一征，均不起，天下号为“征君”。所居夏峰村田庐是别人赠的。汪琬说：“先生居苏门夏峰，清泉嘉树，映带茅衡，一觞一咏，翛然物外。”(《说铃》)

孙长渔洋五十岁，渔洋对他十分崇敬，使蜀归来，途经新乡，望苏门有感作此诗怀之。其人不慕轩冕，不屈于帝王，高风可仰，亮节感人，是清代汉族士人中的罕见人物。由宋代兴起的理学，至明清分立两派，一派宣扬“饿死事小，失节事大”的封建伦理道德，甘作专制主义钳压人民的思想工具。另一派是陆王之学，主要研究宇宙、社会和人生的关系，有一定的进步性。这两派所展开的激烈辩论，历时甚久。孙钟元站在陆王一边，对清代思想文化统治政策极力抵抗，受到汉族士人的尊重和爱戴。此诗歌赞田园，表现孙氏的伟大人格与情操，还以啸台翁阮嗣宗比拟其人，这是一首优美的田园诗。《蜀道集》至此终。

16. 蜀归后卷

【卷头语】作者再使秦蜀归来，过潼关、经中原大地返鲁，一路吟唱，广采历史旧闻，或咏黄帝而刺武帝，或咏昭陵而讽刘邦，或吊宋陵而大抒兴亡之感，弘扬中国古文化，表白自己的追求和希望，都有奇趣。《昭陵夫人墓》一诗提出野人的力量，很精彩。

鼎湖原二首

轩辕铸鼎此荆山，弓堕龙髯不可攀。
多事桥陵一抔土，伴他鸿冢在人间。

素女为师态万方，如闻天老教轩皇。
马肝已讳文成死，又见神君祀柏梁。

《秦蜀驿程后记》："二十七日，西安张别驾晟送至关外，别去。二李子送于皇天原，原北有杨伯起故居。其东，即荆山鼎原，所谓鼎湖也。上有轩辕祠。过阌乡旧城。"《汉书·郊祀志》："黄帝采首山铜，铸鼎于荆山下。鼎成，有龙垂胡髯下迎。黄帝上骑，后宫从上者七十馀人。龙乃去，馀小臣不得上，乃悉持龙髯，龙髯拔堕，堕黄帝之弓。百姓乃抱其弓与龙髯号。故后世因名其处曰鼎湖，其弓曰乌号。"《史记·孝武本纪》："还，祭黄帝冢桥山。上曰：'吾闻黄帝不死，今有冢何也？'或对曰：'黄帝已仙，上天，群臣葬其衣冠。'"张衡《古乐府·同声歌》："素女为我师，仪态盈万方。众夫所希见，天老教轩皇。"天老通天姥，此指素女。

王充《论衡·命义》："素女为黄帝陈五女之法，非徒伤父母之身，乃又贼男女之性。"《汉书·郊祀志》："齐人少翁，以方见上，拜为文成将军。为帛书以饭牛，杀视得书，书言甚怪。天子识其手，于是诛文成将军，隐之。其后又作柏梁、铜柱、承露仙人掌之属矣。栾大，胶东宫人，上见大悦，大言曰：'不死之药可得，仙人可致也。然臣恐效文成！'上曰：'文成食马肝死耳，子诚能修其方，我何爱乎？'拜为五利将军，以卫长公主妻之。"《汉武故事》："上起柏梁台以处神君。初，霍去病微时，数自祷于神君……神君曰：'霍将军精气少，寿命弗长，吾尝欲以太一精补之，今病必死，不可救也。'去病竟薨。上造神君请术，行之有效，大抵不异容成也。"《后汉书·方术传》："冷寿光行文成公御妇人法。"刘向《列仙传》："容成公自称黄帝师，见于周穆王，能善补导之事，取精于玄牝，其要谷神不死，发白俱黑，齿落复生。"

作者再使秦蜀归来，出潼关过鼎湖原，思黄帝乘龙升天及武帝迷仙淫乱诸事，作此二诗。第一首，颂黄帝，嘲笑"佐臣"鬼臾区，笑他高攀而不得上，顺带也戏谑了孝武帝一句。孝武为武帝之孙，这就跟下面一首批武帝的诗挂起钩来。此可见作者构思之巧。第二首，嘲素女，刺武帝。素女能蛊惑黄帝，又把武帝弄得迷迷糊糊。据《汉武故事》所记，武帝曾"造神君请术"，且"行之有效"。这"神君"就是素女，她既"为师"，当然能教"轩皇"行"五女之法"，二诗上谈黄帝，下挂武帝，把两者联系得很紧。联结点有三：一是"素女"，黄帝和武帝都被她施过"术"。二是"孝武帝"（武帝之孙）曾议论过黄帝之坟，这就把二诗联得很紧。三是"佐臣"，黄帝和武帝都被他所蛊。总的来看，两首诗都刺武帝。江充是被灭族了的，若把那一族被诛者合葬在一起，不也是一个更大的"鸿冢"吗？

两诗写得隐晦曲折，寓意深微。注家惠栋说："此诗讥汉武也，言求仙不得，更习房中之术，仍无益于长生也。"但这只是诗的表层含意。其实，这两首诗是明刺武帝暗讽康熙，深意在此。祀神和迷仙是一样的，宫闱淫乱两朝也相似。那个"为师态万方"的庄妃，在清王朝开国时代善"为师"，也善"为淫"，是公开的秘密，谁人不知道？

祀神和淫乱不同，两者关系微妙。从我国流传久远的神祇文化来看，祀神的目的是保平安，求长生，实际上即想消除淫乱可能产生的后果。长生无望，平安莫保，是可怕的。康熙派遣一批大臣到东西南北去祀神，拜天拜地，拜山拜海，说到底，不就是为了保护他的宝座吗？

盘豆驿

依然盘豆对蓁芦，回望关门岳势孤。
思子台边一怀古，不知身过玉娘湖。

《秦蜀驿程后记》："二十七日……过阌乡旧城，廛市尚数百家，有阌亭。食盘豆驿，涉郎水。李义山诗'思子台前风正急，玉娘湖上月应沉'即此。与河中永乐镇隔河相望。永乐即义山所居也。过戾太子冢，有望思台、泉鸠水。午后抵阌乡县。"《甘棠志》："盘豆馆在湖城县西二十里，昔汉武帝过此，父老以牙豆盘献，因名焉。"汉武帝时江充与太子刘据有隙，以巫蛊事诬陷刘据，据恐，举兵斩充，与丞相刘屈牦等战于长安，兵败逃亡，自杀。后武帝知据受冤，乃族灭江充。后太子孙病已嗣立，为孝宣帝，追谥太子为戾。《汉书・戾太子传》："上怜太子无辜，乃作思子宫，为归来相思之台于湖。"

作者过盘豆驿，忆起汉时史事，作此诗怀古。汉武帝曾过此。武帝晚年，汉宫一场争夺帝位继承权的斗争，由长安一直闹到这里。这年是武帝征和元年(前92)，史称"巫蛊事件"。前两句，写作者所见关外地理形势，山川依旧，今昔全非。"依然盘豆对蕞芦"，含蓄有致。后两句写武帝思子，点出思子台、玉娘湖、蕞芦、关门和岳势，宛然重现当年场景，令人感叹。难以理解的是，武帝怎么竟然如此宠信江充？直到太子死后，方知上了大当，因而采取两项措施：一是族灭江充，二是在玉娘湖畔建立思子台。但这又管什么用呢？西征以来，这是渔洋第九次对武帝这个大暴君开火，平淡叙事，没有火气，力含其中，这诗很精彩。

稠桑驿

春兰秋菊不同芳，旧恨新愁尔许长。
应是三生缘未了，又呼妙子到稠桑。

《秦蜀驿程后记》："二十八日，晴……过稠桑，涉稠桑水，春秋虢公败戎于桑田是也……抵灵宝县，宿。"颜师古《隋遗录》："炀帝恍惚与陈后主遇。后主舞女数十，中一人丽华也。帝因请丽华舞《玉树后庭花》。后主问帝：'萧妃何如此人？'帝曰：'春兰秋菊，亦各一时之秀也。'"《定命录》："故谏议李行修娶王氏，后暴亡，李悲恸。有秘书卫随语曰：'君欲见夫人，奚不问稠桑王老？'至稠桑问，王老引至坡侧曰：'汝但呼妙子。'传语：'九娘子令见。'亡妻果至院，涕泣相见。"按：春兰秋菊，首见于《楚辞・九歌》，后又见于汉武帝《秋风辞》及李商隐诗。此诗，作者自注"感张淑人、陈孺人而作"。《蚕尾文》："亡室陈孺人懿行俭德，可书者非一。性慧强记，初从予口授唐绝句百首，皆成诵，吟讽中律吕。予所赋诗，亦颇能诵数十篇，禅诵之馀，每举以相娱乐。"陈孺人从公十七年，生一女，康熙三十二年(1693)卒，享年三十二岁。

作者过稠桑，因隋小说妙子故事，作此诗。此时先室张淑人已殁二十年，继室陈孺人亦已去世三年。前此,曾作悼亡七绝组诗二十六首,此次又作一首,这可能是他写得较晚的一首。自潘岳悼亡以来,历代继吟者不辍。袁枚说,诗人若连这一点亲情也没有,就必然写不出真诗和好诗来。梁启超说得更好,他认为中国传统文化,从老庄孔孟到魏晋玄学、宋明理学乃至禅宗之学,统皆贯穿这样一条基本线索,即“只贵此心,不依他物”。渔洋亦十分注重心灵的创造。二妇来归有先后,因有“旧恨新愁”之叹。“三生缘未了”是俗语,却见情深。作者其时已入暮年,于风尘仆仆中写此哀诗,十分感人。呼妻为“妙子”,至亲切。此亦可见其对俗文化的重视。

次陕州

首春发京国,秋气忽萧萧。
路入三川险,人归万里遥。
黄河流底柱,白日下中条。
河上传经叟,仙踪不可招。

《秦蜀驿程后记》:“二十九日……午次陕州,古虢国。城西南二里鸡足山,河上公授《道德经》处。”《后汉书·郡国志》:“陕属弘农郡。”《史记》:“自陕以西,召公主;陕以东,周公主。”《列仙传》:“老子降陕河之滨,号河上公。汉文帝时,号广成子。帝好老子之术,遣使问之,公曰:‘道尊德贵,非可遥授。’即命驾诣之。授帝道、德二经。”《明一统志》:“河上公庙在陕州之北。”《史记·乐毅传》称,战国末有河上丈人。《汉志》未见河上公之记载,河上公其人疑为六朝人之伪托。

陕州,北滨黄河,与山西平陆隔河相望。汉文帝时,有隐者河上公在此传经授道,讲解《道德经》,影响甚大。作者再使秦蜀归来,途经此间,作此诗吊之。首由时令变化入题,慨叹此行祭山拜庙,非心所愿。中两联勾勒出山川奇景,具显河洛壮丽风姿。川指伊水、洛水、黄河,秦置“三川郡”于此。“底柱山”在黄河激流中,甚险;“中条山”为唐末隐者司空图居地,甚幽。这两联反映出地理文化与历史文化相辉映的丰富内容,是对中国隐逸文化的热烈歌赞。最后点出一篇要旨:大赞河上公其人,叹自己追蹑莫及,吐出一腔怨气。这是作者仕途不顺、心情不悦的表露,也是士人们追蹑道家精神的反映。

湖城二首

泉鸠里畔动悲风，回首秦山隔万重。
仙意已穷巫蛊起，茂陵遗恨犬台宫。

赵虏谁教近至尊，汉廷不照覆盆冤。
如何病已为天子，恶谥重蒙到戾园。

李吉甫《元和郡县志》："（湖城）本汉湖县地，隋开皇十六年移湖城县于今所，改名阌乡。"《汉书·戾太子传》："太子之亡也，东至湖，藏匿泉鸠里。"《汉书·武帝纪》："征和元年冬十一月巫蛊事起。"《汉书·江充传》："初，充召见犬台宫，帝望见而异之。充见上年老，因是为奸，奏言：上疾，祟在巫蛊。于是上以充拜使者，治巫蛊。遂掘蛊于太子宫，得桐木人。"又："充持太子急，太子计不知所出。从少傅石德计，收捕充等。太子自临斩充，骂曰：'赵虏！前乱乃国王父子不足耶？乃乱我父子也！'"《邵氏闻见后录》：戾太子，非美谥也。

这两首诗，与《盘豆驿》《稠桑驿》作于同时，反映出汉宫一场复杂尖锐的夺权斗争。肇事者邯郸人江充，因告发赵太子丹事败露，逃亡长安，受武帝信用，任为直指绣衣使者，负责镇压三辅盗贼、禁察贵贱奢僭。史晦内幕真相，只说他与太子据有嫌隙，遂乘武帝年老患病之际，诬太子行巫蛊，以致造成一大冤案。

江充敢于诬陷太子，说明他有后台，然史讳其事，故作者只说武帝迷信巫术而止。这两首诗写得很宛曲。第一首，哀太子之死，只说"动悲风""隔万重"，令人欲涕。而刺武帝之昏，惟信求仙、巫蛊，而"仙意已穷"，"巫蛊"更是胡闹。作者因以"遗恨"一词讽之，说明武帝已昏聩至极。第二首写太子起兵杀充，骂充为"赵虏"，这等于骂了江充的后台老板，因以"覆盆冤"称之。黑暗笼罩，沉冤莫白，这冤到哪里去伸！武帝昏聩，后来还建造思子台，又管什么用？更奇怪的是，武帝殁后，宣帝即位，这个名叫"病已"的皇孙，还往他父亲（刘据）脸上抹黑，加一"恶谥"，称之为"戾"，这给戾园蒙上一层晦气，刺得有力。作者咏史，能深入其里，挖出内幕真相，诗又写得幽默有趣，皆人所难及者。湖城县小，太子冤深，对于汉武帝这个雄猜之主，该有新的认识了。作者斗邪立正，意在斯乎？

甘棠驿

北寺南牙剧战争，可怜甘露怨谁明。
甘棠驿外东流水，呜咽年年寒玉声。

唐称宰相府为南司，又称南牙；寺官为北司，又称北寺。北寺是大理寺的别称。南牙即南衙，指宰相府。《旧唐书·李训传》："文宗以宦者权宠太盛，继为祸胎。元和末，弑逆之徒尚在左右，思欲芟除本根，以雪仇耻。李训既因郑注得幸，上密以诚告之，擢为礼部侍郎同平章事。训既秉权衡，即谋诛内竖，以注为凤翔节度使，先之镇。又以郭行馀镇邠宁，王璠镇太原，未赴镇间，广令招募豪杰。太和九年乙卯十一月二十一日，上御紫宸殿，班定，金吾卫使韩约不报平安，奏曰：'金吾左仗院石榴开，夜半有甘露。臣已进状讫。'乃舞蹈再拜。宰相百官称贺。李训请上亲幸左仗观之……令宰相、两省官先往视。既还，奏曰：'臣等恐非真甘露，不敢轻言。'上曰：'韩约妄耶？'命左右中尉仇士良、鱼弘志帅诸内臣往视。既去，训召王璠、郭行馀曰：'未受饬旨！'璠恐悚不能前，行馀独拜殿下。时两镇官健皆执兵在丹凤门外，训已令召之，惟璠从兵入，邠宁兵竟不至。士良等至左仗，闻幕下有兵声，惊恐走出，阍者欲扃锁之，为士良所叱，关不得上。士良等回奏曰：'事急矣，请陛下入内。'即举软舆迎帝，训呼金吾卫士曰：'来上殿！护乘舆者，人赏百千。'内官决后殿罘罳，举舆疾趋，训攀呼曰：'陛下不得入内！'金吾兵已登殿，京兆尹罗立言、中丞李孝本率台府从人四百馀人上殿纵击，内官死伤者数十人。乘舆入宣政门，训攀呼益急，宦者郗志荣奋拳击其胸，训仆地。乘舆既入，门即阖。须臾，内官率禁兵五百人，露刃出东阁门，遇人即杀。训、璠、行馀、约、立言、孝本及宰相王涯、贾悚、舒元舆等皆族诛，注为凤翔监军所杀，传首京师。"

唐文宗太和九年(835)，宰相李训、节度使郑注等谋诛宦官，训先在左金吾大厅设伏兵，诈称后院石榴树上有甘露，诱使宦官仇士良等往视，密谋诛杀。士良等至，见幕下有伏兵，惊走。事败，李训、郑注等皆被诛杀，族诛十余家，死者千余人，史称"甘露之变"。作者过甘棠驿，作《甘棠》《甘棠驿》二诗吊之。

文宗本来站在反宦者一边，是策动者，后来倒向宦官一边，以致是非颠倒，造成一大惨案。直到《旧唐书》编成，才真相大白。作者根据史料翻了这个案。"北寺南牙剧战争，可怜甘露怨谁明。"这两句诗写尽"甘露之变"，"怨谁明"三字沉痛至极。宦官专权是中国专制皇权的顽症，唐有此患，清代也一样，鳌拜和多尔衮就是两大害。作者为正义与人道而歌，很为感人。“呜咽年年寒玉声”，是历史的呜咽，也是现实的呜咽。“寒玉”象征宫中妇女受难者，意象新鲜。作者行役匆匆，见“甘棠驿外东流水”而咏叹，给山水诗带来不少新韵味，这比坐在书斋里咏史更亲切，陈旧的历史叫他写活了。

甘　棠

弭节甘棠日未晡，玉钗金缕散青芜。
殽陵此去多风雨，不用尊前唱鹧鸪。

《秦蜀驿程后记》：“二十九日……午次陕州……州署有召公祠，旧有甘棠，今不存矣。”《诗·召南·甘棠》：“蔽芾甘棠，勿翦勿伐，召伯所茇。”传周武王时，召伯巡行南国，曾憩甘棠树下，后人思其德，因作《甘棠》诗。《左传·僖公三十年》：“殽有二陵焉，其南陵，夏后皋之墓，其北陵，文王之所辟风雨也。”许浑诗：“甘棠闻唱鹧鸪辞。”

此篇专哀甘露之变中妇女死难者，“玉钗金缕散青芜”，状女尸横陈遍野之状，令人惊骇。“殽陵此去多风雨”，此写历史的风雨，也写现实的风雨。“殽陵”为军事要地，周文王曾在此避风雨。“殽陵”距甘棠驿甚近，故作者有此联想。“不用尊前唱鹧鸪”是一句调侃语。唐人郑谷有句云：“座中亦有江南客，莫向樽前唱鹧鸪。”此鹧鸪是曲名。

甘露之变，影响深远，哀之者甚多，唐人小说《甘棠灵会录》述其事甚异，注云这篇小说主旨是“伤（王）涯、（贾）悚诸公枉死甘露之变也”。渔洋读过这篇小说，对妇女的悲惨命运深表同情，具见其人文关怀之情。

魏野草堂

陕郊栖隐处，寥落对云山。
无复花藏县，曾闻菊绕湾。
偶欹纱帽出，时跨白驴还。
尚忆汾阴祀，流风杳莫攀。

《秦蜀驿程后记》：“二十九日……东郊有魏野草堂废址。”《梦溪笔谈》：“蜀人魏野卜居陕州东门之外，有《陕平陆县》诗云：‘寒食花藏县，重阳菊绕湾。一声离岸橹，数点别州山。'最为警句。"魏野，行三，人称魏三。《宋史·隐逸传》："魏野，字仲先，陕州陕人也。居州之东郊，手植竹树，清泉环绕，旁对云山。凿土袤丈，曰乐天洞。前为草堂，弹琴其中。不喜巾帻，无贵贱皆纱帽白衣以见。出则跨白驴。"《通鉴·宋真宗纪》："陕州隐士魏野，不求闻达，居陕之东郊，为诗精苦。帝自汾阴还，遣陕令王希召之，不起。命工图其所居观之。"江少虞《事实类苑》："过客居士往来，留题会话，累宿而去。"

作者过陕州，闻有魏野草堂遗址，作此诗吊之。魏是北宋名士，筑草堂，居陕州。其诗有唐人风韵。首联叹其居地"寥落"，空对云山，不胜怅惘。次联隐括其诗以颂其人，而以"无复""曾闻"等语吊之，情韵深浓。三联赞其风致，如见其人。尾联以"流风杳莫攀"句美之，写足其仰慕之忱。他很喜欢这位尊唐派诗人，曾屡称之。《香祖笔记》："魏野诗'数声离岸橹，几点别州山'，一点最佳。"魏野的诗歌有人民性，属于民间文化。此诗将其人写活，给中国隐逸文化增添不少光彩。

会盟台二首

秦声赵瑟会西河，御史前书较孰多。
临诀数言关大计，论功终欲首廉颇。

不辞颈血溅秦王，进缶当筵气慨慷。
十五名城酬赵璧，何如谈笑请咸阳？

《秦蜀驿程后记》："七月初一日乙卯。涉渑水，阻雨渑池县，即秦赵会盟蔺相如使秦王击缶处。治西百步许有会盟台。"渑池，古属西河之地。《史记·廉颇蔺相如列传》："秦王使使者告赵王：'欲与王为好，会于西河外渑池。'赵王遂行，相如从。廉颇送至境，与王诀曰：'王行，度道里会遇之礼毕，还不过三十日。三十日不还，则请立太子为王，以绝秦望。'王许之。"又："秦之群臣曰：'请以赵之十五城为秦王寿。'相如亦曰：'请以秦之咸阳为赵王寿。'秦王竟酒，终不能加胜于赵。赵饰盛兵以待秦，秦不敢动。"

前287年，秦昭王闻赵得楚和氏璧，使人遗赵王书，愿以十五城请易璧。待相如奉使怀璧入秦，秦王竟无意偿城，相如乃用计夺璧归。明年，秦赵会盟西河，此篇是对会盟一事的评论。

廉颇忠勇卫国，蔺相如使不辱命，一个是勇武的将领，一个是杰出的外交家，两人同为爱国义士。一掌外交，一掌国防，国防是外交的后盾，作者认为两人皆有卫国之功，而以廉颇之功为最大。此诗既赞扬了蔺相如的谦抑品质，又肯定了他“不辞以颈血溅秦王”的勇毅精神，从而绘出一个大无畏者的崇高形象，为我国爱国主义诗歌画廊增添一页新的光彩，很值得称道。作者有意避开完璧归赵一事经过的叙述，可谓笔墨简省。情节、观点与《史记》全同，而以两首绝句形式复述其事，尽传其神，此颇不易。这是渔洋咏史的新形式，现在叫作“改写”或“改编”，这在诗体上是一种创新。

廉蔺史事，人所熟知，过会盟台而作诗称颂者，代不乏人，但能以两首绝句复述司马迁精彩之文者却少见。

王辅嗣冢

钟会齐名果是非，白杨孤冢暮烟微。
如何一夕谈名理，不救河桥误陆机。

《秦蜀驿程后记》：“三十日，雨竟日。食硖石，古二崤也，与函谷东西相距百七十里。”《明一统志》：“王弼墓在偃师县东。弼明《易》，封偃师伯。”弼，字辅嗣。《魏志》：“钟会弱冠与山阳王弼并知名。弼好论儒道，辞才逸辩，注《易》及《老子》，为尚书郎，年二十余，卒。”《水经注》：“袁氏《王陆诗叙》：机初入洛，次河南之偃师，时忽结阴，望道左右有民居者，因往逗宿。见一少年，姿神端远，与士衡言玄，机服其能，无以酬折，前至一辩，机题纬古今，综验名实，此少年不甚欣解。将晓去，税驾逆旅。妪曰：‘君何宿而来？此东数十里无村落，止有山阳王家墓。’机乃怪怅，还睇昨路，空野昏霾，云攒蔽日，知所遇者审王弼也。”《晋书·陆机传》：“太安初，成都王颖与河间王颙起兵讨长沙王乂，假机后将军、河北大都督。机始临戎，牙旗折，意甚恶之。列军自朝歌至于河桥，鼓声闻数百里。长沙王乂奉天子与机战于鹿苑，机军大败。”

王弼年少以演绎老子学说闻名，是天才哲学家。作者过其冢，作此诗吊之。这位青年哲学家将老子“尚无”思想提到空前高度，以致引起中国哲学史上一场长时间的理论斗争，即“尚无”与“崇有”之争，影响甚大。弼独与儒学、玄学相对抗，认为两家都没有抓住老学根本。在这首诗里，作者对有关史事提出两点质疑：第一，据《魏志》记载，钟会与王弼是“并知名”，不等于“齐名”。两人爱好、志趣不尽相同，恐不能画上等号。第二，说陆机因听王弼谈了“一夕名理”，致失河桥，此为小说家言，不足信。这一辨证，说明作者有实事求是的良好学风。把这桩带有辨证性的史事，写得这样简明扼要而有趣，这不容易。作者是诗人，也是学人，他精通中国历史，旁及许多野史异闻，对史学深有研究，故其咏史诗常能放出异彩。

渡洛水

脉脉中流望，盈盈罗袜尘。
西园魏公子，南浦洛川神。
蘅薄芳犹在，杨林意未申。
凌波何处问，秋水正鱼鳞。

《秦蜀驿程后记》："初三日……午晴，渡洛水，抵河南府洛阳县，治洛阳。门人钱肇修铨授洛阳令，新至，邀游龙门香山寺，不果往。"屈原《九歌·河伯》："子交手兮东行，送美人兮南浦。"曹丕《芙蓉池》："乘辇夜行游，逍遥步西园。"曹植《公宴》："公子敬爱客，终宴不知疲。清夜游西园，飞盖相追随。"公子谓文帝。又，《洛神赋》："步蘅薄而流芳。"西园是曹操所建名园。

此诗悼洛神，哀曹植，情韵优美。首联述中流怅望所感，设想当年曹植与洛神相见情景，一对情人宛然在目。中两联，以对举手法写之：一句写曹，一句写甄，合成一幅相思相恋图，情意缠绵，亦真亦幻。尾联回应首联，悲叹"欲问无处"，惟见秋水鳞波而已，情思不可名状，诗味全由此出。此篇与《洛神》《洛川南望》诸诗，皆写曹植与甄妃相爱之事，可称组诗。

值得研究的是：第一，洛神本是曹植的一种假托，作者借以表达其对自由精神的向往。在满族统治下，他感到没有丝毫自由可言，哪里还有"天生我材必有用"的想法呢。所以他一直在赞洛神，也一直对曹植深表同情。第二，洛神实际是指曹丕所掠夺的甄妃，她本是袁绍长媳，做了甄妃非但不是福分，而且恰是一种灾难和厄运。"袁家新妇应知愁"这句诗，点明了此点。第三，说到底，曹植、甄妃和洛神这些在历史长河中浮现的人物，都只是曹丕夺权棋局上的棋子，渔洋的这一认识很深刻。第四，曹植在一定程度上是把曹操诗"苍凉之境"与曹丕诗"清丽之境"合而为一了，此与渔洋论诗之旨正相吻合，所以他很爱赏植诗。"凌波何处问，秋水正鱼鳞。"这两句诗是曹植对洛神的礼赞，它表达出曹植对洛神无比深厚的感情。

洛　神

凌波罗袜欲生尘，赋里惊鸿态尚新。
不信三台灯火夜，针神真比洛川神。

洛神指宓妃。传说伏羲女溺死洛水，遂为洛水之神。曹植感念文帝曹丕之后甄妃，作《洛神赋》以哀之。顾恺之为绘《洛神赋图》。《邺都故事》："汉献帝建安五年，曹操破袁绍于邺。十五年筑铜雀台，十八年作金虎台，十九年造冰井台，所谓邺中三台也。"晋王嘉《薛灵芸传》："灵芸妙于女工，不用灯烛，裁制立成，宫中号曰针神。"薛灵芸，三国魏常山人，文帝宫人。入宫后，改名夜来，最受宠爱。

此篇赞洛神，为甄妃之被弃鸣不平。一二两句出自《洛神赋》，由"凌波微步，罗袜生尘"，"翩若惊鸿，宛若游龙"等语化出。这是对洛神仪态丰姿的赞美。三四两句，借"魏文帝聘薛灵芸事"以讽曹丕之沉湎女色。针神指薛氏，洛川神指甄氏。《洛神赋》中有"流盼乎洛川"之句，末句即引用此语以颂甄氏。诗中提到"三台灯火"的两句诗，是对曹操的讽刺。曹操父子三人，同为建安文学领军人物，渔洋只颂曹植，对曹操、曹丕则有微词。其实，从诗学成就来看，三人实难分轩轾。渔洋不喜欢曹操，但是操在政治上统一了北方，使纷乱的北中国复归于统一，从而使北中国的经济、文化都得到了繁荣和发展，这是他的大功绩，实难否定。至于是不是正统，那有什么关系。渔洋始终维护正统，是他的局限性。作者抬洛神压针神，实是抬曹植，压曹丕。龚自珍诗云："九原肯受狂生誉，艺是针神貌洛神。"他认为二氏各有所长，难分轩轾，是公正的。

洛川南望

碧嵩清洛洗愁颜，伊阙中分两髻鬟。
暖翠浮岚看不尽，缑山南是伏牛山。

李濂《河南通志》："伏牛山在嵩县南三百里，即唐自在禅师修道之所。"《水经注》："伊水又北入伊阙，昔大禹疏以通水，两山相对，望之若阙，伊水历其间北流，故谓之伊阙矣。春秋之阙塞也，昭公二十六年，赵鞅使女宽守阙塞是也。"关口两山断崖，有窟龛二千一百多，保存了南北朝以来大量佛教艺术，通称龙门石窟。

碧嵩指嵩山，在河南登封县北。山形高大，处四方之中，因称嵩高，古为隐者居地。此诗写嵩洛山川之美，拂拂有仙气。韦庄《北原闲眺》："千年王气浮清洛，万古坤灵镇碧嵩。"《西涯乐府·晋之东》："碧嵩清洛愁人心。"欧阳修亦有"晴岚暖翠千万状"之句。一、三句，几乎全从前人诗句中化出，作者运用语言之妙，可谓得心应手。此写自然山水之美，如一幅清秋山水画，远近分明，水清山碧，暖翠浮岚，令人神往。而洛神与作者自己皆在其中，诗中有人，益增韵味。作者奉使拜山水之神归来，对"碧嵩清洛"表现出如此浓厚的兴趣，实在很有意思。皇家要他歌颂的，他没有多大兴致，皇家不要他歌颂的，他偏要歌之不绝，这充分显出他的清雅情调和自由主义精神。他来到这里，饱看"碧嵩清洛"，把仆仆风尘，一扫而光。缑山是仙山，伏牛山是佛山，说明这一带是仙佛所居之地，他已悠然神往矣。

老子故宅

北邙东望冢累累，上有玄元古庙基。
莫以荒唐笑仙李，汉家先奉濯龙祠。

《秦蜀驿程后记》："初三日……抵河南府洛阳县治。"洛阳北邙，上有老子庙，久废。刘向《列仙传》："老子姓李名聃，字伯阳，陈人也。生于敖，时为周柱下史，好养精气，贵接而不施，转为守藏史，积八十馀年。"《史记》云：二百馀年，时称为隐君子，谥曰聃。仲尼至周见老子，知其圣人，乃师之。后周德衰，乃乘青牛车去。入大秦，过关西，关令尹喜待而迎之，知真人也。乃强使著书，作《道德经》上下二卷。一说老子楚苦县厉乡曲仁里人。《后汉书》：前过濯龙，门上见外家问起居者，车如流水，马如游龙。濯龙，池名，亦汉代园林名，古歌曰："濯龙望如海，河桥渡似雷。"

老子是道家学派开创者，哲人、思想家，唐追尊为玄元皇帝，宋升于列仙之前。在中国文化史上有崇高地位，一直受到重视。清代道教衰落，但道教学派仍然受到尊重。作者过洛阳，闻老子故宅、遗庙、遗冢皆不存，针对俗儒对老子的讥嘲，他写了这首诗。要旨在后两句，意谓：道家与道教不同，道教迷信为统治阶级所利用，而道家是学术流派，两者性质不同，不可等同视之。"莫以荒唐笑仙李"，谓此。"濯龙"指老子，他本来没有这样的称号。只因孔子曾经说过"老子其犹龙乎"的话，后来汉人即为他建祠，命名为"濯龙祠"。

此诗旨在弘扬中华民族传统文化，非泛泛之作。末句“汉家”特指汉朝，泛指汉人。渔洋早年崇儒，中年以后崇奉老庄，晚年入禅。其诗境界甚高，往往有庄禅风韵。

洛　阳

国本争来党锢连，楚歌楚舞亦堪怜。
如何鸿鹄高飞去，又见苍鹅出地年。

《秦蜀驿程后记》：“初三日……洛阳，东汉都城，唐东都，宋西京也。山川形胜，亚于长安。明洪武中，封伊藩于此。自厉王至敬王，传六世，国除。万历四十一年，复建福邸，仅一世。崇祯十四年，贼李自成陷洛阳，王与兵部尚书吕公维祺皆死之。”《晋书·五行志》：“董养曰：‘白者，金色，国之行也；苍为胡象。’”

作者至洛阳，感明亡史事，借汉末党锢之祸以抒情，作此诗。东汉桓帝时，宦官势盛，士大夫李膺等疾之，捕杀其党。宦者集团因诬膺等与太学游，为“朋党”，诽谤朝廷，致株连二百馀人，皆禁锢终身。灵帝时，膺等复起用，与大将军窦武第二次谋诛宦官，事败，李膺、范滂等百馀人皆被杀，计死、徙、废、禁者六七百人，太学生被捕千余人，两次党锢之祸历时凡十七年。这就是“固本争来党锢连”的含义。自汉至明，千年以来，洛阳这个地方始终动乱不已，三四两句咏史感时，“鸿鹄”指汉武帝所作《鸿鹄歌》。史称：帝欲废太子而立戚夫人子赵王如意，太子得商山四皓之助，从以见帝，帝惊，曰：“彼四人辅之，羽翼已成，难动矣。”帝遂为戚夫人作楚歌曰：“鸿鹄高飞，一举千里。羽翮已就，横绝四海。横绝四海，其可奈何？虽有矰缴，尚安所施！”这说明太子已掌大权，武帝欲废之，已办不到了。

此诗难理解的是最后一句，即“又见苍鹅出地年”。惠栋评云：“此诗首言国本定而汉室安，党锢连而汉室亡，举东西两汉而言之也。次言高祖不以所爱而易国本，故能建四百年之基。若晋之惠帝，信贾后而废太子遹，其后遂有刘、石之祸，因举鸿鹄、苍鹅两事以验之也。”此评可惜未触及作者“以汉讽清”的含意。即就讽汉而言，惠栋也只说对了前一半，却说错了后一半。在后两句中，渔洋是嘲笑武帝欲废太子而未成，与晋惠帝废太子遹无关。从全诗来看，这是借汉史以抒其“思明怨清”之情，此有其《日记》为证。“鸿鹄飞去”兼指明诸王从这里飞走，也是顺理成章的。“又见苍鹅出地年”此句射清。《水经注》和《晋书·五行志》都说“苍为胡象”，这“胡”显然借指满族，今之满族也是乱华者。《晋书》又说：“是后，刘元海、石勒相继乱华。”刘元海，即刘渊，匈奴族，起兵反晋，称汉王，旋改称汉帝，建都平阳，刘渊曾两次命其子聪等攻洛阳。石勒，羯族，幼时行贩洛阳，后投刘渊，攻陷州郡甚多，东晋大兴二年(319)建立政权，称赵王，后称帝，史称“后赵”。这两个异族首领先后乱华，他们都是“苍鹅”。这里是借两只老“苍鹅”以射满族统治者这只“新苍鹅”。所以，“又见苍鹅出地年”这句诗，对满人入主中原是绝妙的讽刺。

白马寺

伽蓝半化洛阳尘，汉代鸿胪迹尚新。
太息他年穷楚狱，仁祠空解祀金人。

《秦蜀驿程后记》：“初四日。晴，食白马寺。门人洛阳令钱肇修、孟津令王维翰暨阎户部绍从寺，即汉明帝时西域迦叶摩腾竺法兰白马驮经故迹，此佛法入中国之始。牟子云：‘孝明时，于洛阳西雍门外起佛寺，其壁画千乘万骑，绕塔三匝。’正谓是也。”按：牟子即牟融(？—79)，汉安丘人。少博学，教授门徒数百人，名驰州里，任大鸿胪等职，著有《理惑论》。《释氏要览》：“伽蓝，此云众园。园者，生植之所，佛弟子居之，取住植道，本圣果之义也。”《后汉书·光武十王传》：“楚王英，少时好游侠，交通宾客，晚节更喜黄老，学为浮屠，斋戒祭祀。八年，诏令天下死罪皆入缣赎，英奉黄缣白纨三十匹以赎愆罪。诏报曰：‘楚王诵黄老之微言，尚浮屠之仁祠，洁斋三月，与神为誓，何嫌何疑，尚有悔吝？’十三年，男子燕广告英逆谋，事下案验。明年，英至丹阳，自杀。立三十三年，国除。楚狱遂至累年，其辞语相连，自京师亲戚诸侯、州郡豪杰及考案吏，阿附相陷，坐、死、徙者以千数。”

白马寺，汉永平十一年(68)建，为我国最早的佛教寺院。《明一统志》：“白马寺在河南府城东，汉明帝时，摩腾竺法兰自西域以白马驮经来，初止鸿胪寺，遂取为名，别置白马寺。”

这首诗，反映出印度佛教最初传入中国与道教斗争的一些情况。前两句，以“伽兰”(佛寺)之衰与“鸿胪”(官府)之盛作对比，说明汉代统治者信佛旨在维护其统治，这就是“鸿胪迹尚新”这句诗的含意。后两句，勾出崇佛与道教的斗争概况。一方面，讽刺楚王刘英在南方招聚方士、桑门，祭神求福，打出“诵黄老、尚浮屠”的旗号，另有图谋。另一方面，讽刺明帝凭借皇权，颁发诏书，指斥楚王玩的全是迷信把戏，即所谓“真黄老，假浮屠”。刘英向各王广为宣告，断然排除黄老，从此大倡佛教。三年后，又建白马寺，以示其崇佛之决心。佛教自此开始在东土扎根。这一年是永平十一年(68)，此为中印文化接触之始，意义重大。但从刘家内部斗争来看，则只是一场可笑的闹剧。因为他们只是拿信佛作为维护其统治的工具，根本就不懂得佛教是怎么回事。这首诗既揭示了统治者利用佛教的图谋，同时也有力地鞭挞了他们的专横与愚蠢。袁宏《汉纪》云：“初，明帝梦见金人长大，项有日月光，以问群臣，或曰：‘西方有神，其名为佛，陛下所梦，得无是乎？’于是遣使天竺，问其道术而图其形象焉。”“仁祠空解祀金人”这句诗，说的就是这件事。仁祠，僧寺也。不祀真佛而祀金人，这是佛入中国时的真实情况。明指汉暗射清。汉以儒学为尊，佛学当然推行不开；清以理学为上，又哪里谈得上对佛学有真正的理解？渔洋对禅学修养有素，他认为只要能发善心，人性就会向善，如此崇佛才有意义，这就是他写此诗的用意。

缑氏县

白茅授印事何如，底许孙卿更上书。
桂观蜚廉人力竭，只缘仙子好楼居。

《秦蜀驿程后记》：“初四日……傍洛水行。水北，邙山；水南，望见伊阙、伏牛诸山。其东即少室、太室，诸峰秀出天表。抵偃师县，商之西亳。其南缑山，有王子晋祠。其西北邙山，高处曰首阳，即夷齐叩马处，有祠庙。杜甫自湖南归葬首阳山前，亦在此。”缑氏县，春秋滑国，为秦所灭。其地以有缑山而名，在今河南偃师东南。

缑氏县很奇，这里古代名人遗迹很多，引起作者的兴趣，他写了这首怀古诗，刺汉宫求仙事。首两句问得很奇，这是对汉武帝的嘲笑。有《封禅书》为证：“天子刻玉印曰‘天道将军’，使使衣羽衣，夜立白茅上。五利将军亦衣羽衣，夜立白茅上授印，示不臣也。”此时，公孙卿上书言事，投武帝所好。这是说，公孙卿连所忠的水平也赶不上，还上什么书，把公孙卿奚落了一顿，既打主子又打奴才，这是前两句所咏。后两句，言元封二年(前 109)武帝在长安建桂馆，拜蜚廉，大兴土木，浪费财力。又云：“公孙卿曰：‘仙人可见。陛下可为观如缑氏城，置脯枣，神人宜可致也，且仙人好楼居。’于是上令长安则作蜚廉桂馆，甘泉则作益、延寿观，使卿持节设具而候神人。”这段记述反映出武帝迷信求仙的真实状况。应劭曰："蜚廉，神禽，能致风雨者也。"郭璞曰："蜚廉，龙雀也，鸟身鹿头者。"这是当时学者们的见识，说明武帝迷信是有社会基础的。桂观是仙家所喜之楼居。武帝为求仙人降临，特降诏旨大造"蜚廉桂馆"，结果搞得力竭财空，什么也没有得到。从表面看，这首诗似乎只是讽刺武帝，但联系渔洋奉使祭神、心殊不悦的实情来看，就大有深意了。当时康熙身边大臣中类似公孙卿上书祭神者，可能大有人在，这从渔洋出京时，诗友庞垲、蒋仁锡、张云章等人撰写的贺文贺诗中，就可窥见一些消息。时代前进了，还求什么神，拜什么仙？他不好明说，现在来到缑氏县，借写武帝求仙一事，他找到一个发抒感慨的好题目了，这诗实在写得妙。

望缑山庙

王子乘鸾鹤，飘摇伊洛间。
至今明月夜，凤吹满空山。
缑氏仙踪杳，东莱汉使还。
楼居高几许，天路渺难攀。

《水经注》："偃师县覆釜堆，《开山图》谓之缑氏山，俗亦谓之抚父堆，堆上有王子晋祠。"刘向《列仙传》："王子乔，周灵王太子晋也。好吹笙作凤凰鸣，游伊洛之间。道士浮丘公接以上嵩高山。三十年馀后，来之于山上。见桓良曰：'告我家，七月七日待我于缑氏山巅。'至时，果乘白鹤驻山头，望之不得到。举手谢时人，数日而去。"《史记·封禅书》："公孙卿持节常先行，候名山，至东莱，言夜见大人，长数丈，就之则不见，见其迹甚大，类禽兽云。"

这是前诗《缑氏县》的续篇，把仙人王子乔写得仙气拂拂，栩栩如生，用以反衬武帝之迷信，很出色。武帝求仙不得，败兴而返，这是作者对武帝这个迷信者和公孙卿的嘲笑。两千年前，有此封禅求仙事，不足怪，到清朝康熙时代还如此这般大搞祭祀山神的把戏，这就非常可笑了，所以作者说："缑氏仙踪杳。"这是借嘲武帝以讽康熙。"东莱汉使还"则是讽刺方士公孙卿，同时也有一点自嘲意味。他被迫祭神，自己当然不想攀登"天路"，故有"渺难攀"之叹；也不信天上真有"楼居"，所以又有"楼高几许"之问，诗写得很幽默。不细细研读，就不知道是在讽刺谁。粗粗一看，这好像是一首游仙诗，实际是政治讽刺诗。此诗丙子年七月初四日奉使祭神归来抵偃师时作，故言"东莱汉使还"。什么人想求仙攀天路呢？既然不是作者渔洋，那就是派使臣去求仙或拜神的皇帝了。

七夕前二日巩县阻雨

大火西流日，升仙故迹存。
秋风来巩洛，暮雨阻轘辕。
欲把浮丘袂，难招杜甫魂。
神嵩不可眺，三十六峰昏。

《秦蜀驿程后记》："初五日……门人卢氏令谢廷爵，前一日追送及此，食孙家湾，谢别，归舟截洛水而东……门人巩令颜光昌来。"《水经注》："洛水东径巩县故城南，东周所居也，本周之畿内巩伯国也。"阚骃《十三州志》："轘辕道凡十二曲，是险道。"杜预《左传注》："轘辕关在缑氏县东南。"郑康成《周礼注》："车有轘辕坻阁，谓追隘处也。"嵩山在河南登封县北，上有三十六峰。古称方外，又名嵩高，因处四方之中，山形高大，故称。东曰太室，西曰少室，统称嵩高。《新唐书·隐逸传序》：然放利之徒，假隐自名，以诡禄士，肩相摩于道，至号终南，嵩少为仕途快捷方式。

七夕前二日，作者阻雨巩县，怅望云山，追念杜甫，作此诗遣怀。巩近嵩山，故从王子乔升仙地入题，借风雨遣愁。甫生于巩，卒于耒阳，归葬偃师。元微之《墓志》云："子美之孙嗣业启子美之柩，襄祔事于偃师。"此是铁证。甫一生漂泊，令人扼腕。作者无意寻仙，只借游仙旧题抒感，此与李白当年追蹑仙踪迥异。"欲把浮丘袂"，非言欲求仙，乃为招杜甫之魂而言耳。这一联，既充分表达了作者仰慕杜甫之忱，同时也宣泄了他内心的苦闷。他已年迈，还在为清廷祭神奔波，有什么意思？一篇旨意在此。所以作者说："神嵩不可眺，三十六峰昏。"尾联浑茫无似，悠然神远。"神嵩"，明赞山，实喻甫之人品与诗才。"三十六峰昏"，是实景描绘，含有讽时意味。时势如此，自身难保，又哪能招到杜甫的魂呢？亦唯借游仙以遣愁闷而已。时隔一千多年，渔洋的愁还在连接着杜甫的愁，这就是专制皇权统治下中国士人的命运。作者写此诗时是含着泪的。

宋　陵

洛水邙山饱废兴，宋家幽寝罔鱼灯。
奉香不见临安使，白日茫茫下七陵。

《秦蜀驿程后记》:“初五日……宋自太祖昌陵至哲宗泰陵,七陵皆在巩县。巩多陶者,为瓷偶人,号陆鸿渐,唐时人。买茶具数十,辄得一鸿渐也。门人巩令颜光昌来。”《明一统志》:“高宗南渡,迁都于杭州,升为临安府。”宋陵在河南巩县,分散在近百平方公里的土地上,南依嵩山,北滨黄河。北宋九帝,除钦徽二帝外,七帝均葬于此,号称“七帝八陵”。衬葬有二十一皇后,一百四十馀皇族子孙,七勋臣及各帝宗系二百多人,形成一个庞大的古墓群。计有开国之君太祖赵匡胤永昌陵,以下依次是太宗赵光义永宗陵,真宗赵恒永定陵,仁宗赵祯永昭陵,英宗赵曙永厚陵,神宗赵顼永裕陵,哲宗赵煦永泰陵。地面现存遗物七百馀件石雕,展现出宋代石雕艺术的风采。《宋史》称:赵匡胤嫌汴京无山川之险,欲迁都洛阳以据山河之胜,遂将皇陵建在靠近洛阳的巩县。

宋亡于元,明亡于清,作者因写此诗吊之。鲁迅说:唐室大有胡气,明则无赖儿郎,至于宋代诸帝,除开国两帝和神宗有作为外,其余大都是胆小鬼。此诗写尽七陵凄凉惨淡景象,把小鬼们的丑陋灵魂统统揭露出来,读之令人感慨。据近年某些学者对明清史的研究,可以看出一个问题,即汉族士人无论仕清、降清者,几乎都有一种“思明怨清”情结,分别只在或直接表露,或曲折隐晦而已。唯其如此,他们对明清之际的世变皆喜作历史性的考察,亦如宋末元初史学家马端临那样,以一部《文献通考》考察宋之所以亡、元之所以取代宋,清代士人也同样在不断考察明之所以亡、清之所以取代明这个大问题。“戴南山案”即因研究这个问题而爆发。此诗借宋以喻明,也发出了对清的一片怨声。鱼灯幽闷,兴废无常,洛水邙山,空自悲叹,这是多么尖锐的讽刺和嘲笑。那些逃到江南的赵家后代又怎样呢?诗人笑他们早已把这些埋在底下的老祖宗忘得一干二净了。“白日茫茫”一句,空灵蕴藉,哀怨无穷。作者悲明祚之不保,弦外之音在飒飒作响。走出宋陵,他买得一只瓷偶而去,多么惆怅。

此时,康熙大帝正在大兴土木为自己造陵,除已为顺治建陵外,还在不断扩展北京西郊大面积土地,为其一代代皇子皇孙的安寝着想。这就能永保江山吗?作者隐隐提出了这个问题。

七夕雨抵汜水县

玉门残垒外,云是古城皋。
浊浪喧牛口,雄关逼虎牢。

青山空楚汉，白骨尚蓬蒿。
七夕风兼雨，悲歌抚孟劳。

《秦蜀驿程后记》："初六日，大雨。自子迄午，冒雨行。巩东皆羊肠鸟道，泾潦载途，十步九蹶。二十里洛口，即洛水入河处……登大伾山，成皋古城踞其上，山尽处即虎牢，亦名崤关。东阻汜水，县以得名。"《谷梁传》：僖二年："公子友谓莒挐曰：'吾二人不相说，士卒何罪？'屏左右而相搏。公子友处下，左右曰：'孟劳。'孟劳者，鲁之宝刀也。"玉门，成皋北门。牛口，渚名。项羽围成皋，刘邦从北门逃出，退兵过此。

成皋，北濒黄河，南临虎牢关，可攻可守，古为战略要地。楚汉争雄，刘项多次在此展开激战。《史记》："汉之四年，项王兵围成皋，汉王逃，独与藤公出成皋北门，渡河走修武，从张耳、韩信军。诸将稍稍得出成皋，从汉王。楚遂拔成皋。"这次刘邦吃了大亏，几一蹶不振。后用张良之计，终于转败为胜，得了天下。对汉来说，这是一次胜利的退却。

此诗写凭吊所感，有趣的是着重点出了几个地名，绘出一幅壮阔的历史画面，又用"喧""逼"二字渲染当时紧张气氛，真切动人，可称神异。作者借风雨抒情，哀怜白骨，同情无辜平民，情调悲凉。前两联写所见，后两联写所感。"青山空楚汉，白骨尚蓬蒿。"感慨深重，"楚汉"二字，在这里已成历代帝王相争的代号。透过历史的烟云，作者把问题看得很深。这是一部楚汉相争史简明生动的概括。通过这个视角，作者为自己也为其他陷于这一历史夹缝中的士人而长歌痛哭。此诗明吊刘邦实悲自己。作为明的遗民，他观看这个大战场之后，不禁感慨万千，但他也只能唱一曲悲歌，抚一下孟劳宝刀而已。抒兴亡之感，表人文关怀之情，是这首诗的旨意所在。"七夕兼风雨"句可略见其跋涉之劳，配合《日记》咏之，更觉有味。

纪将军祠

东门黄屋竞传呼，从此咸阳入帝图。
若遣封侯身不死，也须钟室避娥姁。

《秦蜀驿程后记》："初七日……东门谒汉纪公祠。涉索水，四十里次须水镇。涉须水，又十里涉京水。汉与楚战荥阳南京、索间，即此。"《水经注》："纪信冢在荥阳城西北三里。"《史记·项羽本纪》："汉王军荥阳，项王夺汉甬道，汉王乏食，恐。纪信说汉王曰：‘事已急矣，请为王诳楚为王，王可以间出。’于是汉王夜出女子荥阳东门，被甲二千人，楚兵四面击之。纪信乘黄屋车，傅左纛，曰：‘城中食尽，汉王降。’楚军皆呼万岁。汉王亦与四十骑从城西门出，走成皋。项王见纪信，问：‘汉王安在？’信曰：‘汉王已出矣。’项王烧杀纪信。”纪信（？—前 204），汉赵城人，刘邦部将。汉三年，项羽围刘邦于荥阳，事急，信伪为刘邦出降，邦得逃脱。

这首诗，先叙后议，对纪信和刘邦作出不同的评论。从正面看，前两句写纪信伪降以保刘，为汉立下大功；后两句是作者的推论：假若纪信能活下来得以封侯，他也逃不脱类似韩信被杀的下场。娥姁是吕后的字，韩信是囚于钟室被娥姁秘密杀害的。这是一幕悲剧。从反面看，此诗是对刘邦的挞伐，他一贯不讲仁义，诛杀忠良，是一个残民以逞的大暴君。

纪信的悲剧告诉人们：在暴君统治下，忠良者都逃不脱无辜被杀的命运。皇权无视一切，这就是血淋淋的历史。作者生存在反君权浪潮开始兴起的时代，能如此咏史是有胆识的。作为一个由明入清的汉族士人，在反清复明志士黄宗羲、顾炎武等人的影响下，他同钱谦益、吴梅村一样，始终站在“思明怨清”者这一边。他在康熙身边，处境艰难，早已看清统治者的凶残和卑劣。这首诗以侧笔骂刘邦，力透纸背，警策有力。

圃田列子祠

泠然郑圃御风游，四十年如不系舟。
怊怅馀年还嫁卫，先生老矣又何求？

《秦蜀驿程后记》：“初八日……次圃田。《尔雅·十薮》所谓郑有圃田者也。有列御寇祠，万历庚辰巡按御史苏民望撰碑。晡，抵中牟县。”圃田，驿名，在今河南中牟县北七里。列子即列御寇，战国郑人。《汉书·艺文志》著录《列子》八篇，列入道家。《庄子》：“饱食而遨游，泛若不系之舟，虚而遨游者也。”《列子·天瑞》：“子列子居郑圃四十年，人无识者，国君、卿大夫视之犹众庶也。国不足，将嫁于卫。”《韩诗外传》：“楚丘先生披蓑带索往见孟尝君，孟尝君曰：‘先生老矣，春秋高矣，多遗亡矣，何以教文？’”《魏志》：“段灼曰：‘七十老公，反欲何求？’”

列子是奇人，庄子说他能“御风而行”，“旬有五日而后返”。成玄英说他曾“得风仙之道”。南朝梁任昉又说，他“常以立春日归乎八荒，立秋日游于风穴”。这些，都说得很玄。他有道行，有本领，一生不得志，这是真的。郑国养不活他，四十岁那年，为求一饱跑到卫国去打工，这也是真的。作者过其祠，念其人，作此诗哀之。其实，历史上被埋没的人才，又何止列御寇一个？作者仕清三十年，也是一个失意者。他一肚子苦水向哪里去倾吐？此诗明悲列子，实乃自伤。这年，他六十三岁，也是一个“老矣又何求”的人了。借吊列子以抒愤懑，此篇可谓夫子自道。诗写得幽默有趣，只谈古，不论今，然弦外有音，耐人寻味。在康熙时代，各地失意汉族士人何尝少，单是在作者的亲朋好友中就有林古度、蒲松龄、徐夜、邵潜夫、杜于皇、吴嘉纪等一批人。这些人常常挨饿，难得一饱，且皆身后萧条，甚至难求一木入土。《池北偶谈》：“林茂之古度居金陵，年八十馀，贫甚，冬夜眠败絮中，其诗有‘恰如孤鹤入芦花’之句。”及卒，周栎园侍郎亮工葬之钟山。其贫困如此，他算是最典型的一个了。

中牟县南湖蒲庐亭是张林宗饮酒处予易名垫巾题一绝句

南郭孤亭野水滨，菇蒲猎猎水鳞鳞。
林宗未远风流在，不愧亭名是垫巾。

《香祖笔记》卷二：“县城南，有湖数十亩，中有亭，额以‘蒲庐’，为邑名士张民表觞咏之地。予丙子以奉使祭告西岳过之，惜其命名非典，因为易名，使后来知名流故迹。”《列朝诗传》：“张民表，字林宗，中牟人。性嗜古文词，藏书数万卷，手自点定。喜饮及草书，饮少许即颓然，挥洒放笔，谓有神助。崇祯壬午，寇围大梁，水灌城，汴人皆依林宗守死不去，水大至而没。”周栎园《赖古堂集》：“汴水决城，林宗张先生抱其诗文，同长君、次君沦水中，季子厥甫十一龄，浮水出，予弟靖公觅之河干，三阅月载与俱归。”张林宗，自称旃然渔隐，又号蕊渊道人，万历举人，任侠好客，有《原圃塞庵诗集》。

崇祯十五年(1642)，李自成围大梁，以黄河水灌城，张林宗抱其诗文沦水中，守死不去，水大至而没，二子死，一子浮水出。这是他一家所遭之劫难，也是他所表现的气节。作者仰其人，为亭更名，并写此诗表彰之。帽垫以巾，谓之垫巾，这是汉末清流人物郭泰的一种特殊帽式，当时人皆效之。作者将亭名改为“垫巾”，以郭泰比拟其人，弘扬高义，是作得对的。明亡已五十二年，还有几人记得张林宗这位守城名士呢？作为一个“优礼儒臣”，他还在为捍卫明朝而与城同没的勇毅者歌唱，这说明了什么？他那颗心还始终都贴在明王朝一边，这也可以说是民族义愤的一种自然表现吧。他哪里稀罕什么“优礼儒臣”，实际上他最爱的还是“垫巾”，他所追慕的是有气节的人，自由的人，有大德高行的人，这就是诗人渔洋。

仆射陂白莲

陂名传仆射，秋气满蒹葭。
十里银塘冷，千枝白氎斜。
他年履道宅，应忆管城花。
素手谁攀折，飘零自水涯。

《秦蜀驿程后记》：“初八日。郑东五里有仆射陂，后魏以赐仆射李冲，因名。陂广十余顷，水光可鉴，夹岸皆垂柳，白莲正花，清芬袭人，不啻万柄。其上有凤凰台、李卫公祠。”《诗·秦风·蒹葭》：“蒹葭苍苍，白露为霜，所谓伊人，在彼一方。”“白氎”，即棉花，唐时由西域传入中国。道宅指道人所居之处。“管城”为周武王弟管叔封地，春秋属郑，战国属韩，汉以后为中牟县，隋开皇十六年置管城县，明废。故城在今河南郑州市。管城花，此指管城县仆射陂的白荷花。《蚕尾续诗》：“今日鲁陂雪千顷，不须更忆管城花。”

郑州仆射陂，因后魏李冲受封于此而名。这里有凤凰台、李卫公祠等古迹，作者出生于此，他的祖父曾经在此任河南按察使，或许就是这些复杂因素引起他的诗兴，才写作此诗。前两联，写“秋气满蒹葭”的衰败景象，“十里银塘”上盛开着千万枝白莲花，直似白花的海洋。他把自己如醉如痴的惊奇之感都写出来了。他借赞白莲以自喻，将白莲拟人化，咏物而不役于物，妙趣在此。后两联诗意深化，又写出新意，自诉将来若能履道寻仙，也永远忘不了这管城之花。并希望大家都来爱这白莲，不要攀折她，不要叫她飘零水上，一唱三叹，哀怜至切。

白莲是高洁的，亦如李冲、李卫公其人。他们都表现出脱屣尘埃的节操。此种人格美的追求，是从孔子即已开始了的，屈原更把它大大地诗化了。美人香草之喻，长久震撼士林，连同梅兰竹菊一齐被尊为四君子，更把儒家“比德说”和道家“真人论”具体化、形象化了。作者呼吁素手们不要攀折她，不让她飘零。这是一种“人物同构”的审美观，至可宝贵。

官　渡

别驾亡来万事非，夕阳官渡客行稀。
袁家新妇应惆怅，剩与陈王咏宓妃。

《秦蜀驿程后记》："初九日……晡抵开封府祥符县治。"《魏志·袁绍传》："初，绍之南也，田丰说绍曰：'曹公善用兵，众虽少，未可轻也，不如以久持之。将军拥山河之固，拥四州之众，外结英豪，内修农战，然后减其精锐，乘虚迭出，不及二年，可坐克也。今释庙胜之策，而决成败于一战，若不如志，悔无及也！'绍不从，丰恳谏，绍怒甚，以为沮众，械系之。绍军既败，或谓丰曰：'君必见重。'丰曰：'若军有利，吾必全；今军败，吾其死矣。'绍还，谓左右曰：'吾不用田丰之言，果为所笑。'遂杀之。"鱼豢《魏略》："建安七年，袁绍为中子娶甄会女。绍死，熙出在幽州，甄留侍姑。及邺城破，五官将从而入绍舍，见甄怖，以头伏姑膝上，五官将谓绍妻：'袁夫人，扶令新妇举头！'见其色非凡，称叹之，太祖遂为迎娶。陈思王植《洛神赋》初名《感甄赋》，序云：'黄初三年，余朝京师，还济洛川，古人有言，斯水之神，名曰宓妃，遂作斯赋。'"

这首诗是对袁绍的讽刺和嘲笑，对田丰和袁家新妇甄妃则深表同情。甄妃与陈王曹植的爱情是真挚的，作者咏之不迭。

官渡之战，曹操以少胜多，战败袁绍，这是一次决定性的大战役。作者从两个小侧面生动地反映出这次战役前后两个人物的悲惨命运：一是田丰献计进忠言，却遭嫉恨，被主帅袁绍杀掉，真是活天冤枉。二是甄氏以美色为袁家强权夺志，被迫改嫁，成了袁绍长子之妻，终为胜利者曹丕所得，以致最后溺水而死。曹植为咏《感甄赋》，更加浓了悲剧的色彩。从根子上看，这两个人物的悲剧都是袁绍一手造成的。袁绍被曹操打败，丢了面子，杀了有功的部将田丰，又被曹操夺去长媳甄氏，很不光彩。诗人以侧笔写战争，"夕阳官渡客行稀"是战后场景，只轻点一笔，即令人感慨无穷，尽传其神。以"剩与陈王咏宓妃"一句收结，悲怆无似。

夕阳楼

野塘菡萏正新秋，红藕香中过郑州。
仆射陂头疏雨歇，夕阳山映夕阳楼。

夕阳楼，在河南荥阳，唐大和七年(833)郑州刺史萧瀚所建，萧后贬远州。李商隐与萧瀚友善，过荥阳，作《夕阳楼》诗怀之。清代郑州府下辖荥阳、荥泽、汜水三县。仆射陂，距夕阳楼不远。后魏孝文帝将此陂赐给仆射李冲。李诗云："花明柳暗绕天愁，上尽重城更上楼。欲问孤鸿向何处？不知身世自悠悠。"此诗丙子年七月初八抵中牟县作。

作者过圃田，抵中牟县，时值新秋，为"野塘菡萏"秋景所动，想起李冲、萧瀚、李商隐这些历史人物，写下这首诗。这是他有意同李商隐作一次超越时空的唱和。李诗写的是春景，因好友萧瀚已贬远州，李感到寂寞，因有"身世悠悠"之感。阳春三月，花明柳暗，故又发出"绕天愁"的感慨。这不知激起后代多少知识分子的愁怀。渔洋写的是秋景，时值新秋，疏雨初歇，野塘菡萏、红藕飘香，他表达了和李商隐相同的愁怨，此时渔洋也很寂寞。时隔千年之久，为什么两人的孤独感竟如此相同？这只能有一种理解：中国士人在专制皇权管束下，已无法摆脱此种依附关系，升沉无定，命运都掌握在皇帝手里。即使像萧瀚那样一个好官，手里有点小权，可以建一座"夕阳楼"，但这又管什么用？"夕阳山映夕阳楼"，与其说是风景，不如说是一种象征。人世苍凉，古今相续，作者亦惟对此夕阳疏雨自伤而已。中国文学里的幽怨情结，明代以后这场景是更笼罩在一片感伤的云雾之中了。正如鲁迅所说："悲凉之雾，遍被华林。"这首诗正是这样的一种哀叹。

板　桥

板桥衰柳日萧萧，回首宣和似暮潮。
上巳金明池上饮，画船衔尾骆驼桥。

《秦蜀驿程后记》："初九日……唐小说记板桥三娘子事甚怪异，即此地。食水月庵，精庐甚雅。"板桥，唐时为汴州城西板桥店驿站。《陇蜀馀闻》："板桥在今中牟县东十五里。白乐天《板桥路》诗：'梁苑城西三十里，一渠春水柳千条。若为此路今重过，十五年前旧板桥。'李义山亦有《板桥晓别》诗，皆此地。"李诗云："回望高城落晓河，长亭窗夕压微波。水仙欲上鲤鱼去，一夜芙蓉红泪多。"孟元老《东京梦华录》："金明池西去百馀步，乃仙桥，南北约数百步。桥西三虹，朱漆栏楯，下排雁柱，中央隆起，谓之骆驼虹。"金明池在宋京开封西北，周回九里。五代周世宗欲伐南唐，始凿池，以习水战。

作者过板桥，见桥头只馀衰柳数株，因忆宋时繁盛景象，感慨万千，作此诗。“回首宣和似暮潮”，此句为诗眼，一切皆已淹没在千古暮潮声中，诗人抚今追昔，不胜苍凉。这里唐时是驿站，唐人所记板桥三娘子事，流传甚广。白乐天、李义山皆有诗咏之。宋人孟元老记笙歌不辍景象，更为这个地方增添不少光彩。此诗以重墨浓彩勾出两幅历史画面：一是唐时金明池上游客欢饮场面，一是宋时骆驼桥畔画船衔尾景观。宋时每年三月上巳日的盛会，都在《清明上河图》里反映出来。

白乐天描绘的板桥旧貌是：“一渠春水柳千条。”李义山描绘的是：“一夜芙蓉红泪多。”一个赞柳，一个赞花，实则都在赞人，即赞美给人们带来欢娱的歌妓。“金明池”由人工开凿，周回九里。宋宣和年间，这里有宝津楼、宴殿、射殿等建筑，金兵入侵，全毁于战火。这首诗生动地反映出板桥小镇的兴衰史，这是当时中国城镇文化的剪影。板桥和金明池的沧桑，含有很丰富的历史文化韵味，给读者留下一个驰骋想象的广阔空间。中国绘画艺术所追求的“无画处皆是画”，与此诗所追求的正相同。这与“无声处皆有声”，“无字处仍有诗”，是一样的。

昭灵夫人墓

惊风古道卷蓬根，何处昭灵墓尚存？
不见梁巫陈桂醑，野人耕尽小黄园。

《秦蜀驿程后记》：“十一日，晴。发汴……过小黄古城，汉高帝招魂葬昭灵夫人处，曰小黄园。”江微《陈留风俗传》：“沛公起兵野战，丧黄妣于黄乡。天下平定，使使者招幽魂。于是丹蛇在水自洗濯，入于梓宫，其浴处有遗发，谥曰‘昭灵夫人’。墓在陈留小黄园，后于此立庙以祀。”《史记·封禅书》：“长安置祠祝官、女巫，其梁巫，祠天地、天社、天水、房中、堂上之属。”《索隐》曰：“《礼乐志》有《安世房中歌》，皆谓祭时室中堂上歌先祖之功德也。”

“昭灵夫人”是刘邦母亲的谥号，她在刘邦得天下之前，早就死了。咏昭灵之诗殊罕见。墓既不存，事亦久淹，此咏甚奇。作者先从抒写“狂风吹古道”之状着笔，以喻刘邦攻天下之势，咄咄逼人。当时海内风起云涌，群雄竞逐，尘砂漫天，连蓬根皆被大风卷去，这是历史景象的真实描绘，形象鲜明，情景逼真。次写皇家扫墓祭祀场景，妙在只以“不见梁巫”一句了之，调转凄凉。末点夫人之墓早已犁为平地，一切荡然无存，与首句之雄劲气势形成强烈反差，令人惊骇。全诗短短四句，感情回旋激荡，一波三折，给人精神上以极大的震撼力。题为《昭灵夫人墓》，似悼非悼，是作者对刘邦这个雄杰之君的嘲笑。“野人耕尽”一语，字字发声，每个字都像铁锤一般沉重地打在这个死皇帝心上，十分有力。在清初专制体制强化的时代，敢于如此宣扬“野人”创造历史的威力，是不多见的。作者奉使归来，写作此诗，等于向正在挖陵墓的清政权发出警告：一切祭祀，一切礼仪，都是白搭；一切王侯墓葬，都将统统被“野人耕尽”，这是历史的铁则，诗有味外味。

此年二月，康熙亲征蒙古王噶尔丹，拔除了西北一大隐患。七月，命修《平定朔漠方略》，海内澄清，天下统一。作者正于此时写成此诗，能说没有新意？

谒信陵君祠

趣救邯郸却暴秦，十年留赵事酸辛。
大梁归后匆匆甚，日饮亡何近妇人。

《史记·信陵君列传》：“朱亥袖四十斤铁椎椎杀晋鄙，公子遂将晋鄙兵，选兵八万人进兵击秦，秦兵解去，遂救邯郸，存赵。”“魏王怒公子之盗其兵符矫杀晋鄙，公子亦自知也。已而却秦存赵，使将将其兵归，独与客留赵十年。”“毛公、薛公两人往见公子，语未及，卒。公子立变色，告车趣驾归救魏。秦求晋鄙客，令毁公子与魏王，魏王日闻其毁，使人代公子将，公子乃谢病不朝，饮醇酒，多近妇人，日夜为乐饮者四岁，病酒，卒。”

无忌是魏安厘王异母弟，为战国四大公子之一，封信陵君。善养士，有食客三千人。安厘王二十年（前257），秦军围赵都邯郸，使晋鄙领兵救赵，鄙畏秦兵强，兵不敢动。信陵君使如姬从宫中窃得虎符，椎杀晋鄙，夺得兵权，败退秦军，赵国得救。无忌后封为上将军，率五国兵马大破秦军。以功高名盛，为魏王所忌，遂称病不朝，病酒色而卒。这一幕惊心动魄的悲剧，揭示出中国历史上一个严峻的问题：君权至高无上。作为被御用的人臣，只能服服帖帖为君主效忠，否则即要受到惩罚。刘邦得天下后，即明白宣告：文武大臣统统都是他的功狗，倘不顺从，就要杀掉，直至株连九族，后代君主无不承其衣钵。孟子虽然早就说过：“君之视臣如犬马，则臣视君如寇仇。”但这其实只是空想。历史的经验证明，君的权威是神圣的，为臣者起不了什么作用。此篇悼诗，既表达了作者对信陵君的无限敬仰之情，同时也强烈地抒发了他对一切暴君的厌恶与憎恨。诗句铮铮震响，有震撼力。

曹南渡河望南华山

函关已吊玄元宅，郑圃还过御寇家。
问渡漆园风雨里，却临秋水诵南华。

《秦蜀驿程后记》："十三日……自刘家楼渡黄河……抵曹县，山东兖州府境。"曹南，春秋诸侯会盟于此。《括地志》：函谷关在陕州桃林县西南十二里。玄元指老子，唐玄宗封老子为玄元皇帝。漆园在安徽蒙城，距曹县不远，庄子曾任漆园吏。南华，山名，唐玄宗封庄子为南华真人，《庄子》，亦名《南华经》。

作者再使秦蜀归来，途经中原大地，一路风尘仆仆，过函谷关而吊老聃，过郑圃而悲列御寇，至黄河渡口曹南，又思及风雨漆园中悲天悯人的庄周。他此时心仰古贤，思接千载，感慨万千。他何以如此崇仰庄子？这是一个饶有兴趣的问题。首先，庄子一生追求人性自由和个性解放，这是渔洋和中国历代知识分子所向往和追求的。庄子目光锐利，他看透了统治阶级的虚伪与凶残，其"全身远祸"的处世哲学，尤其引起渔洋内心强烈的共鸣。其次，渔洋所倡神韵美，源头就是庄子的美学观。庄子给中国诗歌以至山水画以深刻影响，这是共识。诗画同源，诗境与画境是统一的，心境与人格之境也是统一的。他的神韵论是把这一切都包含在内了。再次，庄子生活在风雨如晦的时代，是一个具有伟大人道主义精神的哲人。他看透了统治阶级的伪善，认识到各种学说的争辩都是为了谋取私利，这一切，他都看穿也看厌了，所以他不愿与世俗浮沉，不屑与奔走诸侯之门者为伍。这一点，渔洋也是很赞赏的。从"问渡漆园风雨里"这句诗，可以理解其诗之真谛。庄子哲学如一尘不染的秋水，透明度很高，足以照耀千秋而不朽。作者再使秦蜀归来，临秋水，诵《南华》，衷心致意庄子，这就是他的人生态度。他此时已把人生审美化了，也把人生艺术化了，他哪里会把世俗名利放在眼里呢？这首诗，可以看作他向当时诗坛发出的一个宣告：他此时思想已上升到一个新的高度了。

庄子思想触动渔洋最大最深者有二：一是庄子宁可像在泥泞里艰难爬行的老龟，却不愿去给统治者装点门面、粉饰太平。这一点，一直是渔洋无法自疗的"心病"。二是庄子以山林中看似无用其实乃栋梁之材的大木为喻，阐明了无用与有用的辩证关系。他认为看似无用的大木，可以全生，看似有用的小木，却因此丧生，而自己虽属有用之才，但又不得尽其用，因此常终日惴惴于能否全生的惊悸中。在这一点上，渔洋也表现出自己的生命和心灵有双重性。

春城堆

春城堆上吊诸郗，绝恨参军入幕时。
只有青溪三十曲，风流犹自忆僧施。

《秦蜀驿程后记》："十五日，晴……入夜，始抵金乡县……城西三里，有春城堆，晋郗文成鉴故里。"钱钍《山东通志》："郗氏自太尉鉴后为江左名族，郗鉴乃御史大夫郗虑之后。"《晋书・郗超传》："郗超为桓温参军，温怀不轨，超为之谋。谢安与王坦之诣温论事，温令超卧帐中听之。风动帐开，安笑曰：'郗生可谓入幕之宾矣'。"僧施，郗超之侄，字慧脱，弱冠与王绥、桓胤齐名。《俗说》："郗僧施泛青溪中，帆到一曲之处，辄作诗一篇。谢益寿见诗笑曰：'青溪之曲，复何穷尽？'"

这首诗对江左名族郗氏表示追念，一方面对东晋贵族集团阴谋政治表示唾弃，一方面又对郗僧施所作《青溪小曲》表示赞赏。在中国历代王朝兴衰史上，搞阴谋政治者都没有好下场。历史反复证明，一切阴谋均难得逞，纵能侥幸一时，最终也逃不脱失败的命运。谢安对于郗超参加搞阴谋的嘲讽，可称绝妙。作者对郗超的行径也深恶痛绝。此诗虽云讽古，实是鉴今，足以使人警醒。郗僧施所作《青溪小曲》三十首，是六朝文学的新花，有民歌风味，当时，僧施与王绥、桓胤齐名，他们的才艺皆为时所重。作者吊诸郗，不仅从政治上否定郗鉴后人之搞阴谋，在文学上对其第三代的成就，则赞扬不绝。六朝时代是中国文学开始走向个性化的时代，作者对六朝诗歌的开拓性是充分肯定的。他对郗僧施的称颂是罕见的。此诗风骨凛然，可泣鬼神。

龙女祠

冰绡雾縠映回波，半额宫黄蹙黛蛾。
欲采香芊慰幽怨，不须深避庾毗罗。

《秦蜀驿程后记》："十九日……食宁阳县……二十四日……午刻抵舍，是行往返计万一千里。"此诗作于七月十九日，龙女祠在汶水北岸。《法苑珠林》十八《千佛出家》："菩萨受彼乳糜，持至尼连禅河，有一龙女名连尼涂耶，从地涌出。"《梁四公记》："震泽中，洞庭山南有洞穴，其东穴，东海龙王第七女掌龙王珠藏，杰公对梁武帝言：'若遣使通信可得宝珠。'时有会稽庾毗罗请行，杰公曰:'汝五世祖烧杀东海潭龙,汝龙门之仇也,可行乎?'罗伏实,乃止。"

作者再使秦蜀祭神归来,过汶水,于北岸拜祷龙女祠,作此诗。这是一首祷神诗,他所祷拜的是人民所喜爱的神,不是统治者要他奉祀的那些大山大川之神。他写此诗,似乎有意要为他此次祭神作一个小结,他好像在说:"你们要我祭神吗?咯,现在我就写一首拜龙女诗给你们看看。"真有趣。这诗前两句着重刻画的是泥塑龙女的幽怨相,她很美,心里却似乎有点不舒畅。后两句写会稽庾毗罗偷去她的宝珠,她很气,作者安慰她:"让我采点香苹来拜祷你吧,你不要再幽怨了。我不会害你,你也不用再像深避庾毗罗那样躲开我。我对你是恭恭敬敬的,决无夺取宝珠之意,请放心。"同时,这诗似乎也在告诫世人:我们应当让女神"安生",不要偷盗她的宝珠。这样人神即可永远和谐共处,怨仇即可永远消除,庾毗罗也不用再担心害怕什么了。

从艺术符号学来看,这诗也很有意思。作为独立于象征和语言思维之外的第三种思维,即神话思维,这是诗歌符号发生学的心理基础和文化基础。在古希腊神话中,神的模特儿就是人。中国神话从女娲补天到柳毅传书中的牧羊龙女,都是人化神。龙女就是这样一个人化神的典型。作者要求人们把神和人摆在同等位置上,这是他有意跟统治者唱反调,人所向往的理想境界就是人神和谐相处。这是他对神话诗的一个新贡献。古今中外一切大诗人无不在此种思想照耀下完成其一生行程与创作的,作者也是有这样追求的一位诗人。《雍益集》至此终。此卷以祭神始,以祭神终,这说明他的纪行山水诗,包括咏史诗在内,都是按照大致预定的计划进行写作的。

17. 南行卷

【卷头语】此时海内安定，文治大行，康熙东巡泰山，谒孔子阙里。作者奉旨南下拜海，心情寂寞。所作吟咏康熙之诗不少，金声玉振，多有弦外音。《狐骀山》是一首复仇之诗。此卷怀古伤今，怨情甚烈，具显其人之民族气概与自由精神。

河间从山公乞沧酒

五畤新成礼百神，同时衔命帝城闉。
朔风初过毛苌里，西日难遮庾亮尘。
丹荔黄蕉炎海路，茂林修竹镜湖滨。
今宵且乞麻姑酒，别后俱为万里人。

《南来志》："康熙二十三年十一月初五日，得旨……兵部督捕左理事官郑重祭告南镇会稽，余以詹事府少詹事、翰林院学士有事南海。"朱彝尊、姜宸英、李澄中、魏坤及门人盛符升等三十馀人祖饯彰义门外。逾午始发。金居敬、朱彝尊、李澄中、魏坤、吴雯、查慎行等有诗文赠行，金氏诗云："归日定成南海集，还将后序属门生。"乐史《寰宇记》："瀛洲河间县毛苌宅：郡人，汉为博士，今郡宅俱存，号其处曰'毛精叠'。"《元史・王思诚传》："河间尊福乡，博士毛苌旧居也。"郭澄之《郭子》："庾公名位渐重，足倾王公。时庾亮在石头，王公在冶城，忽风起扬尘，王公以扇拂之，曰：'元规尘污人。'"《居易录》："郑重字山公，福建建安人。顺治戊戌进士，官至刑部左侍郎。"郑有《霞园诗文集》《文选集注》。

作者离京南下至河间，与同时衔命出京的好友郑重欢饮，写诗道别。祭神是一件大事，清皇朝特筑神坛五畤，每隔几年即举行一次大典，旨在巩固政权，愚弄百姓。郑去会稽，王去南海，还有被派往嵩山、华山、恒山、长白山及北海、江渎等地的，典礼至隆。两人在河间分手前，借酒浇愁，弹奏出一曲不协调音。前两联写河间文化风光，以毛苌比郑重，以满身尘土的庾亮比自己，透露出不少牢骚和怨气。三联预想两人别后情景，一个在长满丹荔、黄蕉的岭南道上奔波,一个在茂林修竹的镜湖之滨穿行,同为王朝效命,一肚皮牢骚,全都不着声色地表露出来。尾联借祷麻姑以求福祉,这既加浓了诗的文化氛围,也带来一点妙不可言的奇趣。回看首句“五畤新成礼百神”,似颂非颂,于颂赞沧州酒文化的同时,又着重表达了两人心心相印的友谊,而对祭神一事,竟都露出一种无足轻重的态度,岂不滑稽!对照朱彝尊等颂德诗来看,就更妙了。朱氏赠诗云:“今年天子省方岳,诏祀四渎封五山。属车先行上观日,使者分命辞星班。先生储端乍迁秩,诞持龙节临百蛮。”此与王诗情调迥异,说明在当时除郑重能同他在一起畅抒心曲外,是再也没有别人了。看来,他们两人对维护专制皇权的封禅大典都是不赞成的,因此这友谊就更加可贵。

德州答郑山公留别之作

城下河流日暮寒,明灯绿酒罄交欢。
从知越绝风烟好,敢谓朱崖道路难。
严濑千峰云际出,武夷九曲镜中看。
官园焙后茶香熟,此日思君到建安。

《南来志》:“十二月初一日……山公早发过别,取道泰山。”《水经注》:(孙权)割富春之地立桐庐县,自县至于潜,凡十馀濑,第二是严陵濑……山下有一石室,汉光武帝时,严子陵之所居也。武夷,山名,在福建崇安县西南,相传汉武夷君居此。此山绵亘百二十里,有三十六峰,三十七岩,溪流缭绕其间,分为九曲。道书称为第十六洞天,产茶。周栎园《闽小记》:“御茶园在武夷第四曲,前朝每岁惊蛰日,有司致祭,制茶上贡。”《晋书·地理志》:“建安郡,故秦闽中郡,汉名为东冶,后汉改为侯官都尉,及吴置建安郡,统县七。”又:“孙休分会稽立建安郡。”

继《河间从山谷乞沧酒》诗后,作者又写了这首留别诗。他与郑重知无不言,言无不尽,自谓其平生知己有四,郑即其一。首叙冬夜醉别情景,“城下河流日暮寒”,此是实景描绘,寓有时代氛围和孤独寂寞感。以日暮“寒”与罄饮“欢”作对比,畅叙离情,别开新境。其妙尤在以大量篇幅着力叙写别后相思之情,更见情深。严冬苦寒,一趋吴越,一走南海,心殊怏怏。分手后,两人越离越远,乃复从悬想着笔,以途中奇景展开画面,直把两人相依之情表现得如影随形一般。留别诗似此写法,似不多见。“从知”以下六句是答辞,借景言怀,句皆奇妙。这一路“风烟好”“道路难”“云际出”“镜中看”有声有色的描写，展现出一派古今交错的文化风光，既为友谊充实了文化内涵，又给山水增添不少奇光异彩，益增情趣。朱崖远在七千里外，长路难行，却没有说个难字；两人罄酒交欢，皆闭口不谈时事，心情抑郁，这些都只作暗示，不落言筌。尾联悬想闽中官园茶熟情景，而两人思念方殷，味在言外。“建安”是郑重的故乡，又是文学上的一个光辉时代，一语双关，结以“此日思君到建安”一句，甚妙。全诗至此，如一条清泉缓缓流动，一路歌唱。馀音袅袅，令人回味无穷。

茌平怀古四首

鲁仲连

经过射书处，犹识鲁连村。
桑柘灵祠里，空瞻玉貌存。

淳于髡

玉钗挂臣冠，灭烛闻芗泽。
此际独留髡，仆亦堪一石。

马　周

火色鸢肩者，相逢遍五都。
不知曾一个，得识马周无？

张　镐

湖海须眉在，宁忘社稷仇？
张公琴酒客，能办杀闾丘。

《南来志》：“初四日。早发，午次茌平……初五日……茌为鲁仲连、马周故里，城北有鲁连、马令二村。”茌平，古聊城。陆钍山《山东通志》：“鲁连村在茌平县，后改为王楼店，即鲁仲连所居之地。旧有祠，今废。”山东新城东北锦秋湖上有鲁仲连陂，传为仲连所居。

[第一首]鲁仲连，又称鲁连，战国齐人。高蹈不仕，喜为人排难解纷。游于赵，秦围赵急，魏使辛垣衍请帝秦，仲连力言不可。会信陵君率魏兵至，秦兵却走。后燕将据聊城，齐攻之，数月不能下，仲连遗书燕将，射之城中，燕将得书，泣之三日，不降亦不归，遂自杀，聊城乃下。仲连有功于齐，齐王欲爵之，不受，逃隐海上。《史记》有《鲁仲连传》。

[第二首]淳于髡，战国齐稷下人（按：稷下在今山东淄博市临淄镇，去聊

城甚远），以博学、滑稽、善辩著称。齐威王在稷下招徕学者，任为大夫。尝以隐语讽谏威王，罢长夜之饮，改革内政。《史记》记其事云："日暮酒阑……堂上灭烛，主人留髡而送客。罗襦襟解，微闻芗泽。当此之际，髡心最欢，能饮一石。"又，司马相如《美人赋》："臣之东邻有一女子，玉钗挂臣冠，罗袖拂臣衣。"《史记》有《淳于髡传》。

[第三首]马周（601—648），字宾王，唐清河茌平人。少孤贫，好学落拓，不为州里所重。至长安，客中郎将何常家。贞元五年（789），诏百官言时政得失，何不涉学，周为条陈便宜二十馀事，太宗怪其能，问何，知是周为之。召周与语，大悦，拜监察御史，官至中书令，陪葬昭陵。《传》称："（周）善敷奏，机辨明锐，动中事会。岑文本谓所亲曰：'马君论事，会文切理，无一言可损益。然鸢肩火色，腾上必速，恐不能久。'"《唐书》有《马周传》。

[第四首]张镐，字从周，唐博州人（按：博州，隋置，治聊城）。嗜酒，善鼓琴。肃宗时，拜同平章事。后镇汴州，宦官络绎出境，未尝降情接纳，使还者皆毁镐，遂罢相。代宗时，起为江南西道观察使，封平原郡公。镐起布衣，二期至宰相，居身廉洁，议论持大体，在位虽浅，人咸推为有德焉。《传》称：王昌龄"世乱还乡里，为刺史闾丘晓所杀。镐按军河南，兵大集，晓后至，将戮之。辞曰：'有亲乞贷馀命。'镐曰：'王昌龄之亲，谁与养？'晓默然"。闾丘，即闾邱晓。杜诗："张公一生湖海客，身长九尺须眉苍。"《唐书》有《张镐传》。

茌平四贤，其籍贯大体可考。作者将四贤列在一起，写成五言绝句四首，颂其功德，这是他在诗歌艺术上的一个独特创造，在弘扬地方文化史上很有价值。

四诗旨趣甚高，怀古伤今，皆以隐喻比之，可称神妙。以鲁连而言，一颂其"义不帝秦，"，二美其"射书报国"，这是暗讽吴三桂降清一事。"清""秦"谐音，甚有趣。鲁连非赵宗室，亦非赵民，尚且不帝暴秦，而吴三桂身为明之将帅，竟开门揖盗，引狼入室，为红颜而"冲冠一怒"，天下还有比这更无耻的人吗？此诗义薄云天，连主子和奴才都骂到了。以淳于髡而言，作者借写齐王之荒淫以射康熙，刺清廷淫乱之风，力透纸背。这个大皇帝有十几个儿子，他们都同父亲的嫔妃有干系。此一暗讽，尤令人称快。以马周而言，他是一个有胆有识的湖海侠客，极力称颂其人，命意尤深。当时满汉矛盾尖锐，康熙一面重用满族大臣以巩固其统治，一面拉拢汉族士人为其卖命，以造成满汉相互钳制的局面，这一手很毒。"世有康熙，惜无马周。"此意呼之欲出，挞伐之声，隐约可闻。以张镐而言，作者借赞一位正直官吏为王昌龄翻案，而又曲隐其词，这是在指斥清廷文字狱之祸，告诫人们：王昌龄的悲剧，前车可鉴；康熙这个统治者正磨刀霍霍，杀声可闻，千万不能掉以轻心。“湖海须眉在，宁忘社稷仇？”这两句诗，金声玉振，铿锵作响。综上所述，四诗血脉贯通，一气呵成。分可各自独立成篇，可称诗传，合则浑然一体，洵是妙笔。

留侯祠

岁晏榖城头，惟馀碧水流。
何年紫芝侣，共访赤松游？
暮雪寒山道，溪毛过客羞。
崎岖仓海意，不是为封留。

《南来志》：“初六日，拜别大人。启溶随予南行。渡大清河，晚次东阿县。”张良字子房，汉韩人。五世相韩，少时尝学礼淮阳。韩亡，东见仓海君，得力士，为铁椎重百二十斤，欲刺始皇。事败，亡匿下邳。后为刘邦谋士，佐汉灭秦楚，因功封留，为留侯。《括地志》：故留城在徐州沛县东南五十五里，今城内有张良庙也。《后魏·地形志》：“留县有张良冢祠。”榖城山，一名黄山，在济州东阿县东。《左传·隐公三年》：“涧溪沼沚之毛，苹蘩蕴藻之菜。”此以“溪毛”为馐，以祀留侯也。

作者过东阿拜留侯祠，作此诗。张良为韩报仇，欲刺始皇，忠勇侠义。佐汉功成，急流勇退，拒不受封，逃隐以终，为历代士人歌赞。作者明亡仕清，郁郁不乐。“何年紫芝侣，共访赤松游？”这是他的愿望。“紫芝”即紫芝客，又称紫芝翁，指秦末商山四皓，这里特指夏黄公。“赤松”即仙人赤松子，此指张良。渔洋欲归不得。此诗吊张良兼哀自己。“崎岖仓海意，不是为封留。”一篇要旨全见于此。作者也想见仓海君，求力士，此是何等胆量。清初散文家魏禧写过一篇《大铁椎传》，文采斐然，流传甚广。魏禧是明朝遗民，入清不仕，与父、弟隐居江西宁都紫微山中，一门三士，风义感人。张良“不为封留”的高尚品格，使他倾倒。此诗不是只求消极的归隐，其积极意义是在报仇雪恨。消极的隐退，许多人都能做到；积极求士报仇，能有几人？此诗有震撼力。

自碻磝至棘城雪中即目

碻磝侵晓发，岁晏复穷阴。
出没峰峦改，苍茫云雪深。
松篁转山径，烟火隔溪林。
重戴吟鞭好，何如灞岸心？

《南来志》："初七日，大雪，城南碻磝诸山，迤逦掩覆，松篁错落。过文定公墓道。午后，望蚕尾、黄华诸山，过巇山……晚次东平州。"灞岸指灞桥。《皇华纪闻》引《地理通释·郡县志》：碻磝城，本秦东郡之茌平县地，其城西临黄河，晋宋为河水所毁，移治河北博州界。《水经注》："棘下……齐城内地名。《左传·定公八年》：'阳货劫公伐孟氏，入自上东门，战于南门之内，又战于棘下'者也。"棘城指棘下。《春明退朝录》："国初两省、尚书省郎官，并出入重戴，国初两制亦然。王黄州罢内翰知滁州，谢表云：'臣头有重戴，身被朝章'是也。后自祥符间，两制并撤去，非故事也。"

这首即兴诗，写自碻磝至棘城所见雪景，山川阴翳，情调苍凉。中两联，写云雪苍茫，松篁错落，山径曲折，绘出一幅《寒山溪林烟火图》，生动美妙。动态雪景难描，作者特以"改""深""转""隔"四字状之，大显生气，给人以清新之感。尾联以潘阆、孟浩然、郑棨三事合用，遣兴抒怀，含蓄有致，一篇之旨，全见于此。这一天，他骑驴冒风雪南行，为皇家奔命，抛开一家老小，想起唐诗人"风雪骑驴过灞桥"往事，不禁沉醉。还当什么官呢，不如"风雪骑驴过灞桥"，他很悲痛。

望小洞庭

当日苏司业，风流此暂经。
重岩望超忽，远水界空冥。
积雪明蚕尾，浮云下洞庭。
明朝新霁好，回首数峰青。

《唐诗纪事》："天宝十二载，源明守东平，宴濮阳守崔季重、鲁郡李兰、济南田琦、济阳李倰于洄源亭，为小洞庭五太守宴集，歌小洞庭。后以国子司业召，须昌尉袁广饯于小洞庭。"《蚕尾集·自序》："兖、郓之境，多湖陂，而小洞庭最著，湖之左有蚕尾山焉。唐天宝十二载，太守苏源明宴五太守于此，作歌曰：'小洞庭兮寓方舟，风袅袅兮离平流。寓方舟兮小洞庭，云微微兮连绝岓。层澜壮兮缅以没，重岩转兮超以忽。'又歌曰：'月澄凝兮明空波，星磊落兮耿秋河。'于是小洞庭之名与源明之诗，共传图牒，令狐氏之言足征也。"苏源明，初名预，字弱夫，陕西武功人。天宝进士，曾任东平太守，累官国子监司业。安禄山陷京师，源明称病，不受伪署。肃宗时，擢知制诰，数陈时政得失，终秘书少监。

此篇以叙唐苏源明宴五太守事开篇，写景言怀，感慨殊深。似虚而实，令人难以捉摸。作者以"风流"二字歌赞其人，意趣盎然。据史，苏设宴时，唐之局势已危，苏已有所察觉。安史乱后，苏陷身长安，未受伪职，作者深表钦佩。其妙尤在"风流此暂经"一句，今日雪后湖山甚美，作者临湖而望，情不能已。顺治十八年(1661)，王氏南游太湖，时值郑成功攻金陵败退之后。次年，作者来游太湖，伫立渔洋山前良久，爱而悦之，因取"渔洋山人"为号，此谜至今无人破译。此次奉使南行，因望小洞庭而又勾起对(太湖)往事的回忆，因有"超忽"之感。从那以后，他归隐之志已坚，既为文以述志，又题山房之名，直到这次又因思及源明而再抒己志，这一系列举措，很不平常。有超世之志，即指此。或谓渔洋山水诗以淡远胜，其词淡，其神远。就此诗而言，他尊苏司业而意蕴深含。摩"重岩"，只以"超忽"表之；状"远水"，只以"空冥"赞之，皆状写入神。不但把山水写活，也把苏源明的精神风貌全都表现了出来。全诗以"当日"—(今日)—"明朝"的时间链条贯之，形成一个有机整体。人在自然怀抱中，有晋人风度，不为物役所拘，俗气全消，真如羚羊挂角，无迹可求。诗境之高，令人赞叹。

雪中发东阿望鱼山怀古

山郭雪萧萧，鱼山望转遥。
洛灵悲子建，神女降弦超。
即事成今古，寒岩闭寂寥。
唯馀清梵在，一遣旅情消。

干宝《搜神记》："魏济北从事掾弦超，字义起。嘉平中独宿，梦有神女来从之。自称天上玉女，东郡人，姓成公，字智琼，早失父母，天帝哀其孤苦，遣令下嫁。一旦，显然来游，与超遂为夫妇。经七八年，玉女求去。超奉使至洛，到济北鱼山下，陌上西行，遥望有一车马似智琼，驱驰前至，果是也。遂披帏相见，悲喜交切，同乘至洛，遂为室家。”（按：“嘉平”应作“熙平”）曹植《洛神赋》：“于是洛灵感焉，徙倚彷徨，神光离合，乍阴乍阳。”

这首鱼山怀古诗，歌赞了古代两对青年男女的爱情故事，以神话与真实相映衬，极富浪漫情趣。作者对于曹植的爱情悲剧，表达了最真挚的同情。此诗将人神相恋事与曹甄爱情悲剧并提，说明那一对人神夫妻很幸福，而这一对情侣竟酿成大悲剧，两者形成强烈反差，令人震撼。

清初理学盛行，专制皇权束缚了青年男女的身心，致使婚姻问题酿成不少悲剧。为此，作者提倡爱情自由，此诗尾联“唯馀清梵在，一遣旅情消”，说曹植的“清梵”尚存，哀思绵绵。其实，他内心的悲痛何曾消散。作者受明末浪漫主义文学思潮影响，作人神恋诗不少，这对“灭人欲”的理学是有力的反击。

鱼山神女祠

云车入洛几时还？松桂凄凉满旧山。
歌罢迎神送神曲，山青无际水潺湲。

《渔洋诗话》：“东阿鱼山，是陈思王闻梵处，冢墓在焉，即《瓠子歌》之吾山也。又有神女智琼祠，余题绝句云云。”此诗十二月初七日作。王维有《鱼山神女祠歌》，凡二曲，一为《迎神曲》，一为《送神曲》。中有句云：“倏云收兮雨歇，山青青兮水潺湲。”《太平御览》引郭延生《述征记》：“魏嘉平中，有神女成公智琼降弦超，同室疑其有奸，智琼乃绝。后五年，超使将之洛，西至济北鱼山下，陌上遥望曲道，顾有车马似智琼，果至洛，克服旧好。”

这首诗，写了一个美丽的神话故事，即景抒情，为爱情而歌，别饶风味。首以问句出之：“云车入洛几时还？”似真似幻，引人入胜。次以“松桂凄凉满旧山”实景描绘句承之，自问自答，情意缠绵，复转虚幻，令人神伤。第三句举王维《迎神》《送神》二曲以歌其事，文化韵味平添，生气陡起。当时这一欢庆场面一定很热闹，现只简缩为一句，以少胜多，也是妙笔。末以“山青无际水潺湲”句收结，归于虚无，空灵蕴藉，臻入妙境。全诗虚虚实实，一波三折，神而化之，可谓曲尽其妙。实际上，这既是对于自由婚姻的热烈歌赞，也是对于封建婚姻制度的鞭挞和诅咒。在理学摧残人欲的时代，写此人神相恋之诗，说明作者没有丝毫封建卫道思想，值得称道。言古事，宛在眼前；言神事，恍如人世。合人神为一体，融古今于一炉，亦雅亦俗，这条咏之不衰的诗歌路线，是给他大大地发展了。诗里有行程动态感，很生动。

陈思王墓下作

昔诵君王赋，微波感洛神。
今过埋玉地，重忆建安人。
名岂齐公干，谗宁杀灌均？
可怜才八斗，终古绝音尘。

陈思王墓在东阿鱼山下。《元和郡县图志》："鱼山，一名吾山。曹子建每登此山，有终焉之志。及亡，葬于山下。"据《南来志》，此诗十二月初七日作。曹植(192—232)字子建，魏武帝曹操第三子，曹丕之弟。少善诗文，有"才高八斗"之誉。操屡欲立为嗣以代丕，为丕所嫉。操死，丕废汉称帝。丕死，子叡(明帝)继，植屡上疏求自试，不见用。太和三年(229)封东阿王。后又改封陈王，谥号思，世称陈思王。所作《洛神赋序》云："黄初三年，余朝京师，还济洛川。古人有言，斯水之神，名曰宓妃。感宋玉对楚王神女之事，遂作斯赋。"《赋》中有"翩若惊鸿，婉若游龙"，"凌波微步，罗袜生尘"等语，极状宓妃之美姿。洛神指宓妃。《世说新语·伤逝》：晋庾亮死，何充往吊，曰："埋玉树著土中，使人情何能已已！"公干为刘桢字，东平人。建安七子之一。钟嵘《诗品》："自陈思以下，桢称独步。"《三国志·魏志》："黄初二年，监国谒者灌均希旨，奏植醉酒悖慢，劫胁使者。有司请治罪，帝以太后故，贬爵安乡侯。"谢灵运谓天下共有才一石，曹植独占八斗，他自己得一斗，天下共分一斗。

曹植识比史迁，才同屈子，在政治、爱情上屡遭打击，年四十含恨而死。作者过其墓，写此诗吊之。

对于这位才情伟美、境遇凄凉的诗人，历代歌之者不少，但像渔洋这样掬精诚，捧赤心，表达其历久不衰的思慕之情者却少见。对其一生之遭嫉、受馋直至被弃，能作出如此精彩诗篇咏怀的，实不多睹。这首诗，既有对甄妃悲剧的咏叹，又有对其政敌曹丕的申斥。既有"微波感洛神"这样的佳句振聋启聩，又有"谗宁杀灌均"这样的愤语尽传其情。结末，还有"千古绝音尘"这一响彻人寰的悲怆名句，这更是对摧残天才的暴虐者最有力的一击。嵇康被杀前，曾抚琴长叹："《广陵散》从此绝矣！"渔洋此叹与之何其相似乃尔。似此诗篇，读之真有千载同悲之感。

这一天，渔洋共作咏怀诗七首，在这首诗和《望小洞庭》诗里，他是将自己尽情地写进去了。如此遣愁，足称高妙。

东平宪王墓

乡是人亡万古悲，东平宫殿草离离。
陵前赐剑知何处，金粟飘零剩断碑。

《南来志》："初八日……是日为东亭兄生日，夜挑灯读《汉书·宪王传》，至肃宗幸东平数语，为之泣下。"《后汉书》："东平宪王苍，光武皇帝子，建初八年正月薨。元和三年，肃宗东巡幸东平宫，帝追念苍，谓诸子曰：'思其人，至其乡；其处在，其人亡。'泣下沾襟，遂幸苍陵，陈虎贲鸾辂，以章显之，赐御剑于陵前。"宪王享年四十五岁。《晋书》："永嘉初，陈国项县贾逵石碑中生金，人凿取卖，卖已复生。"庾信《碑》："刺史贾逵之碑，既生金粟。"

宪王刘苍，光武十一子之一，光烈皇后所出，与章帝（肃宗）为同母兄弟。十岁，封东平公。两年后，晋爵为王，封地东平州。史称：其人"少好经书，雅有智思"。光武待之甚厚。肃宗即位，"恩礼逾于前世，诸王莫与为比"。此人德望甚高，在武帝、明帝、章帝时，皆受宠信。以善谏著闻，为诸帝所倚重。后为宰辅，政绩卓著。数年后，自以至亲辅政，意不自安，乃上疏归职，自请"暴骸膏野，为百僚先"，以骠骑长史为东平大傅。日者问：处家何等最乐？答曰："为善最乐。"不搞特权，历代王子中殊罕见。渔洋过其墓，特写此诗彰之。最重要的是，诗人在此提出一个隐藏在人际关系背后的"人性"问题。统治阶级内部，由于争权夺利，钩心斗角，迷雾重重，使人性丧失殆尽，因而不断上演骨肉相残的宫闱悲剧。康熙诸子尔虞我诈，彼此为敌，以致屡废储君，不断发生暴乱，不能不在诗人渔洋心灵感光屏上产生强烈的刺激和反应，因借凭吊东平宪王而发浩叹："几个帝王尚存人性？""陵前赐剑知何处，金粟飘零剩断碑"两句，是这首诗的要旨。贪婪者们钱再多，官再大，有什么用！最后剩下的，也不过黄土一抔、残碑几块而已。这是哀挽，也是警告。

东平思王墓

东平几驿是咸阳，松柏依然指故乡。
帝子不须还怅望，汉家陵阙久凄凉。

《明一统志》:“瓠山在东平州北二十里,山形似瓠。《汉书》作报山,汉东平思王墓在焉。”《汉书·宣元六王传》:“东平思王宇,甘露二年立,三十三年薨。”师古曰:“《皇览》云,东平思王墓在无盐。人传言王在国思归京师,后葬,其冢上松柏皆西靡也。”

东平思王刘宇,汉宣帝第五子,与元帝为同父异母兄弟。甘露二年(257)立,元帝即位后,就国,在位三十三年。据《汉书·宣元六王传》所记,思王一生无功业,却有三大恶德:一是“通奸犯法”,元帝以“至亲”派使者敕谕之,令其修德改过,又赐书其母,命其“悔过服罪”,他这才“惭惧”,“顿首谢死罪”,表示“洒心自改”。二是元帝死后,他争帝位,狠闹了一阵,结果遭到有司“请废”和“请削地”的处理,而继位的成帝还是宽恕了他,未废其王位,只削了一点地,不久也归还了。三是日后来朝,他曾上疏“求诸子及太史公书”,此有乖于朝聘之义,且与朝廷尊崇儒道相违背,因又遭到抵制。渔洋过其墓,作此诗刺之。“帝子不须还怅望,汉家陵阙久凄凉。”这两句诗是说:汉王朝早已不存在了,这历史兴亡的铁则谁也逃脱不了。咏史讽时,评议恶王,铁骨铮铮。

大雪次汶上题路氏北堂壁

百里中都道,苍茫欲暮天。
湖平蜀山树,雪没汶阳田。
鲁酒盈觞醉,银鳞下箸鲜。
东楼无李白,且就北堂眠。

《南来志》:“初八日……假馆路君松年,其祖按察带河翁,先祖方伯同年……夜,挑灯读《汉书·宪王传》,至肃宗幸东平数语,为之泣下,大雪竟夜。”中都,春秋鲁邑。孔子曾为中都宰,其地在今山东汶上县东。蜀山,湖名,在汶上县西南三十五里。汶阳,春秋鲁邑。《左传·僖公元年》,鲁僖公赐季友汶阳之田。又,成公二年,“齐人归我汶阳之田”。《庄子》:“鲁酒薄而邯郸围。”开元末李白居汶上,有田在龟阴。其《鲁中都东楼醉起作》,有句云:“昨日东楼醉,还应倒接䍦。阿谁扶上马,不省下楼时。”

作者冒大风雪南行,在中都道上走了一整天,晚边到达汶上县。被路君松年邀请至其家,叙乡谊,情至欢快。夜卧北堂,因题此诗于壁。孔子曾为“中都宰”,汶上是李白客居之地,作者先祖方伯公与路君先祖带河翁是同科进士。这些往事,纷至沓来。都写在这首诗里了。全诗洋溢着浓郁的友情,含有丰富的文化意蕴，也吐露出不少心底的哀愁。李白有田在鲁，玄宗赐金放还，曾来山东寄居。“蜀山树”“汶上田”，是对他的怀念。白喜饮酒，尝醉东楼，作者特以“盈觞醉”一语讴之，“银鳞下箸鲜”，一语双关。李白当年居此很潇洒，这一晚作者也意趣盎然。尾联意转悲凉：“东楼无李白，且就北堂眠。”想到自己在这深冬腊月，还得奉使祭祀南海之神，这同李白当年被驱遣出京有何分别？惶惶奔走将如何？世人皆谓其以“诗文兼优”，开有清一代“部曹改词臣”之首例，受到康熙的特殊恩宠，其实还是身居奴臣地位，对此他有很清醒的认识。一篇要旨，全在“愁怨”二字。

次兖郡

翠华初过鲁，宗国此遗墟。
犹忝持旌节，何殊奉乘舆？
川原接凫绎，风物近青徐。
独愧钟离意，名符发瓮书。

《南来志》：“初九日，雪霁。午渡洸水，亦汶支流，晚次兖州府磁阳县。”《后汉书·郡国志》：“立兖州，领陈留、东郡、东平、任城、泰山、济北、山阴、济阴八郡。”凫绎，邹县二山名。青徐，古代二州名。王氏宗族曾聚居兖郡。《钟离意别传》：“意为鲁相，尝出私钱万三千，付户曹孔䜣修孔子车，身入庙，拭几席、剑履。男子张伯除堂下草，土中得玉璧七枚，伯怀其一，以六枚白意。堂下有悬瓮，意召问䜣，对曰：‘夫子瓮也，背有丹书，不敢发。’意发之，得素书，文曰：‘后世修吾书，董仲舒。护吾车、拭吾履、发吾笥，会稽钟离意。璧有七，张伯藏其一。’意即召问，伯叩头出之。”绎通峄。

这年十月初，康熙第二次南巡，先祭泰山，后至曲阜祭孔，于十一月十七日亲题“万世师表”四字，郑重刻石，旋即以拓本颁至全国州府县悬挂，从此举起尊孔旗号，这是当时震动士林的大事。从满汉文化融合意义来看，这在客观上是有益的，但康熙用意本在推行理学，笼络士人，以巩固其统治。作者次兖郡有感，写了这首诗。前两联述宗族遗墟在兖，以未得往访为憾呢，现持旌节南下，亦不啻“奉乘舆”，这番恭维话说得很圆。第三联写所见“川原风物”，意转飘逸，说明他一路都在思考。既欢欣，也深感惭愧，这是在唱反调。“独愧”一词，显其忧怀。钟离意“假托名符发瓮书”一事与他何干？有点蹊跷。其意若云：在康熙高抬孔子为“万世师表”之日，让我们来重温一下鲁相钟离意伪造名符的故事吧。这等于说，若承认钟离意是假托尊孔之名以行骗术，目的是高抬自己，那末，康熙身边文臣如此怂恿他尊孔，其用意又如何？凡是读过《钟离意别传》的人，读这两句隐语诗，都不禁要发出会心的微笑。“独愧”者，独忧也。“宋儒以理杀人”，是思想家戴震提出来的警语，目的是反抗清人的思想钳压政策；此以钟离意尊孔的骗术来影射康熙尊孔，用事甚奇。此诗既刺奴臣又讽皇帝，在清诗史上是罕见的。

少陵台

不见杜陵叟，犹存杜甫台。
如闻石门路，曾共谪仙杯。
平野苍苍合，浮云故故来。
岱宗青未了，仿佛六龙回。

《南来志》：“初十日……南渡泗水。”《居易录》：“孔博士东塘言，曲阜县东北有石门山，即杜子美诗《题张氏隐居》所谓‘春山无伴独相求’，《刘九法曹郑瑕丘石门宴集》所谓‘秋水清无底’者是也。李太白有《鲁郡东石门送杜二甫》诗‘何时石门路，复有金尊开’即此。山不甚高大，石峡对峙如门，故名。”《易·彖传》：“时乘六龙以御天。”《周礼》：“马八尺以上为龙。”《月令》：“驾苍龙。故六马称六龙。”作者自注：“时（康熙）大驾东巡，祀泰山。”

作者南渡泗水，过少陵台有感，作此诗。少陵台在曲阜境内，这里有石门山，李白、杜甫曾来游。这年十月康熙南巡，祭泰山又祭孔子。前两联赞李杜，尾联颂康熙。妙在中间一联之景语：“平野苍苍合，浮云故故来。”这是从江淹“日暮碧云合，佳人殊未来”化出，意象新奇，耐人寻味。这是绾合此诗前两联与后一联的纽带，显有承上启下的作用。其意若谓：李杜昔日所共赏的辽阔平野，今已“苍苍合”矣，他们所深恨的“蔽日浮云”，今又“故故而来”，这就是作者所面对着的现实。这写的不仅是自然风光，也是时代社会风光，画面阴沉。作者经过少陵台为什么会有如此深重的感慨？尾联作了妙不可言的回答：“岱宗青未了，仿佛六龙回。”还特加小注，说这时康熙正在祭祀泰山。“仿佛”一词，似幻似真，殊堪玩味。将对李杜的颂赞与对康熙的颂赞相比，在作者的感情天平上，显然是一头重，一头轻。前者事迹平凡，但千秋不朽，后者凭借权力，一时热闹而已。此诗深意全于“浮云故故来”一句见之。李白被放还后，有“总为浮云能蔽日，长安不见使人愁”之叹，他指“浮云”为小人，这

“浮云”不是还在中国的天空中飘荡吗？这样往深处一想，这诗似乎就不是对于康熙的颂赞了。此篇与《次兖州》旨趣正同。明称颂，实暗寓微言，含而不露，有味外味。

雪后过峄山

数仞碧玲珑，参差望不穷。
波浮泗滨磬，雪照峄阳桐。
仙洞浮云敛，秦碑野烧空。
羊车何日去，辇路翠微中。

《南来志》：“初十日，早发。过鲁故王宫址，南渡泗水，石桥蜿蜒，如青龙见水上。过蓼水，渡白马河，二水皆西南流，入泗。午食邹县，谒述圣书院，次谒亚圣庙，松楸皆千百年物。出郭，并峄山行，林峦积雪，如米家研山。夜，次界河驿。”《水经注》：“峄山在邹县北，山东西二十里，高秀独出，积石相临，殆无土壤。石间多孔穴，洞达相通，往往有如数间屋处，俗谓之峄孔。”《尚书·禹贡》：“泗滨浮磬”“峄阳孤桐”。《秦始皇本纪》：“二十八年，始皇东行郡县，上邹峄山，立石，与鲁诸儒生议刻石颂秦德。”《封氏闻见记》：“邹山，古之绎山，始皇刻碑处。其文字李斯小篆，历代摹拓，以为楷则。邑人疲于共命，聚薪其下，因野火焚之，由是残缺，不堪摹写。”

峄山是一块积淀着古文化的土地，作者借题发挥，对此山作了一番歌赞，继《少陵台》之后，他又写了这首诗。前两联，写峄山雪景，始皇迷信。“波浮泗滨磬，雪照峄阳桐”两句，从《禹贡》化出，十分典雅。后两联，情调由喜转忧，感情跌宕，说那飘在“仙洞”外的浮云早已悄悄消散，那刻着秦皇功德的石刻也火烧一空，现在是什么都没有了。作者如泣如诉，似怨似诉，这究竟是怎么回事？尾联作出回答：“羊车何日去，辇路翠微中。”羊车即辇车，这是明指始皇，暗讽康熙。此时康熙南巡封禅颂孔，正炒得火热。作者以“秦碑”二字点醒全诗，有骨力。秦始皇的羊车往哪儿去了？现只剩下一条荒芜的辇路，封禅、刻石、求仙，管什么用！现只剩下“泗滨磬”“峄阳桐”，其他全都“浮云散尽”“野烧一空”，这就是历史。此诗与《次兖州》《少陵台》可以合称组诗。这给当时吹得沸反盈天的康熙南巡，不啻泼去一瓢冷水。咏史感时，风骨嶙峋，含不尽之意于言外。梁启超骂渔洋是清室奴才，能站得住吗？

古薛城吊孟尝君

田文千载后，怊怅雍门弹。
薛水西流驶，空城日暮寒。
台池久芜没，丘垄亦凋残。
在莒犹遗恨，如君岂足叹！

《南来志》："十一日……渡薛河，望薛城，有靖郭君墓。渡泇河，诸水皆西南流入泗。"《元和郡县图志》："故薛城在滕县东南四十三里，薛侯国也。孟尝君时，薛中六万家，其中高厚，天下无比，此田文所以抗御楚魏也。"于钦《齐乘》："孟尝君墓，《水经注》云：'冢结石为郭，作制严固，莹丽可寻。'今墓已开发，内如宫室，以铜钱铸壁，扣之有声，坚不可动。"《史记·孟尝君传》："齐湣王欲去孟尝君，孟尝君恐，乃如魏，昭王以为相，共伐，破齐。湣王亡走莒，死焉。"

孟尝君，姓田名文，战国齐贵族，封于薛，世称薛公。其人以好客著称，门下食客数千人。齐湣王使入秦，被拘，得门客鸡鸣狗盗者之助，逃出秦国，归莒，任齐相。后受湣王疑忌，奔魏为相，联秦燕赵攻齐。湣王死，返国，卒谥孟尝君。作者仰其人，过薛吊之。此诗无一字论其功业，而只以侧笔写其人之一生，甚奇。作者从雍门之弹起兴，写薛水奔流、空城暮寒，以无声音乐感人。次写"台池久没""丘垄凋残"，益增悲感。"台池"一联，勾出一幅荒废古城图画。韩娥哀曲，恍惚在耳。最后提及田文晚年居莒之遗憾，以安慰语为其辩白，顺带讥笑齐湣王，表达了一种非君非王的思想，发前人之所未发，笔力千钧。一曲哀音，半随薛水远逝，半在古城上空回荡。全诗全从古城荒废景象着笔，以哀其人，别开生面。田文如生，韩娥宛在，苍凉悲壮，有音乐感。是诗画音乐的美妙结合，给读者以无穷的美感。

爱士、养士、用士之风，是战国时代的风尚，孟尝君做得尤为突出。他所养士皆有才有义，即使是鸡鸣狗盗之徒，亦多有侠骨，皆愿为其所用，这正是他的本领。作者对孟尝君寄予无限同情，倾吐一腔郁闷。怀古伤今，力透纸背。

狐骀山

鬉吊何年事，传闻此伐邾。
至今歌小子，犹似怨侏儒。

《南来志》:“十一日,渡沙河。午过滕县,渡漷水。东南有狐骀山,臧孙纥侵邾败处。”《左传·襄公四年》:“臧纥救鄫侵邾,败于狐骀。国人迎丧者皆髽,鲁于是乎始髽。国人诵之曰:‘臧之狐裘,败我于狐骀。我君小子,朱儒是使。朱儒朱儒,使我败于邾。’”《礼记·檀弓》:“鲁妇人之髽而吊也,自败于台骀始也。南宫缘之妻之姑之丧,夫子诲之髽。”狐骀,邾地,鲁国藩县。

鲁妇人髽吊,以示不忘国仇,这是一种可贵的民风。读其国人之诵,感民气之发扬,足令古今当国者叹。此诗明罪侏儒,实歌“小子”。“歌小子”即歌人民,因为当时国君与人民的利益是一致的。“侏儒”指鲁之执政者臧纥。“小子”指鲁襄公,他即位时年仅四岁。“小子”指年幼的国君。“髽”是鲁妇人的一种髪型,“髽吊”是在发上系以黑布与麻丝,以示哀悼。邾败于狐骀,乃一大国耻,故此后鲁人迎丧皆髽,以致形成风气,绵延达三百年之久,直至鲁亡。髽吊,说明鲁人以国家为重,同仇敌忾,全国一心,孔子曾予赞扬。能把国耻、国仇永远记在心里,这样的人民是不可侮的,这样的国家绝不会亡。诗只写到这里为止,有不少潜台词,十分耐人寻味。满族统治中国五十年,历次反清复明运动均已失败,作者感霸权日逼,故借鲁人之髽吊写此小诗哀之,怀古伤今,感慨无已。

昭阳湖

满湖风皱碧琉璃,微子山前返照时。
闲挂笭箵泊沙觜,红霞一抹晒鸬鹚。

《南来志》:“十二日,并昭阳湖行。湖介滕峄间,多蒲莲鱼蚌之产,周回数百里,上达任城。微山在湖中,亦曰微子之山。”昭阳湖,今名微山湖。微子,商纣王庶兄,名启。因数谏不听,去国,封于宋,为宋始祖,留城有其冢。《汉书·西域传》:“珊瑚、虎珀、璧流离。”流离,即琉璃。

此诗描写渔家生活小景,优美如画。作者点到微子山,引人怀思微子其人,古味盎然。姜白石云:“绝句之神,常显于末句中,或宕开一笔,摇曳生姿,或放眼天外,馀韵悠然。”这正是渔洋这首绝句的特色。末句“红霞一抹晒鸬鹚”,即属“放眼天外”一类。这里创造出一个精彩的动态画面:夕阳西下,红霞染红半个天空,两只鸬鹚在霞光中曝晒。近处,横着一条小舟;远处,天空正在瞬息万变,一切皆渐隐渐淡,诗人面对大千世界,遐思冥想。这也正如《三国演义》主题词所云:“青山依旧在,几度夕阳红。”“古今多少事,都付笑谈中。”诗家之感悟，何其相似乃尔！此以“红霞一抹”句收煞，是采用了逐渐推移的手法，由近及远，由低而高，以至从可见处推向不可见处，渔洋绝句所显风神，由此可见一斑。

荆山口待渡

西连丰沛走中原，风色萧萧野渡昏。
一望孤城天接水，乱山合沓是彭门。

《南来志》：“十三日，渡荆山口，水势如江潮。渡河，次徐州，河冰甚厉。黄楼在东城隅，坡公诗：‘黄楼高十丈，下建五丈旗。’形胜宛然。”丰沛，指丰县和沛县。秦末，刘邦在此起兵。彭门，徐州古称。《元和郡县图志》：“荆山堰在濠州郡城西百一十二里。梁天监十四年，魏降人王足陈计于武帝，求堰淮水，以灌寿阳。”《徐州志》：“荆山在州城东北。”

这首即兴诗，勾出荆山渡口一幅萧瑟冬景图画，读之令人怅惘。这里曾为淮海古战场，作者咏此，显然含有不少历史文化意蕴。前两句写荆山渡口之景，既写出今日渡口风光，又写出意念中的历史景象。一个“走”字，不止写今人也写了古人，甚至可以使人想象到还有许多古代兵马和逃难百姓在向西逃走。“昏”字也是这样，它不仅指今日野渡日色之昏，也指古战场野渡之昏。写景而有历史深度，很不容易，前两句之妙在此。后两句写彭门景色：“一望孤城天接水，乱山合沓是彭门。”此用苏轼诗句，很自然地表现出他对苏子的景仰之情，很有味。两句合成一个动态链，前作铺垫，后为辐射。在此水天相接处，出现了彭门；也正是在此合沓乱山之中，跳出了彭门，从而把天、水、山、城四者合成一幅色彩鲜明的图画。作者是在不断调整视觉中转换镜头，把景色写得开合自如，真是神来之笔。

徐州渡河

楚汉兴亡后，雌雄几战争？
大风过泗上，落日照彭城。
玉斗空遗恨，银刀久厌兵。
登舻一长啸，冰雪太峥嵘。

《南来志》:“十三日……渡河,次徐州,河冰甚厉。”是日作《荆山口待渡》《徐州渡河》二诗。《元和郡县图志》:“徐州,楚汉之际,楚怀王自盱眙徙都之,后项羽迁怀王于郴,自立为西楚霸王,又都于此。汉改泗水郡为沛郡,又分沛立楚国。”《旧唐书·懿宗纪》:王智兴得徐州,招募凶豪之卒二千人,号曰银刀、雕旗、门枪、挟马等军,番宿衙城。另,《唐书·王式传》:“咸通三年,徐州银刀军乱。以式检校工部尚书,徙武宁节度使,诏许、滑兵自随。视事三日,悉以计诛乱兵。”《唐书·卢弘正传》:“出为武宁节度使,徐自王智兴后吏卒骄沓,银刀军尤不法,弘正戮其尤无状者,终弘正治,不敢哗。”《史记·项羽本纪》:“项王谓汉王:天下匈匈数岁者,徒以吾两人耳,愿与汉王挑战,决雌雄。”又:“张良曰:‘玉斗一双,再拜奉大将军足下。’亚父受玉斗,置之地,拔剑撞而破之,曰:‘唉!竖子不足与谋,夺项王天下者,必沛公也。’”

作者由徐州渡河南下,过楚汉相争地有感,作此诗。首联:“楚汉兴亡后,雌雄几战争?”端出一篇之主旨,随即以两联作形象生动的描绘。汉唐盛世已不复存在,现在呈现在人们眼前的,只剩下这“大风过泗上,落日照彭城”的自然景象了。这里含有多少潜台词:诸如刘邦曾是泗上亭长,后又作《大风歌》。彭城,春秋属宋,后属楚,项羽曾在此建都。“玉斗空遗恨”句,反映出鸿门宴上一场殊死斗争。项羽因为不听范增劝告,放跑刘邦,终致败亡,故以“空遗恨”三字嘲之。“银刀久厌兵”句,写唐王朝镇压地方割据势力,获得成功。这一联,总结出一败一胜的历史经验,令人警醒。此时,三藩之乱已平,台湾亦已归顺,清政权已完全巩固。作者弹出这支“厌兵”小曲,是符合民意的。尾联发出一声长啸,意味深长。此年隆冬大雪,“冰雪太峥嵘”是实景描绘。吊古伤今,借景感时,幽默之至。

彭门怀古八首

一

城上黄楼天四垂,卷帘坐尽楚山姿。
羽衣吹笛人千古,楼下犹悬五丈旗。

二

中原豪杰竞亡秦,楚汉烟销泗水滨。
放鹤亭中一杯酒,楚山黯黯水粼粼。

三

楼观岧峣戏马台，宋公九日此传杯。
诗人猛士如龙虎，只爱江东二谢才。

四

仆射军中似父兄，红莲书记擅才名。
重寻汴泗交流处，千步球场草棘生。

五

黄叶西陂七字诗，后山诗派石林知。
南山磐石流脂滑，不刻长洲主簿词。

六

吕梁千仞古所嗟，况复层冰如莫邪。
陪尾山前鲁祠北，红泥亭子漾金沙。

七

烟消陂水半篙碧，日出晓山千叠青。
荞麦依然春雪里，忍寒招鹤上空亭。

八

风雨彭城意黯然，东堂松竹没寒烟。
颍滨老去东坡死，铜狄摩挲五百年。

《南来志》："十三日……黄楼在东城隅……十四日，早登龙山放鹤亭……午食桃山驿……晚次夹沟驿。"是日作《彭门怀古八首》。苏辙《黄楼赋·序》："熙宁十年秋七月乙丑，河决于澶渊，八月戊戌，水及于城下，予兄子瞻适为彭城守，使民为水备。水既涸，请增筑徐城，即城之东门为大楼焉，垩以黄土，曰'土实胜水'。徐人相助成之。"贺铸《庆湖遗老集》："（黄楼）取土胜水之义。楼成水退，因合宴以乐之，坐客三十人，皆文武知名士。"

[第一首]咏苏轼坐黄楼吹笛事。苏轼《百步洪引》："王定国访余于彭城，一日棹小舟，与颜长道携盼、英、卿三子游泗水，北上圣女山，南下百步洪，吹笛饮酒，乘月而归。予时以事不得往，夜着羽衣，伫立黄楼上，相视而笑，以为李太白死，世间无此乐三百馀年矣。"苏诗："黄楼高十丈，下建五丈旗。"

[第二首]咏游放鹤亭趣事。苏轼《放鹤亭记》："云龙山人张君，迁故居之东，东山之麓，作亭于其上。山人有二鹤，甚驯而善飞，旦则望西山之缺而放

焉，或立于陂田，或翔于云表。暮则傃东山而归，故名之曰放鹤亭。”张君，名天骥。

[**第三首**]咏刘裕戏马台宴饮送客事。《宋书》：“刘裕为宋公，以孔靖为尚书令。辞东归，裕饯之戏马台，九日集百僚赋诗述美。谢瞻、谢灵运各有诗。”戏马台，项羽所造。

[**第四首**]咏游球场，思往事。《南史》：“王俭用庾杲之为卫将军，萧劭与俭书曰：‘庾杲行泛绿水，依芙蓉，何其丽也！’时人以入俭府为莲花池。”后幕客多用红莲故事，本此。

[**第五首**]咏题诗诸往事。《石林诗话》：“余居吴下，出阊门至小寺中，壁间有题诗一绝云：‘黄叶西陂水漫流，籧篨风急滯扁舟。夕阳暝色来千里，人语鸡声共一丘。’意极喜，初不书名氏，问寺僧，云吴县寇主簿所作。已而数为好事者举此诗，始有言国宝徐州人，久从陈无已学。乃知文字渊源有所自来，亦不难辨，恨不得多见也。”东坡《谢太虚以黄楼赋见寄》：“雄词杂今古，中有屈宋姿。南山多磐石，清滑如流脂。朱蜡为摹刻，细妙分毫厘。”陈后山诗自注：“南山有二谢诗石。”

[**第六首**]咏诸山史迹。《列子・黄帝篇》：“孔子观于吕梁，见一丈夫游，孔子从而问之，曰：‘吕梁悬水三千仞，流沫三十里，鼋鼍鱼鳖所不能游。向者吾见子道之，以为有苦而欲死者，使弟子并流将承子；子出而被发行歌，吾以子为鬼也，察子则人也。’”“陪尾山”句，作者自注云：“泗水源出陪尾，坡公直以河为泗水也。”

[**第七首**]咏苏轼之游兴。东坡《放鹤亭记》：“乃作招鹤之歌曰：‘鹤归来兮南山之阴，其下有人兮，黄冠草屦葛衣而鼓琴。’”东坡《访张山人天骥》：“荞麦馀春雪，樱桃落晚风。”又，《游桓山》：“孤帆信溶漾，弄此半篙碧。舣舟桓山下，长啸理清策。”

[**第八首**]咏苏轼兄弟，人去楼空。渔洋自注：“感怀西樵、东亭两兄。曩在广陵宫阁，西樵有诗云：牢落彭城意，经时涕泗零。今宵鹤柴雨，犹喜对床听。”渔洋《抱山堂诗・序》：“予兄弟少读书东堂，堂之外，青桐三，白丁香一，竹十馀头，人迹罕至，苔藓被阶。纸窗竹屋，灯火相映，咿唔之声相闻，如是者十年。久之，伯兄叔兄早逝，独仲兄家食以老。予间一过家省兄，时移世易，乐往悲来，欲问畴昔东堂之迹，而亦不可复得矣。”苏辙《逍遥堂诗・序》：“辙幼从子瞻读书，未尝一日相舍。既壮，游宦四方，读韦苏州诗，至‘那知风雨夜，复此对床眠’，恻然感之，乃相约早退，为闲居之乐。熙宁十年二月相从彭

城，留百馀日，宿于逍遥堂，追感前约，为作二小诗，其一云：'逍遥堂后千寻木，尝送今宵风雨声。娱喜对床寻旧约，不知漂泊在彭城。'其二云：'秋来东阁凉如水，客至山公醉似泥。困卧北窗呼不醒，风吹松竹雨凄凄。'"苏轼《慰子由》："五百年间谁复在，会看铜狄两咨嗟。"

康熙甲子(1684)冬，作者冒风雪南下，过彭城，感苏轼一生之遭际，不觉悲从中来，因述苏轼彭城遗事，作此组诗八首。苏轼一生屡遭打击，幸蒙神宗眷顾，得以保全性命。作者在满族统治下，怀苏伤己，情不能已，因有此作，咏史言志，借景抒情，盖亦不得已而为之也。

18. 江淮卷

【卷头语】作者离京南下入江淮，一路吊古思贤，或怀战将之忠勇，或忆庄惠之玄谈，或思美人，或拜古庙，或仰高贤，或尚禅理，或忧或喜，这些都不同程度地反映出他内心的深重哀愁。此卷《谒五祖》山诸篇阐发禅文化，尤足诊视。

符离吊颍川侯傅公

跃马千山外，呼鹰百战场。
平芜何莽苍，云气忽飞扬。
寂寂通侯里，沉沉大泽乡。
颍川汤沐尽，空羡夥颐王。

《南畿志》："古符离城在宿州北二十里。"《居易录》："予尝疑傅颍公友德之贤，中山而外，无与伦比，其平滇、平蜀功，尤最诸将，而卒不免猜忌，以无罪死。古来功臣之冤，未有如颍公之甚者。予尝过宿，凭吊而悲之，赋诗云云。陈涉亦宿人，汉高帝犹为涉置守冢。以颍公之贤，且有大功于明，而食报顾远不及涉，故悲之也。"傅友德（？—1394），初从陈友谅，太祖攻江州，率众降，用为将。洪武初，封颍川侯。伐蜀之役，论功第一，复充南征将军。蛮地平，晋爵，公加太子太师，寻还乡。友德自偏裨至大将，每战必先士卒，后因事赐死。《史记·陈涉世家》："二世元年，适戍渔阳九百人，屯大泽乡。陈胜、吴广皆次当行，为屯长。""客见殿屋帷帐，曰：'夥颐！涉之为王沉沉者。'楚人谓多为夥，故天下传之，夥涉为王，由陈涉始。"汉高祖为陈涉置守冢三十家，享血食。《公羊传》："诸侯皆有汤沐之邑。"按《世法录》："自蓝玉败，友德与宋公相继暴卒，子孙不得袭封，故云'颍川汤沐尽'也。"通侯，爵位。古制，臣受天子之封，有汤沐之邑，给斋戒自洁清之用。

十二月十五日，作者过符离，哀明初战将傅友德之屈死，作此诗吊之。前四句，写傅氏之武勇，笔走龙蛇。后四句，以与陈涉相比，为其身后之萧条鸣不平，反衬有力。刘邦为陈涉置守冢，是为自己树威，矛头是指向六国残存的封建势力。朱元璋杀功臣，威慑天下，是为巩固朱家政权。渔洋拘于春秋大义，颇为惶惑。其实，傅氏初“从陈友谅”，是站在敌对势力一边，后来投降过来，朱元璋怎能饶他？这一套把戏，历代统治者都会玩。可怜傅友德是白白给朱元璋效力了。精彩之论在最后两句：“颍川汤沐尽，空羡夥颐王。”这不是说傅友德已分得了汤沐地，而是说朱元璋决意要算他“老账”。其实，历朝历代归顺者大都没有好下场，岂止一个傅友德！

宿州遇吴舒凫

昔作蓟丘别，闻栖陪尾山。
泉林写明镜，遥岫列烟鬟。
岂意浮云迹，相逢梁楚间。
符离今夕酒，闭阁不须还。

《南来志》：“十五日，过符离故城，渡濉水，次宿州。门人知州高其佩，守备梁嘉植来……晤钱塘故人吴仪一舒凫。是夕，梁君置酒高太仆子滋阳令之第。”陪尾山在泗水县东南。王晫《今世说·豪爽篇》：“吴舒凫，名仪一，浙江钱塘人。髫年入太学，名满都下。古文法欧阳永叔、王荆公，诗宗杜子美。”有《吴山草堂词》。《汉书·游侠传》：“陈遵每饮，宾客满堂，辄关门，取客车辖投井中。有部刺史大穷，遵母令从后阁出去。”

吴舒凫是明的遗民，有气节，为一代高士，渔洋同他昔有交往，这次又重逢，同饮者四人：高其佩是知州，为高太仆子滋阳令之弟，与渔洋为世交。守备梁嘉植是高其佩的部下，吴现在陪尾山隐居，同这两位地方官有交往。前两联写两人在蓟丘相别后，时在念中。“泉林写明镜，遥岫列烟鬟。”此借吴氏隐居地之美景以颂其人，语雅而情深。后两联写四人欢饮，亲如家人，饮的又是符离好酒。高梁二人都是地方长官，又都是他的门弟子，所以说，今夕不需“闭阁”饮酒。此诗写相聚之乐，亲切动人，这不同于一般的歌赞隐者之诗。汉代陈遵闭阁饮酒故事的引用，更加深了诗的文化韵味。

吴舒凫为“西泠七子”之一，是一位很有成就的诗人。这首诗，既写出他的品质和风范，也透露出这次小集的不平常气氛。宿州守备置酒，知州参加，宴请一个朝廷使臣和一个布衣隐士，这纯粹是私人间的自由聚饮，应该是允许的，但也比较罕见。

宿州东门道曰汴堤古隋堤也作隋堤曲

殿脚三千事已非，隋堤风物尚依稀。
玉蛾金茧飘零尽，谁见杨花日暮飞？

《南来志》："十六日。宿州东门，道有长堤，古隋堤也……晚次任桥。"颜师古《隋遗录》："帝御龙舟，萧妃乘凤舸，每舟择妙丽女子千人，执雕板，镂金楫，号为殿脚女。"《资治通鉴》："挽漾彩以上者九千馀人，谓之殿脚。"颜师古《大业拾遗记》："殿脚女吴绛仙，善画长蛾眉，由是争效为长蛾眉，司宫吏日给螺子黛五斛，号为蛾绿。"又："越溪进耀光绫，越人乘樵风舟，泛于石帆山下，收野茧缫之，帝独赐司花女洎绛仙。"《迷楼记》："炀帝再幸江都，宫中人夜歌云：'江南杨柳谢，江北李花荣。杨花飞去落何处，李花结子自然成。'帝问：'自为之耶？'曰：'道途见儿都唱此歌。'帝黯然，曰：'天启之也。'"

隋大业元年(605)，炀帝开通济渠，自西苑引洛水等入黄河；自板渚引黄河入汴水，经泗水达淮河；又开邗沟，自山阳至扬子入长江。渠广四十步，旁筑御道，并植杨柳，后人谓之隋堤。自长安至江都，沿渠造离宫四十馀所。炀帝出游江都，自乘高六层之龙舟，率领十馀万人，船首尾相衔，前后二百馀里，挽船役夫多达八万馀人，中有殿脚女三千，皆着锦彩袍。

此诗从眼前所见古隋堤风物切入，引人沉思，勾出两幅历史画面：一幅是三千殿脚女背纤挽船图，一幅是宫女与帝对话图。前者，作者以"事已非"三字讥之，干净利落，批得痛快。后者，以形象语反问："谁见杨花日暮飞?"只是一句问话，十分耐人寻味。"玉蛾金茧"本是隋堤杨柳的装饰物，以之喻人，语意双关。这是一个特写镜头，缀以"飘零尽"三字，表达了作者对无数宫女、殿脚女的悲悯同情，令人唏嘘。作者采择野史趣闻入诗，充分表现了民情风俗，同时又把炀帝与宫女的戏剧性问答写得栩栩如生，这就更加扩大了诗的容量，极富谐趣。对炀帝幸江都一事，历来咏之者不少，此诗特别针对腐朽没落的宫廷文化进行挞伐，清新可喜，非比寻常。

临　淮

凛凛岁云晏，我行淮楚间。
清川下桐柏，众壑会荆山。

两岸帆樯阔，中流鸥鹭闲。
惠庄如可即，长啸一追攀。

《南来志》："十八日。食三铺，晚渡淮水，次临淮县。淮与东西二濠水会处，亦曰濠梁。"临淮，即今之临淮关。东汉时为钟离侯国。桐柏，山名。《禹贡》："导淮自桐柏。"荆山，在安徽怀远县西南，与涂山夹淮水相对。《庄子·秋水》："庄子与惠子游于濠梁之上。庄子曰：'鲦鱼出水从容，是鱼之乐也。'惠子曰：'子非鱼，安知鱼之乐？'庄子曰：'子非我，安知我不知鱼之乐？'"濠州有庄子观鱼台。

作者渡淮，为此间清雅山水所动，因忆二千年前惠庄在此辩论故事，写下这首诗。

庄子是老子学说的继承者和发展者，其学博大精深，他将哲学、美学、文学建成一个三位一体的体系，影响深远。其学建立在认识现实基础之上，对社会、历史、文化有透彻的理解，对人的生存状态和心理状态也有很深的观察。其人达观明智，特立独行，追求自由，又逃避自由。为避乱世，似乎总在游戏人生，其实，他时时刻刻都在开启人智，引导人们去认识并超越这苦难的世界，此同西哲尼采和海德格尔颇有相似或相通之处。他同惠施在濠梁上的一场辩论，清楚地表明两人哲学观不同。从"是否知鱼乐"这一点来看，惠施同客观世界显然保有距离，这就是主体和客体之间的距离。庄子则相反，他把自己和客观世界完全融合为一，即主客体相融。惠施是主客体对立论者，庄子是主客体合一论者，渔洋对他们的"异同"未分轩轾，所以才说："惠庄如可即，长啸一追攀。"他在这里是从人生态度上来肯定惠庄"濠梁之游"与"濠梁之辩"的。换句话说，他是从自己长期难以舒展的"愤世情结"出发，把"魏晋风度"与"濠梁之游"进行了一次心理上的"同构"，他既像竹林七贤那样"放浪形骸天地间"，又像陶渊明那样"长啸一声归去来"，至于这场辩论的哲学意义，他不想也不能去追求其是非得失。因为，归根结底，他毕竟只是诗人，不是哲学家，这是他的历史定位。

西方文化从希腊以来，在哲学本体论和认识论上，一直是以"主体与客体相对立，主观和客观相分离"为其根本立足点的。随着历史的发展和人类对客观世界及对自己本身认识的不断深化，特别是十八、十九世纪科学文化的新变革，以尼采为代表的一大批哲学家、思想家，日益敏锐地觉察到"主观对立"实质上是对人和世界非理性、非科学的认识，是把人和世界加以人为化的分裂，是让这个世界成为人与自然为敌、也与自己为敌的世界。而以海德格尔为代表的存在主义哲学，则更进一步主张应将“存体”（客体）和“存态”（主体）联系与统一起来，作整体性的思考。德国以德里达为代表的“解构哲学”和“解构思维”，则是以解构“主观二元”作为根本着眼点和主要突破口。由此可见，今后的世界，不应是也不再是“主客对立、主客二分”的世界。“生态文化”或“绿色文化”就是人与自然、人与社会、人与人和谐共处的世界，即主体和客体融为一体的世界。庄子哲学的自然观与生态观是其智慧和超前意识的产物。渔洋这首诗给我们的启示即在此。作者仕清数十年，此时已达心境澄明、达观寡欲之境了，这就是他晚年的思想概貌，此诗之美即在此。中两联所写山水极有生机，人与自然完全和谐统一。“清川”“众壑”皆有生气，“帆樯”自在，“鸥鹭”悠闲，首尾两联都写自己，他是多么自由快乐啊，他要长啸一声，追攀惠庄两大哲人而去了，这也就是他的山水诗所达到的境界。

崔白濠梁人赋诗吊之

徐黄老手去不回，丹青又失濠梁崔。
清淮粉本还留在，折苇枯荷凫雁哀。

《南来志》：“十八日……晚渡淮水，次临淮县。”宋郭若虚《图画见闻录》：崔白字子西，濠梁人。工花竹翎毛，体制精赡，作用疏通，虽以败荷、凫雁得名，然于佛道鬼神、山林人兽，无不精妙。尤长写生，极工于鹅，及为蝉雀，亦称绝笔。清代方薰《山静居画论》：画稿谓粉本者，古人于墨梅上加描粉笔，用时补入缣素，依粉痕落墨，故名之也。

作者过濠梁，怀崔白，作此诗。诗以徐黄作对比，论其画艺，见其境界之高。徐熙和黄筌是五代南唐两位花鸟大画家，他们的花鸟画对后世影响很大。宋画苑教艺者，本以黄筌父子为式，及崔白与吴元瑜出，格调大变，故苏轼诗云：“人间刀尺不敢裁，丹青付与濠梁崔。”山谷亦有“折苇枯荷共晚，红榴苦竹同时”之赞。

渔洋爱画，常喜题诗品画。他步苏轼山谷后尘，写了这首赞崔诗。他对苏黄两家很赞赏，这诗表现出一种踵继追蹑前贤的精神，是一种很有趣的文化现象。在寒冬腊月风雪交加的征途中，他还如此这般沉醉在崔白之画和苏黄二氏题画诗中，兴致之高，令人惊讶。崔白一生很不得意，经苏黄一抬举，名声是更大了。濠梁是庄惠辩论之地，崔白即产生于此，这些都引起作者的浓厚兴趣。

定远靖南侯祠

英风动江左，庙食俨东城。
闻道鸠兹郭，犹存骠骑茔。
楚巫陈桂醑，行客拜霓旌。
杜宇悲何事，哀啼达五更。

《南来志》："十九日。始见稻畦，午食红心驿，晚次定远县，县有故靖南侯黄公祠。公，明末镇此县，有功德于民。"徐夔曰："明黄得功封靖南侯。流寇攻桐城，靖南救之。贼每闻得功至，辄惊走，曰：黄家兵又至矣。"汪㧑曰："靖南侯殉节后，即葬芜湖也。"陈沂《南畿志》："鸠兹港在芜湖县东四十里。"黄得功号虎山，合肥人。《史记·骠骑列传》："骠骑将军元狩六年卒，天子悼之，发属国玄甲军，陈自长安至茂林，为冢像祁连山。"《索隐》姚氏案："冢在茂陵东北，与卫青冢并，西者是青，东者是去病。冢上有竖石，前有石马相对，又有石人也。""骠骑茔"，指黄得功墓。

崇祯十四年(1641)，黄得功移镇定远，与刘良佐、高杰、刘泽清分守江北，号为四镇。清兵陷南京，黄得功保福王于芜湖。清兵至，奋战中流矢，拔剑刺喉而死。定远有其祠，作者过定远，作此诗哀之。这首诗，表达了作者对其人追念之情。继康熙十一年(1672)所作《故宫曲二首》之后，这是他为哀悼明亡而作的又一首挽歌。前诗哀悼被张献忠杀害的两个王子，此诗是哀悼反清保明的一位忠勇将帅。"英风动江左"，反映出当时抗清的气势及其影响，吐出作者自己一腔怨愤之情。"庙食俨东城"，是对黄得功的历史评价。说他享受庙食，可比项羽，都得到人民的爱戴和拥护。汉高祖五年，项羽兵败，自阴陵走东城。东城在今定远县东南，项羽战死于此。颔联写黄战死鸠兹，坟墓在那里，将他与霍去病相比，他们都反抗蒙古人入侵。作者是以隐语表露其怨清之情。颈联写黄得功受到人民的追念：陈桂醑、拜霓旌，永远享庙食。尾联以警语终篇，哀声感人。

民族矛盾最终要走向融合，这是历史发展的必然趋势，但在有清一代，满汉矛盾还是很尖锐的。渔洋因受"夷夏之辨"思想影响很深，他终其一生都有"思明怨清"情结，此不足怪。渔洋诗里的这种民族主义精神是应当肯定的。

将至桐城

溪路行将尽，初过北峡关。
几行红叶树，无数夕阳山。
乡信凭黄耳，归心放白鹇。
龙眠图画里，安得一追攀。

《南来志》："二十二日……晚次舒城县。二十三日……过李伯时墓，食梅心驿……次桐城县。"《方舆胜览》："北峡关在舒城南四十五里，官兵守把，为入蕲黄之要地。"《晋书·陆机传》："机有骏犬名黄耳，寓京师久无家信，笑语犬曰：'汝能赍书取消息否？'犬摇尾作声，机为书，以竹筩盛之而系其颈。犬南走至家，得报还洛。"白鹇又名银雉，似山鸡，色白。《宋史·文苑传》："李公麟，字伯时，舒州人。第进士，归老，肆意于龙眠山岩壑间。雅善画，自作《山庄图》。"龙眠山在桐城县西北。李公麟，号龙眠居士，李亮工好诗文，李元中工字画，时人称龙眠三李。

岁暮，作者将至桐城。过北峡关时，为溪山、红树、夕阳之景所动，忽然勾起一片乡愁，因作此诗遣兴。这天是腊月二十三日，家家都在忙着过年，他想写信回家，可是怎样才能把信寄出去呢？他想派黄犬或白鹇送信，但又做不到。眼见这眼前美景，于是立即沉入这李龙眠的画境里了。他此时明明是在观赏风景，却也像是在观画。最后，他发出一声"安得一追攀"的长叹。李龙眠博学好古，他自叹追攀不上，这是对李氏的推重，也说明他是很爱画的。"几行红叶树，无数夕阳山。"此十字由近及远，由古及今，从有限到无限，勾出一幅超时空的神奇图画。此句由前人诗句化来，而意象全新。黄庭坚提倡先入而后出、继古而开新，他是很赞赏的。唐诗有"雨中红叶树，灯下白头人"之句，这"几行红叶树"，即脱胎于此。辛弃疾词："西北望长安，可怜无数山"。这"无数夕阳山"，亦即由此而来。作者之善于继古开新，用现代文艺理论来说，可谓已由联想与想象的空间进入艺术的心理空间、思维空间和精神空间。虽然尚未能完全自觉地达到这一境界，但其创作实践证明，他是已把这一规律加以泛化和深化了。"诗中有画"，此诗足以当之而无愧。这是一首怀乡诗，也是一首风景诗。

雨过陈默公涤岑

踯屐历危岑，单椒上空曲。
江雨从东来，风吟万竿竹。
城郭浩茫茫，衣裳尽寒绿。
何处是龙眠？千峰出云族。

《南来志》："二十四日……雨中过默庵涤岑，巨竹千挺，有亭冠岑，坐见投子、龙眠诸山。过耕壶竹叶亭。午食五崖馀庆堂，五崖自中州归，病尚未瘳。食后，过严冲。"《香祖笔记》卷三："予甲子冬奉使祭告南海之神，岁杪至桐城，大雪中，陈默公焯初未相见，即过余客署，二从者背负巨囊，揖罢，即呼具案。顾从者取囊书数十大册，罗列案上，指示余曰：'此余二十年来所辑《宋元诗会》若干卷，闻公奉使当过此，喜甚，将待公抉择之，然后出问世耳。'已过其涤岑，雪中远眺龙眠诸山，纵观是书竟日，宾主谈谐，无一语及世事，此亦冠盖交游中所少。默公顺治壬辰进士，二甲胪传第一，以耳聋，不仕终。"涤岑是默公的别墅，陈有"兵部"之称。李公麟《龙眠山庄图》，苏轼为之跋，黄山谷诗曰："诸山何处是龙眠？旧日龙眠今不眠。闻道已随云物去，不应只雨一方田。"龙眠之画多不设色，用白描，称为宋画第一。

作者过陈默公别墅，为风雨山景所动，因作五古以赠。此诗气象恢宏，语婉情深。前六句，借写冬景以颂友谊，古朴苍凉，情调高雅。后两句，将目光凝聚于李公麟一身，以"千峰出云族"一句作结，更觉韵味无穷。这是对桐城山水气韵与人文情致的赞歌，也是对李龙眠和陈默公的赞歌。借山水以赞二贤，兴味盎然。

桐城是春秋皖国都城，自古以来文化发达。这里先后崛起哲学、文学、艺术等众多流派。作者对开创一代画派的李公麟评价尤高。李以马、松之画别开新风，在中国绘画史上占有重要地位。其人宅心仁厚，为世所称。此以龙眠居士比拟陈默公其人，是对陈氏极高的赞誉，也是对桐城文化的由衷赞誉。对于苏轼、黄庭坚为龙眠之画题诗作跋以致形成诗画联盟这一现象，他也抱有很浓厚的兴趣。此诗着重论及李龙眠，绝非偶然。因为，在渔洋看来，做人就要像李龙眠那样洁身自爱；从事艺术创作也应像他那样吸山川灵气，呈天地之大美。苏、黄、李的艺术联盟即是这种艺术精神的体现，这是渔洋所极为钦仰的。

此诗写山，写城，写风，写雨，写竹，写云，皆入画境。山有危岑、单椒、千峰之别，写风雨有动感，写衣裳更有“寒绿”的新奇感觉，此以侧笔赞竹，而竹有万竿之盛，更可见其爱赏之深。末了明赞龙眠居士，以“千峰出云族”妙语收之，神韵悠然。

泳园夜雪即事同敦复我建寄耕壶

山径梅花发，篮舆香雾中。
名园皆竹色，密坐即兰丛。
倚槛湍醒酒，开帘雪飐风。
美人一水隔，何以慰飘蓬？

《南来志》：“二十四日……晚过敦复学士新斋，循山麓诘屈上，轩砌红梅数株已放，最高处有竹圃。张灯置酒。耕壶亦至，出画缣及送行诗，恭睹上在金陵赐学士御制《古北口》诗。二公谈龙眠山居之乐，令人神爽飞越。二十五日雨，门人王立极约同学士过耕壶别墅。有山负南城，陂陀而上为亦园，稍上为泳园。园以竹胜，有轩临水，曰‘碧淙’。其上有小溪，石梁架之。临淙置酒，闻急雪洒万竹间，开窗视之，隔水石上积已寸许，漏下入城。”王立极字我建，时官桐城学博。姚文燮，亦字羹湖，桐城人，己亥进士，尝官福建建宁府节推。密座，就是环坐。张英(1637—1708)，字敦复，号乐园，桐城人。康熙六年(1667)进士以编修充日讲起居注官，入直南书房。民生疾苦，四方水患，入无不言，官至文华殿大学士，兼礼部尚书，卒谥文端。生平酷爱看山种树，谆谆以“务本力田、随分知足”为戒，工诗，尤精古文，曾向康熙力荐渔洋。有《笃素堂文集》。

作者岁杪过桐城，与张英诸友会晤，欢聚二日。此写泳园宴饮之乐，亲切感人。泳园是姚文燮的别墅，竹木葱茏，有小溪、石梁，风景清幽，显有士大夫乡居之雅。诗由“入园”写到“密坐”，由倚槛观湍写到开帘赏雪，细腻地写出这次聚会的全过程，情调高雅，飘然有出尘之想。这是在歌赞友谊，也显露出一点心灵忧郁的气氛。

泳园花木繁多，作者只选梅、兰、竹三物来写，是有深意的。“梅”“竹”有岁寒三友之称，“兰”为四君子之一，此是讴歌“香草美人”，亦即歌颂友谊。“密座”“兰丛”，皆有寓意，张英曾“侍康熙之座”；“湍醒酒”“雪飐风”，这些意象都很清雅。末以“美人”喻张英、姚文燮、王立极，以“飘蓬”喻己，将诗意推开，达到更高境界。

作者居京二十年，困于郎署，直至康熙十七年(1678)，因张英等人之延誉，才当了翰林，旋改“侍读”，“由部曹改词臣”。从封建文官制度来说，这是特殊恩宠。但他这次路过桐城，仍然郁郁不乐。因为，作为一个文臣，年过半百，还在万里行役途中冒风雪南行，祛神弄鬼，这有什么可高兴的？“美人一水隔，何以慰飘蓬！”这声慨叹是沉重的。作者从儒家“比德”观出发，以“梅、兰”喻“美人”之德，以“酒、风”喻“美人”之雅，合成一幅“高士嘉会图”，可称绝妙。这在特定意义上，也不妨说是他对清朝统治者吐出一声无言的怨怼。这就是尾联所蕴涵的深意。在满洲贵族统治下，汉民族的痛苦和灾难是难言的，他也只能说到这步田地了。

这是继赞《陈默公涤岑》诗后又一首歌赞园林文化的诗。清朝高官和某些士人都有自己的园林。这是他们的修身养性之所，他们在此行乐终老，生活得很愉快。渔洋也有自己的园林，规模却远不及此。这样的读书环境，自然是很令人向往的。作为山水诗歌的一支来看，这园林诗歌也历来为士人所重视。

自沙河至唐婆岭即事

皖公山色望迢遥，皖水清泠不上潮。
青笠红衫风雪里，一林枫柏马萧萧。

《南来志》：“二十七日。至沙河，以舟济。上流有钓鱼寺，午食唐婆岭。自此峻坂相属，屡有登顿。雪中望见前人，鱼贯上下，登坂四瞩，万树如荠，溪流经纬之。”《渔洋诗话》：“入粤，大雪，行潜山唐婆岭，即事赋诗云云。”皖公山，本皖伯始封之地，在潜山县西北，绵亘深远，与霍山相邻，最高峰峭拔如柱。皖水源出潜山县西北天堂山，东南流，汇潜水，至皖口入江。李白《江上望皖公山》：“奇峰出奇云，秀木含秀气。清晏皖公山，巉绝称人意。”

这首即兴诗，写风雪途中所见，清雅宜人，优美如画。首句写山，“迢遥”言山之远；次句写水，“清泠”言水之清。这是静态画面，已见气象不凡。复写动态画面，点出人物：青笠、红衫与马，大显生气。至此，完成一幅意境深远的雪景图。年关将近，作者还在风雪途中跋涉，心与“青笠红衫”为伴，神随“枫柏”征马共往，不禁沉醉在此自然怀抱之中，这是何等胸襟与气度。诗境与画境和谐统一，得到最鲜明、最生动的展示。从文化意蕴来说，这是老庄天人合一“逍遥游”的生动体现，此时他是完全忘情世俗了。作者说：“余生平最爱枫叶，行吴楚间所见多矣，尤爱雪中枫柏，浅深相间，有如画图。”（《分甘馀话》）这类诗最可见其兴致之雅。他的山水诗，大致可分四类：一是咏史山水，多与史事有关，咏古伤怀，有寄托。二是文化山水，或赞古迹，或咏高人，陶冶性情，见其高致。三是休闲山水，或颂古松，或赞奇石，常得自然之趣，心与物游。四是哲理山水，即小见大，寓有妙谛，启人灵智，发人深省。而各类作品皆雅，其中尤以咏史、文化两类更显个人特色。清新俊逸，诚开一代之新风。

潜山道中雪

处处溪山好，倪黄画亦难。
雪云数峰白，枫柏万林丹。
高下松毛积，凄清石溜寒。
天心爱羁旅，岩壑饱经看。

《南来志》：“二十七日。冒雪行，诸峰出没云雾中，丹枫乌柏，石流百折。”二如亭《群芳谱》：“乌柏，一名鸦臼树，南方平泽甚多。”倪瓒字元镇，号云林，江苏无锡人。善画山水，多为水墨之作。早年以董源为师，晚年自成风格，以幽远简淡为宗，对后人水墨山水画颇有影响。黄公望（1269—1354），字子久，号一锋，又号大痴道人，江苏常熟人。善画山水，师董源、巨然，自成一家，运思落笔，气韵生动，画入逸品。二人并称元代两大家。

潜山道中，风雪冱寒，此日年关将近，年已半百的作者，仍在风雪中为皇家祭神赶路，他为这潜山雪景所迷，忽然想到倪云林和黄公望的山水画。这眼前雪景，恐怕那两位元代大画家也难以描画。他赞叹雪景之美，特以衬笔开篇：“处处溪山好，倪黄画亦难。”许多山峰很像白头老人，满山都是松柏枫柏，还有岩壑、山溪，这该怎么画呢？由画境转入诗境，他以凝练的诗句做成两副对联。一联是：“雪云数峰白，枫柏万林丹。”此景极壮观瞻，是好画，也是好诗。另一联是：“高下松毛积，凄清石溜寒。”此是平常小景，可入诗却不好入画。松毛很细，何曾有人画它落在地上的姿态？石溜的寒冷凄清之感，就更无法画出。可他只用一副联语就把它表现出来，他在自赞自赏，而这也确实人所难及。因为石溜的“凄清寒”不是人人都能感觉得到，作诗难，作画更难。即使像倪黄两位大画家，他们也没法表现。最后，顺势推出尾联：“天心爱羁旅，岩壑饱经看。”转入正面歌赞，这首诗就完成了。从深层含意看，作者借雪谈诗论画，其实也是为了排遣愁闷。这“天心爱羁旅”一句，意颇超然，而“岩壑饱经看”一句，亦显得很达观，这万里奔波之劳，他早已不当一回事了。

可以说这是渔洋对其山水诗的自我评价，可谓别饶风趣。

二乔宅

修眉细细写春山，松竹萧萧响珮环。
霸气江东久销歇，空留初地在人间。

《南来志》：“二十八日。雪渡灊水……次太湖县。”史载：（孙）策取荆州，以瑜为中护军……得乔公二女，皆有国色。策从容戏瑜曰：乔公二女虽流离，得吾二人作婿，亦足为欢。于是孙策和周瑜约于195年同时娶二乔，两人皆弱冠，二乔年方及笄。《渔洋诗话》：“二乔宅在潜山县，近三祖山，故山谷诗云：‘松竹二乔宅，雪云三祖山。’今遗址彰法寺，予甲子过之。”《皇华纪闻》：“太尉乔玄故宅在潜山北三里彰法山山麓，溪流纡折，松竹郁秀。今改为广教寺。”

作者过潜山，欲访二乔宅遗址，有慨于东吴史事，因作此诗。前两句，写宅外山景，以颂二乔之美貌，把两位美人写得栩栩如生。第三句急转，慨叹东吴霸业全销，托出一篇大旨：悲叹遗址空留，政治联姻好似一场梦。这是对美人的哀挽，也是对霸业销沉的咏叹。情思邈远，韵味深浓。

当时魏蜀吴三方，皆赖大地主集团之支持而立。孙策乘曹（操）袁（绍）官渡对峙之日，渡江称王，在大地主支持下，因而拥有江东四十八州之地。他一面招揽人才，一面训练兵马，可惜只活了二十五岁即逝，功业未就。弟孙权继位称帝，正式建国。周瑜和孙策是同年好友，他们在三分之势尚未形成之前，分别纳娶二乔为妻，与大地主乔公攀亲，结成牢固的婚姻、政治联盟，他这一着棋是走对了。史称：孙策殁前对其母曰：“儿殁后，内事不决问张昭，外事不决问周瑜。”后来周瑜果成孙权干将，这充分说明这一政治联盟的重要性。诸葛亮于赤壁战前，出访东吴，为促成孙刘联盟抗曹，曾以激将法对周瑜说：“操筑铜雀台，欲夺二乔也。”这从侧面也证明这一联盟的价值和作用。杜牧诗云：“东风不与周郎便，铜雀春深锁二乔。”讲的也是这回事，渔洋观点稍有不同，他不仅没有歌颂这一政治联盟，还对东吴割据政权作出一番嘲笑。他拘于封建正统历史观，一贯维护刘家政权，认为魏吴都是割据。在他看来，二乔是不幸的，所以他只歌赞美人，并不称颂孙权和周瑜。历史如梦，爱情也如昙花一现。大乔同孙策在一起共同生活只有短短四五个年头，小乔同周瑜在一起生活的时间要长些，但也只有十五个年头光景。红颜薄命，自古而然，诗人因有“空留初地在人间”之叹。这首美人赞歌，含不尽之意于言外。“修眉”在哪里？请看“春山”。“松竹萧萧”，珮环犹响。山川永存，美人却消失了。

太湖道中怀郑山公通政

楚尾吴头去，天寒急景沉。
朝云灊岳影，暮雪剡溪心。
野店官桥路，人家筀竹林。
相望二千里，何处是山阴？

《南来志》：“二十八日，雪。渡灊水，曰前河。西望灊山，横绝云表，《图经》称：山高七千二十丈，《史记》所谓登礼潜之天柱山，号曰‘南岳’，汉武所封也。”此诗作于十二月二十八日。太湖属安庆府。剡溪，在曹娥江上游。山阴即会稽。郭璞《山海经》注：“今始兴郡桂阳县出筀竹，大者围二尺，长四丈。”《艺林伐山》：“筀……竹名，伤人则死。”郑山公，即郑重。是年，他以兵部督捕左理事官祭告南镇会稽山，随迁右通政。

作者与老友郑山公自河间分手后，至太湖又写此诗述怀。首联点明地域、天时，二三两联写行役，上句述己，下句言郑，均历历如绘。渔洋晚年，自谓平生知己，哭之最哀者有四，郑为其一，此可见两人情谊之笃。他们同被驱遣南下，对于满族统治者所搞祭神把戏，都看得很清。现在来到太湖，天寒景沉，与郑氏已相隔二千馀里，无人对饮，郁郁不乐，因写此诗寄之。山阴道上，风景绝佳，晋王献之路过此间，曾有“应接不暇”之叹。献之与其父同为一代名士，后代士人，凡处浊世而不愿与权贵合作者，无不深仰其人，作者此时发出“何处是山阴”的慨叹，心亦苦矣。友情之可贵，在于同心相应，同气相求。此诗之可贵在此。

龙山晚渡

雪满龙山望五湖，渔舟沙步晚招呼。
凭谁唤起维摩诘，重写寒江雪渡图。

《南来志》：“二十八日……过枫香岭，雪益急。晚抵龙山。渡河，寒山雪麓，长桥渔浦，居然《雪浦待渡图》也。次太湖县。”五湖是太湖的别称。《明一统志》：“龙山在安庆府潜山县东北一百二十里，山形蜿蜒如龙。”王维，字摩诘，信佛，因有“维摩诘”之称。《宣和画谱》：“王维有《雪山胜赏》《雪江诗意》《雪渡》等图，藏于御府。”

深冬腊月，作者冒风雪渡河，为寒山雪麓、长桥渔浦之景所动，因忆范蠡、王维、李公麟诸贤，一时兴起，吟成此诗。作者此时神驰千载，烦恼全消。“龙山”“五湖”为隐者居地，此诗由远景而及近景，合成一幅清幽淡雅的龙山雪景图。“雪满龙山望五湖，渔舟沙步晚招呼。”这两句诗，穿透时空，已达神妙之境，意蕴深沉，这可以说是现实与历史的交织。后两句，诗意推开，写想象之境：“凭谁唤起维摩诘，重写寒江雪渡图。”形象地表明对王维的仰慕，一篇要旨在此。作为王维和司空图诗学主张的弘扬者，渔洋在创作实践上，注重博观约取，因而把这一诗派的艺术推进到一个新的高度。此诗是一个鲜活例证，四句诗就是四幅画，诗外有诗，画中有画。

诗画本同源，以现代艺术观之，画是一种视觉艺术，诗是视觉与多种感觉的综合。诗与画的交融与结合，跟现代音乐中的多重奏、多声部颇有近似之处，因而形成内容美与形式美、动态美与静态美和谐统一的全息化图景。诗创作达到这样的境界，很不容易。欲达此境，关键在于如何观物。不能以俗眼观物，而应以禅心观物。王维以禅心观物，故其诗能达“清淡静远”之境。清就是没有一点污浊，淡就是没有一点影子，静就是不闻一丝音响，远就是不见一毫边痕。这是王维诗的最高境界。以禅宗美学观之，其诗已呈现一幅天人合一、浑然一体的宇宙图景，这也就是中国传统美学所皈依的“天地人共感同构”宇宙观。这既是审美境界，又是道德境界；既是真实的境界，又是超越的境界。渔洋很注重这种境界，此诗可窥其端倪。

除日宿松道中

久客忘时序，匆匆逼岁除。
枫林红照眼，鬓发白盈梳。
灊岳多回雁，浔江足鲤鱼。
春风来早晚，谁寄故园书？

《南来志》：“二十九日……是夕岁除，诵唐人‘乱山残雪夜，孤灯异乡身’之句，宛如目前。夜，大风雪。”是晚入黄梅县界，宿亭前驿。《南畿志》：“隋改为宿松县,属安庆府。”

这年十一月,作者衔命出京,风雪兼程南下,至今已近两月,今逼岁除,情何能已,此诗可以说是一首怀乡曲。作者全写眼前景,却从冀得“故园书”一事展开铺叙,写得十分亲切有味。首联破题,因“逼岁除”而想家,但又不能回家,这就将盼望家书的心情含蓄地透露出来,著一“忘”字,显得感情沉重。颔联即景言怀,畅抒胸臆,以“红枫”与“白发”相对照,倍增哀感,回应首联,把“久客、白发、除日”三者连成一条思乡感情链,再度渲染、盼望家书,更见情切。颈联放笔书写,展开两幅画面:一是“灊岳多回雁”,写雁从南方回来,是眼前景。二是“浔江足鲤鱼”,是作者即将前往之地,这是想象中的远景。巧用鱼雁传书典故,将殷切盼望家书之心情写透。然后来一个精彩的收笔:“春风来早晚,谁寄故园书?”不是盼得了家书,而是盼来一个“谁寄故园书”的大疑问,这跟杜甫在战乱中喜得家书的心情相比,反差太大。这年作者五十一岁,他的祖父母和母亲,均已去世;他的伯兄、先室张氏、爱子涑、浑亦死去十多年,唯老父尚存,而继室年青,这句诗里含有多少焦虑。除夕日还在冒雪南行,这到底是为了什么?全诗无一怨字,而怨已全出;无一恨字,而恨已深。此诗可谓既有孟浩然的平淡与王摩诘的清远,又有杜少陵的悱恻与白居易的哀伤,可谓多元化之综合与融合。而尾联似与春风对话,更极尽拟人化之谐趣。此诗以时序的变化为经,而以灊岳、浔江地域背景贯之,显得气象开阔。诗人即将渡江南下,气候日暖,“春风来早晚”一句,贴切自然,是神来之笔。

张睢阳庙

不识松滋路,中丞何代祠?
椒兰纷玉座,风雪卷灵旗。
横笛声犹苦,神弦响易悲。
同堂真庙食,南八是男儿。

《南来志》:“二十九日,雪。径棠梨宫,谒张睢阳庙,食宿松县枫香驿,晚次太子驿……入湖广黄梅县界。”松滋,宿松古名,汉属庐江郡。张巡有《闻笛》诗:“岧峣试一临,虏骑附城阴。不辨风尘色,安知天地心。营开边月近,战苦阵云深。旦夕更楼上,遥闻横笛音。”《神弦歌》,共十一曲:一宿阿,二道君,三圣郎,四娇女,五白石郎,六青溪小姑,七湖熟姑,八姑恩,九采菱童,十日月下童,十一同生。其辞皆晋人所作。唐李贺亦作有《神弦曲》《神弦别曲》。张巡(709—757),唐邓州南阳人,开元末举进士,官真源令。时杨国忠当政,或劝巡谒杨,以图显用,巡坚拒。安禄山起兵,巡与许远合兵守睢阳,拜御史中丞,坚守数月,因援绝粮尽,城陷被杀,世称张睢阳。南霁云,行八,张巡部下。张巡被害前,呼南曰:“南八,男儿死耳,不可为不义屈!”南笑曰:“欲将有以为也。公有言,云敢不死?”即不屈而死。韩愈有《张中丞传后叙》。

睢阳故城,在今河南商丘县南。安禄山叛唐,张巡与许远同守此城,援绝粮尽,城陷被害。两位忠于唐室的爱国将领,气节崇高,为世所称。此战阻遏安禄山军进入江淮,因得保住唐军赖以补给物资的大后方,关系国计民生至大。宿松距离睢阳甚远,又是一个小城,地方父老为张巡立庙奉祀,此事甚奇,作者前来瞻拜,因作此诗吊之。首以问句开篇,一表其惊讶之情,很觉新鲜;二赞其影响之大,颇能引人入胜。随即展开祭祀场景的细致描绘,以“椒兰”为供品,写冒“风雪”前来拜奠之状。“玉座”“灵旗”,皆形象生动。寥寥十字,容量很大。三联写神像英姿,作正面歌赞,活泼生动。神主张巡仍在自吹横笛,还把神弦古曲特地拿来弹奏,神灵如在,栩栩如生。此是想象笔墨,似幻似真,真实地表达出人民的追念之情。尾联以“南八是男儿”一语收结,把张巡从容就义情景写活。南霁云回答张巡的一句话,已被韩愈记录在卷,现在诗人又重新播出,这给那些奸吝之徒,特别是明末一些降清者的沉重的一击。作者有甲辰年所写《南将军庙行》一篇,可并读。

此诗无雄词丽句,说的几乎都是口头语,似可归入平淡一类,但也不失风骚雅趣,“椒兰”“灵旗”,本于楚辞,“神弦”来自魏晋民歌。文化氛围浓郁,令人喜爱。

乙丑元旦雪中谒五祖山二首

南国不摇落,春风况早回。
行縢穿白雪,大事问黄梅。
绝磴盘空上,飞梁拂涧开。
万松犹引路,消息记重来。

宝界琉璃净,名香笃耨熏。
堂开数峰雪,目尽九江云。
优钵花时现,频伽鸟竞闻。
踌躇下山路,枫叶正纷纷。

《南来志》:"康熙二十四年正月辛酉朔。晨起拜阙,次遥拜家大人。遂行,谒东山五祖道场。山下有亭,额曰'天下祖庭',宋英宗御书。踏雪,历石磴可八九盘,夹道松万株,下临绝壑,曰引路松。稍上有桥,跨两涧之间,曰石梁渡。西上得天王殿。拾级上,为昆卢阁,为真身殿。有县人瞿甲所题'栽松后身'擘窠书,甚奇古,礼五祖真身。"

[**第一首**]《法华经》:"诸佛出世,唯以一大事因缘故出现于世。"《传灯录》:"弘忍大师潜令人自碓坊召能行者入室,告曰:'诸佛出世为一大事,故随机大小而引导之,遂有十地、三乘、顿、渐等旨以为教门。'"

[**第二首**]叶廷桂《香谱》:"笃耨香出真腊国,亦树之脂也。树如松杉之类,而香藏之皮,树老而自然流溢者,色白而透明,故其香虽盛暑不融。土人既取之矣,夏日以火环其树而炙之,令其脂液再溢,至冬寒沍,因其凝而复取之,故其香冬凝而夏融。"

五祖山在黄梅县东北二十里,一名冯茂山,为五祖禅师道场。禅宗以弘忍大师为五祖,弘忍,黄梅县人,俗姓周,七岁出家,初为舂米僧,后通佛理,卒谥大满禅师。禅宗由他改以《金刚经》传法,开东山法门,影响深远。弟子慧能、神秀分别创立南北二宗,慧能主顿悟,神秀主渐悟,惟慧能得佛祖所传真谛成正果,因受衣钵,号为六祖。黄梅自唐迄清为佛教圣地。

这两首五律为谒五祖而作,作者记其一日游览所见,反映五祖来此山寻道、传授衣钵经过及此寺至今奉祀不衰景象。这是作者礼拜禅宗的重要诗篇,极为珍贵。

第一首写入山。首从节候破题,点明时间。"南国不摇落"句,隐喻禅宗南派昌盛。是日立春,故有"春风况早回"之赞。此联写出作者对四祖、五祖的崇仰。次写五祖当年入山寻道情景,"行縢"谓以布帛裹胫至脚,以便步行。"大事"句谓五祖当时来此求道景观,兼寓作者来谒之意,语意双关。三联写磴道、飞梁之险,具见五祖寻道之诚,同时也是作者登山的亲切感受。尾联礼赞五祖"重来"得道及种松英姿,其中含有神话故事,禅味甚浓。作者身入禅山,神驰五祖,礼赞之情,溢于言表。

第二首写入庙。前三联写庙貌宏伟、庄严,以颂五祖之德。"宝界",言佛殿之神圣庄严。"笃耨香"是来自西域的名香,此赞庙中香火旺盛。"优钵花"是佛花,"三千年始得一见";"频伽鸟"是极乐净土的神鸟。"数峰雪""九江云"写庙外之壮观。通过这些描绘,把这座佛寺写得气象恢宏,十分神圣。尾联抒感:"踌躇下山路,枫叶正纷纷。"作者此时在想,是留下来修炼呢,还是继续行役为皇帝奔走效劳？他忽然踌躇起来。因而想起一则禅宗故事：枫叶正在风中沙沙作响，这究竟是树动还是风动？两个僧徒争论起来，禅宗说："你们说的都不对，是心动。"这"枫叶正纷纷"一句诗说的即是此意。这一天，作者身入禅山，心下宁静，俗念全抛。《日记》中点出"憩天泽禅人方丈"，说明受到隆重接待。

由此二诗观之，渔洋追蹑禅宗以求解脱是更坚定了。作为康熙身边近臣奉使南行，对此并不感到荣幸，他想远离政治，入山修道，这才是他的真实思想，而这也正是当时许多仕清汉族士人的普遍心态。这诗是在清廷调和满汉文化矛盾背景下产生的。此非自遣闲情之作，也无消极遁世之意。这诗的流布，对禅宗文化的传播是产生了一定影响的。

下五祖山

雪满空山下翠微，娱人十里尽清晖。
野梅香破半溪水，翠羽一双相背飞。

渔洋《五祖山记》："下山十里间，木多松、杉、枫、柿、冬青，草多兰、蕙，鸟多画眉、锦鸡、竹鸡、翡翠，山下村落中，多梅花。"按：此文与《日记》稍有出入，录之以供参考。

作者下五祖山，为空山雪景所迷，恍如遁入空门，一时杂念全消，得享回归自然之乐，因忆谢灵运"清晖能迷人"句，浅吟曼咏，心境怡然。若谓此句尚未脱尽谢诗窠臼；那么，"野梅香破半溪水"句，可就完全是他自己的新创造了。梅香破水、翠羽相背飞，一破一散，幽寂清空，甚是灵妙。作者慢步下山，此时身与自然完全融合，与世俗隔得越来越远。心入禅山，神思旷达，物我两忘，这就是他的追求。"十里""半溪""一双"，这些平常词语，在此显得格外生色，此时他已获得大智慧、大圆融、大解脱。这清空之境，甚是迷人。

肃穆、恬静是一种崇高的人格修养，是人在经过宗教熏陶后进入一种圆融境界，不是俗眼媚骨所能妄想的。古今大哲、大隐者，其高过常人处即在此，山林文学的生命力亦在此。说陶潜有浑身静穆和金刚怒目的两面，当然是对的。但毕竟以静穆为主。古来学陶者不少，有几人能达此浑身静穆之境？从这首充满肃穆之感的诗来看，作者是大大地向前跨进一步了。此诗充满禅味，是渔洋山水诗的神品。

早发黄梅过东禅寺

谁识新州獦獠群，传衣夜半祖庭闻。
水边孤寺半烟筱，郭外数峰空雪云。
直是西来扫文字，翻令南北竞纷纭。
明朝稳把江头橹，水到浔阳九派分。

《南来志》："初二日。晨出西郭，过东禅寺，谒四祖、五祖、六祖像。四祖道场在广济破额山，距东山四十里，而近殿侧竹圃即槽厂故迹，有六祖坠腰石。二十里过濯港。"《六祖坛经》："慧能至黄梅，拜礼五祖，祖问曰：'汝何方人？欲求何物？'慧能对曰：'弟子是岭南新州百姓，远来礼师，惟求作佛，不求馀物。'祖言：'汝是岭南人，又是獦獠，若为堪作佛？'慧能曰：'人虽有南北，佛性本无南北，獦獠身与和尚不同，佛性有何差别？'"

瞿汝稷《指月录》："卢礼足而退，便入碓坊，服劳于杵臼。经八月，祖知付授时至，告众曰：'正法难解，不可徒记。'上座神秀者，乃于廊壁书一偈曰：'身是菩提树，心如明镜台。时时勤拂拭，莫使惹尘埃。'祖乃赞叹曰：'后代依此修行，亦得胜果。'卢在碓坊，忽聆颂偈，乃问同学，同学曰：'此秀上座所述，和尚赞叹，必将付法传衣也。'卢写一偈曰：'菩提本无树，明镜亦非台，本来无一物，何处惹尘埃？'祖见此偈，曰：'是谁作？亦未见性。'逮夜，祖潜诣碓坊问曰：'米白也未？卢曰：'白也，未有筛。'祖以杖三击其碓，卢即以三鼓入室。'以法宝及所传袈裟，用付于汝。'曰：'且当远隐，俟时行化。'卢曰：'当隐何所？'祖曰：'逢怀即止，遇会且藏。'"按：卢即慧能，祖指五祖。

《六祖坛经》："惠能三更领得衣钵，云：'能本是南中人，素不知此山路，如何出江口？'五祖言：'汝不须忧，吾自送汝。'五祖相送直至九江驿，祖令上船，五祖把舻自摇。惠能言：'请和尚坐，弟子合摇舻。'祖云：'合是吾渡汝。'"《皇华纪闻》："黄梅东禅寺五祖下院有坠腰石，昔云祖用坠腰舂米者，又有六祖卓爨杖于地，复荣成枫林。"《朱子语类》："后汉明帝时，佛始入中国。直至晋宋间，其教渐盛，然当时文字亦只是将庄老之说来铺张，如远师诸论皆成片，尽是老庄意思。直至梁会通间，达摩入来，然后一切被他扫荡，不立文字，直指人心。"

作者过黄梅东禅寺，谒四祖、五祖、六祖神像后，写此诗。这里，着重叙述了五祖传授衣钵的一段有趣历史，旗帜鲜明地歌颂了六祖建立南派、倡顿悟说的大功。诗分前后两截，前两联写五祖对慧能的一番考察，因其对答及领悟之不凡，乃秘传衣钵与他。“谁识新州獦獠群，传衣夜半祖庭闻。”这两句诗，生动地反映出这一传法情况。“獦獠”是岭南山居少数民族，慧能为寺中舂米僧。他是广东新州人，所以称他为“獦獠”，但他却是“獦獠群”中杰出者。俗姓卢，生于唐太宗贞观十二年(638)，三岁丧父，家境贫寒，稍长即以卖柴养母。皈依佛门后，以有异才，被五祖发现，因得承传衣钵。后往曹溪广果寺建立顿悟成佛说，成为南宗创始人。“祖庭”指达摩以来诸祖，特指四祖。东山道场山下有庭，额曰“天下祖庭”，五祖为寻觅传人，要众僧各作偈言志，以观各人之修行，神秀与慧能之偈迥异，慧能之偈深悟“心即是佛”之旨，五祖选中了他，这是佛教史上辉煌的一页。

后两联写五祖为此獦獠人送别，护送他过江，以防不测，此中情趣尤浓。假如五祖不亲为摇橹送行，后果将不堪设想。这也充分说明五祖悟性之高。需要略加阐释的是：颈联两句，有一段故事：“直是西来扫文字”句是说，初祖达摩到中土，力主心传，不立文字。至慧能时，佛教始与儒道二教融合。“翻令南北竞纷纭”句是说，从六祖开始，禅宗分为南北两派，南派慧能主顿悟，北派神秀主渐悟，此后慧能成为禅宗正统。这一联是对慧能的热烈歌颂。尾联别饶风味：“明朝稳把江头橹”，此句似写眼前事，实是咏史，它把五祖摇橹送行的一段秘史写活了。“水到浔阳九派分”，此以景语传情，极言慧能顿悟说影响之大。这是诗人很得意的一笔。情含景中，意在言外，这无论从禅学和诗学来说，都很有意义。推崇六祖慧能之功的诗作不少，但把五祖与六祖的关系写得如此生动有趣，似不多见。这对扩大禅宗影响显然起了不小的作用，渔洋是有功于禅学推广的一位很重要的诗人。

濯　港

网埠寺旁风物幽，渔人网集乱汀洲。
阿谁识取源头水，破额山前碧玉流。

《南来志》：“初二日……过濯港，遵湖堤行。食孔垅驿，渡小江，弥望沮洳。晡，大雪。”濯港，一名浊港，属湖北黄梅县。破额山在县西北，为禅宗四祖道信的道场。诗题下原有作者自注云：“五祖初生，入渔网处，今有网埠寺。”《皇华纪闻》：“黄梅五祖道场在东山，广济四祖道场在西山，二山相去仅四十里。西山即破额山，柳宗元诗‘破额山头碧玉流’是也。”释道原《传灯录》:“初,四祖一日告众曰:‘吾游庐山,登绝顶,望破头山,见紫气如盖,下有白气横分六道,汝等会否?’忍曰:‘莫是和尚化后,横出一枝传法否?’祖曰:‘善果。’得法嗣,化于破头山。”“阿谁识取源头水”句,本此。

此诗为颂赞禅宗四祖而作。“源头水”,指禅宗初祖达摩,兼指五祖之父,即那个不知名的舂米僧。“阿谁”指四祖和五祖,他们在传授禅宗衣钵上,都是关键人物。此诗明白易晓,是宣传佛教文化的一首通俗歌谣。若把作者这次谒五祖山、东禅寺所写五首诗合起来看,那就可以很清楚地看出,他在乙丑年元旦前后这几天中是怎样地沉浸在禅学之中。那长年积压在心头的苦闷得到了宣泄,他是把仕途看得更加淡薄了。像他这样积极宣扬禅宗四祖、五祖、六祖衣钵相传一事,殊属罕见。这对清初遁迹山林的士人来说,无疑是一种安慰和鼓励。对他自己来说,在旅途寂寞生活中,也多少起了一点慰藉作用。

以上,作者歌颂禅宗四祖、五祖、六祖的组诗五首(《早发黄梅过东禅寺》《乙丑元旦雪中谒五祖山二首》《下五祖山》《濯港》),表明了他与禅宗文化的密切关系,这种关系包含了历史、社会、文化以及诗人主体等多方面的因素和内涵。

首先,从唐代开始,以王、孟为代表的田园山水诗派,在诗歌审美上,除了继承传统的儒家美学、楚骚美学和道家美学之外,又开拓了一个新的领域即禅宗美学。而唐末司空图的《二十四诗品》,又建立了诗歌审美风格学。继而,宋代诗论家严羽又进一步使诗学与禅学相结合。这样,从王、孟到严羽,就实现了以禅宗美学为核心、与三大传统美学相融汇的诗歌审美系统的完全确立。渔洋诗学即建立在上述审美系统基础之上又带有时代特点和主体特点相对独立的体系,这是渔洋和禅宗关系的立足点,也是他和禅宗关系的第一个层次。

其次,从唐代开始,一方面专制统治者总结和接受了自汉代以来独尊儒术和兼好黄老的经验与教训,另一方面民族文化的进一步融合和外来文化的进一步影响,使唐代统治者奉行比较开明和相对开放的文化政策,因而日益形成儒道释三教合流的格局。宋代开国以后,重视文治,儒家文化地位日尊,但同时又在一定程度上实行“兼容并包”的策略性措施,所以“程朱理学”在宋代并未真正实行,而从魏晋以来的好道谈玄之风却与宋代士大夫谈禅喜释之风相融合,使“外儒内道、庄禅合一”成为许多士大夫的共同精神状态。明代哲学思想界从王阳明近似怀疑派的“王学”到李贽近似启蒙的“力学”,合成反对儒学的浪潮，以公安三袁为代表的近似浪漫主义文学思潮的激荡，更使道、释和禅宗的文化思想获得了拓展和扩大影响的空间。特别是从唐宋到明清，士大夫或在科举考场上失意，或在仕宦风波中受挫，或在政治斗争中遭厄，或在朝代更易中惶惑，他们都需要或逃于禅或遁于佛这样一种心灵安抚剂。马克思说过“宗教是精神的鸦片”，我们也不妨说庄禅是士大夫的精神鸦片。这是渔洋和禅宗关系的切入点，也是他和禅宗关系的第二个层次。

再次，清朝以异族入主中原，就不可避免地要产生汉族先进、强势文化与满族落后、弱势文化的尖锐对立与斗争。当时，比较聪明的满族统治者接纳降清的明朝大臣的建议，以儒学为整体，以理学为核心，建立主流意识形态，实行“同化”与“独裁”相结合的统治体制。同时又扶植“宋学”、贬斥“汉学”、支持“古文经学”，来适应和配合整个统治体制的需要。并在这场或明或暗或长或短的文化斗争中，不断大兴文字狱，做到软硬兼施、恩威并重，以维护和巩固大清的统治。汉族知识分子，大多是黜“宋”崇“汉”的，也就是对“程朱理学”不仅心怀不满，而且衔恨至深。但为保身避祸，他们只好一面承认自己内心固有的儒家文化，一面又趋向自己身外的禅宗文化，以消极对抗方式来参与这场满汉对立的文化斗争。这是渔洋和禅宗关系的落脚点，也是他和禅宗关系的第三个层次。

总之，渔洋和禅宗的关系，既具有上述三个层次，还包括美学、哲学、社会、政治和文化等层面。只有对以上这些都有全面深切的了解，才能真正懂得他为什么对禅宗倾注如此之深的感情。此外，禅宗作为“中国化的佛教”，一则说明外来文化如果不与本土文化结合就不可能在中国扎根。这一点，至今对我们仍有重大的启示和借鉴意义。二则说明文化传统既必须继承又应该发展，渔洋本人就给我们提供了一个最有说服力的例证。

太白湖

浔阳东北白湖滨，雪汉纵横晓问津。
何处云中庐岳影，满堤衰柳送行人。

《南来志》：“初三日，大风雪。渡江。”浔阳，古郡名，即今江西九江。此时，作者行走在长江北岸太白湖滨，同行者若干人，这是一支奉命出使的祭神队，渔洋是领队人。他北望南眺，心情惆怅。雪汉纵横、云中庐岳影、衰柳送行人，寥寥数语，写景如画，禅意深浓。冬晨待渡，江风苦寒，既问庐岳在哪，又叹只有“衰柳”来为他送行，自问自答，不胜寂寞。这就是一个清代奉使祭神者的心境。新正伊始，当满洲贵族统治者正在宫廷行乐之时，他一个人在此独自发愁，不能与家人团聚。这帧太白湖滨的剪影，凄清冷静，孤寂悄然，给人留下的印象是太深刻了。真似一个行脚僧在日夜奔波，失意，惆怅。在这个清冷的早晨，只有云中庐岳影在向他招手，这就是作者所得到的感悟，一切皆幻，一切皆空。此诗禅意甚浓，堪称神韵派诗歌的力作。

19. 庐山卷

【卷头语】庐山是一座文化山，诗人对此间泉石、松竹、飞瀑、清涧和六朝以来高士名僧，以及对朱元璋和陈友谅在鄱阳湖上决雌雄之一战，皆注满深情。对南唐文化、对欧苏及王守仁的遗迹，亦深致慕意。他与友人在此尽性而游，又留下不少佳话。《开先瀑布》一诗，言人所不敢言，讽意可玩。

大雪渡浔阳江

江水下江州，茫茫九派流。
雪迷宗炳宅，兴废庾公楼。
六代空残垒，千年此上游。
可怜形胜地，击楫未消忧。

《南来志》："初三日，大风雪。渡江，中流见江豚出没，至琵琶亭东登岸，次九江府德化县，入江西境。宿旧榷部署，晚登江亭。雪甚，舟皆不行。"《十道四番志》："江自鄂陵分派为九，于此合流，谓之九江口。"《宋书》："宗炳字少文，妙琴书，工图画。远公结白莲社，炳其一也。以疾还江陵，乃作诸名山图于室，曰：'唯当卧游耳！'"宗炳，涅阳人。《南史·隐逸传》："入庐山，就释慧远考寻文义。兄臧为南平太守，逼与俱还，乃于江陵三湖立宅。"《晋书·庾亮传》："亮在武昌，诸佐吏殷浩之徒，乘秋夜往登南楼。俄而亮至，诸人将起避之，亮徐曰：'诸君少住，老子于此兴复不浅。'"后州治移浔阳，好事者于此建楼，因名庾公楼。《晋书·祖逖传》："逖渡江，中流击楫而誓曰：'祖逖不能清中原而复济者，有如大江！'辞色壮烈，众皆感叹。"

浔阳是一座历史名城，古代为兵家必争之地。作者冒风雪渡江，有感于"宗炳宅""庾公楼""祖逖渡江"诸事，因作此诗遣怀。他对这三个历史人物如此钟情，是一个饶有兴味的问题。

先说"雪迷宗炳宅"。宗炳，南朝宋人，曾筑室庐山，与慧远等十八贤结白莲社。平生好游山水，尝西陟荆巫，南登衡岳，后因病还江陵，将所历山水绘于室中，曰：老疾俱至，名山恐难遍睹，惟当澄怀观道，卧以游之。他是玄学家，以“澄怀观道”说名震于时，此诗是老庄人文自然观的体现，它揭示出中国山水文化和山水诗的奥秘。山水是宁静的客观存在，它不仅存在于自然环境中，也存在于人的感觉和想象中，虚空宁静，自有其美，因此人们才可以从山水悟道。宗炳甚至认为：山水本身就是道之所在。这道既指宇宙本体，同时也指人心。这同马克思所说“人的自然化”和“自然的人化”并无二致。这是中国山水诗赋、山水文化乃至山水美学的理论基础，同时也是中国诗歌意境说的基础。此种“澄怀悟道”说，就其深层次和内结构而言，同渔洋神韵说也是一脉相通的，作者之所以深深怀念此人，原因即在此。

次说“兴发庾公楼”。庾亮字元观，晋颍川鄢陵人。据传他秋夜登南楼遣兴，曾有“谈咏竟夕”的佳话，这很使作者怀念。庾亮对待山川始终保持一种自由自在的观赏态度，这同他的人格建构显然有内在联系，此亦为作者所赞赏。庾亮的这种态度与人格建构，只有在特定历史条件下才能产生，否则即一切皆不存在，这是作者所深悟的，所以他们能在思想上发生共鸣。这就是“兴发庾公楼”这句诗的含意。

再说“击楫未消忧”。说到祖逖，他的怀念之情就更深了。此句着眼点是在“澄清中原”四字，这是祖逖之志，亦即渔洋之志。在中国历史上，异族入主中原，继元之后而复有清。满族入主中原，汉族士人遭受摧残甚烈。正如鲁迅所说，这个时代是满族当稳了主子和汉人做稳了奴隶的时代。渔洋生当此世，身处夹缝之中，苟且偷生，深感痛苦。此番冒风雪南行，为清廷效命祭神，心里很不是滋味。望着九江这座名城，想着这些历史陈迹，或已倾颓，或为风雪所迷，缅怀这些杰出人物，不禁思如潮涌，写出“击楫未消忧”这句诗，充分表达了他的忧国情怀。幸与古人游，他得到了安慰，也得到了解脱。这是他登庐山前的嘹亮歌唱，聊舒郁愤，其人之胸臆可见矣。

抵九江

行行皖口又蕲黄，才挂孤帆指豫章。
为报匡君多置酒，夜来风雪过浔阳。

《南畿志》：“皖口在安庆府西一十五里。”蕲黄谓蕲州黄梅县也。雷次宗《豫章古今记》：“豫章之地，南接五岭，北带九江，春秋时楚之东境。”《列仙传》：“匡俗，周武王时人，兄弟七人皆有道术，结庐山中，后得仙去，唯空庐在焉，故曰庐山。汉武帝封俗为庐山君。”匡俗，一作匡裕，字君孝，本姓匡。慧远《庐山记略》作“匡裕”。

作者于正月初三抵达九江，作此诗遣兴。一二两句记行踪，言自皖口至蕲黄，现在又渡江至此，将前往南昌，意态潇洒，语调轻快。三四两句写抵达九江后将置酒庆贺，以报匡君。此是调侃语，反映出一种旷达心境，这是自我安慰，也是自找乐趣。征途遥遥，赶路甚急，不言风雪之苦，泰然处之，并且跟匡君拉起话来，俗气全消，没有丝毫火气，把心境之乐表现得淋漓尽致。以地名入诗，用作韵脚，自然灵活，妙不可言。

琵琶亭晚望

雪重江天合，寒深鸟不飞。
炊烟何处起，知是庾楼矶。

《明一统志》：“琵琶亭在九江府城西大江滨，唐司马白居易送客湓浦口，夜闻邻舟琵琶声，问之，长安倡女嫁于商人，为作《琵琶行》，后人因此名亭。”《容斋三笔》：“亭下临江津，国朝以来，往来者多题咏。”

“雪重”“寒深”“江天合”“鸟不飞”“炊烟起”，这是一幅琵琶亭冬日晚景图，诗句凝练。“炊烟何处起，知是庾楼矶。”此写琵琶亭的远景，深涵历史意蕴。前两句凄冷，后两句充满生机。庾楼为庾亮所建，后成九江城的一个历史文物，故作者忆之，这大大增添了诗的文化韵味，很耐读。

庾矶楼，亦名南楼。此楼究在何处？陆游《入蜀记》辩之曰：“庾楼正对庐山之双剑峰，北邻大江。庾亮尝为江、荆、豫州刺史，其实则治武昌，若武昌南楼名庾楼犹有理，今江州治所，在晋特柴桑之湓口关耳。此楼附会甚明，然白乐天诗已云：‘浔阳欲到思无穷，庾亮楼南湓口东’，则承误久矣。”此可备一说。

望庐山

看山宜雪后，五老况相要。绝顶霾云雾，诸峰出泬寥。
阴阳殊向背，吴楚接风潮。急瀑来三峡，名僧问六朝。
客程兼水石，行色借渔樵。磨衲堪终老，彭城枉赐貂。

此诗作于乙丑年正月初三日，作者时客浔阳。三峡，庐山涧名。《太平御览·浔阳记》：“庐山北有五老峰，于庐山为最峻极，横隐苍穹，积石岩巉，迥压彭蠡。其形势迥如虞乡县前五老人之形，故名之。”《诗·邶风·终风》：“终风且霾，惠然肯来。”宋玉《九辩》：“泬寥兮天高而气清。”

宋陈舜俞《庐山志》：“西土诸僧，咸称汉地有大乘，开土每向东敬礼，献心庐岳。”东晋僧慧远居庐山东林寺，与慧永等十八人结白莲社，同修净土之法。时谢灵运恃才傲物，少所推重，一见远公，肃然心服，为凿东西二池种白莲，求入净社，远以灵运心杂不许。

作者舟泊浔阳，望庐山有感，作此诗。既谢五老之相邀，复感吴楚风潮之激荡，表达出一种复杂矛盾的思想感情。“名僧问六朝”句，语意含蓄，殊堪玩味。作者是明的遗民，入官以来，处境尴尬。作为一个士人，他既不能像陶潜那样摆脱尘网，归隐田园，又不能像陈子龙、夏完淳那样起兵抗清，而六朝诗人谢灵运被杀的惨剧又时时晃动在他眼前，他之入仕于清，实同奴隶，一肚皮牢骚向谁倾诉？惟有与谢灵运、陶潜、苏轼这些前贤同声一哭而已。即景抒情，这里表达出多少难言之痛！末以宋大将军王义康收结，吐尽一腔悲愤。“磨衲终堪老，彭城枉赐貂。”此系歌赞禅隐，讥嘲权贵。这两句诗是说，我能披上一身磨衲袈裟就满足了，还要王大将军赐赏什么华贵的貂裘！“彭城”在此是一个代号，语意含蓄，这指的是清朝统治者。

入庐山口号四绝句

翠竹青松里，横峰侧岭间。坡公曾有语，真个到庐山。

晓出浔阳郭，庐山方出云。云中双白鹿，邀我问匡君。

香炉峰近远，望望太高生。莫畏石头滑，终期曳杖行。

步步庐山近，苍苍雪路深。江天云雾里，何处是东林？

《南来志》：“初四日……早发南郭……午食东林寺。”姚宽《西溪丛语》：“南山宣律师《感通录》云：庐山七岭共会于东，合而成峰，因知东坡‘横看成岭侧成峰’之句有自来矣。”《传灯录》：“邓隐峰辞马祖，问‘何处去？’对云：‘石头去。’师云：‘石头路滑。’对曰：‘竿木随身，逢场作戏。’石头即希迁也。”陶穀《清异录》：“比丘无梁游庐山，春雨路滑，忽仆石上，由是洞见本源。”瞿汝稷《指月录》：“天然禅师谒马祖，祖问：‘从恁处来？’师曰：‘石头。’祖曰：‘石头路滑，还踏倒汝么？’”苏轼诗：“从来无脚不解滑，谁信石头行路难。”

庐山秀出云表，终年云气缭绕，真面目难以看清。上有白鹿升仙台，传有仙人骑白鹿升仙于此，令人神往。慧远《庐山记》："有匡裕先生者，出自殷周之际。……受道于仙人，共游此山，遂托室崖岫，即崖成馆，故时人谓其所止为神仙之庐，因以名山焉。"汉武帝封匡裕为庐山君，从此庐山的身价更高了。香炉峰之所以有名，是因为李白写了瀑布诗。东林寺之闻名遐迩，是因为晋高僧慧远曾结白莲社于此，在此弘扬佛法，开创了影响深远的净土宗，这些都给庐山增添了浓郁的文化色彩。

康熙二十三年(1684)作者奉使南行，祭告南海，自京城出发，经鲁入赣。这年隆冬大雪，到达九江时，恰值新年正月初四，他骑马往游匡庐，身入名山，心怀古人，在马背上吟成此诗。全诗总揽山之形胜，分咏与山结缘之贤士，一诗一人，兴趣盎然，浑然成篇，他似乎想将庐山的本来面目和盘托出，以与世人共赏。

[第一首]遥望庐山，隐括东坡诗句，极称其人。只就"松""竹""峰""岭"着笔，寥寥数语，即绘出一幅清雅的"庐山全景图"，而苏子其人即在其中。东坡《初入庐山》诗云："自昔怀清赏，神游杳霭间。如今不是梦，真个是庐山。"大概这就是庐山的真面目吧。

[第二首]晓出浔阳，见庐山出云，即兴成篇。托仙人骑白鹿游山之事以颂匡君，恍入仙境，由写真山到写真人，诗境又上升一步，再赞奇山，引人入胜，山的面目更清晰了。

[第三首]仰望庐山，隐括大诗人李白欲终老庐山及其咏瀑之句，以颂其人。何谓太高生？《五灯会元》："南岳怀和尚谓石头曰：子问太高生，何不向下问？"此以"太高生"喻李白，极称其人，崇仰之情，油然而兴，这又勾出庐山的一个奇丽侧影。

[第四首]写自己踏雪往游，庐山渐近，心神俱畅。点出东林，且以问句出之，表达了对高僧慧远无限向往之情。慧远为道安弟子，居庐山东林寺三十馀年，为净土宗初祖，著有《法性论》《匡山集》等，对佛教和中国文化影响极大。庐山之高，从弘扬佛教文化来说，它是高得不能再高了。所以胡适说东林寺代表着中国佛教文化和佛教中国化的大趋势。这正是昔日庐山之魂。

此四诗，与一般写庐山景物之诗不同。因为作者在这里挖出庐山的文化积淀，而又将自己的心神完全融入其中。短短四章，可谓尽得风流，令人击节赞赏，诵之再三，即大增急欲往游之兴，此渔洋诗所具特殊魅力也。没有他这样的胸襟、气度和艺术修养，绝写不出这样趣味隽永而境界幽雅的诗来。篇篇有人，颂山即以颂人，大有天人合一之趣，境界之高，难以言喻。

自锦绣峰下至东林寺

江州郭外雪云浓，翠壁丹崖锦绣重。
行尽青溪三百曲，东林才打午时钟。

《南来志》："初四日，雪止，早发……越濂溪港而南，莲花、锦绣、双剑诸峰，卓立云表。过太平宫，午食东林寺。寺外即虎溪，穿林漱石，响甚清激。入寺有塘，谢康乐白莲池也……后为远公影堂，旁列十八高贤像，衣冠甚古。王文成公题壁，以木函藏堂中。宗雷禅人导登阁，谒文殊金像，阿育王所造，陶侃督广州得之海上，东晋物也。"桑乔《庐山纪事》："圭壁峰西南为锦绣峰，其下有锦绣庵。《山疏》云：'山葱倩如纾锦。'故名。"东坡诗："幸有清溪三百曲，不辞相送到黄州。"

东林寺为净土宗发祥地。此诗写自锦绣峰下至东林寺所见雪景，即景抒情，展开一片清雅的佛国庄严肃穆景象，表达了对净土宗创始人慧远的崇仰之情。慧远博学多才，深通佛学、儒学、道学和玄学，尤喜《三礼》和毛诗，为一代高僧。他融儒玄二学以充佛理，提出"内佛外儒"说相号召，深受士子欢迎，自此佛学传入东土始取得自立地位。晋太元十一年(386)，慧远入庐山，于东林寺聚徒讲经，建立莲社，净土宗因得在南方广泛流传。前此，中国士大夫修身养性，达则入儒，穷则归道(老庄)，一直反对佛家"出家"之说，曹操和韩愈即是代表人物。自慧远把儒之"心性"、道之"心斋"与佛学完全融合。从此，来自印度的佛教就彻底中国化了。这既适应了中国文化发展的需要，也适应了士大夫们的精神追求。渔洋中年以后，由儒入佛，皈依净土宗，是又一个代表人物。就其立身处世而言，他跟政治从此有了越来越远的距离。就诗学而言，他对司空图和严羽神韵说更为坚信不疑，且竭力推动此说之发展，影响甚大。此次游庐山，对慧远这位佛教革新家表达了由衷敬仰之情，是情理中事。此诗写庐山之雪景，就文化意蕴而言，说到底，就是一个"禅"字。前两句气象恢宏，大气磅礴。后两句写行尽清溪，忽闻东林寺在敲午钟，馀韵悠然，托出一个念佛者的形象，禅味深浓，为人所传诵。

东林寺示宗雷禅人

晋贤名理宗庄老，祖印西来得未曾？
携得佛驮铁如意，重将举似雁门僧。

陆游《游东林寺记》:“至东林太平兴龙寺,正对香炉峰。峰分一支东行,自北而西,环抱四合,东林在其中。”《传灯录》:“僧神光者,旷达之士也。久居伊洛,博览群书,善谈玄理,每叹曰:‘孔老之教,礼术风规;《庄》《易》之书,未尽妙理;近闻达磨大士住止少林,至人不遥,当造玄境。’乃往彼晨夕参承。师知是法器,因与易名曰‘慧可’。”王祎《游记》:“晋佛驮耶舍,梵僧也,名在东林十八高贤中,尝至莲社举铁如意示慧远,不悟,拂衣去。当是时,禅学未入中国,而兆已见于此。”按:慧远入庐山,居东林寺,约集信徒刘遗民、周续之、宗炳、雷次宗等名士 123 人结白莲社,建立净土宗,后尊为初祖。

作者游东林寺有感,写此诗赠宗雷禅人。前两句反映出禅学与玄学的微妙关系,后两句是对净土宗顿悟说的热烈歌赞。

佛教传入中国,经历了与儒道玄的长期曲折斗争,至净土宗立,才同中国本土文化融合,从此打开一个新局面。当时,中国正处在大动荡的时代,南北儒文史玄四学并立,形成一个道依儒与佛斗、玄依佛与道斗的复杂局面。远从印度传来的佛教依然立足未稳,因其教主张“出家”忘世,与国人宗法观念不合,为儒者所拒;又因汉人宗教观念淡泊,所以佛教难以发展。直到西晋玄学兴起,广大士人从封建伦理观念束缚下挣脱出来,喊出“薄汤武、非周孔”的口号,与儒学发生正面冲突,佛教徒们从此才找到一个好帮手,开始融合儒学与玄学,自此佛教得以日益推广。南渡后,东晋玄学家以“澄怀悟道”相尚,力主“空无”,此与佛家“心无义”说相吻合,因此佛学与玄学乃得并行。更因梁武帝尚玄崇佛,力排道教,佛教乃大发展,这都是净土宗开创者慧远之功。此人精通佛儒玄三学,力主“坐禅修定、息心忘知”,冀达“慧之有宗(佛),百家(儒玄)同致”之目的,此说深受儒玄两家欢迎。慧远在东林寺传法,信徒中就有玄学家刘遗民、周续之,儒学家宗炳、雷次宗等名士一百馀人。他的“吾心即是佛”说,既与儒家“心性”学相融合,又与庄子“心斋”学合拍,此后,净土宗就在汉族士人精神生活中扎下根来。

此诗前两句说的是佛教中国化这件事,语意婉曲。后两句是借慧远故事以颂其人,同时又对后继者宗雷禅人寄以希望,十分耐人寻味。看来,渔洋对“宗庄老、尚清淡”的晋贤是有好感的,这些浊世叛逆者们,在中国文化史上留下了不朽的业绩,“自然之美”就是他们首先发现的。从玄学诗到山水诗的发展,也归功于他们。晋贤给中国文化带来了活泼的生机,作者是充分肯定的,他不愧是一位有学养的大诗人。

应该特别指出的是,外来文化只有在某个基本层面上与本土文化实行某种程度的结合与融合，才能取得生存权和发展权，这是一条普遍规律。同时，这一规律也显示了不同民族、不同思维相互接纳和彼此顺应的客观进程。我国自汉代迄今，经历了八次外来文化与本土文化激烈冲撞到逐渐融合的历史演进过程(汉魏晋唐宋明清和五四以来)，每一次都证明了上述规律的普遍性。因此，中国四大传统美学(儒家、楚骚、道家、禅宗)从相激相荡到互渗互溶，也就是合规律的必然性。渔洋身处康熙之世，又正好是一个总结古代、走向现代、开启现代的转捩点，故他所继承与发展的禅宗美学，实际上是历史上六次中外文化交流与交融的一种有选择、有取舍的综合体，并且带有感悟性的个性特色，这才是渔洋之所以既来于前修又异于前修之所在，也是渔洋之所以为渔洋之所在。读此诗，更可感悟到这一点。

虎溪桥回望西林寺

未访西林慧永师，虎溪桥畔去迟迟。
归舟定舣宫亭水，饱看僧房缀蜜脾。

虎溪桥在东林寺前。宫亭，湖名，即彭蠡湖。《高僧传》：“沙门慧永居西林，与慧远同门游好，遂邀同止。刺史桓伊以学徒日众，更为远建东林寺，后建白莲社于此。”慧远居庐山三十馀年，足不出山，迹不入俗，送客不过虎溪桥。王元之《蜂记》：“蜂酿蜜如脾，谓之蜜脾。”

作者迫于王程，行色匆匆，未及访问西林寺，深以为憾。下山回到舟中，立即写下这首即兴诗。虎溪桥是一个有历史底蕴的地名，如蜜脾般的僧舍，使他迷恋。诗人酷嗜禅学，此诗即反映出此种兴味。这一天，他还写了《望庐山》《入庐山口号四绝句》《自莲华峰下至东林寺》《东林寺示宗雷禅人》诸诗，一部《庐山志》全在他心中，中国佛教史、禅学文化史他皆了然于心。

这里，必须把渔洋皈依佛禅之心提到认识的更高层次，即儒道释互渗互补已构成中国文化的整体，而三家在其哲学发生学和认识论的基点上，皆以“人生哲学”为旨趣。美国著名心理学家马斯洛提出人生需要五层次论，认为第一层次是生理需要，第二层次是安全需要，第五层次才是“自我实现”需要。只有底层需要完全满足了，才有高层需要的追求。渔洋身处明清易代之际，尽管他已成为清朝统治者的文臣，但满汉畛域之分与文字狱的刀光剑影，还时时在他头顶飞舞，使他惴惴不安，他心灵上迫切需要一个可以确保安全和自在徜徉的精神家园。同时，这又和儒家的“安贫乐道”“独善其身”，道家的

“法天贵真，不拘于俗”，禅家的“直指人性，见性成佛”等等思想有某种相契相通之处。这样，从渔洋个人“安身立命”来说，皈依佛禅就给自己找到避风港，找到灵魂的“自由王国”。从中国文化嬗变来说，汉代即已开始“三家合流”的趋势，经过魏晋“以玄反儒”“玄道合一”，明中叶以后以阳明心学反程朱理学，又使儒家心学与禅家心学日益融合，而在清朝汉学与宋学之争、古文经学与今文经学之争中，儒道释的互渗互补则又进一步深化。当时不少诗人和学者都卷入这一时代思潮中，渔洋就是代表人物之一。从社会整体客观效应来说，这也多少带有与主流意识形态相抗衡的性质。只有全面认识、了解和把握以上所述，才能真正揭开渔洋其人、其诗被历史蒙盖着的那层神秘面纱，露出他的庐山真面目。

欧　亭

六一何时去，犹传夜话亭。
亭空人不见，残雪落冬青。

《南来志》：“初五日。过园通寺……寺在石耳峰下，有欧亭、苏亭，皆废。”桑乔《庐山纪事》：“园通寺有夜话亭，改清音亭，又改欧亭。”《园通事实》：“清音亭，欧阳永叔与居讷禅师谈道处也。初，永叔过圆通，与居讷语达旦，赠以诗，讷为之作亭，后废。僧崇裕又改作欧亭于方丈东，圭斋欧阳玄记以诗，亦废。”欧公晚年居颍上，自号“六一居士”，著有《六一诗话》，这是我国最早的一部诗话。欧子《六一居士传》云：吾家藏书一万卷，集三代以来金石遗文一千卷，有琴一张，有棋一局，而常置酒一壶，……以吾一翁，老于此五物之间，是岂不为六一乎？

一代文宗欧阳修来游庐山，曾与园通寺名僧居讷禅师论道达旦，后居讷禅师为建亭纪念，这确是庐山文化史上一件雅事。作者来游，访得欧亭遗址，因作此诗讴之。诗以问句开篇，自问自答，语浅情深，很有味。以“残雪落冬青”一句平常小景收结，尤其显得清幽淡雅，十分耐人寻味。

苏　亭

试访苏公迹，荒榛鼯鼠啼。
东山初日上，惆怅下侯溪。

《园通事实》:“嘉祐中,苏老泉尝与东坡、颍滨寓圆通寺,所谓一翁二季也。寺僧为之作亭,后废;僧崇裕又作苏亭于方丈西,亦废。”李梦阳《游庐山记》:“园通寺对石耳峰,前有侯溪。”正月初五日清晨,作者写此诗与《欧亭》后,随即下山离去。

欧亭遗址,似乎还有一个废址存在。苏亭遗址却满目荒榛,什么也没有了。“荒榛鼯鼠啼”句,寄托遥深,极为悲愤。这既勾画出一个遍地荆棘的时代侧影,也暗示宵小之辈所造成的社会弊端,已难根治。较之欧公,苏子一生所遭打击尤烈,此作者所以深慨也。末绘“东山初日上”壮丽之景,稍稍带来一点亮色,但因基调悲怆,仍多抑郁。“惆怅下侯溪”之叹,深深表达了作者此时此刻的心情。此诗吊苏,亦以伤己。怀人怨世,兼而有之。

苏轼字子瞻,号东坡居士,宋眉州眉山人。诗文书画并擅,有“全能艺术家”之誉,作者毕生倾慕其人,来游庐山,又作此诗,非偶然也。

园通寺示杲庵禅人

匡庐上初日,石耳访禅林。
眉际清寒重,烟中梵呗深。
水交松栎响,门掩竹藤阴。
欲问南唐迹,山猿雪后吟。

《南来志》:“初五日。过圆通寺,晤杲庵禅人。寺在石耳峰下,有欧亭、苏亭,皆废……寺南即陶靖节墓。午食马回岭,古柴桑地。次德安县。”《江西通志》:“石耳峰在江西九江府城南六十里,庐山之北。其峰有二,并列高耸,形如两耳。圆通寺在其下。”朱子《北山纪行》:“寺无他奇,但门径竹木深邃,为可观耳。”《法苑珠林》:“西方之有呗,犹东国之有赞。赞者,从文以结章,呗者,短偈以流颂。梵唱始于陈思王。”按:西域谓“颂”曰“呗”。

作者晨入圆通寺有感,诗以记之。此写古寺之清幽入妙,写禅人之仪范入神。首联点出访寺时间及寺的地理位置,举出奇峰之名,给人以新奇之感。“石耳访禅林”句,重在一个“访”字,随即展开铺叙。次联突出僧人杲庵的形象特征。这天是正月初五,大雪之后,山中严寒,故其眉间显有浓重的寒气,这浮雕式的一笔,甚为精彩。接着,写此僧在香烟缭绕佛堂中念诵景象,益显其人之风貌。这是作者的第一个深刻印象。三联以工丽之笔状写景物,泉绕树根,激出声响,竹掩寺门,带来清幽,借清幽之境以烘托僧人形象,说明此僧是生活在空无之中，精神充实，已入禅境。这是作者的又一个深刻印象。尾联："欲问南唐迹，山猿雪后吟。"此以形象语抒感，更觉生动。此寺甚古，南唐元宗在此建有读书台，连同升元阁、后主祠，现在都没有了。作者欲问老僧，却没有说出口；不说猿啼，只说听见猿在雪地里"吟"，皆涉笔成趣。看得出他对南唐文化是很欣赏的。徘徊留连，依依不舍。

南唐后主祠二首

佞佛终何事，秦淮旧恨长。
空山遗甃在，犹自说南唐。

唐苑蓬莱紫，名园萼绿华。
可怜山寺里，犹自麝囊花。

马令《南唐书》："后主名煜，字重光，初名崇嘉，元宗第六子也。少而聪慧，善属文，工书画。初封安定郡公，继封郑王。太子冀卒，四兄皆早亡，以次为嗣，改吴王。建隆二年，元宗南迁，立煜为太子监国。元宗卒于豫章，丧还建康，太子即位。九年春，俘至京师，封违命侯。"周必大《庐山后录》："入圆通寺崇胜禅院，登至乐亭，观李后主及昭惠后画像。"

陆游《南唐书》："后主酷好浮屠，崇塔庙，度僧尼不可胜算。罢朝辄造佛屋，易服膜拜，以后颇废政事。长围既合，内外隔绝，城中之人，惶怖无死所，后主方幸净居室，听沙门德明、云真、义伦、崇节讲《楞严圆觉经》。"范成大《范村梅谱》：萼绿梅，凡梅花附蒂，皆绛紫色，惟此纯绿，枝梗亦青，特为清高，好事者比之九嶷山人萼绿华。

南唐后主李煜，佞佛，建庙甚多。在位九年纵情声色，不恤政事，终为赵匡胤所灭。史称：宋兵围金陵，都人皆恐，彼犹在净居室听讲《楞严圆觉经》。祠在庐山圆通寺内，渔洋所见者，惟"遗甃"而已。此二诗，从"遗甃"与"麝囊花"着笔，咏其佞佛、移花二事，刺其昏聩。

怎样看待南唐这个昙花一现的短命王朝？作者即事咏怀，寓有深意。南唐立国之初，经过烈祖开创，本来很有生气，后因继承者昏聩无能，贪恋声色、狗马，终致灭亡，此与南明之急速倾覆无异，此作者所以深悲者也。作者是明代仕宦后代，这时时隐藏在他心中的大恨，尤其使他深悲。此诗词浅意深，有画外音。

南唐元宗读书台

犹存读书台，不见升元阁。
寂寂青桂花，岩间自开落。

南唐都金陵，历烈祖李昪、元宗李璟、后主李煜三代，凡三十九年(937—975)。这个短命王朝，却在庐山留下不少文化遗迹。除烈祖升元阁外，还有元宗读书台、洗墨池等。这些遗址都在石耳峰下，距圆通寺不远。《白鹿洞志》:“南唐升元中，即其地聚徒建学，号曰庐山国学。”唐末兵乱，北方学人来此读书者不少，影响后世至大。元宗爱文学，好研佛理，渔洋因作此诗以怀之。

升元为南唐烈祖年号。李昪即位后，锐意改革，兴利除弊，订有《升元条》三十卷，颁行全国，有德于民，为史家所称。后建此阁，以为纪念。“寂寂青桂花，崖间自开落。”即景抒情，这是对烈祖的哀挽。青桂，一名崖桂。其后袁枚来游，亦有诗云：“白鹿仙踪流水远，青衿灯火讲堂虚。人间何处寻精舍，稷下淹中恐不如。”两位大诗人，生不同时，诗观有异，却都给烈祖唱了赞歌，很有意思。南唐在中国文化史上确实留下不少业绩。作者对读书台的哀念，是对南唐文化的肯定。诗甚清雅，语淡情浓。

初入五老峰谒白鹿洞呈汤佐平先生

忽忽远城市，浩浩临沧洲。良辰惬奇赏，始遂庐山游。
威纡屡转壑，窈窕时经丘。潺潺风瀑泻，苍苍石川流。
骑牛缅往迹，眠鹿钦前修。风景宛犹昔，年运倏已遒。
唯有五老峰，屹立忘春秋。紫芝惊汉帝，黄石招留侯。
泉石不我遐，桂树生山幽。

《北归志》:“初九日，北风大作，舟不发。入城，访汤先生来贺惕庵……年八十矣。”汤来贺，字念平，南丰人，崇祯进士，由扬州推官历仕至尚书都御使。生平尚气节。安世鼎巡抚江西，应聘主讲白鹿书院，有《内省斋文集》。

孙枝蔚《扬州府志》:“汤来贺字佐平，江西南丰人。崇祯十三年授扬州推官。风采岳岳，威惠赫著，生平尚气节。漕抚都御史史可法疏荐其能，有曰：‘志欲廉顽立儒，才堪遗大投艰。’时传为实录。寻内召，以忤时相，仅授部主事。”

《明一统志》:“青牛谷在五老峰下,世传道士洪志乘青牛得道于此。唐杨衡《宿青牛谷》诗:‘随云步入青牛谷,青牛道士留我宿。’”

作者访白鹿洞写此纪游诗,呈给白鹿书院主讲汤佐平。此诗颂赞了汤先生的民族气节,也表达了自己的志愿。诗分三层:第一层:述应邀来游,远离城市的喧嚣(前四句)。第二层:叙游山所见(中八句)。第三层:颂汤兼抒己志(后六句)。

白鹿洞在庐山东南五老峰下,唐李渤兄弟隐居于此,后南唐李昪于此建立学馆。至宋朱熹来此讲学而大盛,明清两代又继之。汤佐平明亡不仕,举起不与清政权合作的旗帜,望重士林,作者特作长歌讴之。他这天来游,“屡转壑”“时经丘”,说明游山很快乐;“风瀑泻”“百川流”,说明观水很尽情;“缅往迹”“钦前修”,说明漫忆隐居山中之古贤很风雅。引用“骑牛”“眠鹿”两典,更表达出他追慕隐者的幽情。这唐时两高隐,一个是道士洪志,他骑青牛游山而得道;一个是隐士李渤,他爱白鹿,常伴白鹿以眠,终得道仙去。这是作者对汤先生的礼赞。最后,更以屹立“忘春秋”的五老峰比拟其人,超然于人世之外,独立不羁,不畏炎寒风雪,堪与秦汉时那两个大名鼎鼎的紫芝客和黄石公媲美,说他就像泉石一样清雅,丹桂一样飘香,将永为世人所景仰。

从深层含义来说,或许可以说,这里也微妙地表达出他自己对时代、历史和人生的超脱态度。五老峰的“忘春秋”“失今古”,表达的是整体性时间观,正如瑞典结构主义哲学家索绪尔所说,是“历时性与共时性的结合”,这是作者所感悟的。这里有禅理,他追蹑汤先生是达到禅悟之境了。从“泉石不我遐,桂树生山幽”两句来看,可以看出作者的自然观不是西哲的主客观之相对论,把自然看作异己的力量,恰恰相反,他是把自然看作亲密的伴侣和朋友,同苏轼“侣鱼虾而友麋鹿”一样,他的“泉石不我遐”是已达到道家“万物与我为一”的境界了。渔洋如此深爱庐山,说明他已从自然获得愉悦和美感,与自然相默契,已达“物我合一”之境。在清政权统治下,他能洁身自爱,是其所是,非其所非,是很可贵的。他对誓不帝清的前辈学人汤先生如此尊重、如此讴歌,这是一个不平常的举动。作为清政府一个高级官员,尤其引人注目。此诗有屈子咏骚之风,可赞可叹。

自白鹿洞至三峡涧

溪行少阡术，沿洄屡迷津。马啼怯危石，欲下还逡巡。
出谷见稻畦，烟火自成邻。日午闻鸡啼，衺径见遗薪。
薜荔衣怪树，山风恐行人。举首五老峰，白云如鱼鳞。
遥青递隐现，光景相鲜新。望望玉峡亭，聊可垂吾纶。

《北归志》："初九日……遂与豹人取道西北，望五老峰，云气顷刻万状，溪路险隘，不容舆骑。至黄羊坂，则田塍交错，泉流互注。又五里许，忽闻大声起谷中，如疾雷破壁，使人骇栗，三峡涧也。"白鹿洞在五老峰下，四山回合，一水中流，泉清石秀，古木参天。

《清一统志》："江西南康府三峡涧在星子县庐山五老峰西，受大小支流九十九派，水行石间，声如雷霆，拟于三峡之险。涧中有潭，曰玉渊，众流奔注，中流有白石如羊，其南为三峡桥。"《分甘馀话》："(岑参)诗'山风吹空林，飒飒如有人'。黄庶诗'山精水怪衣薜荔，天禄辟邪眠莓苔'。余游庐山亦得句云：'薜荔衣怪树，山风恐行人。'各写一时所见，而句法相似。岑亦本古诗'罗帏卷舒，似有人开'，意非创也。"《南康志》："玉峡亭在栖贤桥西，正德中，知府陈霖建。亭壁镌钱闻《栖贤桥》诗。"苏轼亦有诗。

此诗写白鹿洞至三峡涧途中所见山景，光彩照人。开头四句，写溪路难行，只平实铺叙，已见其险；待读至"出谷"诸句，奇景突现，兴趣陡起，从平凡中见新奇，宛曲多姿。以下，历叙山间稻畦、烟村、藤木、白云诸景物，愈写愈美。烟火成邻、日午鸡啼、衺径遗薪，这些妙句生动地写出山中人的悠闲自在，恍如武陵仙境。"薜荔衣怪树"，为特写镜头，引人入胜。五老峰顶之白云，如鱼鳞般呈现；遥青时隐时显，光与景变幻不停，这些都十分引人注目。此时作者已忘山路难行之苦，全身心投入大自然的怀抱中。遽脱尘嚣，亟欲来此垂纶，似把几十年来的忧愁烦恼全都抛尽，与山川融为一体，这是诗境的极致，也是禅境的极致。钱谦益称其诗曰"风轮持大地，击扬为风谣"，诚非虚语。

三峡桥

五里闻瀑声，轰若车千两。溪回见飞梁，穹若虹百丈。
众流会三峡，峡门扼其吭。建瓴沸惊湍，排空削层嶂。

石激水斯怒，水横石逾壮。水石终古争，怪奇纷万状。
日射金井潭，溅沫出桥上。日光散青红，雨丝乱飘扬。
绝境遇两苏，何人继高唱？

明陈沂《游匡庐山记》："石梁长数十丈，所谓三峡桥也"又："从桥俯视，泉泻石面，震撼林壑，一石数丈，横亘泉上。"《庐山纪事》："栖贤桥下有龙潭曰金井，大中祥符七年建桥，有马朋'金井'二大字。"苏子由《栖贤寺新修僧堂记》："元丰三年，余过庐山，入栖贤谷，谷中多大石，岌嶪相倚，水行石间，其声如雷霆，又如千乘车行者，震悼不能自持，虽三峡之险不过也。故其桥曰三峡。"《东坡志林》："读子由记，便如在堂中见水石阴森、竹树胶镐，仆当为书之，刻石堂上，亦欲与庐山结缘，他日入山，不为生客也。"

三峡桥，在庐山栖霞谷中，一溪穿越，巨瀑奔流，终年激流汹涌，险如长江三峡，洵为奇观。有石桥横跨溪上，下为深潭。此桥神施鬼设，巧夺天工。

涧水甚奇，作者写其见闻和感受，像一个导游者在引导游客观赏。他刻画出水的种种态势，或飞或湍或排，或如沫，或如雨丝，造成种种奇形怪状，有图画美。其写水之"沸""激""横""溅"等声形，如乐器合奏，富有音乐感。开头四句，由耳之所闻写到目之所见，由"瀑声"写到"桥形"，皆写出自己的惊奇感，逼真生动。"轰若车千两"，是写听觉之惊；"穹若虹百丈"，是写视觉之奇，此写心理感受，皆十分感人。次写峡门扼流，如吭之受扼；瀑布排空而下，如沸水腾锅，欲"削层障"，这就把涧水奔流与瀑自悬崖直下之势，都作了绘声绘影的描绘，使人更感惊奇。最后，复又展开一幅"水石相争"的雄奇图画："石激水斯怒，水横石逾壮。"石与水，都在拼命搏斗，谁也不服输。这是一场亘古不休的大搏斗，是天地间的大奇观。这是一曲水石相激的壮歌，是自然之歌，也是心灵之歌。

栖贤寺

李渤读书处，乃在栖贤谷。何年作招提，来寻惬幽独。
僧舍如蜂房，高下傅山麓。云来汉阳峰，时就檐下宿。
古寺无所有，修竹间乔木。野衲喜客来，欣然设茗粥。
便欲置草堂，岩栖于此卜。

《北归志》："初九日……栖贤寺，天然禅师居之，精庐数十间，质素不华，紫竹为篱，长松数十，偏立相望，颇有野态。”寺在玉渊潭之北，南齐参军张希之建。《归宗寺志》：“栖贤寺者，以李渤读书处，故谓之栖贤。然寺之创，始自赤眼禅师。”《白鹿洞志》：“李渤字濬之，贞元中与兄涉隐居庐山白鹿洞。”《庐山疏》：“栖贤谷值含鄱口南，三峡涧出焉。庐山之谷以三数，栖贤谷为大，又多奇胜，人尤乐游之云。”乐天《草堂记》：“匡庐奇秀甲天下，山北峰曰香炉峰，北寺曰遗爱寺。介峰寺间，其境绝胜，又甲庐山。”

栖贤谷为庐山三谷之一。自唐江州刺史李渤隐居于此，其后历代名贤继踵而来者不绝，作者仰慕李渤其人，为作此诗以怀之。寺为赤眼禅师所建。李渤居此，驯养白鹿，读书游乐，作者因以“惬、幽、独”三字赞之。“惬”是满意，“幽”是幽居，“独”是孤独，这就是李渤的风范。这一天，和尚款待作者以“茗粥”，一种烧煮的茶。宋晁载之云：“茶，古不闻食之。近晋宋以降，吴人采其叶煮，是为茗粥。”苏轼诗：“偶与老僧煎茗粥，自携修绠汲清泉。”陆羽《茶经》：“傅司隶教曰，蜀妪作茗粥。”这古寺，除了不计其数的修竹乔木外，就只剩下“时就檐下宿”的云了，其他已一无所有。但就是这样一个荒凉野寺，却叫作者深深地爱上了。他想效法白居易来此筑草堂，永远作个岩栖者，遁世以终。这是满族统治者残酷压迫造成的，他这年已五十二岁，也只有走这一条路了，其情可悯，其心可悲。此有陶诗风韵，能达此境殊不易。

玉渊潭

已历三峡桥，更访玉渊水。水流大壑中，路转层松里。
片石横百仞，其右平如砥。九十九飞瀑，一门争万轨。
峪崿直要冲，跳荡不得止。雪浪如车轮，凸凹忽奔驶。
激射为深潭，神物潜尺咫。夜黑风雨来，鳣鲔皆避徙。
久立凛毛发，薄云漏馀晷。西眺石人峰，梵呗空中起。

《北归志》：“初九日……饭观音亭。肩舆行万松间，二里许，栖贤僧大愚来迎，指示道左，曰：此玉渊矣。其东，石壁杰立，纵横数百丈；两侧大石坡陀，水从峡中来，数折至壁下，郁蒙湍激，大如车轮，飘如散雪，下注为潭。石上‘玉渊’二大字，宋张孝祥书。苏颍滨谓，栖贤谷中多大石，水行石间，声如雷霆，如千乘车。”《方舆胜览》：“玉渊亭在栖贤寺门外，涧中白石不以数计，如卧羊，故曰玉渊。张安国书二字。”子由《栖贤寺新修僧堂记》：“渡三峡桥而东，依山循水，水平如白练，横触巨石，汇为大车轮，流转汹涌，穷水之变。”《庐山旧志》:“石人峰在栖贤寺侧,山有石,拳耸如人状。”

继《三峡桥》之后,作者又写了这首涧水奇诗。开头两句,由回应前篇入题,随即依次叙写一路所见,自写潭之源流到写出这个著名的深潭。写“大壑”“层松”“横石”“飞瀑”“一门争万轨”,皆历历如绘,十分壮丽。最后点出这水“跳荡不止”与“雷浪如轮”之奇,更有千钧之力。然后转从正面着笔,写潭中之物与此游感受。说这深潭里藏有“神物”,是作者特意涂上的浪漫色彩。说每当风雨之夜,这“神物”就大显其灵,连“鳣鲔”之类皆避之唯恐不远。这是作者的想象。王夫之说:“烟云泉石,寓意则灵。”这“神物”与“鳣鲔”两个对立物,显然别有所指。结尾四句:“久立凛毛发,薄云漏馀晷。”景象阴森可怖,此与柳宗元谓永州泉石有“栖神寒骨”之感逼肖,作者借此含蓄地传达出一种寂寞、哀怨的心境。“西眺石人峰,梵呗空中起。”这两句结语,使人神远。作者此时即景会心,与潭冥合,已入禅境,这也可以说是“吹万肇邃古,庚歌畅唐姚”的新声吧。末以梵呗声收结,禅味俱足,妙趣无穷。

万竹亭

大竹如盆盎,森梢覆古岩。
试尝甜苦笋,亭上脱春衫。

《北归志》:“十一日……由七佛殿至万竹亭,竹巨如臂。”森梢,犹森标,此指竹梢。万竹亭在开先寺东,此处崖古而山幽,修竹万竿,大者如盆盎,清风拂戛,作者入亭小坐,心境怡然,因脱春衫,尝甜竹笋,顿觉尘嚣远去,心神俱畅。自古诗人多爱竹,咏之者不辍。“松竹梅”为岁寒三友,“梅兰竹菊”有四君子之称。孔子“比德说”广受士人欢迎,与竹为友,不觉寂寞、孤独,这是作者人格的自在表现。

此亭不知建于何时,此竹不知何人所种,建亭似有追念种竹者之意。山谷《赠东坡》诗云:“君如端为苦笋归,明日朝衫应可脱。”据此,可知作者写此诗时心中有东坡和山谷。他一生深仰苏黄二人,对苏黄之诗是读得很熟的。此诗前两句写竹之形,粗如盆盎,竹梢高覆古崖,如顶天立地之巨人,是视觉所识。后两句写作者的味觉和感觉,反映出一种恬淡心境。从细看到细味,再到深感觉之,可知其爱竹之深。据《南海集》作者自注,给万竹亭命名者是“宋守楼杓”,此人也是一位雅士。

万杉寺

朝过玉京山，缅想陶公里。
豁回得寺门，曲折杉松里。
雨中念佛鸟，交语清人耳。
风吹修竹林，下有寒泉水。

《北归志》："十一日，北风不止。星公邀往开先寺，出建昌门数里，过玉京山，陶诗所谓'昔夙家上京'即此。雨后溪涧皆怒流，屡涉至万杉寺，寺在庆云峰下。"陈沂《游庐山记》："僧大超植杉万本。"《庐山疏》："玉京山，陶渊明尝居之。渊明诗'畴昔家上京'注云：'《南康志》：近城五里，地名上京，有渊明故居。'"《居易录》："适读《桯史》，见张孝祥与王阮同游万杉赋诗，张云：'老干参天一万株，庐山佳处著浮图。只因买断山中景，破费神龙百斛珠。'王云：'昭陵龙去奎文在，万岁灵杉守百神。四十二年真雨露，山川草木至今春。'阮诗号《义丰集》。予匆匆题五言一篇云云。尔时未睹二公诗，又不详仁宗建寺始末，故略云，殊以为憾。"

此诗古朴，似信手拈来，不计工拙，而神韵天然，殊有风致。怀陶公，辨鸟语，漫步杉竹林中，听寒泉幽鸣，不知今世何世，亦云乐矣。寺为宋仁宗敕建，虽碑刻无存，而万杉仍鲜活长生，这位植杉僧人永远令人思念。张孝祥、王阮二诗，殊有谐趣，有历史价值，可与此诗并读。作者在万杉寺前徘徊，听鸟鸣、泉响，听风吹竹林，飒飒作响，已入禅境，乐而忘返，此时他与陶渊明是更加接近了。"归去来兮，田园将芜胡不归?"这就是作者此诗的画外音。

青玉峡

庐南万古峡，常有野云封。
朝来雷雨过，白日下飞龙。

《北归志》："十一日……古漱玉亭又西，即青玉峡。瀑布出双剑峰，经黄岩如白龙奋迅，怒不可遏，劈峡三折而下，注于龙池，砰訇殷辚，崖谷飞动。宋元名流，镵刻遍绝壁。"明王祎《开先寺观瀑布记》："青玉峡去漱玉亭仅数十步，峡石上刻'青玉峡'及'第一山'，字大二尺，米芾书也。"

青玉峡在庐山南麓，有双瀑：一瀑自双剑、文殊两峰间泻出，因崖口狭小，水流喷散数十缕，状如马尾。一瀑自鹤鸣、行包两峰间泻出，高数十丈，极为壮观。两瀑汇为深潭，曰龙潭，为庐山一大奇观。宋米芾题有“青玉峡”三大字，石刻至今犹存。诗人来游，歌之者不绝。苏轼《漱玉亭》：“擘开青玉峡，飞出两玉龙。荡荡白银阙，沉沉水晶宫。”明李梦阳《龙潭》诗：“瀑布半天外，飞响落人间。莫言此潭小，摇动匡庐山。”渔洋“白日下飞龙”之喻，气势沉雄。三诗同写一瀑，皆为五言绝句，写景角度不同，各逞其才，颇堪玩味。

开先瀑布

神龙擘空冥，飒沓双峡开。青天露鳞甲，白昼行风雷。
峡偪不得逞，掉尾扬其颏。千仞忽开豁，下有布水台。
尝闻龙奋迅，三昧何雄哉！谁能一钵盛，终古相喧豗。
夜来雷雨怒，大石为崩摧。龙游引九子，烟雾纷徘徊。
伟矣南宫书，破壁镵崔嵬。有语不敢吐，以俟冠古才。

《北归志》：“初十日。雨，北风益厉……午后雨止，望见开先瀑布。”《方舆胜览》：“开先寺在城西十五里，十国时李中主尝建此寺。旧传梁昭明太子栖隐之地。寺后有瀑布，山南瀑布无虑数十，皆积雨方见，惟此不竭。水源在山顶，人未有穷者。或曰：西入康王谷为水帘，东为开先瀑布。”《五灯会元》：“唐先天元年，道明禅师得六祖慧能开发，了悟本性，即往庐山布水台，住三年，方之袁州。”《传灯录》：“三祖商那和修尊者，隐于罽宾国南象白山中，后于三昧中见弟子多有五百徒众，常多懈慢，尊者乃往彼现龙，奋迅三昧，以调伏之。”“一钵盛”，言神僧咒毒龙事，见《广记·宣律师传》。《博物志·逸篇》：“龙生九子，一曰赑屃，二曰螭吻，三曰蒲牢，四曰狴犴，五曰饕餮，六曰虮蝮，七曰睚眦，八曰金狗，九曰椒图。”一说龙之九子为：一好鸣，二好音，三好杀，四好险，五好坐，六好负重，七好讼，八好文，九好吞。见杨慎《升庵外集》。范明泰《米襄阳志林》：“庐山开先寺石峡刻‘青玉峡’及‘第一山’，字大二尺许，米芾书也。”

瀑有种种写法，此用“古风”写瀑，着重写瀑自上而下的态势，如龙之游动，极具气势，复化瀑为龙，使之具象化，想象奇特。由“劈空冥”“露鳞甲”“行风雷”“掉尾扬颏”而至“夜来雷雨怒”“龙引九子纷徘徊”，一气而下，写足龙的种种动态，情浓墨饱，令人赞叹。末以自述语结束全诗，耐人寻味。

龙善变，能行云雨，利万物，极为神异，故古称龙鳞凤龟为四灵。《左传》：

“深山大泽，实生龙蛇。”《易·乾》：“飞龙在天，利见大人。”《疏》：“飞龙在天，犹圣人之在王位也。”作者以龙象征帝王是有根据的。此以曲笔写龙，实际是对龙进行了一番调侃、嘲讽和诅咒。这种表面肯定、骨里否定的反讽手法，古诗中常见。结尾“有语不敢吐”，是点醒全诗要旨之笔。“以俟冠古才”，是作者的谦辞。“不敢吐”，其实都吐了。自心理学言之，人当某种感情不敢吐而不得不吐时，即常有讽语产生，这在不满于清廷统治的渔洋笔下，明显是对顺治、康熙以来残酷镇压汉族人民血腥统治的曲折反映，它宣泄了作者内心的苦闷和悲愤，直如郑板桥所唱：“装戏猢狲真亦假，总被他家引诱。”可谓义愤填膺，这就是《开先瀑布》这首诗的主旨。“龙生九子”是神话，康熙有十多个儿子则是尽人皆知的事实。以“龙游引九子”影射康熙，是绝妙之笔。在清初入仕诗人中，像渔洋这样敢于咏讽者殊少见，何况在《南海集》中讽喻康熙之诗又不止这一篇，他受黄宗羲反君权思想的影响，以龙生九子讽喻帝王，这在神话文化史上很有开拓意义。

开先寺赠颙公

古寺升元旧，兴亡感至今。
晴天双瀑下，急雨万松深。
但有龙听法，何须地布金？
琴高不可即，阴峡畏登临。

《北归志》：“十一日……至往开先寺……寺有颙庵禅师。楚潜江人。”颙公，即颙庵禅师。山谷《开先禅院修造记》：“南唐中主年少好文，无经世意，慕物外之名，问舍五老峰下，有野夫献地，买之万金以为书堂，及即位以为寺。”《金刚经》注：“舍卫给孤长者，侧布黄金，买祇陀太子园，建精舍。”地布金指此。琴高，战国时赵人，善鼓琴，为宋康王舍人，学修炼长生之术，游于冀州、涿城之间，后入涿水中取龙子，与弟子期某日返。至时，高果乘赤鲤而出，留一月，复入水去。见刘向《列仙传》。作者自注：“苏公《开先漱玉亭》诗，‘欲从琴高生’云云。”

开先寺左右有二瀑，西瀑水枯时，水细如一线，山雨骤至，则如万斛玉珠，奔泻而下，极为壮观。故李白赞云：予行天下，所游览山川甚富，俊伟诡特，鲜有能过之者，其天下之壮观也。

作者这天以“飞瀑”为话题，与老僧随意而谈，旋即写此诗以赠之。升元是南唐烈祖年号，当时佛教昌盛，这个小王朝寿命很短。次写寺外自然景观，双瀑与万松仍如往昔，与首联形成强烈反差，有震撼力。三联以形象语抒发感慨，表白自己欲归佛门，但效龙之听法，不图地之布金。尾联申述己志：想学琴高从之而去。

作者是禅宗哲学的信奉者，禅宗重悟性。在诗上，他一直追求悟境与禅境。禅宗认为，万事当以超然态度待之，如此始能“直指本心”，免除一切忧虑烦恼，求得解脱，获得自由，得到最高的精神享受与愉悦。诗要达到禅境，须如此。而诗入禅境，就与司空图所说的“象外之象”“韵外之致”“景外之景”“味外之味”，产生相似相行的效应，这便是渔洋所追求的神韵之极致。

招隐桥

万仞黄岩瀑，流过招隐桥。
长松吹细雨，水石共潇潇。

《北归志》：“十一日……再至招隐桥，回望双瀑，袅袅如练。其东，出鹤鸣、行龟二峰间者，曰马尾；水西，则黄岩瀑布也……别星公登舟，风止遂发，泊谢师塘。”吴阐思《匡庐纪游》：“由黄崖鸟道而下，则开先寺。入寺，有桥名招隐。乔松千树，皆南唐旧物，夹道千尺，亭亭如云，天地黛色。松下行百步，折而北，拾级登台，始至寺门，望黄崖瀑布已在天际矣。”明王祎《开先寺观瀑布记》：“开先者，旧传梁昭明太子栖隐，南唐元宗在潜邸亦尝读书于此。招隐桥，其所造也。”

作者游招隐桥，观黄崖万仞飞瀑，作此诗。前两句写瀑之高度与涧流，已见气势。后两句写桥头观瀑之感悟。“长松吹细雨，水石共潇潇。”这两句，乃一篇之精粹。“松吹雨”是作者的感觉，这感觉很新奇。这句诗是说，由瀑布飞溅而形成的“细雨”，是从长松顶上吹下来的。“细雨”即是瀑布化成的水点。松不能吹雨，着一“吹”字，则风意全出。瀑“雨”从岩上喷下，变成无数水珠，是很自然的。至此，作者写瀑飘洒腾飞之状已尽。以“水石共潇潇”一语收结，尽传其神。这像是诗人为我们演奏的一支水石交响曲，也是他给我们描绘的一幅松石飞瀑图。李白赞曰：“挂流三百尺，喷壑数十里。”苏轼赞曰：“荡荡白银阙，飞出两玉龙。”皆极神妙。

聪明泉

手掬聪明泉，一滴大海味。
不逢桑苎翁，知希我方贵。

《北归志》："十一日……其东有聪明泉，泉上巨石，朝凉亭故址在焉。仰睇鹤鸣峰，正负寺背。双剑、香炉、文殊、犀牛、行龟诸峰环之。庐山诸刹形胜，此为第一。"陆羽，字鸿渐，别号桑苎翁，唐复州竞陵人。唐李肇《唐国史补》："羽有文学，多意思，耻一物不尽其妙。茶术尤著。"陆羽著有《茶经》。

作者游万杉寺，观泉有感，写了这首泉茶诗。他不是只谈辨水味与茶味，而主要是借茶文化以说禅。"手掬聪明泉，一滴大海味。"此言泉味甘美。桑乔《庐山记事》："泉出朝凉亭遗址下石窦中，旱则流，潦则竭。"陈舜俞《庐山记》："远公与殷仲堪论道，殷才辨纵横，远指流泉谓之曰：'君信聪明若斯泉矣。'"这是第一句诗的含意。第二句"一滴大海味"，这主要是在说禅。清凉禅师《华严经疏・序》："炳然齐观，犹彼芥瓶，具足同时，方之海滴。"这是说，"即小见大"，"从一滴水看太阳"，"从微尘观世界"，佛家认为世界本虚空。现代自然科学家认为"绝对的真空是不存在的"，两说完全吻合。禅宗的"虚空说"，用现代语来说，就是指"特定时空中能交换物质能量与信息的同一运动空间"。这是人眼看不到的，此即谓之"禅"，这是禅宗的宇宙观。人修炼到这一步，就看破红尘，一切皆空，还谈什么名和利？

"不逢桑苎翁，知希我方贵。"作者以不逢桑苎翁为憾，这也是在说禅。"知希我方贵"，语出《道德经》。老子说："知我者希，则我者贵。"庄子说："毋听之以耳，而听之以心；毋听之以心，而听之以气。"这讲的是修炼功夫，此与佛家的"心性说"一样。老子还说，对音乐的最高审美和鉴赏，不是凭借一般器官所能达到的，须先掌握音乐和声音的运动规律，然后才能赏音。进而言之，须先掌握宇宙生命的脉动，然后方能听到天地之"大音"，"知希"即知此希音。从历史发展来看，禅家的"心性说"与道家的"心性说"，在魏晋以后已趋融合，达到一致了。这以后，中国士人如王维、司空图、苏轼、严羽等人的思维方式，大都是"道释相通"或"庄禅合一"，直至形成他们类似或近似的"文化心理结构"。渔洋的诗学正是建立在这种历时性与共时性相统一的"文化心理结构"上，这首诗便是有力的证明。茶文化与禅文化是统一的，作者借茶谈禅，说明他到了老年，特别是此番游览庐山以后，是真正入了禅境了。

佛印松

印公手植松，挺若舟千斛。
山空孤月明，传声乱飞瀑。

《北归志》："十一日……至开先寺。夹道松大皆数围，曰佛印松。"佛印，宋僧，名了元，与苏轼、黄庭坚友善，能诗。

这是一首赞松歌，也是一首赞僧歌。作者以松高声宏，想见佛印其人，深为向往。松与舟本来无关，但由山中"松涛"之声，引起乘风破浪之舟的联想，也是很自然的。进而再把挺立之孤松与急发之千舟相联系，因而构成了一个雄奇意象，这也很合理。前两句已幻入佛境，后两句又进一步深化。"山空孤月明"是禅境，这棵古松生长在这样一个典型环境中，作者显然是将松树生命化、人格化了。而宋之佛印与清之渔洋，均在此同一月轮之下，于是"空谷足音"之感，便油然而生。在"传声乱飞瀑"的清商大曲交响中，他已忘怀得失，放浪形骸于大化之中了。诗中有画，也有音乐，这松风声、飞瀑声，不就是天籁吗？

由松而想及佛印其人，复由佛印而想到自己的今后，"孤月照孤松，空山共明澄"，"独步迈千古，形神自怡悦"，这就是他此时此刻的心态，也就是他的终极追求。此处长松夹道约二里许，大皆十围，是何等壮观的景象。这植松者是令人赞叹的。佛之光神奇，不是佛在这里管着人，这松何能生存如此长久！这就是渔洋此时的想法，他已入禅了，这是一首禅诗。

寄题三叠泉

坡公赋庐山，选胜仅取二。开先与三峡，双瀑谁轩轾？
此游两经行，奇观偶然遂。遗恨三叠泉，扶筇未一至。
譬如禽庆游，五岳得其四。他年谢羁鞅，更拟探灵闷。
一削陆羽经，别续庐山记。

《居易录》："欲游开先，往归宗观水帘，以风便登舟不果，至今耿耿。予诗所云：'譬彼禽庆游，五岳得其四'，是也。"苏轼《庐山二胜诗序》："予游庐山，南北奇胜，殆不可胜纪，独择其尤者作二首。"谓开先及三峡桥也。此诗北归时作，约在乙丑年五月十一日。

魏隶《高士传》:“禽庆字子夏,隐避不仕王莽,游五岳名山,遂不知所在。”《南史·宗炳传》:“(宗测)尝游衡山七岭,著衡山、庐山记。”王象之《舆地碑目》:“陈令举《庐山记》五卷,碑刻诗什莫不毕载。绍圣中,太守马玗因访庐山诸寺创始之迹,出陈舜俞令举《庐山记》以阅之,且谓令举书止述记者之姓字,而不记其所述之大因。取碑碣,凡令举所不载者,名曰《庐山续记》。”三叠泉在庐山东谷会仙亭畔。

此诗所云“寄题”,盖有所托。作者爱泉,亦爱饮茶,这是士人常有的文化情趣。此行以未见三叠泉为恨,因拟他年来此重游,一探灵秘。这既显示他对苏子仰慕之情,也表明一定要向不仕王莽的禽庆学习,入名山以终老,这说明他不与清政权合作的态度是坚决的。同时,他还拟削《茶经》、续《山志》,可见其兴趣之浓。陆羽所著《茶经》,以康王谷小泉为第六,独不及三叠泉,故渔洋欲削之。陈舜俞所著《庐山记》尚不完备,故欲续之。他一生酷爱方志,对庐山志尤熟。这一天,他写的诗除本篇外,还有《万杉寺》《开先瀑布》《开先寺赠颙公》《招隐桥》《万竹亭》《佛印松》《南唐元宗读书台》《青玉峡》《聪明泉》《王文成纪功碑》,计十一首,诗思泉涌,逸兴遄飞。或悼古,或感时,或言佛理,或怀人,或谈饮茶,或写自然风光之美,可观其涉猎之广与兴趣之浓。心怀古人,其所仰慕的人物,有苏轼、禽庆、陆羽、颙公、佛印、王文成等,常与古人游,是其乐趣所在。

王文成纪功碑

文成摩崖碑,其字大如手。
万古一浯溪,光芒同不朽。

《香祖笔记》卷一:“康熙乙丑夏,予使粤东还,便道游庐山,宿开先寺,观阳明先生石壁大书纪功碑。”据《北归志》,这天是五月初八日。桑乔《庐山记事·王守仁题识》:“正德己卯六月乙亥,宁藩宸濠以南昌叛,称兵向阙,破南康、九江,攻安庆,远近震动。七月辛亥,臣守仁以列郡之兵复南昌,宸濠擒,馀党悉定。当是时,天子闻变赫怒,亲统六师临讨,遂俘宸濠以归。于赫王成,神武不杀,如霆之震,靡击而折,神器有归,孰敢窥窃！天鉴于宸濠,式昭皇灵,嘉靖我邦。正德庚辰正月晦,提督军务都御史王守仁书。从征官属列于左方。”王守仁(1472—1528),字伯安,馀姚人,谥文成。尝筑室于会稽山阳明洞中,学者尊为阳明先生。正德中,宁王宸濠据南昌反,受命巡抚南赣。

乱平，自作书刻石纪功。碑在庐山开先寺读书台上，摩崖大书，极奇伟。浯溪有元结《大唐中兴颂碑》，颜真卿书，世称“浯溪碑”。元结《浯溪铭・序》：“浯溪在湘水之南，北汇于湘，爱其胜异，遂家溪畔。溪，世无名称者也。为自爱之故，名曰浯溪。”作者游庐山，见王文成纪功碑，深仰其人，作此诗颂之。

宋明理学在中国思想史上占有很重要的地位，王守仁所建阳明学派，提出知行合一说，影响甚大。他的贡献是：(一)他破除了对孔子的偶像崇拜。凡前人言确属谬误者，即使是孔子说的，他皆推倒，决不盲从。(二)他认为儒家“格物致知说”始终在理论上兜圈子，此殊不妥，应该一切通过实践来检验。(三)以三袁为代表的明代浪漫主义文学革新运动是在王学影响下兴起的，此可见王说影响之深广。清统治者为巩固并强化其专制统治，始终一手狠抓灭人欲的程朱理学，作为其思想统治的工具，一手抓文字狱，使士人皆钳口而不敢言，以致造成万马齐喑的沉闷局面。作者对此深恶痛绝，他写此诗，明颂王守仁，暗寓对于清代主流意识形态程朱理学的嫉恨。“万古一浯溪，光芒同不朽。”以浯溪碑比之，这对王碑是极高的评价。

吴城登望湖亭寄周南康星公

东南临眺美何如，信有孤亭切太虚。
极浦长风生左蠡，画帘清昼对匡庐。
九江潮汐迎人远，五老须眉见面初。
明日玉渊潭上酒，共看飞瀑驻篮舆。

《北归志》：“初八日。谒令公庙神，张睢阳也。其旁有望湖亭，近揽庐山、彭蠡，在襟带间，大风。”左蠡，山名。在江西都昌县西北，以临彭蠡湖东得名。山下有晋卢循所建左蠡城，陈友谅据兵于此。玉渊潭在庐山三峡涧，有飞瀑、流泉、深潭。此诗五月初八日作。周灿字星公，陕西临潼人。顺治己亥进士，授庶吉士。官南康知府，尝奉使安南，有诗一卷，颇见风土。有《愿学堂集》。《宋书・陶潜传》：潜有脚疾，使一门生、二儿举篮舆，既至，便欣然共饮酌。

作者舟泊吴城，登望湖亭眺望，怀周星公作此诗。吴城当湖山之要冲，为一著名景点。首联赞亭兼寓怀人之意，以问答句开篇，气象雄奇，“切太虚”三字，大显精神。中两联纵笔抒写湖山胜景，遣兴抒情，一以怀友，一以述己，勾出四幅山水清雅图画，对自然、社会、人生作了一番尽情讴歌，豪放、热烈、闲逸。“长风”是活泼的，“清昼”很迷人，连九江的潮汐也善解人意，那戴雪帽的五老峰，已如须眉全白的老人，也赶来同他会面。诗人此刻已完全投入自然怀抱中，达天人合一之境。人间还有比这更美好的友谊吗？他在心中赞叹不止。最后特借陶潜“篮舆”故实，预祝明日玉渊潭上宴饮之乐，以奉南康太守星公，此借怀友兼思古贤，将诗境推向高潮和顶点，终于完成这首兼有图画美和音乐美的诗篇。

作者来此游览，感触甚深。因为陈友谅曾据守于此，朱元璋打败了他，这是朱明定鼎江山的一次大决战。作者是明代官僚后裔，路过此间，因有吊明之思。这里所写的，无论“左蠡长风”也好，“九江潮汐”也好，都不是对于自然山水的闲散吟咏，而是含有深意的。他对朱元璋这一重大军事胜利表示了最热烈的讴歌。所以他把“长风”和“潮汐”都写得这样虎虎有生气而趣味隽永，并把这样的思想感情一齐都向前辈学人周星公宣泄了出来，这证明他们的心灵是相通的，友谊是深厚的。登览之作，咏史感时，写得如此蕴藉有致，殊不多见。这是一首令人百读不厌的佳作。

与孙豹人周星公往白鹿洞次回流山

庐山何高高，白云在山腹。倏忽萦山椒，亦或带山足。
上下无定姿，顷刻屡移瞩。山径不逢人，樵歌出深谷。
何处递松声，风泉满林麓。

《北归志》：“初九日……与豹人取道西北，望五老峰。”《居易录》：“予奉命祭告南海归，渡彭蠡，阻风南康，与南丰汤先生来贺，南康周太守灿、孙征君枝蔚同游庐山白鹿洞、栖贤寺，望五老峰，观三峡、玉渊诸名胜。”据日记，是日同游者，汤来贺，因年高而先告退。回流山在附近，峡水至此，曲折回流，境甚清幽。《太平御览》：“张野《庐山记》曰：庐山天将雨，则有白云，或冠峰岩，或亘中岭，俗谓之山带，不出三日必雨。”

这首纪游诗，着重写庐山之云。同游者三人：周星公、孙豹人和作者，他们有相同的爱好和乐趣，在一起很谈得来，但也只是来看看山，看看云而已。无拘无束，表现出一种很闲逸的情调。作者托云松泉石以遣兴，见其雅；写白云之飘逸、变幻，得其神；闻樵歌、松风、泉响，尽其性。结以“风泉满林麓”，神韵悠然，益增诗趣。他们都是易代之际的士人，在清人统治下都活得很不舒服，难得有暇到山间来呼吸一口自由空气。在这里，他们是同自然达到和谐的统一了。诗趣之浓，难以尽述，作者只得托云而歌之。概言之，应当说，这是一首云的赞歌，风的赞歌，泉的赞歌，林的赞歌，而主要还是一首友谊的赞歌。主旨却一字未着，友谊是藏在这里，隐在这里。这友谊的思想感情基础，就是与时不合的风概和追求自由的精神。

云是人所喜爱的，中国士大夫们历来都爱托云以述志。陶潜有“云无心以出岫，鸟倦飞而知还”的名言，欧阳修有“日出而林霏开，云归而宕穴暝”的佳句，都是士人们所醉心的。渔洋借写“庐山高”所表现的情怀亦如此。这是士人们代代相传的文化精神。现代诗人徐志摩写道：悄悄的我走了，不带走一片云彩，也是这样的情怀。

彭蠡守风送孙豹人之南昌

茫茫彭蠡雨，漠漠匡山云。
雨带孤帆去，云将别绪纷。
蛟龙深自喜，牛马望难分。
三峡桥边水，扶筇昨共闻。

《北归志》：“初八日……周太守灿星公来云，故人孙豹人游庐岳，客此二十日，将往南昌，守风未发。顷之，豹人见过……月出湖中，五老诸峰，苍茫一碧。”《居易录》：“孙枝蔚豹人，三原人，侨居扬州。高不见之节，予访之，先以诗云：‘焦获奇人孙豹人，新诗雅健出风尘。王弘不见陶潜迹，端木宁知原宪贫。’遂为莫逆之交。”孙氏少为诸生，晚举鸿博，授司经局洗马。《庄子·秋水篇》：“渚崖之间，不辨牛马。”成玄英疏：“隔水远望，不辨牛之与马也。”苏辙《庐山栖贤寺新修僧祠堂记》：“栖贤谷中多大石，岌嶪相倚，水行石间，其声如雷霆，如千乘车行者，震掉不能自持，虽三峡之险不过也，故其桥曰三峡。”

作者舟泊彭蠡守风，老友孙豹人来访，因同游庐山，别时赋此诗赠之。前诗《庐山高》着重写云，此篇着重写雨，两诗为姐妹篇。“茫茫彭蠡雨，漠漠匡山云。”开篇托云雨遣兴。在这样的天气，两人客地相逢，同游庐山，这是何等兴致。此诗写云雨的动态与离情：“雨带孤帆去，云将别绪纷。”将云雨人化，亦别有趣味。屈辞中有类似的句子，江淹《别赋》中有“风萧萧而异响，云漫漫而奇色”，亦雅。此可见作者语言功夫之深。三联更将诗意推开，写了蛟龙和牛马。一个在云中“深自喜”，一个在雨中“望难分”，亦真亦幻，颇有庄子玩物之趣。最后，归入本题。歌赞友谊："三峡桥边水，扶笻昨共闻。"两人在三峡桥边徜徉，听清泉幽鸣，看白云飞卷，何等清雅。诗人孙豹人卓荦有奇气，年十五入清，三十须发尽白。早年曾"遭流寇，与其乡少年奋戈逐贼，落深堑不死，乃走江都从贾人游，累致千金，散之。既而闭户读书，肆力诗、古文，名满海内。"（见《扬州府志》）这年，孙氏六十五岁，渔洋五十三岁，两人皆落拓不羁，真名士也。

20. 赣江卷

【卷头语】作者下庐山入赣江，乘舟南行，赏南国风光，一路吟咏，登丰城曲江亭而作复仇之歌；望青原山为抗清名士方以智歌唱；过吉水怀诚斋作《肺病》一首以舒愤懑；溯十八滩逆流而上，作长歌以状此险。归登赣州八境台，徘徊留念，为负罪南行的苏轼抛洒同情之泪。奇诗变幻无穷。

写韵轩

仿佛鸾冈露黛眉，绣襦甲帐为谁施？
只因三五婵娟影，曾照仙人写韵时。

《明一统志》："写韵亭在南昌府城南紫极宫，唐太和末，仙姝吴彩鸾写孙愐《唐韵》于此，后人因立亭。"宋余靖《西山记》："洪崖山枕壑，有洪崖先生炼丹井，井南五里有鸾冈，洪崖先生乘鸾所憩处。"唐裴铏《传奇》："文箫睹一姝歌曰：'若能相伴陟仙坛，应得文箫驾彩鸾。自有秀襦并甲帐，琼台不怕雪霜寒。'……有天童持天判曰：'吴彩鸾以私欲泄天机，谪为民妻一纪。'"孙愐《唐韵》一书，自天宝十年(751)订正行世后，长久流传，今存写本四十四页。

正月初九日，作者舟泊江西新建，望西山有感作此诗。关于吴彩鸾与书生文箫相恋事，最早见于唐传奇，后代涂上神话色彩，歌之不绝。在清初理学盛行时代，作者重歌其事，以人神相恋美其事，足称风雅，这把一个半真半假的唐时民间故事写得更加优美动人了。题为《写韵轩》，这是对吴彩鸾的高度评价。

金花潭

传是瑶华迹，江潭独黯然。
仓皇浮五马，憔悴掩双蝉。
玉辇归松漠，金花没剑川。
忘机羡鸥鸟，不识靖康年。

《北归志》:“初四日……午后抵丰城县……晡次龙山,登古曲江亭……矶下为金花潭。右为曲江,远山屏纡,清流镜澈,映带如画,有李空同书碑,笔势类颜柳。”《晋书·元帝纪》:“太安之际,有童谣云:‘五马浮渡江,一马化为龙。’及永嘉中,王室倾覆,帝与西阳、汝南、南顿、彭城五王获济,而帝竟登大位焉。”此喻南宋南渡。渔洋自注:“孟家蝉,见宋小说。姜夔诗:‘游人总戴孟家蝉。’”松漠,地名,在今辽宁西南。宋洪皓出使金国,被拘十五年,有《松漠纪闻》,记述金国杂事。洪皓拘留之地冷山,本唐松漠都督府地。《列子·黄帝》:“海上之人有好鸥鸟者。每旦之海上,从鸥鸟游,鸥鸟之至者百住而不止。其父曰:‘吾闻鸥鸟皆从汝游,汝取来,吾玩之。’明日之海上,鸥舞而不下也。”此以鸥鸟喻己,谓己也像鸥鸟那样忘掉一切烦恼。靖康,宋钦宗年号,是年金兵南侵,掳徽钦二帝北去,北宋亡。

金花潭,一名曲江。宋元祐太后为金人所追,投金花于此,祈风,改名金花潭。“金花”,此指孟太后所戴之双蝉发饰。作者来此凭吊,作此诗。“瑶华迹”,指哲宗元祐皇后孟氏逃难来此投金花于潭事,这是北宋灭亡后的一个小插曲。据《宋史》,孟氏为奸臣郝随所诬,两度废居瑶华宫。南渡后,高宗即位,尊为太后。史称:“帝幸建宁,太后继发往洪州,过落星寺,舟覆,宫人溺死者十数,唯太后舟无虞。”此诗首联即咏其事,作者对她深表同情,徘徊江潭,追忆五百多年前的往事,不禁黯然伤神。次联借晋元帝永嘉年间“浮五马”渡江事,以喻高宗之经扬州南渡,而孟太后的一支人马则由九江渡江,她头上戴着双蝉,如金花璀璨,风尘仆仆,面容憔悴。此联以“仓皇”对“憔悴”,“五马”对“双蝉”,皆诙谐灵妙。三联:“玉辇归松漠”,这是哀悼被金人掳走的徽钦二帝,归是去,不是回。“金花没剑川”是对投金花者的追念。“剑川”指曲江池。此联哀北宋之亡,感叹深重。尾联以“忘机羡鸥鸟,不识靖康年”讽之,以退为进,“靖康年”这里是“崇祯年”的代号。作者在康熙统治下已生活二十四个年头,饱经文字狱的苦难,早把一切看透。尾联发鸥鸟忘机之叹,借哀宋以吊明,苍凉哀痛。崇祯死后,南明政权确立,绝似北宋亡后,南宋小朝廷最后向南逃亡一般,亡国痛心史又在重演。

丰城曲江亭

砚山高百尺,矶下曲江流。
芳杜萧萧暮,金花岁岁秋。

青峰相妩媚，白鸟自沧州。
已矣干将气，宵分望斗牛。

《南来志》：“十一日。风便过市汊，见梅花。午后阻浅，晚过龙山曲江亭，不登。山下有金花潭，宋元祐太后投金花祈风于此。次丰城县，江右壮县也。泊剑江驿。”“金花”是菊花的别称。据《吴越春秋·阖闾内传》：吴人干将与妻莫邪善铸剑，剑有二，一曰干将，一曰莫邪，均献与吴王。又据《晋书·张华传》：晋武帝时，牛斗之间常有紫气，张华问雷焕：“是何祥瑞?”焕曰：“乃宝剑之精。”后雷焕为豫章丰城令，掘监狱地基，得剑两把，一曰龙泉，一曰太阿。后皆没入水中，化为双龙，飞升上天，化为牛斗二星。

作者舟过曲江亭，忆金兵南下，太后逃难来此，投金花于潭，祈风避祸，不胜感慨。复忆豫章丰城令雷焕曾在此掘得二剑，因将亭剑两者挂钩，写成此诗，从而发出慨叹：像龙泉、太阿那样的复仇宝剑，早已化为双龙升天而去，现在是再也找不到了。因曲隐其词，欲言又止。从这里，我们似乎又听到了李后主的哀音：“故国不堪回首月明中”，馀音绕梁，如泣如诉。

旧王朝已被推倒，新王朝又建立起来。一代又一代，不断地反复、回旋以至衰颓，这就是一部中国专制统治史。在沉重的压迫下，人民的反抗从来没有停止。写一亭之微，充分表现出这种反抗的力量。诗里有剑气，也有箫声，这是剑与箫的合唱。作为一代诗坛盟主，他是继承了伟大诗人屈原爱国主义传统的。“芳杜”“金花”都是品高之花，“青峰”“白鸟”都是可爱的形象，两者色彩对比鲜丽，益增诗美。在此南国美境中，他唱出一支复仇之歌。尾联望牛斗而怀英烈，更给人以无穷的力量。明亡以后，满族入主中原，他常托物抒怀，咏史寄慨，产生了不小的影响。但像这样直歌复仇精神的诗，尚不多见，这很值得珍视。

苦竹洲闻雁

孤舟闻雁唳，春思满江湖。
北去经彭蠡，南飞异鹧鸪。
已惊关塞远，深念雪霜徂。
故国多烟水，音书好寄无?

《南来志》：“十二日。过苦竹洲，始闻雁，皆北飞。”苦竹洲，隶丰城县。

太白《山鹧鸪词》:“苦竹岭头秋月辉,苦竹南枝鹧鸪飞。”陆佃《埤雅》:“鹧鸪虽东西回翔,开翅之始必先南翥,胡马嘶北之意也。”唐人多称此鸟为“迁客游子”。

作者闻雁,忆家中老父及继室陈氏,因作此诗遣愁。闻雁是个老题目,此诗在意境上有新的开拓,在对仗上有新的发展。颔联“北去经彭蠡,南飞异鹧鸪”是宽对。“彭蠡”与“鹧鸪”,物性不同,本不可对,这里却对得很好。因“北去”之雁与“南飞”之鹧鸪,都是作者的化身,奇在一个“异”字,说明作者奉使南行,志非怀南,实与鹧鸪大异其趣,他托雁传书,是想告慰家人,谓己好比鹧鸪南飞,一路哀啼不止。这就创造出一幅两鸟背飞的谐趣图。律诗讲究对仗,但也可以灵活运用。细味之,可得大悟。最后两联:“已经关塞远,深念雪霜徂。故国多烟水,音书好寄无?”这时作者似在同大雁直接对话,由忧雁而问雁,设想新奇,这是唐以后闻雁诗的新发展,意象全新。作者因听鹧鸪啼叫而生愁,似乎已完全沉入南明几个皇帝南逃的往事中了,意在言外。“故国”之思,感慨无穷。

樟树镇王文成公誓师处

豹房虎圈气如云,行在从容露布闻。
谁识书生离讲席,绝胜三十六将军。

《南来志》:“十二日……晡,次樟树镇。临江府清江县地,王文成公誓师处也。”朱宸濠起兵反,率师东下,拟取南京,为守仁讨平,被诛。《史窃》:“王守仁字伯安,馀姚人也。……守仁智计神秘,十四年宸濠反,守仁遂得以故所便宜权制,起集各郡之兵,至鄱阳湖迎击,大破之,遂擒濠。”露布,不封之文书,此指捷报。《明纪》:“武宗于西内练兵,戎服临之,铳炮之声不绝。与江彬卧起,多留宿豹房,搏虎为乐。”又:“正德十四年八月,帝亲征南游,自称奉天征讨威功大将军镇国公,方出师,而守仁捷音至。”豹房,正德二年造,十六年武宗死于豹房。王世贞《新建伯传》:“守仁虽旦夕军旅,而不废与诸生讲学。”

作者奉使南行,舟次樟树镇,忆王守仁当年在此誓师情景,因有此作。诗人径从君臣关系着笔,一面讽刺昏君武宗之荒淫享乐及其虚张声势,一面为文武全才的王守仁不得贤君以展其才而感叹,生动地再现出这一幕历史悲剧的真相。守仁半生坎坷,早年因忤宦官刘瑾,被贬为龙场驿丞。瑾诛,移庐陵知县,后步步擢升为右佥都御史,巡抚南赣,总督两广。直到平定宸濠之乱,才得升任南京兵部尚书。后封为新建伯，卒谥文成。此诗在借守仁之酒杯，以浇自己胸中的垒块。前两句刺武宗，后两句歌守仁。一个文武全才的贤臣，碰上一个荒淫无能的昏君，良才不得重用，这使作者深感悲痛。一篇要旨全从“谁识”二字透出。“三十六将军”是西汉周亚夫的美称，这里借以歌颂守仁的军事才能。一个离开讲席的书生，也能像名将周亚夫那样统军打仗，这很难得，可惜未遇圣君。良禽不得善木而栖，是历代常见的悲剧。

作者生活在明清之际反君权浪潮兴起之时，他有孟子的“民贵君轻”思想，唐甄、黄宗羲的反君权思潮也给他一定的影响。此诗艺术手法甚高，作者似在重编史剧，而自己只扮作一个报幕人，他走上台前面对观众宣布两点：一、武宗是淫乐者，所谓亲征是假的。二、王守仁并未得到君主真正的赏识。这就把“士之不遇”的历史性问题作了一次深刻的揭示。那个多忌且酷的康熙又何曾赏识过他？这首绝句振聋发聩，有震撼力。

峡江县

短岫幽篁峡口阴，乱帆鸦轧满江浔。
长年烟际遥相问，十八滩头水浅深？

《南来志》：“峡江县，古巴丘，城堞半出山上。”《明一统志》：“峡江县在临江府南百二十里。”放翁《入蜀记》：“长年，读如长幼之长。长年、三老，艄工是也。”十八滩，在万安至赣州间，全长三百八十里。

作者于乙丑年新正下庐山后，乘赣江舟南行，过峡江县，作此诗。第一句，勾出峡江县峡口的一幅幽静画面：岫短，篁幽，峡口阴森，山景甚美。第二句，写峡口动态画面：帆乱，鸦轧，这景象尤奇。这时，他陶醉了，因而立即写出这首意趣闲静的诗。写船老大们谈话一句，极为传神。十八滩至险，行役者无不惧怕，但撑船者只问水之浅深，好不好行船？这很有趣，何况又是在烟气中相问，这就更加有趣。此诗清新自然，表现出船家的奋斗精神，前人未曾这样写过。

望青原山有怀药地愚山二公

白鹭空洲又劫灰，青原山色自崔嵬。
风流二老今何在，独问庐陵米价来。

《南来志》:“十六日……夜过白鹭洲……甲寅用兵后,盗据庐陵二载,(诸祠)复化灰劫矣。次吉安府庐陵县。”“甲寅”为康熙十三年(1674),时值三藩之乱。《吉安志》:“白鹭洲在府城东赣江中,如游鱼状。白鹭书院在白鹭洲上,宋淳祐间,知州江万里建。”愚山《学馀诗集》:“安福乱后,王枚臣书至,云吉州城外市肆讲堂尽成丘墟,白鹭洲阁已改戍楼。”施闰章(1618—1683),字尚白,号愚山,安徽宣城人。顺治进士,授主事,因试高等,充山东学政,取士有“冰鉴”之誉。诗文与宋琬齐名,以温柔敦厚胜,著述颇丰。方以智(1611—1671),字密之,号鹿起,桐城人。明四公子之一,崇祯十三年(1640)进士,官翰林院检讨。入清,南走广西。桂王亡,弃家为僧,名弘智,字无可,别号药地和尚。精音韵,兼通天文、地理、历史、生物、医药、文学等,有《浮山屋集》等。《传灯录·法融禅师传》:“僧问如何是佛法大意,师曰:‘庐陵米作么贵?’山谷《次韵周法曹游青原寺》:‘庐陵米贵贱,留与后人猜。’”

青原山在吉水东南,山色秀丽,古迹甚多。寺初建于唐开元二十九年(741),为禅宗青原一系开创者行思道场,行思是禅宗七祖。古有《青原山寺》诗云:“到处青山到处家,旋敲石火煮新茶。老僧携我前溪去,共看悬崖卷雪花。”历代名家多有题咏。清初,反清复明志士方以智曾入此山为僧。此时药地、愚山均已下世,作者为追念“二老”而作此诗。

此诗首吟药地,愚山次之,似按二人卒年先后排列。药地,即抗清学者方以智,作者久闻其名,愚山是作者的老友,他们都是历史浪潮中的失意者。“白鹭空洲又劫灰”句,是对白鹭书院主持者施愚山的怀念。白鹭书院历史悠久,愚山重建后,复毁于火。作者因有“又劫灰”之叹。“青原山水自崔嵬”句,是对药地和尚的怀念。药地曾英勇抗清,因此称颂他像青原山一样苍翠崔嵬。第三句:“风流二老今何在”有二义:一是称颂他们都是杰出人物。药地既是抗清领袖,又是百科全书式的学者。愚山是清初诗坛著名诗人,有“南施北宋”之称。二是指他们的风流馀韵至今仍留人间。末句:“独问庐陵米价来”。借僧人问学佛法之典,以隐语表达自己无可奈何的心境,幽默有味。方以智是一个使清廷震慑的人物,作者奉使南行,特写此诗哀念他,可谓大胆。

这首诗,实质上是对抗清未遂者和事清不遇者的追悼、痛惜、怨愤和怀念,是一种不得不吐又不能尽吐的曲折、含蓄而又无可奈何的感情抒发。所以,最终他只好借用禅宗偈语化的表达方式,来使无限伤情恨感都隐匿在“不露圭角”之中。禅宗南宗慧能门下有南岳怀让、青原行思两系,南岳下又分沩仲、临济两宗,青原下又分曹洞、云门、法眼三宗。但南宗以后,只有临济、曹洞两宗盛行，后流传到日本。“独问庐陵米价来”，禅宗惯用只言片语给人启示，让人触机生解。此句意思是说：二老已去，还有谁来问庐陵米价贵贱、华夏河山的存亡呢？一片愤懑不平之声，溢于言外。

吉水道中望杨诚斋故居

江行尽日爱清晖，峡远江平碧四围。
几处峰青临水照，一群鱼翠拂船飞。
云阴澹澹将成雨，岚气濛濛欲湿衣。
仿佛南溪杨监宅，苍苔白石绕岩扉。

《南来志》：“十六日。过吉水县。”诚斋故居在今吉水县黄桥湴塘，墓亦在此。《宋史・儒林传》：“杨万里字廷秀，吉水人，中绍兴二十四年进士，调零陵丞。时张浚以谪永，勉以正心诚意之学，万里乃名斋。召为国子博士，后以宝文阁待制致仕，进宝谟阁学士，谥文节。”罗大经《鹤林玉露》：“杨诚斋自秘书监将漕江东，年未七十，退休南溪之上，老屋一区，仅庇风雨，长须赤脚，才三四人。徐灵晖赠诗云：‘清得门如水，贫唯带有金。’盖纪实也。”诚斋遇事敢言，以忤孝宗意，故不得大用。有《杨诚斋诗文集》。

作者舟行江上，望诚斋故宅，即景怀人，作此诗。诚斋故居为其老年退休后所建，老屋一区，仅庇风雨。有好事者曾为绘图纪念，诚斋自题云：“平叔曾过魏秀才，何如老子致元台。苍茫白石青苔径，也不传呼宰相来。”渔洋此诗实际是同他的一次唱和。诚斋是宋江西诗派独树一帜的诗人，其诗清新活泼，平易自然。特色是一活二新，即用生动灵活的笔法来表现事物的主要特征，用自己所捕捉的新鲜语言来写诗。可以说，他的山水诗往往是清新活泼的图画。渔洋此诗亦优美如画，他以山水拟其人，此可见其倾倒之情。他学诚斋体是到家了。举颔联两句为证：“几处峰青临水照”，此句由钱起“江上数峰青”句化来，有新意。“青峰”在此化成美女，此女以水为镜，正在进行梳妆，这就把山完全人化。此与诚斋所提倡的“活法”，不谋而合。又如：“一群鱼翠拂船飞”，说一群鱼在船边游动，用其鳍翅不时敲击船舷，并在碧波上跳跃，直似拂船而飞，鱼在这里也完全人化了。这也同样是诚斋“活法”的运用。两句诗创造出一幅多么灵妙的山水图：青峰走，翠鱼跳，一叶轻舟在碧波上荡漾，这不是活动画、有声画，又是什么？渔洋是一个善于熔铸百家的诗人，历来研究者以为他只承传王孟两家衣钵，未免失之偏颇。

吉水绝句

螺川川北字江西，沙暖舟喧咫尺迷。
才过元宵如上巳，春山处处郭公啼。

《南来志》：“十六日。过吉水县，县城负东山，面文江，山水明秀。自宋及明，大儒接踵，道学节士，为西江之冠。”乐史《寰宇记》：“吉水，在吉水县东北十里，源出永安乡，北会于赣水。故老传云：此水源出有波文，成‘吉’字，亦如三峡之水屈曲成‘巴’字也。”《明一统志》：“吉安亦名螺川，以郡有螺山，故名。”陈子文《绿阴亭集》：“螺子山在吉州城北十里，临江，委宛如螺子，下有文信国祠，祠前有二石，东西并竖，高四尺许，其一穴，文委蹙如螺形，其一转折如川字，故郡名螺川。”文江，一名字江。

渔洋使粤，舟行吉水，感南国初春日暖，风候迥异，作此诗遣兴。第一句，写泊舟地点是在螺川之北字江之西。第二句写春日烟水景象，咫尺迷离。第三句反映出南北气候的差异，上巳为旧历三月初三，“元宵如上巳”句，古诗中未见。郭公是布谷鸟的俗名，作者南行深感南国春天来得早，给人以暖烘烘的感觉。此诗写出一派春耕在即、农忙将始的热闹景象。但作为以生民为念的儒家信徒，又难免多少感到有愧前贤的几丝惆怅。末句情寓景中，风神摇曳，耐人寻味。此诗有民歌风味。

赋得广泽生明月

放舟豫章水，月上庐陵城。
照影疑无定，窥人似有情。
泠泠青桂湿，历历白榆生。
故国当三五，清晖亦自盈。

《南来志》：“十七日……庐陵城外多堑垒，城南神冈，即昨官军与贼战处。东望青原山，唐行思禅师道场。”马戴《楚江怀古》：“露气寒光集，微阳下楚丘。猿啼洞庭树，人在木兰舟。广泽生明月，苍山夹乱流。云中君不见，竟夕自悲秋。”梁元帝《赋得兰泽多芳草》，古诗为题见于此。按：“昨官军与贼战，指康熙十三四年间削藩之乱。”段成式《酉阳杂俎》：“月中有桂有兔，故异书言：月桂高五百丈，下有一人常砍之，树创随合。”《乐府・陇西行》：“天上何所有，历历种白榆。桂树夹道生，青龙对道隅。"《春秋·运斗枢》："玉衡星散为榆。"

科举考试常以古人诗句或事物为题，命考生作五言排律六韵或八韵，称为试帖，题目用"赋得"，后变为一种诗体。此诗为赋马戴之句而作，仅用四韵。玩诗意，似为继室陈孺人而作。妇有贤名，著闻乡里。作者舟行赣江，时值元宵佳节，见月上庐陵城，因有此怀乡之思。杜甫有望月怀妻诗，此以赋得体写之，韵味尤浓。陈氏十九岁来归，两人相处甚得，今已七年。

这首诗表达了作者对妻的殷殷思念之情。"照影疑无定，窥人似有情。"此托明月以怀人，表现月色的流动感与模糊感，将人与月皆写活。创造出一个"千古多情月"的形象。"泠泠青桂湿，历历白榆生。"此写神话，是一种艺术感觉。月中有不少美好事物，引人遐想：青桂湿了，白榆生了。青桂有情，白榆多愁，这感觉多么新奇。青与白是两种年龄的色彩对比，"泠泠湿"与"历历生"，是情思深刻化的艺术表现，似真似幻，这里刻画出一幅天上人间共赏的皓月图。此人是谁？尾联点出："清晖亦自盈。"原来作者是在怀念故乡人，即那位聪明贤惠的陈孺人。那年她二十六岁，脸上的"清晖"正像一轮明月。作者思妻诗不少，唯此篇朦胧含蓄，意婉情长，别具一格。

肺　病

昨日头风愈，新年肺病多。
何山足芝术，随处系牂牁。
地僻容高枕，乡遥忆伐柯。
青林啼暮雨，无那鹧鸪何！

《南来志》："十七日……午后阴，始闻雷，晚次袁金渡，野泊。"《诗·大雅·桑柔》："自有肺肠，俾民卒狂"。鱼豢《典略》："陈琳作诸书及檄，草成呈太祖，太祖先苦头风，是日疾发，卧读琳所作，翕然起曰：'此愈我病！'数加厚赐。"《后汉书·西南夷传》："初，楚顷襄王时，遣庄豪从沅水伐夜郎，军至且兰，椓船于岸而步战。既灭夜郎，因留王滇池。以且兰有椓船牂牁处，乃改其名为牂牁。"注："牂牁，系船杙也。"《水经注·渐江水》："晋中朝时，有民王质，伐木至石室中，见童子四人弹琴而歌，质倚柯听之，童子以一物如枣核与质，质含之不复饥。俄顷，童子曰：'其归！'承声而去，斧柯漼然烂尽。既归，质去家已数十年，亲戚凋落，无复向时比矣。"

新年伊始，作者孤舟南行，郁郁不乐，写此诗抒感。诗题甚怪，"肺病"即

“肺肠”，非指病。他此时并未患病。《诗经》：“自有肺肠，俾民卒狂。”诗题本此。首联：“昨日头风愈，新年肺病多。”“头风”和“肺病”都是隐语。此以象征语言愁称病，避免直陈，耐人寻味。次联“何山足芝术，随处系牂舸。”这说得更玄，不知何指。“芝术”指药材，“牂舸”借指旅舟。问题是，既然没有病，为什么还想上山去采药呢？可见这里的“山”“芝术”和“牂舸”都非实指，此以隐语发抒感慨。意谓：这愁用什么药才能治呢？这药又到哪里去找？而这漂泊的孤舟也只得任其漂泊罢了。至此，诗意逐渐显豁，原来他是在表达一种哀愁。三联：“地僻容高枕，乡遥忆伐柯。”此借神话以写乡愁。“地僻容高枕”是屈原“幽独处乎山中”的另一种说法。“乡遥忆伐柯”的“乡”，似是屈原所眷念的“旧乡”。许多年过去了，“乡”的面貌已大改变，对作者来说，那个已经覆亡四十多年的朱明王朝，离他是越来越远了。作者借写乡愁以泄身世之悲、明亡之恨，这正是他一生难以解脱的愁怨情结。尾联以景语收结，浑茫无似。“青林啼暮雨，无那鹧鸪何！”像是一幅“鹧鸪啼暮雨”的惨淡图画，这是埋藏在他心底的一页痛史。正是在这条路上，桂王带着他的群臣向南逃亡。追思历史，感慨无穷，因而提出“何山足芝术”，亦即何处能立国的问题。楚亡以后，屈原流浪沅湘之间；明亡以后，渔洋仕清，其内心哀怨何曾一刻停止！正是在这个意义上，他继承了屈原的爱国主义传统。其感情之可贵不在思念一个已经灭亡了的王朝，而在保有这种对抗黑暗势力的自由精神。这首言愁诗，可以说是一首小《离骚》。借山水以言其愁怨，是此诗之魂。

泰和县夜泊雷雨

明月堕何处，忽闻鸣雨悬。
雷惊殷山起，电急划江圆。
宿鹭依连舸，神龙出大川。
战场萧瑟极，百感夜茫然。

《南来志》：“十八日。风便，早抵泰和县，城郭不二里，弥望榛莽。”作者舟泊泰和，闻雷雨有感，作此诗。时间是春夜，地点是饱经战乱的赣南山区。写的是他一夜间的感受：天气由晴转阴，下了一场大雨。“明月堕何处？”一起即奇，本来是一天明月，怎么月亮忽然不见了。一个“堕”字，大显其惊。跟着，猛烈的大雨就瓢泼似的打下来。“忽闻鸣雨悬”，此写夜舟中人的听觉，景象逼真。“鸣雨悬”，是又一个新奇意象。旅人夜卧舟中，这狂风骤雨就像一把利剑悬在他头上，令人惊骇。这就写尽了雨急风猛之势。然后转写雷电，雷是“殷山起”，“殷雷”就是猛雷。电是“划江圆”，神奇、壮观，作者似乎未曾见过。然后写雨中之物：“鹭”和“龙”。这么大的雨，鸟都躲到哪里去了？一看船舷，许多水鸟都扒在船边。“宿鹭依连舸”，这是又一个奇景。鸟已无处栖身，作者忧怀之情可见。“神龙”喻水势，汹涌的江河正像一条神龙在狂奔。神龙之喻，尤为称奇。至此，已将这场突如其来的大雨前后景象写透，最后作者发出感慨：“战场萧瑟极，百感夜茫然。”这是说，最倒霉的还是老百姓，这久经战乱的赣南山区，战乱频仍，从宸濠之乱到三藩之乱，早已萧瑟不堪，现在又遭到这场大雨，他们到哪里去避难呢？作者忧心如焚，百感茫然，这一夜，他卧枕难安。从忧鸟到忧民，其“民胞物与”之怀可见。忧生忧世，此心可悯。

泰和道中寄陈说岩都宪李容斋少宰彭羡门编修

捩舵开头不计程，睡馀真爱赣江清。
将寻方曲犹嫌早，欲卸吴绵尚有情。
木客山都人比舍，功曹主簿鸟多名。
炎荒风物看殊异，略附双鱼达上京。

《南来志》：“十七日。易小舟，便滩行。”陈廷敬、李天馥，均见卷一注。彭孙遹(1631—1700)，字骏孙，号羡门，浙江海盐人。顺治进士，康熙中举鸿博第一，授编修，历官吏部右侍郎，文才敏捷，尤工诗。著有《松桂堂集》等。

杜甫诗：“捩舵开头捷有神。”李实注：“川中人以掌前梢为开头。”《北齐书》：“杨愔典选，有选人鲁漫汉自言微贱，不蒙记忆。愔曰：‘卿在元子坊乘秃尾草驴，见我不下，以方曲障面，胡为不识？’漫汉惊服。”杨升庵曰：“读者不解‘方曲’为何语，按《说文》作笛，蚕簿也……此云‘方曲障面’，盖竹织方扇也。”《庐陵异物志》：“赣石山有木客鸟，大如鹊，千百为群，不与众鸟相厕，云是木客化作。”又云：“大山之间有山都，似人裸身，见人便走。自有男女，可长四五尺。”按邝露《赤雅》：“木客形如小儿，在恭城见之，衣服不异人。山都形如昆仑，青毛有尾，见人辄闭目张口笑，好在深涧中翻石觅蟹啖之。”邓德明《南康记》：“赣县东南，山上有台，风雨后颇闻山上鼓吹声，即山都、木客唱也。”《异物志》：“木客鸟色白黄文者谓之君长，有翼有绶，飞高而正赤者谓之五伯，居前正黑者谓之铃下，细色而赪杂者谓之功曹，左胁有白带似鞶囊者谓之主簿。长次君后，其五曹官属各有章色，庐陵郡东有之。”

作者舟行江上，见炎荒风物气候殊异，给京中三位诗友写了这首诗。他先从舟行感受落笔，点出“睡馀真爱赣江清”一句，很有味。那么，什么是他所不爱甚至厌恶的呢？随即作了回答：先说气候，乍暖还寒。这炎荒之地才是正月中旬，已似北国暮春，他过不惯。“将寻方曲犹嫌早，欲卸吴绵尚有情。”“方曲”，指竹织方扇，这是言愁。次谈风物：“木客山都人比舍，功曹主簿鸟多名。”“木客”是鸟名，“山都”是兽名，“功曹”是吐绶鸟的别名（均见崔豹《古今注》）。这些鸟、兽、虫何以使他如此愁怨？诗人以“人比舍”三字点醒读者，这原来是指某一种人：似禽似兽，他们窃据了“功曹”“主簿”的官职名位。这显然是指地方官吏，作者不便明言，故以隐语写之。他含蓄地说：只有这条赣江是清的，那些“木客”“山都”式的人物，虽披上“功曹”“主簿”外衣，哪一个是干净的？这就是这首诗的含意。

新淦道中怀门人林公韫兼寄丁雁水

七载相思木兰道，那知相见郁孤台。
江湖澒洞扁舟远，宾主东南一代才。
伏雨阑风朝复暮，沧波白鸟去还来。
三洲不共洼樽饮，怀抱何因得好开？

《北归志》：“初三日。风逆，雨时止时作。晚次扬子洲，作诗寄怀雁水、公韫。”《后汉书·郡国治》：“新淦属豫章郡，秦旧县，因淦水为名。”木兰道，清代围场名，约当今河北围场县地。木兰，满语吹哨引鹿之意。《明一统志》：“兴化木兰陂在府城南木兰山下。”《隋书·地理志》：“木兰县属永安郡，开皇十八年改县曰木兰。”又，《明一统志》：“三洲在丰城县北三里，谓杨林洲、金鸡洲、牛宿洲也。”丁炜字雁水，福建晋江人。顺治间授漳平教谕，累官湖广按察使，持节双江，即署东构甓园，杂植花木，往来名流，竞相庚和，一时传为佳话。有《涉江问山诗文集》。林一璘字公韫，莆田人，宾王仲子，丁炜的幕僚。

作者经赣州北归，浮舟沧江，不胜惆怅，作此诗述怀。这既表达了他对朋友的怀念深情，也反映出他们对时代的愁怨。首叙三人久别重逢，悲欢交集，以“木兰道”与“郁孤台”对举，形成感情的强烈反差，甚奇。次联述己怀人，感时忧世，感情激越。三联进一步即景抒怀，幽怨深沉。末以三洲不得共饮为恨作结，情思邈远，寄慨无穷。丁炜此时持节双江，述其事云：“先生《寄怀公韫林子》诗曰：‘宾主东南一代才。’公韫时客炜署，见先生于甓园，预陪觞酌，

先生因其客而又及其主也，厚矣哉！”（见《问山集·与渔洋书》）

这里需要探索三个问题：第一，首联何以将“木兰道”与“郁孤台”对举？“木兰道”是清代皇家设围打猎的场所，兼指林公韫的家乡木兰县，此处指北京，似有不恭之意，但从丁林二人之籍贯来看，则是礼貌用语。“郁孤台”在赣州，元祐太后流亡过此，辛弃疾词有“多少行人泪”之叹。这里似又寓有追吊明亡之意。作者和丁、林二人事清皆不得已，在清廷统治下，他们哪能尽情狂欢？第二，颔联述己怀人，又包含了怎样的感情？“江湖澒洞扁舟远”，以景语勾出一幅浊世演变图，含蓄地表达了作者对时局的忧虑。“宾主东南一代才”，此叹人才太少，而又不得重用。第三，颈联发抒幽愤。“伏雨阑风”写风雨，慨叹政局多变。“沧波白鸟”，似兼喻朝中小人。《大戴礼》：“丹鸟羞白鸟。丹鸟者，谓丹良也。白鸟者，谓蚊蚋也。”这两句诗，对康熙盛世显然含有讽刺之意。尾联既表达了自己内心的忧郁，又使他感到无限悲伤，作者当时能引为同调的人实在太少。“怀抱何因得好开？”这是对林、丁浓情高谊的赞颂，七载深情，念之不已，友情能达这一境界，可谓至矣。此篇反映出明清易代之际一部分汉族士人内心的深沉哀痛，耐人寻味。

万安县

战地馀流水，滔滔赣石东。
几年纷艕艒，今日尚刀弓。
沙屿宵沾雨，江船午帆风。
明朝闻好语，清涨百滩空。

《南来志》：“正月十九日，早发，过万安县，晚次皂口。”《明一统志》：“万安县在吉安府城南一百八十里……宋熙宁中始改镇为万安县，属吉州。”虞世南《北堂书钞》：“豫章城西南有艕艒洲，去度支步可二里，是吕蒙作艕艒、大艑之处。”王楙《野客丛书》：“船人使风曰帆风。‘帆’字作去声呼，按唐韵去声有此一言，是以张说之律诗曰：‘戛云随北帆，同日过江来。’”

赣江长千馀里，自赣州至万安段，计有十八险滩，怪石多如铁骑，错峙江面，俗称“赣石”。三百馀里间，江流湍急，舟行殊可畏。昔高凉冼夫人与陈武帝（陈霸先）相会于此，三国时吴将吕蒙在此打过仗，王守仁平定宁王宸濠之乱亦在此。作者因有“战地馀流水”“今日尚刀弓”之叹。“沙屿宵沾雨，江船午帆风。”是江上实景描绘，显有地方特色。尾联：“明朝闻好语，清涨百滩空。”这两句反映出船家的喜悦心情，而作者此时亦心神俱旺。咏石咏水，歌风歌雨，此写自然现象；“纷鞲韝”“尚刀弓”，是咏社会现象，皆灵妙入神。此诗内容繁富，既有历史画面，又有现实画面，既有“尚刀弓”的武人，又有“闻好语”的船家，十分耐人寻味。

十八滩三首

系舟万安城，已闻滩声恶。连峰造天关，疾雷殷地络。
篙师理戚楫，直与惊湍薄。万山立积铁，其下临大壑。
沉沉蛟龙宫，神物信所托。排空纷怪石，森然奋挎攫。
潜虬动鳞甲，巨刃扬镡锷。地根在何处，坐觉坤轴弱。
怅然念神禹，封泥此疏凿。长年聚群力，撇漩出寥廓。
三复垂堂言，远游亦何乐！

乱飙吹急雨，一折改奔峭。连山亘东南，瘴雾迷岭峤。
榜人侵晓发，高卧失临眺。辊雷起何处，万夫迭呼啸。
倏忽数滩过，到眼一票姚。武朔既崖柴，昆仑绝排奡。
始蹈吕梁险，终成昆吾噪。四山方出云，吐纳亦殊妙。
山木蓊然合，冥冥子规叫。

半日过五滩，滩滩各殊状。怒流一喷薄，石角迷背向。
急瀑散霜雪，倒洒石壁上。漩涡走风霆，喧豗裂层嶂。
汹如奔万马，崩腾不相让。又如阊阖开，扱扱羽林仗。
伤神既惨澹，快意倏悲壮。出坎在须臾，布帆幸无恙。
探奇遘灵闷，豪吟洗惆怅。

《南来志》：“十九日。早发，过万安县。县南诸山回合，高出云际。惶恐滩为诸滩首，过绵津、漂神、大蓼、小蓼，凡五滩。大蓼最险，怪石错互，激湍怒飞，舟鱼贯而上。晚次皂口，谒神祠……夜风雨，闻滩声，甚悲壮。二十日。过武朔、昆仑、锡州诸滩，石势如奇鬼狞兽，争欲拏攫。自惶恐滩以往，四山黯黮，如夔巫诸峡，但差卑耳。晚次攸镇，岸上桃花盛开，夜雨。二十一日。过大小湖、天柱、横弦诸滩。小湖石奇秀，多作狮象形；天柱最雄阔；横弦多伏石，皆十八滩险处。鳖滩石如布棋，水亦坦迤，过此出峡，悉夷途矣。”《左传·哀公十七年》：“卫侯梦于北宫，见人登昆吾之观，被发北面而噪。”

由万安溯赣江而上，至虔州，江流湍悍，凡十八滩，计程三百八十里，石没水浅，舟行殊可畏。故苏轼叹曰："七千里外二毛人，十八滩头一叶身。"王氏以五言古风组诗写此滩之险，笔墨工细。总的来看，三诗皆写出诗人所历险情之感受，并赞扬了船工们与险拼搏的大无畏精神。第一首写初入峡时所见，山高、水险、石恶，船工与水拼搏，作者观之惊叹。第二首写次日侵晓，雨急风狂中飞舟过滩，梦中惊闻"万夫呼啸"，"倏忽数滩过"，再赞船工之勇。第三首追叙过"五滩"之难，着力描写"怒流""急瀑""漩涡"，终于安全"出坎"，一洗"惆怅"。

作者写水险，状景如在目前。山如"积铁""镡锷"，水如"奔马""蛟龙"，滩声如"疾雷""辊雷"，漩涡如"走风霆"，急瀑如"霜雪"，怪石如恶人"抟攫"。皆形象新奇，还插入许多想象和心理描写。其妙尤在突现出人的主观战斗精神，如"篙师理戚楫""长年聚群力""万夫迭呼啸"，这些都是妙笔。加上作者如实地写出自己的心情变化，显出人与自然的微妙关系，更给山水诗吹来一股新风，这些都是前人山水诗中未曾涉猎过的。

怎样认识这三首诗在诗体形式上的意义是一个饶有兴味的问题。《诗经》里的联章叠唱，已见组诗之端倪。屈原《九歌》是我国诗史上最早的组诗。近体诗之组诗开创于杜甫，至清乃趋完备，前有以渔洋为代表的大量律句组诗之创作，后有以龚自珍为代表的绝句组诗之发展，王龚两家先后辉映，对中国诗体流变产生了不小的影响，为中国古典诗歌的发展开辟出一条崭新的道路。三诗皆用仄韵，险韵，且皆一韵到底，殊不易。

皂口雨泊

急雨孤篷湿，高峰四面同。
茫茫送滩水，飒飒会江风。
山鬼幽篁里，枫人苦雾中。
明朝揽清镜，衰飒任成翁。

《南来志》："十九日。早发，过万安县。"《江西通志》："皂口江在万安县南六十里，其源出赣县三龙，经上造、下造而流入赣。"孙度伯《南征记略》："滩行难为期程，遇夕便泊。时风凄江冷，空峡无人，宿船长林之下，舟人操斧入林砍竹，传响空山，枯木横藤，恐有山鬼。"山鬼，古代传说中的一种独脚怪兽。嵇含《南方草木状·枫人》："五岭之间多枫木，岁久则生瘤瘿，一夕遇暴雷骤雨，其树赘暗长三五尺，谓之枫人。”

皂口是十八滩中的驿站，此处山高、滩险、水急。作者舟泊于此，适遇急雨，因吟此诗遣怀。前四句写雨、峰、水、风，由感觉、视觉而听觉，绘出一幅孤篷遇雨图。后四句由写想象之景而发抒感慨，突现孤舟中一个听雨者的形象，给这幅雨中孤舟画面增添不少有趣内容，大大加强了诗的感染力。“山鬼幽篁里，枫人雨雾中”，此联是神话与现实的交织，似鬼似人，亦真亦幻，十分感人。末以“明朝揽清镜，衰飒任成翁”两句收结，令人怅惘。这是作者奉使南行的又一幅心灵雕像。作为一个使臣，他除了以诗自遣外，还有什么可说的呢！但这不仅是他一个人的悲凉，同时也是那个时代无数汉族士人的共同悲哀。“山鬼”“枫人”是山中之物，也是现实生活的反映，联系《泰和道中》一诗来看，它既表现了对贫苦山民的同情，也表现了对地方上类似“山鬼”“枫人”的治民者的怨愤。这是屈原笔下的“山鬼”，也是屈原式的悲愁。诗人不是徒叹人生易老，也是慨叹自己在清政权下有力使不出的困境。

攸镇雨泊

竟日孤篷雨，宵分尚未休。
瘴云来岭表，江涨下虔州。
暗湿桃花重，平添竹箭流。
更闻春唤雨，催白五更头。

《南来志》：“二十日。过武朔、昆仑、锡州诸滩……晚次攸镇，岸上桃花盛开，夜雨。”虔州，赣州古名。竹箭，指竹筏。尤袤《全唐诗话》：“鲁直云：唤起、催归，二禽名。唤起，声如络丝，圆转清亮，遍鸣于春晓，江南谓之春唤。”《复斋漫录》云：“唐《顾渚山茶记》曰：顾渚山中有鸟，如鹳鸽而色苍，每至正二月作声曰‘春起也’。采茶人呼为唤春鸟。”

此写作者舟泊攸镇遇雨景象。大雨下了一整天，船不能开，终日孤篷枯坐，但见云水在流，唤春鸟在啼，一切都在不断转换，静中有动，这是一幅繁富的画面。短短四十字，境界幽深，字字是泪，这就是为皇权所驱使的一个拜神使者的形象。看来，只讲诗中有画是不够的，应当说，还有影片。这首诗，可以拍出一段长长的纪录片。平常的景象中自有不平常者在，这样的旅舟画面本是人所可见的，可是在一部中国诗史上，谁曾写出过这样完美的诗来？就一句一联而言，能写者或不乏人，难在创造出一个完整而有深度的动态画面。

其尤难者，恐怕还在最后一联，自然、和谐、优美，既写出天地之心，还捧出自己的一颗愁心。这里有时代之愁，家国之愁，而又表现得如此含蓄。

黄金洲见桃花

岩屋才三合，烟扉自一家。
春风何造次，开遍小桃花。

黄金洲，一名黄金埠，在赣县。一说万安县亦有黄金洲。此为赠隐者之作，无所指名，盖遣一时之兴耳。作为一首题赠诗来看，亦饶雅致。丁炜筑甓园以居，广揽东南名士，半官半隐，声名卓著，渔洋对此颇赞赏。这首诗，真实地反映出丁雁水的生活情趣。这是一种境界，一种追求，甚至也可以说是一种苦闷的象征。在活得心情很不舒畅的时代，失意士人用什么办法来调节自己的心态呢？玩点琴棋书画，养点花鸟虫鱼，或雅集酬唱，或登山游览，或品茗笑谈，都是可供选择的办法。丁炜自云待罪赣南六年，可见他也是一个失意者。此诗似闲非闲、似真似幻，实在很有味。这是清代士人消闲文化生活的一种表现，作者自己也很喜欢这种闲适生活。清统治者没有把一切都统得很死，较之秦始皇的严刑峻法，总算宽松一些。

瓶中桃花

水晶枕上一枝新，别作嫣红楚岸春。
疑是息夫人未起，细腰宫里见横陈。

《南来志》："二十二日。过雁水甓园。"《香祖笔记》："予昔使东粤，过赣，报谒丁雁水宪佥，留饭园亭。时甫过上元数日，瓶中插杂花，如桃、梅、桂花、佛桑之属皆开，予戏语雁水：'君可谓四时之气具备。'"蔡绦《铁围山丛谈》："伯父君谟尝得水晶枕，中有桃花一枝，宛如新折。"《左传·庄公十四年》：息侯夫人名息妫，世称桃花夫人。楚伐息，夺纳夫人于后宫，与文王不同言语。楚王出游，息妫见其夫守城门，乃自尽。《后汉书·马廖传》："上疏长乐宫曰：'楚王好细腰，宫中多饿死。'"

此诗与《黄金洲见桃花》为同时作品，一赞山野之桃，一赞宫室之桃。前者写春风造次岩栖者，绘出一幅烟扉桃花图，情致优雅；后者写室内瓶中之桃,以水晶枕与桃花夫人息妫相比拟,见其品高。两诗皆借花以赞有德之君子与品高之美人,赞花实即赞人。两诗皆无道学家迂腐气息。“细腰宫里见横陈”一句,在“灭人欲”的理学盛行时代,直是一次大胆的挑战。但这又不同于司马相如和宋玉歌赞美人的所谓“花容自献,玉体横陈”,以及“内怵惕兮徂玉床,横自陈兮君之旁”那样的色情直露,也不同于李义山和杜牧对美人所称“小怜玉体横陈夜,已报周师入晋阳”,以及“细腰宫里露桃新,脉脉无言度几春”那样的香艳。这首诗确实是对传统消闲文化的继承,但不是邯郸学步,亦步亦趋,而是有所扬弃和创新。这样的美人之歌,融现实与史事于一炉,是开辟了新境的。渔洋《咏折枝桃花》词:“开处流莺初唤,雨中薄雾犹遮。水晶枕畔一枝斜,春在谁家?”可与此诗并读。

赣州谒王文成公祠

新建当年此誓师,森然松柏见灵祠。
军声不藉条侯壁,筹策唯应汉相知。
万古许孙同庙食,一时张桂太倾危。
后来论定烦青史,岘首犹存堕泪碑。

《南来志》:“二十一日……晚次赣州府……城北,章贡二水合处……故人丁佥事炜雁水来。”王守仁封为新建伯。《汉书·周勃传》:“亚夫封条侯,军细柳,上自劳军,之细柳,军不得入,于是使使持节诏将军曰:‘吾欲劳军。’亚夫乃传言开壁门。”《明纪》:“正德十四年六月,宁王宸濠反,杀巡抚都御史孙燧按察副使许逵。先是,京师盛传必擒治宁王,不止革护卫。宁府侦卒林华在京师,即兼程飞报。以六月十三日至江西,值宸濠生日宴镇巡三司等官,宸濠大惊,宴毕,即召素所厚致仕右都御史李士实、安福举人刘养正及承奉内官刘吉等与谋。至是,闻赖义等且至,养正曰:‘事急矣,明早镇巡三司官谢宴,可就擒之,因而举事。’及旦,各官入谢,左右带甲露刃,侍卫者数百人。拜毕,宸濠出露台,大言曰:‘汝可知大义否?’孙燧曰:‘不知。’宸濠曰:‘太后有密旨,令我起兵监国。’燧曰:‘请密旨看!’宸濠曰:‘不必多言! 我往南京,汝保驾否?’燧曰:‘天无二日,臣安有二君! 有太祖法制在,谁则敢违!’宸濠大怒,一时各官骇愕相顾,独许逵反复辨论,明其不可,宸濠曰:‘许逵何言?’逵曰:‘唯有赤心耳! 岂从汝反乎?’濠遂喝武夫缚燧及逵,曳出惠民门外斩之。”《崇信录》:“王守仁卒于南安,大学士桂萼曰:‘守仁事不师古,言不称师,非朱熹格致之论。晚年论定之书,号召生徒互相唱和,其门人为之辨谤,至谓杖之不死,投之江不死,以渎天听,无异惮矣!'"尹守衡《史窃》:"守仁之起,由璁、萼荐也。萼故不能善守仁,以璁强之。萼暴贵,喜功名,风守仁图安南,入粤西,使侦其要领,守仁寝弗应。及思田归顺,萼心忌之。已而,峡寇亦平,萼遂奏参守仁擅离重镇,且斥其学术。诏停恤典,革其世袭。"

作者过赣州,谒王文成公祠,作此诗。首谒祠,赞其誓师平乱之功。次赞"军声"与"筹策"之才,三联言及有关臣僚,对死难者孙燧、许逵,大加赞颂;对险诈者张忠(一说张璁)和桂萼,大施挞伐。尾联乃一篇主旨所在。

宁王宸濠之乱是明中叶统治阶级内部一场争权斗争。因为宁王起兵篡权违反法统,孙燧、许逵拒绝参加叛乱。王守仁起兵平乱,见其智勇双全。此诗为守仁鸣不平,涉及当权的武宗。"军声不借条侯赏",此句话中有话。"条侯"指周亚夫,他是汉文帝的大将军,治军甚严;后平吴楚七国之乱,立大功。这句诗是说,守仁讨平宸王之乱,军声卓著,可是他没有受到应有的表彰。这是对武宗的批评。"筹策唯应汉相知","筹策"是赞扬守仁有军事谋略,其军事才能可与诸葛亮相比,可是他并没有受到武宗的信用。"不借""唯应"两词甚妙,耐人寻味。第三联中的"张桂太倾危",张桂,指张璁和桂萼,"倾危"是险诈的意思。此二人专事谗言陷害,给守仁加上莫须有的罪名,而武宗竟"功抑不赏",还大加"谤议"。所以作者说:"后来论定烦青史,岘首犹存堕泪碑。"这是说,守仁一定会同晋代羊祜一样,永在人们心里树起一座历史丰碑。此诗表彰了王守仁的忠勇,也讽刺了武宗的昏庸无能,同时又沉重地打击了一些"倾危之臣"。有昏君必有进谗之臣,这是历史上的常见现象,渔洋这一评述,促人重温历史,很有意义。

同丁雁水佥宪登八境台二首

天末欣相见,登临复此台。
飞楼切云上,危堞枕江开。
章贡双流合,云峰四面来。
凌风思玉局,故国近蓬莱。

尚忆围城日,熊罴此枕戈。
劫灰孤阁在,战地国殇多。

东越鈠王郢，南荒服尉佗。
只今烽火息，吾辈许高歌。

《南来志》："二十二日。过雁水甓园，园中梅桂辛夷皆花……东偏，有王文成公祠，南赣巡抚旧署也。食后，同登八境台。"此诗北归时作。八境台始建于北宋嘉祐年间。丁炜《问山集》与渔洋书曰："南海祭告奉使儒臣过经道赣，枉过甓园，观其缔构莳植之处，复同并辔游览。上郁姑，怀望阙之子牟；登八境，忆题诗之坡老；拜文成公祠，感慨讲席书生誓师之日。"《史记》："建元元年，上遣大行王恢击东越，闽越王郢发兵拒，其弟馀善谋，鈠杀王，奉其头致大行。"东越王郢，指耿精忠，南荒尉佗指尚可喜。

八境台是赣州人文景观之一，上有城楼，高三层，临江而建，气势雄伟。作者北归时与丁雁水同游此台，特从南疆军事重镇着眼，作此二首诗。第一首，登楼怀苏。写楼之雄壮气势，兼怀苏轼其人。轼谪英州七年，归自南海，监玉局观。轼有《虔州八境图序》，其《八境台》诗云："相见之罘观海市，绛宫明灭是蓬莱"，"故国近蓬莱"句本此。第二首，咏史感时。王守仁由此起兵平定宁王宸濠之乱，清政府亦由此发兵平定耿、尚之乱。二诗歌友谊，怀苏轼，批三藩，内容繁富，衔华佩实，而皆着眼于军事，可称绝妙。这里，只就"飞楼切云上，危堞枕江开"一联略谈一点对偶艺术。这一联，上写楼高，下写堞危，两句由点而面，逐步展开，构思精巧。上句谓此楼高与天接，已足称奇。"切上"二字，大显精神。谓此楼直似一把利剑，把云层切开，可扶摇直上，达于天心，这是很美的想象。非从军事重镇着眼不能有此奇想。下句"危堞枕江开"，亦奇。这是说，此楼枕江而卧，雄踞江岸，紧依高城而立，直如一位威武挺立的猛士。"开"字尤见笔力，这是作者描绘的一幅山川宏图。为突现楼台之险要，特用烘托法写之，此可见作者想象之奇与构思之巧。

对偶或曰对仗是汉语诗歌的一种优美的语言现象。日本汉诗学者吉川幸次郎说：对偶艺术是中国诗歌独一无二的艺术，只有使用汉字汉语的国家才能产生和运用这一艺术(《杜诗研究》)。这说得很对。因为汉字多由形声两个部件组成，又有同音、双声、叠韵之妙，这是一切拼音文字所没有的。南朝梁代诗歌理论家沈约首先锐敏地观察到这一特异现象，他总结了汉语文字对应规律及声韵和谐之美，著成《声律论》一书，提出四声八病说，对律诗的产生和发展起了推动作用，影响很大。对偶是律体内在结构的主体部分，自应重视。唐代近体诗的繁荣昌盛与这一理论的推动显然有关。渔洋对继承、发展杜甫律诗是下了苦功的，他在对偶艺术上的成就，可说已臻化境。这“飞楼切云上”一联，是有力的例证。

赣州别丁雁水佥事

与君暂相见，挥手古虔州。
孤棹山俱远，双江水乱流。
急滩穿诘曲，深竹叫钩辀。
离别兼羁旅，中宵感白头。

《北归志》：“二十七日……晚次赣州府赣县。”林有送王氏北归序。二十九日发赣州，有诗别丁炜，即此诗。双江指章贡二水。急滩指十八滩。“钩辀”，鹧鸪鸣声。丁炜《问山文集》卷三《再与王贻上少詹书》：“南海祭告使毕而还，姑延一再宿，先生解缆去，舟泊龙山，寄诗见怀。”丁炜字雁水，一字瞻汝，福建晋江人。顺治间授漳平教谕，累官湖广按察使、昆明知府，以目疾罢归。康熙十六年(1677)渔洋选其诗入《十子诗略》，其诗力追唐贤，为时所重。《渔洋诗话》：“闽派诗，自林子羽、高廷礼后，三百年间，前推郑继之，后推曹能始，能自见本色耳。丁雁水炜亦林派之铮铮者。”

此诗写别后怀思之情，托物遣兴，寄意遥深。首联叙别，于平淡中见真情。中两联转从侧面着笔，写别后舟中所见景物，全是隐语，具见情深。“孤棹”是悲的意象，“急滩”是险的意象，“水乱流”“穿诘曲”，皆舟行所见。两人离别渐远，这时他听到了鹧鸪的啼叫声，愁绪平添。一腔失意情怀，全泄于此。丁炜读之深为感动，立即驰函答谢，还写了一首和诗。

丁炜为渔洋诗友，作者奉使南行，两过赣州，均受到雁水的殷勤接待，两人并辔游览，上郁姑，登八境，拜王文成公祠，酬唱不迭，情同手足。“方穿诘曲崎岖路，又听钩辀格磔声”。这是李群玉《九子坡闻鹧鸪》诗中的好句，作者化而用之，益增诗趣。

21. 岭南卷

【卷头语】岭南山水奇异，作者来游所作多为古风，咏史伤时，寄慨遥深。对黄帝二子，舜与大禹，对历代遭贬至此及守土之士，对避世贤人，皆深致敬意。这些都给人留下深刻印象。其颂赞中华民族文化精神之力量，引人瞩目。

题南安宝界寺

古寺兴亡阅几秋，诸贤谁遣到炎州？
可怜横浦关前水，犹绕当年铁汉楼。

《南来志》:"二十七日……南安府有两城，夹章水、由水。南城过横浦关，陂陀而上。至云封寺，山势渐高，螺旋而上。二里许，双壁巉巉，中通一线，为梅关，庾岭最高处。峡尽有兰若，曰挂角寺。寺有张文献公祠、六祖堂……庾岭之南，奇峰秀石，松杉映蔚，若瞻林园。始见榕树，食腰站。晚次南雄府保昌县，入广东境。"《明一统志》:"(横浦)关在府城西南三十里，旧说汉将军杨仆讨吕嘉，出豫章下横浦，即此处。"

《五朝名臣言行录》:"元城先生刘安世，字器之，大名人，中进士第，事神宗、哲宗，官至左谏议大夫。"周晖《清波杂志》:"张无垢贬南安凡十有四年，寓处僧舍，未尝出门户，其一语一言，举足为法，警悟后学宏矣。"按：无垢名九成，钱塘人。薛应旂《续资治通鉴》:"宣和七年，刘安世卒。安世为章惇、蔡卞、蔡京所忌，连遭贬斥极远恶地。东坡评元祐人物曰：'器之真铁汉！'"东坡贬岭南，过此。

作者过横浦关，有感于唐张九龄及宋刘安世、张无垢、苏轼诸贤遭贬事，作此诗。一起即连续追问:"诸贤谁遣到炎州?"这是在向历史控诉,"谁遣"一问，力重千钧。这意思是说：若非统治者蓄意加害，他们怎么会到这炎荒之地来？两句追问，奇警有力。此借咏史以讽现实，宋之诸贤遭际如此，则清之汉族士人又如何？发人深省。这不仅展示出一幅古寺兴废的历史画卷，还为诗旨深化带来强大的推动力，气完神足，极为感人。最后诗人发出不平鸣:"可怜横浦关前水，犹绕当年铁汉楼!"透视古今，苍凉沉痛，如此评史论人，恰到好处。作者初入炎荒，感慨万千。这是他入南岭后的第一首诗作。“铁汉楼”是他创造的一个美称，东坡以“铁汉”赞誉不屈的刘安世，作者又以“铁汉楼”合赞唐宋诸贤。一篇精髓，全见于此。一个“绕”字，讽意深藏，有悠悠不尽之感。古时发遣塞外和贬官岭南，都是极重的处罚。这是专制统治者对臣下施威的惯技，渔洋这次于寒冬腊月奉使南行祭神，是深切地体会到了。他非遭贬，但其被驱遣也是一样的。咏史感时，十分沉痛。

抵安南

岭南已负荔枝天，横浦重过意惘然。
暂借溪楼看山色，蜡花如雪寺门前。

《北归志》：“二十五日。舆行，过大庾岭，观六祖卓锡泉。晡次江西南安府大庾县。南安人以蜡树为业，花如散雪，弥望皆是。”蜡树即女贞，人于女贞枝上养蜡虫，以取白蜡，子可入药。《南安志》：秦属九江郡，汉为豫章郡。

这是《题南安宝界寺》的续篇，四月北归重经此作，这是一首岭南风土诗。前诗对贬居于此的唐宋名臣深表怀念之情，此诗独对苏轼遭贬寄慨。苏称刘元城是“真铁汉”，渔洋认为苏轼也是一个“真铁汉”。苏有句云：“日啖荔枝三百颗，不辞长作岭南人。”此诗第一句即用此意，这是苏王两人超越时空的对话，很有趣。接着又补上一句：“横浦重过意惘然”，语至沉痛。这是哀苏也是自哀，他们皆未得重用。接下两句，是自宽自慰之词，同唐宋诸贤一样，他也只得“暂借溪楼看山色”了。寺前蜡花像白雪一样，从宋朝一直开到现在，自然的景象没有变化，古今士人的遭遇也一样。这是作者站立在寺门前所吟咏的一首悲歌。“蜡花如雪”是一幅风景画，作者说：“南安人以蜡树为业，弥望皆是。”这在弘扬民俗文化上自有其特殊价值。作者一贯重视民俗文化，《南海集》中此类作品不少，这也是他的山水诗的一个特色。此时作者意兴惘然，除了溪流、山色、蜡花，还有什么可欣赏的呢？此遣一时之兴，清新超脱，别饶风趣。

归度大庾岭

大庾连横浦，艰难此再经。
鬓从五岭白，山入百蛮青。

峤水流炎海，榕阴数驿亭。
今宵望南斗，渐远使臣星。

《旧唐书·地理志》："大庾岭有横浦关。"岭为古代通岭南之要道，关为古代军事要塞。《岭南杂记》："榕树，闽广地最多，他省则无，故红梅驿以北无。榕大者，荫十馀亩，离奇古怪，备木之异，衙署多植以为荫。"南斗，指斗宿，共有六星。张九龄有《开大庾岭记》。大庾岭为南北地理分界线。岭之南北，温差甚大。岭上梅花，南枝既开，北枝始放，洵为奇观。唐初，宋之问流放钦州，有过岭感怀诗。他觉回乡无望，故有"不敢问长沙"之叹。渔洋在奉使北返途中与宋之问引起心灵共振，原因有二：一是他自出任扬州推官为江南士人平反一大批冤狱后，即为清廷疑忌。二是此次奉使祭神，等于"变相流放"。过岭时，他与宋之问有类似感受，是很自然的。虽不同于罪徒，但效犬马之劳又与宋何异？

从艺术上看，两人之诗有异有同：宋诗清浅，王诗幽深，皆韵味幽深，足可媲美。渔洋之对偶艺术，向为识者称道，此诗中间两联，虚中有实，实中有虚。以"鬓从五岭白"一句而言，这个"鬓"字，既指此时作者之鬓，亦指古今过岭者之鬓，"五岭"是指特定的地域，但又是古今士人谪戍之地。"白"既指"鬓毛"，又令人想及岭头之雪。如此等等，作者对景物虚实关系的处理，可说已达出神入化之境。"山入百蛮青"句，亦类此。总之，这一联，是把作者自己的阅历、观察、想象、联想全都综合成一个触目惊心的审美意象了，这是罕见的。

张文献公祠

峡寺重云里，人瞻丞相祠。
开元如夙昔，风度想当时。
羽扇三秋恨，淋铃万古悲。
何来双海燕，犹自入帘帷？

《南来志》："过庾岭，峡尽，有兰若曰挂角寺，寺有张文献公祠。"按《图经》：挂角寺，即古云封寺。《新唐书·张九龄传》："帝将以牛仙客为尚书，九龄曰'不可'。林甫进曰：'仙客，宰相才也。'帝由是决用仙客。既戾帝旨，内惧恐，因帝赐白羽扇，乃献赋自况。赋云：'纵秋气之移夺，终感恩于箧中。'"《唐书》："禄山以范阳偏校入奏，气骄蹇，九龄曰：'乱幽州者，此胡雏也。'及讨奚、契丹败，执如京师，九龄署状曰：‘不容免死！’帝不许。九龄曰：‘禄山有逆相，宜即事诛之。’帝曰：‘卿无以王衍知石勒而害忠良。’帝后在蜀，思其忠，泣下，遣使祭于韶州。”《全唐诗话》：“九龄为诗贻林甫曰：‘海燕何微渺，乘春亦暂来。岂知泥泞溅，只见玉堂开。绣户时双入，华轩日几回？无心与物竞，鹰隼莫相猜。’林甫览之，知其必退，恚怒稍解。”

张九龄是唐代名相，作者过韶州，入祠拜谒，作此诗。开元二十一年(733)，张九龄任中书侍郎同中书门下平章事，主张不循资格用人，设十道采访使。还，进奉《金镜录》，言前古兴废之道。又每极言得失，请杀安禄山。后被奸人所忌，罢相归里。这首诗生动地反映出这些情况。“开元如夙昔，风度想当时。”此言安史乱前，玄宗常从其计，君臣相处甚洽。“羽扇三秋恨，淋铃万古悲。”此言安史乱起，九龄已罢相归里，玄宗幸蜀后，始识九龄之忠。两联所写，全用跨缩时空、迭加意象之法，这是一个艺术焦点或亮点，渔洋咏怀前哲往往用此法。此诗反映出君臣间一幕历史悲剧，足憾千古，故以“万古悲”叹之。“羽扇三秋恨”，说明九龄早已察知安禄山是大奸，因请杀之以除隐患，玄宗不听，结果自己被昏君当作一把秋扇弃置不用。玄宗幸蜀，途中遇雨，因怀贵妃而制《雨霖铃》，自悲自叹。作者以“淋铃万古悲”刺之。尾联：“何来双海燕，犹自入帘帷？”此写眼前景，实际还是咏史。因为玄宗听从奸相李林甫的话，九龄不为所容，因赋《海燕》诗以寄意，作者幽默地问道：这幕历史悲剧已经演完了吗？在诗的结尾终于提出这个疑问，令人警醒。孟子说：君之视臣如草芥，则臣之视君如寇仇。这一隐含之意，呼之欲出。此诗用事巧，寓意深，很耐咀嚼。

张九龄的悲剧，说明在昏君统治下，忠奸对立是不可调和的。忠者能像九龄这样步步退让，以致辞官归隐，才得保全自己，否则结局将是很悲惨的。历史的经验一再证明了这一点。张九龄能急流勇退，可谓善于自处。渔洋写此诗是在警诫自己，也是在奉劝别人。伴君如伴虎，做一个忠臣良相而又能保持独立的人格，谈何易哉！

将抵曲江

二月一日春态闲，桃花欲落鸟绵蛮。
回头不识中原路，人在三枫五渡间。

《南来志》：“初一日。辛卯。曲江道中多怪山，形貌诡特，不可殚名，往往有巨石插入江水，舟宛转避之……晚次韶州府曲江县。”《元和郡县图志》：“始兴县有三枫亭、五渡水，齐范彦龙为始兴守，至修仁酌水赋诗曰：‘三枫何习习，五渡且悠悠。宁饮修仁水，不挹邪阶流。’”范有集三十卷，已佚。《渔洋诗话》：“始兴江口有三枫亭，梁范云遗迹也。余以甲子使粤过之，题诗云……”

作者将抵曲江，为南国春景所动，因忆六朝诗人范云谪居岭南旧事，作此诗。范云身历宋齐梁三朝，由外放始兴内史到回朝升任吏部尚书右仆射，在复杂多变的时代，身处蛮荒毫不气馁，敢于唱出“宁饮修仁水，不挹邪阶流”的诗句，可见其人气节之高。渔洋极重其人，故作此诗讴之，似亦有自喻、自省、自励、自惜之意。范云处逆境、守清操，人格高，诗格亦高。作者处康熙之世，进退两难，因自省当以范云为镜，做一个正直者。范云被贬蛮荒，未改中原之志，这是使他崇敬的。通过对范云的追思，他既宣泄了一些怨气，又收到一种警醒作用。他觉得自己在今后的征程中，当时时以范云为榜样，庶几不迷航向不失方寸。尽管他有归隐之心，但又不能绝裾径去，心里很矛盾。

在中国历史上，有过两次“异族入主中原”的灾难。这是使得许多维护正统史观的汉族士人感到痛心的。渔洋在华夷之辨这个问题上，显然也受到这种思潮的影响，所以此诗以“回头不识中原路，人在三枫五渡间”作结，就不只是哀范，也是在自哀。看来，当时屈大均等流寓岭南的汉族士人也都有这种想法。应该说，渔洋也是一个始终不屈者。

舜祠翠华亭

仿佛南巡迹，重华事有无？
雨痕上斑竹，云气接苍梧。
仪凤何年逝，啼鹃岁又徂。
不胜怀古意，江色日荒芜。

《南来志》：“二月初一日，舟行曲江道中，两岸多怪石，晚次韶州府曲江县，知县秦熙祚来谒。”《韶州志》：“皇冈山在郡北三里，山顶旧有翠华亭祠，下有舜峰寺，即祀虞帝斋沐之地。”传舜帝南巡，常乘翠龙而行。任昉《述异记》：“舜南巡不返，没葬于苍梧之野，尧之二女娥皇、女英追之不及，相思恸哭，泪下沾竹，文悉为斑然。”斑竹，一名湘妃竹。《史记·五帝本纪》：四海之内，咸戴帝舜之功。于是禹乃兴《九韶》之乐，致异物，凤皇来翔。

舜殁于苍梧之野，祠建于韶州山中，此可见其人在中华民族融合史上影响之大。作者南行过此，写了这首赞歌，这是他对中华古文化的礼赞。

舜是一个传说人物，他的事迹是后代史家根据传说追记的。诗以疑问句开篇，说明作者对待古史有怀疑精神，颂古而不泥古，问得很有趣。接着，即以肯定语气作了正面颂赞："雨痕上斑竹，云气接苍梧。"上句写二妃之悲，下句写舜之死，君山和苍梧，云气连为一体。接着又将古史与现实作对比："仪凤何年逝，啼鹃岁又徂。"这两句表达了人民对舜的追念之情，人人都希望他还活着。尾联："不胜怀古意，江色日荒芜。"以"江色"和"荒芜"两个意象，表达自己内心难以言说的悲痛。尽管当时已是康熙盛世，但像舜这样的帝王哪里去找呢？这是在为舜招魂，也是在呐喊："振兴中华民族的英明帝王大舜，你回来吧！"作者生不逢时，他现在是又一次地找到一个喷火口了。在满族压迫汉人的时代，他发出这样的哀怨声，是有震撼力的。舜作为人民心目中一个理想君王的代表，永远值得歌颂，这就是此诗之要旨。

始兴江口

西过始兴水，浈溪增渌波。
推篷春日下，高枕粤山多。
前路逢泷吏，回风起蛮歌。
鼻亭不可问，乱石郁嵯峨。

《北归志》："二十二日。晴，午次始兴江口，县去江口十八里，候纤夫，入夜始至。舟中阅《澹归集》，诗笔雄肆，可谓辩才。晚次修仁水口，范云赋诗处，旧有三枫亭。"《南来志》："始兴，亦名东溪，西合浈水，又有墨江水来注之，浈水至此始成巨津。"泷，古县名，故城在今兴定县。《括地志》："鼻亭神在营道北六十里。故老传云：舜葬九疑，象来至此，后人立祠，名为鼻亭神。"《怀麓堂诗话》："维扬周岐凤坐事亡命，扁舟野泊，无锡钱晔投之以诗，有'一身为客如张俭，四海何人似孔融？野寺莺花春载酒，河桥风雨夜推篷'之句。岐凤得诗为之大恸。江南人至今传之。"韩愈《泷吏》诗："往问泷头吏，潮州尚几里？"

此诗写始兴江口所见，似为北归时所作。浈水上游清浅，四月下旬春水大涨，始通航，故有"增渌波"之语。前三联写景，一开头，即将始兴水与浈溪联结起来，既开门见山，又笼罩全篇。颔联："推篷春日下，高枕粤山多。""推篷"句化用李东阳句，甚有趣。此写作者卧于舟中的错觉移位，前句所写，似乎是人把太阳推下山去，恍似神话中的"挥戈落日"。后句表现卧枕看山，因为船在向前移动，山似在不断增多，这是一种幻觉。两句反映出一种闲淡清雅的心境，自得其乐。颈联用韩愈诗意，心与古人游，亦有佳趣。此时听到蜑歌四起，心情甚乐。尾联："鼻亭不可问，乱石郁嵯峨。"有如奇峰突起，突出一篇要旨，给人以惊奇之感。鼻亭是岭南人对舜和象的纪念物，这是以炎黄为始祖的一种文化意识认同。但这鼻亭现已荒废，因此发出一声"不可问"的慨叹。此诗旨在唤醒民族意识，是起了作用、产生了影响的，这也可以说是对清廷钳压政策的一种消极抵抗。南行归来，他不是与清廷靠得更紧，而是更加疏离了。这是作者自由精神的表现，他是不驯服的。

韶　石

昔闻韶石奇，今睹韶石状。奇峰削凡体，斗绝各雄长。
怪石走中流，牙角怒相向。峡迫舂湍豪，撞舂力破抗。
双阙屹东西，毬门始谁创？其旁有阿阁，灵凤昔来贶。
传闻帝南巡，九成奏崖嶂。后夔不可作，畴与辨真妄？
飘摇翠龙驾，仿佛钩陈仗。西望苍梧云，临风独惆怅。

《南来志》："初一日……过韶石。两石对峙曰双阙，又有凤阁、左右毬门等，凡三十六石。孙文定公《南征记略》曰：'韶石前后，怪石相望，直若危柱，削若堵墙，圆若廪囷，半削若地甗瓜，首尾翘翘似周航，方幅如布帆，廉起如檐宇。'约略尽之。城北三里许，皇冈山有舜祠。晚次韶州府曲江县。"韶石，在广东省韶关北。传舜南巡，乘翠龙，登此石，奏韶乐。《水经注·溱水》："利水出曲江县之韶石北山，南流径韶石下。其石高百仞，广圆五里，两石对峙，相去一里，小大略均，似双阙，名曰韶石。"《太平御览》："《尚书中候》曰：'黄帝时，天气休通，五得期化，凤皇止庭，巢阿阁，欢于树。'"《文选注》："《周书》曰：'明堂咸有四阿。'然则阁有阿，谓之阿阁。"《尚书·益稷》："箫韶九成。"郑玄曰："成犹终也。每曲一终，必变更奏。"九成犹九奏。后夔，舜的乐官。《尚书·舜典》："帝曰：'夔，命汝典乐。'"后夔，即夔。《晋书·天文志》："北极五星，钩陈六星。皆在紫宫中。钩陈，后宫也，大帝之正妃也。王者法钩陈，设环列。"

韶州山甚奇，以韶石为上，双阙又为韶石之奇绝者。传舜南巡，乘翠龙，登此石，奏韶乐，石因以名。此诗前半写韶石之奇，绘出一幅山水雄图。后半言舜帝南巡事，表露出一种哀婉情调。舜是传说人物，此篇借石以颂其人，颇见精彩。峰"奇"而"秀"，水"湍"而"豪"，已足称美，但这还只是一般的颂赞；

只有提到“双阙”“毬门”“阿阁”，以及石走中流、牙角怒对种种怪状，这才真正突显韶石的奇观。灵凤来睨，初见事美；韶乐九奏、回响崖嶂，大显其神。借石、水以歌舜，又借舜以颂山川，直把舜帝南巡的壮美图景充分描绘出来。这是华夏文化开发史上一曲壮歌。传舜践帝位三十九年，南巡苍梧之野而死，事极悲壮。此诗以“西望苍梧云，临风独惆怅”收束，既涂上了浓郁的悲剧色彩，又充分显出爱民族英灵、爱壮丽山川的伟大气魄，真可以加入到中华美石文化宝库里去。对韶石的歌赞就是对大舜的歌赞，也就是对中华民族和中华古文化的歌赞，在清初满族压迫汉人的时代，特别有意义。

平 圃

扣舷聊骋望，川上浩烟波。
往往奇峰出，行行松石多。
人言故相宅，遥指曲江过。
太息开元后，争传得宝歌。

《南来志》：“初二日……晚次蓑衣渡，野泊。”平圃，山名。《唐书》：“开元二十九年，田同秀上言见玄元皇帝，云有宝符在陕州桃林县古关令尹喜宅。发中使求而得之，改桃林为灵宝县。及陕尉崔成甫以坚凿成新潭，又致扬州铜器，翻出此词，集两县妇人唱之，言：‘得宝弘农野，弘农得宝邪？潭里船车闹，扬州铜器多。三郎当殿坐，看唱得宝歌。’成甫又作歌词十首，自衣缺胯绿衫，锦半臂，红罗抹额，于第一船作号头唱之，和者妇人百人，皆鲜服靓妆，齐声接影，鼓笛胡部以应之。明皇欢悦，赐名广运潭。”《陇蜀馀闻》：“开元末，于弘农古函谷关得宝符，白石篆文，正成乘字，解之者曰：乘者，四十八。因作《弘农得宝歌》，遂改元天宝。事载《传信记》。”

作者舟行江上，过平圃，遥想张九龄故居，作此诗。张是唐代名相，开元中他主张不循资格用人，见其气。玄宗生日，曾进《金镜录》，言前古兴废之道，见其识。每极言得失，尝请杀安禄山，见其勇。后为李林甫所忌，罢相家居，见其智。此诗前四句，借景抒情，语美情浓，极有韵味。颔联“往往奇峰出”句，以“奇峰”对“松石”，虽不为切对，却真实自然，而寓意深藏。上下两句各以“往往”“行行”冠之，显有舟行的动态感。“往往”言不止一次，带有经常性。“出”言石之突起，含有“少见”的意思，带有特殊性。此句先说峰“常见”，后又说“少见”，好像有点矛盾。其实因为峰在云中时隐时现，因此揭示出峰的常态和变态，即常与奇的矛盾统一，此可见其体物之妙。“行行松多石”，是对张九龄诗的回应。作者自注云：“公《初发曲溪》诗：‘溪流清且深，松石复登临。’”此写舟行所见之松与石，有“移步换形”之妙，而怀思之情亦深寓其间。两句合而观之，便是一幅美妙的奇峰松石图。尾联点出诗旨：“太息开元后，争传得宝歌。”只叙事实，不作评判。玄宗荒于嬉戏，张九龄被弃置不用，全于此见之。重“宝”不重人，这就是一个昏君的所作所为。这个时代结束了没有呢？留下了一个让人寻思的悬念。

武溪水

南纪标铜柱，滔滔万里征。
我穷伏波道，重和武溪行。
斜日闻吹笛，谁为辕寄生？
因思少游语，回首不胜情。

《南来志》：“初二日。微雨。曲江城西南，武溪水自乐昌来，注于湞水，即马文渊所谓‘武溪毒淫’者也。武溪中有三泷。韩退之《泷吏》诗：‘南行逾六旬，始下昌乐泷。’今曰‘韩泷’。”邝露《赤雅》：“伏波铜柱，一在凭祥州思明府南界，一在钦州分茆岭交趾东界。马文渊又于林邑北岸立三铜柱，为海界。林邑南立五铜柱，为山界。”崔豹《古今注》：“马援门生袁寄生善吹笛，援作歌，令寄生吹笛和之。”《后汉书・马援传》：“援谓官属曰：吾从弟少游，常哀我慷慨多大志，曰：‘士生一世，但取衣食裁足，乘下泽车，御款段马，为郡掾吏，守坟墓，乡里称善人，斯可矣。’当吾在浪泊、西里间，卧念少游平生时语，何可得也！”

作者过武溪怀马援，作此诗。汉建武十七年(41)，援拜伏波将军，征交趾。史称：援征交趾归，立铜柱，为汉之极界。此以“南纪标铜柱”开篇，颂马援之功。接着写自己武溪之行的感受。“我穷伏波道，重和武溪行。”作者与马援所走之路相同。以平常语入诗，亲切感人。“斜日闻吹笛，谁为辕寄生？”这是现实和历史交织的画面，辕寄生是马援的学生，两人曾有吹笛同歌之乐。现在作者沿武溪而行，又闻到笛声，但谁是马援的同调者呢？感慨良深。马援受到武帝猜忌，同僚也妒忌他，连李广都有难封之叹，又何止马援一人！马援后来觉悟了，什么功名利禄，到头来劳碌一生，只是任人驱使而已。所以作者说：“因思少游语，回首不胜情。”这里特意重述马援与从弟少游谈的一段悔恨语，表示自己对马援无限同情，此哀马援亦以自哀。少游说："士生一世，但取衣食裁足。乡里称善人，斯可矣。"这段话引起渔洋的共鸣。"回首不胜情"是一声深重的哀叹。如此"滔滔万里征"有什么意思！作者此次南行，可谓悔恨交集，他是真正的大彻大悟了。诗人引马援、少游为知己，求辕寄生而不可得，其愁怨之深，可知矣。

观音岩

粤山无寸肤，斯岩益厜㕒。其下蟠水府，其上排云霓。
洞穴豁天半，十丈临江涯。骑危蹑虚空，险绝缘钩梯。
白日忽昼晦，疑逢魍与魑。金兽佩腰间，火铃前后随。
蝙蝠如白鸦，钟乳皆倒垂。幂䍥掩洞门，狡狯神所为。
暗瀑响阴壑，寻丈安可知！洒落深潭中，如弩齐发机。
佛座云雾生，濛濛沾人衣。远江上明月，栏干拂参旗。
归舟意惝怳，绝景谁能追？

《南来志》："初三日……晡，登观音岩。峭壁俯江，拾级可五丈馀，有洞呀然开豁，中祠观音大士，危栏架壑，左右石壁，束炬前导，三折至绝顶，下临无地。岩颠钟乳倒垂，下幕洞口。岩根复有一洞，深窈黝黑，水出其中，注江不绝。归舟见新月，泊东江。"按：岩根一洞指玄华洞，即所谓水府也。《云笈七签》："凡欲修行，上愿佩神虎、金虎符，豁落七元，流金火铃，消魔隐咒，威制万灵。"《真诰》："老君佩神虎之符，带流金之铃。"《仙经》："蝙蝠，一名仙鼠，千岁之后，体白如雪，栖则倒悬，盖饮乳水而长生也。"《晋书·天文志》："参旗九星在参西，一曰天旗，一曰天弓。"《史记·天官书》："参为白虎，其西有勾曲九星，一名天旗。"《正义》曰："参旗九星，在参西，天旗也。"

观音岩，在广东英德县，濒临北江，层累而上，乘江涨望之，飘渺如神山。作者暮登此岩，作此诗。诗分三层：先写岩洞之大观，"蟠水府""豁天半""临江涯"，雄奇壮丽共六句。次写乘骑游览，细针密线，描绘所见奇景，有飘飘欲仙之感，共十六句。末以"江月""参旗"收结，共四句，发出"绝景谁能追"的感叹，馀韵悠然。这是一首描摹自然的纪游诗，颇有佳致。只状客观之景，自抒性情。此时一切烦恼全消，已达人与自然和谐之境。这是一种忘情于世俗、追蹑禅悟的境界，是他步武王孟诗派的一种突出表现。结尾四句，又使人联想到苏轼，"唯江上之清风，与山间之明月……而吾与子之所共适"，"作诗火速追亡逋，清景一失后难摹”。东坡的这些诗性思维与诗性智慧，无疑也给了他很大的沾溉和启迪，因此他才能做到状难写之景如在眼前，含不尽之情见于言外。

此诗主要特色是显出作者的神秘感。描摹自然的诗，常需神秘感，这是诗学上的一个重要问题，然非大家难达此境。神秘感来自作者的神学修养，它不是盲目的，也不是胡编乱造所能奏效的。诗人以“佛座云雾生，濛濛沾人衣”两句点醒读者。这里有佛，它是一座神山，诗的文化意蕴全显于此。此次奉使南行，有什么可使他快慰于心的呢？盖亦唯自然山水而已。这是在言愁表怨，惟有愁怨，其所咏吟者才有味外味。

弹子矶

神禹刊九山，百粤所不详。蛮夷暨流蔡，遗迹盖荒唐。
此矶始何代，峻极蟠穹苍。下临万丈潭，蛟螭多伏藏。
黑鹰巢其巅，下瞰时飞扬。石壁不可梯，错杂五文章。
镌镵复穿漏，鬼工肆皴皵。想当开凿时，巨刃摩天扬。
安得挟仙灵，白日凌飞梁！

《南来志》：“初三日……过弹子矶，悬崖千仞，如洞如厂，斧凿镌镵，拟于鬼神。”《广州志》：“弹子矶者，远望之，一峰锐耸，欹壁千仞，绝似太华。南峰之背，上有穴，亦与蜚蠬穴相似。云黄巢弹子所穿，是中空洞，一声入之，如震雷盘旋石腹，四山传响。”《尚书·禹贡》：“五百里要服，三百里夷，二百里蔡。”《左传·昭公元年》：“蔡，蔡叔是也，流放罪人于此也。”按：蛮夷流蔡，谓荒远也。孙伯度《南征纪略》：“弹子矶壁土，花木与石色，清白红紫相间，若锦屏。”

弹子矶一峰锐耸，欹壁千仞，高不可攀，绝似太华。这里没有庙宇，没有流泉，没有竹木，也没有任何古迹，能够见到的，只有山峰、石壁、深潭和黑鹰而已，他所能描绘的实景也只有这些。作者望之兴叹，却产生了美感，成此一篇佳作。开头四句，写此神禹未刊之山，是一块“蛮夷流蔡”的荒漠地，一起即引人入胜。这给人以惊奇之感，也带来了一点诗的浪漫氛围。接着写山水：“峻极蟠穹苍”，此写山的气势；“下临万丈潭”，此写水的幽深，以上四句写山水之奇。下写鹰和石壁：“黑鹰巢其巅，下瞰时飞扬。”这是关于鹰的一个特写镜头，将画面写活。而峭壁上五彩杂错的花纹，又充实了画面的色彩。这是作者独特的审美感受，给人留下很深的印象。其馀的叙述和描写，大都是虚托和想象。如说潭有"万丈深",里面藏有蛟龙,这显然是夸张,但将世俗化的这一传说写入,却也大增诗趣,虚幻空灵,美在神异。最后六句,诗人想象当初鬼工来开此山情景,又展现出一个"巨刃摩天扬"的造山神话大场面,此尤精彩。从审美意趣来说,这是诗人对于神奇大自然的艺术创造,他创造出这样一个优美如画的境界,令人惊叹。只有像他这样能与大自然心心相印的人,才能写出如此情韵深浓而又充满神秘感的诗来,这是真正的艺术,绝美的艺术。中国历来那些凡"以天地为心与万物为友"的诗人,也全都是这样。这样的胸襟和审美情怀,正是作者的诗学独得之秘。从遣情来说,这里既无史的咏怀,也无时的感叹,全诗从头到尾似无一点烟火气,但从"安得挟仙灵,白日凌飞梁"这一结句来看,其清怨之音似也蕴含其中。因为他不是真想成仙,只是为了排遣愁闷而已。快到奉使拜海的目的地了,他心里却荒芜得很,这是怎么回事?一个被扭曲的渔洋,是到了彻底澄清的时候了。他是一个怨清者,心中有愁怨。"安得挟仙灵,白日凌飞梁"是他的浪漫主义想象,这充分表现了他欲求解脱的愿望。神禹刊山,人所未见,这是一首颂禹奇诗。

二禺祠

轩辕二帝子,闻住绿云间。
世远无遗迹,夕阳空乱山。
攀髯失弓箭,采药异荆蛮。
猿鸟青冥里,应悲去不还。

《南来志》:"二月初五日。湟水自东来,入浈。峡中有飞来寺,寺前有禺阳二帝子祠。"《南征纪略》:"峡山寺左右岩谷,枫榆四合,下有禺阳二帝子祠。二帝子者,旧传轩辕氏二少子大禺、仲阳隐此峡,因号二禺山。"《史记·封禅书》:黄帝铸鼎于荆山下,鼎既成,有龙垂须髯下迎黄帝。黄帝上骑,群臣后宫以上者七十馀人,馀小臣不得上,乃悉持龙髯。赵晔《吴越春秋》:"太伯、仲雍托名采药于衡山,遂之荆蛮。"

二禺,指禺虢和禺京。虢是黄帝之子,京为黄帝之孙,二人未得随同黄帝升天,后住飞来峡绿林中。史称:黄帝有二十五子,这是他的子系远徙岭南的一支。据说他们后来都成了仙,这当然是神话。黄帝实际是中华文化的开创者,是汉民族的祖先。这首诗,表达了对二禺的悲悯、怀念之情,是对中华古文化的热烈礼赞,这对明亡以后流落在岭南一带明的遗民,如屈大均、邝露等抗清之士是极大的鼓舞，对于那些逃入山林以求保持自由人格和高尚气节的隐者，无疑也是一种慰藉。特别是，作者不颂二禺已经成为海神，却说他们都是活生生的人，至今还与猿鸟相亲，仍然在那里采药。从“应悲去不还”一句来看，又说明他们还有人生欲念，这就把他们还原为人。这对清政府派他去祭祀海神简直是一种嘲笑。诗是根据神话故事写的，二禺明明是神，但作者却不颂神，这很有趣。歌颂黄帝子孙，就是歌颂受压迫的汉民族，应该说，这诗在当时是有震撼力的。

滃　江

众绿被山足，舟行当翠微。
滃江流水远，浈口住人稀。
海日临崖吐，蛮禽拍浪飞。
阮俞如可采，长啸竟忘归。

《南来志》：“初五日……至清远峡。”《广东舆图》：“滃江在浈水之下，合浈、湟、溱、肄诸水，经清平龙塘溪会官岐河而南，由胥江而入于海。”滃江源出佛冈县，西流至英德县东南滃江口，注入北江。《水经注》：“浈浦关在中宿县，浈水出关右，合溱水谓之浈口。”《南征纪略》：“涧中远近悉生菖蒲及阮俞竹。”阮俞，竹名。《晋书・阮籍传》：“籍尝于苏门山遇孙登，与商略终古及栖神导引之术，登皆不应，籍因长啸而退。至半岭，闻有声若鸾凤之音，响乎岩谷，乃登之啸也。”

作者舟行滃江，过浈口，见此间竹林丰茂，观之入神，想起哭途穷的阮籍，因有此作。此诗咏景写法新奇，他坐在舟中，见这“众绿被山足”的奇景，赞叹不止。接着又写出一幅更美的海日图：“海日临崖吐，蛮禽拍浪飞。”这海吐日、蛮禽飞的想象景象，更显示出一种大氛围、大气概，给人的视觉和感觉都带来不小的冲击力。这就是这首景诗的美学力量。回过来，再说“滃江流水远，浈口住人稀”两句，这是在写实，但也分明含有一些愁怨。“流水远”暗示行程还长；“住人稀”则言其地之荒凉，他不幸来到这蛮荒之地，怎样才能求得自我解脱呢？这里离海不是很远，太阳从海里跳出来，映红了天，又映红了海，一群海鸟在拍击着浪花翱翔，这是一个多么自由、欢乐、神奇的新世界！其实，从心理学上说，这乃是观景人的精神上的一种希望和追求。他求得了没有？尾联作了一个有深趣的回答：“阮俞如可采，长啸竟忘归。”“阮俞”是竹的别称,“绿众”原来就是那“被山足”的竹林。竹是岁寒三友,有四君子之称,还有竹林七贤的故事,而阮籍正是七贤之一。阮籍生于易代之际,怀才不遇,时常纵酒谈玄,哭途穷,仰天长啸,这是涯口观景人的好榜样,他要“长啸忘归”,永远不回朝了。这观景人就是作者自己,他就是阮籍。此诗首尾呼应,明赞竹,实赞阮籍其人。他年轻时就自号“阮亭”,并编集为《阮亭诗选》,此可见其对阮籍倾慕之忱。这是他的一幅自画像,美妙至极。

归猿洞

若为越女化猿公,雾鬓风鬟向此中。
留得诃陵环子在,月明长忆上阳宫。

《南来志》:“初五日……至清远峡……上飞来寺……上即归猿洞。”佛教故事:欧冶子为越王取若耶之铤以铸剑。时,越有处女善剑,越王聘之,道逢一翁称猿公,与之试剑。试毕,飞上树,化为白猿而去。李贺《南园》:“见买若耶溪上剑,明朝归去事猿公。”赵晔《吴越春秋》亦有此记载。裴铏《传奇》:“孙恪下第游洛中,婚于袁氏,后挈家之南康,过峡山寺,袁氏以玉环献僧,化为白猿奔去。恪惊惧良久,僧方悟此猿是旧所养。高力士以束帛易之,训扰于上阳宫。玉环本诃陵胡人所施,随猿臂而往,今方悟其怪。”

归猿洞在清远飞来峡中,这首诗是依据一则佛教故事创作的。《吴越春秋》上说,越女善剑,为越王所聘。女与翁比剑,心悦之,翁不敢接受她的爱情,化为白猿而去,女不爱越王而慕此翁。婚恋本应自由,但在王权统治下,翁与女不能成婚,作者因写此诗哀之。“若为越女化猿公,雾鬓风鬟向此中。”这两句诗,是祝贺他们能在此洞中永远相爱,这是给他们打气、鼓励。但这又分明是假设语气,难免留下几分苦涩味,令人惆怅。接下两句:“留得诃陵环子在,月明长忆上阳宫。”这是推开一笔的写法,讲了另外一个故事:唐玄宗与杨玉环死后依然热恋。“留得在”是希望的语气,但实际也是异常幻梦,这表露出作者对此二人的真挚关怀和深切同情,非常令人感动。作者是一位很严肃的诗人,何以要写似此人神相恋的诗?单是在这次南行途中,他就写了洛神、二乔、彩鸾、息夫人、大姑、小姑,一篇又一篇,很不平常。稍有一点历史常识的人都知道,当时是程朱理学盛行时代,人欲不断受到摧残,女子的婚姻悲剧经常发生,对此他是很关切的。此足证明他是一个尊重人性、鄙薄奴性的大诗人,他一贯主张婚恋自主,反对把妇女当作玩物和工具。此诗富有反封建的进步意义。

峡山飞来寺

方舟宿浈阳，高峡厌蒙密。乘风指飞来，喜近调御室。
苍苍菩提树，逶迤寺门出。金碧阅萧梁，幻语恐非实。
禺阳二帝子，何年此栖息？言采阮俞竹，遥应黄钟律。
如何遂不还，空有湖城忆。东上缘崎危，诘曲昧蹊术。
夹磴荔奴阴，青葱上初日。石壁留孤云，飞亭俯江色。
沉沉晴川绿，活活流泉疾。敷坐憺忘归，逍遥问摩诘。

《南来志》："初五日……湟江水自东来，入浈，峡中有飞来寺。"是日，作者舟行过此，因登寺一游。郦道元《水经注》："溱水南径浈阳县西，旧益县也。县东有浈石山，广圆三十里，挺崿大江之北，盘址长川之际，其阳有石室。溱水又西南，历皋口、太尉二山之间，是曰浈阳峡。"钱世扬《古史谈苑》："《岭外录》云：梁时峡中有二神人，化为方士，往舒州延祚寺，夜叩真俊禅师，曰：'峡据清远上游，欲建一道场，足迹胜概，师许之乎？'俊诺，中夜风雨大作。迟明启户，佛殿宝像已神运至此山矣。师乃安坐语偈曰：'此殿飞来何不回？'忽闻空中语曰：'动不如静'。赐额'飞来寺'。"《翻译名义集》："富楼沙昙藐婆罗提，秦云：可化丈夫调御师。"按：调御丈夫，世尊十德之一也。谢灵运《登石门最高顶》："来人忘新术，去子惑故蹊。"《说文》："术，邑中道。"曾公《类说》："《海物异名记》：'岭南人谓龙眼为荔枝奴。'"刘恂《岭表录异》："荔枝方过，龙眼即熟，南人谓之荔枝奴，以其常随后也。"

峡山飞来寺是一个历史文化景点。峡两岸群山连绵，一江奔泻其间，波涛湍急，气势磅礴。沿岸群峰，参差对峙，绿水青山，云蒸霞蔚，与庙宇景观相映成趣，令人神往。王氏这首纪游诗，在他的山水诗中颇具特色。诗分三层：(一)作者写舟宿浈阳，远望高峡树木"蒙密"，顿生畏惧之感。次叹"飞来"之高，以得近"调御室"而喜，又托菩提树之逶迤寺门，以歌此寺之神奇。首六句，由"厌"而"喜"，勾画出一个山水神境，跌宕多姿。(二)中八句写寺古，建筑辉煌，年代久远。令人感念的还有一个传奇故事：黄帝二子曾在此隐居修道。这是对中华文化的热烈歌颂。在满族钳压汉人时代，作者借此抒发内心苦闷，极富感染力。(三)最后十句，写游东峰所见奇景，流利自然，敷坐忘归，恍入神境。这是王氏一首超凡脱俗、回归自然的理想之歌。在这里，他的愁闷、苦恼，全都消散，只剩下一个与自然融合为一、"逍遥问摩诘"的自己。清新俊逸，澄怀悟道，达到中国隐逸文化的至高境界。作者标举神韵，对禅宗哲学美学有深切领悟与体会。此篇通过对山川与人文景观的观察、感悟，形成他对人生和世界的独特认识，这对抗拒当时腐朽的庙堂文学很有价值。怎样的山水诗才是最好的诗？在渔洋看来，那就是彻底摆脱俗气而有禅味的诗。禅宗哲学认为：一个得道的禅师，对山水的体悟必须经历三个阶段，即：初时见山是山，见水是水；进而见山非山，见水非水；最终见山还是山，见水还是水。因为初见山水，只是山水的表体；待仔细观察，才能感悟山水之性。山水与人一样，都在不断相互转化过程中，或则客体主体化，或则主体客体化。主客体之关系不是固定不变的。最后，经过长期观察、思索才能认识山水的全貌与全神。客体依然存在，而作为主体的人，即可离开客体用冷眼来看山水，又可融入客体用热眼来看山水。但无论离开或融入，山水皆依旧。关键是在观察者要有一颗能够自我把握的心，这就是禅宗所说的“平常心”。不论是谁，只要有了这颗平常心，即可达悟道之境，此即禅境。禅宗哲学和美学对人生和世界的基本看法大致如此。这首诗就是这种人生观和世界观的形象化体现，渔洋后期作品大体都是这样。诗入禅境，可谓至矣尽矣。

半山亭

云碓水自春，松门风为关。夙爱老坡语，几载思禺山？
何意万里游，两脚堕孱颜。苔碣不可见，定水犹潺湲。
宴坐半山亭，下见凝碧湾。榕根如狞龙，怒攫青崖间。
日午竹鸡啼，浓绿排烟鬟。我行穷祝融，何时复来还！

《南来志》：“初五日……东北石磴诘曲上，曰半山亭。复践石磴，行大壑中，可四五折，夹道多龙目树，松竹交荫。”《峡山寺志》：“凝碧湾在寺前，峰峦层翠，波水回环，凝碧涵光，连挽接映，清胜接目。”《广东通志》：“越秀山，永乐初于山半建半山亭。”“云碓水自春，松门风为关。”作者自注：“坡公《题峡山寺》句。”白乐天诗：“云碓无人水自春。”注云：“庐山多云母，故以水碓捣炼，俗呼为云碓。”《维摩诘经》：“八解之浴池，定水湛然满。”吴楚《游峡山记》：“寺东上流五六里为白泡潭，以水深浪涌环抱过寺前，故东坡名为凝碧湾。”陶岳《零陵记》：“竹鸡状如鹁，尾少长。”东坡诗：“霜林散烟鬟。”注：“言山之露顶如烟鬟耳。”孱颜，同巉岩。佛家称坐禅为宴坐。

半山亭在清远峡中，此地距广州不远。至此，南海之行将达终点。作者坐半山亭有感，因成此篇。开头两句："云碓水自舂，松门风为关。"径引苏轼之句入诗，盛赞此峡奇景，很自然地写出对苏子的崇仰之情。接着发出感叹："夙爱老坡语，几载思禺山？"禺山指广州。苏贬海南，历尽苦难，想不到自己现在也踏着他的足迹来了。来游此亭，心殊寂寞。就像一个行脚僧，他此时已是"两脚堕孱颜"了。这里，"苔碣不可见，定水犹潺湲"。"定水"出自《维摩诘经》，俨如佛境。这是眼前景，也是意念中的幻境。苏子晚年信佛，作者中年以后也信佛。这是说，他"宴坐半山亭，下见凝碧湾"，正同苏轼当时的心境一样。最后以写亭周之景结束全诗。那大榕树的根，活像"狞龙"，形态凶恶；那竹鸡的啼鸣声，虽然好听，但又能给他多少安慰？他忽觉眼前已是一片空无，只觉心下澄明，胸怀旷达。因又想：此地离祝融峰已远，不知何时才得北归？还未完成祭祀使命，就想早点赶回程，一腔愁绪，全见于此。

半山亭本是自然景观，只因苏轼来游，且有佳篇传世，今已变成饶有风味的人文景观。此诗的浓郁文化氛围即由此显现，这里恍如禅境。触景生情，人皆能之，然有禅味，而又能写出时代之愁怀者就很难了，渔洋此诗境界之高在此。他的身影乃至魂魄似乎都永远留存于此，这里无一字直接评判专制皇权对历代士人的摧残和迫害，但由苏轼的被贬南海及自己的遭遇是可以想到这一切的。妙在无言，美在不必言。

浈阳峡

峭帆入皋石，绝壁太古色。山川方出云，白日转昏黑。
浩浩一水逝，苍苍两崖逼。雄雷地中奋，坤轴倏倾仄。
十步一盘涡，下视窈难测。云中穴蛟蜃，呀呷择人食。
牯牛尤险绝，艰虞万夫力。石栈缘秋毫，百丈牵江直。
惨惨鹧鸪啼，猿猱不遑息。尚忆符韶州，架阁拟巴僰。
事往逾百年，遗迹半湮泐。陵谷一俯仰，感叹情何极！

《北归志》："十六日。雨，过浈阳峡，四山出云，一水湍悍。"《皇华纪闻》："自英德至清远，历浈阳、大庙、中宿三峡，浈阳最险，一名皋石，长二十里，猿鸟莫逾。中有钓鱼台基、牯牛石，尤险恶。嘉靖初，韶州府通判符君锡于南山石壁得宋嘉祐《开峡山栈道记》，遂募众开凿，叠石桥十二，行旅便之，惟钓鱼台未竟。未几，迁太常簿，历太仆丞，复出守韶州，乃再募人煅之以火，淬以油醋，石应手碎，乃叠石构栈道，护以曲栏，固以铁组，今犹有存者。锡治韶多善政，曾修《韶志》，雅有体裁。”按：《韶州志》：“锡，新喻人，嘉靖中判府。”《太平御览》：“师旷占曰：春雷初起，其音恪恪霹雳者，所谓雄雷，旱气也；其鸣依依，音不太霹雳者，谓之雌雷，水气也。”李善《文选》注：“《河图括地象》曰：‘地下有四柱，广十万里，有三千六百轴。’”张嘉贞《恒山碑铭》：“其顶也，上扶乾门黑帝之宫观；其足也，下捺坤轴元神之都府。”

此诗写雨中过峡情景，笔墨工细。一起写舟入峡口，以“绝壁太古色”惊奇之感统领全诗，为一篇造势。次以十六句畅抒所见所感，由天空之昏黑写到一水之奔流，由雄雷之奋、坤轴之倾写到盘涡之难测，由崖穴蛟蜃之食人写到牯牛石之险绝，由石栈之仄如秋毫写到纤夫之艰苦，最后点出鹧鸪之悲啼与猿猱之苦攀，皆着力写山水人鸟猿之动态，更将惊奇之感写透，令人骇异。最后赞扬符韶州开山辟道之功，而以“陵谷变”的叹语作结，令人感慨无穷。直把此山此水写得活脱脱的，多侧面地反映出劳动创造世界的伟大精神，进行了一次历史性的人文追怀。应当说，这是作者纪行山水诗中歌颂人的创造精神的一篇力作。

昔人云：“浈阳峡崖壁千仞，猿狖不能攀。昔有樵者见飞仙于此。”（王诏之《始兴记》）此诗可谓写得逼真生动。怎样识得诗人艺术思维之奥秘？这是一个值得探究的问题。清代词论家况周颐有一段精彩的论述：“有词心乃有词境，有词境乃有词作。”（《蕙风词话》）又说：吾观江山，吾听风雨，而于江山风雨外，又有万不得已者在，此即词心也。这意思是说：风雨无常，人生多难，一个作者纵然没有回天之力，但也应当把自己的真性情、真怀抱，在江山风雨中透露出来。这是他对古今一切大词人、大诗家创作思维出发点和制高点的最好概括，渔洋此诗即典型地从这个出发点开始、又向这个制高点回归。用今天的话来说，诗人在“天地人”这一宇宙图景的整体观照中，应该也必须将自我的心灵融入自然的心灵，使自我和自然同命运、共呼吸，才能深入把握自然的生命，深刻揭示自然的深层意蕴，从而把自我生命提升到“与天地万物合一、与天地万物同流”的高度，这也就是“神韵派”诗真谛之所在。山水诗须达这一境界才可谓之神奇，渔洋诗是完全达到这一境界了。

雨入浈阳峡

野泊开头早，重阴入峡寒。
侧过钓鱼石，逆上牯牛滩。

雨逼惊泷失，云从大壑看。
十年经剑阁，转见路行难。

《北归志》："十六日。雨。过浈阳峡，四山出云，一水湍悍……浈水骤涨，晚次猫儿石。"《水经注》："溱水又西南，历皋口、太尉二山之间，是曰浈阳峡。两岸杰秀，壁立亏天。"

十五夜峡口对月寄广州诸故人

峡口今宵月，其如客思何？
离离见珠斗，穆穆展金波。
故垒馀萧勃，残山吊尉佗。
珠江犹一水，相望似秋河。

《北归志》："十五日……过大庙峡……晚次浈阳峡口。"英德浈阳峡，岩壁千仞，猿猴不能攀。王维诗："月迥藏珠斗，云消出绛河。"珠斗，喻北斗星。《梁书·元帝纪》："大宝元年十二月，以定州刺史萧勃为镇南将军、广州刺史。"《资治通鉴》："梁承圣元年，岭南复为萧勃所据。"惠栋曰："佗筑万人城于浈水，时先生宿浈阳峡口，故及之。"这首望月怀人诗，是寄给广州诸友的，作者难以一一点名，因统而言之。诗里所表现的真挚友情，十分感人。值得注意的是，他在这里特别点出两个历史人物。一个是南越王尉佗，此人汉初在广州割据称王。另一个是萧勃，他在梁元帝时做了镇南将军兼广州刺史，后来在此割据称霸。作者提请友人注意：三藩之乱虽已平息，耿精忠也已处决，但像尉佗和萧勃这样的野心家绝不会断种，还须提高警惕。这反映了他对现实和历史的深刻观察，在客观上是为清政权的巩固而担忧，这是他的正统史观在起作用。他尊正统，一贯反对割据。例如，他对魏蜀吴三国，就只歌颂刘备和诸葛亮，对孙权虽较好，但也有微词，对曹操则只字不提，甚至对其诗也很少称誉。这充分说明他的世界观是分裂的：一方面，在政治和伦理上是儒家的信徒，因而维护正统，存在着历史的偏见与局限。另一方，在诗歌和艺术上，又是庄禅的服膺者，因而主张世界的统一性和文化的多元性，追求艺术的神韵。

作者在广州驻留近两月，交游甚广。这里只举一些送别的友人：四月初一，由广州府南门登舟北归，镇海将军王永誉、巡抚李士桢、户部郎中成克大、翰林编修黄与坚和郑际泰、检讨佘艳雪来相送，王、李复饯于别舟。初二日，王永誉、李士桢、刘显芳再饯于五羊门舟中。其他来送行的，还有举人李象丰、黎延祖，诗人陈恭尹、屈大均等。其他已有诗为谢者，皆不录。作者所云“广州诸故人”，主要就是指这些人。此时作者官衔是“詹事府少詹事”，正四品，薪俸不厚。

十二年前，作者奉使入蜀，经剑阁栈道，历尽艰险。此次使粤，过十八滩，入浈阳峡，险又过之，抚今思昔，不胜感慨。《雨入浈阳峡》颔联所写，即所经此险。钓鱼石，亦名钓鱼台。“侧过”与“逆上”，皆极言船行之艰。颈联上句写雨之“逼”，泷之“惊”，反映出乘舟者的畏惧心理，皆贴切生动。尾联：“十年经剑阁，转见路行难。”南行与入蜀，皆使作者深愁，其内心之万重波澜、千般枯涩，已不难想见矣。他不怕死，只因如此这般被驱遣，活着很不顺心，实在没有意思。此借写山水之险，以泄愁闷。同柳宗元写永州山水之荒凉，为同一机杼。行路难，是古代士人相同的遭遇。《蜀道集》和《南行集》出版后，立即轰动诗坛，两集皆言愁，亦皆写行路之艰难，而怨清之情自蕴涵其中，这就是王氏山水诗妙谛之所在。末叹十年行路难，现在还在冒雨赶路，何其哀痛。

大庙峡

夜泊黄石矶，急雨如万弩。朝过大庙峡，怪石蹲渴虎。
灵祠出丛薄，飞甍粲可数。美人珥明珰，侍者拾翠羽。
春兰与秋菊，无绝此终古。落帆荐溪毛，苹花媚中渚。
神光乍阴阳，朝云无处所。欲去更徘徊，桄榔飒风雨。

《北归志》：“十五日。雨，过大庙峡，谒贞惠夫人祠。有宋嘉定碑，称神虞氏，英州人，生能抗黄巢之锋，死后制峒寇之暴，盖唐人也。庙门黄杨树二，大数围。午晴，晚次浈阳峡口。”惠栋注：“虞氏者，英德之虞湾人。唐末，黄巢破西衡州，虞夫为寨将，与贼酣战而死，虞躬擐甲胄，率昆弟及乡人迎战，贼败去，虞亦死焉。其后兵傜为乱，每见虞朱衣白马率兵而来，贼辄惊溃。嘉定间，敕曰：‘夫人生能摧黄巢之锋，殁能制峒蛮之寇。封为正顺夫人。’”《左传·隐公三年》：“涧谿沼沚之毛，苹蘩蕴藻之菜。”刘恂《岭表录异》：“桄榔树枝叶并蕃茂，叶下有须如粗马尾，南人采之以织巾子。”郭义恭《广志》：“桄榔树大四五围，长五六丈，直上无条，枝可作杖，其颠生叶不过数十，似栟榈。”

大庙峡在广东英德县下游五十里，临北江。自英德至清远，有中宿、大庙、浈阳三峡，大庙居中，尤险。作者入庙，拜贞惠夫人神像，作此诗。诗分三层，开头四句，以写“急雨”“怪石”开篇，点出灵祠，极状此峡之险，造一篇之大势。“万弩”“渴虎”之喻，暗赞主神之勇，为后文设下伏笔。中间十句，叙写入庙所见及奉祀景象，笔力雄健。称神像为“美人”，既显其丰姿，复叙其灵异，大显“神光”，这突出了人民群众的祭祀诚心，表达了对主神的敬意，最后更以徘徊留连、不欲离开收结，悠然神远。

题为《大庙峡》，意在颂赞山水文化。对于人民所信奉的真神，如此神往；对于清统治者要他奉祀的海神，却不是这样。两相对照，耐人寻味。这位贞惠夫人是千年以来活在人民心中的一个主神形象。直到南宋嘉定年间，在金兵不断侵犯下，宁宗才颁诏令，追封她为“正顺夫人”，立祠奉祀。从此，这位女神就宣传开来，渔洋前来拜祀，又为诗以讴之，这对弘扬风土文化和发扬民间正气大有裨益，作者是有深邃眼光的。在动乱之世，能守一方之土，保一寨之安全，无畏于死而英勇献身者，确实值得表彰。历史上，主神文化现象是普遍存在的，这样的民情风俗应当受到保护，这是民气之所托，也是民族精神和民族优秀文化之表现，我们应当为此感到骄傲和自豪。渔洋此诗，发人所未发，极可贵。

重游飞来寺

我昨游飞来，乃自东峰始。得陇复望蜀，梦落西峰里。
归棹粤江浔，烟雨孤篷底。菩提解迎客，一笑呼屐齿。
缭绕曲栈危，宛与蜀道似。数折得石壁，万笏摩空起。
如厂如步檐，神工信奇诡。西岩隐飞瀑，迸罅流石髓。
鸟啼脩脩竹，花覆濛濛水。平生禽尚志，叹息吾衰矣。
笑问白足僧，胡为羡衣紫？

《北归志》：“十四日。游清远峡飞来寺，登西峰问归亭。亭西石级盘纡，旁临涧壑，三折得中碧轩。出轩后，巨石林立。其上，如洞、如厂、如承溜、如步檐，周流有前人摩崖‘探源’二大字。一溪东流，竹木蔽亏，石梁架之。其西石壁巉削，泉出其巅，万窍争泻，不作瀑布。最高处为拜经台。寺介东西两峰间，中限大壑。由禺阳帝子祠而半山亭，而古飞来寺，而归猿洞，东峰胜处也。”《艺文》引魏隶《高士传》曰：“尚字子平，禽庆字子夏，二人相善，庆隐蔽不事王莽。”渔洋谓“平生禽尚志”。“尚”字似本《艺文》。“禽尚”，指禽庆和尚长。“尚长”亦作向长。释道世《法苑珠林》：“魏太武时，沙门昙始，甚有神异，足不蹑履，奋足便净，色白如面，俗曰白足僧阿练也。”高承《事物纪源》：“则天朝，僧法朗等赐袈裟，僧之赐紫自天后始。”

清远峡长十八里，夹岸群峰耸峙，峡窄水急，亭台楼阁，时隐时现。飞来寺在东西两峰大壑间，此处恬静肃穆似有仙气，历来为人所称。唐张九龄、宋苏轼、明海瑞、清袁枚皆在此留有题咏。作者两次来游，前次游东峰，这次游西峰。此诗从赞叹江上之“烟雨”起笔，一路观赏“菩提”“曲栈”“石壁”“飞瀑”“石髓”，乃至“竹”“花”，游兴甚浓。在这里，诗人给我们展示出一幅鲜明生动的山川景色图，这是真实的画面，也含有不少想象成分。写树曰：“菩提解迎客，一笑呼屐齿。”有新鲜感。菩提是神树，这样写是把它的生态和心态都写活了。写石壁奇而高，说它像大臣手里捧着的朝笏板，一个挨一个，高举过顶，“万笏摩空起”，极为壮观。“鸟啼翛翛竹，花覆濛濛水。”这两句既有音乐美，又有图画美，于平淡中见新奇，很有魅力。还有，作者篇终述其志曰：“平生禽尚志，叹息吾衰矣。”禽尚是汉末两个隐士，即禽庆和尚平，他们不事王莽，偕游五岳名山以终，这是渔洋所最崇拜者。在仕清二十馀年后，叹息自己年老，想入名山已不可能；重过飞来寺，弹出这曲哀歌，表现出一种玩世不恭的态度。最后还说了两句讽世的话：“笑问白足僧，胡为羡衣紫？”这是在骂一些腐败的地方官，矛头显然是对着“衣紫者”。渔洋山水诗之所以耐读，不仅因其情融于景，也因他常咏史感时，包含有丰富的历史文化意蕴，此诗是有力的例证之一。

黄石矶夜雨

春枕梦忽破，决溜鸣篷窗。
惊雷碾阴峡，急雨钬奔泷。
新凉卧桃笙，远梦生枫江。
起坐祝媪龙，添波送归艭。

《北归志》：“十四日……午晴，晚次黄石矶，大雨竟夜。”黄石矶，临近大庙峡。泷，水名。左思《吴都赋》：“桃笙象簟也。吴人谓簟为笙。”《晋太康志》：“昔有温氏媪者，端溪人，于水浒得一卵，大如斗，持归置器中。经数日，忽有一物如守宫，长尺馀，穿卵而出，能入水捕鱼。媪一日治鱼，误断其尾，遂去。数年乃还，始知其为龙也。媪死，瘗于江阴，龙子尝为决波至墓侧，萦浪转沙以成坟。”许浑《丁卯集》：“康州悦城县有媪龙，即蛇也，随舟船至人家，或千里，皆以香果酒送之。”马曰璐曰：《唐书·李绅传》：“帝贬绅为端州司马。始，绅南逐，历封、康间，湍濑险涩，惟乘涨流乃济。康州有媪龙祠，旧传能致云雨，绅以书祷，俄而大涨。”

黄石矶在广东清远大庙峡中，为舟楫所患，过者皆神而祀之。作者泊舟于此，雨夜梦醒，作此诗。峡能舂枕破梦，篷窗决溜能鸣，这是他的感受。此夜雷惊雨急，雷滚动如碾，奔泷如纵。这是他的又一个感受。此时他忽然想起张继的“江枫渔火”诗来，于是起坐祝祷。

此篇写雨，意象新奇。“舂枕”是从东坡“秋涛舂午枕”句化来，“舂”字极状雨滴之重。“决溜”能“鸣”，把“舂”的含义写足写透。次写雷声和雨势如千车碾过，一个“碾”字，更把这峡中之雷写得阴沉恐怖，令人惊骇。而写江水奔流之猛，说它在“撞(锹)”，又托出这急雨的力度。如此写雨，真可谓字字发声。至此，一幅“险峡夜舟听雨图”就完成了。然意犹未尽，作者随又涂上一些神话色彩，希望媪龙添波助浪，让他快点回到家中，一篇愁怨之情，至此全出。前人写雨之诗名篇迭出，可谓各骋其才，各极其妙，但像他这样写法，尚属罕见。王诗之美，千变万化，贵在不断创新，不走前人老路。

端州别魏昭士因寄和公于广州

人生如萍蓬，飘转少根蒂。况复出处殊，合并安可计。
我梦翠微峰，岧峣在天际。幽人侣猿鹤，石门掩松桂。
讵意万里游，相见炎海裔。世事苦匆匆，倾盖忽分袂。
我攀庾岭松，君饱珠江荔。阿戎共扁舟，崧台暂流憩。
良会那能常，宿昔纷鼓枻。浈水方南下，漓江复东逝。
中宿潮不来，何由慰迢递！

《北归志》：“四月十一日，吴兴祚来舟中相送，屈大均、程化龙亦至。”此次与昭士相见于端州。《居易录》：“魏世效字昭士，宁都人，和公子，年少而气锐，文笔有诸父风。”诸父，指魏际瑞、魏禧。父魏礼字和公，父子皆以文著称。翠微峰在宁都，明亡后，魏氏三兄弟皆隐居此山。昭士《与渔洋书》云：“往在岭南，阁下方持使节祀南海之神，与家君子邂逅僧舍，阁下欲以年齿为坐次，家君子执道里南北之说，作主宾；阁下谓家君子六年以长，以古道属家君子，遂不获辞。”魏禧《翠微峰记》：“峰距宁都城西十里，金精十二峰之一也。”《世说新语》注：“《竹林七贤论》曰：初，阮籍与王戎父浑俱为尚书郎，每造浑，坐未安，辄曰：‘与卿语，不如与阿戎语。’就戎必日夕而返。籍长戎二十岁，相得如时辈。”昭士《与渔洋书》云：“阁下与效相遇于端州，效乘如芥之舟，适潮信至，播荡倾仄，元孝诸子望之而反走，阁下扶掖必登舟，拳屈款曲而别，且出《南来志》命以序。既成，遍示座客，重其身价。”

魏礼与魏禧明亡不仕，率族隐居宁都翠微峰，讲学峰下，誓不出山，此事当时震动士林。作者南行，与魏礼父子相见于广州僧舍，始订交焉。北归时，又与昭士重逢于端州，复有泛舟同游之乐。这是他此次奉使南行与明末遗民交游的一大盛事。此诗记其事甚详，主要表达了五层意思：首四句，言人生聚散无常，而以不能“合并”为恨。接下四句，以“梦游”方式表达自己对翠微峰的向往。再接下六句，叙与魏礼在广州“倾盖”之欢。又接下四句，写与昭士端州泛舟同游之乐。结末四句与开头呼应，借写江水与潮汛，表达了自己对这些抗清的隐者无限依恋之情。应当说，这是一次不平常的会见，主动一方是渔洋，否则，这友谊即不可能产生。渔洋是朝廷大吏，他不主动招手，魏氏父子怎肯攀附？他请昭士为《南行志》作序，可谓备极推崇。“人生如萍蓬，飘转少根蒂。”这两句是对时代灾难的深重慨叹，他们的友谊即建立在此基础之上。“况复出处殊，合并安可计。”一个朝廷命官与两个布衣之士出处不同，竟以不能“合并”为恨，这种命运与共的感情又何其感人。此时三藩之乱已平，台湾亦已回归，清政权已巩固，渔洋为魏氏几代抗清之士表示这样明白赞赏的态度，此岂平常！“岧峣在天际”，这是对于他们的高度礼赞，非同小可。作者特引晋尚书郎王戎一典以赞昭士，情韵尤浓。王戎父子与阮籍友好，阮籍是王戎的父辈，作者在此以狂士阮籍自况，显出何等气概！读此篇，渔洋的坚定性可以全知矣，他不是一般的怨清之士，可以说，他终其一生都是一个民族主义者，这才是他的本来面目。

南海之行，一路吟唱，始终贯串一条“思明怨清”的主线，他已毫无顾忌，亮出底牌，不怕丢掉乌纱帽，决心辞官归隐。《南海集》的出版之所以轰动士林，这可能也是一个重要因素。《大铁椎传》的作者魏禧，此时已下世，看来作者对他也很景仰。

羚羊峡

逆流入西江，已闯高峡中。何年神羊迹，灵奥开鸿濛？
漓江挟牂牁，日夜来向东。怒流会端州，奔凑朝祝融。

万仞束洪涛，大哉造化功。宠岚云雷窟，黯澹蛟鼍宫。
更闻溪中石，价与瑶琨同。当年贡天家，千指劳人工。
鳖行九地底，下与水府通。微躯一不戒，崩坠谁能穷？
尤物古所叹，念此心忡忡。

《北归志》："初六日。过羚羊峡……午抵肇庆府高要县。"《高要旧志》："大江源出夜郎豚水，径牂牁，历郁林、桂平、藤州、苍梧、封川、德庆，至肇庆城南纳新江，出羚羊峡，会北江入海，亦名西江，以水自粤西来也，又名端溪。"《树萱录》："岳之诸峰朝于祝融，独紫盖一峰势转东去。"《史记·货殖列传》："僮手指千。"《注》："古者无空手游，日皆有作，务须手指，故曰千指。"《左传·昭公二十八年》："夫有尤物，足以移人。"

羚羊峡濒临西江。古传羚羊山出产羊化石，故名。此地古称端州，产砚，而以青眼者最贵重，唐时已闻名，历代诗人多咏之。渔洋来游，曾至端溪，入洞探访，因有此作。

此诗以写水险山奇开篇，气势雄壮。始述乘舟逆流而上，闯入高峡，极写水势之猛。次问"何年神羊迹，灵奥开鸿濛?"以问句赞山之奇，令人惊心。下又补写江水远来之状：挟牂牁，入漓江，日夜怒流，直奔祝融峰下。作者终于爆出一声赞叹："万仞束洪涛，大哉造化功。"以"挟""束""怒""奔"等词写之，直把山束水、水穿山的气势写得力透纸背。诗分两部分，前半写水与山，后半写洞与石。前宾后主。"宠岚云雷窟，黯澹蛟鼍宫。"这两句写洞，大赞洞中之石。谓此石极美，凿之者甚苦。颂奇而寓有讽意，也有怜悯与同情。末抒入洞寻幽之情，以"心忡忡"一语收之，发人深省。谓此石"价与瑶琨同"，昔年"贡天家"，问今已停止进贡否？具显其忧民之情，此其一。"鳖行九地底"，写凿石入洞之艰，"微躯一不戒，崩坠谁能穷?"写凿石工所历之险，一问三叹，悲愤莫名。什么叫"鳖行九地底?"申子曰："善守者藏于九地之下。"这是告诫自己，要做一个"善守者"。关尹子曰："道虽虎变，事则鳖行。"此谓立身处世当谨小慎微。荀子曰："故跬步而不休，跛鳖千里。"这是说，只要能做到"跬步不休"，即使是个"跛鳖"，也能"远行千里"。作者忧心忡忡，内心很痛苦。此诗既具体生动地写出此山此水的自然审美属性，又比较细致地写出它的人文审美情怀，可谓两全其美。

羚山寺

古寺四月中，尚有木棉花。殷红照羚羊，苔壁何纷葩。
下有束江亭，俯临砚洲沙。牂牁万里来，远势如修蛇。
高峡扼其冲，天险逾褒斜。寺当两峡口，石径交崄岈。
红泉尚分飞，竹笕通坳洼。西望端州城，七星莽周遮。
明当陟其巅，举手搴匏瓜。

《北归志》："初六日。过羚羊峡，登峡山寺。寺前有束江亭，下俯砚洲，端人取砚材，必用洲沙磨砻之。寺西偏有小圃，荔子红绿相间，又有人面、黄榫、羊桃诸树。僧言其子皆可御瘴。西望小山棋布如墨点，七星岩也。午抵肇庆府高要县。"沈佺期《羚山寺赋序》："羚山寺者，名隶端州，连山夹江，颇有奇石，飞泉迴落，悉从板竹下。过渡口至山顶，石道数层，斋房浴室，眇在云汉。"《论语》："吾岂匏瓜也哉，焉能系而不食！"《史记·天官书》："四星在危南，匏瓜牵牛为牺牲，其北织女。织女，天女孙也。"

作者写了《羚羊峡》诗，意犹未尽，又作此诗。一气直下，分三层：第一层六句，写寺前之"花"与"亭"。此时殷红的木棉正在盛开，与羚羊白石相辉映，形成一幅红白相间的美艳图画，煞是迷人。亭曰"束江"，在寺门之下，"俯临砚洲沙"，气象万千。据《端州图经》所记，西江"水头十丈，排山而下"，有"滔天之势"。这是从正面拍摄的羚山寺全景图。第二层十句，从各个角度拍摄寺前山川形势全景。写景有序，即由"俯临"沙洲而及"远水"，由"高峡"扼险而及崄岈"石径"与分飞的"红泉"，最后点出"端州城"和"七星岩"，气势雄壮。两句一景，或一句一景，出色地写出奔腾的水势和险峻的山形，使人爱此江山胜境。第三层，即最后两句，作者总结全篇，发抒感慨："明当陟其巅，举手搴匏瓜。"作者说，他明天一早要登上高峰之巅，举手去摘那颗最明亮的"匏瓜星"。以景语作结，意颇含蓄。孔子说："吾岂匏瓜也哉，焉能系而不食？"作者却表示：他宁愿不为朝廷所用，也不当只供食用的匏瓜，这就是他向世人所表白的态度。曹植说："叹匏瓜之无匹兮，咏牵牛之独处。"现在渔洋也是这样，他要做一个永远无匹的孤独者。那些醉心官位、早已丧失民族气节的败类，他是不屑与之沆瀣一气的。此诗之美，贵在以描摹山川"奇险"反衬意志之坚，神韵悠然，令人味之不尽。

三水月夜别陈宗德程衎祖

碧天月皛皛，江水风萧萧。
明发一为别，孤踪千里遥。
梅关稀见雁，中宿不通潮。
好寄相思子，时时慰寂寥。

《北归志》:“初四日……宗德……衎祖买舟相送……初五日。微雨，过三水县，趁潮，不泊舟即行，邀宗德、衎祖饭。十二日……宗德、衎祖辞归，各有诗赠别。”中宿，峡名。在广东清远，南海潮水至此而还。《南来志》:“三水者，浈水曰北江，郁水自端州来，曰西江，皆会于县之肄江以达南海。”红豆，花色白，实大若红豆，以似得名，叶如冬青，蜀人以为果饤。王维有《红豆》诗。

作者自南海北归，门人陈宗德与故人周量之子衎祖买舟相送，自四月初四至四月十二日，相依八日，事至感人，因作此诗谢之。前两联述依依惜别情景，明朝即将分手，今晚同坐船头赏月，聆听风声水声，绘出一幅船头赏月图。后两联写别后相思之情，对两位后辈如此关念，更见情深。梅关、中宿，一北一南，雁、潮两个意象很美，尾联隐括王维《红豆》诗意，殷殷寄意，弥足珍贵。

这几天，作者接待的友人甚多。四月初四，陈恭尹、胡景曾来。初六过高要县，两广总督吴兴祚来。初七程化龙来，屈大均又自春山赶来。初八与屈大均、程化龙、程衎祖同登阅江楼。初九吴兴祚招游七星岩。初十胡景曾自佛山送新荔枝来。十一日吴兴祚又来相送，屈大均、程化龙亦至。可以说，他是在百忙中给这两位后辈写此答谢诗的。

渔洋南海之行，受到岭南朋友们如此这般礼遇，屈大均赠行诗作了一个生动的概括，此不可不读。诗云:“散带白云林，狂歌一代心。无人问山水，之子自清音。青岁早知我，泠泠能鼓琴。离鸾将别鹄，三叹使情深。”如果不是渔洋的风骨和诗才深深地折服了他，这位以屈原之后自诩的反清诗人能够如此颂赞他吗？他之所以得到这两位后辈的尊重当然也是为此。

七 星 岩

北斗森魁杓，何年化为石。散落南斗旁，光芒色相射。
遥填端州城，七峰张幕帟。崧台屹中央，晻霭仙灵宅。

天帝觞百神，于兹互主客。岩窦鸣鼓钟，石乳乱矛戟。
往往鸟兽形，奇谲荡精魄。其旁两洞天，谽谺几年辟。
水声暗澎湃，时有蜿蜒迹。云此龙所宫，终古云雾积。
沉沉抱珠睡，五岭悭雨泽。吾欲割其耳，雨工起鞭策。
坐使沥湖盈，乘流挂帆席。

《北归志》："七星岩各自离立，出北郭，行七八里至石室，岩洞口出绝壁下，中有甬道相属，左右有钟鼓二石，渐入，穹窿如十间屋，天光穿漏，石级斜上，曰璇玑台。其上钟乳倒垂，曰双凤。"《晋书・天文志》："北斗七星，魁四星为璇玑，杓三星为玉衡。又魁第一星曰天枢，二曰璇，三曰玑，四曰权，五曰玉衡，六曰开阳，七曰瑶光。一至四为魁，五至七为杓。"又："南斗六星，天庙也。"《端州图经》："七星岩为帝觞百神之所。"《庄子・列御寇篇》："河上有家贫恃纬萧而食者，其子没于渊，得千金之珠，其父谓其子曰：'夫千金之珠，必在九重之渊而骊龙颔下，子能得珠，必遭其睡也。'"冯贽《云仙散录》："《琴庄美事》云：'识者曰：天罚乖龙，必割其耳。'"《异文集・洞庭灵烟传》："柳毅问龙女曰：'子之牧羊何所用乎？'女曰：'非羊也，雨工也。''何为雨工？'曰：'雷霆之类也。'毅复视之，则皆矫顾怒步，饮龁甚异。"

七星岩由七座陡峭的石灰岩组成，北依山崖，三面临湖，水面宽广。七峰罗列，形如北斗，蔚为壮观。山中摩崖甚多，而以李邕《端州石室记》为最名贵。作者奉使拜神归来，过肇庆府高要县，四月初九两广总督吴兴祚招游七星岩，作此诗。诗分两部分，前半十四句，借天象以状七峰，勾出一幅仙灵宅居图。后半十二句，写两石洞中之龙及作者命龙降雨救灾的奇想。时值天旱，沥湖水枯，而这条龙还在睡懒觉，因此他要割掉这懒龙的两耳，呼唤"雨工"快下一场大雨来救灾，以解民困。

作者何以要写这样一首诗？这得从他奉使祭祀南海之神一事来作考察。康熙派他祭神，旨在巩固和加强其皇权统治，这一点，他看得很清楚，为此他常耿耿于怀。现借游山玩水写诗解闷，此乃"理有固然"。加之，南行以来，他接触了下层社会，内心不时激起两种感情：一方面，对康熙派他敬神一事表示怀疑；一方面，对老百姓无力自保之事深为忧虑。当写《南海神祠》一诗时，为虚应故事，他只写了一点神话，并未歌功颂德。现在他借题发挥，却写起一首反迷信的诗来了。"天帝觞百神，于兹互主客。"这两句诗，绝妙地反映出统治阶级内部互相利用、互相角逐的游戏。所谓"天龙""地龙"，其实都是"沉沉抱珠睡"的懒虫。它们对于渴求天雨、祈求一饱的老百姓，竟如此不闻不问、甚至冷酷无情，诗人因此拍案而起，要割掉这懒龙的两耳，迫使它认真履行下雨的职责，将干涸的沥湖注满，然后他就挂帆远行，笑谢时人而去。这是诗人渔洋以合适的审美形式表达其审美理想的一首奇诗，这诗是审美主体与审美客体相互作用的产物。从这种相互作用中，既折射出康熙时代统治者媚神残民的一缕鬼火似的幽光，同时也折射出老百姓祈求有人出来主持公道的希望。然而残酷的现实却注定要使这种希望不可能实现，因此诗人只好把这希望暂时寄托于此一虚构的"空中楼阁"，他写这诗是很悲痛的。

吴兴祚，号留村，汉军正红旗人，能诗。陈恭尹《海日堂集序》："阮亭以宫詹祭告南海，哭于周量柩前，挈其孤以见大司马吴公，存恤而教诲之。"这位吴公就是吴兴祚。这首《七星岩》诗，非同一般纪游之作可比。

题崧台

石室崧台俨画图，百神觞罢散清都。
七峰处处供人眼，莫笑淹留类贾胡。

沈怀远《南越志》："高要石室自生风烟，南北二门状若人功，意者以为仙都。"又云："高要有耸石，广六十馀丈，高二百许仞，土人谓之崧台。"《天下金石志》："肇庆唐《石室记》，李邕撰，张廷珪书。"

七星岩，在高要县北沥湖中。崧台是七岩之一，居其中，为道教圣地。作者北归时来游，题此诗。这天，他在两广总督吴兴祚的陪同下，观览了石室及室中唐宋人题刻。"百神觞罢散清都"，是赞颂这里曾经流传的一个神话故事。"莫笑淹留类贾胡"，是说自己很喜欢这俨如画图的胜境。《后汉书·马援传》上说："伏波类西域贾胡。"作者引用此语来说自己，只是一句幽默语，似乎也有答谢吴兴祚盛情招游的意思。

中国历代文人多与山水结缘，除了爱好道教胜境外，还有另外一些原因，这是由于它们从山水中发现了自然之美，即庄子所言"天地之大美"，这美大可陶冶性情，修身养性。他们由于受到压抑、迫害，往往投身到山林幽静的自然环境之中，以求避世，安身立命。从这首诗，我们可以看到他那一颗不安的心。他比较超脱，常借山水以自娱，这是他保持独立人格的一种方法。

渔洋有感而发之作，大抵可分"正话反说"，或"反话正说"两类，此诗属第一类。这类正话反说，实质是肯定正面，否定反面。而从此中便可见其真性情、真胆识、真矜持之所在。这天，他游七星岩写了不少诗，尤以这首诗和《暮登扶啸台》诗能尽传山水之性，他是全身心都融化在此美妙山水之中了。

上屏风岩磴道未及霄关而返

暮登扶啸台，欲问含珠径。
山月出未高，群峰忽已暝。
清露滴生衣，孤松偃危磴。
何处仰霄关，云峰一声磬。

《北归志》："初九日。留村招饮七星岩。"此诗是日作。《高要旧志》："石室岩连逾沥湖半里为屏风岩，七星峡之一也。""七星岩东峰名玉屏者，以磴道胜。初折而上，一石半嵌山腰，大丈馀，甚平，为扶啸台。""玉屏山上有一石，圆而小，半当唇齿之间，旧名含珠径。"生衣，绢制夏衣。

这是渔洋山水诗中一首清空之作。扶啸台，景奇；含珠径，景秀。"台"在玉屏峰下，"径"在玉屏峰上。这天，他刚登上扶啸台，未及霄关，天就黑了。半道而还，未免惆怅。暮色苍茫中，他慢步下山，居然享受到一次罕有的山间寂静美。此时，"山月出未高，群峰忽已暝。"在他眼前，忽然出现一个幽静的新世界。"清露滴生衣，孤松偃危磴。"他仿佛看到一幅《孤松山月图》，这是一种远离尘嚣、俗虑全忘的境界，他沉醉了。归来，诗兴勃发，便写了这首诗。最后两句："何处仰霄关，云中一声磬。"由静转动，又刻画出一个神清气爽、飘然欲仙的新境界。严羽说："禅道在悟，诗道亦在悟。"这一声磬是使他进入悟境了。歌德暮登阿尔卑斯山也写过这样一篇神品，达入妙境，为世所称。风景清幽，感受新奇，人与自然完全融洽，歌德与渔洋是都领会到了。

可惜渔洋诗选本，迄今未见选录此诗。

大庙峡寄黄庭表太史

出峡复入峡，舟行多苦辛。
青山蛮徼外，黄帽越溪滨。
迢递经寒雪，飘零惜好春。
佛桑花下酒，应忆北归人。

《北归志》:“十五日。晚次浈阳峡口。”自清远至浈阳,有中宿、大庙、浈阳诸峡,亦曰三峡。黄庭表时在岭南,闻将北归。陈维崧《箧衍集》:“黄与坚字庭表,江南太仓人,官翰林。”按:黄与坚(1624—1705),号忍庵,顺治己亥进士,授推官,坐奏销案罢官。康熙十八年(1679)举博学鸿词,授翰林编修,迁赞善。善画工诗,工古文。与周肇等称“娄东十子”。有《愿学斋文集》。《今世说》:“黄名与坚,江南太仓人。童年颖悟,诗一目、文二三目即记忆。三岁能识字,五岁能诵诗,八岁酷好唐人诗,录小本携出入,辄为蒙师所禁抑。十四岁慨然有志于古学,欲读遍周秦以上书。甫三年,读周末诸子、六朝以上者几尽。”钱谦益《有学集·忍庵诗序》:“往余从行卷中得庭表诗,故纸蒙茸,昱昱然如有光气,展卷得《长安》《金陵杂感》诸篇,顿挫钩锁,缠绵恻怆,风神骨格在韩致尧、元裕之之间。”皇冠,草服也。一说,是道士的别称。越州,今广东合浦县。

作者舟行江上,以诗代简,即兴遣怀,向老友黄庭表致意,作此诗寄之。首叙峡行之苦,语言亲切自然。二三两联,即景抒情,一以述己,一以述友,具见二人相思之情。尾联设想黄氏花下独酌情景,说他此时也在想念自己,这是友情更深一层的写法。黄氏此时还在越州,谁能真正了解这位也将北归的高人呢?怕也只有佛桑花和酒了,此真可谓心心相印。佛桑,一名朱槿,茎叶如桑,花光而厚,岭南人皆喜。此托佛桑写人,是对黄氏人品的歌赞。他年长渔洋十岁,两人为忘年交,十分相得。钱谦益、陈维崧等均极称其才,他们在清政权统治下皆郁郁寡欢。其诗炉火纯青,繁华削尽,读之令人怡悦。渔洋过大庙峡时,心中所念者三:一是故乡的亲人,他写了一首阻雨怀乡诗。二是历史上的贞惠夫人,他写了一首拜神诗。三是思念还在广东的黄庭表,他写了这首怀友诗。

22. 广州卷

【卷头语】作者寓居羊城五十天，广结岭南诗友，饱览南海风光，为其一生中之乐事。此卷对广州历史文化与民情风俗多有评述，对割据称王者有尖锐的讽刺，对虞翻与苏轼皆寄予最真挚的同情，对岭南诗派作了充分的肯定，对寺庙文化亦有所弘扬。

南海神祠

茫茫百粤间，众水归扶胥。下汇波罗江，日夜相灌输。
嵯峨两虎门，卫此阳侯居。神宫压沧溟，潮汐在阶除。
我驾万斛舟，乘风但斯须。飞廉送旌麾，龙伯为前驱。
百灵何蜿蜒，穹龟与长鱼。将命肃牲醴，来格神所愉。
振衣浴日亭，遥见三足乌。咫尺蹑樊桐，览彼天帝都。

《南来志》："初八日。舟过珠江……次五羊门。镇守、将军、巡抚、都御史、总镇、监司已下诸文武将吏，迎拜诏旨如礼。初九日。斋戒沐浴，易舟三江，下石门，东过沥滘、东衢，达于蚬江。由珠江会于扶胥之口，所谓波罗江也。初十日。昧爽入庙……登浴日亭……韩退之称：南海神次最贵，在北东西三神、河伯之上，号为祝融。晦庵谓：其说本《太公金匮》。今圣天子治定功成，怀柔百神，协气横流，格被幽远，士禛备员宫僚，适叨执事，有厚幸焉。"陪祭者有按察司副使劳之辨，广州知府刘茂容、番禺知县李文浩。《尚书·大誓》："武王伐纣，观兵于孟津，有火流于王屋，化为赤乌，三足。"三足乌，吉祥神鸟。阳侯，大波之神。飞廉，风神。龙伯，龙神。《淮南子·墬形训》："县圃、凉风、樊桐，在昆仑阊阖之中。"

这首祭神诗绘出一幅皇家拜海图。作者先从水系着笔，由远及近，指出神祠所在位置，为一篇造势。然后点出奉使者之祭祀，展开铺叙，烘托海神来临的热烈场面，十分精彩。一面写风神、龙神之护卫送行，一面写穹龟、长鱼及百神前来迎迓，把海神写得声威赫赫，神奇无比。而写顶礼膜拜却只短短两句："将命肃牲醴，来格神所愉。"这分明是暗示自己乃"将命"而来，事非得已。末写登亭拜日，驰神山，仰天都，但见海天茫茫，神兮何在？收笔之奇，令人惊叹。

神权与皇权似两立，实为一体。祭神以颂皇权，自殷商以来即已开始。自汉董仲舒抛出“君权神授论”后，历代帝王皆以封禅祭神诏告天下作为维持其统治合法性的重要手段。代明而兴的清，也走这条老路。康熙为确立权威以巩固其统治，也时时以祭祀山海诸神为事。这一点，渔洋是洞察其心的，这同他维护民族尊严的思想大相径庭，因此他奉使祭神心里实在不是滋味。在参与祭祀过程中和此次南行所见所闻，表明现实社会与统治者所吹嘘的太平景象并不符合，他已看清康熙盛世幌子下的种种假象。可以说，他是含着满眶眼泪写作此诗的。一方面，他作为一个诗人艺术地反映出这一隆重祭海场面；另一方面，他作为一个有强烈民族意识的正直人，又情不自禁地透露出内心的困惑与矛盾，因而给这首诗蒙上不少神秘和混沌的色彩。诗中充满虚幻与神奇，大得风骚之旨。这样的颂神诗是罕见的。不为封禅效劳，具见其人之风骨。将神人化，显有浓厚的人情味，匠心独运，弥足珍贵。应该说，这是一首颂神奇诗。

登浴日亭

乘槎兴不尽，复欲帆南溟。
夕次扶胥口，朝登浴日亭。
岛夷纷破碎，天水倒空青。
一望穷寥廓，真看小洞庭。

《南来志》：“初十日……登浴日亭，亭在寺外西偏小山，下俯海岸，所谓‘扶胥之口，黄木之湾’者也。东南望虎头门，云涛万里，泱漭无际，亭有苏长公诗碣。”《羊城古钞》：“小山屹立，亭前有华表，为望洋之所，夜半见日出，金轮翻涌，赤波昕昕，炜煌数千万里。”

这首纪游诗，前三句写乘船来游，心情至乐。第四句点出登亭时间，后四句写登亭所见。岛夷指岛民。“纷破碎”写幻觉，言岛屿之多。这是观海的第一个印象。“天水倒空青”句甚奇，这是观海的第二个印象。太白有“水色倒空青”句。“一望穷寥廓”，无边无际，他感到天地无穷，这是观海的第三个印象。作者不禁赞叹：我这回是真的看见小洞庭了。“小洞庭”是山东南部的一个小湖，渔洋甚喜爱，有《望小洞庭》诗。这句诗表达出他爱恋家乡之情，也含蓄地吐露出希望早日归隐之意。说明他这次出使南海，心里并不乐意，还是家乡小洞庭好。祭什么海，不如早点回家算了。发了一通牢骚，把七百年前被贬南方的苏轼引为同调，说明只有在大自然的怀抱中才能寻求到一点暂时的安慰。这是苏、王二人命运共同之处，也是他们的高尚人格的表露。

登六榕寺浮图

六榕不可见，地以大苏名。
白社无人到，苍苔满院生。
塔穷炎海目，山拥粤王城。
欲假南溟翼，扶摇詄上征。

《广东游览小志》:“净慧寺，旧名宝庄严寺。苏长公南迁过此，书‘六榕’二大字，因名六榕寺。今寺额即苏书。寺有舍利塔，梁大同中沙门昙裕建。塔九层，高二十丈，广六丈。凭高望远，则白云、粤秀诸峰，皆在襟带也。”浮屠指花塔。昙裕是梁武帝的母舅。《抱朴子·杂应》:“洛阳有道士董威辇常止白社中。”后人称隐居地为白社。《庄子》司马彪注:“上行风谓之扶摇。”大鹏飞南溟故事，见《庄子·秋水》。如淳《汉书注》:詄，读为迭。

作者游六榕寺，登花塔，见苍苔满院，不胜感慨，因怀苏轼，思庄子，作此诗。寺为梁武帝所建，印度佛教即由此寺传入内地。苏轼南迁，曾来此游览，现只残存一座古塔和苏轼所题“六榕”二字，其他都没有了。诗人触目伤情，因有“白社无人到”之叹。此时，“心即是佛”的禅宗思想和庄子“坐忘心斋”观念，一起涌上心头，他甚至想假大鹏之翼向南海飞去，亦如苏子之入南荒，再也不想北归，这是他失意之情的又一次表露。他的退隐思想积淀已久，这一次他和苏轼几乎是唱同一个调。南行以来，他时时怀苏，正如李白一生低首谢宣城那样，他也由读苏学苏而向眉山低首了。他来此寺游览，或许就是专为吊苏而来。他不是只看自然山水，而是更爱看有文化品位的山水。这是他的山水诗的显著特色。

濂泉寺

闲随绿萝去，忽与碧溪逢。
水石微通径，烟霞独倚筇。

寺门编竻竹，磴道入云松。
尚忆安期子，青天跨白龙。

《广州游览小志》："白云山东上，寻濂泉寺。半里许，得石涧，潺（潺）有声。涉涧而东，树益蓊郁，水声益清激。又半里，复涉涧而西，涧中巨石，欹立腾倚，类多姿制。岸皆竻竹，相传为安期生得道处，上有景泰寺、安期祠。"《皇华纪闻》："广州多竻竹，其节多刺，田家僧舍植为藩篱，《酉阳杂俎》以为棘竹。"《竹谱》："笆竹有刺而坚，可作藩落。"安期子，传说秦时仙人。吴莱《南海古迹记》："水濂洞，安期生隐处。"

作者登白云山，游濂泉寺，作此诗。这里表现出一种闲适情调，几乎了无人间烟火气。在办完祭祀海神一事后，他偷闲游览了广州的一些寺庙和名胜古迹，避开与官场的周旋，过上几天潇洒的生活，十分清雅。在这段时间中，他只同一些诗友往来，这在一定程度上也反映出他和清廷统治者有意保持疏离的良苦用心。同时，这里还表达了他对仙人安期生的仰慕之情，但他仰慕安期生却与李白不同，李白是真想求仙得道，他却想和安期生一样脱离凡尘，过上隐逸生活。他一直想归隐，此刻濂泉寺之游，终得吐一腔闷气，抒一点闲情。

从中国历史文化背景来看，迷信神仙，渴求长生，是上自帝王下至百姓历久年深的梦想。自秦汉以来，不少帝王都在不断演出这幕闹剧，结果是，还丹无望，求仙无门。到了道教渐趋衰微的清代，渔洋哪里还会相信这一套呢？这是他对清王朝统治不满情感的宣泄。康熙尊海神，他却追慕仙人安期生，真是风马牛不相及。

菩提坛

一花五叶后，此树留孤根。枝条遍震旦，老干无冬春。
我来涨海游，入此甘露门。秦松与汉柏，琐细皆儿孙。
清池憺疏雨，妙义闻风旙。菩提本无树，更与智者论。

《广州游览小志》："梁天监元年，智药三藏自西竺来，植菩提树坛前，预谶曰：'后一百七十年，有肉身菩萨于此树下开演上乘。'达磨初入中国亦止此寺，其后五传至慧能，遂开东山法门于此。"《大唐西域记·摩揭陁国》："菩提树者，即毕钵罗之树也。"此树原产印度，晋唐时传入中国。《传灯录》："达摩问神光曰：‘汝久立雪中，当求何事？’光悲泪曰：‘惟愿和尚慈悲，开甘露门，广度群品。’光即慧可。”“慧能大师届南海，遇印宗法师于法性寺讲《涅槃》。师寓止廊庑间。暮夜，风飏刹旛，闻二僧对论，一云旛动，一云风动，往复酬答，未曾契理。师曰：‘可容俗流辄预高论否？直以风旛非动，动自心耳。’印宗窃聆此语，耸然异之。翌日，邀师入，征风旛之义，师具以理告。印宗于是执弟子之理，请受禅要。”《五灯会元》等书载：神秀于廊壁书一偈曰：“身是菩提树，心如明镜台。时时勤拂拭，莫使惹尘埃。”后慧能曰：“美则美矣，了则未了。”于是在秀偈之侧，写一偈曰：“菩提本无树，明镜亦非台。本来无一物，何处惹尘埃？”

这首诗真实地描绘出印度佛教传入中国的一些情况，同时也抒发了作者对禅宗哲学的感悟和理解，妙语如花，给人以警醒的力量。全诗十二句，可分三层。前四句为第一层，以“一花五叶”状佛入东土之况。禅宗以达摩为初祖，故称“一花”，后演变为曹洞、临济、云门、沩仰、法眼五派，世称“五叶”。达摩偈曰：“吾本来兹土，传法救迷情，一花开五叶，结果自然成。”中四句为第二层，此记来游之观感。“涨海”指南海，“甘露门”指光孝寺。《维摩诘所说经》云：仁者可食如来甘露味饭。这就是“入此甘露门”一句诗所表达的含义。说菩提树由一花五叶而演化为“秦松汉柏”，这是美妙的比喻和想象，说秦松汉柏都是贝多树的儿孙，这是说佛教从此为中国士人所接受，慧能的影响很大。后四句为第三层，此以形象说禅理。“清池憺疏雨，妙义闻风旛。”作者从眼前所见“清池疏雨”之景引出一个有名的佛教故事，使人感悟佛道之宏，佛理之深。“菩提本无树，更与智者论。”这里所称颂的智者，即指六祖慧能。

六祖慧能的功绩很大，他把儒道两家心学与禅宗心学熔于一炉，使佛教完全中国化了，从此开创一个佛教传入中国的新时代。他宣传“心即是佛”“立地成佛”诸说，是对佛教中国化所作的巨大贡献。台湾学者韦政通说：慧能实集中印心学之大成。宋明以后，禅宗心学在中国已成为代表性的佛学理论。作者只用短短四句诗，就形象生动地说清楚这一学说的精神实质，告诉我们：人眼所见世界，其实并非真实的存在。禅宗所说“空无”，并非“一无所有”，它和道家所说的“无”也完全相通。因此，这一学说甚至对艺术创造也产生了极大影响。作者在这首诗里所阐述的禅宗心学、美学观点，给他以神韵论为核心的诗学提供了有力的理论基础。

登粤秀山

越王古台上，春暮复登临。
割据无秦汉，沧江自古今。
风吹鳌背雨，日射虎门阴。
欲问呼鸾道，荒凉蔓草深。

《广州游览小志》："粤秀山分为二：东为歌舞冈、越王台，其西为观音阁，山半为呼鸾道，伪汉刘龚故迹。"《史记·南越列传》："南越尉佗，秦时为南海龙川令。秦已破灭，佗自立为南越武王。高后时，乃自尊为南越武帝。发兵攻长沙边邑，败数县而去焉。以兵威边，东西万馀里，乃乘黄屋左纛，称制，与中国侔。"五代时，刘龚称帝于南海，国号越，继改汉，史称南汉。传位六十七年，四世而终。高祖刘龚于粤秀山垒石为道，名曰"呼鸾"，夹栽甘菊、芙蓉，尝与群臣游宴于此。越王台，尉佗筑。

作者登粤秀山，有感于割据者南越王之消亡及南汉刘龚所筑石道遗迹无存，因作此诗。此时三藩之乱已平，因而作者站在维护国家统一的立场，借诗抒慨。王国维说：政治家之眼域于一时一地，而诗人之眼则通古今而观之。此诗所抒之感，正是如此。作者是把中国历史当作一个整体来看，从而对这种帝王相斫的祸乱纷争提出自己的看法。他的考察尽管带有悲观色彩，但皆言副其实，可谓具有穿透时空的审视力。

人皆生活在一定的时代并受一定的政治所约束。看一个诗人，不论其依附于何种关系，主要应从他的作品所透露的观点，看他对历史和现实、人生和艺术的态度。作者处于康熙之世，思想常陷于主客观矛盾中，可以说，他是一个身心分裂的诗人，他的许多咏史诗所表现的锐敏感觉和深沉感慨，皆常给人留下这种深刻难忘的印象。什么叫"割据无秦汉"？这是说，秦汉以来的帝王统治史都是一部专制割据史，这样的历史哪里还有"士庶人"的地位？什么叫"沧江自古今"？就是说，山川始终静静地站在那里，古往今来一切龙争虎斗都不过是在上演一出出历史的悲剧或闹剧，古和今并没有什么两样。昔年的呼鸾道变成今日的草径，这是事物发展的必然。应该说，作者的史识与诗才在这里已得到较好的统一和较强的表现。尾联"欲问"而自答，神韵悠然。

歌舞冈

歌舞冈前辇路微，昌华故苑想依稀。
刘郎去作降王长，斜日红绵作絮飞。

《渔洋诗话》："粤王台枕广州北城，有呼鸾道故迹，女墙间皆木棉，花时红照天外，亦奇观也。余甲子祭告入粤，屡游之，赋诗云云。"《(续)通鉴》："宋太祖开宝四年，潘美克南汉英雄二洲，潘崇彻以其众降，美进次泷头，汉主遣使请和，美不许；遣其左仆射萧漼奉使诣军门乞降，郭崇岳止之，乃复为扞御之备。美分遣丁夫持二炬间道造其栅，会暮夜，万炬俱发。明日，鋹出降。太宗太平兴国五年，鋹卒。鋹有口辩，帝之将伐北汉也，宴近臣于禁中，鋹进言曰：'朝廷威灵及远，四方僭伪之主，今日尽在坐中，旦夕平太原，刘继元又至。臣率先来朝，愿得执梃为诸国降王长。'帝大笑。"

歌舞冈在广州城北，为南越王尉佗三月三日登高处。这里建有一条通山路，名曰"呼鸾道"，即"辇路"。昌华苑，南汉时建，故址在今广州城东南荔枝湾，是南汉统治者游乐之所。"降王长"指刘鋹。南汉三传至鋹而亡。宋太祖开宝四年(971)伐之，鋹降。这首诗就是根据这段史料写的，此与《登粤秀山》为姐妹篇，是从另一侧面嘲笑割据者。首句写眼前所见之景，次句写想象中的昌华宫苑画面，三句咏史，结句又是眼前景象。如此咏史，一波三折，可称绝妙。

康熙二十一年(1682)，清廷杀了靖南王耿精忠，除掉"三藩"之一。此次渔洋奉使祭告南海，实际上是康熙向全国宣示统治权威的一种政治措施。作者以降王长刘鋹影射耿精忠，反对分裂，反对割据，表现了他维护祖国大一统的历史观。在这一点上，他和清朝统治者的想法是一致的。"斜日红绵作絮飞"，此句写眼前所见之景，这一自然现象年年存在，可是逞雄一时的刘郎哪里去了？词意含蓄，言外之意有二：一是历代帝王为了巩固统治，都会在维护国家统一的名义下，玩弄权术，利用他人，以达到自己的目的。类似刘鋹这样的人，是太多了。二是这些为了个人企图而自愿受人利用的刘郎之类蠢货，只能落得像"红绵作絮飞"那样被践踏的可悲结局。此诗以"旁敲侧击"手法显示其对清廷统治者始终采取"若即若离"的态度，耐人寻味。

伪汉刘龑冢歌

纥干山雀冻欲死，朱五经儿作天子。纷纷负贩皆侯王，
山牛兔丝粤中起。中原澒洞久风尘，遂使佣奴窃边鄙。
黄屋左纛历四世，坐斥洛州为刺史。昭阳沟水流真珠，
论车却笑烧沉水。金银当日锢三泉，带剑上陵嗟已矣。
苦将肖像拟休屠，金蚕玉鱼谁料理。茂陵甲帐出人间，
况尔区区安足齿。骊山地市竟如何，银海茫茫同一轨。

《五代史·南汉世家》："刘龑初名岩，又更曰陟。乾亨九年，白龙见南宫三殿，改元白龙，又更名龑，以应龙见之祥。有胡僧言，谶书：'灭刘氏者，龑也。'龑乃采《周易》'飞龙在天'之义为'龑'字，音俨，以名焉。""龑初开国，营构宫室，得石谶，古篆十六，其文曰：'人人有一，山山值牛，兔丝吞骨，盖海承刘。''人人有一'大人也；'山山'出也；'值牛'者，龑建汉国，岁在丑也；'兔丝'者，晟袭位，岁在卯也；'吞骨'者，灭诸弟也；越人以天水为'盖海'，指宋国姓也；'承刘'者，言受刘氏降也。""龑言家本咸秦，耻王蛮夷，呼唐天子为洛川刺史。"南汉四世五十四年(917—971)，高祖刘龑，殇弟刘玢，中宗刘晟，后主刘鋹，亡于宋。朱五经是朱温之父。

这首《冢歌》，前八句写刘龑称王的历史背景。刘龑家本咸秦，耻王蛮夷，因呼唐天子为"洛川刺史"。后十句，主要写墓中陈设。这里需要弄清两个问题：第一，作者写冢中陈设根据何种材料？第二，应当怎样评价作者的历史观？对第一个问题，请读惠栋的一条详注："刘龑墓在番禺东二十里。崇祯九年(1636)秋，北亭洲间有雷出，奋而成穴，一田父见之，投以石，空空有声，乃内一雄鸡。夜尽闻鸡鸣，于是率弟子以入，堂宇豁然，珠帘半垂，左右金案玉几备列。有金人十二，举之重各十五六斤。中二金像，冕而坐，若王与后，重各五六十斤。旁有学士十八，以白银为之。地皆金蚕珠贝所筑。旁有便房，当窗一宝镜，大径三尺，光烛如白日。宝砚一，砚池中有玉鱼，能游动。碧玉盘一，以水满注其中，有二金鱼影浮出。其他珍异物甚众，不可指识。田父先持镜归，光动邻舍，亟扑碎之。有一珠，入夜辄作怪状，惧而弃之。于是邻人觉而争往，遂白邑令。令亟临其地视搜发，令得玉枕一、金人四以归。玉枕作卧虎形，长可尺许。大小珠见风悉化灰土，口含之而出，乃得完好。承棺有黄金砖四，棺既斧碎，有怀其发齿以出。一碑当穴门中立，辞称：'高祖天皇大帝

哀册文，翰林学士知制诰正议大夫尚书右丞相紫金袋臣卢应敕撰并书。'其所为大帝者，崩于岁正寅四月甲寅朔，越二十四日丁丑，号为大有十五年，葬以光天元年，陵曰'康陵'，盖刘龑墓也。"惠栋此注有价值，惜未注明材料来源。

怎样理解这首诗？再谈第二个问题。唐末五代十国百年间战乱频仍，这是中国历史上又一次大动荡、大分裂的时代，也是人民经受苦难最深的时代。此时王朝不断更替，朱温是作乱肇始者，这首冢歌，旨在揭露南汉腐朽政权。作者从后梁窃柄开篇，先拿"朱五经儿"开刀。对此时崛起的南北群雄，皆一律称之为"负贩""佣奴"。朱温和刘龑固然不好，但被推翻的唐昭宗又好在哪里？渔洋咏史常着眼于历史上带有普遍性的政治文化现象，他的观察和描述有其独特的判断和取舍标准，是可贵的。可惜终未能跳出儒家陈旧历史观的窠臼。

请读陶穀《清异录》："广府刘龑僭大号，晚年亦事奢靡，作南薰殿，柱皆通透刻镂，础石各置炉燃香，故有气无形。上谓左右：'隋帝论车烧沉水，却成粗疏，争似我二十四个藏用仙人？'"又，请再读刘肃《纪闻》："贞观初，天下乂安，时属除夜，太宗延萧后同观灯，问曰：'隋主如何？'后曰：'隋主每除夜，殿前诸院设火山数十，尽沉香木根。每一山焚沉香数车。火光暗，则以甲煎沃之，焰起数丈，香闻数里。'"据此，这是借刺隋炀帝以讽刘龑无疑。这一刺，很有力。作者读书多，又读得熟，故他咏史往往能写到此等细微处，这是罕有人能与之匹敌的。此篇冢歌，足称信史。

与陈元孝屈介子诸公集光孝寺

一鸟鸣灌木，招提春雨馀。偶来方外游，踪迹似闲居。
清池浮水蘼，碧藻跃文鱼。轻飔散诃林，葵树交扶疏。
灼灼佛桑花，红艳惊珊瑚。缅追昔贤迹，俯仰怀赤乌。
孝廉自英雄，江左盛文儒。鲁周阃外寄，张顾府中趋。
如何虞仲翔，独此悲向隅。青蝇为吊客，千载同欷歔。

《广州游览小志》："光孝寺又名法性寺，在粤城西北。粤城内外古迹道场以光孝为第一，气象古朴，殊乎他刹。六朝已还，名僧居此者甚多。同游黄太史忍庵、高廷评翜园、屈介子、陈元孝、张超然三处士，程燕思秀才，人赋五言诗。"虞翻，字仲翔，三国吴馀姚人。初为会稽太守王朗功曹，历事孙策、孙权，屡犯颜谏事，获谴徙交州，曾自曰："自恨疏节，骨体不媚，犯上获罪，当长没海隅。生无可与语,死以青蝇为吊客。使天下一人知己者,足以不恨。"虽处罪放,讲学不倦,门徒常数百人,为《易》《老子》《论语》《国语》训注,《三国志·吴志》有传。陈恭尹已见本卷前诗注。屈大均字介子,广东番禺人。明诸生,明亡出家为僧,后还俗。诗才横溢,富浪漫气息,长于山林边塞,尤工五言近体。黄忍庵字庭表,江苏太仓人。顺治进士,举博学鸿词,授翰林编修,升赞善。有《愿学斋文集》。张远,字超然,侯官人。年七十五卒于官,工诗,下笔有奇气。某年道出江西,题诗滕王阁,为侍郎曹秋岳所赞赏,一时誉满京师,有《无闷集》。程燕思即程衍祖,渔洋故人程可则周量之子。

光孝寺旧名虞苑,原为虞翻故宅。乙丑三月某日,作者与广州诗友七人在此雅集,各赋五言诗一首,缅怀虞翻。全诗二十句,前半写古寺之清幽雅静,隐喻虞翻其人之贤才。后半以妙语论孙权,对虞翻之遭贬深表同情,这是他们七人这天的共同话题。论史评人,无一言及时事,只打孙权这个死老虎。"赤乌"是孙权第四年号(238—250),虞翻遭贬在黄武末年,到"赤乌"元年(238),三国鼎立局势已稳定,虞翻死去已六年。孙权有"郡察孝廉,州举秀才"的美誉,故以"孝廉"称之。孙权称王后,善用人,武臣用鲁肃、周瑜,文臣用张昭、顾雍,作者赞之曰:"鲁周阃外寄,张顾府中趋。"孙权的文治武功搞得不错,可他却偏偏容不下一个爱提意见的书生虞翻,一上台,就将虞翻远徙广州。作者因此感叹:"如何虞仲翔,独此悲向隅?青蝇为吊客,千载同欷歔。"为虞翻抱不平,对孙权褒中有贬。此时清政权已巩固,康熙正在大吹其"文治武功"。看来,作者借吊虞翻以责孙权,实际也是对康熙的婉讽。可惜将时间算错了一点,若将"赤乌年"(238—250)改为"黄武年"(222—228),时间就完全契合。虞翻谪迁南海,约在228年,他在广州整整生活了十个年头。

渔洋在广州消闲游览了将近两个月,结识了不少岭南诗友,他们多是失意者。以陈元孝为首的"岭南三杰",即在此时与渔洋订交。渔洋在诗坛的影响从此扩展到岭南。这次酬唱在一定程度上折射出岭南汉族士人的苦闷和哀怨,他们以同虞翻结友为荣,这实在是一个很有意义的举措。那时满汉不但在政治上对立,在文化上也是对立的。

这次酬唱,规定赋五言,在诗体上作这种规定,似有提倡五言诗之意。岭南骄子屈大均,即以"工五言近体"著称,渔洋则诸体兼擅,他如陈、黄、张、高也都是作手。这些酬唱诗在各人诗集里都保存了下来,这是清诗史上很有意义的一页,或许这也可以说是五言体诗的一次友谊竞赛。五言言简意赅,刚健有力。渔洋这首五古,写景、抒情、叙事,皆灵动自然,韵味深浓,令人叹为观止。

寄蒲涧范公

忆访菖蒲涧，榕阴席屡移。
泉声微雨里，江色夕阳时。
空谷无残客，诸方问导师。
杼山诗法好，惭负碧云期。

《广州游览小志》："三月初四日，劳书升宪副约同忍庵、谡元、元孝游蒲涧寺。寺在白云山麓，气象疏古。寺门诸山环抱，门内二石碣，刻宋苏文忠公诗、崔清献公词。坐禅人大诏范成妙叶堂，始食蕉子、羊桃。菖蒲涧在寺左……夹溪刺桐、木棉，花开殷艳如画。时久旱，细流涓涓出石罅中，小鱼如秧针，千百为群。""归食寺门榕下。是日甚暑，清风洒然。""寺数弓而朴雅绝尘，老僧兴杲居之。"陈恭尹赋诗纪其事。此诗一题《蒲涧寺赠范公》。按：劳书升，字石门。唐释皎然姓谢，字清昼，吴兴人。南朝宋谢灵运十世孙。居杼山，有《杼山诗式》。与贯休、齐己齐名，论者谓其诗较齐己为弱，而高洁过于贯休。明毛晋辑《唐三高僧诗》，有《补遗》一卷。《梁书·张缅传》附张缵："初，缵与参掌何敬容意趣不协，敬容居权轴，宾客辐辏。有诣缵，缵辄拒不前，曰：'吾不能对何敬容残客！'"

蒲涧寺在广州白云山麓，寺旁有涧，产菖蒲。沈怀远云："咸熙中，姚成甫于涧侧遇一丈人，曰：'此蒲涧，安期生先生所，饵之，可以不老。'"(《南越志》)作者似不信这类神话，但他也很爱此涧。这首诗，表达了他对蒲涧寺禅人范公的怀念之情，同时也反映出他们对诗歌艺术的共同爱好和追求，两人的友谊即以皎然为纽带。

皎然是我国诗歌意境论的开创者和奠基人，历代诗僧以他的理论建树为最高。在唐代，他给王昌龄的诗歌创作提供了理论资源，开拓了王昌龄诗的意境思路；唐时日本诗僧遍照金刚来华，即因得他之助而成为日本汉诗研究的源头和支柱。他的理论哺育了明治维新以来日本的许多诗人，影响甚大。作者所倡神韵论则是中国诗歌意境论自唐至清合乎逻辑的发展。皎然在诗史上树起了以"复古"为革新的旗帜，为历代诗家所宗，渔洋发唐贤之三昧，以学王孟而开新境，举的也是这面旗帜。

此诗赞范公，即赞皎然。"空谷无残客"，是赞范公；"诸方问导师"，是颂皎然。皎然显然远在范公之上。颔联："泉声微雨里，江色夕阳时。"此写两人接席谈诗之乐，表达了两人间的亲切友谊，也显示出作者的审美情趣与禅宗审美意境的一致性，他是把诗的意境与禅境合而为一了。从微雨里聆听泉水在流淌，既将泉声和水声两者混成一片，又把泉的幽静和雨的清凉融为一体，这是物理世界与心理世界的“同构”。而“江色夕阳时”的景象，则又把江色与暮色在心灵感应上融合为一，则更加美妙。这说明从思想到艺术，作者都是皎然的追随者。结句“惭负碧云期”是作者的谦辞。这是说，像皎然那样的“诗法”，谁能比得上呢？他是辜负了范公的希望了。韦应物《寄皎然上人》诗云：“愿以碧云思，方君怨别馀。”此诗结句正用此意。

大将军孝扬弟饯别海幢寺
即席有诗赋答

元戎小队到禅扉，踏阁攀林兴不违。
赋似江淹频惜别，人如楚客送将归。
贝多树下花沾席，玳瑁潮边雨溅衣。
最是班骓留不得，陆郎行处正芳菲。

《北归志》：“四月初一日……出广州府南门，登舟，镇海王将军永誉孝扬……相送。”董阆石《莼乡偶笔》：“王将军永誉，三韩世家也。性恬雅，不尚势焰，喜诗能书，恂恂如儒生。与予辈相对论诗，竟日不倦；每出行，屏驺从，仅一马二卒，遇者不知其为大将军也。”《广东通志》：“海幢寺在河南，始为郭家园，僧池月建佛殿。”此诗约作于三月二十三日前后。少陵《严中丞枉驾见过》：“元戎小队出郊坰。”《乐府·明下童曲》：“陈孔骄赭白，陆郎乘班骓。”金荣按：陈孔谓陈暄、孔范，陆谓陆瑜，皆后主狎客。李贺诗：“陆郎去矣乘班骓。”李商隐诗：“肠断班骓送陆郎。”

这是作者写给镇海将军王永誉孝扬的一首答谢诗。永誉为渔洋门人，故称之为弟。此诗具显师生情谊，不同于一般应酬之作。前两联，记叙“元戎小队”赴宴送别盛况及两人赋诗赠答情景，着重勾出一个儒雅将军的形象，也显示出自己的失意情怀。作者以“江淹”比永誉，以“楚客”称自己。后两联，借景抒情。“贝多树下花沾席”，谓永誉。“玳瑁潮边雨溅衣”，谓自己。两句皆赞此番盛宴。古有玳瑁筵，江总《今日乐相乐》：“绮殿文雅遒，玳瑁欢趣密。”“花沾席”是喜的景象，“雨溅衣”是愁的景象。亦喜亦忧，依依惜别。尾联：“最是班骓留不得，陆郎行处正芳菲。”此用《乐府》典故，语意朦胧。陆郎指永誉，他正在“芳菲”之时。这两句似乎是说，我们即将分手，对清廷而言，其实都是狎客。这透露出仕清的汉族文臣武将的怨情。

别宴设于海幢寺内，作者借“贝多树”表达了自己内心的隐情。贝多树即菩提树，此树之叶可以裁为梵叶，用以写经。“贝多树下”云云，意思是说：整个大千世界，看似真实，其实都是虚幻。作者借以说禅，这只是自遣性情而已。

广州竹枝词六首

潮来濠畔接江波，鱼藻门边净绮罗。
两岸画栏红照水，蛋船争唱木鱼歌。

海珠石上柳阴浓，队队龙舟出浪中。
一抹斜阳照金碧，齐将孔翠作船篷。

梅花已近小春开，朱槿红桃次第催。
杏子枇杷都上市，玉盘三月有杨梅。

佛桑花下小回廊，曲院深深牡蛎墙。
细爇海沉银叶火，金笼倒挂试收香。

鬌云盘髻簇宫鸦，一线红潮枕畔斜。
夜半发香人梦醒，银丝开遍素馨花。

才到花朝似夏阑，雨纱雾縠间冰纨。
洋船新买红鹦鹉，却苦羊城特地寒。

《广州游览小志》：“舟由濠水入鱼藻门。”吴绮《广东杂记》：“粤俗好歌，其歌之长调者，如唐人《连昌宫词》《琵琶行》等，至数百千言，以三弦和之，每空中弦以起止，盖太簇调也，名曰《摸鱼歌》。”

这组诗作于康熙乙丑年(1685)三月。“竹枝词”本为巴渝民歌，唐刘禹锡始有仿制，后成一种诗体，用以抒写爱情及风土习俗。作者游览广州，见其地风俗殊异，因作竹枝以赞之。第一首，写渔藻门水市繁荣景象。濠畔，市名。第二首，写海珠石畔龙舟竞赛。第三首，写花城春日盛况。第四首，写广州民居优雅。第五首，赞广州妇女。第六首，写广州气候。这六首诗，反映出清初珠江两岸的商业风貌，如观《清明上河图》，弥足珍贵。

民歌体诗是渔洋创作的新品种。中国民间文学，直到明代中期才开始兴起。由李贽、冯梦龙、袁宏道等人倡导，包括民歌体裁的民间文学，继宋代说唱文学日益繁荣昌盛，但迟迟未能与正统文学争得平等地位。以竹枝而言，在清初诗坛作手甚少。渔洋初试此体，始于康熙七年(1668)，这次以此体写广州人民生活，宛如群众自己的创作。他对此种通俗歌谣在文学史上的价值和地位有深刻观察和了解，他摆脱了封建士大夫的迂腐观念，亲自带头创作，给诗坛带来一股新鲜气息。

古今世界各国文化都由三种文化构成，即宫廷文化、文人文化和民间文化。这三种文化既互相冲撞，又互相补充，而雅俗共赏则是这三者的结合点。从发展趋势来看，通俗文学的创作，从唐代即已开始，至明清而大盛，今天更是一个雅俗共赏已成社会审美需求的新时代。

别胡耑孩陈元孝屈翁山黎方回

耆旧海南偏，相思二十年。
来攀贝多树，别负荔枝天。
江晚饶芳草，山春有杜鹃。
别离无限思，都付疍人船。

《北归志》:“初二日……巳刻解缆，晡次佛山。同门友胡武昌景曾耑孩……黎延祖方回自羊城来追送……初三日。陈恭尹元孝自龙江来追送，有诗……饮耑孩宅。过海日堂……衎祖留饭。”陈恭尹，字元孝，号半峰，又号独漉山人，亦称罗浮布衣，广东顺德人。父邦彦殉难后，恭尹方十馀岁，比长，遂隐居不仕，工诗，清迥拔俗，与屈大均、梁佩兰并称岭南三大家，而为之冠，有《独漉堂集》。《居易录》:南海陈恭尹(元孝)寄予诗，索《南海集》云:“酷似高人王右丞，在官萧散意如冰。时名兄弟堪方驾，家学文章自一灯。沧海乘槎曾独到，越山怀古记同登。南来新咏多如许，纸贵衡阳写未能。”

胡景增，字耑孩，作者同门友。黎延祖，字方回。作者在广州初与陈恭尹订交，陈赠端砚一方，侧手铭八字:“独漉之贻，渔洋宝之。”陈工汉隶，此砚极珍贵。这首诗是对广州诸友的总答谢，首联点出相思二十年的深情，这是对他们的为人及诗创作的肯定。颔联借赞贝多树与食荔枝二事，写相见与别离之情,“来攀”与“别负”,写出友情的亲切与真挚,情味深浓。颈联写江晚别离时的环境氛围。“饶芳草”和“有杜鹃”着重从侧面烘托,情景动人。尾联回应首联,复从正面歌赞,以“都付疍人船”一语收结,是说彼此都在漂流,有篇终接浑茫之概。此诗情浓墨饱,意象全新,别具一格。南海之行,是作者一生中的大事,此行广结岭南诗友,对岭南诗派作出高度评价,并论定陈、屈、梁为岭南三大家,影响甚大。作者把岭南怨清诗友们都紧紧地团结了起来,因而进一步扩大了自己在诗坛的影响。

此时,作者任詹事府少詹事。《清史稿·职官志》:“詹事府有詹事一人,少詹事二人。”詹事,正三品;少詹事,正四品,比郎官高一级,薪俸不高。

作为一个文职闲官,他深深系念着陈元孝、屈大均等新朋友,从民族主义感情来看,他们都是一根藤子上所结的苦瓜。诗有时代感,从“别离无限思,都付疍人船”两句来看,说明他们都跟疍人一样,漂流不定,命运与共,情调悲凉。这是一首绝唱。

怀王隼梁无技

二子才何妙,闲门对海滨。
播经裁白氎,行药过青春。
绮丽夸宫体,风流似晋人。
最怜闺阁里,清咏玉台新。

《北归志》:“广州英妙有王隼蒲衣,梁无技王顾,皆昨见之。”此诗作于此归途中,时在五月二十九日。《皇华纪闻》:广州王蒲衣,名隼,诗人邦畿说作之子,梁王顾,解元药亭之侄,皆才士也。王妻潘、梁妹某,二女子皆工诗。予居广州不久,惜未及见。”王妻潘梅元,字孟齐。梁妹,字号不详。《广东通志》:东莞尹源进集乡里才俊试以诗,令梁佩兰、陈恭尹次第之,拔无技第一。按:王隼七岁能诗,有《大樗堂集》。梁无技号南樵,岁贡生,年八十以明经终。有《南樵诗文集》。《首楞严经》:“桦皮、贝叶、素纸、白氎,书写此咒于香囊。”《大唐新语》:“梁简文好作艳诗,江左化之,谓之宫体。晚年改作,追之不及,乃令徐陵撰《玉台集》以大其体。”严羽《沧浪诗话》:“《玉台集》乃徐陵所序,汉魏六朝之诗皆有之。或者但谓纤艳者为玉台体,其实则不然。”

王隼和梁无技,渔洋久闻其名,皆于广州见之。这首诗高度评价了二人的诗才与人品。“二妙”之誉,传诵一时。赵秋谷有诗称之。两位诗人都是隐者，因有“闲门对海滨”之誉。颔联诗句雅驯，大意是说：二人学行高尚，生活清苦，却活得很自在。“缮经”语出《庄子》，此以称誉其学。“白氎”是一种丝织品，专为书写佛经而用。此句言见其追求艺术之诚。“行药”犹采药，此喻隐者。颈联极赞二人之诗品与人品。这里用“宫体”称赞二人之诗，以“晋人”比之，值得重视。玉台体即宫体，继严羽否定“纤艳论”之后，作者又申论之，曰：“予尝语程职方云：‘君乡东粤人才最盛，正以僻处岭海，不为中原、江左习气熏染，故尚存古风耳。’”（《池北偶谈》）这比严羽说得更明白。在他看来，惟宫体“尚存古风”，所以他在诗末才有“清咏玉台新”之赞。这是渔洋诗学的一个重要见解，这首诗的价值亦即在此。从这里，我们可以看出渔洋在诗歌审美追求上的两种态度：一是他对宫体诗的态度，二是他对晋人风度的态度。就前者而言，宫体诗历来受到轻视，他却唱反调。直到闻一多，才把这一诗体在历史流程中所起的作用作了科学的论述。渔洋以“绮丽夸宫体”一语赞之，清楚地表明了这一点。就后者而言，“晋人风度”是指一种冲淡风格和自由精神，这是中国思想发展史和文学发展史上一个奇特的现象。五四以来，不少有识之士对此作了论述，鲁迅的论述尤为精彩。作者看重此种风度，是从诗格与人格相统一的角度着眼，可谓独具慧眼。尽管《玉台新咏》这部六朝诗歌选集中存在不少艳情之作，但他仍然肯定它在诗歌发展史上的价值和地位，在他看来，写艳情诗也合乎天理，顺乎人情，不足为怪。为诗歌的健康发展，他赞扬这几位“清咏玉台新”的才士和才女，显具超前意识。在“女子无才便是德”的腐朽伦理观念占统治地位的时代，他把才女与士人放在同等地位，大开新风气，此可见其气魄之不凡。

23. 长江卷

【卷头语】作者乘舟东下，一路怀古思贤，为弘扬民族文化而歌。过彭泽，追陶潜、苏轼之遗踪，注满深情。过皖城，就历史遗闻刺武帝、讽南唐、歌忠勇，畅抒所怀。过芜湖、当涂，为李白、温峤等人伸张正气，对蟂矶灵泽夫人尤深致慨。《别金陵》语短情长，读之令人涕下。

大孤山

宫亭湖上好烟鬟，倭髻初成玉镜闲。
雾阁云窗不留客，苹花香里过鞋山。

《北归志》："十二日。过大孤山，上有神祠。过南湖嘴，即浔阳江入湖处。有山在其东，上石钟也。次湖口县，移舟过关即发，过下石钟山……晚次彭泽县。"宫亭湖是彭蠡湖的别称，因湖旁有宫亭庙得名。倭髻同倭堕，古代妇女的一种发式，发髻向额前俯偃。汉古乐府《陌上桑》："头上倭堕髻。"苹花，苹生浅水中，夏秋间开小白花。

大孤山，一名鞋山，在湖口县西南彭蠡湖中，孤峰特立，峥嵘秀丽，北扼湖口，南镇鄱阳，为历代兵家战略要地。这里长久流传着一个优美的神话故事：一渔夫与玉女大姑在湖上相遇，缱绻相思，正欲成婚，忽遭渔霸所嫉，公然垂涎，玉帝乃点天兵下凡，携走大姑。渔夫为渔霸所捕，大姑急从空中丢下一只花鞋，化而为山，重压渔霸，以相救助。渔洋舟行过此，感而赋诗，故有"烟鬟""倭髻""玉镜""雾阁""云窗"诸喻，给这一神话故事涂抹上神秘而奇幻的色彩；在王氏所写神人相恋诗中，此首更具象征意味。末由"苹花香里"引出"鞋山"，寓有对妇女追求婚恋自主而不得的反讽，馀韵悠然，味之不尽，句句入妙，神韵天成。诗有浓郁的文化氛围，是渔洋山水诗长久为人喜爱的重要原因，此诗之妙在此。

小孤山守风

已过落星石，前临大雷岸。
水宿淹期程，日暮中流半。
纨纨戍鼓鸣，萧萧水禽散。
愁对小姑祠，灵风送波澜。

《北归志》："十三日，守风江口，面小孤山，峭丽胜大孤。其南丹崖翠壁，丛祠绮树，望若画图。其北巉岩露骨，与彭郎矶夹岸对峙。"《舆记》："彭蠡西北湖中有小山，相传星坠所化。孟太后过此，风作，太后舟独全。"《寰宇记》："望江县大雷池，水自宿松县界流入，自发源入县界东南，积而为池，谓之雷池……江行百里为大雷口。宋鲍明远有《登大雷岸与妹书》，乃此地。"《晋书·良吏传》："邓攸去郡，百姓数千人留牵攸船，不得进。攸乃小停，夜中发去。吴人歌之曰：'纨如打五鼓，鸡鸣天欲曙。邓侯挽不来，谢令推不去。'"

作者使粤归来，舟泊彭泽江口守风，由落星石等想起一些史事，为遣愁怀作此诗。小孤山，峭立江中，一峰孤耸，形如椎髻。远望如菡萏出水，近观如芙蓉凌波，宛若仙境。山半有小姑祠，历代名家多有题咏。这确实是个佳境。作者迫于王程，未及登临，写了这首诗。首联计算行程，点出"落星石"和"大雷口"两个地名，引人遐想。前有六朝鲍照在此写报平安的家书，后有北宋孟太后逃难过此遇风，舟幸无恙。次联："水宿淹期程，日暮中流半。"从日暮到天明，他都在风水中煎熬，这日子怎么过。三联："纨纨戍鼓鸣，萧萧水禽散。"由静转动，此写外物对自己内心的影响，"纨纨"的戍鼓声不好听，"萧萧"的水禽起落声，更使他烦闷。忧怀难解，怎么办？他成天对着小姑祠发愁，瞅着江中小孤山的倒影，终于发出"灵风送波澜"的祈祷，以致愁怀不能自解。诗中用事多，而皆灵动自然。落星石、大雷岸两事，皆用典。"戍鼓鸣"，是用晋邓攸去郡事。吴人挽其舟而歌曰："邓侯挽不来，谢令推不去。"这是一位受人民欢迎的好官，在清初还有这样的好官吗？作者未置一词，耐人寻味。其实，作者这时心中所思考的，主要还是那数千挽留邓攸的老百姓。"纨纨戍鼓鸣，萧萧水禽散。"这两句诗，是因果关系，前句是因，后句是果。"水禽散"，殊有韵外之致。

石钟山

苏公游赏后，馀韵石钟山。
水石长如此，行人自不闲。
鹤巢丹壁上，鱼罾翠微间。
安得乘明月，扁舟数往还。

石钟山在湖口县鄱阳湖入江之口，南为上石钟，北为下石钟，两山对峙，控扼江湖，地势险要，历来为兵家必争之地。苏轼《石钟山记》："《水经》云：彭蠡之口，有石钟山焉。郦元以为下临深潭，微风鼓浪，水石相搏，响若洪钟。是说也，人常疑之。今以钟磬置水中，虽大风浪不能鸣也，而况石乎？至唐李渤，始访其遗踪，得双石于潭上，扣而聆之，南声函胡，北音清越，枹止响腾，馀韵徐歇，自以为得之矣。然是说也，余尤疑之。石之铿然有声者，所在皆是也，而此独以钟名，何哉？"

作者途经石钟山因忆苏轼查访山石旧事，写了这首怀古诗。这是他对苏轼寻访的一个有趣回应。所谓"馀韵石钟山"，是指苏子经过调查后推到了前人陈说，因而强调指出："事不目见耳闻，而臆断其有无，可乎？"这是对于唐李渤错误论断的尖锐批评。苏轼说："余是以记之，盖叹郦元之简，而笑李渤之陋也。"苏轼这篇文章对于那些不肯进行深入调查研究、只凭主观臆断的人，是一个有力的针砭。千载之下读之，犹字字震响，铿锵有声。他的这种实事求是精神，就是渔洋所称颂的"馀韵"。作者一生仰慕其人，现在又写此诗推阐之，实在很有意义。此诗妙趣，即在活脱脱地写出苏轼当时来此实地调查真切而生动的情况。他是安闲的，又是恬淡的，他根本没把移汝州安置当作一回事。这就写出一个超脱者的形象。从铸造士人灵魂这一角度来看，它在中国文化史上影响之大，非同小可。心与古人游，渔洋是又一次地沉醉了。他说："安得乘明月，扁舟数往还？"这表达出多么深切的仰慕之情。以苏子之心为心，以苏子之志为志，这就是渔洋终其一生的精神追求。在清廷钳压下，他时常觉得郁郁寡欢，"明月扁舟石钟山，得与苏公共往还。"这便是他最大的向往和最好的寄托，同时这也是他最美的梦想和最大的快乐。

彭泽雨泊有怀陶公

陶公令彭泽，柴桑一舍耳。
犹对匡庐山，共饮西江水。
一朝悟昨非，扁舟归栗里。
笑指故山云，吾心亦如此。
我来彭泽县，秫田没沙觜。
急雨送寒潮，三叹颜延诔。

《北归志》："十四日。大风雨，寒甚，守风江口。"彭泽故城在今湖口县东。明王祎《庐山记》："汤泉数里，过醉石观，即陶靖节故居栗里，地属星子县，晋为彭泽县。"陶潜，曾任江州祭酒。宋义熙中，任彭泽令八十日即弃官告归，不为五斗米折腰，作《归去来辞》，以诗酒自娱。征著作郎，不就，世称靖节先生。既殁，友人颜延之作《陶征士诔》以哀之。有《陶渊明集》。古时计程，以三十里为一舍。

作者舟泊彭泽，走近陶潜很感亲切，因有"共饮西江水"之叹。作为中国隐逸文化的代表，陶潜诗里的文化意蕴是取之不尽的。"笑指故山云，吾心亦如此。"这两句诗是陶潜人生态度的具体表现。他把自己比作云，云是漂泊不定的，忽动忽静，有时就栖息在岩洞里，且"无心出岫"。云的这种动静状态，全是陶潜的心灵写照，他把老子哲学是学到家了。在他看来，一切应由自我选择，自我把握，从而达到外物与内心的和谐统一。他认识到人要做到固守自我并非易事，尤其是在复杂多变、险象丛生的时代和社会。作者舟泊彭泽，由陶潜想到自己，由历史想到现实，胸中涌起万丈波澜，因而写下这首别具一格的古诗。这是作者与陶潜的一次心灵对话，这里的"吾心"既是陶潜之心，也是作者自己之心。末句"急雨送寒潮，三叹颜延诔"，是说古人已逝，时代已远，六朝的涛声早已消失，而陶潜仍然活在世人心中，可惜真正理解陶潜者，至今仍属寥寥。自从鲁迅指出陶潜有"浑身静穆"和"金刚怒目"的两面性以后，人们对其品格和诗风才有比较全面的理解，但要对这位中国隐逸文化的代表求得更深刻的理解，还得从其贯穿在中国社会、历史、文化的全过程中来作多方面、多角度、多层次的考察，渔洋此诗给予我们的启示就在这里。

陶潜归隐田园，实由多种因素所造成：一是时代和环境。不论他对时代抱着怎样的态度，最重要最根本的一条是，在当时险恶政治环境下，他不得不采取洁身自保的态度。因此,他不满于现实直到逃避现实,就不能以“消极遁世”一语予以简单否定。二是人格和性格。这是他的主体需要和必然要求,所谓“少无适俗韵,性本爱丘山”。他这种性格是从小就养成的。这是中国士大夫的一种带有稳定性和持续性的精神传统,他在诗歌风格上之所以崇尚“淡泊以明志,宁静而致远”的文化品格,就是这个原因。诗如其人,人已诗化,他的人格与诗格是统一的。三是社会和文化。中国社会历来重农轻商,文化是封闭的、保守的、自足性的。儒家的“达则兼济天下,穷则独善其身”,道家的“返朴归真,心斋坐忘”,都由这种文化精神产生。这就是中国隐逸文化的社会基础和心理基础。至于后来有人把“隐逸”当作一种待价而沽的手段,那是以后的事,此与陶潜无关。陶潜是把隐逸当作逃避现实、修心养性的一种心灵需要。这是一种修养,一种境界,一种精神追求。正是由于这样的原因,他才能在其诗中发现自然,解放自我,这才是陶潜的真相和本质。作者此篇正是这样评价陶潜其人其诗的,他不愧是认识陶潜的一代宗师。

江上看晚霞三首

彭泽县前风倒吹,三朝休怨峭帆迟。
馀霞散绮澄江练,满眼青山小谢诗。

白浪空江断去人,连朝风色起青苹。
小孤山外红霞影,定子当筵别是春。

潇潇寒雨暗浔阳,日日江潮过马当。
东望沧溟天万里,乘风欲渡赤城梁。

《北归志》:“十五日。守风,始见晚霞。”《渔洋诗话》:“江上看晚霞,最是妙境。余尝阻风小孤三日,看晚霞极妍尽态,忘留滞之苦,虽舟人告米尽,不恤也。”李白诗:“白浪如山那可渡,狂风愁煞峭帆人。”谢朓诗:“馀霞散成绮,澄江静如练。”杜牧之《隋苑》诗:“红霞一抹广陵春,定子当筵睡脸新。却笑丘墟隋炀帝,破家亡国为谁人?”这三首咏霞诗,叹舟为风阻乃别有寄托。第一首,怀谢朓和李白,第二首怀宋玉和杜牧,第三首自抒性情,显示一种遁世态度。江上晚霞,尽态极妍,诚难摹状,故小谢只取一抹馀霞以歌之。“馀霞散成绮”之句甚美,历代赞者不绝,李白尤为倾倒。白诗“狂风愁煞峭帆人”,亦使作者为之心折。“风倒吹”“峭帆迟”,皆取自白诗。第二首写浪和风。“白浪空江断去人”，很新鲜；“连朝风色起青苹”，是从宋玉《风赋》中化出，玉有风起于青𬞟之末句。接着又把这小孤山外的红霞比作定子之当筵，想象尤奇。以霞拟人，把晚霞写得很鲜活，这是写霞诗的新发展。第三首，借写寒雨、江湖、沧溟，以抒感慨。“乘风欲渡赤城梁”为一篇要旨所在。赤城是道家所向往的仙山，但作者并不是真想去学道，他只是宣泄其心中一时的愁闷罢了。奉使南海归来，他并不急欲返京述职，却想从此飘然远去，这表明他已消极到极点。隐士、雅人，向有“醉饮流霞”之癖，这是道家思想“返朴归真”的表现。作者愈到晚年，“回归自然”的思想是一天比一天更强烈了。作为一个寻求自由的诗人，他对江上晚霞所产生的留连、爱悦之情，是和他此时的忧思相纠结在一起的。这三首爱霞诗真实地反映出他寻求解脱的精神追求。说到底，“东望沧溟天万里”，就是他所向往的自由世界。但他虽有遁世思想，却仍念念不忘用世，正像已故美学大师朱光潜说过的那样：以出世的精神，做入世的事业。渔洋就是这样一个一生都在出世与入世之间徘徊不定、自陷痛苦深渊的不幸者。此时此刻，他是完全沉浸在与宋玉、谢朓、李白和杜牧同游的精神世界之中了。咏晚霞，味在诗外。

即事二绝句

吴头楚尾浪花粗，终日彭郎对小姑。
杨叶洲边望烟火，江南江北雨模糊。

往来不见马当船，三日芦中少爨烟。
东望皖公才百里，金陵难似上青天。

《明一统志》：“九江府有杨叶洲，半属彭泽县，以东属池州界。上多杨柳，或云状如杨叶。”《御览・九江记》：“马当山在古彭泽县北一百二十里，其山横枕大江，山象马形，回风急击，波浪涌沸，为舟船上下多怀忧，山际立马当山庙以祀之。”

此诗，与《江上看晚霞三首》为同时作品，堪称姊妹篇。舟为风阻，作者三日枯坐舟中，雨中闲望，甚觉无聊，忽有所感，因成此篇。

小孤山在彭泽江中，与南岸彭浪矶遥遥相对。民间语讹，转“孤”为“姑”，转“彭浪”为“彭郎”，遂有“小姑嫁彭郎”之说。苏轼为诗敷其事云：“舟中贾客莫漫狂，小姑前年嫁彭郎。”此说宋代已盛传之。这是闲话，也是趣话。“三日芦中少爨烟”，是实景描绘，也寓有自叹自怜之意。《吴越春秋》记伍子胥逃亡事云：子胥潜身深苇之中，有顷，渔父求之树下，不见，因歌而呼之曰：“芦中人岂非穷士乎？”作者笑自己现在变成一个苇中人了，他以伍子胥自况，隐隐含有亡国之痛。这支小曲虽是信手拈来，却自然流畅，有民歌风味。这是一个失意者的自我吟唱。

皖公，山名，在安徽境内长江北岸。“东望皖公才百里，金陵难似上青天。”此叹江行之难，古代使臣行役之苦，可以想见。

皖城怀古四首

忆昨经过射蛟浦，今朝还望盛唐山。
大江日夜流如昔，武帝雄风去不还。
天马蒲桃空塞外，飞廉桂馆自人间。
茂陵抔土秋风里，玉女何曾解驻颜。

龙舟曾飐锦帆风，回首淮南事不同。
降邸已闻营汴上，皖公犹自落杯中。
豫章一去归何日，庐阜重来隐未终。
苦忆舒州徐骑省，江潮东下雨濛濛。

清水塘边余阙祠，云霄浩气凛须眉。
英姿飒爽犹横槊，古砌荒凉只断碑。
鹤化千年非故国，鸡鸣十庙不同时。
皖江便是田横岛，义士悲歌为涕洟。

罗刹矶头落日悬，侍中遗迹至今传。
楚累有恨沉鱼腹，蜀魄何心化杜鹃。
家国几看陵谷变，江山犹痛革除年。
青溪血影留遗石，巾帼还应愧世贤。

《北归志》：“十七日……次安庆府怀宁县……安庆，古皖国。”

[第一首]《汉书·武帝纪》：“元封五年冬，南巡狩至于盛唐。登灊天柱山。自浔阳浮江，亲射蛟江中，获之。”按：盛唐山在桐城。射蛟浦在九江以下江中。“飞廉桂馆”，是武帝在长安所建祀神之宫。

[第二首]陆游《南唐书》：“李家明亦优人，元宗失江北，迁豫章，龙舟驻赵

屯，举首望皖公山曰：‘好青峭数峰！不知何名？’家明对曰：‘此舒州皖公山也。’因献诗曰：‘皖公山纵好，不落御觞中。’元宗叹息罢酒去。”元宗名璟，烈祖长子。龙兖《江南野史》：“周世宗屠楚州城，召江南之俘刘承遇，谕以通和，嗣主遂遣宰臣冯延巳、陈觉奉表至舒州，献庐、滁、和、蕲、黄之地以和。遂下令去帝号，正朔从显德。”“嗣主”即元宗，“显德”是周世宗年号。《南唐书》：“保大十四年三月，遣司空孙晟及礼部尚书王宗质使周，削去帝号，奉表请为外臣，犹不许。交泰元年传位太子，以国为附庸。帝遣阁门承旨刘承遇上表称：‘唐国主尽献江北郡县之未陷者，岁输土贡数十万。’夏五月下令去帝号，称国主，去交泰年号，称显德五年，置进奏邸于汴都。”“保太”是元宗年号。《宋史·文苑传》：“太平兴国八年，徐铉为右散骑常侍，迁左常侍。”徐铉，字鼎臣，宋广陵人。初仕吴，又仕南唐，官至吏部尚书。入宋，为太子率更令，精小学。《宋史》有传。

[第三首]《元史列传》：“余阙字廷心，一字天心。元统元年赐进士及第，授同知泗州事。至正十三年行中书于淮东，改宣慰司为都元帅府，治淮西，起阙副使、佥都元帅府事，分头守安庆。乃集有司与诸将议屯田战守计。属县潜山八社，土壤沃饶，悉以为屯。十七年，赵普胜、陈友谅、祝寇等四面攻之，明年正月丙午城陷，阙引刀自刭，堕清水塘中，妻、子皆赴井死，其同时死而知名者凡十八人。及安庆内附，明太祖嘉阙之忠，诏立庙于忠节坊，命有司岁时致祭之。”

[第四首]黄观字伯阑，贵池人。官至礼部侍郎，改侍中。《革除编年》：“北兵既渡淮，逼江上，乃议遣官征兵上游诸郡入援。侍中黄观奉诏，奋不顾家，且行且募兵。比至安庆，闻京城已定。舟至李阳河，度大事已去，不可为，乃东向再拜，于罗刹矶湍急处，沿江奋棹，遂自溺焉。郡人柯暹尝为传其事，匿不示人。后知县清江龚守悉于公所居故址学宫之西，立祠祀之。”《崇信录》：“观自分大事已去，乃朝服东向再拜于罗刹急湍处，投水而死，夫人翁氏将给配象奴，翁携二女沉于通济桥。未沉时，呕血于石，至今有血影，石在青溪祠中。”

这四首怀古诗，皆记皖城史事，吊古伤怀，表达了一种宏浩无涯的情怀。

第一首，刺汉武之“雄”。当年来此巡狩、射蛟，威风凛凛，好大喜功，贪图享受。他虏获塞外天马、蒲桃，在长安大造宫观祈神，谋求长生不老。这些“雄风”现在都吹到哪里去了？“玉女”指武帝所宠信的妃子，这是对其沉湎女色的嘲笑和讽刺，作者对李夫人则深表同情。一切受宠信的女子，无不以喜剧始悲剧终。“驻颜无术”是自然规律，这一刺可谓入木三分。

第二首，讽南唐之“亡”。南唐与周交锋，自淮南大败后，君臣即向南逃跑，同在风雨飘摇中受苦：(1) 舟至赵屯，元宗北望皖公山，问是何山？一优人献诗作答，有“龙舟曾飏锦帆风”“皖公山影入杯中”之句。(2) 元宗向周献出长江以北大片土地后，即迁都豫章，号为南都，削去帝号，自称外臣，妄图苟安，周仍不准许。交泰元年(958)，元宗传位太子，为周附庸，复为所迫，改年号为周。显德五年(958)，命置进奏邸于汴都，岁输土贡数十万。建隆二年(961)三月，以南都原为藩镇之地，湫隘剧烈，臣僚思归，帝恐生变，忧忿烦悸，方议东迁，未几病卒。这就是“降邸营汴”“豫章欲归”等诗句的含意。(3) 尽管国亡已迫在眉睫，这个逃亡皇帝还想在庐山筑馆栖隐，同时又夺取楚州民田，以为屯田。徐铉反对甚烈，因此获罪，流放舒州。这就是“庐隐未终”“苦忆舒州”等诗句的含意。

第三首，歌余阙之“勇”。此人是学者，也是军事家。他在元末守安庆之战中，壮烈殉职。史称其人为政严明，治军与士卒同甘苦，有古良将之风。他留意经术，为五经作传注，文章气魄深厚，篆隶古雅，明初追谥“忠宣”，史极称之。朱元璋没有把他安进忠烈十庙，只给他在安庆城东修筑一个小祠堂。他是一位民族英雄，此诗很有积极意义。

第四首，赞黄观之“忠”。在元人渡淮逼江、国家危难之秋，他临危受命，为国纾难。作者特以“楚累”和“蜀魄”拟之，黄观不愧是一个屈原式的爱国者。“江山犹痛革除年”是对宫廷斗争闹剧的针砭。

作者善于咏史，他就安庆城史事，写了这组壮烈史诗，既抒兴亡之感以遣心愁，同时也给地方文化史增添了光辉的一页。这对弘扬民族文化、发扬民族精神很有积极意义。

泊夏家口二首

秋浦猿声夜，孤舟客乍听。
星星见渔火，已到卸帆亭。

已近梅根冶，江流更几湾？
明朝风日好，应见九华山。

《北归志》：“五月十八日，过罗刹矶。建文时，侍中黄公殉节处。晚次夏家口，三鼓发舟，不及望九华山。王梅溪云：‘九华之胜，不在山中。’从江上望之，秀逸清远，夕波落日，邈然于怀，恨交臂失之。”夏口在贵池境内，卸帆亭在夏口。乐史《寰宇记》：“贵池县本汉石城，隋开皇十九年，分南陵县置秋浦县，盖以秋浦之水为名。”又：“梅根山，《吴录·地理志》云：‘晋立梅埭冶，今作铁冶于临城。’”梅根冶，镇名。在贵池东五里，东晋六朝以来，皆在此炼铜铸钱币。

《御览·九华山录》：“此山奇秀，高出云表，峰峦异状，其数有九，故号九子山焉。李白因游江汉，睹其山秀异，遂更号曰九华。”

这两首古绝，皆写秋浦之风光与感受，题为《泊夏家口二首》，颇似李白《秋浦歌》。白诗写愁，多有思内之情，此诗亦然。第一首言愁，愁中见喜。第二首言喜，喜中含愁。两首紧密相联，基调轻快。李白《秋浦寄内》诗，愁怨绝人。《秋浦歌》中亦有不少怀妻之作。此诗第一首两句，是由白诗化来。“秋浦猿声夜，孤舟客乍听。”思亲思内，语短情长。“星星见渔火，已到卸帆亭。”此言初见夏家口之乐，语调轻快。在彭蠡守风三天，十分寂寞，现在天气好了，船又行得快，他可早日到家了。这首诗就表达出此种愉快的心情。第二首写舟近“梅根冶”的喜悦之情。其地六朝时即重冶炼，李白秋浦诗中有专篇歌之。此诗也是对白诗的回应。“明朝风日好，应见九华山。”此言即将亲睹九华之颜。白有赞峰之句云：“天河挂绿水，秀出九芙蓉。”王诗结句显然含有怀念李白之意。那天因为三鼓发舟，作者没有望到九华，甚觉遗憾。心中有家人和李白，可谓句句含情，字字是爱，亲情友情，皆极感人。此诗以心理描写细腻取胜。

荻　港

荻港东来指赭圻，估帆停处一鸥飞。
大江小汊纵横入，蓼岸藤湾远近围。
胜地不留逋客住，暮潮闲送夕阳归。
黄公战处今残垒，凭眺休登板子矶。

《北归志》：“十九日。过荻港，望板子矶。孤阜临江，上有城堞，故靖南侯黄得功置戍于此。”荻港在安徽繁昌县西北，濒临大江，为江流险要处，附近有板子矶。黄福《水程日记》：“近荻港有板子矶，如采石支江抱一小山，而南行十里许，与大江通。矶之东约五里，荻港驿在焉。”

荻港是水乡，景物幽胜，闻名遐迩。此诗情景描写逼真，是一首罕见之作。前六句写景，末两句怀人。“大江小汊纵横入，蓼岸藤湾远近围。”状景如在目前，特点全抓住。前六句写观景之喜，真实自然，给读者以有力的感染。末尾转写悲怀：“黄公战处今残垒，凭眺休登板子矶。”感情沉重，令人惊叹。黄公是明朝忠勇将领。他为明室立下汗马战功，后在鸠兹之战中殉职。此诗是对其守戍板子矶的缅怀和追念。前六句写乐景，后两句写哀情。王夫之说，以乐景衬哀情，益增其悲。这一反衬，十分有力。

情景描写是中国诗歌意境说的核心，历代诗家多有论述，王夫之更把情景描写作为诗歌构成的重要因素，他将情景搭配科学地划分为“即目、即兴、即事、即情”四类，这是我国诗歌美学史上的创见，可谓独具慧眼。他还认为，情景描写如能做到妙合无垠，便会展开一幅幅生动鲜活的图画，有好句产生。例如“大江小汊纵横入，蓼岸藤湾远近围”两句，就达到了这种境界。“这一个”荻港是独特的。作者对客观事物这种体察入微的观照和心手合一的表达，都令人惊叹，这叫“造型”。而一切造型艺术都重形神兼备，既求形似，也注重神似。形似为基本，离开形似，神似即落空。换言之，这也就是艺术学上的“再现”和“表现”。倘不能“再现”，哪里还能谈到“表现”？大画家齐白石说：一切精美的艺术品都在“似与不似”之间，这是不刊之论。渔洋在中国诗歌美学史上的大师地位是不可动摇的。清人昭梿在《啸亭杂录》卷八中，骂他“诗思本迟滞，加以部曹小臣，乍睹天颜，战栗操觚，竟不能成一字”，最终是由别人“代作诗草”，才“得以完卷”。这种谰言全是蓄意编造的诋毁之词，不值一驳。

板子矶

板子矶前路，风帆之字行。
红花将翠筱，的的可怜生。

徐氏《南州草堂集》：“板子矶，一名鹊起矶，景物幽胜，上有孤城，黄将军御左宁南时所筑。”黄将军即黄得功，明末清兵南下，战死鸠兹。此诗与《荻港》作于同一天。作者自注：“‘石上红花低照水，山头翠筱细含烟。’杨诚斋《题板子矶》诗句。”

这首即兴诗很像汉魏古诗，又像古谣，写得清新活泼，读之令人怡悦。诗的内容丰富：有矶、路、风帆，有红花和翠筱，还有观赏人。短短四句，层层深人，宛曲多姿，一句比一句动人。“板子矶前路”，似乎平常，但与下句合起来看，就显得很有意味。原来这不仅是一条水路，还是一条“之”字形的路，是曲折的船行之路。待读到“红花将翠筱”一句，方知这船是行走在港汊纵横的狭窄水道中，因此才能看清开遍河汊两岸的红花与翠筱。这水天之间红翠交错的景象，是何等迷人。一个坐在帆船上的观赏者，是不能不被打动的，因而发出赞叹：“的的可怜生。”显然，他是完全投入了，他虔诚地捧出一颗物我交融的心，这就是诗心。

此为《荻港》续篇。前篇追念英烈黄得功，此篇因读诚斋板子矶名句有感而作，是他有意仿效诚斋“活法”的一次尝试。诚斋认为，诗的题材是丰富的，诗人的创作天地无限广阔。重要的是，诗人描绘可观景物要充分表现自己的主观感受和个性，做到实现个人的创作自由。这样，主体（创造者）和客体（现实生活）才能建立互动关系，从而在审美观照上实现自律与他律的统一，亦即血肉相联的统一，这样才会有独创性、个性化的真诗好诗产生。

三山矶

澄江日夕净，归鸟投前浦。
明霞散沦漪，轻飙憺容与。
南临春谷溪，北眺濡须坞。
何处是三山，沙头驻鸣橹。

《北归志》：“十九日……晚次三山矶。”《方舆胜览》：“三山矶在繁昌东北四十里。”黄福《水程日记》：“矶三峰联峙于岸，峻秀可观。”《水经注》：“江径春谷县，北又合春谷水。”王摩诘《送张五諲归宣城》：“渔浦南陵郭，人家春谷溪。”按：春谷，废县，在今芜湖。《南畿志》：“濡须山在无为州东北五十里，孙权作坞于此，石上有‘濡须坞’三字。”孙权作坞以备曹操，时在建安十七年(212)。次年操攻濡须，相拒月馀不得进。

此诗为思慕谢朓而作。作者买舟东下，过三山矶，忽然想起这位南齐大诗人，因作此诗。谢朓擅写五言，喜用仄韵，渔洋有意效之。不同的是，谢用古体，王用律体。谢有“馀霞散成绮，澄江静如练”名句，为千古传诵，连李白也自叹不如。此诗有不少好句，即由谢诗化来，如改“馀霞”为“明霞”，又改“绮”为“漪”，皆不如谢。因为江上晚霞之美，多彩多姿，瞬息万变，实难摹状，所以谢氏只以“馀霞”二字写之，比之为“绮”，真是妙极。再配上一个写江水的对句，说这澄清的江水就像一条白绸。这一比照，更加美不可言，遂成千古绝唱。后两联，作者自铸新词，写得较好。“南临春谷溪，北眺濡须坞。”嵌入两个历史地名，令人想及曹吴在此与孙权对垒情景，平淡中见新奇。尾联：“何处是三山”也问得好，究竟这“三山矶”是不是谢朓所歌咏的“三山”，他提出了质疑，因对陆游之说未表赞同。《入蜀记》：“行大江，过三山矶采石镇，泊太平洲江口，谢玄晖登三山还望京邑，李太白登三山望金陵，皆有诗。”陆船上行，他讲的“三山矶”，据其日记，分明在荻港之下，芜湖之上。两矶不同，一在上，一在下。在上的称“矶”，在下的不称矶，只叫“三山”。渔洋提出质疑，有道理。再者，陆游所记“三山”，确是谢朓当年登临之处，而渔洋所见“三山矶”，实与谢朓“回望京邑”的三山相距甚远，此处根本望不到京邑。作为深通方志的学者，他提出“何处是三山”的疑问，说明他既是诚实的诗人，又是严谨的学者。末句：“沙头驻鸣橹”既是泊舟的实景描写，也是寄意遥深的慨叹。言难尽意，故以虚笔写之。鸣橹犹鸣榔，击船以为歌声之节奏，此处有扣舷而歌之意，这是很精彩的一笔。

蟂矶灵泽夫人祠二首

白帝江声尚入吴，灵祠片石倚江孤。
魂归若过刘郎浦，还记明珠步障无？

霸气江东久寂寥，永安宫殿莽萧萧。
都将家国无穷恨，分付浔阳上下潮。

《北归志》：“二十日。过鲁港，望蟂矶灵泽夫人祠，片石濒江，高不寻丈。《图经》谓高十丈者，妄也。”蟂矶在安徽芜湖长江南岸，上有蜀汉昭烈帝刘备后孙夫人祠。夫人为大帝孙权之妹，刘备年长孙权二十岁。朱国桢《涌幢小品》：“芜湖江心有矶，矶上有祠，祠孙夫人，曰蟂矶，甚有神灵。孙夫人至此矶，闻先主崩摧，哭自沉。”又曰：“孙、刘有隙，夫人归吴，舟舣矶下，不忍见仲谋，遂殇于此。蜀既不传，吴亦遂讳。”白帝在巫峡口，军事要地，三国时刘备据此。刘郎浦，在今湖北石首县北，传为刘备聘吴女处，时在建安十四年(209)。唐吕温《刘郎浦口号》：“吴蜀成亲此水浔，明珠步障屋黄金。谁知一女轻天下，欲制刘郎鼎峙心。”“知”应作“将”。步障犹屏帐，锦制。“尚入吴”，尚犹嫁也，国王嫁女曰尚。

作者过鲁港，望蟂矶灵泽夫人祠，作此诗。第一首，写吴蜀政治联姻是一幕悲喜剧；第二首，写吴蜀争霸以至消亡史事。“霸气江东久寂寥，永安宫殿莽萧萧。”这两句是对吴蜀两国消亡的哀挽。孙刘两家政治联姻，虽对巩固东吴政权起了很大作用，但对婚姻当事人则未必幸福，此有史料可证。孙权以妹嫁此五十之老翁，史文“进妹固好”四字，大可玩也。史称：孙夫人才捷刚猛，有诸兄之风，侍婢百馀人，皆执刀侍立，刘备“衷心常凛凛”（《蜀书·法正传》）。刘备为何如此害怕她？《资治通鉴》胡三省注：“恐为所图也。”又，刘备在公安时，诸葛亮已感到“东惮孙权之逼，近则惧孙夫人生变于肘腋之下”（同上）。刘备入益州，“此时孙夫人以权妹骄傲，多将吴吏兵，纵横不法”（裴注引《赵云别传》）。此可见两国关系已趋紧张。幸而刘备早把赵云留在公安营中钳制。这些材料证明，孙夫人确已成为蜀之威胁。从私情来说，夫人以二十馀龄之闺女，只身远嫁，蜀人对其深怀敌意，她身处险地，有何幸福可言？因此，乘刘备入益州之时，她返东吴，实非得已，何况此时刘备实已另宠穆皇后。夫人于蟂矶溺水而死，已无路可走。《吴书》不传其事，自有苦衷。《蜀书》提及夫人者亦仅四处，这就是夫人一生的梗概，渔洋对此知之甚稔，故有此咏叹。诗人对灵泽夫人深表同情，对吴蜀这次政治联姻则进行了婉曲的訾议。此诗既颂夫人之德，复描其魂，江声浩荡，遗恨无穷，英雄美人，一曲交响，非有旷世奇才与雄健之笔，何能臻此！咏史怀人，此可称千古绝唱。

刘备弃孙夫人入蜀，孙夫人一气之下，只身归吴。方至芜湖，忽有所悟，乃独登蟂矶，跃身入水自尽，可谓死得其时，亦得其所，这给其兄孙权留足脸面，也给自己留下万世英烈的美名，壮哉此人！

江行望识舟亭

鸠兹北面识舟亭，天际归帆望杳冥。
松竹阴中孤塔白，楼台缺处数峰青。
赭山人去生春草，江水潮回没旧汀。
更忆于湖玩鞭迹，吴波不动客扬舲。

《北归志》：“二十日……过芜湖县，古鸠兹县，东北小山，曰鹤儿山。有识舟亭，其后曰赭山。”赭山，又称小九华，山后有滴翠轩，黄庭坚曾读书于此。《晋书·明帝纪》：“太宁二年六月，王敦将举兵内向，帝密知之，乃乘巴滇骏马微行至于湖，阴察敦营垒而出。敦正昼寝，梦日环其城，惊起曰：‘此必黄须鲜卑来也。'使骑追帝,帝见逆旅卖食妪,以七宝鞭与之,曰:'后骑来,可以此示也。'追者至,问妪,妪曰:'已去远矣。'因以鞭示之。五骑传玩,稽留良久,帝仅而获免。"于湖,古县名,即今之芜湖。

作者舟过芜湖,望见识舟亭及赭山白塔有感,作此诗。怀念黄庭坚,同时也思及东晋权力斗争的一段趣史。一美一丑,作了一次对比审视。前两联,写芜湖景物:识舟亭、楼台、白塔、赭山和松竹。舟行过此,他在杳冥中望见这些,觉得很美。后两联述史遣怀。黄庭坚早年曾在此读书。黄是江西修水人,与秦观、张耒、晁补之同游于苏轼之门,有苏门四学士之称。后贬涪州,终以文字罪除名,卒于宜州贬所,年六十一。诗学杜甫,能自辟门径,为江西诗派之祖。又善书真行草,以诗书并擅驰名。晚年位益黜,名益高,与苏轼并称苏黄。渔洋深仰其人,连黄在芜湖读书这段生活都很清楚。"赭山人去生春草,江水潮回没旧汀。"这两句诗,寓有历史沧桑之感,是绝唱。尾联"更忆于湖玩鞭迹"一事,则是对东晋政权内部斗争的嘲笑。《晋书·明帝纪》称:明帝和武臣王敦都曾在此"玩鞭"。玩鞭就是玩物,玩物必丧志,不会有好下场。明帝司马绍,在位仅三年,真如昙花一现。在作者看来,像明帝那样搞"遗鞭"把戏固然是笑话,王敦只顾忙着"玩鞭",让明帝逃走,同样也是儿戏。作者态度超然,他只用一句形象语来表白自己的心态:"吴波不动客扬舲。"此句颇富哲理,意思是说:"过去的就让它过去吧,我的船还是照样朝前开。"在他看来,值得人们永远怀念的,只有那位在赭山松竹林里读书的黄庭坚,他像一座孤塔至今依然挺立着。

天门山夜泊

万里孤舟泊,今过博望山。
胜游非梦到,绝域此生还。
列宿垂江阔,疏萤点鬓斑。
宵分望明月,归思折刀环。

《北归志》:"二十日……天门二山,夹江遥峙,东曰博望,西曰梁山。李白《天门山铭》云:'梁山博望,关扃楚滨'是也。或谓东博望、西天门,或谓东梁、西梁,皆非是。"《江南通志》载:自六代建都金陵,皆于此屯兵扞御。春秋时,楚获吴艅航于此。三国时,曹操令夏侯惇领兵攻博望,然后进军新野,也是在此。《汉书·李陵传》:"任立政等见陵,未得私语,即目视陵,而数数自循其刀环，捉其足，阴谕之，言可还归汉也。”《古乐府》：“何当大刀头，破镜飞上天。”少陵《八月十五夜》：“满目飞明镜，归心折大刀。”

大江流经此处，两岸之山耸立，相对如门，故称天门。作者万里行役归来，泊舟山下，望月有怀，作此诗。前两联写泊舟之感，亦如杜甫晚年之孤舟漂泊，苍凉沉痛。李白游此甚欢，但他现在一点也没有李白那样的豪情，此次绝域归来，感慨殊深。“胜游非梦到，绝域此生还。”这两句是他孤高人格的表露。后两联借景抒情，意转幽深。“列宿垂江阔，疏萤点鬓斑。”写江上夜景，刻画出一个老者宵分望月的形象。这老者就是诗人自己。他此时在忧念些什么，末句作了回答：“归思折刀环。”“折刀环”，典出《汉书》，本言李陵思归之事。此处只字不提歌唱天门山的李白。此诗似怀李白，实追李陵。李陵身处匈奴绝域，欲归不能。作者得从绝域生还，亦思归心切，在清廷统治下，他也是囚徒。李陵非真降，司马迁早已为其辩诬，但还是被诛灭九族，此可见统治者之凶残与绝情。作者在康熙钳制下，焉知自己他日之命运如何？此以隐语吐悲愤，更觉沉痛。“折刀环”一典，运用甚妙。全诗立意在此，语隐而意深，悲愤莫名，这在清代文化思想史上很有价值。

牛渚望青山

峰色如横黛，江光似熨罗。
昔人行乐地，今日复来过。
小谢青山宅，桓公白纻歌。
他年寻菌阁，终向此岩阿。

《北归志》：“二十一日。过采石，即牛渚矶也。”乐史《寰宇记》：“牛渚山在当涂县北三十五里，突出江中，谓为牛渚圻，古津渡处也。”又：“谢公山在当涂县东三十五里，齐宣城太守谢朓筑室及池于山南，其宅阶址现存，路南砖井三口。”青山，唐天宝十二年(753)改称谢公山。李白生前爱赏此山，死葬于此。《白纻歌》为吴之舞曲，其词盛称舞者姿态之美。桓温(312—373)，字元子。初为荆州刺史，定蜀，攻前秦，破姚襄。太和四年(230)北伐，与燕慕容垂战于枋头，大败。回建康，以大司马专朝政。后与郗超等谋废晋自建王朝，事未成而死。谢朓《游东田》：“寻云陟累榭，随山望菌阁。”叶廷珪《海录》：“菌阁，芝阁也。《楚辞》：‘菌阁兮蕙楼。’”

作者登临采石，望青山，怀谢朓、桓温，作此诗。赞峰色江光之美，叙昔人行乐之地，今我来游，追仰遗风，风雅之至。下即转入深化描写，点出小谢在此建宅而居，想见其人日夕留连山水之乐；复写桓温携妓来游情景及作《白纻歌》一事，缅怀其人载歌载舞之欢。最后畅抒己志：寻菌阁、终岩阿，想早日归隐，不再为康熙效劳，这就是他在此委婉表露的人生态度。

作为一个矢志寻求自由的诗人，他深感寂寞。从南海回来，终于彻底醒悟。想求解脱而又难以如愿，此时内心充满矛盾，前途渺茫，真是伤心人别有怀抱。实际上，他终其一生，都徘徊于仕隐之间，这是他经常纠缠于心的情结。其诗所以显有现实与想象相激相荡的俊逸风格，源即在此。这种风格乃由神韵气味四者贯串而成，这是中国诗歌的本质，是我国古典诗歌的内在生命和外在自然的统一。渔洋是继承和发展了这个传统的，这也是他的诗歌给予我们的重要启示。若不珍视此点，以致把它淡忘或弃置，则所谓继承、创新，便都成为空话。诗句看似闲淡，其实幽远深沉，这是隐逸文化的反映。李白是这样走过来的，渔洋也是在追寻这一足迹前进。这是专制极权统治下中国士人的悲剧。

采石太白楼观萧尺木画壁歌

落帆向牛渚，直上太白楼。
锦袍乌帽太潇洒，回看四壁风飕飕。
萧生何年画此雪色壁？峰峦出没烟岚稠。
元气淋漓真宰妒，江湖澒洞蛟龙愁。
吴观越观上海日，苍烟九点横齐州。
祝融诸峰配朱鸟，潇湘洞庭放远游。
峨眉雪照巫峡水，匡庐瀑下彭湖流。
须臾使我行万里，瞥如怒隼凌清秋。
我生海隅近岱畎，西游曾上瞿唐舟。
昨登五老弄瀑布，却临三峡窥龙湫。
七十二峰身未到，苍梧已略天南头。
太白游踪遍四海，晚爱青山采石聊淹留。
丈夫当为黄鹄举，下视燕雀徒啁啾。

《北归志》："二十一日。过采石，即牛渚矶也。登太白楼……楼下四壁有萧尺木画匡庐、峨眉、泰岱、衡岳四山图。僧云：胡太守季瀛在郡日，尺木年已七十馀，方卧病，强邀致之，凡七日而就，遂绝笔。尺木名云从，余内伯父张公举之。曩为太平理官，属尺木作《太平山水图》，细入毫末，得元人三昧，江左今无此手矣。”《唐书·李白传》：“白乘月与崔宗之自采石至金陵，著宫锦袍坐舟中，旁若无人。”陆钎《山东通志》：“越观峰在泰山顶，可望会稽，一名月观，谓与日观相对云。”《神州古史考》：“月观即吴观，望见会稽者也。”《长沙志》：“衡山七十二峰，最大者五，而祝融为最高。”《史记·天官书》：“南宫朱鸟。”《索隐》曰：“南宫，赤帝也，其精为朱鸟也。”《尚书·禹贡》：“岱畎丝枲。”注：畎，谷也。吴陈琰《旷园杂志》：“胡季瀛守太平日，慕芜湖萧尺木能画，三访俱辞不见，胡怒。时新修采石矶太白楼成，遂于案牍中插入尺木名，摄之。比至，送至楼中，令白壁间若图成，即当开释。尺木年已七十馀，方卧病。不得已，画匡庐、峨眉、泰岱、衡岳四大名山图，凡七日而就，遂绝笔。至今登楼者叹赏不止，画与斯楼俱传矣。事与沈启南石田相类。”

这首七言古风，计十三韵三十六句，雄奇豪放，一气呵成。作者借论画而抒胸臆，借李白之漫游而畅抒己志，这很像是对其南海之行作一总结，同时也是对其蜀道之行的回顾。欲揭王氏纪行山水诗之秘，读此篇，似可略见端倪。

诗人作诗，多爱摹状景物以遣其情，以达其意。诵读此类作品，常令人兴味盎然，渔洋此诗即有此种魅力。他力倡神韵，其诗之神常于绝律中见之，但此仅其一面，而更为重要的一面，则在于诗有气韵和气势，此常于其古风中见之，这首诗即为代表作之一。气韵生动是一条极重要的绘画理论，自南齐谢赫提出后，即为中国艺术家们所普遍接受，以后遂形成一条公认的基本艺术法则。从文艺基质来看，渔洋的神韵论就是此说的体现和发展。气贯于一切动态过程中，我国历代哲学家对此早有认识，《易经》中的阴阳，早已表述了相克相生之理。气是物质运动的过程和形式，它会送来信息，产生能量。艺术家即由这一观点认识到一切艺术皆由气产生，渔洋神韵论的哲学基础即本此。能把景物、情感、事理放在恢宏景象中加以描写，作品就有气韵和气势。萧尺木这几幅山水画即如此，作者这首山水图歌亦如此。在这里，作者是把画家之境与诗人之境、自然之境与心理之境，完全融合为一了，以致形成一幅跌宕多姿的美妙画图。诗是文字的画，画是有形的诗。诗画本同源，两者为姐妹艺术。中国历代诗人多爱画，画家亦多爱诗。在中国古典诗歌长河中，题画诗早已形成一个别开生面的新天地，此非偶然。这首山水图歌不但是渔洋诗学观和艺术观的具体表现，同时也是他的人生观和宇宙观的具体表现。其审美价值在此。

太白祠

白也祠堂在，前临牛渚矶。
风流映江左，山水尚清晖。
小谢东田近，开元旧事非。
姑溪好风日，游子亦忘归。

《北归志》:“二十一日……登太白楼，南望当涂青山三峰，云岚出没，黄山、白纻、九井诸山，隐隐目中。”陆游《入蜀记》:“李太白祠在青山之西北，距山尚十五里，莫知其始。有唐刘全白所作墓碣及近岁张真甫舍人所作重修祠碑。”牛渚矶，在当涂县采石山下。范传正《李公墓碑》:“公晚渡牛渚至姑熟，悦谢家青山，有终焉之志。”周必大《泛舟游山录》:“姑熟溪，水色绀碧，与河流不相杂。”

这首诗真实地写出李白晚年眷恋姑溪之情，语浅情浓，十分感人。就思想境界言，主要有两点:一、从“山水尚清晖”一句来看，这不仅是对白诗和二谢诗的赞扬，同时也是对六朝以来山水诗艺术技巧的肯定。中国山水诗是六朝时代开创的，二谢是第一个高峰；至李白，又跃上一个新高峰。李诗与二谢诗的关系，及李诗与传统山水诗的关系，都由此略可窥见。这是作者对李白山水诗艺术渊源所作的一个中肯评价。可以看出，他自己也是在走这条路。他把山水诗的艺术继续向前推进，所以他才如此敬仰李白其人。二、从“开元旧事非”一句来看，则表示他对李白不幸遭遇的同情和惋惜。唐明皇把诗人李白只当弄臣看待，李白投靠此君，乃其一生大错。作者只用一个“非”字，就把白入长安的一切政治活动都否定了。这表明:作者在对待君主的态度上要比李白看得更清楚一些。他是生活在反君权思潮兴起的时代，自与李白不同。但在“风流映江左”和“归老田园”这些事情上，两人还是有共识的。像谢安那样得以逞其经国济世大志，两人都很向往；像谢朓那样终老田园，他们也很羡慕。“姑溪好风日，游子亦忘归。”这是作者给李白亡灵送去的一片温馨，也是给自己的安慰。此时他已清醒地认识到玄宗晚年虽然昏庸，但并不残暴，而康熙却是骑在汉族士人头上的一个大暴君，他这日子很不好过。南海之行，他接触到不少南方汉族失意士人，是更深刻地认识到这一点了。此来吊李白并写出一系列感怀诗，对他来说，虽不能说思想上从此有了巨大转变，但他不愿与清政权合作的态度，则是日趋明朗了。

然犀亭

不是温忠武，谁堪第一流。
飞书先赴难，洒泪独登舟。
赤帻惊幽渚，黄旗指石头。
孤亭临玉镜，淅淅荻芦秋。

《北归志》："二十一日。过采石……石壁峭绝，上为然犀亭。"陈沂《南畿志》："照犀亭在和州当利北岸，晋温峤闻水底有乐声，然犀照之，故名。"《晋书·温峤传》："苏峻反，峤屯浔阳，率舟师赴难。初，峤与庾亮相推为盟主，从弟充言于峤曰：'征西位重兵强，宜共推之。'侃许之，（峤）于是陈峻罪状。有众七千，洒泣登舟，遂破贼。"《毛宝传》："苏峻作逆，峤将赴难，而西征将军陶侃怀疑不从，峤屡说不能回，遣使顺侃之意曰：'仁公且守，仆宜先下。'"又："峤旋武昌，至牛渚矶，水深不可测。世云其下多怪物，峤遂然犀而照之。须臾，奇形异状，或乘车马，著赤衣者，谓曰：'与君幽明道别，何意相照也？'未旬而卒。"温峤字太真。

这是一首为温峤申辩的诗，咏史述怀，绮丽潇洒。亭因温峤而名，诗为温峤而作，这诗是罕见的。温峤博学能文，晋元帝时，为刘琨右司马，后为江州刺史，曾与庾亮等联合讨平王敦，建功甚大。后历阳太守苏峻作乱，据石头城，温峤屯浔阳，与征西将军陶侃联盟讨之。出发时，洒泪登舟，戎卒六万，旌旗七百馀里，钲鼓之声不绝，卒平峻难，又立新功。官至骠骑大将军，谥忠武。此诗前三联所写，即其一生平乱业绩。这里只需着重解说三句诗：（一）"谁堪第一流？"这是对当时士大夫臧否人物清谈之风的驳正。据《世说新语》所载："世论温太真是过江第二流之高者，时名辈共说人物，第一将尽之间，温常失色。"渔洋于此力加批驳，谓温为第一流人物，这是他对温峤的高度评价，不同凡响。（二）"赤帻惊幽渚"。然犀照江，使魑魅魍魉原形毕现，大江始得风平浪静。这表达了人民反抗黑暗势力的愿望，希望能有杰出人物澄清天下，得以安乐。但这其实只是温峤的一种善良而虚幻的愿望，故作者以含蓄语写之。（三）"孤亭临玉镜"。这句诗是说，在这孤亭之下的江水里有没有鬼怪呢？作者以结句作了回答："淅淅荻芦秋。"没有，这里只是一片秋气萧瑟的景象而已。这句诗深深地表达出作者自己对温忠武的一片悠悠思念之情。这是一曲英雄赞歌，也是作者失意情怀的表露。全诗从大处落笔，句句引人入胜。结以一亭之微，悠然神远。“飞书”“洒泪”，声情并茂；“赤帻”“黄旗”，色彩鲜明。中两联和盘托出当时征讨逆贼之气势，大显声威。历来歌赞温峤之诗未见有如此篇之雄者。诗味清纯，耐人寻味。

蛾眉亭

采石矶头百尺亭，下临天堑昼冥冥。
天门中断楚江阔，日日蛾眉相对青。

《北归志》：“二十一日……亭有元李学士洞石刻。学士，吾济南人。”《方舆胜览》：“亭在采石上，望见天门山。”《明一统志》：“亭为宋郡守张环建，前有博望、梁山夹大江，对峙如眉，故云。”

蛾眉亭在采石矶上，下临大江，前对天门山。山把江流划分为二，以其相对如眉，故又称蛾眉，亭因以名。亭如英雄，山似美人，人杰地灵，风光绮丽。作者登临有感，借山水之灵秀以歌李白，表达了他对这位大诗人的无限崇仰之情。前两句，写亭之高耸气势，喻白之高风，空灵蕴藉，尽传其神。后两句，写江山之壮采，把楚江与天门山放在一个时空统一体中，赞它有如一把利斧，将楚江劈开，又像两个少女相对而视，发出会心的微笑。短短四句，全由敬仰之情联缀，使水之险山之丽人之美，形成一幅完美的立体画，诗达浑成圆融之境，情浓墨饱，神韵悠然。“下临天堑昼冥冥”一句，力状此亭之气势，大显风神。“日日蛾眉相对青”句，又把此山女性化，显其阴柔之美，与阳刚之美合成一曲人与自然的优美赞歌。词浅情深，洵为佳作。

烈山

古寺红墙出翠微，莓苔石壁滴人衣。
一行白鹭冲船起，却上半岩松顶飞。

《北归志》：“二十一日……采石北有山，曰小九华。过烈山，山在大江中流。白鹭数十，见人惊起，翻飞松杪。亦名栗洲。晋简文帝为相日，会桓玄处。伏滔《北征赋》谓之烈洲。”烈山，在今南京西南七十里，四面陡峭，俯瞰大江，形势险峻。惜此山之石，今已采空，山已夷为平地矣。

作者舟过烈山，为此山奇景所动，吟成这首绝句。第一句写寺和山，第二句写石壁和泉，第三句写鹭和船，第四句写松和岩。四句诗就是四幅画，前两句是静态画面，后两句是动态画面，合起来便是一幅烈山灵境全景图。石壁上有水在滴，这“水”就是泉，由一“滴”字反映出来，避熟就生，写法新颖。“古寺”是诗眼，一篇旨趣，全由此引出。此时作者似已进入物我相融之境，可谓情满于山，意溢于水，这就叫“圆融”，或曰“入禅”。此诗神韵悠然，可称逸品。烈山之景，是路过此间之人看惯了的，本也平常，为什么渔洋独能发现其美并把它生动地描绘出来，组成一幅由“寺泉鹭松”四者构成的优美图画？这是由于他的艺术思维已入“圆融之境”，故其艺术能入禅境。

“圆融”有四境，一曰“时空圆融”（第一境），二曰“理事圆融”（第二境），三曰“事事圆融”（第三境），四曰“现量直观”（第四境）。中国哲学惯以时间统率空间，即时空为一元，此与西方哲学迥异。这首诗的时空观就是“空灵与充实”的统一，司空图所云“象外之象，韵外之致”，便是这一境界的体现。“圆融”是禅宗所探求的最高境界，又曰“无差别境界”。达此境界，则一切对立、矛盾皆完全消解，归于和谐统一，诗学上的“超以象外，得其寰中”，便是这一境界的体现。禅宗圆融四境说，对渔洋是产生了深刻影响的。在清初诗坛，他独标神韵，将禅宗哲学、美学与诗学加以融汇、变化、发展，这是他继王孟之后在诗学上所作的一个重大贡献，极为可贵。离开圆融四境来谈他的神韵说，便谈不到最关紧要处，甚至难免流于空谈。即以此诗中“一行白鹭冲船起，却上半岩松顶飞”两句而言，从字面看，白鹭在江中，青松在岩上，两者相距甚远，似了无干涉。但自禅理言之，则无论水面、岩面，这空间皆在时间中流逝，分不清远近，因此便自然而然而又合情合理地创造出这幅“鹭飞松鸣”的画来；同时这又是一幅凌霄而立、睥睨千秋的图画。此诗清新灵动，优美自然，已入化境。

抵金陵

佳丽金陵道，垂杨夹去津。
潮迎落帆客，花映倚楼人。
依旧青山绕，如何白发新。
昔游三十载，仿佛记前尘。

《北归志》：“二十一日……过三山，次上新河。二十二日。过龙江关，泊江东门。”谢朓《鼓吹曲》：“江南佳丽地，金陵帝王州。”《楞严经》：“佛告阿难，一切世间大小内外诸所事业，各属前尘。”

顺治十八年(1661)三月，作者有事金陵，住近秦淮邀笛步，赋《秦淮杂诗》七绝二十首，其中有吟咏歌妓之篇，此其青年时代“花映倚楼人”之韵事也。现垂垂将老，自粤北归，泊舟金陵，追念旧游，情不能已。自顺治末迄今，恰满三十年，青山依旧，人物全非，触景伤怀，深情绵邈。其中颈联“依旧青山绕，如何白发新”，是诗人全部情感的聚焦点。一方面，虽然山川依旧，而在满汉政治斗争与文化斗争中，那些江南地区士人蒙冤受屈致死者，魂兮何归？另一方面，渔洋为清廷奔走，已近卅载，可谓“如人饮水，冷暖自知”，一切委曲困顿，实难言说，而白发新添，暮年渐逼，平生抱负，尽化烟尘，销魂当此际，更能经几番风雨？真是欲哭无泪了。

这首诗是渔洋弹奏的一支心灵哀曲，惶惶奔走，漂泊数十年，现在又在干着这远祀海神的苦差事，从炎荒归来，向燕云走去，一腔愁怨，向哪里倾诉？他悲痛欲绝，无可奈何，遂写下这首悲歌。金陵是朱元璋建都之地，又是南明小朝廷最后挣扎之所，许多悲剧都在这里演出，他就生活在这样一个时代，这样一个社会，这样一个国家。此诗是伤心语，真可谓字字是泪。

石城桥示倪雁园太史

昔作秦淮客，朱楼赋洞箫。
白头故人尽，重上石城桥。

《北归志》：“二十五日。召医，雁园来。”泊舟四日，二十六日渡江，由浦口北去。石城桥，在今汉中门外秦淮河上。此桥乃泛称，非专名。《居易录》：“余三至金陵，庚子以乡试分考至，渡江日熏黑，束炬登燕子矶，题诗石壁。辛丑以谳狱至，作《秦淮杂诗》《金陵游记》。乙巳内迁礼部，解郡后客金陵，凡前所未经历者，如牛首、祖堂，栖霞、花山，与方丈尔止共游焉，补游记数篇。及乙丑祭告南海归，过金陵，当时老友皆已沦没，惟倪灿雁园以翰林请假里居，顾予舟中，予感赋一诗云云，一夕即解缆渡江矣。”

倪灿(1626—1687)，字暗公，号雁园，江南钱塘人，寓居金陵，康熙举人，博学工书，己未举鸿博，授翰林检讨，与修《明史》，所为《艺文志序》，穷流溯源，与姜宸英《刑法志序》并称杰作。有《雁园集》。

此诗是《抵金陵》的续篇，两诗血脉相连，为姐妹篇。作者祭告南海归来，舟泊金陵，惟倪灿来顾舟中，感昔时老友皆已沦没，因有此作。

明王朝建都金陵二十馀年后，迁都北京。明末福王在此演出一幕悲剧，孔尚任所编《桃花扇》，即有“桃花扇底送南朝”之叹。作者早年三到金陵，留下许多美好记忆。一夕入水槛，曾有“朱楼赋洞箫”之雅。汉王褒有《洞箫赋》，元周文璞有《题钟山》诗：“往在金陵问六朝，江楼只有女吹箫。”此次与雁园相晤，重上石城桥，俯仰今昔，感慨殊深。这里不禁有物是人非故交零落之感，这种感慨既丰富又复杂、既曲折又矛盾，是一个综合体。首先秦淮作客，朱楼品箫，是一曲年少气豪的青春之歌，而逝水年华已不可再，多少前尘往事都铭刻着希冀之后的失落与兴奋之馀的悔悟。其次，这些白头故旧，共过多少晨昏，经过多少风雨，有欢乐也有烦忧，有顺利也有坎坷，还有多少难言的心曲与意绪。这些故旧已大半凋零，有的也快到尽头。他们中间许多才俊之士，或久屈而不得伸，或位卑而沉下僚，或感慨而终赴义，或含冤而已殒身，都是清廷钳制汉族士人政策的牺牲品。死者已矣，生者何堪？重上石城桥，心头万感交集，小诗当长歌，千古同一哭。所以看似寥寥二十字，实则涌动着情感的怒涛，鸣奏着生命的哀歌，演说着历史的悲剧，回响着人世的狂潮，感慨深矣。此诗是由作者的心血凝成，唯对老友倪灿一吐而已，令人唏嘘。

24. 北归卷

【卷头语】作者自金陵北归，一路寻史迹怀高贤，抒兴亡之感。访琅玡山徘徊留连，对欧阳修追慕不已。至清流关哀南唐之速亡，怀古伤今。过符离古战场叹冯唐已老，无可奈何。渐近故乡时，作《奉符古城》四首，以六言短章述志遣怀，为山水诗放一异彩而终卷。

雨过醉翁亭三首

出郭逢樵牧，桥回境已幽。
门前荇溪石，亭下酿泉流。
禽鸟鸣何乐，松篁飒似秋。
吾生嗟太晚，不及醉翁游。

风景非畴昔，亭犹号醉翁。
曾将幽咽意，并入七弦中。
我欲携琴客，临流抚古桐。
不逢沈夫子，嗷嗷夜猿空。

欧梅映池阁，半亩散清阴。
老干犹存古，孤花开至今。
冰溪寻寺远，雪路入山深。
此际巡檐好，寒香伴苦吟。

《北归志》："二十八日。雨，食乌衣镇，次滁州，州守王君邀游琅玡山……醉翁亭西，一亭矗立水中，菱荷匝之，曰'见梅亭'。亭北欧梅在焉，枝条远扬，下覆石栏，上及檐溜。"《太平寰宇记》："东晋元帝为琅琊王避地此山，因名。"醉翁亭在今安徽滁州琅琊山下，亭下有泉，曰'酿泉'。亭，宋僧智仙建，欧阳为滁州太守，尝饮宴于此，自号'醉翁'，亭因以名。王辟之《渑水燕谈录》："欧阳文忠公庆历中谪守滁州，州有琅玡幽谷，山川奇丽，鸣泉飞瀑，声若环珮，公临听忘归，僧智仙作亭其上。既去十年，太常博士沈遵，好奇之士也，闻而往游，爱其山水秀绝，以琴写其声，为《醉翁吟》，盖宫声三叠。后会公河朔，遵援琴鼓之，公作歌以遗遵，并为《醉翁引》以序其事。”欧阳公赠沈遵诗有云：“群动夜息浮云阴，沈夫子弹醉翁吟。”谢灵运《登石门最高顶》：“活活夕流驶，噭噭夜猿啼。”杜甫诗：“巡檐索共梅花笑，冷蕊疏枝半不禁。”

作者过滁州游醉翁亭，作此诗。第一首怀欧，第二首忆沈，第三首赞欧梅。作者既叹醉翁之失意，复哀与沈遵同调者寡，惟欧公手植之梅，孤高香远，迄今仍生气凛然，为可乐耳。徘徊留连，赞叹久之，因成此篇。

欧阳子为一代宗师，历仕三朝，敢于直谏，多次遭贬，景祐三年(1036)贬夷陵，庆历五年(1045)贬滁州。年四十自号醉翁，惟寄情山水，日与禽鸟为乐，何其郁郁不得展翅耶？一生奖掖后进不遗馀力，其对苏轼之关爱尤深，留下“固应使此人出一头地”之名言。渔洋生于康熙之世，深感寂寞，因有“余生也晚，不及同游”之叹。对沈遵之曲亦深为景仰，因又有“不逢沈夫子，噭噭夜猿空”之叹，此篇托醉翁以舒幽愤，是够苦的。来访琅玡，由泉流而及泉声，由樵牧而及猿鸟，最后更突出地表现了梅的孤高，留下人格的风范与自由之精神，这就是这位隐逸不羁者对中国文化精神的贡献。

欧氏宏才难展，直到老年才转运，官至枢密副使、参知政事；渔洋长期屈居下僚，写此诗时，虽官居四品，却毫无实权，不过是康熙身边的近臣而已。

晚至丰乐亭

丰山高不极，到寺已昏鸦。
一坞含桃树，满山乌桕花。
僧雏汲幽谷，活火试新茶。
归去松萝暝，严城报暮笳。

《北归志》：“二十八日……稍东即丰乐亭，下为幽谷，丰乐泉在焉……幽谷前后，樱桃万株，无杂树，束炬，取道山前以归。”亭在滁州丰山北麓，北宋庆历六年(1046)欧阳修建，有《丰乐亭记》碑。亭后九贤祠，祀韦左司、李卫公以下九人，皆唐宋名守。欧公《与梅圣俞书》：“去年夏中，因饮滁水甚甘，问之，有一土泉在城东百步许，遂往访之。乃一山谷中，山势一面高峰，三面竹岭回抱。泉上旧有佳木一二十株，乃天生一好景也。遂引其泉为石池，甚清甘，作亭其上，号丰乐亭，亦宏丽。”又云：“山下一径穿入，竹筱蒙密中，豁然路尽，遂得幽谷。”赵璘《因话录》：“李约性嗜茶，常曰：‘茶须缓火炙，活火煎。’活火者，谓炭之有焰方炽者也。”

作者五月二十八日至滁州，知州王某邀游琅琊山，雨住前往。登醉翁亭，谒欧苏祠，寻龙泉寺、三茅观、丰乐亭，晚宿南郭旅舍。这天他游兴很浓，写诗多首。此诗前两联写自然之美，主要是静景描绘，未涉及人事；后两联写人在此环境中活动，是动景描绘。由静而动，天趣自然。全诗四联八句，一句一景，句句是画，合起来就是一组系列图画，境界优美，而人即在此中闲逛、漫谈、炊火、饮茶，有如仙子。结以“严城报暮笳”一语，把城市晚景与山中寂静之景作了鲜明的对比，更觉厚重，令人味之不尽。这天他游览了许多景点，若不是由于崇仰欧阳修其人，怎么会有如此大的兴趣？欧阳修是一代名臣，其高风亮节在作者心里闪动，其贬谪滁州后所作诗文，此时显然又往复于其胸中。此诗之妙，是在只写一些生活琐事：寻泉，饮茶，看山景，晚边前往，又摸黑回来，表现出一种闲适清雅情调，似乎没有多少精彩的生活内容，但也正由于这些平凡生活的描绘，益显其诗的文化品位，因而达到一般山水诗难以企及的境界。这是渔洋此行精神追求的一次闪光，是他穿透时空与欧阳修的一次心灵对话。这证明他不同于那些追名逐利者，终其一生皆与时不合。如此读诗，方能沉醉到诗人所创造的优美境界中去。你有过同几个朋友在一起“活火试新茶”的经验吗？这就是饮茶文化的一种诗意表现，诗味正在其中。值得注意的是，黄昏而来，薄暮始去，好像整整一天都花费在游山玩水之中。其实，正因如此，才更加突显诗人远离尘嚣、高出世俗的心态。正是借此机缘，他才从层层重压的现实枷锁中，挖开一扇通向大自然、通向心灵的窗口，得以吐出郁积已久的胸中怨气。结句“严城报暮笳”一语，情调陡变，说明诗人又回到严峻的现实中来，心情沉重，他并没有忘情于世。

西　涧

西涧萧萧数骑过，韦公诗句奈愁何？
黄鹂唤客且须住，野渡庵前风雨多！

《北归志》：“二十九日……过清流关……次珠龙桥。”西涧在滁州城西，俗名马土河，涧上有野渡庵，取唐韦应物“独怜幽草涧边生”之句。《皇华纪闻》：昔人或谓西涧潮所不至，指为今六合县之芳草涧，谓此涧亦以韦公诗而名。滁人争之。

韦应物《西涧》诗，境界优美，实难超越。渔洋在《唐人万首绝句选·凡例》中说:“元赵章泉涧泉选唐诗绝句,其评注多迂腐穿凿,如韦苏州《滁州西涧》一首:‘独怜幽草涧边生,上有黄鹂深树鸣。春潮带雨晚来急,野渡无人舟自横。’以为君子在下,小人在上之象。以此论诗,岂复有风雅耶?”这是对古今纯以教化论诗者的一个有力批驳。作者继承钟嵘诗学传统,力主诗乃即兴之作,他是根据自己对现实事物的亲切感受而写诗,对诗歌发生学与真实性的认识很深刻,因此常能体察入微,此可视为一则诗论。

这天,他是骑马去的。“黄鹂唤客且须住,野渡庵前风雨多”。这两句即景抒怀,最堪玩味。时代不同,两人感受不同,情调殊异。“过”“住”两个动词相呼应,很有趣,末句有味外味。据《皇华纪闻》所记:“野渡庵前风雨多”,或嘲六合人与滁人之争,这也是诗史上的一件趣事。人们都说韦诗好,渔洋独能读出愁味,这是一个有新见的评论。

天庆观

宋家天庆观,古迹近千秋。
原庙春供祭,衣冠月出游。
莓苔苍鼠窜,风雨杜鹃愁。
西洛诸陵远,苍茫接汴州。

赵升《朝野类要》:“天庆观,诸州皆建之,所以奉圣祖天尊大帝。”《皇华纪闻》:“仁宗立原庙于滁,曰端命殿,又创天庆观以奉之。”王明清《挥麈后录》:“滁州清流关,昔在五季,太祖皇帝以五千之兵败江南李氏十五万,执皇甫晖、姚凤以献周世宗,实为本朝建国之本。”王铚《默记》:“太祖擒皇甫晖,遂下滁州。其后,真宗建原庙于滁,而殿曰‘端命’者。太祖历试于周,功业自此而成,王业自此而始,故号‘端命’,盖我宗之咸、镐、丰、沛也。”

作者过滁州,入天庆观,有感于宋之兴亡,作此诗。首二句言观之古,造一篇大势。次述昔年祭奠之盛,“衣冠月出游”,语出《汉书》:“惠帝四年,月出,游衣冠之道。”“莓苔苍鼠窜,风雨杜鹃愁.”此哀今日之荒凉冷落,是景语也是情语。以喻宋之所以亡,乃因小人当道,贤臣弃置,犹如“苍鼠窜”“杜鹃愁”。徽钦二帝为金人所掳,开封被占,赵构在风雨飘摇中逃到江南,建立临安小朝廷,他们早已把埋在洛阳之西的老祖宗们忘得一干二净了。这些耽于安乐的不肖子孙,“直把杭州作汴州”,以致国破家亡。这就是此诗尾联的深刻含意。历史常有惊人的相似之处,宋亡这段历史悲剧,明代又重演了。南明和南宋也非常相似。作者借宋以喻明，唱了这支咏叹调，哀痛之深，可以想见。

清流关

萧萧寒雨渡清流，苦竹云阴特地愁。
回首南唐风景尽，青山无数绕滁州。

《北归志》："二十九日。雨，过清流关。宋艺祖擒皇甫晖处。"清流关在滁州西北，地极险峻。王明清《挥麈后录》："太祖入滁之始也，赵韩王教村童于山下，始与太祖交际，用其计画，俾为向导，提孤军，乘月夜，指踪衔枚，取道于清流关侧芦子𦬆，浮西涧入，自北门直捣郡治。皇甫晖方坐帐中，燕劳将士，养锐待战，仓黄闻变，初不测我师之多寡，跃其爱马，号千里电，奔东郊。太祖追及于河梁，一剑挥之，人马俱坠桥下，晖遂擒。姚凤即以其众解甲请降。自此，兵威如破竹，尽取淮南之地。"

清流关之战，是南唐之亡与北宋之兴的一次决定性战役。作者自粤归来，路经此间有感，作诗吊之。

若论科学、文化之昌盛，则北宋可谓泱泱大国；然论军事、国防之凋敝，则不啻一力弱小国，这是一个十分奇怪的历史现象。在作者看来，此与宋太祖的治国思想有关。这个国君虽有开创之功，但他立国以后一味偃武修文，只求安内，而不考虑收复燕云十六州以清除外族之隐患，后来受到辽金的不断侵扰，终致灭亡，是必然的。明朝在淮南有四镇守备，总兵刘良佐驻守临淮，守将或死或降，以致跟南唐一样"风景尽"。作者沉思史事，触目伤情，"青山无数绕滁州"，这声叹息是深重的，其洞见之深、遐思之远，可谓至矣。这首咏史绝句，直抵一篇史论。作者山水诗，文化韵味深浓，与他人不同处在此。

见田家饭牛者意有所感赋得牛饭就松凉

黄犊东皋暇，青松北涧生。
卧馀芳草软，饭处午阴清。
宁戚歌偏拙，华阳计早成。
劳劳行役者，三叹忆岩耕。

作者自注:“(牛饭就松凉)故友宣城梅磊杓司句也。”张维屏《国朝诗人征略·听松庐诗话》:“梅瞿山有‘一峰青到水’句,梅杓司有‘牛饭就松凉’句,俱佳。”渔洋谓其诗有“圣俞之风”。

《吕氏春秋》:“宁戚欲干齐桓公,无以自进,任车以至齐,暮宿郭门之外。桓公出,宁戚饭牛,悲击牛角而歌。桓公命后车载之。”杨玠《八代谈薮》:“丹阳陶弘景,永平中谢职,隐茅山。山有金陵洞穴,名曰‘华阳洞天’,由是自称‘华阳隐居人’。间书疏,皆以此代名。”《法言·问神篇》:“郑子真不屈其志,而耕于岩石之下,名震于京师。”

这首赋得体诗是为故友梅杓司而作,是对梅氏隐逸的揄扬,同时也表白了自己归耕的心志。前四句写牛,牛的闲适自在,也就是隐逸生活的写照。后四句写隐者,由两位古代隐者谈到自己,表示自己也要像牛和梅杓司那样活得自在安闲,这少詹士的官他是不想再当下去了。梅杓司字磊,宣城人。是一个颇负盛名的诗人,作者过芜湖忽然忆起他才写作这首和诗的。梅氏原作是:“粳稻朝初获,荷花晚更香。萤飞将草乱,牛饭就松凉。斯世多充隐,吾徒或醒狂。秋林携小谢,吟咏可相当。”此诗流传甚广,经渔洋之推荐,名气更大了。梅氏在这里提出了一个“斯世多充隐”的问题,也提出诗学小谢的问题,这都引起渔洋的关注。就前者而言,当时是真隐士少,假隐士多,这大约是明清易代之际存在的普遍现象,反映出汉族士人的生存困境;就后者而言,梅氏提出小谢的问题,这也引起渔洋的兴趣,所以他写这首和诗赞之。从南海祭神归来,他一路反思,觉得依附权贵、依附新朝,谋得一官半职,这条路是不能再走下去了,但有一家老小的拖累,归耕又谈何容易!他内心充满困惑与矛盾,所以终于写出:“劳劳行役者,三叹忆岩耕。”作为一个汉族士人应当如何立身自处呢?他表白:不能像宁戚那样叩牛角而歌以邀宠,应当像陶弘景那样“计早成”而入山修道,这就是渔洋此时内心世界的真相。宁戚的一句名言:“长夜漫漫何时旦”,传响几千年,这歌哪里拙?

归次临淮

归路仍淮水,崎岖岭海馀。
我行万里道,未得一行书。
渔户纬萧接,估船吹笛初。
今宵孤馆里,乡梦复何如?

《北归志》:“初一日,庚寅。过临淮县,关吏殊暴。久之,乃得行,次三铺。”临淮在今安徽凤阳县东,临淮河,古为南北水上交通枢纽。《庄子》:“河上有家贫纬萧而食者。”陆龟蒙《蟹志》:“渔者纬萧,承其流而障之曰蟹簖。”

万里归来,家乡渐近,思亲益切,在临淮驿馆,他写下这首乡梦诗。去年十二月十八日冒风雪南下,次临淮,到现在已半个年头过去了。最使他放心不下的,是七十七岁高龄的老父,还有体弱多病的贤妻陈氏。他此时所见社会现实是:“渔户纬萧接,估船吹笛初。”这是康熙时代中国农村的一幅剪影,这也就是他心中时时贴念的家园。这说明作者心里始终关念人民,故每到一地都注意了解地方官吏对人民生活所造成的影响。“民胞物与”是中国古代士人共具的“忧患意识”。孤馆难眠,心潮翻滚,愁绪很深,他在忧念着生民。此诗情深意挚,亲切感人。

符　离

万里归来两鬓苍,阅他南汉又南唐。
短衣射虎心犹壮,重过符离古战场。

《北归志》:“初四日。过符离。自度清流关至此五百里,始见山,次新丰。”符离,今安徽宿县。杜甫诗:“短衣匹马随李广,看射猛虎终残年。”

符离是楚汉相争的大战场。刘邦和项羽在此多次激战,一胜成王,一败为寇。作者使粤归来,重过此城,感触万端,因写此诗寄慨。

唐末五代之际,刘龑据两粤及今福建南部一带称帝,国号汉,史称南汉,雄踞一方,称霸三世。李昪升据今苏赣皖一带称帝,国号唐,史称南唐,亦称霸三世,皆消亡已久,作者因有“阅他南汉又南唐”之叹。重翻这一页历史,是在暗喻南明之亡。“万里归来两鬓苍”,此句表明他奉使祭神,非心所愿。加上“短衣射虎心犹壮”一句,就不只是怨诉,而是公开表明要当李广那样的射虎勇将了。此年作者五十三岁,冯唐易老,李广难封,只能徒唤奈何。可贵的是,他敢于从广阔的背景来议论朝代兴亡,具见其胆识与豪气。一腔郁愤,直如火山喷发。此时他是康熙近臣,备受恩宠,但激于民族义愤,他竟不顾禁忌,纵笔所之,于此可见他对满族统治者怨愤之深。“身在曹营心在汉”,这句流传甚广的俗谚,正是包括渔洋在内的当时一切有骨气的汉族士人的内心写照。《南海集》出版后,轰动一时,大概也有这个因素在内。

雨中渡河望黄楼

已见河鱼上，冥冥雨未休。
一条飞白浪，十丈卷黄楼。
杳霭龙山隐，空濛雉堞浮。
平生仗忠信，欲下吕梁游。

《北归志》："初七日。渡河，河鱼大上，中流望黄楼，飘渺在烟雨中。泥行五十里，次柳泉。"黄楼在徐州，高十丈，苏轼建。龙山指徐州云龙山，苏轼于此建有放鹤亭。《史记・秦始皇本纪》："始皇八年，河鱼大上，轻车重马东就食。"《索隐》曰："鱼大上平地，亦言遭水害也。"《孔子家语》："孔子息驾于河梁，有悬水三千仞，圜流九十里，鱼鳖不能导，鼋鼍弗能居，有一丈夫方将厉之，遂度而出。孔子使人问之，丈夫对曰：'始吾之入也，先以忠信；及吾之出也，又从以忠信。忠信措吾躯于波流，而吾不敢以用私，所以能入而复出也。'孔子谓弟子曰：'二三子识之，水且犹可以忠信成身亲之，而况于人乎？'"河梁，《列子》作吕梁。

此诗述怀。是日河水大涨，前六句写冒雨渡河所见，感时怀人。后两句表白心志，虽一生困顿，然壮志未馁。此日乌云蔽天，大地一片阴暗，雨在不停地下，他坐在船中，穿过急流，破浪前进，望见十丈高的黄楼，旗帜在风中飘动，徐州城郭和云龙山都隐没了。对当年曾在徐州做太守的苏轼，深表怀念。苏子一生困顿，壮志难酬，令人感叹，自已现在这样辛苦奔波，又是为了什么？算了吧，还是那位大夫说得好：以忠信措身波流，决不谋私。苏轼就同这位治水者一样，所以他要向苏轼学习。"平生仗忠信，欲下吕梁游。"这就是他万里归来公开表示的态度。短短两句，铿锵震响，掷地有声。

作者是诗体创新者，这首寓言体诗，可以说是他的一个新创造。诗是五律，近似寓言。寓言诗，五四前后才从西方引进，在清初并没有这种诗体。这是我国寓言体诗的雏形，在诗体流变史上殊有价值。

钱牧翁喜李长蘅诗榖城山好青如黛滕县花开白似银佳句也予冬夏两过滕不见一花因成绝句

薛北滕南屡问津，远山如画黛眉新。
惟馀底事堪惆怅，不见花开白似银。

《北归志》:“六月初九日,晴,徒行有喜色,行次滕县。”《明一统志》:“薛城在滕县南四十里。”钱牧斋《初学集》:“丁未春,与李三长蘅下第,并马过滕县,贳酒看花,已四十年矣。感叹旧游如在夙昔,作此诗以寄之。中有句云:‘摧寻旧迹如见君,花白如银咏君句。’”沈大成曰:杨方《杂诗》:“黄花如沓金,白花如散银。”李句本此。《魏土地记》:“(穀城)县有穀城山,在东阿县东北五里。一名黄山,即张良得黄石之所。”按《地理志》:即滕也。周懿王子错叔绣,文公所封也,齐灭之,秦以为县。

钱谦益,字受之,号牧斋,一号蒙叟,晚自称东涧遗老,江苏常熟人。明万历三十八年(1610)进士,授编修。福王立,谗事马士英,为礼部尚书。顺治三年(1646),清兵定江南,谦益迎降,命以礼部侍郎兼管秘书院事。旋归乡里,以著书自娱。为文博赡,谙悉朝典,诗尤擅长,与吴伟业、龚鼎孳称江左三大家。家富藏书,其楼曰绛云楼。晚年归心释教,尝辑明人诗为《列朝小集》,著有《初学》《有学》二集。乾隆三十四年(1769),以其诗文语涉诽谤,诏令毁板。

这首诗,初读只觉平常,待把三人酬唱掌故考查清楚,细细一想,才知写得很有分量。首咏滕县之花的是李长蘅,他与钱谦益为同年。“穀城山好青如黛,滕县花开白似银。”这两句诗,怎么使得一代诗坛泰斗钱牧斋如此喜爱呢?钱氏说:“摧寻旧迹如见君,花白如银咏君句。”赞花叙旧,原来两人竟如此投合。据钱氏《初学集》所述,四十年前,他们从京城下第归来,路过滕县,并辔赏花,那是在明万历三十五年(1607),即钱文所称之“丁未年”。两人欣赏之花,即滕县之花。花是洁白的,两颗年轻的心也是洁白的。而两人正式咏花却在四十年后,这一年,是清顺治三年(1647)。此时南明已经覆亡,中原已归满人统治,汉族士人皆处于水深火热之中。钱已挂冠归里,且深悔自己一度失节之事。李氏得知此讯,立即写诗慰问,并对其归隐表示赞赏,他们的唱和即表达了这种难以言说的感情。渔洋重提这段故实,说明他们的心是完全相通的。此时钱已下世二十一年,王为追念往昔,感慨万千,所以才说:“惟馀底事堪惆怅”,其内心之苦痛,可以想见。为避文祸,他只能说得如此含糊。然因写得微妙,且以长题播之,也就显得更有审美张力,它曾在汉族士人间产生过一定的影响,是可以推断的。钱李是明臣,他俩在顺治三年有此依恋旧朝之情,并不足怪,奇在清政权已建立四十四年之后,渔洋身居高位,他又不是明臣,竟对钱李依恋亡明之情如此欣赏,说明他“思明怨清”情结迄今未了结。重忆钱李之诗而复和之,此举很不平常。这反映出当时汉族士人不满清廷统治的心态不是个别现象,而有普遍性的意义,这是一个典型的文化现象。

但到这里，对钱诗深意还需作进一步的解读。“縠城山好青如黛，滕县花开白似银。”这两句诗，牧翁何以称之为“佳句”且又赞叹不绝呢？据史籍所载，原来这滕县縠城山是“张良得黄石之所”，这里是报仇雪耻之乡，张良为韩报仇之志，人民至今念念不忘。滕县就是这样一块反抗暴政的圣土！“花白如银”确实不同凡响。作者过滕，思及钱李之咏，因而情不自禁地参加了进来，举行这次超时空的联唱，一吐怨气，这不能说不是一个引人注目的特殊文化现象，钱李王三氏唱和诗是永远留存在诗学史册上了。

至此，我们还应当进一步指出：渔洋此诗点睛之笔尤在结尾一句。世间之花可有多种颜色，作者为什么偏偏看重“白似银”的一种呢？这可能由于滕县之花是以白色为主而大量存在的，作者特别强调这“白似银”的一种绝非偶然。在《汉书·楚王传》里早就透露出一个使人刮目相看的特殊信息，那就是古代帝王墓穴中皆灌注水银，以象征江河湖海。这是从秦代开始，历代帝王沿用的惯例，由此人们便不难理解从钱谦益到王渔洋对此佳句何以激赏入迷如此的原因。说穿了，这“白似银”之花就是悼念明亡的一种象征，亦即那个自缢煤山的崇祯皇帝的物化形态。煤的黑色与花的白色恰好形成巨大反差。从此，白色之花就再也看不见了，真不胜惋惜。再说，此时清廷君主已更换几代，到康熙登基，满汉民族矛盾虽已转化为满汉文化之争，但此种矛盾仍然激烈，时而缓和，时而紧张，循环往复，不绝如缕。渔洋此诗正是此种复杂斗争的曲折反映。尽管满族弱势文化终被汉族强势文化所同化、融解，但处于统治地位的清统治者仍有左右文化全局的力量，所以无论是一代宗匠的钱谦益也好，还是一代正宗的王渔洋也好，都只能发出如此低声叹息，这是明清易代之际汉族士人不能直吐胸臆的悲剧，诗的重要意义在此。

峄山即事

雨足烟村事不闲，家家驱犊出柴关。
枣花香遍浓阴合，水碧沙明望峄山。

《北归志》：“初十日。滕县北，行林木中四十里，绿阴如帟幕，石流活活，凉风洒然。午后骤雨，避峄山下田家。雨止，屡涉怒流而济，次邹县。”峄山，在今山东邹县东南。秦始皇曾登此山，勒石纪功。

这首诗，如日记所称，是写鲁南途中所见，它表现了夏日雨后农村力耕的景象，充满诗情画意。这是一种瞬间印象，即兴而成，情趣天然。前两句纯写客观之景，他以一个旁观者在看在想，十分赞赏这一幕雨后农家的生产忙碌风光；后两句反映自己的主观感受：闻着枣花香气，在浓阴中穿行，忽见一片水碧沙明、远山含笑之景，一个恬静而广阔的世界出现在眼前。此时他心如明镜，一切烦恼全消，大有“万物静观皆自得”之概。为官数十年，深居庙堂，与农村接触甚少，哪有这样的机会得在农家小憩片刻？他深深为这一幅宁静优美的烟村图所感动了。但这不是对升平景象的颂赞，他只是在描摹自然，反映其孤寂的心境。这是他寻求精神解脱的一次恬静吟唱，他淡于名利，欲归田园，题作《峄山即事》，很有意思。峄山是一座文化名山，点出这个山名，引人遐想。岁月迁流，天地悠悠，这是一种境界。此诗殊有唐人风韵，读之令人怡悦。选家李毓芙先生评云：“渔洋过峄山，即事作诗，描述峄山农家风物。”可惜他说得太简略了。

奉符古城

我行奉符城，不见昆仑迹。
何处仙人闾，青山绕长陌。
唯闻党竹溪，仿佛南村宅。

《北归志》：“十三日。过旧奉符县，至汶河镇，渡汶水……次兔子口。”《史记·封禅书》：“夏，遂还泰山，修五年之礼如前，而加以禅祠石闾。石闾者，在泰山下址南方，方士多言此仙人之闾也，故上亲禅焉。”陆钎《山东通志》：“奉符县废城，在泰安州，本唐乾封县，宋改曰奉符。”“石闾山在泰安南四十里，相传有仙人石闾居其下。”昆仑是汉初天子封禅泰山经明堂登山的复道，言其似昆仑之五城十二楼也。《金史·艺文志》：“党怀英字世杰，故宋太尉进十一代孙，冯翊人。大定十年中进士第，官翰林学士承旨，卒谥文献。”晚居泰安，放浪山水间，诗酒自娱。著有《竹溪集》。

作者奉命祭祀南海之神归来，途经奉符古城遗址，因忆金代诗人党怀英，作此诗。党氏与元好问、王若虚齐名，并称金代三大家，晚居竹溪，超尘脱俗。此诗借泰山大背景的衬托，勾出一幅“青山竹溪图”，令人向往。短短六句，大开大合，气概不凡。“昆仑迹”“仙人闾”，这些汉初封禅遗迹，皆已消失，唯见一条不知名的山溪，至今还在不息地奔流，两相映衬，令人感慨。末以陶渊明比拟其人，尤见崇仰之情。“南村”亦如“南山”，这首诗反映出作者对党氏人格与诗风的追慕，着墨不多，有无言之美。其讥嘲汉帝封禅一事，写得隐晦，暗示对清廷祭祀海神的不满。他以全权大臣奉命祭神非但不觉殊荣，现在来到泰山脚下即将回京述职，又用南朝乐府民歌形式接连写了包括此篇在内的四首六言诗。前两首，《奉符古城》和《徂徕山》，怀人；后两首，《杨家硿》和《瓮口峡》，述志。这表明，他要学习党怀英、石守信，归隐田园，保持高节，不想再为清廷去干祭神这类把戏了。四诗风格相同，可以称为组诗，作者未立总题，又未明标所怀之人，显然是为避物议，可谓用心良苦。这是他使粤归来表白心志的总结，实乃别具一格。

徂徕山

云阴移徂徕，影覆汶河水。
下有贤人居，清风被田里。
一抔讵能容，千秋今庙祀。

《北归志》："十三日……过汶口，西北望岱岳并徂徕，汶水明灭，如见林杪。徂徕有石守道故居，地曰北王村，祠墓尚在，有司春秋祀焉。"陆钎《山东通志》："（徂徕）山在泰安州东南四十里，上有紫源池，又有玲珑山、独秀峰、天平东西三寨，下有白鹤湾，宋石介筑室其下，号徂徕先生。"石介自嘉州军判官丁父母忧，躬耕于此。石介，宋兖州奉符人，字守道，天圣八年（1030）进士，官国子监直讲，著文指摘时政，无所忌讳。庆历中擢太子中允，作《庆历圣德诗》，为夏竦所忌。忌者言其诈死，投奔契丹，诏发棺以验，因杜衍等力请始免。有《徂徕集》，《宋史》有传。

此诗为怀石介而作。"一抔讵能容"，语最沉痛。《宋史·儒林传》："石介作《庆历圣德诗》，其言大奸，盖斥（夏）竦也。孙复曰：'子祸始于此矣。'求出通判濮州，未赴，卒。会徐狂人孔直温谋反，搜其家得介书，夏竦衔介甚，因言介诈死，北走契丹，请发棺以验。诏下京东，访其存亡。时杜衍在兖州，以验介事语官属，众不敢答。掌书记龚鼎臣愿以阖族保介必死，杜衍探怀出奏稿示之，曰：'老夫已保介矣。'于是，众数百保介已死，乃免斫棺。"作者为其鸣不平，因作此诗。

自古忠奸不两立，这段记载生动地描绘出仁宗时代一场严重的政治斗争。作者以比兴之句拟之，深怀此人，蕴藉有致。"云移山水""清风被田"等语，大有"先生之风，山高水长"之概，遣情甚妙。石介是杰出的政治家，文学上也很有成就。欧阳修古文运动能获得成功，即因前有石介开路，后有苏轼踵继。渔洋看清了这一点，足见其识见之高。此诗风骨凛然，足范千秋。

杨家硿

诘曲皆红泉，纵横半白石。
石映月明时，泉喧风雨夕。
爱此故乡山，临流布瑶席。

《北归志》："六月十四过杨家硿，群峰犬牙，一溪屡渡，溪中白石如玉，溅沫飞流，众山皆响。"《自撰年谱》："山人于夏六月归自粤，便道过里。"这一天是六月十六日。

此诗写泉入妙。"红泉"已奇，"诘曲"而流甚美；"白石"清雅而"纵横"多姿，此虽非凡，尤以语工见奇。这是眼前所见之景，以下更由现实而及想象，又翻出两层优美画境：一曰"石映月明时"，二曰"泉喧风雨夕"。两幅画面不同，都没有写人，而人自在其中。这"人"就是作者自己，他欲安度晚年，过这"临流布瑶席"的清净生活。而此间寂寥无人，很静很雅，这很像"悄怆幽邃"的柳氏小石潭，不是欧氏琅玡山。四十岁的欧阳修念念不忘"与民同乐"，可是年已五十三岁的渔洋，在康熙统治下因已看透一切，他想早日脱离尘网，什么也不想了。他已醒悟，这是他的终极追求，是他自己的真实写照。凡属正直士人，谁不喜欢这样的诗篇？

瓮口峡

岱宗趋肃然，阴齐阳则鲁。
中有夹谷台，连峰作门户。
石壁造天关，萧萧绿萝雨。

《北归志》："十五日……度青石关，关南石壁夹立，曰瓮口峡。二十里中，搀空擢壁，峥水掷戟，古齐鲁之要害也。"此诗作于归里前一天。作者自注："吾乡长白，即《史记》所谓'禅泰山下阯东北肃然山'，亦曰副岳也。"《史记·货殖列传》："泰山之阳则鲁，其阴则齐。"孙伯度《南征纪略》："般水之南，陇水之右，其山千嶂秀叠，南连岱麓，北接长白，磵草通泉，村烟负壁。山中有夹谷台，相传齐、鲁为会者。"

作者过青石关，见瓮口峡奇景，写了这首诗。此诗咏石，与《杨家硿》咏泉，互为姐妹篇，一石一泉，玲珑剔透，堪称双璧。将四诗合而观之，即构成一幅完整的作者自画像。前两首，是怀古言志；后两首，是借地抒怀。这是《南海集》的最后一组诗，为压卷之作，值得珍视。

怎样写石，是一个有趣的话题。诗人从大处落笔，着重写山势之雄与石壁之伟美，具显其豪气与胸襟。这瓮口峡的奇观是独特的，作者十分爱赏。他爱“夹谷台”“连峰作门户”，即使是在雨天，他也爱。“萧萧绿萝雨”的石壁，这一想象中的石壁奇景，更可见其爱悦之深。孔子云“仁者乐山”，在这里人与自然是完全融合了。这是诗境，也是画境。

作者的纪行山水诗，或咏史，或怀人，或探古迹，或赞淳风，或大章，或短制，皆蕴藉有致，为诗家所称道。然以五言六句古歌组诗形式写泉石雅趣及田园风光者，殊不多见。此四诗，从其所显示的隐逸文化精神来看，很有《归去来辞》的韵味，诗味无穷，令人赞叹。

与袁生

我过瀛海道，不见安期生。
偶借琴高鲤，飘摇南海行。
相逢四明客，遥指赤霞城。
牛渚闻高咏，能移谢尚情。

袁中江启旭，字士旦，宣城人，有《中江纪年诗》数千首，沉雄峭拔，波澜老成。吴师道《诗话杂记》：宣城泾县有琴高山、琴高溪，有庙存焉。溪中别有一种小鱼，相传琴高投药汁所化，号琴高鱼。

这是作者写给袁生的一首赞誉诗，见于《南海集》。袁生，即袁士旦。其人工诗好游，一生困于场屋，屡试不第，以国子监生终。生年不详，卒于1691年。康熙庚申年(1680)在京，作者曾有诗赠行，题为《送袁士旦之玉田》。康熙壬申(1692)冬，复应渔洋之招，与洪升等名士同赴王宅饮宴，有唱酬之雅。此诗以之与安期生、琴高鲤、四明客和袁宏等人相比，可见作者赏识之深。前四句说：我这次奉使祭告南海，偶借琴高鲤而行，朝拜了安期生祠，却没有见到安期生。这是打趣的话，表示作者对其人思念之殷。后四句写两人此次想见之欢。相会的地点当在牛渚矶或芜湖，惜未见文字著录。袁生寓居芜湖，这次可能刚从四明山游玩回来，故以四明客称之，以贺知章相比，这是对他的高度评价。作者最后说：“牛渚闻高咏，能移谢尚情。”又拿袁宏来夸奖他，这是对他的推重。袁宏文章绝美，为镇西将军谢尚所称。作者引用这个故事来抬举他，也有一点以谢尚自况的意味。渔洋一生不攀权贵，不作逢迎之讴，却喜与海内文士交游，且常奖掖后进，这一点，也确与谢尚相似。他的人格与思想，在这里又一次很自然地展现出来。

寄高念东先生二首

祛水交流谷口居，比邻相饷尽樵渔。
十年宰相如弹指，万里通侯几上书。
世事卿还用卿法，归来吾亦爱吾庐。
当时柳市诸宾客，阅尽朱门半废墟。

几载松风梦乍酬，飘然一杖悟浮丘。
群公未屑东门候，夫子真寻五岳游。
绛雪丹砂随处足，黄冠白发不关愁。
兰陵旧事休相拟，欲驾飞鸿遍九州。

高珩，字葱佩，别字念东，晚号紫霞道人，山东淄川人。崇祯癸未进士，入清为祭酒，官至刑部侍郎。康熙戊申奉命祭告南岳，在湖湘间有诗数百首。《紫霞先生传》："先生赋性简逸，幼不饰衣履，从先祠中得《释典》残板，而反复究绎，得其大旨。籍贯长安，今上闻其才名，召国家大计，先生娓娓对，推奖人材甚悉。命赋诗立就。讲书陈乾卦大意。"渔洋喜其绝句，曾选录其诗十三首编入《感旧集》。高庚申致仕归，念佛，与蒲松龄、渔洋友善，诗近元白，有《栖云阁集》。

作者自粤归来，便道过里，得悉高念东近况，作此诗寄之。这两首诗大体写出高氏在朝和在野的情况，刻画出一个高贤与隐者的风貌，也写出自己对这位前辈的敬仰之情。

高氏中进士后第二年，明朝就覆亡了。阅世之变，悟生之虚，六十八岁那年，终得归隐。这两诗都是写他归田后的自在生涯。第一首写归田之乐，见出他对朝中官场生活的厌倦。作者以宰相之才称之，不是虚言。因他崇拜陶弘景，而陶氏"特爱松风"，所以作者又以"山中宰相"比之，云其"松风梦"已实现，此时正在过着陶渊明式的隐居生活。第二首写他归隐之乐，以"群公未屑东门候"一语与前诗尾联挂钩，这是说，朝中某些文臣武将如洪承畴之流，以及那些"柳市宾客"大都早已堕入"废墟"之中，而高氏却"飘然一杖""寻五岳而游”，服食“绛雪丹砂”，与“黄冠白发”为友，这使作者十分羡慕，所以他向高氏表明：“兰陵旧事休相拟，欲驾飞鸿遍九州。”他要向高老学习，步其后尘，退出官场，回家隐居。

关于洪承畴，《池北偶谈》卷二十四云：“祭酒，旧不一二年辄迁去，春秋丁祭无过四者。顺治中，淄川高念东侍郎珩为祭酒，久不迁。一日至阁，洪文襄承畴戏谓曰：‘高先生可谓五丁开山矣。’高笑对曰：‘无妨六丁六甲。’果三年始迁去。予在成均，迄四载始迁少詹，戏为口占寄先生云：‘嘉话曾闻役六丁，任教人笑钝司成。六丁今日还加二，始信前贤畏后生。’”根据这条记载，这首诗在很大程度上可以说是讽刺洪承畴的。